O MAR É MEU IRMÃO

& outros escritos

Jack Kerouac

O MAR É MEU IRMÃO

& outros escritos

Editado por Dawn M. Ward

Tradução de Rodrigo Breunig

Texto de acordo com a nova ortografia.

Título original: *The Sea is My Brother*

Tradução: Rodrigo Breunig
Design da capa: Alex Comlin
Preparação: Marianne Scholze
Revisão: Patrícia Yurgel

CIP-Brasil. Catalogação na Fonte
Sindicato Nacional dos Editores de Livros, RJ

K47m

Kerouac, Jack, 1922-1969
    O mar é meu irmão & outros escritos / Jack Kerouac; tradução Rodrigo Breunig. – 1. ed. – Porto Alegre, RS: L&PM, 2014.
    512 p. : il. ; 21 cm.

Tradução de: *The Sea is My Brother*
ISBN 978-85-254-3093-9

1. Ficção americana. I. Breunig, Rodrigo. II. Título.

14-08507   CDD: 813
                     CDU: 821.111(73)-3

© John Sampas, Literary Representative of the Estate of Jack Kerouac

Todos os direitos desta edição reservados a L&PM Editores
Rua Comendador Coruja, 314, loja 9 – Floresta – 90220-180
Porto Alegre – RS – Brasil / Fone: 51.3225.5777 – Fax: 51.3221.5380

Pedidos & Depto. comercial: vendas@lpm.com.br
Fale conosco: info@lpm.com.br
www.lpm.com.br

Impresso no Brasil
Primavera de 2014

Sumário

Lista de ilustrações 6
Guia de nomes 8

PARTE I – O mar é meu irmão 9
Introdução 11

PARTE II – Primeiros escritos 183
Os irmãos 186
[História de detetive] 195
O diário de um egotista 211
Eu recorro a outro bar 232
Oitenta e oito centavos de Nova York 245
Washington em 1941 253

PARTE III – Kerouac e os jovens prometeicos 257
Introdução 259

Agradecimentos 504
Bibliografia 507

Lista de ilustrações

1. Passaporte de Jack, emitido em 20 de agosto de 1942 12
2. Foto do passaporte de Jack 12
3. Certificado da dispensa de Jack do *SS Dorchester*, 5 de outubro de 1942 13
4. *Autorretrato esquisito no mar*, dos diários de Jack no mar ... 24
5. Folha de rosto de *Marinheiro mercante* 25
6. Jack aos 14 anos, em Lowell 185
7. A primeira página da novela sem título de Jack sobre o detetive Ken Harris 194
8. Leo e Gabrielle Kerouac em Ozone Park, 1945 266
9. Jack c. 1930 266
10. Primeira comunhão de Jack, aos 13 anos 266
11. Turma de 1937 da Bartlett Junior High School 267
12. Jack, retrato de turma da Bartlett Junior High School, 1936 267
13. Medalhas de corrida de Jack, conquistadas na Lowell High School, 1938-1939 268
14. Jack, time de futebol da Lowell High School, c. 1938 268
15. Sebastian, Lowell High School, Capitão de Brigada, 1939-1940 268
16. Jack em seu uniforme da Horace Mann Prep School, 1939 269
17. Jack jogando beisebol na Horace Mann, 1940 269

18. Página manuscrita da carta de Sebastian para Jack, 23 de fevereiro de 1941 299
19. Manuscrito do cartão postal de Jack para Sebastian, 29 de setembro de 1941 340
20. Manuscrito da primeira e segunda páginas da carta de Jack para Sebastian [outono de 1941] 350
21. Jack num uniforme da Marinha Mercante com sua mãe, Gabrielle, e sua irmã Nin (Carolyn) num uniforme do Corpo de Exército Feminino, 1942...............376
22. Jack e Nin fardados 376
23. Sebastian em uniforme do Exército dos EUA, 1943 392
24. Diário militar de Sebastian, que lhe foi dado por sua mãe, Maria, e seu irmão mais velho, Charles, antes de ele partir para o treinamento básico 436
25. Disco feito por Sebastian e enviado para Jack, gravado no Clube do U.S.O. 441
26. Charles, Stella e Sebastian Sampas, em frente à casa da família em Lowell, 1943..466
27. *Anuário do Emerson College* de 1944, em homenagem a Sebastian..496
28. Escrivaninha de Jack em sua casa em St. Petersburg, Flórida, tal como estava quando ele morreu em 1969......499
29. Jack e Stella depois de se casarem, em 1966 503

Guia de nomes

Existem muitas variações dos nomes de Jack e Sebastian, bem como a longa lista de apelidos deles para si mesmos e seus amigos. Seria incômodo provê-las de notas individualmente, de modo que preparei esta lista.

Jack Kerouac – Jean, John, Zagg, Zaggus, Zagguth, Zaggo, Duc, Baron De Bretagne e mestre louco de Columbia.
Sebastian Sampas – Sam, Sabby, Sabbas, Sebastean, Sambati, Príncipe de Creta
George J. Apostolos – George, G.J., Fouch, Fouchi
Joseph Beaulieu – Scott, Scotty
William Chandler – Bill, Billy
George Constantinides – Constantinides
Jim Dorne – Jim, O'Dea, Jimmy
John MacDonald – Ian, Yann
Doris Miller – Dvari
Cornelius Murphy – Connie
Ronald Salvas – Salvey

PARTE I

O mar é meu irmão

Introdução

Primeira grande obra de Jack Kerouac, O mar é meu irmão *foi escrito na primavera de 1943 e, até agora, jamais fora publicado na íntegra. Sua importância para esse período inicial da vida de Jack é indiscutível, e é o ponto crucial em sua carreira de escritor, quando ele trabalha dia e noite, diligentemente, escrevendo à mão esse primeiro romance.* O mar é meu irmão *é o grande destaque deste volume e a melhor apresentação de Jack como jovem escritor, portanto aparece aqui em sua própria seção. Romance curto de 158 páginas, é a mais séria das obras que Jack escreveu durante esse período de sua vida. Junto com outros escritos inéditos, encontrados na Parte II desta coleção, podemos ver prontamente o poder de seu discurso e o desenvolvimento de sua visualização. Pouco depois de escrever* O mar é meu irmão, *Jack iniciou* Cidade pequena, cidade grande, *publicado em 1950, o qual lançou sua carreira como escritor. Esses dois romances, ambos baseados em suas experiências da vida real, são parte do método de escrita que ele começou a desenvolver em 1943 e que alcunhou de "Suprema Realidade". Ele descreve* O mar é meu irmão *em cartas para Sebastian Sampas e lhe envia trechos para ler (ver Parte III), bem como o compartilha com outros amigos de Lowell, Massachusetts.*

Jack começou essa obra não muito tempo depois de sua primeira jornada como marinheiro mercante do SS Dorchester, no final do verão-outubro de 1942, durante a qual manteve um diário detalhando a árdua rotina diária da vida no mar. Inspirados pela viagem, que exemplificava o amor de Jack por aventura, e pelos traços de personalidade dos seus companheiros no navio, os diários eram esboços espontâneos dessas experiências que depois foram entremeadas em seu romance.

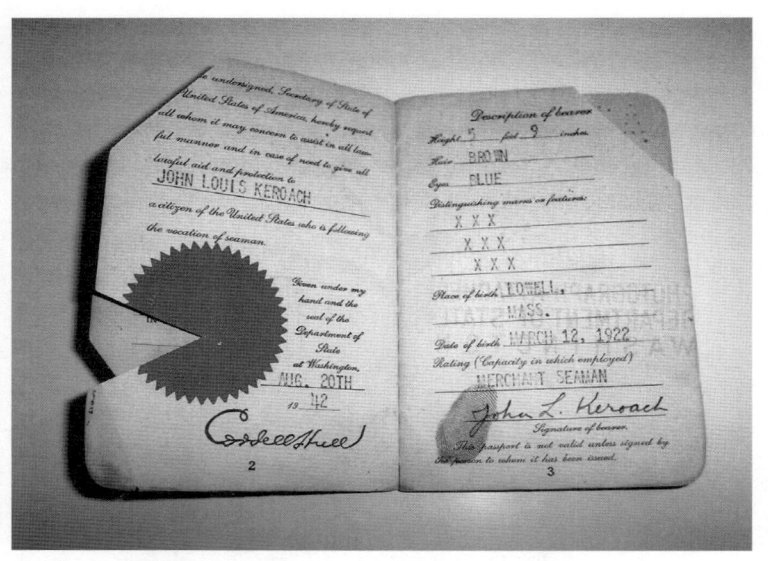

Passaporte de Jack, emitido em 20 de agosto de 1942

Foto do passaporte de Jack

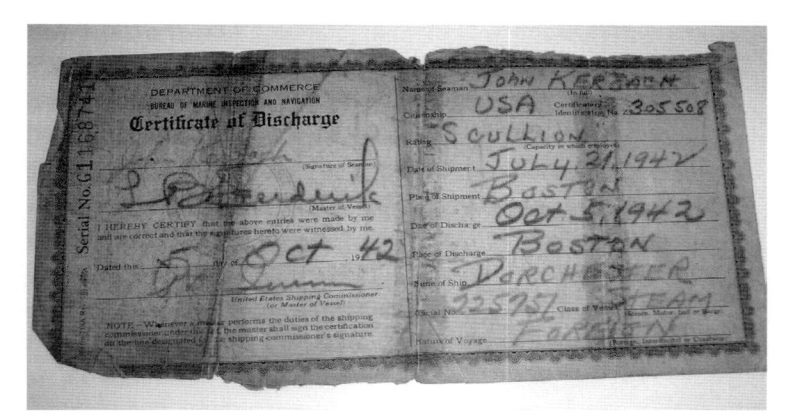

Certificado da dispensa de Jack do *SS Dorchester*, 5 de outubro de 1942

O diário intitulado "Viagem à Groenlândia" é datado de 1942, com o subtítulo "DORES DO CRESCIMENTO ou UM MONUMENTO À ADOLESCÊNCIA", e começa com um poema datado de 17 de abril de 1949, vários anos após O mar é meu irmão *ter sido escrito*.

> A vida toda não passa de uma ossada de caveira e
> uma sequência de costelas através das quais
> passamos continuamente comida & combustível –
> para que possamos queimar
> com fúria tão bela.

O primeiro apontamento, com data de sábado, 18 de julho de 1942, descreve sua primeira noite no convés do Dorchester, *a refeição que comeu (cinco costeletas de cordeiro) e contém este trecho escrito cedo na manhã seguinte:*

> Eu me sentei numa espreguiçadeira algum tempo depois e refleti sobre várias coisas. Como devo escrever este diário? Para onde vai este navio, e quando? Qual é

o destino desta grande banheira cinza? Assinei contrato na sexta-feira, ou ontem, e não começo a trabalhar até segunda de manhã.... Poderia ter ido pra casa para me despedir – mas despedidas são tão difíceis, tão angustiantes. Não tenho a coragem, ou talvez a dureza, para suportar o tremendo páthos desta vida. Amo a beleza casual da vida – temo sua força terrível.

Logo no início do diário "Viagem à Groenlândia", temos evidência dos planos de Jack para as observações que ele estava fazendo. Na página 12, ele anota que "Até agora, eu me abstive de apresentar quaisquer personagens neste diário, por medo de que pudesse me enganar devido a uma breve convivência com as pessoas em questão e acabasse sendo forçado a revogar opiniões e julgamentos anteriores". *Jack segue escrevendo que, embora o diário fosse criar um* "aceitável registro de bordo", *ele sentia que deveria* "contar a história dentro da história". *Diz que* "talvez um dia queira escrever um romance sobre a viagem", *e seria capaz de encontrar todos os detalhes:* "um escritor de verdade nunca esquece estudos de personagem, e nunca esquecerá". *Ele de fato registra esses estudos de personagem, no entanto, mais tarde naquele dia.*

2 de agosto
ESTUDOS DE PERSONAGEM

Eis alguns dados sobre meus colegas ajudantes de cozinha e outros: Eatherton é apenas um garoto de bom coração, da região "barra pesada" de Charleston, Mass, que tenta viver de acordo com seu ambiente, mas não consegue, porque seu sorriso é muito infantil, muito endiabrado. Ele é um marujo já veterano e me enche de desafios porque sou o desprezível "tipinho de faculdade" que "lê livros o tempo todo e não sabe nada sobre a vida em si". Don Graves é um garoto mais velho, bastante bonito, com um notável senso de humor e de palhaçada que muitas vezes me deixa tonto. Consegue brincar com as emoções das pessoas, pois inegavelmente tem uma personalidade forte e comovente. Ele tem 27 anos e acredito que me encara com alguma dose de piedade e balançar de cabeça – mas nenhuma compaixão. Ele não tem muito disso, e nenhum aprendizado; mas considerável juízo mundano e habilidade inata, e um certo encanto que é quieto e seguro. Eddie Moutrie é um filho da mãe *boca suja*, cheio de veneno e de uma beleza escura e encovada, muitas vezes de ternura. Eu o vejo agora, fumando com sua careta de desprezo, virado para outro lado, gritando escárnio para cima de mim com uma voz áspera e bruta, voltando seu olhar com olhos vazios e ternos.

2 de agosto

MAIS

Eles são bons garotos, mas não conseguem me entender, e são assim enraivecidos, amargos e cheios de assombro escondido. Então temos o cozinheiro-chefe, um homem de cor gordo com traseiro proeminente que gosta de bancar o democrata e muitas vezes descasca batatas conosco. Seu rosto é gordo e sinuoso, com um toque de decoro infantil. Seu rosto parece dizer: "Bem, estamos aqui, e as coisas estão em toda a devida harmonia e ordem". Ficou gordo comendo suas próprias comidas. Ele se senta à nossa mesa de refeições usando um fantástico quepe de cozinheiro e pega delicadamente a comida com as mãos engorduradas e rechonchudas. Todas as coisas estão em ordem com o cozinheiro-chefe. Ele é a antítese de Voltaire, a criança de Leibniz.
E então temos Glory, o cozinheiro negro gigante, cuja voz profunda sempre pode ser ouvida em seus gemidos

macios acima do rumor da cozinha. Ele é um homem entre os homens – gentil, impenetrável, ainda assim um líder. A glória que é Glory...

"Shorty" é um homenzinho magrelo e seco, sem dentes, com uma pequena mandíbula de bruxa. Ele pesa uns quarenta quilos e, quando está enfurecido, ameaça nos atirar todos pelas vigias.

"Hazy" é um jovem de constituição física poderosa, corado

2 de agosto

LES MISERABLES

Que trabalha, come e dorme e raramente fala. Ele está sempre em seu beliche, dormindo, sorrindo quando Eatherton peida na cara dele: então se vira e retorna ao seu mundo solitário e sonolento.

"Duke" Ford é um jovem encovado que foi torpedeado ao largo do Cabo Hatteras e leva as marcas de estilhaços da explosão em seu pescoço. É um tipo simpático, mas a marca frenética da tragédia ainda paira em seus olhos; não sei se algum dia ele vai esquecer as 72 horas no bote salva-vidas e o sujeito com os cotos sangrentos em seus ombros que pulou do bote num acesso de loucura e cometeu suicídio no mar da Carolina...

Depois temos o bastante estúpido Paul, um jovem esquisito e quase idiota, alvo da zombaria de todos os sacanas da tripulação. Eles estão fazendo uma bela bagunça com a ternura que a mãe dele deve ter lhe ensinado. Sua voz é uma estranha mistura de bondade, desespero e tentativas inúteis de rosnar pseudovirilidade. É patético ver esse pobre rapaz em meio a tolos insensíveis e vagabundos estúpidos... porque a maioria da tripulação é bem isso, e eu não vou escrever sobre eles, exceto

2 de agosto
VAL, O PREFERIDO DAS MULHERES

como um corpo principal nesta narrativa. Eles não têm boas maneiras, nenhum escrúpulo e gastam seu tempo de lazer jogando e apostando no refeitório, seus semblantes inexpressivos brilhando com antiga crueldade sob as luzes douradas. Ó Satanás! Mefistófeles! Judas! Ó Benaías! Ó olhos malignos que cintilam sob as luzes! Ó tilintar de prata! Ó trevas, Ó morte, Ó inferno! Facas embainhadas e carteiras acorrentadas: lascivos, agarrando, enganando, matando, odiando, rindo nas luzes...

O diário de Jack termina em 19 de agosto de 1942, logo depois da chegada à Groenlândia. Os últimos apontamentos são um conto intitulado "'QUE PREÇO SEDUÇÃO?' OU UM ROMANCE DE 5 CENTAVOS EM UMA BOBINA UM BREVE CONTO BREVE – 'O COMUNISTA'", dois poemas, um texto descritivo de personagem chamado "PAT" e um conjunto de notas chamado "JACK KEROUAC VERSO LIVRE, QUATRO PARTES". Este poema escrito no mar abrange muitas das frustrações diárias manifestadas no diário sobre ser diferente do resto da tripulação.

QUANDO EU ESTAVA NO MAR

Certa vez, quando eu estava no mar,
Conheci um rapaz que é famoso agora.
Seu nome é cantado na América,
E levado para outras terras distantes.
Mas quando o conheci, muito tempo atrás agora,
Era um rapaz com olhos solitários.
O contramestre riu quando Laddie escreveu:
"Irmãos Verdade!" em seu diário.
"Maldito veadinho!"
Rugiu o bruto contramestre pesadão.
"Você não sabe como é a vida,

Você com todos os seus livros de mulherzinha!
Olhe para mim! Sou implacável e inabalável,
E tenho muito a ensinar-lhe!"
Assim o contramestre zombou, e o contramestre rosnou,
E o colocou na faina fria.
E o garoto, com sua poesia,
Queria vigiar na proa
E refletir diante do mar,
Mas o contramestre riu, e rosnou,
E o colocou na faina fria.
No porão, em meio à fetidez...
Então certa noite, uma louca noite escura,
O rapaz parou na proa balouçante
E a tempestade açoitou tudo em volta.
O contramestre riu, e sem pensar duas vezes
O colocou na faina fria,
Esse veadinho da poesia...
Com vento solto no céu perdido,
Tenebrosa noite para o fratricídio!

-JK

Jack desembarca do Dorchester mas continua pensando no mar como um símbolo para a integração de seus amigos e a promessa da irmandade. Depois de um breve retorno a Columbia, ele volta para Lowell com seus pais, arranja trabalho numa garagem em Middlesex Street e começa laboriosamente a escrever à mão esse romance.

O mar é meu irmão é um intrincado estudo de personagem que repetidamente reflete a correspondência de Jack com Sebastian entre 1940 e 1943 (ver Parte III). O conflito do próprio Jack entre seus amigos intelectuais e seus amigos da classe operária é incorporado nos dois personagens principais, Bill Everhart e Wesley Martin, por exemplo no Capítulo Um, quando do primeiro encontro dos dois: "Everhart analisou o desconhecido; num determinado momento, quando Wesley olhou para Everhart e viu que ele o encarava por trás dos fantásticos óculos, os olhos de ambos se engajaram em combate, os de Wesley tranquilos e descomprometidos, os de Everhart convidando ao enfrentamento, a expressão do cético descarado".

Jack fez diversas tentativas para o primeiro capítulo*, e numa das versões preparatórias aparecem algumas notas muito esclarecedoras a respeito do desenvolvimento dos personagens em torno do que ele considerava ser sua própria dupla personalidade.

Logo soube que era velho demais para persistir em meus modos infantis. Relutantemente, desisti. (Algum dia vou explicar a você os detalhes desse mundo – eles são enormes em número e complexos num nível de maturidade.) Assim, num lado, o menino solitário meditando sobre sua " rica vida interior"; e, no outro, o campeão da vizinhança jogando bilhar no clube. Estou convencido de que não deveria ter escolhido essas duas personalidades não tivesse sido eu um imenso sucesso nos dois divergentes mundos-personalidade. É um acontecimento bastante raro... e nenhum dos prometeicos parece ter esses dois temperamentos, salvo, talvez, Constantinides. Naturalmente, meu lado mundano vai piscar para os rabos de saia, soprar a espuma de uma caneca e brigar num estalar de dedos. Meu eu esquizoide, em outra ocasião, vai escarnecer, escapulir furtivamente e cismar em algum lugar escuro.
Passei por todo esse trabalho, descrevendo a minha dupla personalidade, por um propósito além do egocentrismo. Em meu romance, veja, Everhart é o meu eu esquizoide, Martin, o outro; os dois combinados colocam em

---

* Jack se valeu de suas experiências como marinheiro mercante para diversos projetos literários: "Dois mundos para um mundo novo", "Pulsação do mar" e a peça de um ato "Os marinheiros" são algumas das variações nesse tema. Tais textos podem ser encontrados no arquivo Kerouac, Coleção Berg, Biblioteca Pública de Nova York. (N.E.)

funcionamento a gama paralela da minha experiência. E em ambos os casos, o esquizoide recomendará prometeísmos (se é que posso cunhar a expressão), e o outro eu (Wesley Martin) atuará como agente de estímulo –
E como em todas as minhas outras obras, "O mar é meu irmão" vai afirmar a presença da beleza na vida, beleza, drama e significado....

Há um pouco de Jack em ambos os personagens, mas é possível encontrar elementos da personalidade de Sebastian também. Everhart, um professor de inglês na Universidade de Columbia, muitas vezes pontifica interminavelmente para o grupo de amigos, assim como Sebastian era conhecido por fazer o mesmo com os prometeicos. A busca de Sebastian pelo significado e pela humanidade da vida é também a principal busca intelectual de Everhart, e ambos estão à procura de aventura para expandir suas vidas acadêmicas. Sebastian escreve para Jack em fevereiro de 1941, após conhecer um marinheiro mercante: "Eu quero ver Paris – Ele me contou de Paris e dos palpitantes (essa palavra é usada corretamente) amantes de Paris. As Grandezas de Versalhes – O Sul da França – A Riviera – da América do Sul, de Cuba, Havaí – os suaves Mares do Sul". Everhart, de modo semelhante, vê a oportunidade de sair navegando com Wesley: "Porto Said! Alexandria! O Mar Vermelho! Aí está o seu Oriente... Eu vou vê-lo!".

No entanto, o personagem de Everhart é derivado na maior parte das próprias experiências de Jack. As investigações intelectuais de Everhart, por exemplo, podem ser obtidas com muito pouco risco; pois ele vive com seu pai, irmão e irmã, bem como ocorria com Jack. O desejo de Everhart por experimentar algo mais real e mais estimulante é um eco da recente viagem rebelde de Jack no Dorchester e seu abandono de Columbia. Assim, a decisão de Everhart em dar um salto no escuro simboliza de muitas maneiras o desejo de Jack de se afastar temporariamente de seu eu intelectual e usar sua natureza perceptiva para inspirar seu trabalho. Jack assinala essa necessidade de ter experiências reais em seu diário:

"Minha mãe está muito preocupada com a minha entrada na Marinha Mercante, mas preciso de dinheiro para a faculdade, preciso de aventura de um certo tipo (a aventura real de cais apodrecidos e gaivotas, águas avinhadas e navios, portos, cidades e rostos & vozes); e quero estudar mais sobre a Terra, não a partir de livros, mas a partir da experiência direta" *(registro do diário* Viagem à Groenlândia, *datado de 20 de julho de 1942).*

O personagem Martin, por outro lado, já está livre de quaisquer fardos intelectuais. Jack se refere a ele como seu "lado mundano", que é livre para ir e vir sem restrições. Um errante do mundo, Martin segue de porto em porto, absorvendo experiências sem medo ou compromisso. Na carta de Jack para Sebastian em novembro de 1942 (p. 389), ele tenta convencê-lo a sair navegando com ele, explicando que queria voltar para o mar com os marinheiros mercantes, e suas palavras refletem o personagem de Martin: "Mas acredito que quero voltar para o mar... pelo dinheiro, pelo lazer e pelo estudo, pelo romance de cortar o coração e pelo âmago do momento". *As anotações de Jack em outra cópia de trabalho do romance reforçam sua intenção de incluir todos os aspectos de suas experiências mundanas:* "Nesse livro, 'O mar é meu irmão', haverei de tecer toda a paixão e a glória de viver, sua inquietação e sua paz, sua febre e seu fastio, suas manhãs, tardes e noites de desejo, frustração, medo, triunfo e morte....".

Nessa mesma carta para Sebastian, Jack expõe o dilema interno, de questionamento da alma, que O mar é meu irmão *tenta resolver:*

> Estou jogando fora o meu dinheiro e a minha saúde aqui em Columbia... tem sido uma devassidão enorme. Fico sabendo de vitórias americanas e russas e insisto em comemorar. Em outras palavras, estou mais interessado no âmago dos nossos momentos incríveis do que em dissecar "Romeu e Julieta".... no presente, entenda.... Você não quer viajar para os portos do Mediterrâneo, talvez Argel, para Marrocos, Fez, o Golfo

Pérsico, Calcutá, Alexandria, talvez os antigos portos da Espanha; e Belfast, Glasgow, Manchester, Sidney, Nova Zelândia; e Rio e Trinidad e Barbados e o Cabo; e Panamá e Honolulu e as vastíssimas Polinésias... Não quero ir sozinho dessa vez. Quero o meu amigo comigo... meu louco irmão poeta.

As referências sobre desperdiçar seu dinheiro em Columbia fazem paralelo com o próprio questionamento interno de Everhart: "O que é que ele estava fazendo com sua vida?", *e se tornam seu impulso para navegar ao Exterior com Martin. Conversas sobre camaradas e irmandade, temas que tinham sido profundamente considerados na correspondência de Jack e Sebastian, são parte essencial desse romance e ajudam a resolver a batalha de Jack com suas opiniões políticas em transformação. Sua paixão quando mais jovem pela ideia dos prometeicos e dos movimentos progressistas cede lugar a sua natureza mais crítica, que começou a se desenvolver após sua introdução na Marinha. Ele escreve do quartel da Marinha:* "Ainda que eu seja cético quanto à administração do movimento progressista, hei de reprimir todos os julgamentos até entrar em contato direto com essas pessoas – outros comunistas, russos, políticos etc., artistas esquerdistas, líderes, trabalhadores e assim por diante" *(carta para Sebastian, meados de março, 1943).*

O mar é meu irmão *representa a transição de Jack como escritor, como ele diz a Sebastian numa carta datada de 15 de março de 1943:* "Estou escrevendo 14 horas por dia, 7 dias por semana... Sei que você vai gostar, Sam; o livro tem compaixão, tem um certo elemento que vai agradar a você (irmandade, talvez)".

Meus comentários editoriais são apresentados em itálico, com detalhes nas notas (sem itálico) para ajudar a esclarecer e explicar referências. A colocação de hifens, travessões, apóstrofos etc. foi somente padronizada com fins de legibilidade. Corrigi erros de ortografia exceto quando eles parecem ser intencionais (a maioria está marcada com "[sic]"), incluí alguns elementos editoriais e colchetes de pontuação adicional e, onde há material faltando, algo ilegível ou obscurecido de outro modo, assinalei tal circunstância com colchetes vazios [ ]. Espaçamentos e quebras de linha foram preservados onde a ênfase das palavras seria afetada; de outro modo, as margens, os parágrafos e os espaçamentos entre linhas foram padronizados. Onde Jack Kerouac e Sebastian Sampas editaram seu próprio material, riscando e reescrevendo, incluí somente a versão final, a menos que o contexto não seja claro ou palavras pareçam estar faltando. As datas estão aproximadas em muitas das cartas e em alguns dos contos e são baseadas em referências que aparecem no texto e em outros materiais do arquivo. Todas as fontes estão citadas na bibliografia. O arquivo de Kerouac pode ser encontrado na Coleção Berg, Biblioteca Pública de Nova York, e as obras de Sampas estão num arquivo familiar privado em Lowell, Massachusetts.

D.M.W.*

---

* DAWN WARD é doutora pela Universidade de Nova York e foi recentemente premiada com uma bolsa de pesquisa em História da Arte no High Museum, em Atlanta, Geórgia. Ela participou dos comitês de organização para as conferências sobre a Geração Beat e sobre Kerouac na NYU em 1994 e 1995, e lecionou e apresentou sua pesquisa sobre os beats na UMASS Lowell e na Universidade da Louisiana. Atualmente é professora de História da Arte e Design no Becker College, em Massachusetts.

Autorretrato esquisito no mar, dos diários de Jack no mar

MERCHANT MARINER

by John Kerouac

— FIRST MANUSCRIPT — MARCH, 1943 —

:— Not Copyrighted —:

Folha de rosto de *Marinheiro mercante*

O mar é meu irmão

CAPÍTULO UM

A garrafa quebrada

Um jovem, cigarro na boca e mãos nos bolsos das calças, desceu os degraus de uma pequena escada de tijolos na saída do saguão de um hotel na parte alta da Broadway e dobrou na direção da Riverside Drive, arrastando-se de modo curioso, com passos lentos.
    Anoitecia. As ruas quentes do mês de julho, encobertas por uma neblina de mormaço que turvava os contornos nítidos da Broadway, fervilhavam com um cortejo de ambulantes, coloridas barracas de frutas, ônibus, táxis, automóveis lustrosos, lojas kosher, marquises de cinema e todos os inúmeros fenômenos que criam o brilhante espírito carnavalesco de uma via pública em meio ao verão de Nova York.
    O jovem, vestindo casualmente uma camisa branca sem gravata, um surrado casaco de gabardine verde, calça preta e mocassins, parou diante de uma banca de frutas e examinou as mercadorias. Na mão delgada, contemplou o que restava de seu dinheiro – duas moedas de 25 centavos, uma de dez e uma de cinco. Comprou uma maçã e seguiu seu caminho, mastigando pensativamente. Gastara tudo em duas semanas; quando aprenderia a ser mais prudente? Oitocentos dólares em quinze dias – como? onde? e por quê?
    Quando jogou para longe o miolo da maçã, sentia ainda a necessidade de satisfazer seus sentidos com alguma [ ] ociosidade

ou outra, de modo que entrou numa loja de charutos e comprou um charuto. Somente o acendeu quando já estava sentado num banco na Drive, diante do rio Hudson.

Havia um frescor ao longo do rio. Atrás dele, a enérgica vibração de Nova York suspirava e pulsava como se a própria ilha de Manhattan fosse uma corda desarmoniosa tocada pela mão de algum demônio descarado e atarefado. O jovem se virou e percorreu com seus olhos escuros e curiosos os altos telhados da cidade e embaixo, na direção do ancoradouro, onde a corrente de luzes da ilha curvava-se num arco poderoso, contas ardentes enfileiravam-se em sucessão confusa na névoa do verão.

O charuto tinha o gosto amargo que ele queria sentir na boca; fornecia uma sensação plena e ampla entre os dentes. No rio, ele podia distinguir vagamente os cascos dos navios mercantes fundeados. Uma pequena lancha, invisível exceto por suas luzes, deslizava por um caminho costurado, passando pelos escuros cargueiros e navios-tanque. Com um assombro silencioso, inclinou-se para a frente e observou os flutuantes pontos de luz que se moviam lentamente rio abaixo em líquida graciosidade, seu quase mórbido interesse fascinado por algo que poderia parecer banal para outra pessoa.

Esse jovem, no entanto, não era uma pessoa comum. Tinha uma aparência normal, pouco mais alto do que a média, magro, um semblante côncavo marcado pela proeminência do queixo e pelos músculos do lábio superior, a boca expressiva com linhas delicadas, mas abundantes entre os cantos dos lábios e o nariz fino, e um par de olhos simétricos e simpáticos. Mas seu comportamento era estranho. Costumava manter a cabeça muito erguida, de maneira que observava tudo num escrutínio que vinha de cima, com certa atitude abstraída que continha uma curiosidade altiva e inescrutável.

Nessa postura, fumou o charuto e observou os passantes que seguiam pela Drive, em paz com o mundo segundo todas as aparências. Mas não tinha dinheiro e sabia disso; no dia seguinte, não teria sequer um tostão. Num arremedo de sorriso formado ao erguer um canto da boca, tentou lembrar-se de como gastara seus oitocentos dólares.

A noite anterior, ele sabia, custara-lhe seus últimos cento e cinquenta dólares. Bêbado por duas semanas consecutivas, reconquistara finalmente a sobriedade num hotel barato no Harlem; de lá, lembrou, tomara um táxi até um pequeno restaurante na Lenox Avenue que servia somente costeletas. Fora ali que conhecera aquela bonita garota de cor que fazia parte da Juventude Comunista. Lembrou que haviam tomado um táxi até Greenwich Village, onde ela queria ver certo filme.... não era *Cidadão Kane*? E depois, num bar na MacDougall Street, ele a perdeu de vista quando topou com seis marinheiros sem dinheiro; eram de um contratorpedeiro em dique seco. Desse ponto em diante, conseguia lembrar-se de pegar um táxi com eles e cantar músicas de todos os tipos e descer no Kelly's Stables na 52nd Street e entrar para ouvir Roy Eldridge e Billie Holliday. Um dos marinheiros, um auxiliar de farmacêutico com traços vigorosos e cabelos escuros, falou o tempo inteiro sobre o trompete de Roy Eldridge e sobre como ele estava dez anos à frente de qualquer outro músico de jazz, com exceção, talvez, de dois outros que tocavam às segundas no Minton's, no Harlem, Lester alguma coisa* e Ben Webster; e sobre como Roy Eldridge era realmente um pensador fenomenal, com ideias musicais infinitas. E então foram todos para o Stork Club, que um outro marinheiro sempre quisera conhecer, mas estavam todos entorpecidos demais para que pudessem ser admitidos, de modo que recorreram a uma espelunca barata para dançar, onde ele comprara um maço de bilhetes para o grupo. De lá tinham partido para um lugar no East Side onde a madame lhes vendeu três litros de scotch, mas quando se deram por satisfeitos a madame se recusou a deixar que dormissem todos ali e os chutou para fora. De qualquer maneira, já não aguentavam mais o lugar e as garotas, e assim rumaram cidade acima na direção oeste até um

---

* Lester Young e Webster eram saxofonistas de jazz. (N.E.)

hotel na Broadway onde ele pagou por uma suíte dupla e terminaram de beber o scotch e desabaram em cadeiras, no chão e nas camas. E então, no final da tarde seguinte, ele acordou e encontrou três dos marinheiros esparramados em meio a uma desordem de garrafas vazias, quepes de marinheiro, copos, sapatos e roupas. Os outros três tinham saído para algum lugar, talvez em busca de um antiácido ou suco de tomate.

Então ele se vestiu lentamente, depois de tomar um banho demorado, e foi dar uma volta, deixando a chave na recepção e pedindo ao recepcionista que não perturbasse seus companheiros adormecidos.

E aqui estava sentado agora, sem ter no bolso nada mais do que cinquenta centavos. A noite anterior custara mais ou menos $150, entre táxis, bebidas aqui e ali, contas de hotel, mulheres, bilhetes de entrada e tudo mais; os bons momentos estavam acabados naquele momento. Sorriu ao recordar como tinha sido engraçado quando acordou poucas horas antes, no chão, entre um marinheiro e uma garrafa de um litro vazia, e com um de seus mocassins no pé esquerdo e o outro no chão do banheiro.

Jogando para longe o toco do charuto, levantou-se e atravessou a Drive. De volta à Broadway, caminhou lentamente cidade acima, fitando com olhar calmo e curioso lojas de sapatos, oficinas de conserto de rádios, farmácias, bancas de jornal e livrarias fracamente iluminadas.

Na frente de uma barraca de frutas, estacou o passo; a seus pés, um pequeno gato miou para ele num gritinho de lamúria, abrindo o botão rosa de sua boca num formato de coração. O jovem se agachou e pegou o gato no colo. Era um gatinho bonito, com pelo cinza listrado e uma cauda notavelmente espessa para sua idade.

"Oi, tigrinho", ele o cumprimentou, segurando o rosto pequenino na palma da mão. "Onde é que você mora, hein?"

O gato miou uma resposta, seu corpinho frágil ronronando na mão dele como um instrumento delicado. Acariciou a cabeça minúscula com o dedo indicador. Aquele crânio era uma casca diminuta, algo que podia ser esmagado entre o polegar e o indicador. Encostou a ponta de seu nariz contra a boquinha até que o gato lhe deu uma mordida brincalhona.

"Ha ha! Um pequeno tigre!", ele sorriu.

O dono da banca de frutas estava diante dele, rearrumando seu mostruário.

"Este gato é seu?", perguntou o jovem, aproximando-se com o bichinho.

O homem das frutas virou o rosto moreno.

"Sim, é o gato da minha esposa."

"Ele estava na calçada", disse o jovem desconhecido. "A rua não é lugar para um gatinho, ele vai ser atropelado."

O homem das frutas sorriu: "Você está certo; ele deve ter perambulado para longe de casa". O homem olhou por cima da tenda de frutas e gritou: "Bella!".

Pouco depois, uma mulher apareceu na janela e colocou a cabeça para fora: "Hã?".

"Olha o seu gato aqui. Ele quase se perdeu", gritou o homem.

"Poom-poom!", arrulhou a mulher, avistando o gatinho nas mãos do jovem. "Traga ele para cima, Charley; ele vai acabar se machucando na rua."

O homem sorriu e tirou o gato das mãos do desconhecido; as frágeis patinhas relutaram em mudar de mãos.

"Obrigada!", cantou do alto a mulher.

O jovem acenou com a mão.

"Você sabe como são as mulheres", confidenciou o vendedor de frutas, "elas adoram gatinhos... todas adoram esses bichinhos indefesos. Mas quando se trata de homens, você sabe, elas querem crueldade."

O jovem desconhecido sorriu ligeiramente.

"Não estou certo?", riu o homem, dando um tapa nas costas do jovem e entrando de novo em seu estabelecimento com o gatinho, rindo consigo mesmo.

"Talvez sim", murmurou o jovem para si mesmo. "Como é que eu vou saber?"

Caminhou mais cinco quarteirões cidade acima, mais ou menos a esmo, até chegar a um lugar que era ao mesmo tempo bar e cafeteria, bem na saída do campus da Universidade de Columbia. Entrou pela porta giratória e ocupou um banco vazio no bar.

O recinto estava lotado de bebedores, sua lúgubre atmosfera fervendo na mistura de fumaça, música, vozes e agitação generalizada que é familiar aos frequentadores de bares em noites de verão. O jovem estava quase decidido a sair quando vislumbrou um copo de cerveja que o bartender dispunha diante de outro cliente bem naquele momento. Então pediu um copo também. O rapaz troca olhares com uma garota chamada Polly, que está sentada numa cabine com seus próprios amigos.

Eles ficaram se olhando por vários segundos da maneira descrita acima; em seguida, com casual familiaridade, o jovem falou para Polly: "Aonde *você* está indo?".

"Aonde estou indo?", riu Polly. "Não estou indo para lugar nenhum!"

Enquanto ria daquela inusitada indagação, porém, ela não conseguia deixar de pensar na instantânea possessividade do jovem desconhecido: por um segundo, ele pareceu ser um velho amigo que ela havia esquecido muitos anos atrás e que agora a encontrara por acaso e retomara sua intimidade com ela como se o tempo não tivesse importância em sua mente. Mas ela tinha certeza de que nunca o vira antes. Sendo assim, olhou para ele com algum assombro e esperou por sua próxima jogada.

Ele não fez nada; simplesmente voltou-se para sua cerveja e bebeu um gole meditativo. Polly, perplexa com aquele comportamento ilógico, ficou observando o rapaz por alguns minutos. Ele aparentemente ficara satisfeito com uma coisa apenas, perguntar, naquele instante, aonde *ela* estava indo. Quem ele pensava que era?...isso certamente não era da conta *dele*. E mais:

por que motivo ele a tratava como se a conhecesse desde sempre, e como se tivesse poder sobre ela desde sempre?

Com expressão aborrecida, Polly saiu da cabine e foi fazer companhia ao jovem desconhecido. Não respondeu aos questionamentos gritados atrás dela por seus amigos; em vez disso, falou com o jovem com a curiosidade de uma criança.

"Quem é você?", perguntou.
"Wesley."
"Wesley o quê?"
"Wesley Martin."
"Eu já encontrei você alguma vez?"
"Não que eu saiba", ele respondeu, tranquilamente.
"Então", falou Polly, "por que você?... por quê?... como você...?"
"Como eu o quê?", sorriu Wesley Martin, erguendo um canto de sua boca.
"Que inferno!", gritou Polly, batendo o pé com impaciência. "Quem *é* você?"

Wesley manteve seu divertido arremedo de sorriso: "Eu disse a você quem eu era."

"Não é o que eu quero dizer! Ouça, por que você me perguntou aonde eu estava indo? É isso o que eu quero saber."

"Pois bem?"

"Pois pare de ser tão irritante, pelo amor de Deus – eu estou perguntando a você, não é você que está perguntando a mim!" A essa altura, Polly já estava de fato gritando na cara dele; Wesley divertiu-se com isso, pois agora olhava para ela com olhos arregalados, boca aberta, numa alegria paralisada e permanente que era ao mesmo tempo tão desconsolada quanto tremendamente maravilhada. Parecia que ele estava prestes a explodir em gargalhadas de riso, mas isso não ocorreu; apenas olhou para ela com jocosa estupefação.

Quando Polly estava quase se sentindo magoada com aquela atitude desdenhosa, Wesley apertou o braço dela calorosamente e retornou para sua cerveja.

"Você é de onde?", insistiu Polly.

"Vermont", murmurou Wesley, sem tirar os olhos das operações do bartender junto à torneira.

"Você está fazendo o que em Nova York?"

"Estou na praia", foi a resposta.

"Como assim?", persistiu Polly, em seu espanto infantil.

"Como você se chama?", quis saber Wesley, ignorando a pergunta.

"Polly Anderson."

"Polly Anderson – Bela Polly", acrescentou Wesley.

"Que coisa mais esfarrapada!", disse a garota, com um sorriso afetado.

"Como assim?", sorriu Wesley.

"Não me venha com essa conversa... vocês todos tentam se passar por muito inocentes, é lamentável", comentou Polly. "Você quer dizer que os homens não falam esse tipo de coisa em Vermont? Não tente me enganar, eu sei bem como é."

Wesley não quis fazer nenhum comentário; revirou os bolsos e pegou sua última moeda.

"Quer uma cerveja?", ofereceu a Polly.

"Claro – vamos beber na minha mesa; venha comigo, junte-se a nós."

Wesley comprou as cervejas e levou-as consigo até a cabine, onde Polly organizava um novo arranjo dos assentos. Quando já estavam sentados lado a lado, Polly apresentou seu novo amigo, de modo breve, como "Wes".

"O que é que você faz, meu velho?", perguntou o homem a quem chamavam de Everhart, que estava sentado no canto olhando maliciosamente através de seus óculos de aros grossos na direção de Wesley.

Wesley olhou rapidamente para seu interrogador e encolheu os ombros. Esse silêncio fascinou Everhart; durante alguns poucos minutos, enquanto o grupo foi retornando às conversas joviais, Everhart analisou o desconhecido; num determinado momento, quando Wesley olhou para Everhart e viu que ele o encarava por trás dos fantásticos óculos, os olhos de ambos se engajaram em combate, os de Wesley tranquilos e descomprometidos, os de Everhart convidando ao enfrentamento, a expressão do cético descarado.

Enquanto a noite avançava, as meninas e George Day, em particular, foram ficando extremamente turbulentos; George, cuja estranha imaginação tinha pensado em algo, agora estava rindo com uma careta dolorosa; ele estava tentando contar qual era o motivo de seu júbilo, mas quando chegava à parte engraçada do incidente que tanto o divertia e estava prestes a esclarecer o elemento divertido para os outros, ele de repente se convulsionava em riso. O resultado foi infeccioso: as meninas gritavam, Everhart ria e Polly, com a cabeça no ombro de Wesley, se viu incapaz de parar de dar risadinhas.

Wesley, por sua vez, achou que o dilema de George era tão divertido como a impaciência de Polly mais cedo naquela noite, de modo que agora ele olhava o primeiro com a boca aberta e olhos arregalados de espanto, uma expressão de divertimento tão cômica em si mesma como qualquer coisa que seu portador pudesse querer ver.

Na maior parte do tempo, Wesley não ficou bêbado: ele tinha àquela altura consumido cinco copos de cerveja e, desde que se juntara ao grupo na cabine, cinco pequenos copos de gim puro que Everhart havia alegremente se oferecido para pagar. Mas a atmosfera do bar, sua fumaça pesada e o cheiro de diversos tipos de bebida forte e cerveja, sua algazarra de sons e a batida poderosa e constante do nickelodeon* serviram para turvar seus sentidos, para martelá-los numa submissão abafada com um ritmo lento, delirante, exótico. Com uma boa quantidade disso, Wesley ficou praticamente embriagado; geralmente, podia beber muito mais. Lentamente, começou a sentir um formigamento em seus membros e constatou que sua cabeça balançava, ocasionalmente, de um lado para o outro. A cabeça de Polly começou a pesar bastante em seu ombro. Wesley,

---

* Caixa de música do início do século XX, operada por moedas. (N.E.)

como era seu costume quando estava bêbado, ou ao menos quase bêbado, começou a manter um silêncio tão teimoso como a imperturbabilidade que o acompanhava. Assim, enquanto Everhart falava, Wesley ficou ouvindo, mas optou por fazê-lo em estrito silêncio, sem esboçar qualquer reação.

Everhart, agora completamente embriagado, não era capaz de fazer nada além de falar; e falar foi o que ele fez, embora seu público parecesse estar mais preocupado em exibir a ridícula gravidade dos beberrões. Ninguém estava prestando atenção, a não ser que Wesley estivesse, em sua maneira oblíqua; uma das meninas tinha adormecido.

"O que é que eu posso dizer a eles quando perguntam o que *eu* quero fazer na vida?", entoou Everhart, dirigindo-se a todos com profunda sinceridade. "Digo a eles apenas o que eu não vou fazer; quanto ao que vou fazer, eu não sei, então não digo."

Everhart terminou sua bebida num gesto rápido e continuou: "Meu conhecimento da vida é apenas negativo: sei o que está errado, mas não sei o que é bom... não me interpretem mal, companheiros e meninas... não estou dizendo que não existe nada de bom. É o seguinte, o bom significa perfeição para mim..."

"Cale a boca, Everhart", interveio George, com voz bêbada.

"...e o mal, ou o errado, significa imperfeição. Meu mundo é imperfeito, não há perfeição nele, e portanto nada de verdadeiramente bom. E assim eu meço as coisas à luz de sua imperfeição, ou de seu caráter errôneo; com base nisso, posso dizer o que não é bom, mas me recuso a discorrer inutilmente sobre o que é supostamente bom...."

Polly bocejou alto; Wesley acendeu outro cigarro.

"Não sou um homem feliz", confessou Everhart, "mas sei o que estou fazendo. Eu sei o que sei quando se trata de John Donne e o Bardo; posso dizer nas minhas aulas o que eles significam. Eu iria mais longe dizendo que entendo Shakespeare completamente – ele, como eu, era ciente de mais imperfeição do que geralmente se suspeita. Concordamos quanto a Otelo, o qual, não fossem sua credulidade e ingenuidade inatas, veria em Iago um inofensivo cupinzinho rancoroso, tão fraco e impotente como inconsequente. E Romeu, com sua impaciência fantasiosa! E Hamlet! Imperfeição, imperfeição! Não *existe* o bem; não existe base para o bem, e nenhuma base para a moral...."

"Pare de molestar os meus ouvidos!", interrompeu George. "Não sou um dos seus estúpidos alunos."

"Blah!", acrescentou uma das garotas.

"Sim!", cantou Everhart. "Uma alta esperança para um céu baixo! Shakespeare disse isso em 'Trabalhos de amor perdidos'! É! É isso mesmo! Um céu baixo e homens com altas esperanças... mas, companheiros e meninas, não posso reclamar: tenho um bom cargo na Universidade, como gostamos de dizer; e vivo feliz com meu pai idoso e meu impetuoso irmão mais novo num apartamento confortável; me alimento regularmente, durmo bem; bebo cerveja o bastante; leio livros e participo de inúmeras atividades culturais; e conheço algumas mulheres...."

"Não diga!", gritou George, inclinando a cabeça para dormir durante o monólogo.

"Mas tudo isso é irrelevante", decidiu Everhart. "A revolução do proletariado é a única coisa hoje e, se não for, então é algo aliado a ela – o socialismo, o antifascismo internacional. A revolta sempre esteve conosco, mas agora nós a temos *em pleno vigor*. Os escritos sobre a paz dessa guerra serão cheios de fogos de artifício... existem duas definições para a paz no pós-guerra: A paz boa e a paz sensata. A paz sensata, como todos sabemos, é a paz do homem de negócios; mas *é claro* que o homem de negócios quer uma paz sensata baseada nas tradições da América – ele é um homem de negócios, ele faz parte do negócio! Isso os radicais ignoram: eles esquecem que o homem de negócios depende tanto dos negócios quanto os radicais dependem do apoio privado... tire ambas as coisas de ambos e as duas classes desaparecem como classes. O homem de negócios quer existir também – mas naturalmente ele é propenso a existir à custa dos outros, e assim os radicais não são cegos ao errado. O que eu quero saber é: se os radicais *não* aprovam o liberalismo econômico, ou o laissez-faire, ou o empreendimento privado...."

"Ou o que você quiser!", acrescentou George.

"Sim... em caso afirmativo, o que é que os radicais aprovam? Muito, é claro: eu respeito o conhecimento do errado por parte deles, mas não consigo ver o bem que eles visualizam; estados perfeitos, como é o caso dos radicais mais jovens e mais malucos. Mas os mais velhos, com sua conversa tranquila sobre um país onde um homem pode fazer o seu trabalho e se beneficiar desse trabalho; onde ele também pode existir em segurança cooperativa, mais do que em histeria competitiva – esses radicais mais velhos são um pouco mais perspicazes, mas eu ainda duvido que eles saibam o que é bom: só sabem o que é errado, como eu. Seus sonhos são lindos, mas insuficientes, improváveis e, acima de tudo, ficam abaixo da expectativa."

"Isso acontece por quê?", Everhart perguntou a si mesmo. "É assim porque o movimento progressista não oferece provisão para o espírito: é um movimento estritamente materialista, é limitado. Verdade, um mundo de igualdade econômica e regozijo cooperativo pode fomentar coisas maiores para o espírito – ressurgências na cultura, Renascenças – mas essencialmente é uma doutrina materialista, e uma doutrina míope. Não é tão visionária como acreditam os marxistas. Ora, movimentos espirituais para o espírito! E no entanto, companheiros e damas, quem pode negar o socialismo? Quem pode dar um passo à frente e dizer que o socialismo é um mal quando, nas profundezas mais recônditas da consciência, *sabe* que é moralmente verdadeiro? Mas é um Bem? Não! É apenas uma rejeição, digamos assim, do não-Bem... e até prova em contrário, no moinho do tempo, eu não vou aprová-lo com fervor, vou apenas simpatizar com ele. Devo seguir procurando..."

"Seguir procurando!", gritou George, sacudindo o braço dramaticamente.

"E, no processo, hei de ficar livre: se o processo me negar a liberdade, não vou seguir procurando. Hei de ser livre em todos os momentos, a todo custo: o espírito floresce apenas no homem livre."

"O tempo segue em frente!", sugeriu Polly, cansada.

"Sabe de uma coisa?", propôs Everhart.

"Sim, eu sei!", anunciou George.

"Os socialistas vão lutar pela liberdade, ganhar e escrever a paz – nesta guerra ou na próxima, e vão morrer tendo vivido pelos direitos invioláveis do homem. E depois virão os humanistas, quando o caminho tiver sido pavimentado para eles, e esses humanistas – grandes cientistas, pensadores, organizadores do conhecimento, professores, líderes... em suma, construtores, consertadores, fomentadores... estabelecerão as fundações, nos dias de não-guerra, para o mundo futuro de nunca-guerra. Os humanistas vão trabalhar e pavimentar o caminho para a fabulosa raça final dos homens, que surgirá na Terra numa época em direção à qual o mundo vem sangrando ao longo de séculos, a era da paz e da cultura universal. Esta última, fabulosa e inevitável raça de homens não terá nada para fazer a não ser praticar a cultura, ficar relaxando em contemplação criativa, comer, fazer amor, viajar, conversar, dormir, sonhar e urinar em privadas de plástico. Em resumo, os Grandes Românticos terão chegado com força total, livres para cumprir *todas* as funções da humanidade, sem nenhuma outra preocupação no mundo, exceto que os ingleses ainda preferem Shakespeare enquanto o mundo lê Everhart!"

George olhou para cima rapidamente, de sua posição embaixo da mesa, para onde tinha ido em busca de uma moeda errante: "Por que, Bill, por que você não me disse que seria um escritor?"

Bill Everhart acenou com uma palma despreocupada: "Depois de tudo isso, você não acha que eu daria um escritor esplêndido?".

George fez uma careta: "Fique com as suas aulas. Acho que você daria um escritor meio podre. Além disso, Everhart, você é um pedagogo irremediável, um acadêmico pé no saco e um pedante intrometido e repulsivo."

"Em suma, Bill", acrescentou Polly com um sorriso seco, "você é um lixo".

"E um tratante, ainda por cima", disse George. "Uma coisinha insignificante se amuando na prateleira do tempo", fungando pelo nariz com óbvio deleite, "e uma protuberância na face das coisas."

Polly começou a dar risinhos novamente, seu pescoço longo e branco esticado para baixo, revelando a frágil corrente com crucifixo que usava. Wesley olhou para ela com carinho e, colocando a mão na parte de trás daquele pescoço, virou o rosto dela na direção dele e beijou os lábios surpresos e entreabertos. Ele os sentiu imediatamente suscetíveis e francamente apaixonados. Polly riu e enterrou seu rosto na lapela dele, seu cabelo curto um generoso travesseiro marrom para o rosto recostado do jovem.

"Day, eu ainda acho que você é um sujeitinho de última categoria", acusou Everhart.

"Ah pelamor de Deus, parem com essa conversa maluca! Estou cansada. Vamos embora!" Isso foi dito por Eve, a garota que adormecera. Ela se virou para sua companheira, bocejando: "Você não está cansada, Ginger?".

Ginger, que havia mantido um silêncio entediado durante a maior parte da noite, exceto ao trocar beijos ocasionalmente com seu acompanhante, Everhart, bocejou agora uma resposta afirmativa.

"Claro que não! Devíamos ficar podres de bêbados esta noite", objetou Polly, por cima do ombro de Wesley. "Nós não bebemos nem um pouco!"

"Bem, eles que peguem uma garrafa... Eu quero sair deste lugar, nós ficamos aqui por tempo demais", disse Eve, tirando um pequeno espelho de sua bolsa... "Que diabo, eu pareço um demônio!"

"Você não disse muita coisa esta noite, meu velho", disse Ginger, sorrindo provocativamente para Wesley. Ela foi recompensada com um sorriso fino e curvado.

"Ele não é uma graça?", exclamou Polly, encantada.
Wesley levantou a mão, brincando, como que para golpeá-la.
"Pra onde você quer ir agora?", George perguntou a Eve.
"Ah, vamos subir. A gente pode botar uma música e dançar. Além disso, preciso lavar um par de raions para amanhã de manhã."
"Pensei que você tinha lavado eles hoje à tarde!", disse Ginger.
"Comecei a ler uma True Story Magazine e me esqueci completamente deles."
"Destrambelhada!"
"Sejamos brincalhões!", sugeriu Everhart, batendo na mesa. "Quero ficar cego de tanto beber."
"Você já ficou, garotinho", disse Ginger. "Eve, você poderia lavar as minhas meias de seda enquanto está com a mão na massa... Preciso delas para amanhã à noite."
"Eu lavo se você pegar a minha torradeira na Macy's amanhã."
"Ah, mas amanhã à tarde preciso modelar das duas até as quatro", protestou Ginger, virando o corpo todo na direção da outra. Ambas refletiram por alguns instantes enquanto George Day bocejava. "Mas você pode pegar a torradeira depois!", exclamou Eve.
Ginger ponderou por um instante.
"Fica só cinco quarteirões abaixo do seu apartamento", contribuiu Polly, tornando-se mais interessada nos assuntos de seu mundo.
"Mas preciso fazer o meu permanente, Polly", afirmou Ginger, com um vestígio de desespero.
"Você ainda vai ter tempo."
"Claro!", concordou Polly.
Ginger estava encurralada e sabia disso; ela estava encurralada pela lógica insistente do sexo feminino, tão certo como ela mesma já tinha encurralado outras mulheres algumas vezes.

"Ah, tudo bem, acho que posso", concluiu ela, com relutância. As outras duas garotas inclinaram-se para trás, satisfeitas.

Wesley, que estivera observando e ouvindo enquanto os outros dois homens permaneciam em devaneio, agora também inclinava-se para trás com satisfação. Olhou para Polly e ficou pensando sobre a garota: ela se comportara extraordinariamente bem a noite toda, ao que lhe parecia, mas agora revelara suas verdadeiras cores. Polly era uma mulher! Mas quando apertou o braço dela e Polly encostou seus lábios no queixo dele, dizendo baixinho "Bu!" e beliscando o nariz dele, decidiu que as mulheres tinham suas virtudes.

"Para onde e quando nós vamos?", falou George.

"Pro apartamento", disse Eve, pegando sua bolsa com dedos longos e brilhantes. "Um de vocês dois faça o favor de pegar um litro."

"Eu pego", resmungou Everhart. "Por Deus, vou pegar dois litros."

"Vamos nessa", exclamou Polly.

Na rua em meio à noite fresca, Polly pendurou-se no braço de Wesley e arrastou um passo de dança, enquanto Everhart cruzava a Broadway na direção de uma loja de bebidas. Os outros conversavam e riam; todos admitiram sua insobriedade uns aos outros, exceto Wesley, que encolheu os ombros de modo incerto; eles riram.

No caminho para o apartamento de Eve e Ginger, todos estavam muito alegres e marchavam pela rua secundária, os seis abraçados lado a lado, enquanto Everhart cantava a Marselhesa. Perto de um beco, Day parou o grupo inteiro e brindou à saúde de todos com um dos litros. Todos seguiram o exemplo, Wesley bebendo numa virada da garrafa o que certamente foi um quarto de litro do uísque.

"Você vem lá do Tennessee?", Ginger perguntou enrolando as palavras, enquanto os outros soltavam risinhos de perplexidade.

"Claro que não, mulher!", Wesley respondeu, arreganhando os dentes de um jeito encabulado.

Eles riram ruidosamente e prosseguiram rua abaixo. Dali em diante, Wesley tomou conhecimento de apenas três coisas: que bebeu mais dois enormes goles da garrafa; que estava em Nova York à noite, porque eles andavam por um desfiladeiro íngreme entre altos edifícios com cornijas que se inclinavam loucamente e as estrelas estavam muito distantes de tudo isso, pegando no sono, indiferentes, frias lá em cima no alto e rigorosamente sóbrias; e ainda, por fim, que constatou estar segurando uma garrafa de litro vazia conforme subiam a escadaria até o apartamento, de modo que ele se virou e atirou-a longe na rua vazia e, quando o vidro se espatifou e as garotas gritaram, quis dizer a elas que era *isso* o que ele achava de todas as coisas que tinham conversado naquela noite.

CAPÍTULO DOIS
Nova manhã

Quando Wesley acordou, não ficou surpreso por não saber onde estava. Ele se sentou na beirada da cama e ficou irritado porque conseguia enxergar sua roupa toda, exceto as meias. Depois de ter vestido camisa, calça e casaco, agachou-se no chão com os pés descalços e olhou embaixo da cama. Suas meias não estavam lá.

Saiu do quarto, olhando brevemente para Polly, adormecida na cama dele, e vagou pelo apartamento à procura de suas meias. Entrou no banheiro, sentindo o cheiro vaporoso de sabonete, e vistoriou uma confusão de roupas íntimas de seda, meias de raiom penduradas e combinações descartadas. Elas não estavam em lugar algum; numa última tentativa, espiou embaixo da banheira. Não estavam ali.

Esfregou os dentes com o dedo indicador, jogou água no rosto, espirrou duas ou três vezes e arrastou-se até a sala carregando seus mocassins.

Everhart estava sentado perto da janela lendo uma Reader's Digest.

"Onde diabos estão as minhas meias?", Wesley quis saber.

"Ah, olá, Wes! Como você está se sentindo?", saudou Bill, ajeitando os óculos para observar Wesley.

Wesley sentou-se e colocou seus mocassins nos pés descalços.

"Destruído", admitiu.

"Eu me sinto do mesmo jeito... Que tal um antiácido? Fiz um pra mim na copa."

"Obrigado."

Entraram na copa, por onde uma frágil luz azul-rosa se infiltrava, vinda da rua matinal. Everhart preparou o sedativo enquanto Wesley inspecionava o conteúdo da geladeira, pegando para si uma laranja gelada.

"Somos os únicos acordados", tagarelou Everhart. "George dorme até tarde o tempo todo. Eve saiu para trabalhar de manhã... Não posso dizer que tenho inveja dela depois do que ela bebeu na noite passada."

"Eve é sua garota?", perguntou Wesley.

Everhart entregou-lhe o antiácido: "Eu estava com ela na noite passada; George estava com Ginger".

Wesley bebeu o sedativo.

"Eve trabalha na Heilbroner*, sai ao meio-dia. A própria Ginger vai ter que se levantar meio logo – ela é modelo. Rapaz! Que noite..."

Everhart seguiu Wesley de volta até a sala.

"Polly já está acordada?", Bill perguntou.

Wesley deu de ombros: "Não estava quando eu me levantei".

"Você certamente é o cara com as mulheres", riu Everhart, ligando o rádio. "Ela ficou se jogando em cima de você na noite passada; coisa rara para Polly."

---

* Weber & Heilbroner, loja de roupas masculinas em Lower Manhattan. (N.E.)

"Ela é uma graça", refletiu Wesley. Andou até a janela e sentou-se no parapeito; abrindo uma vidraça lateral, contemplou a rua. A manhã estava fresca e ensolarada. Os edifícios de arenito, lembranças de uma Nova York antiga, assomavam em castanho profundo contra um mágico céu azul; uma brisa com asas cor-de-rosa soprou pela janela aberta. Um leve cheiro de mar encheu a nova manhã.

O rádio começou a tocar uma balada de Bing Crosby. Wesley correu os olhos pela rua e viu o Hudson no horizonte límpido, um resplendor de espelho pontilhado por navios mercantes.

Everhart estava parado ao lado dele: "O que você faz, Wes?".

Wesley apontou para os navios no rio.

Everhart olhou na mesma direção: "Você é um marinheiro mercante, é isso?".

Wesley assentiu enquanto ele oferecia um cigarro ao amigo; eles acenderam em silêncio.

"E como é?", perguntou Everhart.

Wesley voltou seus olhos castanhos para Bill: "Tento fazer do mar a minha casa", disse.

"É uma coisa meio solitária, não é?"

"É", admitiu Wesley, emitindo um duplo anel de fumaça pelo nariz.

"Sempre pensei sobre o mar e os navios e esse tipo de coisa", disse Everhart, seus olhos fixos nos navios distantes. "Fugir de todo esse papo furado."

Eles ouviram riso de mulheres vindo dos quartos, fartas rajadas de júbilo confidencial que precipitaram um sorriso encabulado no rosto de Everhart: "As meninas estão acordadas; mas elas estão rindo tanto do quê?".

"As mulheres sempre riem desse jeito", sorriu Wesley.

"Não é verdade?", concordou Everhart. "Volta e meia isso me tira do sério; eu me pergunto se elas estão rindo de mim..."

Wesley sorriu para Everhart: "Por que razão elas ririam, cara?".

Everhart riu enquanto tirava os pesados óculos para limpá-los; parecia muito mais jovem sem eles: "Vou te dizer uma coisa, no entanto; não existe som mais agradável, de manhã, do que mulheres rindo no quarto ao lado!".

Wesley abriu a boca e arregalou os olhos em sua característica risada silenciosa.

"De quem é este apartamento?", Wesley perguntou em seguida, jogando a bituca de cigarro na rua.

"É da Eve", respondeu Everhart, ajustando os óculos. "Ela é uma beberrona."

Do quarto ao lado a voz de Polly soou, de maneira magoada: "O meu Wesley foi embora?".

"Não, ele ainda está aqui", exclamou de volta Everhart.

"Esse é o meu docinho!", afirmou Polly no quarto ao lado.

Wesley sorriu de seu assento na janela. Everhart aproximou-se dele: "Por que você não vai até lá?".

"Estou meio farto. Isso é tudo o que venho fazendo há duas semanas", confidenciou Wesley.

Everhart riu com gosto. No rádio, ficou sintonizando por um tempo até encontrar um programa satisfatório.

"Battle Hymn of the Republic", informou Everhart. "Uma velha canção das boas, não é? O que você pensa quando a ouve?"

Ambos ficaram ouvindo por algum tempo, até que Wesley deu sua resposta; "Abe Lincoln e a Guerra Civil, eu acho."

Ginger surgiu na sala e ofegou: "Deus meu! Vejam só esta sala!". Aquele era, realmente, um panorama triste: cadeiras estavam viradas, garrafas, copos e coqueteleiras estavam espalhados por toda parte e um vaso havia sido quebrado perto do sofá. "Vou ter que dar um jeito nessa bagunça de algum jeito antes de ir trabalhar", acrescentou ela, mais ou menos para si mesma. "Como você está se sentindo, garotinho?", perguntou para Everhart. E depois, sem pausa para qualquer resposta: "Wes! Você parece estar absolutamente com tudo em cima. Não está com a cabeça explodindo?".

Wesley acenou com a cabeça para Everhart: "Ele me deu um antiácido. Estou numa boa".

"Numa boa", ecoou Everhart. "A última vez que eu ouvi essa expressão..."

"George está dormindo ainda!", interrompeu Ginger, se alvoroçando de um lado a outro, recolhendo as garrafas e outras coisas. "Ele não passa de um bestalhão preguiçoso".

"A última vez que ouvi 'numa boa' foi lá em Charlotte, na Carolina do Norte", continuou Everhart. "Eles também costumavam dizer, quando você queria saber onde ficava algo, que ficava 'bem ali adiante'. Pensei que você fosse de Vermont, Wes."

"Eu sou", sorriu Wesley. "Andei por esse país todo, no entanto; passei dois anos no Sul. As expressões lá deles simplesmente me aparecem na cabeça."

"Já esteve na Califórnia?", perguntou Everhart.

"Em tudo que é canto – 43 estados. Acho que só não passei por Dakota, Missouri, Ohio e uns poucos outros."

"O que você estava fazendo, só vadiando por aí?", indagou Everhart.

"Trabalhei aqui e ali."

"Minha nossa, já são dez horas!", descobriu Ginger. "Vamos tomar um café da manhã agora mesmo! Tenho que sair correndo!"

"Você tem ovos?", perguntou Everhart.

"Ah, que diabo, não! Eve e eu acabamos com eles ontem de manhã."

Polly entrou na sala vestindo o roupão de Ginger, sorrindo depois de um banho: "Estou me sentindo melhor", ela anunciou. "Dia, Wesley!" Ela caminhou até o lado dele e comprimiu os lábios: "Quero um beijo!". Wesley depositou um breve beijo nos lábios dela e então soprou lentamente uma nuvem de fumaça em seu rosto.

"Deixa eu dar uma tragada!", exigiu Polly, esticando a mão para pegar o cigarro.

"Vou descer e comprar alguns ovos e uns bolinhos de café frescos", Everhart disse para Ginger. "Faça um café fresco."

"Ok!"

"Você vem comigo, Wes?", chamou Everhart.

Wesley bagunçou o cabelo de Polly e se levantou: "Certo!".

"Voltem logo", disse Polly, espiando com olhos estreitados por entre uma nuvem de fumaça de cigarro com um ligeiro sorriso sedutor.

"Estaremos de volta num instante!", exclamou Everhart, dando um tapinha nas costas de Wesley.

No elevador automático, eles ainda podiam ouvir a melodia de "Battle Hymn of the Republic" vindo do rádio de Eve.

"Essa música faz você pensar em Abe Lincoln e na Guerra Civil", lembrou Everhart. "Comigo é a mesma coisa, mas isso me deixa louco ao mesmo tempo. Eu quero saber que diabo deu errado, e quem foi que infligiu o erro." O elevador parou no térreo e abriu suas portas. "Aquele velho grito 'América! América!'. O que é que aconteceu com seu significado? É como se uma América fosse apenas isso – a América – uma palavra linda para um mundo lindo – até que as pessoas simplesmente aparecem em seus litorais, lutam contra os nativos selvagens, a desenvolvem, enriquecem e em seguida se recostam para bocejar e arrotar. Deus, Wes, se você fosse um professor-assistente de Literatura Inglesa como eu sou, com suas canções, canções sempre dizendo: 'Vá em frente! Vá em frente!', e então você fica observando a sua sala de aula, olha para fora da janela e ali está a sua América, as suas músicas, o grito do seu pioneiro para desbravar o Oeste – uma sala cheia de filhos da mãe entediados, uma janela encardida dando para a Broadway com seus mercados de carne e bares e sabe Deus o que mais. Será que isso significa que as fronteiras, a partir de agora, devem estar na imaginação?"

Wesley, é de se admitir, não estava ouvindo com grande atenção: não tinha muita certeza em relação ao tema sobre o qual seu amigo divagava. Estavam agora na rua. Adiante, um homem de cor se ocupava lançando uma negra pilha de carvão em um buraco na calçada: o carvão faiscava de volta o brilho matinal do sol como uma colina negra cravejada de pedras preciosas.

"Certamente que sim", Everhart assegurou a si mesmo. "E existe uma promessa nisso: mas não há mais romance! Não há mais camurça e rifles de cano longo e chapéus com rabo e rum amanteigado quente no Forte Dearborn*, não há mais trilhas ao longo do rio, não há mais Califórnia. Esse estado é o fim de tudo; se a Califórnia tivesse se estendido ao redor do mundo até chegar à Nova Inglaterra, poderíamos ter avançado no rumo oeste eternamente, redescobrindo e reconstruindo e seguindo em frente até que a civilização assumisse o aspecto de uma corrida de bicicleta de seis dias com novas possibilidades em cada curva...."

Wesley, caminhando ao redor da pilha de carvão com seu amigo falador, dirigiu-se ao homem com a pá.

"Alô, velhinho! Não se mate nesse trabalho!"

O homem olhou para cima e sorriu alegremente: "Cuidado aí, cara!", ele gritou, com deleite esfuziante, escorando-se em sua pá. "Cê num tá falando a minha língua – eu não dô duro nenhum! Huu huu huu!"

"É assim que se faz, velhinho!", disse Wesley, olhando para trás com um sorriso.

"Juro por Deus", retomou Everhart, ajeitando os óculos, "se estivéssemos em 1760 eu estaria no meu caminho para o Oeste com os caçadores, exploradores e atiradores! Eu não sou rústico, o Senhor é testemunha, mas quero uma vida com propósito, com uma força propulsora, e uma força bem poderosa. Aqui estou eu, em Columbia, ensinando – e daí? Não conquisto nada; minhas teorias são aceitas e isso é tudo. Eu vi como as ideias são aceitas e deixadas de lado para referência... por isso desisti de escrever muito tempo atrás. Tenho 32 agora; eu não iria escrever um livro nem por um milhão. Não há sentido algum nisso. Os exploradores com olhos de lince – eles eram os poetas americanos! Os grandes poetas inconscientes que viam colinas a oeste e estavam satisfeitos e era isso e pronto: eles não precisavam criar rapsódias, suas próprias vidas faziam isso com mais potência do que um Whitman! Você lê muito, Wes?"

---

* Forte do exército dos EUA construído no rio Chicago em 1803. (N.E.)

Estavam agora na Broadway, passeando ao longo da calçada espaçosa; Wesley parou para descascar sua laranja em cima de um cesto público de lixo e, depois de uma pausa, durante a qual franziu as sobrancelhas com escura compaixão, disse: "Eu conhecia um jovem marujo cujo nome era Lucian Smith; ele tentava me fazer ler, porque eu nunca me ocupava muito com leituras". Ele deixou cair a última casca no cesto com um floreio lento, pensativo. "Luke finalmente me fez ler um livro; ele era um bom garoto e eu queria fazer ele se sentir como se tivesse feito um favor pra mim. Então eu li o livro que ele me deu."

"Que livro era?"

"Moby Dick", recordou Wesley.

"De Herman Melville", acrescentou Everhart, assentindo com a cabeça.

Wesley rompeu a laranja em dois pedaços e ofereceu uma das metades para seu amigo. Eles seguiram em frente, comendo.

"Então eu li Moby Dick; li devagar, cerca de cinco páginas por noite, porque eu sabia que o garoto iria me fazer perguntas sobre o livro."

"Você gostou?", perguntou Everhart.

Wesley cuspiu uma semente de laranja, as mesmas sobrancelhas franzidas em seu rosto grave: "Sim", ele respondeu.

"O que foi que o garoto Smith lhe perguntou sobre o livro?", persistiu Everhart.

Wesley voltou seu rosto transtornado para o interrogador e o encarou por alguns instantes.

"Todos os tipos de perguntas", ele afinal disse. "Todos os tipos. Ele era um garoto brilhante."

"Você se lembra de alguma das perguntas dele?", Everhart sorriu, consciente de sua insistente curiosidade.

Wesley deu de ombros: "Num primeiro momento eu não lembro".

"Onde ele está agora?"

"O garoto?"

"Sim..."

O cenho franzido de Wesley desapareceu; em seu lugar, uma impassibilidade pedregosa, quase desafiadora, manifestou-se em seu rosto transformado.

"O Lucian Smith, ele afundou."

Everhart lançou um olhar carrancudo em direção ao seu companheiro: "Você quer dizer que ele foi torpedeado e se afogou?". Everhart disse isso como que incrédulo diante de tal pensamento; apressou-se: "Ele está morto agora? Quando aconteceu isso? Por que foi que... onde aconteceu?".

Wesley meteu a mão no bolso de trás, dizendo: "Na costa da Groenlândia, em janeiro passado". Ele sacou sua carteira de marinheiro, uma coisa achatada e grande, com uma corrente presa. "Esse aqui é o retrato dele", anunciou, entregando a Bill uma pequena foto: "Smith era um bom garoto".

Everhart, pegando a fotografia, ia dizer alguma coisa, mas conteve-se, com nervosismo. Um rosto triste o encarou a partir do retrato, mas ele estava muito confuso para deduzir qualquer outra coisa daquilo: a presença meditativa de Wesley, os sons da rua ganhando ritmo para um novo dia, o alegre calor do sol e a música de uma loja de rádios nas proximidades, tudo parecia transferir aquele rostinho atormentado com seus olhos tristes para um lugar distante, solitário e esquecido, para um reino irreal que era tão inconsequente quanto o minúsculo pedaço de papel de celuloide que ele segurava entre os dedos. Bill devolveu a foto e não conseguiu dizer nada. Wesley não olhou para o retrato, mas o enfiou de volta em sua carteira, dizendo: "Onde vamos comprar os ovos?".

"Ovos...", ecoou Everhart, ajeitando os óculos lentamente. "Dois quarteirões mais à frente."

No caminho de volta, carregados de pacotes, eles falaram muito pouco. Na frente de um bar, Wesley apontou e sorriu levemente: "Vamos lá, cara, vamos entrar e tomar um ligeiro café da manhã."

Everhart seguiu o companheiro para dentro da fria escuridão do bar, com seu aroma molhado e cheiro de cerveja fresca, e sentou-se perto da janela onde o sol se derramava por entre as persianas em tiras achatadas. Wesley pediu duas cervejas. Everhart olhou para baixo e notou que o amigo não usava meias dentro de seus sapatos mocassim; eles descansavam na barra de metal com a calma que parecia ser parte de todo o seu ser.

"Quantos anos você tem, Wes?"

"Vinte e sete."

"Faz quanto tempo que você vem vivendo no mar?"

As cervejas foram colocadas diante deles por um bartender taciturno; Bill jogou uma moeda no balcão de mogno.

"Seis anos agora", respondeu Wesley, levantando o copo dourado para o sol e observando a efervescência de muitas bolhas diminutas que disparavam para cima.

"Você vem levando uma vida bastante despreocupada, não é?", Everhart continuou. "Libertinagens em portos e em seguida voltando para o mar; e assim você vai..."

"Isso mesmo."

"Você jamais faria questão de fincar algumas raízes na sociedade, eu suponho", ponderou o outro.

"Tentei uma vez, tentei fincar algumas raízes, como você diz... Tinha uma esposa, e uma criança encaminhada, meu trabalho era uma coisa estável, a gente tinha uma casa" – Wesley parou de falar e engoliu os pensamentos amargos. Mas prosseguiu: "Nós nos separamos depois que a criança nasceu morta, todo aquele tipo de papo furado: peguei a estrada, vagabundeei por todos os cantos do país e finalmente resolvi sair navegando".

Everhart ouvia com simpatia, mas Wesley tinha terminado seu discurso.

"Bem", suspirou Bill, dando um tapa no balcão, "eu me vejo, aos 32, como um homem excepcionalmente livre e afortunado; só que, honestamente, eu não sou feliz."

"E daí?", rebateu Wesley. "Ser feliz é ok quando acontece; mas outras coisas contam mais."

"Esse é o tipo de afirmação que eu deveria fazer, ou qualquer um dos artistas criativos sobre cujas obras eu falo", considerou o outro, "mas no que diz respeito a você, sem dúvida um farrista de um tipo estou-pouco-me-lixando que tem jeito pra se dar bem com as mulheres e uma capacidade triplicada pra beber, isso parece estranho. Você não se sente feliz quando está torrando o seu pagamento no porto?"

Wesley fez um gesto desgostoso com a mão: "Claro que não! O que mais eu posso fazer com o dinheiro? Eu não tenho ninguém pra quem enviá-lo a não ser o meu pai e um dos meus irmãos casados, e, quando isso está feito, ainda tenho de sobra um monte de dinheiro – eu jogo dinheiro fora, praticamente. Eu não sou feliz, portanto".

"Quando é que você fica feliz?"

"Nunca, eu acho; eu me empolgo com algumas coisas, mas elas não duram; estou falando sobre a praia agora."

"Então você fica feliz no mar?"

"Acho que sim... No mar eu me sinto em casa, de qualquer maneira, e sei como é o meu trabalho e sei o que estou fazendo. Eu sou um A.B.*, sabe... mas quanto a ser feliz no mar, eu realmente não sei. Que diabo, a felicidade é o quê, afinal de contas?", Wesley perguntou, com um traço de escárnio.

"Tal coisa não existe?", sugeriu Bill.

"Você está certo até não poder mais!", afirmou Wesley, sorrindo e balançando a cabeça.

Bill solicitou mais duas cervejas.

"Meu pai é bartender em Boston", confidenciou Wesley. "Ele é um sujeito ótimo."

"O meu velho era trabalhador de estaleiro", Everhart informou, "mas agora ele está velho e fraco; ele está com 62 anos. Eu cuido dele e do meu irmão pequeno financeiramente, enquanto a minha irmã casada, que mora no meu apartamento

---

* Able Seaman [marinheiro de primeira classe], a "tripulação de convés" de um navio. Suas principais funções são avaliações de carga, atracação e desatracação, cuidar do leme e ficar de vigia na ponte de comando como parte da equipe de navegação, bem como a manutenção geral da embarcação. (N.E.)

com o imprestável que é o marido dela, alimenta e toma conta dos dois. O garoto frequenta escola pública – ele é um pestinha valentão."

Wesley ouviu isso sem fazer comentário.

"Eu gostaria de fazer uma mudança; abrir as minhas asas e ver se elas estão prontas pra voar", confessou Bill. "Sabe de uma coisa?... Eu gostaria de tentar a Marinha Mercante, pra ver como é!"

"Como está o seu alistamento?", Wesley perguntou.

"Somente registrado até o momento, a menos que a minha notificação tenha chegado no correio desta manhã", ponderou Bill. "Mas, Deus do céu, eu realmente gostaria dessa ideia!" Everhart caiu em um silêncio meditativo, enquanto o outro acendia um cigarro e inspecionava a ponta incandescente. Viria em boa hora para ele um pouco de dinheiro, considerando que o velho logo precisaria de uma operação de hérnia. O que era que o médico tinha dito?... sete meses? E o garoto poderia querer ir para Columbia dentro de cinco ou seis anos.

"Quanto dinheiro você consegue ganhar numa viagem?", Bill perguntou por fim.

Wesley, com a boca cheia de cerveja, reteve-a por um momento, saboreando a bebida com deleite.

"Pois é", ele respondeu, "isso depende. Você ganharia um pouco menos como marinheiro de segunda classe. A corrida russa renderia pra você em torno de mil e quatrocentas pratas em cinco ou seis meses, com pagamento, bonificação de mar, bonificação de porto e as horas extras. Mas uma corrida curta, como a Islândia, ou uma cabotagem até o Texas, ou uma corrida pela América do Sul, não chegaria nesse montante numa viagem."

Ora, duas ou três viagens de curta duração, ou uma longa, certamente renderiam uma quantia considerável. Everhart, que ganhava trinta dólares por semana em Columbia, dividindo o aluguel com o marido de sua irmã, sempre tivera dinheiro suficiente, mas nunca o suficiente para efetuar qualquer poupança ou lançar as bases para uma futura segurança. Muitas vezes ele conseguia ganhar alguns dólares extras dando aulas particulares em época de exames. Mas desde 1936, quando lhe foi concedido seu mestrado em inglês e teve a sorte de obter um cargo de professor-assistente na universidade, ele tinha se virado mais ou menos bem, gastando todo o dinheiro que ficava em suas mãos e vivendo uma vida de arengas com alunos, professores e pessoas como George Day; vivendo, em suma, uma existência nova-iorquina casualmente civilizada. Ele tinha estudado muito e provara ser um estudante brilhante. Mas a inquietação que havia supurado em seu ser loquaz ao longo dos anos como professor-assistente de inglês, uma imprecisa picada no decorrer de seus dias mais ou menos insensíveis e presunçosos, agora o acometia num afluxo de acusação. O que é que ele estava fazendo com sua vida? Ele nunca se afeiçoara a mulher alguma, fora os alegres e promíscuos relacionamentos que mantinha com várias moças nas proximidades de seu círculo. Outros na universidade, ele agora considerava com uma ponta de remorso, tinham se tornado adequadamente acadêmicos, vestiam boas roupas com o fastio orgulhoso de jovens professores, arranjaram esposas, alugavam apartamentos dentro ou perto do campus e começavam a levar vidas sérias, com propósitos, tendo em mente promoções e títulos honoríficos e uma genuína afeição por suas esposas e seus filhos.

Mas ele havia corrido de um lado a outro nos últimos seis anos vestindo seu manto de gênio, um entusiasmado jovem pendante [sic] com teorias espalhafatosas, roupas surradas e uma convicção descarada na arte da crítica. Ele nunca tinha parado para estimar qualquer coisa que não fosse o mundo. Ele nunca realmente prestara a mínima atenção em sua própria vida, exceto para usar sua própria liberdade como um meio de discutir o tema da liberdade. Sim, ele era o Everhart que dissera para seus alunos, certa manhã triunfal em que a neve açoitava as janelas, que a arte era a revolta dos livros....

Teorias! Preleções! Conversa! Trinta dólares por semana; em casa à noite, enquanto o velho roncava em sua poltrona, corrigindo trabalhos e preparando notas para aulas; lá no bar com George Day, estudando para seu mestrado, conversando em meio a cervejas e fazendo observações oblíquas sobre tudo; peças, concertos, óperas, aulas; correndo de um lado a outro carregando livros gritando saudações para todo mundo; fim de semana festas loucas com conhecidos diversos; em seguida, domingo de novo – o Times, aqueles belos jantares de sua irmã, os debates na mesa com o cunhado dono de loja de rádios, maldito sujeitinho convencido, e um filme com Sonny à noite no Nemo, cheio de universitários de Columbia jogando coisas do alto da galeria. E em seguida de volta para segunda de manhã, uma aula, um almoço rápido na lanchonete, trabalho de referência no período da tarde sentado na biblioteca, uma rápida cerveja antes do jantar e uma palestra de Ogden Nash em McMillin às oito e meia. E então de volta ao bar para uma rápida cerveja, longas discussões com os rapazes – Day, Purcell, Fitzgerald, Gobel, Allen... a mais embriagada turba de pseudoeruditos que ele já tivera o privilégio de contemplar – e finalmente em casa com um pai moribundo, uma irmã intrometida, um cunhado autodenominado humorista, um ruidoso irmão pequeno e um cão poodle de aparência horrível.

Bah! Então Everhart se retira para dormir, colocando seus óculos de aros grossos em cima da cômoda, e estende sua carcaça rechonchuda na cama e pergunta onde é que diabos isso tudo vai dar!

Bem, agora tudo tinha chegado a isto; aos 32 anos, um professor-assistente de aparência esquisita, conhecido amigavelmente em todos os arredores como "Garotinho". O preço de se tentar ser despretensioso! Faça como os outros, procure irradiar dignidade professoral, e eles vão chamar você de William ou Professor Everhart. Pro inferno com isso!

Perdido? Essa palavra de poeta...

"Pensando em sair para o mar?", Wesley interrompeu o devaneio do outro.

Everhart direcionou para ele uma carranca, ainda perdido em seus próprios pensamentos; mas por fim respondeu: "Mesmo que só por uma mudança de ares, sim".

"Vamos tomar outra cerveja", sugeriu Wesley.

Everhart teve de rir: "Seria melhor se a gente começasse a voltar, as meninas estão esperando pelos ovos e por nós".

Wesley acenou uma mão escarnecedora.

Eles tomaram mais cerveja; e mais. Em cerca de 45 minutos, cada um consumiu oito copos de cerveja ale gelada e penetrante. Decidiram voltar. Everhart sentia-se decididamente formigando a essa altura. Durante todo o café da manhã ele disse a todos os outros que estava saindo para o mar com Wesley, repetindo sua decisão em intervalos medidos. George Day, que já estava acordado a essa altura, permaneceu sentado, tomando o seu café da manhã com uma carranca mal-humorada, mastigando um tanto ruidosamente e sem reconhecer a presença dos outros.

Sentindo-se um tanto alegre por causa da cerveja, Everhart deu um tapa nas costas de George e convidou-o a navegar na Marinha Mercante com ele. George exibiu um semblante retorcido, bastante sombrio; com o auxílio de um rosto já sorumbático, pesado com carne extenuada, fez saber que era contrário à sugestão.

Ginger tirou uma fatia de pão da tostadeira e riu: "Você não tem uma aula esta manhã, Georgie?".

Day resmungou algo que soou como "História Antiga do Oriente Próximo e da Grécia".

"Pff!", zombou Everhart, fazendo um floreio com seu garfo. "Venha comigo e *veja* o Oriente Próximo."

George fungou ligeiramente e murmurou com a boca cheia de torrada: "Você não está pensando, não é mesmo, Everhart, que estou fazendo esse curso porque quero saber alguma coisa sobre o Oriente Próximo. O Oriente Próximo é tão valioso pra mim como um copo de leite."

"Há!", gritou Everhart. "Porto Said! Alexandria! O Mar Vermelho! Aí está o seu Oriente... Eu vou vê-lo!"

George arrotou calmamente, desculpando-se após um instante de reflexão.

Polly, empoleirada no colo de Wesley, bagunçou o cabelo do jovem e quis saber se ele tinha um cigarro. Enquanto Wesley tirava um maço do bolso do casaco, a garota mordeu sua orelha e exalou um sopro quente em seu ouvido.

"Ora, ora, Polly!", Ginger disse com uma risadinha.

Depois do café da manhã, Ginger enxotou-os todos para fora e trancou a porta. Ela tinha vestido um conjunto marrom com emendas costuradas e bolsos internos duplos no paletó; por baixo, estava usando uma camisa esporte casual.

"Este é o conjunto com o qual eu tenho que modelar nesta manhã", ela tagarelou para todos em geral. "Doze e noventa e cinco. Vocês não acham que é uma graça?"

"Sem enfeite, sem estrago!", comentou Everhart.

"Será que eu consigo um desses que seja barato?", pediu Polly, no braço de Wesley. "Veja por quanto você consegue um; vou te dar o dinheiro. Achei clássico!"

Eles estavam agora na rua. George Day, muito alto e bamboleante, andava com grande lentidão atrás deles, um tanto incapaz de manter qualquer tipo de dignidade matinal. Polly ia caminhando ao lado de Wesley, conversando alegremente, enquanto Ginger e Everhart falavam um para o outro qualquer coisa que lhes aparecesse na cabeça. Na 110th Street, perto da entrada do metrô, Ginger se separou deles. "Ah, olha só!", exclamou George, apontando para um bar no outro lado da rua. Ginger, pronta para atravessar a rua, virou-se: "Trate de ir pra sua aula, Day!". Ela atravessou correndo a rua para o metrô, seus saltos pequenos e elegantes batendo um staccato rápido. "Como", George quis saber, de modo geral, "uma mulher com pernas assim pode ser tão cruel?" Perto da 114th Street, George se despediu deles com um breve "Tchau, crianças" e se foi em passo arrastado no rumo de sua aula, mãos enterradas relutantemente em seus bolsos.

"Um cavalheiro e um pseudoerudito", observou Everhart. Algumas meninas, usando calças, passaram por eles em grupo, sob a cálida luz do sol; carregavam raquetes de tênis e bolas de basquete, suas cabeleiras multicoloridas radiantes no resplendor da manhã. Wesley avaliou-as com um olhar franco. Quando uma das meninas assobiou, Polly assobiou de volta. Perto de uma pequena loja de charutos, um jovem alto de cabelos encaracolados e um outro mais baixo de óculos apresentaram seus cumprimentos a Polly com um assobio rítmico que acompanhou o tempo de seus passos largos e livres. Polly assobiou de volta para eles.

Eles desceram a 116th Street em direção à Drive.

"É melhor eu ir logo pra casa, ou a minha tia vai me esfolar viva", disse Polly, rindo na lapela de Wesley.

"Onde você mora?", perguntou Wesley.

"Na Drive, perto da casa da Delta Qui", ela disse. "Pois bem, Wes, para onde você está indo agora?"

Wesley voltou-se para Everhart.

"Ele vai me acompanhar", disse o último. "Estou indo para casa dar a notícia ao pessoal. Não preciso pedir, mas quero ver se não tem nenhum problema com eles."

"Bill, você realmente vai ingressar na Marinha Mercante? Pensei que você estivesse apenas bêbado!", confessou Polly, com uma risada.

"Por que não?", vociferou Everhart. "Quero ficar longe de tudo isso por um tempo."

"E a universidade, como é que fica?", Polly questionou.

"Isso não é problema; tudo que tenho a fazer é solicitar um período de férias. Fiquei no batente durante seis anos, sem interrupção; eles certamente vão me conceder o pedido."

Polly voltou sua atenção para Wesley: "Bem, Wes, vou ficar esperando que você venha me pegar esta noite às seis – não, pode ser às sete, tenho que fazer uma manicure na Mae's. Nós vamos ter outra noite maluca. Você conhece algum lugar bom ao qual pudéssemos ir hoje?"

"Claro", sorriu Wesley, "eu sempre arranjo diversão de sobra lá no Harlem; tenho alguns amigos lá, alguns garotos com os quais já naveguei."

"Isso é formidável!", proclamou Polly. "A gente pode ir pra lá; eu gostaria de ver um show antes, no entanto; vamos descer até o Paramount e ver Bob Hope."

Wesley deu de ombros: "Me serve, mas estou sem grana no momento".

"Ah, pro inferno com isso, posso conseguir algum dinheiro com a minha tia!", exclamou Polly. "E você, Bill? Quer que eu chame a Eve pra você? Não acho que ela vá fazer alguma coisa hoje à noite; hoje é sexta, não é?"

"Sim", refletiu Bill. "Veremos quanto a hoje à noite, vou ligar pra você. Tenho que ver o reitor Stewart esta tarde, em função da minha licença." O rosto de Everhart, enrugado em pensamento e indecisão, estava virado na direção do rio. Ele podia ver um varal com roupas de baixo amarrado ao longo do convés de popa de um navio-tanque e um minúsculo vulto imóvel ao lado do canhão de quatro polegadas em uma torre.

"Consigo ver alguém naquele tanque", sorriu Bill, apontando para o distante navio ancorado. "Por que será que ele não está em terra, se divertindo?" Todos eles olharam rua abaixo na direção do navio-tanque.

"Agitação demais na praia, para ele", afirmou Wesley, com uma voz estranha e calma. Everhart disparou um olhar inquisitivo na direção de seu companheiro.

"Wesley!", ordenou Polly. "Venha me pegar às sete em ponto; não se esqueça! Vou estar esperando..." Ela foi recuando com cenho franzido: "Ok?".

"Certo", Wesley respondeu, imperturbável.

"Tchau, meninos!", proclamou Polly; seguindo em frente rua abaixo.

"Até logo", disse Everhart, acenando brevemente.

"Adios", acrescentou Wesley.

Polly virou-se e gritou: "Sete hoje à noite!"

Bill e Wesley atravessaram a rua e pararam enquanto um furgão de leite passava resfolegando. "Eu moro bem aqui", indicou Everhart, apontando a Claremont Avenue. "Jesus, como está quente hoje!"

Wesley, mãos nos bolsos, não disse nada. Um velho cavalheiro de aparência distinta passou por eles, fazendo um breve aceno de cabeça para Everhart.

"O velho Parsons", revelou o último.

Wesley sorriu: "Um raio me parta!".

Everhart golpeou o outro nas costas e riu, bem-humorado, repousando a mão por um momento no ombro magro: "Você é uma figura rara, Wes!".

CAPÍTULO TRÊS
Nós somos irmãos, rindo

A casa de Everhart revelou-se um corredor escuro e desconexo que dava para vários aposentos em cada lado. Livros, revistas e panfletos numa quantidade que Wesley jamais tinha visto estavam espalhados por toda parte em estantes, prateleiras e mesas.

A irmã de Bill, uma mulher um tanto sem cerimônia em meio a seus trabalhos domésticos, gritou para eles, por sobre o rugido lamuriento de um aspirador de pó, que ficassem fora da sala de estar. Caminharam pelo corredor estreito e sombrio até o quarto de Bill, onde os livros eram evidentes em ainda maior confusão e quantidade do que no resto do apartamento. Uma janela espaçosa abria-se diante dos gramados e das luxuriantes árvores folhosas do campus do Barnard College, onde várias das alunas estavam sentadas jogando conversa fora, discutindo seus assuntos de verão.

"Pega isso aqui", disse Everhart, entregando para Wesley um par de binóculos, "vê se consegue detectar eventuais posturas comprometedoras lá embaixo."

O rosto de Wesley iluminou-se com silencioso júbilo; binóculos nos olhos, a boca aberta se alargava na medida em que o humor da situação ampliava o seu deleite.

"Ótimo", ele comentou brevemente, seu riso silencioso começando por fim a fazer tremer seu corpo magro.

Bill tomou dele os binóculos e perscrutou, sério.

"Hmm", ele admitiu.

"É você, Billy?", uma voz de homem chamou do quarto ao lado.

"Sim!", gritou Everhart, acrescentando a Wesley: "O velho pater... espere um segundo."

Quando Bill sumiu de vista, Wesley pegou um caderno e deu uma rápida olhada nele. Na folha de rosto, alguém tinha escrito: "Dê para eles Tom Wolfe da maneira que deveria ser dado – a canção da América em 'Angel', uma das nossas melhores canções, crescendo a partir daí no rumo da sátira – a sátira de 'Colina distante', não simplesmente a mordida de um Voltaire, mas a beleza e a grandiosidade de um Swift; Wolfe, uma imensa aberração desengonçada em forma de homem, caminhando com os passos grandiosos de Swift em nosso meio complacente!". Em outra página estavam registrados números, aparentemente uma conta de orçamento, subtraindo-se e adicionando-se uns aos outros numa desordem confusa. Ao lado da palavra "operação", figurava o valor de quinhentos dólares.

Wesley pegou outro caderno; estava cheio de referências, sub-referências e anotações; uma fotografia caiu de dentro das páginas. Wesley observou-a com a curiosidade minuciosa que era típica de seu temperamento; um homem se postava diante do Grant's Tomb segurando a mão de um menininho, ao passo que uma mulher gorducha podia ser vista perto deles rindo. Embaixo, com caneta, uma mão tinha rabiscado as identidades: Pai, Billy, Mãe – 1916. Wesley analisou a paisagem de fundo, em que homenzinhos atarefados passavam no desempenho de suas ocupações vespertinas e mulheres se mostravam paralisadas em gestos de entusiasmo, riso e curiosidade.

Com uma mão lenta e hesitante, Wesley colocou a foto desbotada e marrom de volta em seu lugar. Por um longo tempo, olhou sem ver nada para o tapete no chão.

"Engraçado...", murmurou baixinho.

Do quarto ao lado, podia ouvir o ruído surdo de vozes masculinas. Na rua embaixo da janela aberta um bebê choramingava em seu carrinho; a voz de uma menina dava conforto na quietude do meio-dia: "Geegee, geegee, pare de chorar."

Wesley foi até a janela e contemplou a rua embaixo; bem longe, na distância, era possível ver o amontoado do Medical Center de Nova York, um curandeiro imponente cercado em sua orla por edifícios menores nos quais os curados retornavam. Vindo da Broadway, um barulho constante de buzinas, campainhas de bondes, marchas arranhadas e guinchos de maquinaria de bonde superavam o zumbido mais profundo e mais vasto daquela rua em pleno meio-dia. Estava muito quente agora; uma névoa enlouquecida dançava em direção ao sol, enquanto algumas das aves mais ambiciosas conversavam em protesto sonolento em meio ao verde. Wesley tirou o casaco e se jogou numa poltrona junto à janela. Quando estava quase pegando no sono, Everhart falava com ele: "... bem, o velho me disse que a decisão era minha. Tudo que tenho a fazer, agora, é falar com o meu cunhado e com o reitor. Espere aqui, Wes, vou chamar o paspalhão... está na loja dele de consertos de rádio...".

Everhart sumiu de vista novamente. Wesley cochilou; num determinado momento, ouviu a voz de um menino falando da porta: "Puxa! Quem é esse aí?". Mais tarde, Everhart estava de volta, alvoroçando-se na confusão de papéis e livros em cima de sua escrivaninha.

"Onde diabos?..."

Wesley preferiu manter os olhos fechados; pela primeira vez em duas semanas, desde que encerrara seu contrato no último cargueiro, sentia-se contente, em paz consigo mesmo. Uma mosca pousou em seu nariz, mas ele estava preguiçoso demais para enxotá-la; restou uma sensação úmida quando contorceu o nariz e ela se afastou.

"Aqui está!", murmurou Everhart, triunfante, e se foi de novo.

Wesley sentiu um arrepio de antecipação, sentado ali, cochilando: em poucos dias, de volta em um navio, o troar sonolento da hélice batendo na água lá embaixo, a calmante ascensão e queda do navio, o mar que se estende em torno do horizonte, o som rico e puro da proa rompendo a água... e as longas horas descansando no convés, sob o sol, observando o jogo das nuvens, enlevado com a brisa plena e úmida. Uma vida simples! Uma vida séria! Tomar o mar para si, vigiá-lo, remoer sua própria alma nele, aceitá-lo e amá-lo como se somente o mar importasse e existisse! "A.B. Martin!", eles o chamavam. "Ele é um marinheiro bom o suficiente, quieto, bom trabalhador", eles diziam dele. Hah! Eles por acaso sabiam que ele ficava na proa toda manhã, tarde e noite durante uma hora; será que suspeitavam desse profundo dever seu, dessa oração de agradecimento a um Deus mais Deus do que qualquer um que podia ser encontrado em religiões de livro, de altar?

Mar! Mar! Wesley abriu os olhos, mas fechou-os rapidamente. Ele queria ver o oceano como muitas vezes o tinha visto de sua vigia no castelo de proa, um mundo oscilante subindo alto acima do porto, em seguida despencando abaixo para fornecer um vislumbre do céu marítimo – tão belo e selvagem como o mar – e em seguida o mar ondulando alto de novo. Sim, costumava ficar ali em seu beliche, com um cigarro e uma revista, e durante horas olhava pela vigia, e lá estava o mar ondulante, o céu que recuava. Mas agora ele não podia vê-lo; a imagem do quarto de Everhart estava gravada ali, obscurecendo o mar limpo e verde.

Mas Wesley sentira o gosto excitante e não iria deixá-lo: em breve, agora, um dia fustigado por espuma no Atlântico Norte cinzento e verde, o mais escabroso e mal-humorado dos oceanos...

Wesley tateou por um cigarro e abriu os olhos; uma nuvem havia se atravessado na face do sol, os pássaros tinham parado de repente, a rua estava cinzenta e úmida. Um velho tossia no aposento ao lado.

Everhart estava de volta.

"Bem!", disse ele. "Está feito, eu acho..."

Wesley passou a mão por entre o fino tapete preto de seu cabelo: "O que é que está feito?".

Everhart abriu uma gaveta da cômoda: "Você estava dormindo, minha belezinha. Fui falar com o reitor, e está tudo bem no entender ele; ele acha que estou indo de férias pro interior."

Everhart bateu uma camisa passada em sua mão, meditativo: "O nobre cunhado choramingou até que deixei claro que voltaria com dinheiro suficiente para pagar todas as metades de aluguel e de alimentação neste país por um ano. No final, ele já estava todo entusiasmado..."

"Que horas são?", bocejou Wesley.

"Uma e meia."

"Caramba! Eu andei dormindo... e sonhando também", disse Wesley, tragando fundo seu cigarro.

Everhart chegou mais perto de Wesley. "Bem, Wes", começou ele, "vou com você – ou seja, estou saindo para o mar. Você se importa se eu for junto com você? Receio de que me perderia sozinho, com toda essa história de sindicato e papeladas..."

"Claro que não, meu velho!", Wesley sorriu. "Navegue comigo!"

"Vamos selar o assunto!", sorriu o outro, ofertando sua mão. Wesley apertou a mão dele com solene garantia.

Everhart começou a fazer a mala com energia furiosa, rindo e conversando. Wesley disse que sabia de um navio em Boston que partiria no rumo da Groenlândia, e que obter os documentos de marinheiro era um processo com várias horas de duração. Eles também planejaram pegar carona para Boston naquela mesma tarde.

"Olha isso!", exclamou Everhart, brandindo seus binóculos. "Eles serão mais úteis de cima de um convés!" Ele os jogou dentro da mala, rindo.

"Você não precisa de muita coisa", observou Wesley. "Vou comprar uma escova de dentes pra mim em Boston."

"Bem, vou pelo menos levar alguns bons livros junto", Everhart exclamou, entusiasmado, enfiando dezenas de volumes da Everyman em sua mochila.

"Groenlândia!", exclamou. "Como é lá em cima, Wes?"

"Não vi ainda; é por isso que quero ir."

"Aposto que é um lugar totalmente desolado!"

Wesley lançou o cigarro pela janela aberta: "Nunca vi a Groenlândia, estive na Rússia e na Islândia; África em 1936, onze portos na Costa do Ouro; China, Índia, Liverpool, Gibraltar, Marselha, Trinidad, Japão, Sidney, o caramba, já percorri o caminho todo até o inferno e voltei."

Sonny Everhart, um menino de dez anos, entrou e ficou encarando Wesley: "Você é o cara que é o marujo com quem o Bill tá indo?"

"Este é o meu irmão mais novo", explicou Bill, abrindo a porta do armário. "Não dê nenhuma atenção a ele; é um pestinha!"

Sonny se posicionou para boxear com seu irmão mais velho, mas ele apenas acenou um braço brincalhão e voltou para a mala.

"Ele acha que é fortão", anunciou Sonny. "Mais um ano e acabo com ele fácil." Para provar isso, saltou por sobre o encosto de uma poltrona sobrecarregada com livros e pousou de pé numa postura equilibrada e indiferente.

"Vamos sentir esses seus músculos", propôs Wesley.

Sonny se aproximou e flexionou seu pequeno braço. Wesley envolveu o braço com uma mão fina e marrom e piscou com conhecimento de causa, fazendo um aceno de cabeça para o irmão mais velho.

"Seis meses no máximo", ele tranquilizou Sonny.

Sonny riu com selvageria. Wesley se levantou e vestiu seu casaco lentamente.

"Já viu um alemão alguma vez?", perguntou Sonny.

Wesley sentou-se na beirada da enorme poltrona. "Claro", respondeu.
"Ele tentou atirar em você?"
"Não; isso foi antes da guerra", explicou Wesley.
Sonny pulou no assento, pousando de joelhos. "Mesmo assim!", ele exclamou.
"Não", disse Wesley.
"Já viu um submarino alguma vez?"
"Já."
"Onde?"
"Vi um ao largo do Cabo Hatteras; eles afundaram o nosso navio", respondeu.
"O que é que você fez?", guinchou Sonny.
"Saltei do convés traseiro, meu camarada."
"Ha ha! Que nome prum convés! Traseiro!"
Os olhos de Wesley alargaram-se num riso silencioso; ele colocou a mão sobre a cabeça de Sonny e a sacudiu lentamente, rosnando. Sonny saltou para trás e estapeou seus quadris: "Pá! Pá!", ele vociferou, apontando seus indicadores. Wesley apertou o peito e cambaleou.
"Pá! Pá! Pá! Te furei todo de bala!", informou Sonny, sentando na cama.
Wesley acendeu outro cigarro e jogou o maço vazio no cesto de lixo. O sol estava de volta, derramando seu calor para dentro do quarto num súbito e dourado deslumbramento vespertino.
"Meu pai consertava navios antigamente", Sonny continuou. "Você já viu o meu pai?"
"Não", confessou Wesley.
"Vem comigo", pediu Sonny. "Ele tá bem aqui do lado."
Everhart, ocupado enquanto vasculhava o armário, não fez comentário nenhum, de modo que Wesley seguiu Sonny pelo corredor escuro e entrou com ele em outro quarto.
Esse quarto em particular dava para o pátio interior do edifício, de maneira que sol nenhum serviria para iluminar o que normalmente já era um cômodo sombrio antes de mais

nada. Um homem grande vestido com um roupão marrom estava sentado junto à janela fumando um cachimbo. O quarto era mobiliado com uma cama grande, uma poltrona (na qual o pai estava sentado), uma outra poltrona menor, uma cômoda, um baú deteriorado e um rádio antigo com alto-falante exterior e tudo. Desse rádio era emitida agora uma débil melodia de música por entre um clamor de estática.

"Ei, pai!", proclamou Sonny. "Esse aqui é o marujo aquele!"

O homem se voltou de seu devaneio e fixou neles dois olhos avermelhados, meio atordoado. Então ele percebeu Wesley e sorriu um sorriso lamentavelmente retorcido, acenando com a mão em saudação.

Wesley acenou de volta, cumprimentando-o: "Olá!".

"Como vai o menino?", o sr. Everhart quis saber, com uma voz penetrante e rude de operário.

"Vai bem", disse Wesley.

"O Billy está indo com você, não é?", o pai sorriu, a boca torcida para baixo num amuo contrariado, como se sorrir significasse admitir a derrota. "Eu sempre soube que aquela praga tinha comichão nos pés."

Wesley sentou-se na beirada da cama, ao passo que Sonny correu até o pé da cama com o propósito de orgulhosamente presidir o encontro.

"Este é o meu menino mais novo", disse o pai de Sonny. "Eu seria um homem um tanto solitário sem ele. Todos os outros parecem ter se esquecido de mim." Ele tossiu ligeiramente. "O seu pai é vivo, meu filho?", ele continuou.

Wesley apoiou uma mão na colcha sarapintada: "Sim... ele mora em Boston."

"De onde vem o seu pessoal?"

"De Vermont, originalmente."

"Vermont? Que parte?"

"Bennington", respondeu Wesley, "meu pai foi dono de um posto de gasolina em Bennington durante 22 anos."

"Bennington", ponderou o velho, inclinando a cabeça em recordação. "Viajei por lá muitos anos atrás. Bem antes do seu tempo."

"O nome dele é Charley Martin", informou Wesley.

"Martin?... Eu conhecia um Martin de Baltimore, Jack Martin era o nome dele."

Houve uma pausa, durante a qual Sonny deu um tapa no estrado da cama. Lá fora o sol desaparecia mais uma vez, mergulhando o quarto numa escuridão tenebrosa. O rádio estalava com a estática.

A irmã de Bill entrou no quarto sem sequer olhar para Wesley.

"Bill está no quarto dele?", ela quis saber.

O velho confirmou com a cabeça: "Está arrumando a mala dele, eu acho".

"Arrumando a mala dele?", ela exclamou. "Não me diga que Bill está realmente indo adiante com essa ideia idiota dele!"

O sr. Everhart encolheu os ombros.

"Pelo amor de Deus, pai, você vai deixá-lo fazer isso?"

"Não é da minha conta – ele é dono do próprio nariz", respondeu o velho, de maneira calma, voltando-se na direção da janela.

"Ele é dono do próprio nariz!", ela imitou com selvageria.

"Sim, ele é!", rugiu o velho, girando o corpo para encarar sua filha com raiva. "Eu não posso impedi-lo."

Ela apertou os lábios com irritação por um momento.

"Você é o pai dele, não é?", ela gritou.

"Ah!", explodiu o sr. Everhart com um olhar feroz. "Quer dizer que agora eu sou o pai da casa!"

A mulher saiu do quarto batendo seus pés, numa zombaria indignada.

"Essa é nova!", trovejou o pai atrás dela.

Sonny soltou um risinho malicioso.

"Essa é nova!", ecoou o velho para si mesmo. "Eles me depositaram neste quarto de fundos anos atrás, quando eu não podia mais trabalhar, e se esqueceram totalmente de mim. A minha palavra nesta casa não significa nada faz anos."

Wesley mexia nervosamente na ponta da velha colcha de retalhos.

"Sabe, meu filho", prosseguiu o sr. Everhart, com uma careta emburrada, "um homem tem utilidade na vida enquanto é o provedor da casa, garantindo o leite dos filhos; é quando é o pai, o ganha-pão, e a palavra dele é a palavra final da casa. Mal ele envelhece e adoece e não pode mais trabalhar, os outros jogam ele num canto qualquer da casa", apontando para seu quarto, "e se esquecem completamente dele, a menos que seja pra chamá-lo de maldito estorvo."

Do quarto de Bill eles podiam ouvir vozes discutindo.

"Não vou impedi-lo de entrar na marinha mercante, se é isso o que ele quer", rosnou o velho. "E sei muito bem que não poderia impedi-lo se eu quisesse, portanto eis aí a questão!" Ele deu de ombros, cansado.

Wesley tentou manter a imparcialidade tanto quanto lhe era possível; acendeu um cigarro com nervosismo e esperou pacientemente por uma chance de escapar daquela tumultuosa casa. Desejou que tivesse esperado por Bill num bar agradável e fresco.

"Suponho que não seja lá muito seguro estar no mar hoje em dia", refletiu o sr. Everhart em voz alta.

"Não exatamente", admitiu Wesley.

"Bem, o Bill vai ter que enfrentar o perigo mais cedo ou mais tarde, no exército, nas forças navais ou na marinha mercante. Todos os jovens vão pagar o pato", acrescentou, de modo lúgubre. "Na última guerra eu tentei entrar, mas eles me recusaram – esposa e filhos. Mas esta é uma guerra diferente, todos os garotos estão entrando desta vez."

O pai deixou de lado seu cachimbo no peitoril da janela, debruçando-se com uma dificuldade resfolegante. Wesley notou que ele era bastante gordo; as mãos, porém, eram poderosas, cheias de força venosa, os dedos nodosos e enormes.

"Não temos como fazer nada", continuou o sr. Everhart. "Nós, dos populachos sofridos, podemos ser vistos, mas não somos ouvidos. Deixem os grandes Senhores do Dinheiro começarem as guerras, e a gente vai lutar e vai adorar." Ele caiu num silêncio maligno.

"Mas eu tenho um pressentimento", prosseguiu o velho, com seu sorriso amuado, "de que o Bill está indo junto só por diversão. Ele não é uma pessoa que você pode enganar, o nosso Billy... e acho que ele imagina que a marinha mercante vai lhe fazer algum bem, pegue ele somente uma viagem ou não. Vai dar uma cor ao rosto dele, um pouquinho de mar e sol. Ele vem trabalhando muito duro durante esses anos todos. Sempre um quieto ratinho de biblioteca, lendo livros sozinho. Quando a mulher morreu por causa do Sonny, ele tinha 22 anos, no último ano da faculdade – sentiu o baque, mas conseguiu se sair bem. Eu ainda estava trabalhando no estaleiro, então fiz com que ele seguisse em frente nos estudos. A filha se ofereceu pra vir morar aqui com o marido e cuidar do pequeno Sonny. Quando o Billy terminou a educação dele – eu sempre soube que a educação era uma coisa boa –, juro que não fiquei surpreso quando descolou um trabalho aqui com esse pessoal de Columbia."

Wesley assentiu.

De modo ansioso, o pai inclinou-se para a frente em sua poltrona.

"O Billy não é o sujeito certo pro tipo de coisa em que está se metendo agora", disse, com uma carranca preocupada. "Você parece ser bem vivido, meu filho, e você já passou por todo esse negócio e sabe cuidar bem de si mesmo. Espero que... você fique de olho no Billy – você sabe o que quero dizer – ele não é..."

"Qualquer coisa que eu puder fazer", assegurou Wesley, "vou fazer sem a menor dúvida."

"Sim, porque eu me sentiria melhor sabendo que alguém experiente está meio que de olho nele... você sabe o que quero dizer, meu filho."

"Sei, sim", respondeu Wesley.

"É assim que um pai se sente", desculpou-se o velho. "Você vai descobrir como é um dia, quando os seus próprios filhos forem embora desse jeito... é um troço que pode fazer com que você se sinta completamente infeliz, e louco também, por Deus. Cheguei ao ponto em que não consigo entender mais nada – quer dizer, a droga dessa coisa toda. Você começa com um menininho de rosto rosado e de repente ele cresce e, quando você menos se dá conta, ele está frente a frente com você, argumentando como um condenado, e de repente ele se foi... se foi em mais de uma maneira."

Bill estava parado na porta.

"Ah, pai, pelo amor de Deus, não fica contando todos os seus problemas pros meus amigos", ele advertiu.

O velho girou sua poltrona até a janela e resmungou amargamente. A boca de Bill se enrijeceu, impaciente.

"Nós estávamos tendo uma conversa bem agradável", disse Wesley, com certa frieza.

"Tá bom, sinto muito", confessou Bill, com alguma relutância. "Isso não é maneira de se dizer au revoir." Aproximou-se da poltrona do pai: "Bem, velho, acho que você não vai me ter por perto pra discutir com você por um tempo, aposto que vai sentir a minha falta do mesmo jeito." Inclinou-se e beijou a bochecha eriçada do pai.

"Claro que você está fazendo a coisa certa, eu acho", disse o sr. Everhart, ainda encarando sua janela.

"Bem, o dinheiro não vai nos fazer mal, certo?"

O pai deu de ombros. Então ele se virou e apertou o braço de Bill com sua mão grande: "Se eu pudesse ir com você até o metrô, eu iria. Adeus, Billy, e se cuide".

Quando Wesley apertou a mão do sr. Everhart, seus olhos avermelhados se mostravam vagos e nebulosos.

"Eu vou com vocês!", uivou Sonny, de volta no quarto de Bill.

"Sim, sim!", exclamou Bill. "Fica na sala por algum tempo, tá bom, Sonny: Wes e eu queremos conversar. Diz pra mana que eu vou sair em um minuto."

Sonny disparou numa corrida furiosa.

"A primeira coisa é pegar um metrô para o Bronx e sair pegando carona pela Route One, certo?"

Wesley assentiu.

"Eu gostaria de ter um dinheiro para a passagem", resmungou Bill, "mas gastei todo o meu dinheiro na noite passada. E não vou pedir nenhum dinheiro emprestado de ninguém, muito menos do meu cunhado."

"Azar, meu velho, a gente vai mendigar até Boston", disse Wesley.

"Claro!", iluminou-se o outro. "Além disso, nunca peguei carona antes; seria uma experiência."

"Vamos nessa?"

Everhart parou por um momento. O que é que ele estava fazendo aqui neste quarto, este quarto que conhecia desde a infância, este quarto no qual havia chorado, havia arruinado sua visão estudando até o amanhecer, este quarto no qual sua mãe tinha muitas vezes entrado sorrateiramente para beijá-lo e consolá-lo, o que é que ele estava fazendo neste quarto subitamente triste, seu pé sobre uma mala cheia e um chapéu de viajante empoleirado tolamente na parte de trás de sua cabeça? Ele estava indo embora dali? Olhou a cama velha e de repente percebeu que não iria mais dormir naquele colchão velho e fofo, longas noites dormindo em segurança. Será que estava abandonando aquilo em troca de algum beliche duro a bordo de um navio sulcando águas que nunca esperara ver, um mar onde os navios e os homens eram baratos e o submarino espreitava como um monstro horrível nos sonhos de DeQuincey? A coisa toda não ganhava foco em sua mente; mostrou-se incapaz de encarar o terror com o qual esse contraste súbito tomou conta de sua alma. Será que não sabia nada dos grandes mistérios da vida? E então o que dizer dos anos dedicados a interpretar as literaturas da Inglaterra e da América para turmas famintas por anotações?... por acaso até ali ele só falara de coisas que no fundo não conhecia, uma formiguinha complacente e ignorante no máximo grau, que apregoava os sentimentos profundos de um Shakespeare, um Keats, um Milton, um Whitman, um Hawthorne, um Melville, um Thoreau, um Robinson, como se conhecesse o terror, o medo, a agonia, e prometendo compadecer-se de suas vidas, como se fosse irmão deles no antigo, escuro e deserto brejo de suas mentes?

Wesley esperou enquanto Everhart se mantinha imóvel em indecisão, dando atenção para suas unhas com a maior paciência. Sabia que seu companheiro estava hesitando.

Naquele momento, no entanto, a irmã de Bill entrou no quarto fumando um Fatima e ainda carregando sua xícara de chá. Ela e sua amiga, uma mulher de meia-idade que agora estava parada no vão da porta, radiante, haviam se comprometido em passar a tarde lendo a sorte uma da outra nas folhas de chá. E agora a irmã, uma mulher alta com um traço de meia-idade vindoura em suas feições severas porém jovens, falou em tom de reprimenda ao irmão mais novo; "Bill, será que não posso fazer nada para você mudar de ideia. Isso tudo não é uma grande bobagem? Para onde você vai, pelo amor de Deus... seja sensato".

"Estou só saindo numa viagem de férias", rosnou Bill, de modo acuado. "Eu vou voltar." Ele pegou a mochila e inclinou-se para beijá-la na bochecha.

A irmã suspirou e ajeitou a lapela do casaco dele. Ela olhou de uma forma não muito amigável para Wesley, ao passo que ele, por sua vez, quis dizer a ela que aquilo não era responsabilidade dele, e que será que ela poderia por gentileza guardar consigo seus olhares nojentos?

Na rua, Wesley ainda conseguia ver o velho, o sr. Everhart, como ele se mostrara quando eles haviam passado por seu quarto na saída: ainda estava sentado na poltrona, mas seu cachimbo jazia não fumado no peitoril, uma figura solitária, cabeça caída.

No metrô, Sonny começou a fungar, mas Bill deu a ele um quarto de dólar e o mandou comprar uma revistinha do Super-Homem. E bem quando estavam passando pelas catracas um colega de Bill, um inglês magro e nervoso que carregava duas pastas e um livro, gritou com vivacidade por sobre as cabeças dos usuários do metrô: "Vejam só: Everhart! Férias, é isso?".

"Sim", respondeu Bill.

"Patife sortudo!", foi a resposta, e o jovem se afastou oscilando, seu longo pescoço frouxamente acoplado num colarinho disforme, caminhando com determinação rumo a uma preleção vespertina.

No metrô, Bill sentiu medo; Wesley estava tão quieto que Bill mal podia esperar qualquer espécie de simpatia espiritual por parte dele. O maldito panaca não desconfiava do que estava acontecendo?... Da loucura que estava, talvez, sendo cometida?... da agonia que aquela mudança impetuosa já estava assumindo?... e no entanto, também, que belo covarde o "garotinho" revelava ser!

Nesse ponto, Everhart quase se decidiu por voltar, mas no mesmo momento lembrou-se do encontro de Wesley com Polly que ocorreria naquela noite.

"E o seu encontro com a Polly?", Everhart perguntou com certo desalento, mexendo nervosamente na alça da mala. O trem rugia enquanto atravessava o túnel escuro – as pessoas liam seus jornais e mastigavam com calma bovina chumaços de chiclete.

Wesley inclinou-se para mais perto, colocando a mão no ombro de Bill: "Que foi que você disse?".

"E o seu encontro com a Polly?"

A boca de Wesley entreabriu-se e seus olhos se arregalaram com deleite. Dando um tapa retumbante nas costas de Everhart, ele gritou pela primeira vez desde que o conhecera: "Caramba, quem está se lixando?!!", bradou num uivo opulento, bem-humorado e despreocupado. "Estamos saindo pro mar, meu velho!!"

Everhart ainda podia sentir a dor aguda nas costas enquanto as pessoas no metrô perscrutavam com curiosidade o rosto de Wesley, que agora retribuía os olhares com um humor jocoso, de olhos arregalados e se divertindo bastante.

Everhart inclinou-se para trás e riu com gosto; não conseguia parar, e em sua mente uma voz o censurava enquanto ria e ria.

A voz dizia: "É o maldito panaca que, nesse momento escuro, ri coragem para dentro de você".

CAPÍTULO QUATRO

Às três horas eles estavam parados na beira da estrada perto do Bronx Park; onde carros passavam correndo, soprando nuvens de poeira quente em seus rostos. Bill estava sentado em sua mala enquanto Wesley mantinha-se em pé, impassivelmente selecionando carros com seu olhar experiente e levantando um polegar para eles. A primeira carona dos dois percorreu não mais do que um quilômetro e meio, mas foram deixados num ponto vantajoso na Boston Post Road.

O sol estava tão quente que Bill sugeriu um intervalo; foram até um posto de gasolina e beberam quatro garrafas de Coca-Cola. Bill dirigiu-se ao banheiro nos fundos. Dali pôde ver um campo e uma orla de arbustos fumegando sob o sol de julho. Estava seguindo seu caminho!... Novos campos, novas estradas, novos morros estavam reservados para ele – e seu destino era o litoral da velha Nova Inglaterra. Que sensação estranha e nova era essa que espreitava em seu coração, um impulso abrasador por ir embora e descobrir com novos olhos os amplos segredos do mundo? Sentia-se como um menino de novo... talvez, também, estivesse reagindo de maneira um pouco boba em relação à coisa toda.

De volta ao flanco quente da estrada, onde o piche emanava sua fragrância negra, pegaram uma carona quase que imediatamente. O motorista era um florista de Nova York a caminho de sua estufa perto de Portchester, N.Y. Ele falava com loquacidade, um comerciante judaico boa-praça com uma queda por bom humor e humildade: "Um par de judeus errantes!", ele os chamou, sorrindo com um brilho ardiloso em seus olhos azul-claros. Largou-os um quilômetro e meio além de seu destino, na via estadual Nova York-Connecticut.

Bill e Wesley posicionaram-se ao lado de um leito rochoso que havia sido cortado com precisão na lateral da rodovia. Na distância cintilante, as campinas achatadas de Connecticut estendiam um tapete verde-claro para árvores sonolentas.

Wesley tirou seu casaco e o pendurou no ombro, enquanto Bill baixou seu chapéu por sobre os olhos. Eles se revezaram sentando na mala enquanto o outro se recostava no rochedo, oferecendo um polegar preguiçoso. Grandes caminhões faziam força para subir o morro, deixando para trás um vislumbre dançante de vapores de gasolina.

"Depois do cheiro de água salgada", falou Wesley de modo pachorrento, com um capim na boca, "eu fico com o cheiro de uma rodovia." Cuspiu tranquilamente com os lábios. "Gasolina, pneus, piche e arbustos", acrescentou Bill num tom preguiçoso. "A canção de Whitman sobre a estrada livre, versão moderna." Tomavam sol tranquilamente, sem comentários, na quietude repentina. Estrada abaixo, um caminhão engrenava segunda marcha para iniciar sua árdua subida.

"Veja só uma coisa", disse Wesley. "Pegue a sua mala e me siga."

Com o caminhão se aproximando, agora em primeira marcha, Wesley acenou para o motorista e fez menção de correr ao lado do lento e esforçado mastodonte. O motorista, uma bandana colorida em torno do pescoço, acenou com uma mão em reconhecimento. Wesley arrancou a mala da mão de Bill e gritou: "Vamos!". Ele disparou até o caminhão e saltou para o estribo, empurrando a mala para dentro da boleia e segurando a porta aberta, equilibrado em um pé só, para Bill. Este último segurou o chapéu e correu atrás do caminhão; Wesley lhe deu [uma] mão enquanto ele se lançava para dentro da boleia.

"Ufa!", exclamou Bill, tirando o chapéu. "Esse foi um belo truque, digno de Doug Fairbanks!" Wesley girou para dentro ao lado de Bill e bateu a porta.

"Isso vai derreter a gordura toda!", rugiu o caminhoneiro. "Calor filho da mãe, não é?" Sua risada bramiu acima do trovão do motor.

Eles rugiram e querenaram o caminho todo até New Haven, viajando em ritmo furioso nas descidas e rastejando com um queixume de escalada nas subidas. Quando o motorista os largou no gramado da Universidade de Yale, o sol abrandara num laranja pálido.

"Não deixem ninguém lhes passar a perna!", aconselhou o caminhoneiro, bramindo acima do estrondo de suas engrenagens enquanto os deixava para trás em seu rastro trovejante.

"E agora?", perguntou Everhart. Estavam parados numa ampla calçada que fervilhava de compradores carregando pacotes, homens em mangas de camisa seguindo seus caminhos na saída do trabalho, passeantes alunos de verão de Yale, jornaleiros e homens de negócios. A rua era um emaranhado de carros, ônibus e clangorosos bondes. O gramado era um quadro vivo de vadios.

"A primeira coisa é sumir daqui o quanto antes", murmurou Wesley, partindo dali.

"Quando é que vamos comer?"

"Vamos comer em Hartford", disse Wesley. "Quanto dinheiro você disse que tinha?"

"Três pratas, mais ou menos."

"Vou arranjar um dinheiro emprestado quando chegarmos a Boston", resmungou Wesley. "Vamos indo."

Pegaram um bonde na State Street e seguiram até o fim da linha. Caminharam rua acima por alguns quarteirões e fixaram seu posto de pedir carona em frente a uma padaria. Após quinze minutos com os polegares à mostra, um velho senhor com aparência agrária apanhou-os em seu Buick antigo; durante o caminho todo até Meriden, à medida que o sol mudava de cor para um ardente laranja sombrio e as campinas esfriavam num verde limpo e escuro de selva, o agricultor sustentou um monólogo sobre preços agrícolas, subsídios agrícolas e o Departamento de Agricultura dos Estados Unidos.

"Jogando em benefício deles mesmos!", ele se queixou. "Não tem como um homem ter fé num país que deixa um grupo poderoso derrubar a maldita economia rural toda em função de seus próprios interesses!"

"O senhor quer dizer o Bloco Agrícola?", indagou Everhart, enquanto Wesley, perdido em seus pensamentos, ficava olhando para os campos.

O agricultor tocou sua buzina quatro vezes ao mesmo tempo em que vociferava quatro palavras: "você... acertou... na... mosca!".

No momento em que os largou nas imediações de Meriden, ele e Bill estavam justamente começando a se aquecer na discussão sobre a Agência de Segurança Agrícola e a União Nacional dos Agricultores.

"Tchau, rapazes!", ele gritou, acenando uma mão calejada. "Tratem de tomar cuidado agora." Afastou-se rindo, tocando sua buzina em despedida.

"Velho bacana", comentou Everhart.

Wesley olhou em volta: "O sol está quase se pondo; precisamos seguir em frente".

Atravessaram uma zona de tráfego deserta e pararam em frente a um carrinho de lanches. Grandes olmos curvavam-se acima deles na quietude do sol, transpirando calmamente o calor que haviam retido durante o dia. Um cão latia, rompendo o silêncio da hora do jantar.

"Lugarzinho sonolento", falou Everhart, inclinando a cabeça com um leve sorriso. "Eu me pergunto como seria viver numa cidade que nem esta – o sujeito digerindo a janta na rede, de frente pro pomar de macieiras, estapeando os mosquitos e se retirando para ouvir a canção de ninar de um milhão de grilos."

"Parece ser pra lá de tranquilo", sorriu Wesley. "Minha cidade natal, Bennington, era muito parecida com isso. Eu costumava ir nadar num laguinho represado a menos de meio quilômetro dos fundos de casa", sua voz suavizando-se na lembrança, "e, quando a lua surgia, costumava me sentar na pequena faixa de areia, fumando e repelindo a mosquitada com a fumaça..."

"A gente precisa ir pra lá um dia", planejou Bill, com um sorriso jovial. "Sua família tá por lá?"

Wesley franziu o cenho de modo sombrio e acenou com a mão: "Negativo!".

"O que você quer dizer?"

"Quando a velha morreu", murmurou Wesley com relutância soturna, "a família se separou; vendemos a casa. Charley foi para Boston e entrou no negócio do *saloon* com o meu tio."

"Quem é Charley?"

"O velho."

"O que é que aconteceu com o resto da família?", Everhart insistiu, com calmo interesse.

"Irmãs foram embora casadas, irmãos se mandaram – um deles está em Nova Orleans, eu vi ele em 39."

Everhart colocou uma mão no ombro de Wesley: "O velho lar todo desfeito, hein? Uma velha história na vida americana, minha nossa. É a história mais bela e mais comovente na literatura americana, de Dresser a Tom Wolfe – sim, você não pode voltar pra casa...".

Wesley quebrou um graveto no meio e o jogou longe.

"Acho que não pode mesmo, cara", ele disse por fim, num meio sussurro. "Tudo depende de onde fica a sua casa... você perde uma, faz outra."

Permaneceram em silêncio depois disso, até que um caminhão de mercearia os apanhou. O merceeiro levou-os cinco quilômetros estrada acima até uma encruzilhada solitária iluminada por um poste de luz. Na quase-escuridão, começaram a se preocupar com a possibilidade de chegar a Hartford, a mais ou menos 25 quilômetros na direção norte.

Enquanto Bill esperava que um carro aparecesse, Wesley saqueou um pomar nos arredores e retornou com um punhado de pequenas maçãs verdes. "Não as coma", ele advertiu, "você vai passar mal. Olha como acerto aquela placa lá na frente." Bill deu risada enquanto Wesley arqueava o braço com grande elaboração e lançava os mísseis contra a placa.

"Bom exercício", grunhiu Wesley. "Cheguei a ser jogador de beisebol semiprofissional... arremessador... no Bennington Blues. Grande esporte. Você sabe onde joguei a minha última partida de beisebol?"

"Onde?", Bill arreganhou os dentes, ajustando seus óculos.

Wesley arremessou a última maçã e errou o alvo por pouco: "Hah!", ele praguejou. Virando-se e afundando as mãos nos bolsos, dirigiu-se a Bill com um ligeiro sorriso: "Eu e alguns marujos jogamos uma partida de um-contra-todos num campo em Bombaim. A gente tinha equipamento de beisebol no carregamento dos soldados americanos, e o tenente nos deixou usá-lo – luvas, bolas, bastões, tudo estalando de novo".

Um carro estava vindo pela estrada.

"Dê pra ele o velho número doze", aconselhou Wesley. "Olha só!" Ele girou a mão bem devagar, polegar exposto. O automóvel passou rugindo teimosamente.

"América... a bela", cantou Wesley, "e coroa tua bondade... com irmandade... de mar a brilhante... maaaaaaaar!" Seu corpo tremia em gargalhada silenciosa.

Bill sentou-se em sua mala e arreganhou os dentes. Estrada acima, uma luz fraca brilhava na janela de uma casa de agricultor. O ar, pesado com todo o calor acumulado do dia, o cheiro penetrante de folhagens aquecidas, maus odores de um pântano próximo, o cheiro do curral e o macadame cada vez mais frio da estrada, tudo isso pairava em torno deles, uma cortina quente, doce e voluptuosa no crepúsculo de verão.

"Minha nossa", irrompeu Everhart, "se a gente não pegar uma carona, vamos dormir bem aqui, nesse pomar!"

Wesley acendeu um cigarro que havia encontrado no bolso do casaco: "Isso já foi feito antes", ele sugeriu. "Mas que diabo, cara, não podemos passar uma noite inteira sem pitos."

"Você fuma como um demônio."

"Lá vem outro carro. Veja como eu arranjo uma carona pra gente!"

Wesley teve êxito; o carro foi parando e se deteve defronte deles. Chegaram a Hartford em trinta minutos, descendo bem em frente à Biblioteca Pública na Main Street. Eram nove horas.

"Pois bem!", disse Bill, colocando sua mala no chão. "Chegamos a meio caminho de Boston em seis horas. Nove da noite. Às nove horas, na noite passada, eu nem mesmo conhecia você, Wes!"

Wesley não fez nenhum comentário; observava as pessoas que passavam caminhando.

"Veja o que 24 horas e um momento de determinação podem fazer!", Bill continuou, empurrando o chapéu para trás. "Estou seguindo o meu caminho... de uma hora pra outra. Que diabo! Fico feliz por ter feito isso. Vai ser uma mudança. Chamo isso de vida! Sabe, Wes, você é um pioneiro por seus próprios méritos."

Wesley encarou seu companheiro, curioso.

"Eu estava errado quando disse que os dias dos pioneiros tinham acabado, sim, até mesmo nas minhas aulas. Existe um em cada esquina nas ruas, minha nossa. Sempre fui fascinado por pioneiros e pelo espírito pioneiro... quando era criança, lendo histórias de época, sagas de guerra franco-indianas, a vida de Lincoln, Boone, Clark, Rogers... e quando fiquei mais velho, descobri o espírito pioneiro em vários escritores, principalmente os americanos. A mudança é a saúde da sociedade. Ou será que é? Acho que sou uma pessoa naturalmente inquieta, isso pode explicar...."

Wesley pegou a mala de Bill. "Vamos tomar umas cervejas geladas", propôs.

"Vamos nessa!"

"Ali tem um bar", observou Wesley, apontando para o outro lado da rua. "Vamos dar uma chegada."

Enquanto atravessavam, Bill seguiu falando: "Acho que agora percebo por que foi que o espírito do pioneirismo sempre me guiou em meu pensamento – é porque ele é livre, Wes, livre! É como a cotovia, quando contrastada com o colono, o homem que planta suas raízes e se acomoda. O pioneiro é livre porque vai embora e se esquece de deixar um rastro. Deus!".

Entraram num bar de atmosfera desordeira e ocuparam uma mesa privativa com um tampo pegajoso. Bebedores de todos os tipos sentavam-se em fila junto ao balcão, beberrões velhos, soldados, mulheres feiosas e acabadas, jovens espalhafatosos que gesticulavam constantemente uns com os outros e um ocasional operário vestindo ainda seu sujo uniforme de trabalho.

Uma garçonete trouxe duas cervejas grandes; apoiando uma mão indiferente no encosto do banco, ela disse: "Vinte dólares, queridos."

Wesley piscou ligeiramente para ela enquanto Bill atirava sobre a mesa duas moedas de dez centavos. Ela dirigiu a Wesley um olhar duro e desafiante ao recolher as moedas: "amorzinho", ela lhe disse com voz rouca, "cuidado com esses olhos aí."

"O que é que tem de errado com eles?", quis saber Wesley.

"Vão te deixar em apuros", ela retrucou, ainda olhando para ele num arrebatamento intenso e maligno. Ela recuou com um semblante sério e pensativo, seus olhos grudados nos de Wesley. Ele respondeu ao olhar com a mesma desfaçatez desafiante, a mesma provocação lenta e sensual, a reação bruta para um lance bruto.

"Meu Deus!", Bill riu com escárnio quando ela já estava longe. "Então Hartford é isso! O estupro de Wesley Martin!"

Wesley esfregou um lado do nariz.

"Meu irmão", ele disse com calma, "isso é um troço que pode matar a tripulação de um navio inteiro em duas semanas."

Everhart caiu na gargalhada enquanto Wesley bebia sua cerveja com um sorriso astucioso.

Mais tarde, depois de algumas cervejas, comeram costeletas de porco num carrinho de lanches na Main Street, onde Wesley comprou dois maços de Luckies e deu um deles para um mendigo que havia implorado por um cigarro.

"Onde é que a gente vai dormir?", Bill perguntou quando viram-se de novo na rua. Wesley palitava os dentes com um palito de dentes.

"Se esta cidade fosse Nova York", ele disse, "a gente poderia dormir numa boate daquelas que varam a noite ou num metrô. Que diabo, sei lá eu."

Os dois percorreram a Main Street para cima e para baixo, espiando para dentro de bares e fumando. Por fim ficaram impacientes; Wesley sugeriu que fossem ver um filme em última sessão, mas Everhart ficou indeciso: "Com o que nós vamos comer amanhã?", ele disse a Wesley.

"Caramba, quem está se lixando para o amanhã!", Wesley resmungou com desdém. "Vamos ver um filme."

Eles entraram. À meia-noite, estavam de volta na rua, que se mostrava quase deserta. Alguns operários de aeronave retornavam do trabalho em grupos, conversando em tons de voz baixos e cansados. Um policial balançava sobre os calcanhares ao lado de uma loja de charutos.

"É melhor nos escondermos antes que nos arrastem", sugeriu Wesley. "Vamos ver se conseguimos encontrar um lugar pra dormir algumas horas, antes do nascer do sol."

"Está quente o bastante para dormir ao ar livre", acrescentou Bill.

Andaram na direção leste cruzando a ponte, rumando para East Hartford. Um terreno escuro e desocupado oferecia uma boa quantidade de grama espessa como tapete, de modo que os dois se atiraram atrás de uma moita de arbustos. Wesley pegou no sono em cinco minutos.

Everhart não conseguiu dormir durante uma hora. Estava deitado de costas e observava as estrelas fartamente agrupadas na distante altura; um grilo cricrilou a menos de um metro deles. A grama estava molhada, mas mesmo assim ele conseguia sentir seu substrato de calor alimentado pelo sol. Uma frieza tomara conta do ar noturno; Bill puxou seu colarinho para cima. Ouviu passos soando num caminho de cascalho nas proximidades... um policial? Bill olhou ao redor; não viu nada na escuridão. Uma porta se abriu, fechou.

Pois bem! Aqui estava ele, dormindo num terreno baldio, um homem com um cargo numa universidade, como tantos outros vagabundos. Wesley ali, dormindo como se nada no mundo tivesse importância para ele; não se poderia chamá-lo de vagabundo, poderia? Quem era esse jovem estranho, definitivamente um garoto e, no entanto, definitivamente um homem? Um marinheiro... sim, Everhart também seria um marinheiro.

Por quê?

Por que razão ele tinha feito aquilo? Se sua vida em Nova York parecera ser despropositada e tola, então como se poderia chamar esta vida, este vaguear sem rumo? Se a guerra chamara Ulisses para longe de Siracusa, o que é que chamara Everhart para longe de Nova York?

Muitas vezes ele havia falado a seus alunos sobre a Força do Destino, citando com devoção Emerson, Shakespeare; discursara sobre a Força do Destino com a jovial certeza de que somente um pedagogo podia dispor. Esse era o seu problema, ele tinha sido um pedagogo destemido. E agora? Certamente não era um homem destemido; estava sentindo bastante medo, e por que não?... não sabia o que estava por vir. Será que o medo, o conhecimento e a sabedoria do medo, removeria o pedantismo de sua existência idiota?

E o que dizer da Força do Destino? Ah, ela era uma dama encantadora, a Força do Destino, veja só como direcionara suas velas de Nova York para Hartford em questão de poucas horas, transformara um pedagogo num intelectual trêmulo, criara para si um dia ensolarado e uma noite quente com a excitação e a potência do mistério, colocara-se sorrateiramente ao lado dele para num momento de terrível glória, durante a noite, lhe revelar seu desígnio dos desígnios – que homem nenhum pode saber, mas cada homem pode esperar, especular e, de acordo com os poderes de seu próprio espírito, resistir!

Everhart levantou-se com os cotovelos.... o grilo interrompeu sua canção, temeroso.... o mundo inteiro dormia numa quietude acachapante. Ele conseguia ouvir a respiração lenta de Wesley; no alto as estrelas acenavam silenciosamente, sem nome, distantes. "Eu?", gritou Wesley.

Everhart saltou com nervosismo, seu coração de súbito... batendo de medo. Mas Wesley estava dormindo – havia gritado num sonho.

Wesley balançava o braço dele.

"Acorda, Bill, vamos tocar o barco", dizia ele, numa rouca voz matinal.

Ainda estava escuro, mas alguns pássaros haviam começado a trilar um alarme baixinho em meio à névoa. Everhart rolou o corpo e gemeu: "O quê?".

"Acorda, meu velho, você está perdido?"

Everhart se sentou com rigidez, estupefato.

"Minha nossa", ele rosnou, "você está certo!"

Wesley estava sentado na grama, bocejando e esticando os braços. A névoa da manhã penetrava neles com um silêncio cru e gelado. "Vamos nos mexer", repetiu Wesley, "antes que a gente congele até a morte."

Bill e Wesley levantaram-se e caminharam até a rua, sem grande inclinação por falar um com o outro; um automóvel passou por eles, deixando para trás sua torrente de poeira e vapores de gasolina, rosnando ao subir a rua enevoada como um velho cão mal-humorado. Acima dos telhados uma luz cinzenta se manifestava. Aquela era uma manhã sombria, desagradável.

Os dois viajantes tomaram café num carrinho de lanches perto dos trilhos da ferrovia e exibiram carranca em uníssono quando o vendedor disse que eles pareciam ter passado a noite num celeiro.

Mais uma vez na rua, a luz cinzenta se espalhara plenamente pelo céu; eles viram nuvens pesadas que se precipitavam para escurecer a manhã.

"Pode ser que chova", grunhiu Everhart.

Foram descendo a estrada e viraram-se lentamente enquanto um carro se aproximava. O carro passou por eles em alta velocidade, fornecendo a ambos um vislumbre de um rosto sonolento e aborrecido ao volante. A estrada parecia estar pronta e disposta para um novo dia na opaca luz da manhã; ela se estendia até uma colina e ao longo de uma curva, além da qual podiam distinguir um horizonte de postes telefônicos, propriedades rurais (pequenas luzes piscantes de café da manhã) e, mais adiante, cinzentas elevações montanhosas quase indiscerníveis na névoa. O ar tinha cheiro de chuva.

"Ah, meu Deus!", Wesley bocejou alto. "Vou ficar contente quando puder me enfiar no meu leito!"

"Você tem certeza quanto a esse navio em Boston?"

"Tenho... O Westminster, de transporte de carga, com destino à Groenlândia; você trouxe sua certidão de nascimento, cara?"

Everhart bateu na carteira: "Bem aqui comigo".

Wesley bocejou de novo, socando o peito como que para dar um basta à sonolência. Everhart se viu desejando que estivesse de volta em casa, em sua cama macia, com quatro horas ainda para dormir antes do café da manhã da mana, enquanto o leiteiro andava lá embaixo na Claremont Avenue e um bonde passava rugindo na sonolenta Broadway.

Uma gota de chuva se espatifou na testa dele.

"Seria melhor a gente pegar uma carona o quanto antes!", Wesley resmungou, voltando-se para contemplar o declive da estrada deserta.

Abrigaram-se embaixo de uma árvore uma vez que a chuva começou a tamborilar com suavidade nas folhas acima; um aroma molhado e vaporoso levantou-se numa onda úmida.

"Chuva, chuva, vá embora", Wesley cantou baixinho, "volte numa outra hora..."

Dez minutos depois, um grande caminhão vermelho apanhou os dois. Sorriram com entusiasmo para o motorista.

"Até onde você vai, parceiro?", perguntou Wesley.

"Boston!", rugiu o motorista e, pelos duzentos quilômetros seguintes, enquanto viajavam através de campos molhados ao longo de fulgurantes estradas, passando por pastagens fumegantes e pequenas cidades, através de uma fúnebre Worcester, descendo uma empoçada rodovia de macadame que levava diretamente a Boston sob céus cada vez mais baixos, o caminhoneiro não disse mais nada.

Everhart acordou sobressaltado de um sono nervoso quando ouviu a voz de Wesley.... horas haviam se passado rapidamente.

"Boston, cara!"

Abriu os olhos; eles estavam rodando por uma estreita rua de paralelepípedos, flanqueada de cada lado por lúgubres armazéns. Tinha parado de chover.

"Quanto tempo fiquei dormindo?", perguntou Bill num esgar, esfregando os olhos enquanto segurava os óculos em seu colo.

"Sei lá", respondeu Wesley, dando uma tragada em seu perene cigarro. O motorista do caminhão parou numa freada brusca.

"Ok?", ele gritou, num tom áspero.

Wesley assentiu: "Mil vezes obrigado, amigão. A gente se vê por aí".

"Até mais, rapazes", ele falou. "A gente se vê!"

Everhart desceu da alta boleia e esticou as pernas voluptuosamente, acenando com a mão para o caminhoneiro. Wesley esticou os braços com lentidão: "Uuuh! Essa carona foi longa; eu até que dormi um bocado".

Eles estavam parados numa calçada estreita, que já começara a secar depois da breve chuva matinal. Caminhões pesados passavam uns atrás dos outros na rua, retumbando nas pedras ancestrais, e foi somente quando um grupo deles desapareceu, deixando a rua momentaneamente deserta e livre das fumaças de escapamento, que Bill detectou no ar um límpido cheiro de mar. No alto, nuvens fragmentadas disparavam através dos luminosos céus de prata; um raio de calor tinha começado a cair da parte do céu em que uma vaga ofuscação indicava a posição do sol.

"Já estive em Boston antes", papeou Bill, "mas nunca assim... esta é a Boston real."

O rosto de Wesley iluminou-se num riso silencioso: "Eu acho que você não está falando nada com nada de novo, cara! Vamos começar o dia com uma cerveja na Scollay Square".

Foram caminhando com grande animação.

A Scollay Square ficava a apenas cinco minutos dali. Suas entradas para o metrô, marquises de cinema, lojas de preços baixos, seus estúdios de fotografia para passaporte, lanchonetes, lojas de joias baratas e bares encaravam o tráfego intenso da rua com insípida rabugice matinal. Dezenas de marinheiros em seus trajes brancos passeavam pelas calçadas atravancadas, parando para observar fachadas de lojas baratas e letreiros de teatro.

Wesley levou Bill até um estúdio de fotos para passaporte, onde um velho cobrou um dólar por duas fotos pequenas.

"São para sua documentação de marinheiro", explicou Wesley. "Com quanto dinheiro você fica agora?"

"Vinte e cinco centavos", disse Everhart, arreganhando os dentes de um jeito encabulado.

"Duas cervejas e um charuto; vamos nessa", disse Wesley, esfregando as mãos. "Vou pegar uma nota de cinco emprestada com algum marinheiro."

Everhart fitou as fotografias: "Você não acha que pareço um marujo casca grossa aqui?".

"Põe casca grossa nisso, cara!", exclamou Wesley.

No bar, beberam um estimulante copo de cerveja gelada e falaram sobre Polly, Day, Ginger e Eve.

"Garotada bacana", disse Wesley devagar.

Everhart fitava pensativo a torneira do balcão: "Estou imaginando quanto tempo a Polly esperou por nós na noite passada. Aposto que essa foi a primeira vez que a Madame Butterfly foi deixada na mão!", acrescentou, com um sorriso irônico. "Polly é tida como uma verdadeira beldade lá em Columbia, sabe." Parecia estranho dizer "Columbia"... quão distante Columbia estava agora?

"Não era minha intenção dar um gelo nela", disse Wesley, por fim. "Mas, que diabo, quando você está pegando a estrada, você está pegando a estrada! Vou lá ver ela uma outra hora."

"Como George Day vai ficar surpreso quando descobrir que fui embora e que não estava brincando quando disse que entraria na Marinha Mercante!", riu Bill. "Fui embora no calor do momento. Não vão parar de falar de mim."

"O que é que a Eve vai dizer?", perguntou Wesley.

"Ah, não sei; nunca fui muito sério com a Eve, de qualquer maneira. Tivemos vários bons momentos juntos, festas e tudo mais, mas éramos apenas bons amigos. Não levei a sério nenhuma garota desde a minha adolescência."

Um marujo atrás deles inseriu uma moeda na grande caixa de música e dançou lentamente pelo piso enquanto Bing Crosby cantava "Please Don't Take My Sunshine Away".

"Velhinho!", gritou o jovem marinheiro, abordando o bartender: "A Marinha é para grandes homens!"

"Que continue assim", respondeu o velho. "Ela era no meu tempo. Vem aqui que vou preparar uma bebida pra você – vai querer o quê? Escolhe o que você quiser!"

"Velhinho", esbravejou o marujo, deixando-se cair num banco, "eu é que vou preparar uma bebida pro senhor, já que o senhor mesmo é um marinheiro velho de guerra." Ele sacou uma garrafa marrom-escura de seu bolso. "Rum jamaicano!", anunciou com orgulho.

"Tá certo", disse o bartender, "você me dá um gole desse rum e eu vou preparar uma bebida que vai fazer seus olhos saltarem fora."

"Impossível", resmungou o marujo, voltando-se para Wesley. "Não estou certo?"

"É isso aí!", disse Wesley.

O marujo entregou sua garrafa para Wesley: "Experimente um pouco desse rum jamaicano, amigão; experimente".

Wesley assentiu com a cabeça e começou a virar um longo gole; recolocando a tampa na garrafa, devolveu-a sem comentários.

"Pois então?", perguntou o marujo.

"É isso aí!", soltou Wesley.

O marujo se virou, brandindo a garrafa: "É isso aí, diz ele... é mais do que óbvio que é isso aí. Isso é rum jamaicano, importado... água benta do Johnny aqui!".

Quando Bill e Wesley terminaram suas cervejas, saíram em silêncio; passando pela porta, Wesley voltou-se com o marujo exclamando para ele: "É isso aí, companheiro?".

Wesley apontou seu indicador para o marujo.

"É isso aí!", ele gritou, piscando um olho.

"É isso aí, diz ele!", cantou o marujo, mais uma vez brandindo sua garrafa.

"Pois bem! Estamos em Boston", afirmou Bill, radiante, quando viram-se de volta na rua. "Qual é a pauta?"

"A primeira coisa a fazer", disse Wesley, levando seu companheiro para o outro lado da rua, "é dar uma chegada na sede do sindicato e nos inscrevermos no Westminster... pode ser que a gente arranje um leito na mesma hora."

Desceram a Hanover Street, com suas sapatarias baratas e lojas de bugigangas, e viraram à esquerda na Portland Street, uma porta alquebrada exibindo a inscrição "União Nacional Marítima" abria-se para um rangente lance de escadas levando a um salão amplo e disforme. Janelas encardidas em cada extremidade serviam para permitir que uma luz cinzenta vinda do lado de fora se infiltrasse numa iluminação sombria e débil que delineava a imensidão nua e sem mobília do salão. Apenas alguns bancos e cadeiras dobráveis haviam sido empurrados contra as paredes e eram agora ocupados por marinheiros, que se mantinham sentados conversando em voz baixa: estavam vestidos com roupas civis variadas, mas Everhart no mesmo instante reconheceu-os como marinheiros... Ali, na penumbra lúgubre do seu quartel-general de embarque cheirando a mofo, esses homens se mantinham sentados, cada um com a paciência e a tranquilidade passiva de homens que sabem que estão voltando para o mar, alguns fumando cachimbos, outros calmamente folheando o "Pilot", publicação oficial do sindicato, outros cochilando nos bancos, e todos dotados da serena sabedoria de espera de um Wesley Martin.

"Espere aqui", disse Wesley, se arrastando em direção ao escritório em divisória no outro lado do amplo piso de tabuão. "Já volto." Everhart sentou-se na mala, observando tudo com atenção.

"Ei, Martin!", uivou uma voz de saudação que vinha das cadeiras dobráveis. "Martin, seu velho salafrário!" Um marinheiro corria pelo salão na direção de Wesley, berrando de deleite com sua descoberta. Os gritos ecoantes, porém, não perturbaram a paz dos outros marinheiros, de fato; eles contemplaram de relance, com curiosidade, aquele reencontro ruidoso.

Wesley ficou assombrado.

"Jesus!", ele gritou. "Nick Meade!"

Meade praticamente desabou em cima de Wesley, quase derrubando-o em seu zelo de engalfinhar-se num brincalhão abraço de urso; socaram-se um ao outro com entusiasmo, e em determinado ponto Meade chegou até mesmo a empurrar o queixo de Wesley suavemente com o punho, chamando-o ao mesmo tempo por todos os nomes concebíveis nos quais ele poderia pensar; Wesley, por sua vez, manifestou seu deleite soqueando seu companheiro direto no estômago e uivando um epíteto abominável ao mesmo tempo. Eles ficaram nesses berros alvoroçados por pelo menos meio minuto enquanto Everhart sorria num esgar de apreciação em sua mala.

Então Meade fez uma pergunta num tom baixo, mão no ombro de Wesley; este último respondeu de forma confidencial, ao que Meade rugiu mais uma vez e começou novamente a esmurrar Wesley, que se virou para o outro lado, seu corpo tremendo numa risada sem som. Em seguida caminharam na direção do escritório, trocando notícias com a rapidez incansável de bons amigos que se encontram depois de uma separação de anos.

"Embarcando?", disparou Meade.

"É."

"Vamos falar com Harry sobre um leito duplo."

"Que sejam três, tenho um companheiro comigo."

"Ora! O Westminster está no porto; está levando quase que uma tripulação completa."

"Eu sei."

"Seu tremendo filho da mãe!", exclamou Meade, incapaz de controlar seu júbilo diante do encontro casual. "Não o vejo desde 40", chutou Wesley nas pernas, "quando nos colocaram em cana em Trinidad!"

"Por começar aquele tumulto!", lembrou Wesley, chutando de volta, brincalhão, enquanto Meade esquivava-se para o lado. "Seu maldito comunista, não comece. Me chutando outra vez... Lembro-me daquela vez em que você ficou bêbado a bordo do navio e saiu chutando todo mundo, até que aquele contramestre* enorme arrebentou as suas orelhas!"

Foram uivando até o escritório reservado, onde um funcionário do sindicato, um homem de aspecto azedo, suavemente levantou os olhos de sua papelada.

"Ajam como marinheiros, pode ser?", ele rosnou.

"Harry Ressaca", informou Meade. "Usa todo o dinheiro das taxas pra encher a cara. Dá só uma olhada nesse rosto."

"Muito bem, Meade", admoestou Harry. "O que é que você está querendo, estou ocupado..."

---

* Membro da tripulação responsável por manter em boas condições o casco, o cordame e as velas. (N.E.)

Deixaram acertado que estariam à disposição e nas proximidades da porta do escritório naquela tarde, quando a escala oficial de embarque do S.S. Westminster seria anunciada, embora Harry tivesse avisado de que os primeiros a chegar seriam os primeiros beneficiados. "Duas e meia em ponto", ele grunhiu. "Se não estiverem aqui, não vão ganhar o emprego."

Wesley apresentou Meade a Everhart e eles foram todos até uma rua perto dali para tomar uma rápida cerveja. Meade era um jovem falastrão e inteligente com seus quase trinta anos que acariciava um requintado bigode castanho com voluptuosa consideração enquanto discursava sem parar, um brilho fraco nos brandos olhos azuis, andando num deslocamento de passos rápidos que ziguezagueava entre os pedestres como se eles não existissem. No caminho para o bar na Hanover Street, gritou pelo menos três insultos a vários transeuntes que divertiam sua imaginação despreocupada.

No bar, Wesley e ele relembraram ruidosamente suas experiências conjuntas do passado, todas as quais Everhart absorveu com educado interesse. Alguns outros marinheiros saudaram-nos de uma mesa num canto, de modo que levaram suas cervejas para lá e um clamor de reencontro se seguiu. Wesley parecia conhecer todos eles.

Mas meia hora depois Wesley levantou-se e pediu a Meade que o encontrasse na sede do sindicato às duas e meia; e com isso ele e Everhart saíram do bar e direcionaram seus passos no rumo da Atlantic Avenue.

"Agora vamos ver a sua documentação de marinheiro", ele disse para Bill.

Era quase impossível atravessar a Atlantic Avenue, tão pesado era o fluxo do tráfego, mas assim que os dois retomaram o outro lado e pararam perto de um píer o peito de Bill começou a bater quando ele viu, ancorado a menos de trinta metros de distância, um grande cargueiro cinzento, seu casco inclinado revelando listras de ferrugem, um filete de água arqueando de seus embornais e a imponente proa pairando alto sobre o telhado do galpão do cais.

"É ele?", exclamou.

"Não, ele está no Píer Seis."

Caminharam rumo à Comissão Marítima, o ar pesado com o fedor podre de suprimentos, água oleosa, peixes e cânhamo. Tenebrosas lojas de equipamentos de marinha se voltavam à rua, vitrines abarrotadas de casacos de marinheiro azuis, macacões, uniformes de oficiais navais, pequenas bússolas, facas, quepes de lubrificador, carteiras de marujo e toda sorte de apetrechos para os homens do mar.

A Comissão Marítima ocupava um andar de um enorme prédio que dava de frente para o ancoradouro. Enquanto um velho fumando cachimbo ocupava-se na preparação de seus documentos, Everhart pôde ver, além dos cais e dos pátios ferroviários próximos, um bilioso trecho de mar estendendo-se na direção do estreito, onde dois faróis erguiam-se como as colunas de um pórtico para um Atlântico turvo. Uma gaivota guinou diante da janela.

Um homenzinho enérgico tomou as impressões digitais dele na sala ao lado, cigarro na boca quase o sufocando enquanto apertava os dedos manchados de tinta de Bill na documentação e numa segunda via.

"Agora trate de ir até o prédio dos Correios", arquejou o homenzinho quando já tinha terminado, "e pegue o seu certificado do passaporte. Aí você vai estar com tudo em cima."

Wesley estava encostado na parede fumando quando Bill saiu da sala das impressões digitais com os papéis todos em ordem.

"Certificado do passaporte agora, eu acho", Bill disse a Wesley, acenando a cabeça na direção da sala.

"Isso aí!"

Eles foram até o prédio dos Correios na Milk Street, onde Bill preencheu uma requisição para seu passaporte e recebeu um certificado para sua primeira viagem internacional; Wesley, que pegara cinco dólares emprestados com Nick Meade, pagou a taxa de Bill.

"Agora estou pronto, espero?", Bill riu quando saíram do prédio.

"Isso é tudo."

"O próximo passo é conseguir os nossos leitos no Westminster. Correto?"

"Isso aí."

"Pois bem", Bill sorriu, batendo com a mão em seus papéis, "eu estou na marinha mercante."

Às duas e meia naquela tarde, Wesley, Bill, Nick Meade e sete outros marinheiros obtiveram empregos no S.S. Westminster. Caminharam do sindicato para o Píer Seis com grande animação de espírito, passando pela trama tortuosa das ruas costeiras de Boston, atravessando a Atlantic Avenue e a ponte levadiça do Mystic River e afinal fazendo uma parada ao longo das docas da Great Northern Avenue. Em silêncio, observaram o S.S. Westminster avultando à esquerda, sua monstruosa massa cinzenta amplamente agachada na carreira e se assemelhando muito, aos olhos atônitos de Everhart, a uma banheira velha.

CAPÍTULO CINCO

"Ele é o que chamamos de navio de transporte de carga tamanho médio", um marinheiro dissera para Everhart enquanto todos marchavam pelo enorme galpão até a prancha de embarque, acenando saudações aos estivadores que se ocupavam em carregar a carga para bordo, rolando barris de combustível para o compartimento de carga, movendo grandes lotes de madeira embaixo do convés com o braço maciço do pau de carga. "Faz quinze nós a todo vapor, com cruzeiro em doze. Não é muita velocidade – mas ele se sai bastante bem com qualquer tempo."

Quando mostraram suas papeletas de trabalho para o guarda na prancha de embarque e começaram a subir a rampa vergada, Bill sentira uma estranha agitação no fundo do estômago – estava embarcando num navio pela primeira vez na vida! Um navio, um barco imponente, enorme, retornado dos mares sem lar e destinado a outros talvez mais estranhos e mais escuros do que qualquer um por onde ele jamais tivesse vagado... e ele estava indo junto!

Bill estava deitado em seu beliche, lembrando-se dessas estranhas sensações que tivera durante a tarde. Era noite agora. De sua posição num beliche superior ele conseguia ver a parede escura do galpão do cais através de uma vigia aberta. Era uma noite abafada e quente. O alojamento para o qual ele tinha sido designado era separado de outro por uma placa de aço rebitado pintada de branco, a bombordo na popa. Duas lâmpadas brilhantes iluminavam o pequeno quarto, suspensas numa estrutura de aço. Havia dois leitos duplos, superior e inferior, e uma pequena pia; quatro armários, duas cadeiras dobráveis caindo aos pedaços e um banquinho de três pernas completavam o mobiliário dessa desguarnecida câmara de aço.

Bill fitou o outro marinheiro que havia sido designado para o mesmo aposento. Estava dormindo, suas jovens feições endiabradas imersas na calma do sono. Não poderia ter mais do que dezoito anos, Bill refletiu. Provavelmente já se lançava ao mar havia anos, apesar de tudo.

Bill puxou a papeleta de trabalho de sua carteira e ponderou sobre o texto: "William Everhart, marinheiro de segunda classe, S.S. Westminster, copeiro da tripulação do convés". Copeiro!... William Everhart, bacharel, mestre em Ciências Humanas, professor-assistente de inglês e literatura americana na Universidade de Columbia... um copeiro! Isso sem dúvida seria uma lição de humildade, ele riu, muito embora nunca tivesse levado a vida sob o pretexto de ser qualquer coisa que não humilde, no mínimo um jovem e humilde pedante.

Ele se recostou no travesseiro e constatou que aqueles eram os seus primeiros momentos de deliberação solitária desde que tomara sua decisão precipitada de fugir da impensada futilidade de sua vida até então. Tinha sido uma vida boa, ele ruminou, uma vida dotada de um mínimo de serventia e segurança. Mas ele não estava arrependido por ter tomado essa decisão; seria uma mudança, como ele tantas vezes repetira para Wesley, uma mudança independente de tudo. E o dinheiro era razoável na marinha mercante, as empresas não relutavam em premiar os marinheiros por seu trabalho e coragem; o dinheiro naquele montante certamente seria bem recebido em casa, especialmente agora, com o velho necessitando de cuidados médicos. Seria um alívio no pagamento de sua operação e, talvez, para suavizar seu rancor contra um lar que certamente lhe fizera pouca justiça. Em sua absorção por seu trabalho e as demandas insistentes de uma vida social muito agitada, Bill admitia consigo mesmo, como já fizera muitas vezes, ele não se mostrara um filho atencioso; havia tantas distâncias entre um pai e seu filho, toda uma geração de diferenças em temperamento, gostos, opiniões, costumes: e no entanto o velho, sentado naquela poltrona velha com seu cachimbo, ouvindo um rádio ancestral ao mesmo tempo em que o novo bramia seu poder moderno e elegante na sala de estar, será que ele não era, fundamentalmente, o próprio significado e o âmago de Bill Everhart, o criador de tudo aquilo com que Bill Everhart tinha de lidar e que lhe coubera? E que direito, Bill queria saber agora com raiva, tinham sua irmã e seu cunhado para negligenciá-lo tão espiritualmente? E se ele fosse um velho lamuriante?

    Lentamente, agora, Everhart começou a perceber por que motivo a vida parecera tão absurda, tão repleta de total falta de um propósito real em Nova York, na pressa e na oração de seus dias de ensino – ele nunca tinha parado para fazer uma avaliação de qualquer coisa que fosse, muito menos do coração solitário de um velho pai, nem mesmo dos idealismos com os quais ele havia iniciado a vida como um porta-voz de dezessete anos para o movimento da classe trabalhadora nas tardes de sábado no Columbus Circle. Todas essas coisas ele perdera, por força de uma sensibilidade frágil demais para sentir a desilusão de todos os dias... as queixas de seu pai, a zombaria dos denunciadores de vermelhos e a viva e natural apatia social que sustentava as zombarias deles num silêncio fleumático. Alguns poucos choques da errática caixa de fusíveis da vida e Everhart havia jogado suas mãos para o alto e mergulhado numa vida de isolamento acadêmico. No entanto, no reino desse isolamento acadêmico, será que não existiam indícios suficientes de que todas as coisas passam e viram pó? Qual era aquele soneto em que Shakespeare falava sonoramente sobre o tempo "erradicando as obras de pedra"?* O homem existe para ser eterno e paciente ou para ser um fantoche do tempo? De que valia, para um homem, fincar raízes profundas numa sociedade que era de todas as maneiras idiota e proteiforme?

No entanto, Bill admitia agora com relutância, até mesmo Wesley Martin estabelecera um propósito para si, e esse propósito era o ideal da vida – a vida no mar –, um Thoreau diante do mastro. A convicção havia levado Wesley para o mar; a confusão havia levado Everhart para o mar.

Um intelectual confuso, Everhart, a mais antiga erva daninha na sociedade; além disso, um inteligente moderno menos a consciência social dessa classe. Mais ainda, um filho sem consciência – um amante sem esposa! Um profeta sem confiança, um professor de homens sem sabedoria e um homem lamentável, um desastre de homem por causa disso!

Bem, as coisas seriam diferentes a partir de agora... uma mudança de vida poderia fornecer-lhe a perspectiva adequada. Sem dúvida, não fora uma loucura tirar férias de sua vida livresca e grosseira, como um outro lado de sua natureza poderia negar! Que mal havia em tratar sua própria vida, dentro dos limites da consciência moral, como ele decidisse e como bem quisesses? A juventude ainda lhe pertencia, o mundo ainda poderia abrir suas portas como havia feito naquela noite no Carnegie Hall, em 1927, quando ele ouviu pela primeira vez os compassos de abertura da primeira sinfonia de Brahms! Sim! Como abriu suas portas para ele tantas vezes no tempo da adolescência e as fechou

---

* Soneto 55 na sequência do Belo Jovem. (N.E.)

com firmeza, como se um mestre severo e hostil fosse o porteiro, durante o enfurecido período de seus vinte anos.

    Agora, Bill estava com 32 anos de idade e de repente ocorreu-lhe que ele havia sido um idiota, sim, se bem que um adorável idiota, o famigerado "garotinho" com as teorias eruditas e a palidez pastosa de um professor da vida... e não um vivedor da vida. Não fora Thomas Wolfe quem havia despertado uma breve centelha nele aos 26 e o enchera com um novo amor pela vida, até que lentamente ele se dera conta de que Tom Wolfe – e seus colegas tinham concordado em uníssono prazer – era um romântico incorrigível? O que pensar disso? E se o triunfo fosse o único propósito de Wolfe?... Se a vida era essencialmente uma luta, então por que não lutar pelo triunfo, por que não, nesse caso, conquistar o triunfo! Wolfe deixara de dizer, em acréscimo, de quem o triunfo era vassalo... e isso, embora fosse um problema, decerto poderia ser resolvido, resolvido no próprio espírito de seu grito por triunfo. Wolfe soara o velho grito de um novo mundo. Guerras vêm, guerras vão! Exultou Bill consigo, esse grito é uma insurgência contra as forças do mal, que avançam sorrateiramente sob a forma de submissão ao mal, esse grito é uma negação do não bom e um apelo em favor do que é bom. Será que ele, então, William Everhart, mergulharia todo o seu ser num mundo novo? Será que ele amaria? Será que ele trabalharia? Será que ele, por Deus, lutaria?

    Bill sentou-se e arreganhou os dentes de forma encabulada.

    "Minha nossa", murmurou em voz alta, "eu bem que poderia!"

    "Poderia o quê?", perguntou o outro marinheiro, que estava acordado e sentado com as pernas penduradas por sobre a grade do beliche.

    Bill virou para ele um rosto acanhado, rindo.

    "Ah, estava apenas resmungando comigo mesmo."

    O jovem marinheiro não disse nada. Depois de uma pausa tensa, por fim falou.

"Esta é sua primeira viagem?"

"Sim."

"Que diabo de horas são agora?", perguntou o jovem.

"Umas nove horas."

Houve outro silêncio. Bill sentiu que seria melhor explicar o comportamento estranho antes que seu companheiro de alojamento o tomasse por louco, mas não foi capaz de conceber qualquer explicação. O jovem marinheiro aparentemente não dera importância ao incidente, pois quis saber por que diabos eles não estavam em terra se embebedando.

Everhart explicou que estava esperando para sair com outros dois marinheiros dali a meia hora.

"Bem, vou estar no refeitório. Me peguem na saída", ordenou o jovem. "Meu nome é Eathington."

"Certo, faremos isso; meu nome é Everhart."

O jovem foi se arrastando preguiçosamente: "Bom te conhecer", ele disse, e se foi.

Bill saltou da cama e foi até a pia beber água. Inclinou-se e enfiou a cabeça [pela] vigia, espreitando a ré ao longo da parede do galpão. O ancoradouro estava quieto e escuro, com exceção de um conjunto de luzes bem mais adiante, onde um grande dique seco estava iluminado para o turno da noite. Duas pequenas luzes, uma vermelha e uma azul, corriam calmamente uma atrás da outra pela fachada escura da baía, o som do motor da lancha resfolegando tranquilamente. Da direção da esmaecida Boston vinha um profundo e prolongado suspiro de atividade.

"Deus do céu!", disse Bill consigo mesmo, "não me sentia assim faz muito tempo. Se vou lutar por esse mundo novo, onde seria melhor do que num navio mercante carregado com cargas de combate? E se vou esboçar planos para uma nova vida, onde seria melhor concebê-los a não ser no mar – tirando férias da vida, para retornar bronzeado e robusto e preparado espiritualmente para todos os seus malditos truques desonestos!" Ele caminhou pelo alojamento em silêncio.

"E quando eu voltar", ele pensou, "vou manter meus olhos abertos... se existir alguma coisa hipócrita em andamento nessa guerra, vou sentir isso no ar, minha nossa, e vou lutar contra isso! Eu costumava ter ideias muito tempo atrás – tinha a centelha: vamos ver o que acontece. Estou pronto para qualquer coisa... meu bom Deus, não acredito que eu tenha sido tão absolutamente idiota assim em muito tempo, mas é divertido, é novo e, droga, é revigorante."

Bill parou no meio do quarto e avaliou-o com curiosidade, ajeitando seus óculos: "Um navio, minha nossa! Quando será que vamos navegar...".

Vozes que riam interromperam seu devaneio; eram Nick Meade e Wesley vindo pelo passadiço.

"Tudo pronto, cara?", exclamou Wesley. "Vamos sair e beber um pouco do uísque do meu velho!"

"Tudo pronto", disse Bill. "Estou apenas dando um tempo e tentando me acostumar com o fato de que embarquei num navio..."

Seguiram pelo passadiço e entraram no refeitório. Um grupo de soldados bebia café numa das mesas longas.

"Quem são eles?", perguntou Bill, curioso.

"Tripulação de artilharia", falou Meade.

O jovem Eathington estava sentado sozinho com uma xícara de café. Bill acenou para ele: "Você vem?", gritou, acrescentando em voz baixa para Wesley: "Ele está no meu alojamento; você se importa se ele vier com a gente?".

Wesley fez um gesto com a mão; "Bebida de graça! Mais gente, mais diversão".

Atravessaram a cozinha, com seus caldeirões de alumínio, panelas e frigideiras suspensas, um enorme fogão e um longo balcão de copa. Um grande cozinheiro perscrutava o interior de um caldeirão com um cachimbo de espiga de milho apertado nos dentes; era um homem de cor grandalhão e, enquanto ruminava em cima de sua sopa fumegante, sua voz de baixo cantarolava uma melodia estranha.

"Ei, Glory!", uivou Nick Meade para o cozinheiro gigante. "Que tal a gente sair e se embebedar?"

Glory se virou e retirou o cachimbo da boca. "É uma farra!", ele comentou com uma voz retumbante, gemida. "Os menino saindo pra enchê a cara de trago."

O jovem Eathington sorriu com expressão endiabrada: "Que diabos você acha, Glory? A gente precisa tirar da boca o gosto ruim da sua sopa!"

Os olhos de Glory se arregalaram num assombro simulado.

"É uma farra!", ele explodiu. "É uma desgraçada de uma farra! Os menininho tão saindo pra enchê a cara de trago."

Enquanto eles seguiam rindo pelo passadiço de meia-nau, podiam ouvir Glory retomando seu cantarolar sem palavras.

"Onde está todo mundo nesse navio?", perguntou Bill. "Não tem uma única alma viva."

"Estão todos fora bebendo", respondeu Meade. "Glory é provavelmente o único sujeito a bordo neste momento. Você vai ver todos amanhã no café da manhã."

"Sábado à noite", acrescentou Eathington.

Estavam descendo pela prancha.

"Vocês ouviram o que aquele grandão estava cantando?", falou Wesley. "O blues puro deles. Ouvi esse tipo de canção na Virgínia muito tempo atrás, num trabalho de construção. Blues puro, cara."

"Onde estamos indo?", perguntou Eathington, inclinando seu quepe de lubrificador num ângulo malandro.

"Pro saloon do meu velho no South End."

"Bebida de graça?", acrescentou Everhart, ajeitando os óculos e arreganhando os dentes.

"Bebida de graça?", uivou Eathington. "Puxa, não posso reclamar... torrei o meu último pagamento num salão de bilhar em Charlestown."

Na rua, eles andaram rapidamente na direção da Atlantic Avenue. Nick Meade, que assinara contrato como lubrificador, perguntou a Eathington se ele também pegara um trabalho na casa das máquinas.

"Não; estou indo como ajudante de cozinha; assinei contrato ontem; não consegui nada melhor."

"Então por que diabos você está usando um quepe de lubrificador?", perguntou Meade.

O garoto arreganhou os dentes numa careta: "Só por diversão!".

O rosto de Wesley iluminou-se de prazer: "Me dá aqui esse quepe", ele rosnou. "Vou jogar essa porcaria no mar!" Ele avançou para perto de Eathington, mas o garoto saiu correndo pela rua, rindo; Wesley disparou atrás dele como um cervo. Pouco depois, Wesley voltou vestindo o quepe, sorrindo com malícia.

"Como estou?", perguntou ele.

Pegaram um metrô para o South End e foram até o "Tavern" de Charley Martin. Tratava-se, na verdade, de um dos saloons mais vagabundos em que Everhart jamais tivera o privilégio de entrar. Os pisos de tabuão estavam cobertos com serragem e inúmeras escarradeiras; diversos beberrões se esparramavam em cima de seus copos nas mesas, e levou algum tempo até que Everhart se acostumasse com o fato de que entre eles havia uma mulher com pernas como gravetos.

Atrás do bar, sintonizando o rádio, estava um homem num avental de bartender que se parecia muito com Wesley, exceto por seu cabelo branco e mandíbula poderosa.

"Lá está o velho fanfarrão", disse Wesley, arrastando-se rumo ao balcão. Seu pai se virou e o viu.

Foi uma saudação muito simples: o homem mais velho levantou as duas mãos e abriu a boca num gesto feliz e silencioso de surpresa. Então ele avançou em direção à extremidade do balcão e, mantendo ainda sua surpresa, ofereceu uma de suas finas mãos para o filho. Wesley pegou-a com firmeza e eles apertaram as mãos.

"Ora, ora, ora...", cumprimentou o sr. Martin, com ar grave.

"E aí, Charley", disse Wesley com um ligeiro sorriso.

"Ora, ora, ora...", repetiu o magro homem de cabelo grisalho, ainda segurando a mão de seu filho e o fitando com um misto de gravidade e preocupação. "Por onde você andou?"

"Por tudo que é canto", respondeu Wesley.

"Por tudo que é canto, hein?", ecoou o pai, ainda segurando a mão de Wesley. Depois, ele se virou devagar para um grupo de homens sentados no bar assistindo ao incidente com sorrisos orgulhosos. "Rapazes", anunciou o pai, "apresento a vocês o meu garoto. As bebidas são por minha conta."

Enquanto o pai se voltava com seriedade para as suas garrafas, Wesley teve de apertar as mãos de uma meia dúzia de bebuns sorridentes.

O sr. Martin distribuiu copos pelo balcão todo com o lento floreio de um homem que está executando um ritual de profundo significado. Bill, Meade e Eathington tomaram assentos ao lado de Wesley. Quando os copos foram todos preenchidos com scotch, o sr. Martin serviu para si uma bela dose num copo d'água e virou-se lentamente para encarar a turma inteira. Um profundo silêncio reinou.

"Ao meu garoto", brindou o sr. Martin, copo no alto.

Todos beberam sem dizer uma única palavra, incluindo Wesley. Feito isso, a noite estava iniciada para Wesley e seus companheiros de navio, porque a primeira coisa que o velho fez foi encher outra vez os copos.

"Bebam!", ele ordenou. "Emendem um trago no outro!" Eles o fizeram.

Eathington foi até o nickelodeon e botou para tocar uma gravação de Beatrice Kay.*

"O meu velho trabalhou no show business", ele gritou ao saloon todo; e para provar começou a sapatear de lado pelo piso do bar, quepe numa mão e a outra palma erguida numa gesticulação de vaudeville que convulsionou Everhart num ataque de riso; Nick ficou entediado. Wesley, por sua vez, contentou-se

---

* Cantora, artista de vaudeville e do teatro de variedades, e atriz. (N.E.)

em encher seu copo com a garrafa de litro que seu pai deixara disposta diante deles.

Quinze minutos disso e Everhart já estava bem a caminho de ficar bêbado; toda vez que via o fundo do copo, Wesley o enchia de novo com gravidade. Meade tinha caído em devaneio, mas depois de um longo tempo nisso levantou os olhos e falou para Everhart, alisando seu bigode com abstração sensual: "Wes me contou que essa é a sua primeira viagem, Everhart".

"Sim, é sim", admitiu Bill, como que se desculpando.

"Você fazia o quê?"

"Dava aula na Universidade de Columbia, como assistente..."

"Columbia!", exclamou Meade.

"Sim."

"Fui escorraçado de Columbia em 35", riu Meade. "No meu ano de calouro!"

"Você?", falou Bill. "Trinta e cinco? Eu estava trabalhando no meu mestrado nessa época; isso provavelmente explica por que eu não conhecia você."

Nick passou os dedos pelo bigode e o puxou nas extremidades, pensativo.

"Você foi expulso por quê?", prosseguiu Bill.

"Ah", Nick disse com petulância, gesticulando com a mão no ar, "eu só entrei lá com o expresso propósito de aderir à união estudantil. Fui escorraçado em um mês."

"Por quê?", riu Bill.

"Acho que eles disseram que era porque eu era um radical perigoso, incitando tumultos e assim por diante."

O sr. Martin estava parado na frente deles.

"Tudo certo, rapazes?", ele perguntou de modo solene.

"Põe certo nisso, sr. Martin", Bill sorriu. O sr. Martin esticou uma mão e socou Wesley de brincadeira. Wesley sorriu debilmente, o típico filho acanhado.

"Vocês têm o suficiente pra beber?", rosnou o pai, suas espessas sobrancelhas brancas aproximadas num olhar sóbrio e sério.

"Temos", respondeu Wesley, com modesta satisfação.

O velho observou Wesley fixamente durante alguns segundos e então voltou ao seu trabalho com ponderosa solenidade.

Everhart encontrara um novo companheiro; virou-se para Nick Meade com entusiasmo e quis saber tudo sobre sua expulsão de Columbia.

Nick encolheu os ombros com indiferença: "Não há muito pra se dizer. Simplesmente fui colocado pra fora. Tenho um emprego no centro, numa farmácia, na East Tenth Street. Quando descobri que os outros funcionários não estavam organizados, levei alguns deles até um sindicato a umas poucas quadras de distância. Quando o gerente se recusou a reconhecer o nosso direito de sindicalização, cruzamos os braços; ele contratou outras pessoas, de modo que na manhã seguinte começamos a fazer piquetes pra cima e pra baixo. Você tinha que ter visto ele urrando!"

"Ele cedeu?"

"Ele tinha que ceder, o velho cretino."

"O que é que você fez depois disso?"

"Tomem outro trago", Wesley ofereceu a ambos, enchendo os copos deles. Quando eles retomaram sua conversa, o sr. Martin voltou e começou a falar baixinho com Wesley no que parecia ser, para Everhart, uma revelação de natureza confidencial.

"Eu me juntei com alguns dos rapazes", prosseguiu Nick, acendendo um cigarro. "Uma noite, decidimos ir para a Espanha, então lá fomos nós. Lá, aderimos à Brigada Internacional Abe Lincoln. Três meses depois, fui ferido perto de Barcelona, mas você ficaria surpreso se soubesse onde. A enfermeira..."

"Você lutou pelos republicanos!", Everhart o interrompeu, incrédulo.

"Sim" – acariciando o bigode.

"Deixa eu apertar a sua mão por isso, Meade", disse Bill, apresentando a própria mão com admiração.

"Obrigado", Nick disse laconicamente.

"Gostaria de ter feito o mesmo", falou Bill. "Foi um negócio nojento pro povo espanhol, enganados por todos os lados..."

"Negócio nojento?", ecoou Nick num tom de zombaria. "Foi pior do que isso, especialmente em função da maneira com que o mundo inteiro aceitou aquilo satisfeito! Ali nós tínhamos a Espanha sangrando e o resto do mundo não fez nada; eu voltei para a América são e salvo, esperando ouvir fogos de artifício, e o que é que vi? Eu juro, alguns americanos não sabiam nem mesmo que tinha ocorrido uma guerra."

Everhart manteve silêncio, balançando a cabeça.

"Aqueles fascistas asquerosos tiveram todo o tempo do mundo pra se preparar, e quem pode negar isso hoje em dia? Franco tomou a Espanha e ninguém levantou um dedo em sinal de protesto. E quantos dos meus amigos foram mortos por nada? Não era nada naquele tempo, estávamos lutando contra os fascistas e aquilo era bom; mas agora que tudo acabou e olhamos pra trás, todos nos sentimos como um bando de otários. Fomos traídos por todos aqueles que poderiam ter nos ajudado; incluindo Leon Blum.* Mas não pense nem por um momento que qualquer um de nós possa ter jogado a toalha – quanto mais formos sacaneados, traídos e esfaqueados pelas costas, eu digo a você, tanto mais vamos bater de volta e algum dia, em breve, vamos dar o troco... e os republicanos espanhóis também."

Nick acariciou o bigode com amargura: "O meu amigo está dando o troco neste exato momento", ele disse por fim. "Queria com todas as minhas forças estar com ele..."

"Onde ele está?"

"Lutando com o Exército Vermelho. Depois que penetramos pelas linhas do Franco, atravessamos os Pirineus e entramos na França. Perambulamos por Paris até que nos pegaram e nos deportaram. De lá, fomos pra Moscou. Quando fui embora, ele ficou; droga, eu devia ter ficado também!"

"Por que você não ficou?"

"Conheci uma garota americana por lá e fui morar com ela; ela estava vendendo revistas pros soviets. Voltamos para Nova York e nos entrincheiramos no Greenwich Village, e

---

* Político francês, identificado com a esquerda moderada. (N.E.)

moramos lá desde então – nos casamos três meses atrás –, estou na Marinha Mercante faz três anos agora."

Everhart ajustou os óculos: "Qual vai ser o seu próximo passo? Combater os franceses?".

"Este é o meu próximo passo – a marinha mercante. Transportamos mercadorias pros nossos aliados, não é? Estamos combatendo o fascismo tanto quanto o soldado ou o marinheiro."

"Verdade", Everhart concordou com orgulho.

"É claro que é verdade", cuspiu Nick selvagemente.

"O que é que você vai fazer depois da guerra?", continuou Bill.

"Après la guerre?", Nick meditou num tom triste. "Ainda vamos ter milhares de coisas pelas quais lutar. Vou voltar pra Europa. França, talvez. Logo a gente se dá bem, você pode ter certeza…"

"Bem, sem querer ser pessoal, mas o que é que você pretende fazer com a sua vida de modo geral?", perguntou Bill, um tanto nervoso.

Nick olhou para ele com expressão branda.

"Lutar pelos direitos do homem", ele disse rapidamente. "Que outro motivo se pode ter para viver?"

Everhart viu-se assentindo devagar. Os penetrantes olhos azuis de Nick incidiam direto nele, os olhos, Everhart pensou, das massas acusadoras, olhos que o instigavam lentamente a falar o que tinha em mente, por força de seu calmo desafio.

"Bem", ele começou, "espero que você não pense que sou um idiota dos tempos antigos… mas quando eu era um garoto, dezessete anos pra ser exato, eu fazia discursos no Columbus Circle… Parava lá e falava com eles do fundo do meu coração, por mais que eu fosse jovem e imaturo e sentimental, e eles não me ouviam! Você sabe como é, sabe tão bem como eu. Eles são tão ignorantes, e, na sua ignorância, são tão patéticos, tão impotentes! Quando os denunciadores de vermelhos sibilavam, eles sorriam dos meus apuros…"

"A velha história", Nick interrompeu. "Esse tipo de coisa não vai nos levar a lugar nenhum, você sabe disso! Você estava fazendo mais mal do que bem..."

"Eu sei disso, é claro, mas você sabe como é quando a gente é jovem..."

Nick arreganhou os dentes: "Eles botaram a minha foto na primeira página inteira na minha cidade natal, aos dezesseis anos, o escândalo da comunidade, o radical da cidade – e adivinha o quê?"

"O quê?"

"A minha velha ficou satisfeita! Ela mesma foi uma grande bruxa, sufragista e tudo mais..."

Eles riram um pouco, e Everhart prosseguiu: "Bem, com dezenove anos desisti de tudo, desiludido além de qualquer medida. Fiquei sem rumo por algum tempo, vociferando contra quem quer que falasse comigo. E de modo gradual fui mergulhando minha existência toda nos estudos de inglês; deliberadamente, evitava estudos sociais. Como você pode imaginar, os anos foram passando – a minha mãe morreu – e qualquer consciência social que eu tivesse tido no início perdi por inteiro. Como Rhett Butler, eu francamente não estava nem aí... Devorava literatura como um porco – especialmente Shakespeare, Donne, Milton, Chaucer, Keats e o resto – e produzi um currículo brilhante o suficiente pra ganhar um cargo de professor-assistente na universidade. Qualquer protesto social com que me deparasse nas minhas aulas eu tratava partindo de um ponto de vista puramente objetivo; na leitura e na discussão de Dos Passos alguns verões atrás, fiz um exame das obras dele de um ponto de partida meramente literário. Minha nossa, tendo começado por evitar deliberadamente o socialismo, creio que acabei não particularmente interessado de qualquer maneira. Na medida em que estava na universidade, vivendo uma vida bastante alegre, embora infrutífera, não vi necessidade de me preocupar." Nick ficou em silêncio.

"Mas vou te dizer uma coisa, esses anos me ensinaram uma lição, a lição de que não deveria confiar num monte de coisas. Sempre acreditei no movimento da classe trabalhadora, apesar de ter permitido que ele sumisse da minha mente, mas agora tenho noção daquilo em que eu não acreditei naqueles anos todos, com mais rancor inconsciente do que com ódio consciente." Bill perscrutava de modo ansioso.

"E foi o quê?", perguntou Nick, com fria desconfiança.

"A política antes de mais nada, a política pura. Os políticos só sobrevivem se fizerem certas concessões; se não fizerem, perdem o mandato. Assim, idealista ou não, um político é sempre confrontado com uma escolha vexatória, mais cedo ou mais tarde, entre a justiça e a sobrevivência. Isso, de maneira inevitável, vai servir pra estragar os ideais dele, não vai?"

"Isso me soa natural; o que mais?"

"Uma dependência do grupo... desconfio disso, primeiro porque implica submeter sua mente a um arbítrio grupal dogmático. Quando digo isso, refiro-me não a um grupo econômico no qual, a meu ver, compartilhar na mesma medida é apenas natural, e também inevitável. Refiro-me a um grupo espiritual... Não deveria existir nada que se assemelhasse a um grupo espiritual; cada um com seu próprio espírito, Meade, cada um com sua própria alma."

"Você está me dizendo isso pra quê?", Nick disparou.

"Porque pode chegar o dia em que a guerra materialista na qual você luta contra as forças do fascismo e do reacionarismo será vencida por você e pelos seus – e por mim, minha nossa. E quando esse dia chegar, quando a classe da partilha ditar as regras, quando os direitos do homem se tornarem óbvios pra humanidade toda, você vai ficar com o quê? Sua porção semelhante das necessidades da vida?"

Os olhos de Nick faiscaram: "Pobre besta que você é! Você quer me dizer que uma guerra contra o fascismo é puramente uma guerra materializadora, como você diz? Uma guerra contra uma ideologia que queimou os livros, concebeu uma falsa hierarquia das raças humanas, confundiu bondade humana com fraqueza, pisoteou todas as culturas acumuladas da Europa e substituiu-as por um culto da brutalidade mais inimaginável do que..."

"Espera um pouco!", riu Bill, que, embora perplexo com a erudição insuspeita de Meade, tinha entretanto uma lógica por defender e aferrava-se a ela. "Você não está me dizendo nada. Quero que você faça uma pausa e pense: apague o fator do fascismo, porque ele não figura no nosso argumento. O fascismo é uma aberração, uma perversão, um monstro, se você quiser, que precisa ser destruído, e será destruído. No entanto, uma vez que isso estiver feito, os nossos problemas não estarão resolvidos; mesmo que assinemos uma paz satisfatória, uma paz para o homem comum, o problema não vai ser resolvido. Um mundo onde os homens vivem em segurança cooperativa é um mundo onde não há fome, não há necessidade, não há medo, e assim por diante. Os homens vão *partilhar*... estou optando por uma visão de longo alcance da coisa toda... os homens vão viver num mundo de igualdade econômica. Mas o espírito será constrangido ainda; você parece pensar que não. Os homens ainda irão enganar uns aos outros, trapacear, fugir com a mulher do outro, roubar, matar, estuprar..."

"Ah", exclamou Nick de um jeito afetado, "você é um desses assim chamados estudiosos da natureza humana." Virou-se para o outro lado.

"Espere! Não sou a voz regressiva soando das páginas do Velho Testamento. Eu também, assim como você, vou negar a fragilidade humana enquanto viver – vou tentar curar a natureza humana na tradição do movimento progressivo. Mas não vejo uma saída rápida e fácil; acho que os antifascistas vivem sob essa ilusão. Eles apontam o fascismo como a totalidade do mal, apontam cada lar fascista por natureza como a totalidade do mal. Pensam que, destruindo o fascismo, destroem todos os males do mundo de hoje, quando, creio eu, apenas destroem o que pode ser o último grande mal arquitetado. Quando isso estiver feito, o mal individual e desorganizado estará conosco ainda..."

"Truísmos!", cuspiu Nick. "Qualquer criança sabe disso!"

"E eu mais do que ninguém, se você perdoar a minha vaidade insuportável... mas trouxe o assunto à tona por um único motivo, o de salientar que ser simplesmente antifascista não é o bastante. Você precisa ir além do antifascismo, você precisa ser mais meticuloso na sua busca por um propósito na vida."

"É propósito suficiente pra qualquer um, nestes tempos", rebateu Nick. "Receio que você não conhece os fascistas tão bem como eu."

"Você diz", persistiu Bill com rapidez, "que vive pelos direitos do homem; você não deveria viver pela própria vida? Será que os direitos do homem são... a vida?"

"Pra mim, são", foi a gélida réplica.

"E, pra mim, são só uma parte da vida", sorriu Bill, "uma parte importante da vida, mas não a vida toda."

"Você sabe o que você é?", questionou Nick, bastante aborrecido. "Você é um desses intelectuais atrapalhados e semiaristocráticos que gostam de se enfurecer em mesas de discussão enquanto homens morrem de fome do lado de fora..."

"Eu não faria isso e, casualmente, estávamos assumindo a ideia de que a injustiça regulada tinha cessado."

Com isso, Nick fitou diretamente os olhos de Bill.

"Muito bem, professor, vamos dizer que sim", Nick propôs.

"Você ficou com o quê, além da igualdade econôm..."

"Eu fiquei com um mundo", interrompeu Nick, "no qual todas as suas malditas teorias disso e daquilo podem, pelo menos, ser colocadas em prática sem supressão!"

"Eu não disse que o fascismo era o nosso problema mais imediato?", insistiu Bill.

"Você disse. E daí?"

"Então, esse último problema, ele pode ser resolvido pela espada da justiça ou pelo próprio espírito?"

"Esse último problema, como você diz, não é importante neste momento em particular", Nick retorquiu. "As suas profundas teorias não prendem a minha atenção nem um pouco..."

"O que faz de você um iconoclasta!", sorriu Bill.

"Muito bem, e faz de você um novo tipo de reacionário... e um preguiçoso; olha, vamos beber o scotch e discutir outra hora." Nick estava enfastiado.

Bill ergueu seu copo para ele: "Bem, pelo menos você vai ter alguém com quem discutir nessa viagem. Vamos beber ao socialismo, eu e você!".

Nick voltou para Bill um olhar cansado, de pálpebras caídas: "Por favor, não seja idiota... Odeio os socialistas mais do que os capitalistas".

Bill sorriu com malícia e começou a cantar: "Levantem-se, ó prisioneiros da fome, um mundo melhor está por nascer, pois a justiça troveja..."

"Chega!", interrompeu Nick, impaciente.

"Qual é o problema?"

"Vamos beber nossos brindes; mas não quero cantar a *Internacional* num bar – isso é um insulto bêbado."

Bill tocou o copo de Nick. "Desculpa – bebe aí."

Durante essa longa discussão, Wesley havia bebido sem parar; quase, ao que parecia, com uma vontade deliberada de se embriagar. Eathington, nesse meio-tempo, tinha achado alguém com quem conversar numa mesa nos fundos.

Enquanto Everhart e Meade seguiam falando, o sr. Martin voltou até Wesley e outra vez lhe falou em particular, num tom de voz baixo.

"Ela acabou de chegar – disse que está vindo direto pra cá", disse o velho, olhando com ansiedade para o filho. Tanto o pai quanto o filho encaravam fixamente um ao outro, com a mesma intensidade imóvel que Everhart primeiro percebera em Wesley quando trocaram um longo olhar naquele bar da Broadway.

Mantiveram o olhar e não disseram nada por vários segundos. Então, Wesley deu de ombros.

"Não é coisa minha, filho", rosnou o sr. Martin. "Ela me localizou e disse que se alguma vez você aparecesse eu tinha que avisar ela. Ela está naquele hotel faz dois meses esperando que você pintasse por aqui. Não é coisa minha."

Wesley encheu seu copo: "Eu sei que não é".

O velho fitou o filho com grande intensidade, limpando ligeiramente o balcão com uma toalha. Não eram dez e meia ainda; o lugar se enchera consideravelmente, mantendo a garçonete ocupada servindo bebidas, indo do balcão às mesas.

"Bem, mal não há", acrescentou o sr. Martin. "Tenho um pouco de trabalho pra fazer." Ele voltou a seu trabalho solenemente. Por essa altura chegara um jovem bartender assistente, e agora ele voava furiosamente entre a garrafa e o misturador, entre o copo e a torneira, com os pedidos se amontoando. O sr. Martin, embora se movesse devagar, conseguia misturar mais drinques e servir mais cerveja, e tudo isso definia um ritmo mais rápido para o acuado jovem ajudante. A música do nickelodeon tocava de forma incessante enquanto a porta de tela batia uma e outra vez à medida que os clientes chegavam ou saíam. O ar estava pegajoso e abafado, embora os ventiladores de teto conseguissem soprar uma brisa cheirando a cerveja no ambiente.

Wesley encheu os copos de Bill e Nick num silêncio taciturno enquanto eles se lançavam com entusiasmo a uma discussão sobre filmes russos e franceses. Voltou-se para sua própria bebida e a despejou goela abaixo num gesto rápido; o scotch queimara sua garganta, assentado em seu estômago, difundindo numa sensação calorosa o seu mistério potente.

Ela estava vindo! Ele a veria novamente depois de todos aqueles anos... Edna. Sua esposinha...

Wesley acendeu um cigarro e tragou profundamente a fumaça, com amargura: ele podia sentir a ferida adocicada em seus pulmões, o cheiro penetrante em suas narinas, à medida que a fumaça escapava para fora em finos jorros duplos. Ele esmagou o cigarro com ferocidade.

Que diabos ela queria? Ela já não tinha emporcalhado tudo o bastante? Uma bobinha que ela era, um louca como nunca se viu... E ele havia se casado com ela dez anos atrás, aos dezessete anos, o pior simplório do mundo, casar com uma dessas filhas malucas dos turistas de verão, fugindo com ela numa bebedeira total.

Bem, eles tinham se arranjado bastante bem de qualquer jeito... aquele apartamento na James Street com a quitinete bonitinha. E o velho dele aumentara seu salário na garagem para trinta pratas, um bom emprego com um esposa bonita esperando em casa. Os pais ricos haviam desistido da filha, dando ela por louca, muito embora mandassem um cheque todo mês, acompanhado por bilhetes sugerindo que esperavam que ela não estivesse vivendo embaixo de uma ponte!

Embaixo de uma ponte! Muito embora ele tivesse dezessete anos, recém-saído da escola secundária, tivera suficiente bom senso para cuidar bem de sua jovem esposa. Não era culpa sua que tudo tivesse dado errado; Edna, aos dezesseis anos, era uma esquisitinha incontrolável. Naquela noite, na garagem, quando o hospital ligou e o informou de que sua esposa se ferira gravemente num acidente de carro perto da estrada estadual Nova York-Vermont... era culpa dele que ela se metesse em bebedeiras com um bando de garotos da escola enquanto ele se esfolava trabalhando na garagem do Charley? Dilacerada numa batida, grávida de cinco meses. E a suprema glória de tudo!... a família dela decidira levá-la para um hospital sofisticado em Nova York e aquele velho filho da mãe que era o tio dela chegando de supetão na casa e começando a criar encrenca. Charley simplesmente o empurrou porta afora e o mandou ir ver se ele estava na esquina.

Wesley olhou com carinho para o pai, que estava agitando um misturador e conversando com os clientes. Charley Martin, o maior pai que um sujeito jamais teve! Ele empurrou o filho da mãe do tio de Edna porta afora e o mandou ir ver se ele estava na esquina, enquanto a mãe urrava e ele se sentava na grande poltrona, esmagado e atordoado pelo acidente, pelas acusações falsas, por tudo. Charley foi o cara que o ajudou a suportar aquela...

Dez anos. Ele tinha trabalhado algumas semanas a mais na garagem, rastejando em transe, até que as primeiras cartas de Edna começaram a chegar do hospital de Nova York. Ela iria se recuperar e eles começariam tudo de novo, ela ainda o amava muito, sentia falta dele, por que é que não vinha vê-la? Claro! – a família rica dela teria adorado isso. Claro! – ela o amava, amava tanto que saía fazendo arruaça com garotos da escola enquanto ele ficava trabalhando às noites na garagem.

Ah! Ele tinha feito a coisa certa, simplesmente acabando com tudo. No meio da noite ele se levantara e caminhara pelas ruas onde as árvores do verão, sombrias e silvantes, pareciam estar cantando para ele uma canção de despedida, e saltara num trem e se mandara para Albany. Esse tinha sido o início de tudo – dez anos de andanças; Canadá, México, 43 Estados, trabalhos em garagens, carrinhos de lanche, equipes de construção, hotéis na Flórida, dirigindo caminhão em George, trabalhando num bar em Nova Orleans, auxiliar em estábulos de corrida, indo para o Oeste com o grande circo, palpitando em Santa Anita, agenciando apostas em Salem, Oregon, e afinal saíra navegando no seu primeiro cruzeiro, em São Francisco. Então haviam se passado aqueles dias indolentes no Pacífico, em torno do Horn, por tudo que é canto e mais um pouco, do Japão à Guiana Holandesa. Dez anos... Conhecendo caras como Nick Meade e fazendo tumulto em favor dos pobres trabalhadores indianos em Calcutá; sendo preso em Xangai por ficar indo atrás de Nick – ele era o comunista, claro... mas ele próprio tinha feito aquilo por um bom tempo e por princípios em geral em que Nick acreditava; bem, Wesley Martin muito em breve não acreditaria em nada se aquilo significasse toda a maldita confusão que ele havia enfrentado; Nick era um bom garoto, lutara pelos pobres trabalhadores espanhóis e tinha inclinação pela coisa; quanto a ele, por seu próprio gosto, só sair para o mar era suficiente, era tudo, o inferno que levasse as revoltas e as bebidas e o casamento e a palhaçada toda. Era uma questão de estar pouco se lixando – o mar era suficiente, era tudo. Bastava que o deixassem sozinho, ele sairia para o mar e estaria num mundo do qual gostava, um mundo justo, razoável e sensato, onde um sujeito podia cuidar do próprio umbigo e fazer a parte que lhe cabia do trabalho.

E então que diabo ela queria agora? Ele a vira uma vez antes, numa boate de Nova York, mas ela o perdera de vista quando ele deu o fora. Ela que fosse pro inferno! Ele estava de saco cheio da praia e de qualquer coisa que se relacionasse à praia...

Wesley encheu seu copo novamente, bebeu tudo, encheu de novo e bebeu tudo uma segunda vez. Estaria tão emborrachado quando ela chegasse que não iria reconhecê-la... Que aparência ela devia ter agora? O caramba!... ele já estava bastante bêbado. Talvez ela parecesse uma bruxa velha agora, uma debutante meio acabada com círculos em volta dos olhos. Naquela boate de Nova York ela parecera estar um pouco mais velha, é claro, mas tinha ainda o mesmo porte, a mesma risada ávida... Ela estava com um cara alto e loiro que ficava ajeitando seu black tie o tempo todo: isso foi cinco anos atrás.

Wesley se virou e olhou a porta de tela na entrada... ela estava vindo mesmo? Ela realmente ficara dois meses esperando por ele em Boston?

Wesley serviu para si mais um trago; a garrafa de litro estava quase vazia, de modo que ele encheu os copos de seus dois camaradas – agora, estavam discutindo música – e esvaziou o conteúdo da garrafa por completo; uma vez mais, sentiu vontade de espatifar a garrafa vazia, como sempre fizera com esse símbolo da futilidade – depois de cada submissão a suas promessas não cumpridas. Ele gostaria de espatifá-la contra todas as garrafas do bar de seu pai e em seguida pagar-lhe pelo estrago – talvez devesse ter feito exatamente isso, em Nova York, quando tinha oitocentos dólares, devia ter ido até o bar mais animado da cidade e espatifado todas as garrafas, os espelhos, os lustres, todas as mesas e bandejas e...

"Wesley?"

O coração de Wesley disparou; seu pai, lá na extremidade do balcão, olhava para uma pessoa atrás dele que havia dito alguma coisa. Era Edna... era a voz dela.

Wesley voltou-se lentamente. Uma garota estava parada atrás dele, uma garota pálida vestindo um traje de verão marrom-escuro; uma cicatriz descia de sua testa até a sobrancelha esquerda. Ela era uma mulher, uma mulher crescida, e não a pequena Eddy com quem ele se casara... dez anos atrás... não, era outra mulher.

Wesley não conseguiu dizer nada – olhou diretamente para os penetrantes olhos azuis.

"É Wesley!", disse ela, meio que para si mesma.

Wesley não conseguia pensar em nada para dizer; ficou sentado, a cabeça virada, olhando apalermado para ela.

"Você não vai dizer oi?"

"Você é a Edna", ele murmurou, hipnoticamente.

"Sim!"

Wesley desprendeu-se lentamente do banco do balcão e ficou na frente da garota, ainda segurando a garrafa de litro vazia. Suas mãos estavam tremendo. Ele não conseguia desviar o olhar atônito do rosto dela.

"Como você tem passado, Wesley?", ela perguntou, esforçando-se o melhor que podia para ser formal.

Wesley não disse nada por alguns segundos, os olhos arregalados de estupefação; balançou ligeiramente o corpo.

"Eu?", ele sussurrou.

A garota mexeu os pés com nervosismo.

"Sim, como você tem passado?", ela repetiu.

Wesley olhou de relance na direção de Bill Everhart e Nick Meade, mas eles estavam tão absortos em seus discursos, e tão bêbados, que não tinham sequer notado a presença da garota. Seu pai observava da outra extremidade do balcão, franzindo as espessas sobrancelhas brancas, unindo-as no que parecia ser, para Wesley, uma expressão de embaraçada ansiedade.

Wesley encarou a garota de novo.

"Estou bem", ele conseguiu balbuciar.

Eles ficaram em silêncio, fitando um ao outro com incerteza no meio do piso de serragem.

"Por favor", disse Edna por fim, "você poderia... você se importaria de... de me levar lá fora?"

Wesley assentiu devagar. Enquanto saíam, ele bateu o dedo do pé e quase caiu – estava mais bêbado do que havia imaginado – bêbado até não poder mais.

Eles estavam ao ar livre, no clima noturno da rua, com seu cheiro de mar; um trilho elevado rugiu poucos quarteirões abaixo, apagando-se na distância. A música e uma rajada de vento quente de cerveja se esvaziaram na noite, vindas do bar.

"Vamos caminhar", sugeriu Edna. "Você não está se sentindo muito bem."

Wesley se viu caminhando por uma rua secundária com Edna, os cabelos castanhos da garota brilhando sob as lâmpadas, seus saltos estalando afetadamente no suave silêncio.

"Um raio me parta!", ele resmungou.

"Como?"

"Um raio me parta."

Edna riu de repente, o mesmo risinho ávido que ele havia quase esquecido.

"Isso é tudo que você tem a dizer?", ela perguntou com vivacidade.

Wesley percebeu que ainda estava segurando a garrafa de litro vazia, mas apenas examinou-a de um jeito estúpido.

"O que é que as pessoas vão pensar?", riu Edna. "Um homem e uma mulher andando pela rua com uma garrafa de uísque!"

Ele botou a garrafa na outra mão e não disse nada.

"Me dá, vou largar ela aqui", disse Edna. Ela colocou a mão sobre a mão de Wesley e docilmente pegou a garrafa... o toque dela o sobressaltou. Ela pousou a garrafa com cuidado na sarjeta enquanto ele observava, de cima, seu corpo curvado. Quando ela se endireitou, estava muito perto dele.

Wesley de repente sentiu-se muito bêbado – a calçada começou a deslizar por baixo dele.

"Você vai cair!", ela gritou, segurando o braço dele. "Meu Deus, quanto você bebeu?"

Ele colocou a mão na testa e percebeu que estava encharcado de suor frio. Seu queixo tremia.

"Você está mal", exclamou Edna com ansiedade.

"Fico bêbado rápido", grunhiu Wesley.

Edna arrastou o corpo cambaleante do jovem até uma soleira de porta: "Sente-se aqui". Ele desabou com todo o seu peso e colocou as mãos no rosto; ela sentou-se ao lado dele com calma e começou a acariciar seus cabelos com dedos estranhos e ternos.

Não disseram nada por uns tantos minutos, Wesley mantendo as mãos no rosto. Ele ouviu um carro passar.

Então ela falou.

"Você tem saído pro mar?"

"Sim."

"Escrevi pro seu irmão anos atrás e ele me disse. Ele está casado agora."

"É."

"Ele me disse que o seu pai tinha começado um negócio em Boston e que você ia vê-lo de vez em quando."

Silêncio.

"Wesley, estive procurando por você desde então..."

Ele lançou um rápido olhar na outra direção e então retomou um fixo exame do armazém no outro lado da rua escura.

"Você nunca deixou nenhum rastro, nem mesmo na sede do sindicato. Escrevi várias cartas pra você... você recebeu elas?"

"Não."

"Não recebeu?"

"Nunca me preocupei em perguntar", ele murmurou.

"Puxa, você deve ter dezenas de cartas à sua espera no sindicato em Nova York."

Ele ficou em silêncio.

"Está se sentindo melhor?", ela perguntou.

"Sim."

"Um pouco de ar fresco..."

Um gato passou espreitando, um gato magro e esguio. Wesley lembrou-se do gatinho que encontrara na Broadway algumas noites antes; este gato era mais velho, mais maltratado, endurecido, esfomeado: não era indefeso... como o gatinho.

"Você quer saber por que foi que estive procurando por você?", Edna perguntou de repente.

Wesley dirigiu seus olhos escuros para ela: "Por quê?".

Antes que ele soubesse o que tinha acontecido, o lábios dela estavam pressionados contra a boca dele, o braço dela apertado em volta do pescoço dele. Vagamente, reconheceu o sabor daquela boca, uma marca perfumada que extasiou seus sentidos com uma recordação de coisas que ele não experimentava havia séculos em sua vida e que agora retornavam numa trêmula onda de perda. Era Eddy de novo!... era 1932 de novo!... era Bennington de novo, e as árvores silvantes fora da janela do quarto deles de novo, e a suave brisa de primavera suspirando garagem adentro de novo, e um jovem apaixonado de novo!

"Eu ainda te amo, Wes, e você sabe muito bem que sempre vou te amar!", ela sussurrava roucamente, com raiva, em seu ouvido.

Aquele sussurro rouco de novo! O sol, as canções de novo!

"Te amo! Te amo, Wes!", o sussurro selvagem lhe dizia.

Wesley agarrou seu ombro submisso e a beijou. O que era esse fantasma retornando dos corredores vazios do tempo? Era essa a pequena Eddy, a linda pequena Eddy que ele tomara como esposa em outra época, a malfadada filhinha dos turistas que ele conhecera numa dança de verão e amara nas areias do laguinho de sua infância, sob uma lua de muitíssimo tempo atrás – uma lua estranha, secreta, feliz?

Os lábios dela eram perfumados, e se moviam; ele afastou a própria boca num arranco e afundou-a nas frescas ondas do cabelo dela. O mesmo cabelo doce! O mesmo cabelo doce!

Edna estava chorando... as lágrimas escorriam pelas costas da mão de Wesley. Ele ergueu o rosto dela e o encarou na escuridão sombria, um semblante pálido cravejado de lágrimas, um rosto estranho que feria seu coração com uma percepção irrefutável e trágica de mudança. Essa não era ela! Mais uma vez ela aproximara o rosto dele do dela; uma boca molhada beijava-lhe o queixo. O rosto de Wesley, pressionado contra a testa febril, pôde sentir um latejar surdo no sulco da cicatriz de Edna. Quem era essa mulher?

Uma profunda dor afundou no peito de Wesley, uma dor intolerável que subiu até sua garganta. Era Eddy, é claro! Ela se enroscara de volta naquela parte dele que ainda era jovem, e agora ela estava atordoando a parte dele que era velha, ela penetrava nessa parte furtivamente, uma estranha assombrando sua vida. Pôs-se de pé num salto, com um grito de raiva; meio rosnado, meio soluço.

"Que diabos você quer?", ele perguntou com voz estremecida.

"Você!", ela soluçou.

Ele colocou a mão sobre os olhos.

"Não faça isso comigo!", ele gritou.

Ela estava soluçando nos degraus, sozinha. Wesley tirou do bolso seus cigarros e tentou extrair um do maço. Não conseguiu. Arremessou o pacote para longe.

"Eu quero você!", ela choramingou.

"Volte pros seus namorados ricos!", ele disse com rispidez. "Eles têm tudo. Eu não tenho nada. Sou um marujo."

Edna ergueu o rosto, enraivecida: "Seu imbecil!".

Wesley não se mexeu.

"Eu não quero eles, eu quero você!", exclamou Edna. "Tive dezenas de propostas... esperei por você!"

Wesley ficou em silêncio.

"Fico feliz que você seja um marujo! Fico orgulhosa!", Edna exclamou. "Não quero ninguém além de você – você é o meu marido!"

Wesley girou o corpo; "Não vou impedir você – peça o divórcio!".

"Não quero o divórcio, eu te amo!", ela exclamou, desesperadamente.

Wesley olhou para baixo e viu a garrafa vazia de litro a seus pés. Pegou-a e lançou-a para longe; a garrafa estilhaçou-se explosivamente contra a parede do armazém no outro lado da rua, estourando como uma lâmpada. Edna gritou, soluçante.

"Isso é o que eu penso sobre essa coisa toda", berrou Wesley.

Uma janela se abriu acima, uma mulher de camisola enfiando a cabeça para fora com dureza adamantina: "O que é que está acontecendo aí embaixo?", ela guinchou, desconfiada.

Wesley girou o corpo e olhou para cima.

"Feche a droga dessa janela antes que eu arrebente ela!", ele uivou na direção da senhora.

Ela soltou um grito e desapareceu.

"Vou chamar a polícia!", ameaçou outra voz, vinda de uma nova janela aberta.

"Chama sim, barrica velha!", gritou Wesley. "Chama quem você quiser..."

"Ah, Wes, você vai ser preso!", Edna suplicava em seu ouvido. "Vamos embora daqui!"

"Estou pouco me lixando!", exclamou ele, dirigindo-se à rua inteira.

"Wesley!", suplicou Edna. "Por favor! Você vai ser preso... Eles vão chamar a polícia!"

Ele girou na direção dela: "Como se você se importasse".

Edna agarrou com firmeza os ombros de Wesley e falou diante de seu rosto: "Eu me importo, sim".

Wesley tentou libertar-se dos braços dela.

"Tarde demais!", ele rosnou. "Me solta!"

"Não é tarde demais", ela insistiu. "A gente pode fazer tudo outra vez..."

Wesley sacudiu a cabeça violentamente, como se estivesse tentando se livrar de confusões.

"A gente não pode! Não pode!", ele falou com voz trêmula. "Eu sei!"
"Pode!", sibilou Edna.
"Não!", ele gritou de novo. "Eu não sou mais o mesmo... eu mudei!"
"Eu não me importo!"
Wesley ainda estava sacudindo a cabeça.
"Por favor, Wes, vamos embora daqui", Edna exclamou, a voz embargada num soluço voluptuoso.
"A gente não pode!", ele repetiu.
"Ah, você está bêbado demais pra saber o que está fazendo", choramingou Edna. "Por favor, por favor, venha, vamos embora..."
Ao longo da rua toda, janelas eram abertas e pessoas escarneciam deles do alto. Quando o carro da polícia dobrou a esquina, um homem gritou: "Cadeia pros vagabundos!", e todos os vizinhos reforçaram o grito enquanto o carro estacionava embaixo.

CAPÍTULO SEIS

Quando Everhart acordou no dia seguinte, a primeira coisa de que teve consciência foi uma canção esquisita sendo cantarolada em algum lugar acima. Então ele abriu os olhos e viu as placas brancas de aço. É claro!... O S.S. Westminster: ele tinha se empregado num navio. Mas o que dizer da canção?

Everhart desceu do beliche num salto, vestido apenas com suas cuecas, e enfiou a cabeça para fora da vigia. Era um dia nublado e quente, o sol se abatendo em raios brilhantes nas águas melífluas de um ancoradouro vaporoso.

Bill olhou para cima, mas não conseguiu ver nada senão o vasto bojo do casco do navio e a parte de baixo de um bote salva-vidas. O estranho cantor ainda estava cantarolando, talvez no convés seguinte, cantarolando, ao que parecia para Bill, uma canção do Extremo Oriente – mas não chinesa, definitivamente.

Bill recuou a cabeça para dentro e gemeu: sua cabeça estava explodindo por ter bebido demais e discutido demais com Meade na noite anterior. Virou-se para Eathington, que estava estirado em seu beliche lendo os quadrinhos de domingo.

"Você não está de ressaca da noite passada?", perguntou Bill, com um traço de antecipação esperançosa.

"Não."

"Quem é que está cantando no andar de cima? Isso está me dando uns arrepios..."

"No convés acima", corrigiu Eathington.

"Pois bem, quem é?"

Eathington dobrou seu jornal: "O terceiro cozinheiro".

"Me diz uma coisa, você não está com dor de cabeça? Você estava conosco ontem à noite!", persistiu Bill.

"Não."

"Quem é o terceiro cozinheiro? Ele é coreano? Birmanês?"*

"Ele é um moro", corrigiu Eathington. "Quando fica com raiva, ele atira facas. É da tribo moro."

"Atira facas? Não acredito!"

"Espere só pra ver", observou o jovem marinheiro. "É um moro das Filipinas. Eles andam com facas entre os dentes." E com isso ele voltou para os seus quadrinhos de domingo.

Bill vestiu-se com vagar. Voltou até a vigia e observou as arremetidas das gaivotas acima do cais. A água sob as estacas da

---

* O registro do diário de Jack datado de 19 de julho de 1942 reflete essa conversa com o companheiro de bordo Eatherton: "Acordei ouvindo a esquisita canção de um moro, que é um dos nossos cozinheiros. Ele se senta diante da porta de seu camarote, cantarolando com muita alegria sobre o Extremo Oriente. A julgar pelo que eu ouvi sobre as ferozes tribos moro das Filipinas, é melhor eu não dar as costas para ele quando ele está bêbado – ou assim pensa o colega de quarto Bob Eatherton. Para falar a verdade, a maior parte da tripulação circula pelo navio com facas embainhadas e punhais". O moro é um nome dado para os filipinos muçulmanos, uma coleção de vários grupos étnicos multilíngues, o maior grupo majoritariamente não cristão nas Filipinas. (N.E.)

doca batia tranquilamente na madeira fria e musgosa. De algum lugar do navio, bem fundo em sua estrutura abobadada, ouviu a explosão abafada, ociosa, de um grande motor.

Percorreu o passadiço frio, acre com cheiro de tinta fresca, e subiu até o convés da popa. Diversos marinheiros liam calmamente, na sombra, os jornais de domingo. O convés estava abarrotado com jornais, grandes cabos de cânhamo enrolados, travesseiros, cadeiras dobráveis abandonadas, latas de tinta e duas ou três garrafas de bebida vazias. Ele não conhecia nenhum dos marinheiros.

Seguiu em frente ao longo do convés, maravilhado com a amplitude de sua superestrutura, que se curvava em direção à proa numa maciça coordenação de madeira. Na proa, por sobre a murada, contemplou as águas oleosas muito abaixo. Diretamente embaixo dele pendia uma âncora gigantesca, trazida até a lateral do navio por uma supercorrente que saía de uma abertura no bombordo. Os marinheiros, pensou Bill com um sorriso, gostavam de se referir a essa enorme massa de aço como "O gancho".

Caminhou na direção da popa e fitou a ponte de comando: fendas na parede cinza se destacavam na casa de navegação, de onde o capitão dirigiria a viagem rumo à Groenlândia – e seria ali que Wesley, na condição de marinheiro de primeira classe, assumiria seu turno na bússola e na roda do leme. Deus! Se Everhart pudesse fazer isso ao invés de servir A.B.s famintos e lavar os pratos deles! Teria de começar suas funções na segunda-feira – o dia seguinte –, esperava que o trabalho fosse se mostrar agradável o bastante.

"Pensando em Wesley, aliás", pensou Everhart, "onde diabos ele foi perambular na noite passada? Ele deve estar em seu alojamento ou comendo na cozinha..."

Bill desceu até a cozinha. O lugar estava lotado com vários tipos de pessoas que ele não conhecia, marinheiros comendo e conversando ruidosamente. Onde estava Wesley? Ou Nick Meade? Nenhum rosto familiar naquele monte de gente...

Bill seguiu em frente pelo passadiço estreito. Encontrou Nick Meade no pequeno refeitório dos suboficiais, bebendo uma xícara de café com uma carranca hostil.

"Meade!", saudou Everhart com alívio.

"É", resmungou Nick, oferecendo essa vaga observação como cumprimento. Levantou-se e serviu de novo sua xícara da cafeteira de alumínio.

"Como você está se sentindo?", perguntou Bill, arreganhando os dentes.

Nick fuzilou-o com uma carranca de desprezo: "Eu pareço feliz?".

"Quanto a mim, estou me sentindo péssimo... Deus, é duro estar de ressaca num dia quente como este!" Bill riu, sentando-se ao lado de Nick. "Que noite, hein?"

Nick não disse nada; bebeu seu café, emburrado.

"Você viu Wesley por aí?", Bill questionou nervosamente.

Nick balançou a cabeça.

"Fico imaginando onde é que ele pode estar", Bill preocupou-se em voz alta. "Você percebeu que ele sumiu de vista na noite passada?"

Nick balançou a cabeça outra vez. Terminou o café e levantou-se para sair.

"Onde você está indo agora?", perguntou Bill, sem jeito.

"Cama", Nick resmungou, e se foi.

Bill arreganhou os dentes e levantou-se para se servir de café numa xícara limpa da prateleira. Pois bem! Seria melhor que ele provasse ser um comunista total antes que acabasse obtendo uma reação furiosa do sr. Nick Meade... Ele parecia um tanto avesso ao sr. Everhart. Qual era, afinal, o problema com aquele sujeito? Quando voltaram para o navio ao amanhecer, depois de ficarem até altas horas bebendo no quarto do sr. Martin acima do bar, Nick não dissera uma única palavra. Tinham passado pelo cais, onde as chamas de uma manhã vermelha e quente haviam brincado nos mastros dos barquinhos de pesca e dançado nas ondulações azuis sob as docas tomadas de cracas, e nenhum dos dois dissera nada. Haviam se separado na prancha de embarque, onde Bill conseguira desejar a Nick um bom dia, mas o outro apenas saíra deslizando rapidamente, meio adormecido e bastante mal-humorado. Talvez aquela fosse apenas sua atitude característica depois de beber, e talvez, também, fosse assim porque ele não considerava Everhart suficientemente esquerdista. Se a atitude do palerma era essa, ele que se jogasse no mar! No entanto, talvez Bill estivesse chegando a nervosas conclusões...

Tinha sido bastante agradável, até ali, mas agora ele estava começando a não gostar da ideia toda. O navio fervilhava com rostos estranhos e pouco amigáveis – e nada de Wesley. Onde ele estava? Minha nossa, se Wesley tinha ido parar em algum lugar, bêbado, e não fosse voltar para o navio... minha nossa, ele não zarparia com o Westminster. Daria um jeito de voltar para Nova York de alguma maneira e retornar ao trabalho... Deus do céu, aquilo era uma loucura!

Everhart deixou o café intocado e seguiu adiante.

"Onde fica o alojamento do Martin?", perguntou a um marinheiro no passadiço estreito.

"Martin? Ele é o quê?", perguntou o marinheiro.

"Um A.B."

"A.B.? O alojamento deles é logo ali adiante."

"Obrigado."

No alojamento, um homem alto, de cabelos encaracolados, esparramado em seu beliche com um cigarro, não sabia quem era Wesley.

"Quando é que esse navio vai zarpar?", perguntou Bill.

O marinheiro dirigiu-lhe um olhar esquisito: "Mais uns dias ainda... talvez quinta".

Everhart agradeceu e saiu. Percebeu que estava sozinho e perdido, como uma criança pequena...

Voltou para o alojamento e se jogou no beliche, atormentado com indecisão. Que espécie de homem era ele?... não tinha condições de enfrentar a realidade – ou o problema era que, como professor, só era capaz de discutir o assunto?

Realidade... uma palavra em livros de crítica literária. Qual era o problema com ele?

Acordou – tinha dormido por alguns instantes. Não! Já estava escuro fora da vigia, a luz estava acesa... ele tinha dormido horas, várias horas. Em seu estômago, sentiu um profundo vazio, o que normalmente deveria ser fome, mas que agora parecia nada mais do que tensão. Sim, e ele havia sonhado – parece que seu pai era o capitão do Westminster. Ridículo! Os sonhos eram tão irracionais, tão cinzentos com um terror sem nome... e, no entanto, também tão assombrosos e bonitos. Desejou estar em casa, conversando com seu pai, contando o sonho para ele.

Uma pesada onda de solidão e perda o percorreu dos pés à cabeça. O que era? Uma perda, uma perda profunda... é claro, Wesley não tinha retornado para o navio, Wesley tinha ido embora, deixando Bill sozinho no mundo para o qual o levara. O idiota! Será que não tinha sentimentos, será que não percebia que... bem, Everhart, o que é que ele não percebia?

Bill murmurou: "Que criança boba que estou me saindo, não tendo nem mais sensatez e nem mais firmeza de propósito do que Sonny...".

"Você está falando sozinho outra vez?", Eathington perguntava, com uma nota de sarcasmo.

Bill pulou do beliche, dizendo com voz firme: "Sim, estava. É um hábito meu".

"Ah é?", Eathington arreganhou os dentes. "Ele fala com ele mesmo – é um louco!" Alguém riu baixinho.

Bill virou-se e viu um novato deitado no beliche inferior, embaixo de Eathington. Era alto e magro, com cabelo loiro.

"Não me aborreça, Eathington", Bill disparou da pia, irritado.

"Não me aborreça!", imitou Eathington, com seu sorriso endiabrado. "Veja só... não disse que ele era professor?"

Bill sentiu vontade de jogar alguma coisa em cima do garoto, mas depois de um tempo convenceu-se de que estava tudo tranquilo. O novato deu uma risadinha nervosa... ele estava, aparentemente, tentando se manter nas boas graças de ambos. Eathington, Bill refletiu, era do tipo que precisa de um cúmplice para sua natureza sarcástica.

"Alguém tem um cigarro?", perguntou Bill, vendo que não tinha mais nenhum em seu maço.

"Jesus! Mendigando, já!", exclamou Eathington. "Já estou vendo aqui que vou ter que me mudar desse alojamento..."

O jovem loiro estava se levantando de seu beliche. "Aqui", disse ele numa voz baixa e educada. "Eu tenho alguns."

Bill ficou pasmo com o que viu. O jovem era, na verdade, um homem belíssimo... seu cabelo loiro emaranhava-se em fartas espirais douradas, sua testa pálida era ampla e profunda, sua boca era cheia e carmesim e seus olhos, a parte mais impressionante de sua fisionomia, eram de um azul de concha, de uma qualidade lúcida – olhos grandes e cílios longos – que servia para atordoar os sentidos até mesmo do menos perspicaz observador. Era alto, magro, mas dotado de um físico com membros fortes, peito largo e ombros largos... sua magreza era mais evidente do estômago para baixo. Bill se deu conta de que estava olhando o rapaz de uma maneira quase tola.

"Quer um?", ofereceu o jovem, sorrindo. Seus dentes ofuscavam de tão brancos, um fato que Bill previra de forma inconsciente.

"Obrigado."

"Meu nome é Danny Palmer – qual o seu?"

"Bill Everhart."

Apertaram as mãos calorosamente. Eathington apoiou-se no cotovelo, observando os dois com alguma estupefação; obviamente, ele tivera a sorte de arranjar dois professores, em vez de apenas um; naquele momento, entretanto, decidiu manter um silêncio contemplativo e verificar, assim, se suas convicções viriam a se cristalizar.

O jovem loiro se sentou num dos banquinhos. Ele usava macacão azul e uma camisa esporte de seda; em seu pulso, usava um belo relógio de ouro, e na mão esquerda um anel que aparentava ser valioso.

"Essa é minha primeira viagem", Palmer confessou com jovialidade.

"Minha também", disse Bill, arreganhando os dentes. "Que tipo de trabalho você pegou?"

"Ajudante de cozinha."

"Você acha que vai gostar?"

"Bem, pra mim tanto faz; por enquanto, fico satisfeito com qualquer coisa."

"Esse é um anel de formatura que você está usando?", perguntou Bill.

"Sim – escola preparatória. Andover... eu era calouro em Yale no último semestre."

"Entendi; e você vai ficar na Marinha Mercante pelo tempo que for preciso?"

"Sim", sorriu Palmer. "O meu pessoal não gosta da ideia – achariam melhor que eu ficasse na reserva do College Officers – mas prefiro assim. Não faço questão de ser um oficial."

Bill ergueu uma sobrancelha surpresa.

"Você estava onde?", Palmer perguntou, de modo polido.

"Em Columbia", respondeu Bill, arreganhando os dentes perante sua própria observação pretensiosa. "Dou aula lá também."

"É mesmo?"

"Sim... inglês e literatura americana, na universidade."

"Meu Deus!", Palmer riu de um jeito macio. "Minha pior matéria. Espero que você não vá fazer nenhuma pergunta sobre Shakespeare!"

Eles riram por alguns instantes. Eathington tinha se virado para dormir, obviamente convencido de suas suspeitas.

"Bem", falou Bill, "espero que nós dois possamos apreciar a viagem, com emoções e tudo mais..."

"Tenho certeza de que vou. Essa é a minha ideia, saindo para o mar. Já fui de iate pra Palm Beach com amigos, e tinha o meu próprio barquinho de fundo chato em Michigan – sou de Grosse Pointe –, mas nunca naveguei realmente longe."

"Nem eu... espero não ficar muito enjoado!", riu Bill.

"Ah, é uma questão de nem pensar sobre isso", sorriu Palmer. "Basta botar na cabeça que não vai, eu acho, e você não vai ficar nem um pouco enjoado."

"Claro... isso tem uma certa lógica."

"De onde você é?"

"Nova York", respondeu Bill.

"Sério? Vou pra lá com bastante frequência... Temos um apartamento perto de Flushing. Estranho, não é, a gente se encontrar aqui, e provavelmente passamos um pelo outro nas ruas de Nova York!"

"É verdade", riu Bill.

Conversaram à vontade por algum tempo, até que Bill lembrou-se de que deveria ver se Wesley tinha retornado.

"Bem, preciso investigar onde o meu amigo foi parar", riu Bill. "Você vai ficar aqui?"

"Sim, acho que vou dormir um pouco", respondeu Palmer, levantando-se com seu sorriso simpático e ofuscante. "Eu me diverti um bocado na Harvard Square noite passada, com alguns amigos."

"Harvard, é?", riu Bill. "Posso apostar que lá não tem tanta devassidão quanto em Columbia..."

"Eu não duvido", ronronou Palmer.

"Ah, não há dúvida quanto a isso!", Bill falou de soslaio. "A gente se vê, Palmer. Foi bom conhecer você..."

"Idem... boa noite."

Eles apertaram as mãos outra vez.

Bill subiu até a popa sorrindo consigo mesmo. Pelo menos tinha um amigo com quem podia falar, um jovem polido e culto recém-saído de Yale, mesmo que pudesse acabar se mostrando um almofadinha. Era certamente um rapaz bonito.

Bill tropeçou em um vulto no convés. Era um marinheiro que decidira dormir ao relento.

"Desculpa", Bill murmurou, encabulado. Recebeu como resposta um sonolento gemido de protesto.

Bill seguiu em frente. Vozes no refeitório abaixo. Bill desceu e encontrou grupos de marinheiros entretidos com inúmeros jogos de dados; um desses homens, com um maço de notas numa mão e dados na outra, cultivava uma barba cheia. Alguns outros estavam bebendo café.

Bill adentrou a cozinha, onde outros matavam tempo conversando, mas não conseguiu encontrar rostos familiares. De um dos caldeirões vinha o cheiro de uma substanciosa carne ensopada; Bill examinou o interior da panela e se deu conta de que não tinha comido durante o dia todo. Ninguém parecia estar prestando nenhuma atenção nele, de modo que escolheu uma tigela limpa no escorredor de pratos da pia e tirou com a concha uma porção generosa do ensopado de carne. Engoliu tudo rapidamente no refeitório, observando, enquanto comia, o andamento dos jogos de dados. Consideráveis somas de dinheiro iam mudando de mãos, mas ninguém parecia dar muita importância para isso.

Bill colocou a tigela vazia na pia e seguiu pela passagem da cozinha. O cozinheiro enorme, Glory, estava vindo na direção dele, fumando seu cachimbo de espiga de milho.

"Oi, Glory!", Bill arriscou, casualmente.

"Ô, meu filho!", Glory gemeu de maneira melodiosa. "Tu vai pra farra?"

"Hoje não", Bill arreganhou os dentes.

O rosto de Glory se abriu num sorriso largo e brilhante.

"Hoje não, diz ele!", Glory uivou como um trovão. "Ele num vai se acabá numa farra!" O enorme cozinheiro colocou uma mão no ombro de Bill enquanto passava.

"Nada de farra hoje!", Glory ribombou enquanto se afastava. Bill ouviu sua risada de baixo profundo chegar até ele pela passagem da cozinha.

"Uma personalidade notável", Bill murmurou, com um espanto maravilhado. "E que nome fantástico – Glory! A glória que é Glory, de fato."

No refeitório dos suboficiais, onde encontrara Nick Meade no início do dia, três estranhos estavam sentados jogando um estoico pôquer. Nenhum deles tinha visto Wesley.

"Bem, vocês poderiam me dizer onde fica o alojamento de Nick Meade?", solicitou Bill.

"Meade?", ecoou um deles, levantando os olhos do silencioso jogo de cartas. "O lubrificador com o bigode de príncipe herdeiro?"

"Esse mesmo", Bill arreganhou os dentes, nervoso.

"Ele tem um camarote no próximo convés, número dezesseis." Bill agradeceu e saiu.

Avançou na direção do alojamento de Wesley; ele poderia ter voltado pouco antes e ter ido dormir sem que ninguém percebesse. Mas ninguém o vira. Um dos marujos do convés, um jovem que podia muito bem ter dezesseis anos de idade, disse a Bill que já navegara com Wesley antes.

"Não se preocupe com ele", o menino sorriu. "Ele provavelmente está se afundando num trago daqueles... bebe que nem um cavalo."

"Eu sei", riu Bill.

"Esse ali é o leito dele", acrescentou o rapaz, apontando para um beliche vazio no canto. "Tem uma escova de dentes nova embaixo do travesseiro. Se ele não voltar, vou pegar pra mim."

Riram juntos de maneira bastante descontraída.

"Bem, nesse caso, espero que ele volte", disse Bill. "Ele comprou essa escova ontem na Scollay Square."

"Beleza!", sorriu o garoto. "Deve ser uma escova boa."

Bill subiu ao convés seguinte. Estava escuro, silencioso. Do ancoradouro, uma barcaça guinchou um toque esmaecido, quebrando a quietude da noite de domingo com uma advertência breve, aguda. O som se foi, ecoando. Bill podia sentir os motores do Westminster trabalhando ociosamente bem abaixo, um coração passivo acumulando energia para um longo calvário, vibrando profundamente um paciente ritmo de potência, uma tremenda potência em repouso.

Encontrou o camarote dezesseis com a luz de um fósforo e bateu de leve.

"Entra!", convidou uma voz abafada.

Nick Meade estava estirado em seu beliche, lendo; estava sozinho em seu pequeno camarote.

"Ah, oi", cumprimentou ele, com certa surpresa.

"Lendo?"

"Sim; 'Staline', do Emil Ludwig... em francês."*

Bill sentou-se numa cadeira dobrável ao lado da pia. Aquele era um quartinho ótimo, consideravelmente mais acolhedor do que os alojamentos de placas de aço abaixo, com beliches providos de colchões macios, espelhos de armário em cima da pia e cortinas nas vigias escurecidas.

"Bem bacana aqui", disse Bill.

Nick tinha retomado sua leitura. Ele assentiu com a cabeça.

"Você não viu o Wesley ainda?", Bill perguntou.

Nick levantou os olhos: "Não. Não sei onde é que ele foi se meter".

"Espero que ele não tenha se esquecido completamente do Westminster", comentou Bill, arreganhando os dentes.

"Não acho que ele seria capaz disso", murmurou Nick, voltando para sua leitura.

Bill pegou um cigarro do maço no beliche de Nick e o acendeu em silêncio. Estava abafado no quarto. Serviu-se de um copo d'água e sentou-se novamente.

"Sabe quando a gente navega?", perguntou Bill.

"Em poucos dias", murmurou Nick, ainda lendo.

"Groenlândia?"

Nick deu de ombros. Bill levantou, nervoso, e ficou mexendo nisso e naquilo no quarto, fumando seu cigarro; então girou o corpo e olhou com raiva para Nick, mas este último continuou tranquilamente sua leitura. Bill saiu do camarote sem dizer palavra e viu-se novamente no convés escuro. Inclinou-se

---

* Escritor alemão conhecido por suas biografias; seu livro (em francês) sobre Josef Stálin foi publicado em 1938. (N.E.)

por sobre a murada e olhou com melancolia para baixo; a água estava batendo suavemente contra a linha de flutuação do navio, um cheiro de madeira decomposta e musgosa emergindo da escuridão.

O imbecil que era Meade!... E no entanto quem era, dos dois, o maior imbecil? Everhart, é claro... Devia voltar lá e dizer poucas e boas. Isso significaria armar uma briga, e Deus é testemunha de que brigas e discussões eram desagradáveis o bastante, mas nada poderia remediar aquela humilhação, a não ser um enfrentamento homem a homem! O imbecil estava sendo deliberadamente irritante...

Antes que pudesse refletir, Bill viu-se andando de volta para o camarote de Nick.

Nick levantou os olhos com branda surpresa: "O que é que você fez, foi vomitar no mar?".

Bill viu-se tremendo em espasmos neuróticos, seus joelhos completamente inseguros; caiu para trás na cadeira, em silêncio.

Nick voltou para sua leitura como se nada estivesse acontecendo, como se a presença de Bill fosse um fato tão casual e informal como o nariz em seu rosto. Bill, nesse meio-tempo, ficou sacudindo-se nervosamente na cadeira; levantou uma mão trêmula para ajeitar seus óculos.

"Conheci um garoto de Yale a bordo", ele disse a Nick, em desespero. "Um rapaz extraordinariamente bonito."

"É mesmo?", Nick resmungou.

"Sim."

Houve um silêncio profundo; os motores pulsavam abaixo.

"Olha pra mim, Meade!", Bill se ouviu gritando. Nick ergueu os olhos num sobressalto, baixando o livro.

"O que foi?"

"Você está me julgando com desprezo por causa das minhas teorias... não me importo, pessoalmente... mas você fica parecendo um imbecil!", Bill gaguejou.

Os olhos azuis de Nick se arregalaram com um ressentimento estupefato.

"Você é uma pessoa importante demais pra ficar agindo como uma criança..."

"Ok!", Nick interrompeu. "Eu já ouvi!"

"Bem, você admite isso?", Bill gritou de sua cadeira. "Admite? Se não admite, você é um imbecil de primeira!"

Os impassíveis olhos de Nick estavam fixados em Bill, congelados num azul frio.

"Desde ontem à noite você está agindo como um mártir raivoso e nobre." Bill precipitou-se numa febre nervosa, as mãos tremendo violentamente. "Minha nossa, eu vou te fazer saber que sou tão antifascista como você, mesmo que não tenha tido a oportunidade de dar uns tiros na Espanha!"

O rosto de Nick enrubescera, mas seus olhos mantinham sua intensidade fixa e frígida, meio enraivecida e meio temerosa... de fato, a voz trêmula de Bill soava um pouco maníaca.

"Pois bem?", Bill gritou, sufocado.

"Não sei, não", Nick ronronou, com desdenhosa suspeita.

Bill pôs-se de pé num salto e caminhou até a porta.

"Ah!", ele gritou, "Você é um antifascista privilegiado, é sim! Você é o único no mundo!"

Nick encarou o outro rigidamente.

"Não sabe, não!", imitou Bill, enfurecido. "Minha nossa, você não é digno do movimento... você não passa de um imbecil completo!" Bill escancarou a porta e mergulhou na escuridão, batendo a porta com um estrondo.

Ele se foi tropeçando pelo convés, sufocando de raiva e de humilhação; uma louca satisfação tomou conta dele apesar de tudo, o sangue pulsando em suas têmporas e intoxicando todo o seu tumultuado ser num acesso quente de ressentimento gratificado.

Uma voz estava chamando o nome dele. Bill parou e se virou... era Nick.

"Deixe de ser babaca", ele gritava da entrada de seu camarote. "Volte aqui."

Bill ficou parado, cerrando os punhos espasmodicamente.

"Vamos lá, Everhart!", Nick ria. "Você não passa de um reacionário de cabeça quente, isso é o que você é!"

"Não sou um reacionário", Bill praticamente gritou.

Nick estava rindo convulsivamente. Bill virou-se e foi embora aos tropeços, murmurando entre os dentes.

"Onde é que você vai?", Nick gritou, ainda rindo. "Você sabe que eu só estava brincando!"

Bill estava quase no convés da popa.

"Vejo você amanhã!", Nick dizia em voz alta, berrando em meio a risadas. Bill desceu pela escotilha e voltou para o seu alojamento, tropeçando num banco quando entrou.

Palmer estava fumando um cigarro em seu beliche.

"Não se mate!", ele riu de modo suave.

Bill grunhiu alguma coisa e pulou em seu beliche; em cinco minutos estava dormindo de novo, um sono profundo, exausto, saciado...

Durante a noite toda ele teve sonhos caóticos, tragicômicos: Danny Palmer usava um vestido e o convidava para deitar em seu beliche; Nick Meade balançava no mastro do navio, enforcado por um grupo enfurecido de pró-fascistas; e, no pior pesadelo de todos, o funeral de Wesley era realizado no convés da popa, seu corpo envolto em um lençol manchado era deslizado pela murada e Everhart observava o corpo afundar com fascínio horrorizado; parecia, também, que o Westminster ia passando a todo vapor por uma ilha minúscula na qual George Day se mantinha sentado em pacífico contentamento, e que quando Everhart acenava e gritava para o amigo o navio se precipitava para longe da ilha numa velocidade assombrosa.

Uma voz acordou Bill. Ele estava suando frio.

"Ei, companheiro, Everhart é você?"

Bill sentou-se rapidamente: "Sim!"

"Segunda de manhã. Você é o copeiro do convés. Vista-se e desça pra cozinha; vou passar suas tarefas."

Bill pegou seus óculos: "Pode deixar".

O homem foi embora, mas não antes que Bill desse uma olhada nele. Usava um uniforme azul de despenseiro. Bill saltou de seu beliche superior e começou a se lavar, olhando pela vigia. Era muito cedo de manhã; uma névoa fria se desenredava, subindo do imóvel espelho azul da água. Gaivotas gritavam e arremetiam no ar marítimo da manhã, procurando nervosamente por seu café da manhã, mergulhando até a superfície da água, bicando com cabeçadas rápidas e emergindo numa subida adejante com bocados prateados pendentes. Bill, com a cabeça fora da vigia, respirou profundamente, três vezes, o ar perfumado e penetrante. Um sol vermelho estava mal começando a se levantar acima do ancoradouro.

Bill vestiu suas roupas velhas e dirigiu-se até a cozinha com leveza no espírito. Era uma bela manhã... e um alvoroço de atividade parecia zumbir e tinir pelo Westminster todo. No convés, marinheiros sonolentos dedicavam-se a enrolar cabos de corda, sob a supervisão de um gigantesco imediato que usava óculos. Nas amarrações do cais, perto da prancha de embarque, estivadores, aos gritos, traziam rolando mais barris de óleo negro, volteavam jipes do Exército, carregando engradados e caixas de todos os tipos. Bill olhou ao redor, procurando por rostos familiares, mas não encontrou nenhum. Ele desceu.

A cozinha estava imersa num tumulto de café da manhã; vários tipos de cozinheiros e ajudantes que Bill nunca tinha visto antes no navio estavam ali, vestidos com aventais brancos, usando fantásticos quepes de cozinheiro; eles batiam panelas, gritavam uns com os outros, fritavam ovos e bacon no fogão, explodiam em gargalhada na confusão de vapor, fumaça de cozimento, pratos que se chocavam, frigideiras que retiniam, motores de explosão pulsando no fundo do navio; e disparavam para lá e para cá na pressa frenética encontrada somente nas cozinhas. Bill começou a se perguntar de onde vinham todos eles.

Em meio a todo esse barulho, a possante voz de Glory gemia com maciez acima de todo o resto enquanto ele andava calmamente por sua cozinha, com mais discernimento e dignidade do que os outros, inspecionando o bacon crepitante, levantando tampas de panelas e examinando especulativamente o interior delas, batendo com força portas de armários suspensos. Sua retumbante voz de baixo cantava sem parar: "Todo mundo quer ir pro céu, mas ninguém quer morrer!". Ele repetia essa cantoria sem parar, como se fosse a sua ladainha para o novo dia.

Bill olhou em volta e viu o despenseiro que o tinha despertado; ele estava de pé, assistindo ao espetáculo louco da cozinha com aprovação saturnina. Atrás dele, um raio de sol recém-nascido penetrava pela vigia. Bill foi até ele: "Aqui estou eu", ele arreganhou os dentes.

"Copeiro do convés? Você tem nove marinheiros de primeira classe pra servir; pegue os pedidos deles aqui na cozinha." O despenseiro fez um gesto para que Bill o acompanhasse e o levou pelo passadiço até uma pequena sala no lado estibordo. Uma mesa, coberta com toalha xadrez, estava disposta no centro; num canto, havia uma caixa de gelo velha e alquebrada.

"Você vai servi-los aqui, três refeições por dia. Pegue os pratos na cozinha. Todo o seu açúcar, a manteiga, o vinagre, ketchup, e assim por diante, está tudo nessa caixa de gelo. Deixe ela sempre fria; o gelo está na sala do refrigerador perto da cozinha. Pegue os seu aventais com o encarregado da roupa branca em frente a bombordo."

O despenseiro acendeu um cigarro num gesto rápido.

"Entendi", disse Bill. "Acho que vou gostar desse trabalho."

O despenseiro sorriu consigo mesmo e se foi. Bill ficou parado por um momento, indeciso.

"Bem, professor Everhart, prepare a maldita mesa pro café da manhã!", ele resmungou, com alegria, e se lançou à tarefa num deleitado entusiasmo. O despenseiro podia se dar ao luxo de sorrir consigo mesmo, ele sabia bem pouco sobre o pequeno "copeiro do convés", minha nossa!

Bill já tinha tudo pronto quando o primeiro A.B. entrou para o café da manhã, bocejando ruidosamente, esfregando as costelas em uma atitude de prostração matinal.

"O que é que vai ser?", Bill arreganhou os dentes.
"Bacon e ovos, meu velho. Café e suco."
Quando Bill voltou com o café da manhã, o marinheiro adormecera no banco.

Passado o café da manhã – tudo tinha corrido bem –, Bill começou a limpar a mesa, sentindo-se completamente em paz com o mundo e, acima de tudo, com seu novo emprego. Estava ganhando cerca de duzentos dólares por mês com hospedagem e alimentação e tudo o que tinha para fazer era servir três refeições por dia! Os A.B.s revelaram ser um grupo agradável e tranquilo. A única coisa que preocupava Bill agora era que Wesley não aparecera entre eles, e eles eram seus companheiros de alojamento. Ele obviamente não havia retornado – e talvez não retornasse. Embora gostasse de seu trabalho, Bill não via com bons olhos a ideia de zarpar sozinho – ou seja, sem Wesley –, porque sentia-se perdido no meio de tantos rostos estranhos e hostis. Esses marinheiros, ele meditou, pareciam aceitar uns aos outros como eles eram, sem fanfarra e sem comentários. Tudo isso era tão diferente do agudo senso de distinção e gosto que dizia respeito à vida social dentro dos círculos acadêmicos. Talvez o velho ditado "Estamos todos no mesmo barco" fosse uma obviedade na Marinha Mercante, e os marinheiros conformavam-se uns com os outros um tanto filosoficamente. E também, claro, como no lema de que ele ouvira falar – um cartaz famoso por cima da porta do Clube dos Marinheiros de Boston –, que dizia, com grande simplicidade, que todos aqueles que passavam por baixo do arco da porta entravam na Irmandade do Mar – esses homens consideravam o mar um grande nivelador, uma força unida, um mestre camarada mimando suas lealdades comuns.

Enquanto Bill guardava a manteiga, Nick Meade colocou a cabeça no vão da porta.

"Bom dia, meu velho conservador!", ele gritou.

Bill girou o corpo e olhou; e então arreganhou os dentes: "Será que isso é jeito de se falar com um trabalhador?".

"Um trabalhador!", proferiu Nick. "Agora você pode pertencer à classe trabalhadora, se não ao movimento!"

Bill guardou a manteiga para provar seu posto.

"Você se mostrou um conservador bastante acalorado na noite passada!", riu Nick. Ele estava usando suas roupas da casa de máquinas – macacão, sandálias brancas e um blusão manchado de óleo.

Bill deu de ombros: "Talvez sim... você bem que mereceu".

Nick passou os dedos pelo bigode.

"Por Lênin! Você estava espetacular! Prometo que dessa vez não vou contar ao Comitê Central."

"Obrigado."

Nick foi embora tão casualmente como aparecera, afastando-se rapidamente pelo corredor e assobiando alguma coisa muito parecida com a Marselhesa.

Bem, refletiu Bill, Nick mostrara que sabia ser razoável, afinal de contas, mas haviam sido exigidos muitos de seus próprios recursos nervosos para que se chegasse ao resultado. Talvez ele tivesse agido como um idiota na noite anterior, mas apesar disso ele conseguira fazer com que Nick raciocinasse direito; o fato de que Nick provavelmente o encarava agora com algumas dúvidas quanto a sua sanidade tinha menos importância do que aquilo que havia sido conquistado. Um fiasco lamentável!... mas com bons resultados. Aquilo ensinaria Nick a deixar de ser um Marxista Puritano. Deveria também ensinar Everhart a não se meter onde não era chamado e parar de se fazer de moralista ferido, de bobo... mas ele não estava arrependido por ter explodido de uma maneira tão indigna; aquilo fazia com que ele se sentisse mais forte, ele agira de acordo com suas convicções sobre o comportamento humano. Minha nossa! – ele estava aprendendo mais do que jamais aprendera em qualquer aula.

Tendo terminado tudo, Bill voltou para cima com o fim de testemunhar o carregamento da carga. Caminhou airosamente pelo convés. Danny Palmer estava encostado na murada com outro marinheiro.

"Bom dia, Palmer", cumprimentou Bill.

Danny voltou seus grandes olhos azuis para Bill: "Oi". Seu cabelo brilhava como ouro arqueado no sol. "Está gostando do seu trabalho?"

"Estou", chiou Bill.

Eles se inclinaram e observaram as operações abaixo.

"Jipes do Exército", Bill ponderou em voz alta. "Suponho que nós estamos levando suprimentos para uma base do Exército por lá."

"Isso mesmo", disse o outro marinheiro, um pequeno italiano de compleição muito forte. "E vamos pegar de volta os soldados doentes e os trabalhadores da base do Exército. Dá uma olhada naquela madeira. Isso é para as casernas adicionais. Estamos levando combustível, madeira, alimentos, dinamite pra explosões, jipes..."

"Dinamite!", exclamou Danny.

"Claro! Ganhamos um bônus extra por isso."

"Quanto mais dinheiro, melhor!", falou Bill.

"Sabem duma coisa?", afirmou o marinheiro. "Ouvi que vamos zarpar amanhã de manhã, em vez de no dia seguinte."

"Ótimo", ronronou Danny. "Quem sabe, pode ser que estejamos indo pra Rússia! Ninguém realmente sabe. Esses suprimentos podem ser para a União Soviética."

"Rússia, Islândia, Índia, América do Sul, Pérsia, Texas, Groenlândia, Alasca, Austrália", enumerou o marinheiro monotonamente, "tudo a mesma coisa; perigo pela esquerda e pela direita. Tenho um amigo que foi pra Rússia e voltou pra navegar até o Texas... e bum! Torpedeado ao largo da Virgínia."

"Assim é que são as coisas", disse Bill, afastando-se. "Até logo mais, rapazes."

Ao longo do convés todo, enquanto Bill seguia para o alojamento de Wesley, um quadro vivo de atividade se desenrolava. Estivadores davam apressadamente os últimos retoques no Westminster antes de partir, pintando uma nova camada de camuflagem cinza, instalando e testando circuitos elétricos, arrumando aqui e ali os encanamentos, reabilitando as complexas partes componentes do navio com uma pressa que sugeria para Everhart uma saída antecipada. Talvez fosse verdade aquilo sobre amanhã de manhã – e como seria se Wesley não tivesse retornado até lá?

Quando Bill estava prestes a descer pela escotilha de proa que levava ao alojamento da tripulação de convés, viu de relance o capitão do Westminster parado diante de sua casa de navegação, conversando com os oficiais. Era um homem pequeno e redondo, alguns centímetros menor do que qualquer um de seus homens, mas o modo com que eles esticavam o pescoço respeitosamente, ouvindo suas palavras, desmentia sua autoridade. De baixo, Bill podia ver os olhos sensatos e duros do capitão, e, bem como ocorre com os capitães de navio na ficção, esse homenzinho com as mangas fortemente listradas tinha olhos com a cor do mar, um azul claro e nebuloso com certa sugestão de verde e a vaga promessa do cinza de tempestade. Um homem entre os homens!, pensou Bill. Um homem portador de uma sabedoria especial, de um conhecimento do mar que podia confundir todos os livros, mapear todas as rotas e detectar todas as tempestades, os recifes e as rochas num mundo de oceanos hostis... seria um afortunado privilégio conversar com aquele homem – talvez ele fosse o tipo de capitão que gostava de bater papo com sua tripulação e, se fosse assim mesmo, Bill estava determinado a esperar pela oportunidade de conhecê-lo. Era esse o mundo sobre o qual ele achava que tinha conhecimento? Alguma vez antes lhe ocorrera o elevado e nobre significado de uma função tão simples como ser um capitão de navio?

Bill entrou pensativo no alojamento da tripulação do convés. O beliche de Wesley ainda estava vazio. Ele refez seus passos rumo à popa, meditando sobre o que faria em seguida. Em seu alojamento, observou a mala com um olhar vazio antes de começar a colocar suas coisas nela. Wesley o abandonara de vez – minha nossa, se fosse assim ele não navegaria sozinho. A coisa toda havia sido uma farsa no início, a fruição de um anseio sem nome que quis ganhar asas e voar para dentro da vida. A vida era vida, não importava onde a pessoa vivesse. Arrumou suas roupas e fechou a lingueta. Tudo que precisava fazer era entregar a sua papeleta de trabalho no balcão do sindicato e voltar a Nova York por bem ou por mal. Devia ter percebido desde o começo a inveterada irresponsabilidade e a falta de propósito de Wesley; o sujeito não passava de uma criatura que não estava nem aí, para quem a vida não era nada mais do que um palco para suas libertinagens e suas relações casuais e promíscuas. Ele tinha trazido Bill até aquele navio e então se mandara tranquilamente, como se todas as coisas na vida fossem indignas de uma consideração ou dedicação muito séria. O que mais Bill poderia ter esperado de Wesley?... ele se mostrara bastante convincente em sua fria rejeição a Polly, em Nova York, naquele dia em que haviam partido para Boston. Deus! Polly talvez estivesse esperando ainda o telefonema de Wesley! Bem, Bill Everhart não ficaria esperando em vão por ninguém... nunca tinha sido uma pessoa assim, e nunca seria.

Bill subiu até o convés da popa com sua mala e ficou por algum tempo observando os marinheiros organizarem os cabos num enorme arranjo retorcido. Aquele era o ambiente deles, navios e o mar... não era lugar para um acadêmico. Era o ambiente de Wesley, também, e não o dele – o lugar dele era uma sala de aula, onde as pessoas conduziam um estudo sério da vida e esforçavam-se para entendê-la em vez de aceitá-la com uma reflexão frouxa, quando muito.

Atrás dele, uma escada levava para o convés de passeio. Bill colocou sua mala no chão e subiu; ele se viu ao lado de um grande canhão, o longo cano apontando na direção do ancoradouro. Vários soldados se ocupavam de lubrificar o canhão em diversos pontos. Outros estavam sentados em cadeiras dobráveis no interior da torre, lendo jornais e conversando.

Bill perscrutou a arma em silêncio; nunca estivera, em toda a sua vida, perto de uma máquina tão destrutiva como aquela. Era um canhão de quatro polegadas, e seu gracioso cano estava, bem naquele momento, apontado ironicamente para um destróier no meio do ancoradouro cujos canhões estavam, por sua vez, apontados na direção do Westminster. Bill não havia percebido aquele destróier antes – talvez ele tivesse acabado de se esgueirar por ali, porque suas chaminés ainda fumegavam com muita intensidade. Podia ser que fosse, também, a embarcação de comboio do Westminster e que agora descansasse pacientemente, à espera da ordem de zarpar. Bill podia discernir pequenas figuras de branco movimentando-se na confusão do casco cinzento do destróier, um formidável navio de guerra tripulado por engenhosos marinheiros de brinquedo, seus poderosos canhões apontados em todas as direções, suas bandeiras luzindo ao sol.

Deus! Bill ficou pensando... será que em algum momento as frotas de Xerxes* foram tão guerreiras como aquele mamute superdestrutivo, um esbelto e esguio combatente do mar, orgulhoso com a fanfarra da morte?

Bill subiu outra escada e se viu na borda do navio. Bom, se estava indo embora, bem que poderia dar uma olhada em tudo! Observou abaixo o grande canhão do Westminster e seguiu a direção de seu cano lustroso até o longínquo destróier. Tentou imaginar a fumaça e os trovões de um grande embate no mar, o choque dos cascos, o querenar dos navios que morrem...

O sol quente incidia no convés superior enquanto Bill caminhava rumo à ré. Estava olhando para o alto, olhando a chaminé do Westminster, quando tropeçou num cabo de aço. O cabo corria por uma polia de pau de carga e descia até um bote salva-vidas. Bill avançou com curiosidade para inspecionar o interior do bote: havia cantis, caixas, estojos, sacos de lona, salva-vidas maltratados pelo tempo e vários remos longos. Em caso de torpedeamento, será que ele, Everhart, teria de passar dias e até semanas à deriva num desses barquinhos? Ocorreu-lhe que não tinha considerado ainda o extremo perigo envolvido

---

* Xerxes I (519-465 a.C.), rei da Pérsia (486-465 a.C.), que sucedeu seu pai, Dario I. (N.E.)

em tudo aquilo; talvez, afinal de contas, fosse melhor ir embora... não havia virtude nenhuma em correr de encontro à morte, minha nossa.

Bill voltou para sua mala na popa e arrastou-se em frente, meio sem rumo. Ninguém deu a mínima atenção para ele, o que talvez fosse vantajoso; ninguém sentiria falta dele, e simplesmente contratariam um outro copeiro para os tripulantes do convés e deixariam por isso mesmo. Ele, por sua vez, voltaria ao trabalho de sua vida em Nova York, seria assim e pronto. Existiam outras maneiras de sair em busca de experiências; aliás, existiam outras maneiras de arrecadar dinheiro para pagar a operação do velho. Ele não tinha uma necessidade tão imediata...

Bill decidiu descer até seu alojamento e pegar algum objeto que pudesse ter esquecido, na pressa de fazer a mala. Uma vez lá, sentiu necessidade de se deitar e pensar, portanto saltou para cima de seu beliche e acendeu um cigarro.

Danny Palmer estava penteando o cabelo na pia.

"Parece que vamos navegar em breve", ele comentou.

"Acho que sim."

"Você não parece estar muito ansioso!", riu Danny, guardando seu pente.

Bill deu de ombros e sorriu: "Ah, não fico tão empolgado".

"Sim, suponho que seja chato estar no mar de vez em quando. Vou fazer algumas leituras, de qualquer maneira, e vou manter um diário. Existe sempre uma maneira de vencer o tédio total."

"O tédio", disse Bill, "é a menor das minhas preocupações. Descobri anos atrás que o fastio era o meu inimigo mortal, e aprendi desde então como evitá-lo até certo ponto. Eu deslizo astutamente ao largo dele..."

"Bom pra você!", Danny sorriu. Ele colocou seu relógio com cuidado.

Bill soprou anéis de fumaça com um semblante atormentado.

"Eu ainda desconfio de que estamos indo pra Rússia", iluminou-se Danny. "Murmansk ou Arcangel... e, se for isso mesmo, duvido muito que vamos ter tempo pra ficar entediados. É uma corrida notoriamente frenética. Você já conheceu algum marujo que tenha ido pra lá?"

"Sem dúvida, dois deles – Meade e Martin."

"Quem é Meade?"

"Ele é o lubrificador com o bigode de príncipe herdeiro", Bill falou, num sorriso ardiloso.

"Gostaria de conhecer esses dois; gostaria de ter algumas informações em primeira mão sobre a Rússia."

"Gostaria?"

"E como! Sou tão de esquerda como o meu pai é de direita!"

Bill inclinou-se sobre o cotovelo.

"Isso deve ser complicado, eu aposto", ele disse, olhando de soslaio.

Danny levantou uma sobrancelha loira: "Muito", ele ronronou. "O pater trabalha no ramo do aço, a mater é uma D.A.R.*, e todos os parentes pertencem ao N.A.M."**

"Isso deve fazer de você um anarquista", julgou Bill.

"Comunistas", corrigiu Danny.

Bill recostou-se em seu travesseiro.

"Estou morrendo de vontade de ir pra Rússia e conversar com os camaradas", prosseguiu Danny, olhando pela vigia. "Foi por isso que entrei na Marinha Mercante... Preciso ver a Rússia" – virando-se para encarar Bill – "e, por Deus, eu hei de ver!"

"Eu mesmo não me importaria."

"É a minha ambição", insistiu Danny, "a minha única ambição! Me diga, você já ouviu falar de Jack Reed?"

Bill encarou Danny: "Jack Reed? Aquele que participou da Revolução?".

---

* Daughters of the American Revolution, "Filhas da Revolução Americana". (N.T.)

** National Association of Manufacturers, "Associação Nacional dos Fabricantes". (N.T.)

"Sim! É claro! Ele estudou em Harvard, sabe. Ele era o máximo!" Danny acendeu um cigarro com nervosismo. "Ele morreu na Rússia..."

Bill assentiu com a cabeça.

"Eu gostaria de... Eu gostaria de ser um Jack Reed um dia", confessou Danny, seus olhos azuis apelando sinceramente aos de Bill.

"Uma ambição digna", disse Bill.

"Digna? Digna? Acreditar na Irmandade do Homem como ele fez?", exclamou Danny.

"De fato... Reed foi um grande idealista, com toda a certeza", Bill acrescentou, não querendo parecer ingrato e maçante. "Sempre fui inspirado pela vida dele... Ele foi verdadeiramente uma figura trágica, e ainda por cima grandiosa. Desistiu de toda a sua riqueza pela causa. Deus! Eu gostaria de ter tanta convicção assim!"

"Não é difícil abrir mão da riqueza", garantiu Danny. "É mais difícil viver pelo movimento e morrer na derrota, como ele fez."

"Concordo."

"Derrota", acrescentou Danny, "aos olhos do mundo; mas pra Rússia e pra todos os companheiros não foi uma derrota... foi um triunfo supremo!"

"Acredito que você esteja certo – e acho que foi, como você diz, um triunfo supremo na avaliação do próprio Reed", contribuiu Bill.

Danny sorriu com entusiasmo: "Sim! Você está certo... me diga, você é um comunista também?".

Bill arreganhou os dentes com certo sarcasmo.

"Bem", ele disse. "Eu não pertenço ao partido."

"Eu quis dizer... bem, você é um comunista por princípio?", Danny insistiu.

"Eu não me chamaria de comunista – nunca tive oportunidade para ser, exceto quando eu tinha dezessete anos", Bill admitiu. "Mas se você está perguntando se eu me inclino ou não pra esquerda, minha resposta é sim – naturalmente. Não sou cego."

"Beleza!", exclamou Danny. "Aperte a minha mão, camarada!"

Eles riram e apertaram as mãos, embora Bill tivesse se sentido um tanto confuso com tudo aquilo. Ele nunca tinha sido chamado de "camarada" antes.

"Somos provavelmente os únicos a bordo", Danny seguiu falando. "Precisamos ficar juntos."

"Claro."

"Suponho que todos os outros ou não têm ideais ou são todos reacionários!", Danny acrescentou.

"Especialmente", Bill olhou de soslaio, "aquele lubrificador, o Nick Meade. Ele odiou a Rússia..."

"Odiou? Provavelmente apenas um materialista."

"Sim... pra falar a verdade, ele é um materialista iconoclasta neomaquiavélico", arrulhou Bill.

Danny fitou-o de viés: "Eu deveria saber o que significa isso?".

Bill corou.

"Claro que não, eu só estava brincando, Palmer. Te digo uma coisa, vai lá embaixo e encontra ele na casa de máquinas. Ele é realmente um comunista."

"Não!"

"Sim, ele é", disse Bill, sério. "Ele vai ficar feliz em conhecê-lo... Tenho certeza disso."

"Casa de máquinas? Meade? Ótimo, vou descer agora mesmo", sorriu Danny. "Com isso somos três. Deus, eu me sinto aliviado... Eu estava esperando encontrar alguns camaradas, mas não contava muito com isso!"

Bill não conseguiu dizer nada.

"Te vejo mais tarde, Everhart", falou Danny, afastando-se. "Ou devo dizer camarada?", acrescentou, rindo.

"Como você quiser", assegurou Bill, tão jovialmente como podia.

O jovem tinha ido embora. Bill jogou o cigarro através da vigia.

"Camarada", ele cuspiu. "Que tolo impagável ele me saiu!"

Bill tombou violentamente em sua cama e contemplou a divisória de aço.

"Será que o mundo está cheio de tolos? Não pode alguém ter bom-senso apenas uma vez?"

Encarava com ferocidade a divisória.

"Vou sair deste navio hoje, minha nossa, antes que eu fique louco."

Enterrou o rosto no travesseiro e ardeu de frustração; por baixo, começou a sentir uma fina corrente de remorso, como um agente refrescante tentando amainar o fogo de sua ira. Virou-se num espasmo para o outro lado; a refrescância se espalhou. Suspirou com impaciência.

"Claro! Fui um idiota mais uma vez... O jovem Palmer foi sincero e eu não fui... Ele tem ideais, mesmo que passe por idiota por causa deles. Eu deveria estar envergonhado de mim mesmo por ser o sardônico cético – quando é que vou me livrar do diabo desse freixo dedalusiano?* A gente não chega a lugar nenhum, minha nossa! Eu estava apenas sendo um Nick Meade quando brinquei com a ingenuidade, com a sinceridade do Palmer. O garoto tem boas intenções..."

"Uma lição de intolerância do Meade, não foi nada mais do que isso. Se ele é um marxista ortodoxo, que se dane, eu sou pior ainda – um everhartista ortodoxo. Se eles não são como Everhart, ora, eles são idiotas! Idiotas totais! E Everhart é o elemento constante numa equação de idiotas... e pensei na noite passada que

---

* Stephen Dedalus é o alter ego literário de James Joyce, o protagonista e anti-herói de seu primeiro e semiautobiográfico romance, *Retrato do artista quando jovem*, e um personagem do monumental *Ulisses* de Joyce. Dédalo foi uma figura da mitologia grega. Stephen Dedalus escolhe "silêncio, exílio e astúcia" de modo a se libertar de "nacionalismo, linguagem, religião". O freixo é uma bengala, uma referência ao *Retrato*. (N.E.)

estava sendo sensato quando deixei Nick fazer aquilo – que piada! Sou tão fanático como ele."

Bill jogou o travesseiro de lado e sentou-se.

"Vou me corrigir com Palmer... ele não percebeu o meu sarcasmo, de modo que o fardo da reprovação é meu e só meu. Pela minha alma!... um homem não pode passar pela vida zombando de seus semelhantes – aonde isso vai nos levar! Todos temos que aprender a respeitar e amar uns aos outros, e se nós não somos capazes disso então, minha nossa, a palavra tem que ser tolerância! Tolerância! Se pessoas como Nick não me toleram, então eu vou tolerá-las."

Bill saltou para o convés e olhou para fora da vigia.

"Caso contrário", ele meditou com tristeza, "nada jamais vai mudar, não de verdade... e precisamos mudar."

Uma gaivota empoleirada na beira da plataforma da doca enfiou um bico exasperado em suas penas. Um pouco além, Bill podia ver a popa do destróier na baía.

Ele balançou a cabeça: "Uma época infernal para a tolerância! Ou seria... uma guerra infernal para a tolerância? Eles vão ter que registrar em preto e branco antes que eu acredite...".

Bill puxou a cabeça para dentro e serviu para si um copo d'água. Olhou para sua mala feita.

"Eu deveria, isso sim, aguentar firme... apenas por princípios. Teorias e princípios só ganham vida por aplicação... Teoricamente, sou contra o fascismo, então devo lutar contra isso – Nick está a bordo, ele não está dando pra trás. O que é que ele pensaria se eu pulasse fora?" Bill arreganhou os dentes e abriu a mala.

"Tudo bem, sr. Meade, quem vai ficar de bobo é você."

Ele desfez a mala e deitou-se para uma soneca. Uma vez mais, enquanto ia cochilando, começou a se sentir animado.

"Conhece o Martin?", uma voz lhe perguntava.

Bill acordou rapidamente.

"Que horas são?", ele perguntou. "Eu estava dormindo..."

"Quase meio-dia", respondeu o marinheiro. "Olha, um garoto loiro me disse que você conhece um cara com o nome de Martin."

"Sim, eu conheço."

"Wesley Martin?"

"Sim."

O marinheiro passou um bilhete para Bill: "Eu não sei onde encontrar ele... você pode lhe entregar este bilhete?"

Bill examinou as dobras exteriores do bilhete, onde uma mão rabiscara:

"Para Wesley Martin, marinheiro de primeira classe".

"Uma gatinha no portão pediu que eu desse pra ele", disse o marinheiro. "Eu mesmo bem que gostaria de dar uma coisa pra ela... ela era um docinho."

"Uma garota?"

"É – no portão. Dê pro Martin; a gente se vê!" O marinheiro já estava saindo.

"Eu não sei onde ele está!", exclamou Bill.

"Pois é, e eu muito menos – te vejo mais tarde." O marinheiro se foi caminhando pelo corredor.

Bill sentou-se num banquinho e bateu na carta com ar especulativo; não havia nenhum mal em lê-la, Wesley nunca iria recebê-la de qualquer maneira. Ele abri e leu:

Querido Wes,
Eu sei que agora você vai mudar de ideia. Estarei esperando por você. Eu te amo.
Sua esposa

"Esposa!", exclamou Bill em voz alta. "Pensei que ele tinha abandonado a garota..." Ele releu o bilhete franzindo a testa.

O despenseiro vinha descendo pelo corredor. Bill levantou os olhos.

"Arrume os seus pratos do almoço", disse o despenseiro. "São quase doze."

"Certo!", disparou Bill, levantando-se. "Eu estava dormindo."

Ele seguiu o despenseiro até a cozinha e pegou seus pratos, xícaras, pires e talheres. No caminho para o refeitório da tripulação de convés ele passou por Danny Palmer, que descascava batatas com Eathington e um outro ajudante de cozinha.

"Você encontrou o Meade?", gritou Bill, por sobre o ruído de meio-dia da cozinha.

Danny abriu um grande sorriso e acenou com entusiasmo, somando a isso uma piscadela significativa. Bill arreganhou os dentes. Ele levou os pratos para seu pequeno refeitório, onde congratulou-se por ter assumido um serviço em que podia trabalhar sozinho e em silêncio. A cozinha era sempre uma confusão barulhenta; em seu próprio refeitório, ele podia arrumar sua mesa em paz e receber os pedidos dos marinheiros com calma e atendê-los com um mínimo de dignidade. Sem dúvida...

"Ei, cara, não se mata de tanto trabalhar!"

Bill se voltou e quase deixou cair o ketchup. Era Wesley. E Wesley sumiu dali tão de súbito como viera. Bill saltou por cima de um banco com uma exclamação de surpresa.

Na porta, chamou: "Ei, Wes, vem aqui!".

Wesley se virou e veio se arrastando pelo corredor, fumando um cigarro: "Tenho que voltar ao trabalho...", ele começou.

"Esse aqui é um bilhete pra você", disse Bill. "Onde diabos você andou?"

Wesley torceu um canto da boca e pegou o bilhete.

"Fui em cana", explicou. "Fiz um alvoroço infernal e me enquadraram."

"Quem te pagou a fiança?", quis saber Bill.

Wesley estava lendo o bilhete. Quando terminou de ler, colocou-o no bolso do macacão e olhou para Bill com seus olhos escuros e pétreos.

"Quem te pagou a fiança?", repetiu Bill.

"Um amigo meu."

Eles ficaram olhando um para o outro em silêncio. Wesley encarava Bill com grande intensidade, como se estivesse prestes a falar, mas não disse nada. Bill sorriu e apontou para o refeitório: "O serviço vem com um sorriso aqui – pergunte aos outros".

Wesley assentiu com a cabeça lentamente. Em seguida, colocou uma mão magra no ombro de Bill.

"Nós vamos zarpar amanhã de manhã, cara", ele disse rapidamente e saiu corredor afora sem outra palavra. Bill observou-o desaparecer e depois voltou para sua caixa de gelo. Não conseguiu pensar em nada para resmungar consigo mesmo.

CAPÍTULO SETE

O contramestre entrou ao raiar do dia para despertar o pessoal do convés, mas Curley estava totalmente acordado – ainda estava bebendo de sua garrafa – e, embora tivesse cantado a noite toda lá no alto em seu beliche superior, nenhum dos outros dera qualquer atenção a ele. Agora, enquanto os demais acordavam, Curley quis saber se alguém queria beber.

"Trate de ficar sóbrio, Curley, ou o imediato vai te cortar uns dois, três dias de pagamento", Joe ia dizendo, ao mesmo tempo em que colocava os sapatos.

"Me escutem, meus velhos", exclamou Curley, sentado no seu leito e brandindo a garrafa, "eu nunca estou bêbado demais pra fazer o meu trabalho..."

Wesley inspecionou seus dentes no espelho rachado.

"Você quer um gole desta garrafa, Martin?", exclamou Curley.

Joe zombou: "Você tá bêbado demais pra fazer qualquer coisa".

Curley pulou de sua cama com uma imprecação, cambaleou contra uma cadeira e caiu duro no deque.

Wesley estava bem ao lado dele: "Levanta, Curley: eu dou uma virada na sua garrafa se você parar com a palhaçada".

"Parar com a palhaçada? Vou matar esse maldito Joe por ficar fazendo piada", uivou Curley, empurrando Wesley de lado e tentando recuperar o equilíbrio.

Joe riu e foi até a pia.

Wesley ajudou Curley a ficar de pé e empurrou-o de volta para seu próprio beliche. Curley lançou o punho na direção de Wesley, mas este último bloqueou o soco com seu antebraço; então jogou Curley de volta no beliche e o manteve imóvel.

"Trate de ficar sóbrio, cara", disse ele. "Temos trabalho a fazer, vamos sair navegando... vou pegar uma toalha molhada pra você."

"Pegue outra garrafa pra ele!", sugeriu Haines de seu beliche.

"Eu vou matar você, Joe!", gritou Curley, lutando no aperto dos braços de Wesley.

"Me solta, Martin!"

"Pensei que você conseguia aguentar melhor a sua bebida, Curley", disse Wesley, balançando a cabeça. "Um vaqueiro experiente como você. Aposto que você está bêbado demais pra fazer o seu trabalho..."

Curley apontou um dedo na cara de Wesley: "Escuta aqui, Martin, lá no Texas um homem nunca tá bêbado demais pra fazer seu trabalho. Você trate de me soltar – tenho trabalho pra fazer".

Wesley soltou Curley, mas manteve o aperto em seu braço.

Haines espiava o lado de fora pela vigia: "Deus do céu! Ainda está escuro lá fora". Os outros estavam se levantando.

Joe voltou da pia e colocou sua camisa.

"Curley andou bêbado por dez dias", ele anunciou. "Espere até o imediato ver ele lá em cima, ele não vai ser capaz de levantar uma corda ou..."

"Cala essa boca!", estourou Wesley. Curley lutava na tentativa de pegar Joe, mas Wesley o mantinha preso contra a divisória.

"Eu vou matar você, Joe! Vou rachar essa sua cabeça oca no meio!", Curley gritou.

"Me solta, Martin, vou matar ele..."

"Quem você está mandando calar a boca, Martin?", Joe exigiu, com calma, avançando na direção deles.

"Você", disse Wesley, lutando com Curley. "Esse garoto está bêbado – nós temos que dar um jeito nele."

"Por que diabos eu me preocupo com ele?", ronronou Joe. "E quem é você pra me mandar calar a boca?"

Wesley dirigiu para Joe um olhar inexpressivo.

"Hã?", Joe acometeu, de um jeito ameaçador.

Wesley exibiu um sorriso e soltou Curley. Num instante Curley estava em cima de Joe, batendo nele cegamente enquanto Joe cambaleava para trás, de encontro a uma cadeira. Em seguida, desabaram no convés, com Curley em cima desferindo soco após soco no rosto virado para cima de Joe. Os marujos uivaram enquanto pulavam da cama para separá-los. Wesley tomou um pouco da garrafa de Curley à medida que os punhos batiam um tambor brutal, osso contra osso, no rosto de Joe. Eles arrancaram Curley, furioso como um cachorro louco, e o prenderam no beliche; Joe sentou-se e gemeu lastimosamente, como uma criança com dor. Estava sangrando na boca.

Wesley foi até a pia e trouxe de volta uma toalha molhada para o rosto de Joe. Joe cuspiu um dente enquanto Wesley aplicava uma toalha com cuidado.

"Façam o Curley ficar sóbrio", ele disse aos outros. "Vamos todos sofrer o inferno agora... façam esse vaqueiro louco ficar sóbrio..."

Haines correu até a porta e olhou pelo corredor.

"O contramestre não está por perto... Deus! Tentem se apressar antes que o imediato desça... joguem água nele."

"Bela maneira de começar uma viagem!", gemeu Joe no convés. "Todos indo pro inferno. Sei que isso não vai ser viagem nenhuma. Vamos todos descer pelo ralo."

"Ah, cala essa boca", repreendeu Haines. "Você é que está bêbado agora."

Alguém jogou um copo d'água no rosto de Curley e o estapeou rapidamente:

"Fique sóbrio, texano! Precisamos ir pro trabalho..."

Wesley ajudou Joe a ficar de pé: "Tudo bem, Joe?".

Joe olhou sem expressão para Wesley, balançando ligeiramente.

"Estou todo cortado", ele choramingou.

"Você não devia ter sido tão completamente idiota!", disse Wesley.

"Eu sei, eu sei", gemeu Joe. "Estou todo cortado... Não me sinto muito bem... alguma coisa vai acontecer..."

"Faça o favor de calar a boca!", gritou Haines. Curley estava sentado, piscando; sorriu para todos eles e começou a cantar "Bury Me Not on the Lone Prairie", mas estava sóbrio o bastante.

Arrastaram Joe e Curley para cima e os deixaram respirar na névoa do amanhecer frio.

"Vamos pegar no batente", disse Haines, sem paciência.

Joe cambaleou, mas conteve-se a tempo.

"Que maneira infernal de começar o dia", murmurou Charley, o marinheiro de segunda classe. "Bêbados desgraçados..."

"Tudo bem, esquece!", estourou Haines.

O contramestre chamou todos à popa. Um amanhecer cinzento estava se espalhando através do céu.

"Me desculpe, Joe", resmungou Curley. Joe não disse nada. A chaminé do Westminster expelia grandes nuvens de fumaça negra quando chegaram à popa, onde o primeiro imediato, o contramestre e um cadete de convés estavam à espera. Lá embaixo, na doca, estivadores desenrolavam as amarras do Westminster...

Quando acordou, Everhart ouviu a explosão crescente da chaminé do Westminster. Ele pulou de seu leito e se pôs diante da vigia aberta – a parede do galpão da doca estava deslizando na sua frente. Bill colocou a cabeça para fora e olhou em frente: o navio recuava lentamente a partir da carreira, deixando para trás um vagaroso rastro de torvelinhos.

Os estivadores e os guardas ficaram na plataforma retrocedente da doca, assistindo, seu trabalho encerrado.

Mais uma vez o Westminster rugiu sua explosão de partida, um repique longo, estrondoso e profundo que ecoou e ecoou de novo na manhã tranquila sobre os telhados do cais, os pátios ferroviários e os edifícios ao longo da beira-mar toda.

Bill lavou-se às pressas e correu para cima. Sentiu grandes cargas de pistão ribombando ao longo do convés, ouviu a gigantesca agitação da hélice. Enquanto ele olhava o alto da chaminé do Westminster, ela bradou pela terceira vez – "Vuuuuuum!" – e mergulhou no silêncio enquanto o som subia por sobre os telhados de Boston.

No meio da enseada o navio parou; então a hélice arrancou novamente, o guincho ressoou abaixo enquanto o leme era aprumado, e o Westminster lenta e pesadamente direcionou sua proa para enfrentar o Atlântico. O guincho berrou profundamente mais uma vez – e eles se moveram devagar, com suavidade, rumo à rede de mina na entrada da enseada, a hélice arrancando num gargantuesco e constante ritmo.

Bill correu até a proa e olhou para baixo na frente, a extremidade afiada e íngreme do navio dividindo a água da enseada com a facilidade do poder.

O Westminster seguiu deslizando, mais e mais rápido. Algas passavam se contorcendo, de modo indolente.

Bill fitou o mar com olhos estreitados. Longe ele viu, na névoa cinza, uma forma pequena e esguia... o destróier, é claro! Eles estavam a caminho! E que idiota ele teria sido em perder isso...!

Eles estavam se aproximando da rede de mina rapidamente, e [uma] abertura tinha sido feita para eles. À medida que o Westminster ia passando por ali, os marujos nos barcos de mina acenavam casualmente. Bill não conseguia tirar os olhos das minas flutuantes, globos pretos enormes, pontudos, amarrados de uma praia para outra ao longo de uma linha de perdição inacreditavelmente destrutiva...

Os dois faróis deslizavam para trás com dignidade, os últimos postos avançados da sociedade. Bill observou além da popa o horizonte de Boston retrocedendo, uma Boston sonolenta inconsciente da grande aventura que seria realizada, uma Boston que espirrava ocasionais nuvens de fumaça industrial, os edifícios cinzentos de aspecto sorumbático no amanhecer de julho.

Bill voltou seus olhos para o mar. Longe, onde o horizonte, a névoa e o mar verde bilioso se fundiam, Bill viu vestígios escuros da noite dissolvendo-se num cinza claro.

Diretamente adiante, o destróier avançava rápido pelas águas calmas; pareceu a Bill que o destróier já estava de vigia, suas armas apontando em todas as direções. Bill se virou e olhou as torres de artilharia dianteiras: dois soldados com fones de ouvido estavam parados junto às armas, olhos na distância ao longo do horizonte.

Estava feito! Agora ele não poderia mais voltar... Que venha qualquer coisa, eles estavam preparados, e ele também...

"Nunca estou bêbado demais pra fazer o meu trabalho!", alguém gritava na proa. Bill se virou e viu Wesley, com dois outros marinheiros, enrolando cabos no convés.

"Você está mais do que certo, cara", disse Wesley.

"Posso ficar bêbado. Posso me meter em brigas, posso fazer qualquer coisa!", Curley exclamou no rosto de Wesley. "Mas vou fazer o meu trabalho. Estou certo?"

"Cale essa sua boca, pode ser?", Haines resmungou.

"Bem, estou certo?", exigiu Curley.

"Claro!", assegurou Wesley.

Seguiram enrolando os cabos em silêncio. Quando terminaram, Wesley acendeu um cigarro e olhou para longe por cima das águas.

"Dia, Wes", saudou Bill.

Wesley se virou e acenou com a mão solenemente.

"Que tal você está achando?", ele perguntou.

Bill inclinou-se na murada e contemplou a água:

"Emocionante... essa é a minha primeira vez no mar, e devo dizer que me dá uma sensação estranha."

Wesley ofereceu-lhe um cigarro.

Estava ficando mais quente; a névoa levantou, e agora as longas ondulações fulgiam luminosamente na brilhante luz branca. Bill podia sentir a suave ascensão e queda da proa, com sibilantes arremetidas, enquanto o Westminster seguia em frente.

"Como é", Bill arreganhou os dentes, "na proa, quando o mar está agitado?"

Wesley jogou a cabeça com um sorriso:

"Você tem que se agarrar em alguma coisa, ou acaba fazendo um passeio pelo convés."

"Você sempre fica enjoado?", perguntou Bill.

"Claro... todos nós, uma vez ou outra", respondeu Wesley. "Inclusive o capitão, às vezes."

"Ei, Martin!", gritou Haines. "Temos que descer."

Wesley jogou fora o cigarro e saiu se arrastando para trabalhar. Ele tinha nos pés os mesmos mocassins que usara quando Bill o conhecera em Nova York, mais um macacão manchado de tinta e uma camisa branca. Bill o viu descer com Haines e Curley; ele ficou esfregando a cabeça de Curley jovialmente enquanto este entoava uma nova canção com gestos dramáticos.

"Sete anos", uivou Curley, "com a mulher errada... é um tempo e tanto..." Então eles desapareceram pela escotilha.

Bill sorriu consigo mesmo; estava contente por ver Wesley feliz outra vez – aquele bilhete de sua esposa no dia anterior o perturbara, obviamente, pois ele não aparecera no refeitório o dia todo. Wesley parecia contente e à vontade, agora que estavam navegando, como se deixar o porto significasse a cessação de todas as suas preocupações, e lançar-se ao mar significasse uma nova era de paz e amenidade. Que solução simples! Quisera Deus Everhart pudesse encontrar a liberdade num processo tão simples como aquele, pudesse ser aliviado de qualquer aflição por um expediente tão gracioso, pudesse extrair conforto e amor do mar como Wesley parecia fazer.

Bill foi até a popa e desceu para o seu trabalho. Quando a mesa ficou pronta, Joe, o A.B., entrou com ar sombrio. O rosto dele estava todo machucado.

"O que foi que aconteceu com você?", Bill arreganhou os dentes.

Joe levantou o rosto num silêncio raivoso e lançou um olhar irritado ao outro. Bill colocou um prato na mão dele.

"O que tem pra comer?", rosnou Joe.

"Mingau de aveia...", começou Bill.

"Mingau de aveia!", cuspiu Joe. "Já estou vendo que vai ser uma viagem horrorosa, porcaria de comida, tripulação imprestável..."

"Café junto?", Bill olhou de soslaio.

"Que diabos você acha?", praguejou Joe. "Não seja tão completamente idiota."

"Como é que eu vou saber..."

"Cale a boca e pegue o prato", interrompeu Joe.

Bill olhou e corou.

"Quem você está olhando?", ronronou Joe, levantando-se.

"Você não precisa..."

"Escuta aqui, Garotinho", gritou Joe no rosto de Bill. "Mantenha sua boca fechada se não quiser se machucar, entendeu?"

"Você é um caso de hospício!", resmungou Bill.

Joe empurrou Bill com a palma da mão. Bill fitou temerosamente o outro, paralisou seus passos; quase deixou cair o prato.

"Não deixe cair os pratos", Joe disse agora, arreganhando os dentes. "Você vai ter que pagar por eles do seu bolso. Vamos, vamos, não fique aí que nem uma lesma, Garotinho, me veja o meu café da manhã."

Bill caminhou até a cozinha num estupor. Enquanto o cozinheiro enchia o prato de Joe, ele decidiu lutar pelos seus direitos e, se isso significasse uma briga, então que houvesse uma briga! Bill andou rapidamente de volta até o refeitório, preparando seus sentidos para o inevitável... mas quando retornou uma discussão acalorada estava em andamento entre os marujos. Curley, Haines, Charley e Wesley estavam sentados à mesa.

"Sinto muito!", Curley gritava. "Mas pelamor de Deus não fique insistindo nesse assunto. Não sou responsável por aquilo que faço quando estou bêbado..."

"Está tudo bem", choramingou Joe, "mas ainda assim você me cortou pra valer, você e a sua bebida maldita..."

"Por que você não esquece?", Haines gemia sem parar. "Está tudo acabado agora, então esquece..."

"Paz! Paz!", Charley gritou. "Haines está certo... portanto a partir de agora cale a boca nesse assunto."

Joe agitou a mão violentamente para todos eles.

Bill largou o prato do café da manhã diante dele. Então era obra de Curley... bom menino!

Joe olhou para cima: "Olha, Garotinho, não largue o meu prato assim outra vez..."

Haines levantou-se: "Lá vai ele de novo. Vou dar o fora daqui o quanto antes!".

"Espera!", ordenou Wesley.

Bill ficou olhando Joe de cima para baixo. Quando Joe começou a se botar de pé, Wesley colocou uma mão em seu ombro e o sentou.

"Tire as mãos de cima de mim, Martin!", alertou Joe, os olhos fixos de esguelha na mão de Wesley.

Wesley sentou-se no banco ao lado dele e sorriu.

"Muito bem, Joe, eu tiro. Agora eu quero dizer..."

"Eu não quero ouvir!", grunhiu Joe. "Se você não gosta da minha companhia, dê o fora."

"Claro", alfinetou Haines selvagemente, "vou saltar pela borda e voltar nadando até o porto."

"Olha, cara", começou Wesley, "esse é justamente o ponto... nós saímos para o mar, e é isso. Não estamos mais na praia – lá nós podemos beber, lutar, em qualquer lugar, tudo o que quisermos. Mas quando estamos navegando..."

"Eu disse que não queria ouvir!", exclamou Joe.

"Você vai ouvir!", estourou Haines. "Vá em frente, Martin..."

O rosto de Wesley se endureceu:

"Quando estamos navegando, cara, não temos mais essas coisas da praia. Temos que viver juntos, e, se todos nós buscarmos uma harmonia em conjunto, tudo fica bem. Mas se um cara encrenca tudo, então não é uma viagem coisa nenhuma, caramba... estraga tudo."

"Sai de perto do meu ouvido", resmungou Joe soturnamente.

"Eu vou sair quando você entender! Você vai ficar esperto e fazer a sua parte, e vamos todos ser felizes...", Wesley começou, acalorado.

"Quem não está fazendo a sua parte?", retorquiu Joe.

"Sua parcela de cooperação", contribuiu Haines.

"Sim", disse Wesley, "é isso... a sua parcela de cooperação... faça isso e vamos todos ser gratos."

Joe bateu o garfo: "Vamos supor que eu não faça..."

Wesley esfregou seus cabelos pretos, impaciente.

"O Curley não me arrebentou? O que foi que eu fiz?", Joe exclamou.

"Foi você quem começou!", sibilou Haines.

Joe ficou em silêncio.

"Você pode fazer isso, cara?", perguntou Wesley, sério.

Joe olhou em volta com uma expressão de pasmo, gesticulando em direção a Wesley: "Ele não é o único, no entanto!".

"Essa não é a questão", interrompeu Haines. "Ele está falando por todos nós. Queremos ter uma boa viagem e não queremos um jipe* como você arruinando tudo."

Joe voltou a comer com tranquilidade.

"Caras como você acabam saltando fora, se forem rabugentos o suficiente", Haines acrescentou, de modo calmo.

"Não tem lugar pra mim aqui", gemeu Joe.

"Óbvio que tem", disse Wesley. "Basta parar de bancar o esperto com todo mundo... tire essa pedrinha do seu sapato."

Joe balançou a cabeça com um lento ressentimento.

"Isso é tudo que se pode dizer", falou Haines. "Todos temos que nos unir, certo?"

---

* Veículos que ainda não haviam sido testados em uma situação, em referência ao lançamento de protótipos de jipes na Segunda Guerra Mundial. Gíria para novos recrutas. (N.E.)

"Claro, claro", rosnou Joe.

"Vamos apertar as mãos e esquecer tudo", propôs Curley. Joe deixou-o apertar sua mão sem olhar para cima.

"Bando de rabugentos", ele resmungou por fim.

"Não somos rabugentos", objetou Wesley. "Você é o rabugento nesta equipe. Agora pelamor de Deus pare com isso e se comporte direito com todos nós. Estamos no mar, cara, lembre-se disso." Haines acenou com a cabeça em concordância.

"Que tal alguma gororoba", exclamou Charley. Bill mantivera-se parado, assistindo ao desenrolar desse tribunal do mar, com certo espanto; agora, ele acordou de seu devaneio com uma careta e pegou seus pratos.

Os marinheiros fizeram seus pedidos e tentaram rir da situação, mas Joe logo terminou seu café da manhã e saiu sem dizer uma única palavra. Quando ele já tinha ido embora, houve um silêncio tenso.

"Ele vai sair dessa", disse Wesley.

"É melhor que saia", alertou Haines. "Ele tem que aprender algum dia... ele está no mar."

Naquele primeiro dia de jornada, o Westminster navegou cem milhas para longe da costa e, em seguida, virou para o norte, na esteira do destróier de escolta. Era um dia quente e sem vento no mar, com um suave brilho inchado do oceano.

Quando Bill terminou seu trabalho depois do jantar, retornou até o alojamento e deitou-se para fumar um cigarro. Acima dele, numa estante suspensa, detectou um pedaço de lona. Bill puxou-o e retirou uma máscara de gás; sentou-se e olhou para dentro da estante; havia um salva-vidas ali também, com uma pequena lanterna vermelha atachada.

"Mantenha à mão", aconselhou Eathington de seu beliche. "Eu mantenho o meu ao pé do meu leito. Você tem uma faca?"

"Não."

"Arranje uma; você pode precisar de uma faca no caso de precisar fazer alguns cortes rápidos e eficientes."

Bill recostou-se e tragou o cigarro.

"Nós vamos receber treinamento de bote salva-vidas a partir de amanhã", continuou Eathington. "E treinamento de fogo em algum momento desta semana. Você sabe qual é o seu bote e a sua estação de fogo?", acrescentou, em tom acusador.

"Não", admitiu Bill. Eathington zombou dele.

"Eles estão fixados num aviso no corredor!", ele escarneceu.

Bill saiu e verificou o aviso. Encontrou o seu nome num grupo designado para o bote salva-vidas de número seis e a estação de fogo número três. Bem, se chegasse a ocorrer um torpedeamento, haveria pouco tempo para conferir o aviso, então ele poderia muito bem se lembrar do seu número de bote salva-vidas.

Bill apagou o cigarro e subiu a escotilha; quando abriu-a, ele se viu num convés enluarado. Tampos de escotilha escurecidos ajudariam muito pouco naquela noite, ele refletiu – o destróier podia ser visto à luz do luar, em frente, tão claramente como durante o dia.

Entretanto, estava escuro o suficiente para esconder um periscópio, minha nossa!

Alguém nas proximidades ecoou seus pensamentos:

"Olha só a lua! Está claro como se fosse dia." Dois marinheiros estavam inclinados sobre a murada da popa.

"Eles podem nos ver, e como podem", riu Bill.

O marinheiro arreganhou os dentes: "E nós podemos ouvi-los!".

"Sim", rosnou o outro marinheiro. "Isto é, a menos que desliguem o motor e apenas esperem por nós."

"Eles fazem isso", admitiu o outro marinheiro. "Nenhum detector de submarino consegue pegar isso."

"A lua", ponderou Bill. "Os amantes a querem, mas nós certamente não queremos."

"Falou bonito", disse um dos marinheiros.

Eles ficaram em silêncio enquanto Bill olhava o rastro do navio – um caminho de retorno fantasmagórico e cinzento, desenrolando-se e alongando-se indefinidamente com cada volta da hélice. Ele estremeceu a contragosto.

"Bem", disse o marinheiro, "deixe que eles venham."

Bill caminhou em frente. O ar estava fresco e limpo, carregado com o calafrio salgado das águas. A chaminé do Westminster, balançando delicadamente em silhueta contra a lua, emitia nuvens de fumaça azul, obscurecendo as estrelas. Bill observou com ardor a Ursa Maior e recordou como havia estudado aquele grupo de estrelas em noites tranquilas ao longo da Riverside Drive... estavam longe de Nova York agora... e indo mais longe.

Desceu para o alojamento de Wesley. Curley abraçava seu violão e o dedilhava, meditativo, em seu leito superior, enquanto os outros descansavam e ouviam. Joe estava diante do espelho, inspecionando suas contusões.

Curley começou a cantar numa voz anasalada de caubói.

"Martin está por aqui?", perguntou Bill.

Charley levantou-se do beliche e bocejou: "Ele está vigiando a proa...Vou render ele em dois minutos."

Charley pegou sua jaqueta e se retirou. Na proa, Wesley estava parado de pernas abertas, olhando a distância, com as mãos afundadas num casaco de marinheiro, rosto voltado às estrelas.

"Assume aqui, Charley", disse ele. "Oi, meu velho."

"Oi, Wes", disse Bill. "Que tal o jogo de uíste com o Nick?" Wesley tirou o casaco.

"Certo."

Eles se afastaram tranquilamente da proa, onde Charley assumiu seu posto com um bocejo ruidoso e um gemido alto, sonolento.

"Haines está na roda do leme", disse Wesley, apontando a casa de navegação acima.

"Como é vigiar a proa?", perguntou Bill, lembrando como Wesley se mostrara solitário ali de pé na frente do navio, diante das águas noturnas, uma figura ereta e soturna.

Wesley não disse nada; deu de ombros.

"Solitário ficar de pé ali, observando a água por duas horas, não é mesmo?", insistiu Bill.

"Eu adoro", Wesley disse com firmeza.

Quando abriram a porta de Nick, a luz dele se apagou.

"Depressa, entrem de uma vez!", exclamou Nick. "Não fiquem parados aí, enfiando o nariz no escuro."

Quando Bill fechou a porta atrás deles, o camarote foi inundado com luz. Nick e Danny Palmer estavam sentados a uma pequena mesa de jogo.

"Ah!", exclamou Palmer. "Agora temos um quarteto."

Wesley jogou seu casaco na cama e acendeu um cigarro, enquanto Bill puxava uma cadeira até a mesa.

"O que é?", perguntou Nick, acariciando seu bigode.

"Me serve."

"Pra mim também."

"A sua vigia tá terminada?", Nick questionou Wesley.

"Sim."

"Como está lá fora?"

"Lua brilhante como no inferno."

"Noite ruim, hein?", sorriu Palmer.

"Poderia ser pior", grunhiu Wesley, puxando uma cadeira. "Essas não são como as águas quentes do Golfo ou na costa de Newfie ou na Groenlândia."

Nick distribuiu as cartas com gestos brandos.

"Quando é a sua vigia na casa de máquinas?", perguntou Bill.

"Meia-noite", disse Nick. "Nós podemos jogar várias rodadas até lá", ele acrescentou afetadamente. Palmer riu.

Examinaram suas mãos em silêncio. Bill olhou para Wesley e perguntou como ele conseguia ficar observando o mar por horas para depois friamente tomar parte num jogo de cartas. Não era uma coisa escura e tremenda lá fora na proa? Wesley olhou para Bill. Encararam um ao outro em silêncio... e, nessa breve atenção dos olhos escuros de Wesley, Bill soube que o homem estava lendo seus pensamentos e os respondia – sim, ele amava e observava o mar, sim, o mar estava escuro e era uma coisa tremenda, sim, Wesley sabia, e sim, Bill entendia. Baixaram os olhos.

"Passa", resmungou Danny, arqueando as sobrancelhas loiras.

"Ok", disse Wesley.

Nick rolou sua língua ao redor do palato.

"Três", disse ele depois de um tempo.

Bill acenou com a mão na direção de Nick. Nick sorriu: "Você está me mostrando a sua mão?".

"Certamente, o mundo é seu, Lênin", disse Bill.

Danny riu maciamente. "Como isso é verdade", ele ronronou.

"Ouros, coringa", murmurou Nick.

Começaram a jogar em silêncio.

"Estou me mudando aqui pro camarote do Nick", Danny anunciou logo depois. "Vocês não acham que é muito melhor aqui do que lá embaixo naquele alojamento fedorento?"

"Sem dúvida", disse Bill.

"Não deixem que ele engane vocês", apressou-se Nick. "Danem-se as desculpas dele. Ele realmente quer estar perto de mim."

Palmer riu e corou. Nick beliscou a bochecha do rapaz: "Ele não é lindo?".

Wesley sorriu de leve, ao passo que Bill ajeitou seus óculos com certo constrangimento.

Nick retomou seu jogo com uma expressão vazia.

"Não, mas eu realmente gosto daqui de cima muito mais", Danny se esforçou. "É muito mais agradável." Wesley olhava com curiosidade para ele.

Nick bateu um ás na mesa com um estalo. Rolos de fumaça saíam do nariz de Wesley enquanto ele ponderava sua próxima jogada. O quarto mergulhou na escuridão quando a porta se abriu; eles ouviram as ondas lá fora sibilando e açoitando a lateral do navio em movimento.

"Não fique aí coçando a cabeça!", uivou Nick. "Feche a porta e entre." A porta se fechou e o quarto ficou iluminado de novo. Era um dos tripulantes de artilharia.

"Olá, Roberts", cumprimentou Nick. "Sentai-vos."

"Eu não sabia que vocês tinham uma salinha de jogos de azar", riu o jovem soldado.

"Só uíste."

O soldado se empoleirou em cima do beliche de Nick e observou o progresso do jogo. Depois de alguns minutos, Wesley se levantou.

"Entre no jogo, soldado", disse ele. "Estou caindo fora."

"Você deveria", resmungou Nick.

Wesley bagunçou o cabelo de Nick. Bill baixou suas próprias cartas: "Onde você vai, Wes?".

"Fique com a gente", exclamou Nick. "Nós precisamos de você no quarteto."

"Vou lá embaixo pegar uma xícara de café", disse Wesley. Ele pegou o casaco e foi até a porta.

"Vai logo!", disse Nick. "Quero ficar no escuro com Danny." Danny riu suavemente.

Wesley fez um gesto com a mão para Nick e abriu a porta; por um momento sua delgada figura permaneceu em silhueta na porta invadida pelo luar: "Ok, Nick?", ele perguntou.

"Não feche ainda!", uivou Nick.

Quando Wesley saiu, eles riram e começaram um novo jogo.

Às dez horas, Bill deixou o jogo e tomou seu rumo até a cozinha. O refeitório estava lotado de marinheiros jogando dados e bebendo café. Bill serviu uma xícara para si; então voltou para o convés banhado de luar e observou a grande lua amarela afundando no horizonte. Ele sentiu uma onda de paz tomar conta dele... seu primeiro dia no mar provara ser tão desprovido de incidentes como casual. Era essa a vida que Wesley desposara?... Essa rotina de trabalho, alimentação, sossego e sono, esse adocicado drama de simplicidade? Talvez fosse o tipo de coisa de que Everhart sempre tivesse precisado. O que ele faria agora era ir dormir, acordar, trabalhar, comer, matar tempo, conversar, ver o mar e então voltar a dormir.

Nada poderia perturbar essa sábia calmaria, essa sanidade da alma; ele percebera o quão rapidamente os marinheiros, e Wesley em particular, tinham colocado um fim à rebelião sacrílega de Joe – não, eles não admitiriam que sujeitos como Joe "estragassem tudo". E o que era esse "tudo"?... era um modo de vida, no mar, que significava igualdade, cooperação, partilha e paz comunal... uma rigorosa irmandade de homens, minha nossa, onde o malfeitor é rapidamente colocado nos eixos e onde o homem justo encontra sua posição adequada. Sim: ali onde ele encontrara uma deficiência de idealismo em Wesley, agora encontrava mais idealismo e uma afirmação mais prática de ideais, mais do que nele mesmo.

Bill deu uma última olhada no mar noturno e desceu para dormir. Ele se esticou em seu beliche e fumou um último cigarro... esperava que fosse sonhar.

Wesley levantou-se antes do nascer do sol para sua próxima vigia. O contramestre pediu que ele fizesse alguma coisa no convés, então Wesley pegou uma vassoura e saiu varrendo. Não havia ninguém por perto.

O mar estava mais áspero naquela segunda manhã de viagem, suas ondulações menos suaves e mais agravadas por um vento que ganhara força durante a noite. Wesley foi até a borda e viu a fumaça voando da chaminé em formas irregulares a sotavento. Ele começou a varrer ao longo do convés, ainda entorpecido de sono e não conseguindo parar de bocejar, até que chegou à popa. Dois soldados podiam ser vistos abaixo dele, perto do canhão de quatro polegadas, consorciando como monstros em seus fones de ouvido e salva-vidas laranja.

Eles acenaram para Wesley; ele acenou com a vassoura.

O navio começou a balançar nas ondas mais pesadas, sua popa jogando lentamente em enormes oscilações. O vento soprava forte sobre as águas, arrastando uma sombra verde-escura de ondulações que o perseguiam; aqui e ali uma onda quebrava por sobre a murada e projetava para baixo uma borda branca de espuma. Em poucos dias, Wesley meditou, um mar muito agitado vai se desenvolver. No leste, agora, o sol já enviava seus arautos cor-de-rosa; uma longa faixa raiava rumo ao navio, como um tapete de rosas para Netuno. Wesley apoiou-se em sua vassoura e assistiu ao nascer do sol com uma curiosidade silenciosa e profunda. Ele tinha visto o nascer do sol em todos os lugares, mas o sol nunca nascia naquela desgrenhada glória com que surgia nas águas do Atlântico Norte, onde o oceano frio e penetrante e os ventos pungentes se uniam para imprimir à jovem luz solar um toque primitivo, uma grandeza fria superada apenas nos pontos mais longínquos do norte. Ele tinha visto cores selvagens ao largo do Cabo Norte da Noruega, mas aqui ao largo do Maine havia mais um esplendor morno e avinhado no nascer do sol, mais uma mescla do Sul com o Norte.

Wesley seguiu em frente e aspirou profundamente o vento cheio de sal para dentro de seus pulmões. Bateu no peito com alegria e acenou a vassoura em torno de sua cabeça, e, uma vez que ninguém estava por perto, saiu pulando pelo convés como uma bruxa contente com sua vassoura.

Era isso! Esse ar, essa água, os suaves mergulhos do navio, o modo com que um universo de puro vento dispersava a fumaça do Westminster e a absorvia, o modo com que as ondas de crina branca brilhavam em verde, azul e rosa na luz do amanhecer primordial, o modo com que esse oceano proteiforme estendia suas forças purificadoras para cima e para baixo, e num ciclorama fantástico em todas as direções.

Wesley parou perto da ponte de comando e viu o destróier à frente. Sua forma baixa parecia rondar as águas ameaçadoramente, seus mastros balançando com suavidade de um lado para outro, seus canhões apontando alternadamente acima e abaixo do horizonte, como se nada pudesse escapar de seu alcance.

Wesley pôs de lado a vassoura e passeou pelo convés. Encontrou uma lata de óleo e foi verificar as polias do bote salva-vidas; quando se ajoelhou para lubrificar uma delas, a casa de navegação tilintou sua campainha. O vento rapidamente soprou para longe o som.

"Trrrrim, trrrrim...", imitou Wesley, excentricamente. "Música para os meus ouvidos, que droga."

Em cinco minutos o sol apareceu acima do horizonte, uma colina rosa subindo suavemente para comandar o novo dia. O vento pareceu hesitar em homenagem.

Wesley terminou seu trabalho pelo convés e desceu um lance de escada para o nível seguinte; levou consigo uma última aspiração do ar e abriu uma porta que levava para meia-nau. Quando entrou na cozinha, Glory já estava de pé, preparando o café da manhã.

"Dia!", ribombou Glory. "Se cê tá querendo um café da manhã, cara, cê vai esperá!"

"Só uma xícara de café, meu velho", sorriu Wesley.

Glory começou a cantarolar um blues enquanto Wesley se servia de uma xícara de café quente.

"De onde você vem?", perguntou Wesley, jorrando um filete de leite evaporado em seu café.

"Richmond!", ribombou Glory, tirando seu cachimbo. "Eu aprontei uma farra das boa quando eu saí de Richmond."

Wesley mexeu seu café:

"Eu trabalhei num negócio de construção lá perto de Richmond uma vez."

"Richmond!", cantou Glory. "Essa é a minha cidade, cara. Dei o fora de lá por causa duma mulher, issomemo!"

Um marinheiro veio e destrancou as vigias da cozinha; a luz rosa se derramou no recinto com uma rajada de brisa salgada.

Glory olhou pela vigia e balançou a cabeça devagar, como um grande leão.

"Eu aprontei uma farra da pesada quando eu saí de Richmond", ele gemeu profundamente. "Aprontei uma que eu vou te contar!"

"O que foi que a sua mulher fez?", perguntou Wesley.

"Cara, ela não fez nadinha... Eu que fiz tudo, o velho Glory foi que fez tudo. Perdi o dinheiro todo dela num jogo de dado."

Wesley estremeceu num riso silencioso. Glory enfiou seu dedo enorme no peito de Wesley:

"Cara, cê acha que eu ia ficá por lá de bobeira até ela cortá minhas tripa fora?"

"Não, senhor!"

"Claro que não! Eu fiz foi dar o fora de Richmond e me arrastei pro Norte, pra Nova York. Eu fiz trabalho lá pro W.P.A.*, nos restaurante e, cara, o tempo todo eu tinha essa tristeza miserável por causa da mulher." Glory riu com um rosnado forte. "Eu pensei em rumá de volta pra Richmond, mas, cara, não tive coragem... eu saí navegando!"

Wesley tomou um gole do café em silêncio.

"Todo mundo", cantou Glory no seu baixo estrondoso, "quer ir pro céu... mas ninguém quer morrer!"

"Qual era o nome dela?", Wesley perguntou.

Glory empurrou uma assadeira com bacon no forno do fogão e o fechou com um chute.

"Louise", ele gemeu. "Louise... a garota mais doce que eu vi nessa vida."

Ele começou a cantar enquanto quebrava ovos numa panela para fazê-los mexidos:

"Lawise, Lawise, é a mais doce garota que eu vi, hmmm, ela me fez caminhar de Chicago pro Golfo do México... agora olhaqui Lawise, o que você tá tentando fazer? Hmmm? O que você tá tentando fazer, você tá tentando dar pra ele o meu amor – e pra mim também – mas veja bem Lawise, meu amorzinho, isso não pode ser... ora, você sabe que não pode me amar... e amar um outro homem também... hmmm..."

Sua voz se interrompeu numa vibração que foi se apagando.

---

* Works Progress Administration [Programa de Progresso do Trabalho], o maior dos programas públicos do New Deal, estabelecido em 1935. (N.E.)

"Blues puro, cara", disse Wesley.

"Blues de Richmond!", ribombou Glory. "Eu costumava cantá 'Louise' o dia todo na frente do salão de bilhar... e depois de noite eu ia e arrastava os meus pé até a casa da Louise. Cara, cê já viu a Virgínia na primavera, hmmm?"

"Pode crer que eu já vi", disse Wesley.

"Já levou sua mulher lá pra fora cuma garrafa de gim, aquelas árvore de salgueiro, aquelas noite lá fora, cuma lua grande gorda só te olhando pra baixo, hmm?"

"Pode crer que sim!"

"Cara, cê sabe tudo como é! Preciso te dizê?", ribombou Glory.

"Não, senhor!"

"Haa haa haa!", uivou Glory. "Tô voltando pra Richmond assim que eu tirá meus pé desse navio... issomemo! Tô indo pra lá de novo!"

"Eu vou com você, cara! Vamos passar três semanas com um par daquelas donas lá de Richmond!"

"Beleza!", trovejou Glory. "Eu pego a minha doce Lawise e cê desce a rua e arranja alguma coisa."

"Pele morena!", gritou Wesley, batendo nas costas de Glory. "Você e eu vamos ter três semanas de praia em Richmond..."

"Haa!", exclamou Glory. "Me joga esse rocambole, menino, que eu vô comê até o fim!"

Eles se esganiçaram de tanto rir à medida que o navio progredia, o sol agora olhando pela esquerda da cozinha com um rosto alaranjado em chamas; o mar se tornara uma grande gema azul piscante, cravejada com contas de espuma.

CAPÍTULO OITO

Naquela tarde, enquanto Everhart tomava sol perto da murada do convés de popa, lendo o "Velho marinheiro" de Coleridge, ele se sobressaltou com o estridente toque de uma campainha atrás dele.

Bill levantou os olhos do livro e perscrutou o horizonte ao redor, com medo. O que era aquilo?

Uma voz em zumbido, anasalada, anunciou no sistema de comunicação do navio: "Todos os tripulantes no convés dos botes. Todos os tripulantes no convés dos botes". O sistema assobiou de modo ensurdecedor.

Bill arreganhou os dentes e olhou em volta, o medo avolumando-se em seu peito. Os outros marujos, que estiveram relaxando no convés com ele, agora saíram em disparada. O sopro quente do vento fechou as páginas de Bill; levantou-se com uma careta e deitou o livro em sua cadeira dobrável. Essa calma tarde de sol no mar, piscando verdes e dourados, chicoteando brisas revigorantes em deques indolentes, era essa uma tarde para morrer? Havia um submarino espreitando aquelas magníficas águas?

Bill deu de ombros e desceu correndo até seu alojamento para pegar o salva-vidas; tendo percorrido às pressas o corredor, ele amarrou o salva-vidas rapidamente e subiu a primeira escada. Um silêncio ominoso abatera-se sobre o navio.

"Que diabos está acontecendo!", ele murmurou, enquanto subia até a borda do navio. "Não é hora pra submarinos! A gente mal começou!" Suas pernas vacilaram nos degraus da escada.

No convés superior, grupos de quietos marinheiros mantinham-se ao lado de seus botes, um conjunto grotesco em salva-vidas, macacões, quepes de cozinheiro, aventais, quepes de lubrificador, quepes de proa, calças cáqui e dezenas de outras combinações variadas de vestimenta. Bill correu até seu próprio bote salva-vidas e parou ao lado de um grupo. Ninguém falava. O vento uivava na chaminé fumacenta, vibrava ao longo do convés, agitando a roupa dos marinheiros, e corria por sobre a popa e ao longo do rastro verde e brilhante do navio. O oceano suspirava uma quietude suavizadora e sonolenta, um som que trespassava todos os cantos com enormidade invasiva enquanto o navio seguia resvalando, balançando em frente num avanço macio.

Bill ajustou seus óculos e esperou.

"Só um treinamento, eu acho", sugeriu um marinheiro.

Um dos marinheiros porto-riquenhos no grupo de Bill, que usava um vistoso quepe de cozinheiro e um avental branco embaixo do salva-vidas, começou a dançar conga pelo convés enquanto um camarada batia um ritmo de conga em suas coxas. Eles riram.

A campainha tocou de novo; a voz retornou: "Treinamento cancelado. Treinamento cancelado".

Os marinheiros dispersaram os grupos num enxame confuso, esperando para descer as escadas em filas. Bill tirou seu salva-vidas e o arrastou atrás de si enquanto saltitava em frente. Agora ele tinha visto de tudo... o navio, o mar... manhãs, tardes e noites de mar... a tripulação, o destróier na dianteira, um treinamento de bote, tudo.

De súbito sentiu-se entediado. O que faria pelos próximos três meses? Bill foi à casa de máquinas naquela noite para conversar com Nick Meade. Desceu um lance íngreme de degraus de ferro e estacou com a visão da monstruosa fonte de energia do Westminster... grandes pistões arremetendo violentamente, pistões tão imensos que a pessoa pensaria ser pouco provável que se deslocassem com aquela rapidez assustadora. O eixo do Westminster rodava enormemente, levando seu corpo giratório em direção à popa por entre o que parecia ser, para Bill, uma caverna gigante para uma gigantesca serpente rolante.

Bill ficou paralisado diante daquele monstruoso poder; começou a se sentir incomodado. O que significavam as ideias em face desses pistões brutais, batendo para cima e para baixo, com uma força composta de natureza e intrigante com a natureza, contra a forma suave do homem?

Bill desceu ainda mais, sentindo como se estivesse se dirigindo para o próprio fundo do mar. Que chance poderia ter um homem aqui embaixo se um torpedo abalroasse o casco na linha de flutuação, quando o deque da casa de máquinas se encontrava num nível trinta ou quarenta pés abaixo! Um torpedo... outra confecção brutal do homem, minha nossa! Tentou imaginar um torpedo invadindo a casa de máquinas em oposição à força cega e histérica dos pistões, o choque ensurdecedor da explosão, o chiado do vapor escapando, os bilhões de água derramando para dentro, vindos de um mar de água sem fim, ele mesmo perdido nesse holocausto e sendo arremessado de um lado ao outro como uma folha num redemoinho. Morte!... Ele de certa forma esperava que acontecesse naquele exato momento.

Um foguista estava checando um manômetro.

"Onde está o lubrificador Meade?", Bill gritou acima do rugido do grande motor. O foguista apontou em frente. Bill avançou até chegar a uma mesa onde Nick podia ser visto sentado, meditando em cima de um livro, sob a luz esverdeada de uma lâmpada.

Nick acenou com a mão; ele aparentemente havia muito tempo desistira de conversar numa casa de máquinas, pois empurrou um livro para Bill. Bill apoiou-se sobre a mesa e folheou as páginas.

"Palavras, palavras, palavras", ele zumbiu, mas o barulho do motor abafou suas palavras e Nick continuou a ler.

No dia seguinte – outro sol se afogava no horizonte –, o Westminster navegava o trecho norte da costa da Nova Escócia, cerca de quarenta milhas ao largo, de modo que a tripulação podia ver o litoral turvo e púrpura, pouco antes do anoitecer. Um fantástico pôr do sol começou a se desenrolar... longas faixas de lavanda desenharam-se acima do sol e atingiram finas formas acima da distante Nova Escócia. Wesley perambulava no rumo da popa, digerindo seu jantar, e ficou surpreso ao ver uma grande congregação de marinheiros no convés traseiro. Ele avançou com curiosidade.

Um homem estava parado diante do guincho, voltado para todos eles, e falando com gestos; no topo do guincho ele havia deitado uma Bíblia, e agora referia-se a ela numa pausa. Wesley o reconheceu como o padeiro do navio.

"Deus lhes veio em auxílio contra eles, e os agarenos, bem como todos os seus aliados, caíram em seu poder", o padeiro gritou, "pois eles haviam invocado a Deus no combate e foram atendidos por terem posto nele a sua confiança..."*

Wesley observou por inteiro aquela assembleia. Os marinheiros pareciam estar relutantes em escutar, mas nenhum deles fazia qualquer menção de sair. Alguns assistiam ao pôr do sol, outros contemplavam a água, outros olhavam para baixo – mas todos escutavam. Everhart ficou postado no fundo, escutando com curiosidade.

"E assim, irmãos", retomou o padeiro, que tinha, obviamente, designado a si mesmo como guia espiritual do Westminster para aquela viagem, "devemos extrair uma lição a partir da fé dos rubenitas em sua guerra com os agarenos e, por nossa vez, pedir pelo auxílio de Deus em nosso perigo. O Senhor olhou por eles e vai olhar por nós se orarmos a ele e suplicarmos a sua misericórdia neste oceano perigoso onde o inimigo espera afundar nosso navio..."

Wesley abotoou seu casaco de marinheiro; fazia frio, sem a menor dúvida. Atrás da figura do padeiro, o pôr do sol lançava, alternadamente por cima e por baixo da murada do convés, um rubicundo espetáculo em rosa. O mar era de um azul profundo.

"Vamos nos ajoelhar e orar", gritou o padeiro ao tomar nas mãos a sua Bíblia, suas palavras afogando-se numa súbita rajada de vento marítimo, de modo que somente os homens mais próximos o ouviram. Eles se ajoelharam com o padeiro. Lentamente, os outros marinheiros foram caindo de joelhos. Wesley ficou de pé no meio das figuras curvadas.

---

* I Crônicas, 5-20. (N.E.)

"Ó Deus", orou o padeiro numa lamúria trêmula, "vigia e nos mantém em nossa jornada, ó Senhor, cuida que cheguemos com segurança e..."

Wesley saiu se arrastando e não ouviu mais nada. Ele foi até a proa e defrontou o forte vento contrário que soprava do norte, o travo frio mordendo seu rosto e fazendo seu cachecol esvoaçar para trás como um galhardete.

Ao norte, no rastro do destróier, o mar estendia um campo efervescente que se tornava mais e mais escuro à medida que se fundia com o céu sombrio. O destróier espreitava.

PARTE II
Primeiros escritos

Jack Kerouac foi prolífico mesmo na juventude, e estes contos e uma peça de um ato de 1939 a 1942 foram escritos quando ele convivia com Sebastian Sampas e os outros prometeicos. Este conto, escrito para a The Horace Mann Quarterly *e publicado na edição de outono de 1939, é uma das histórias de detetive de Kerouac. Ele tece uma bela trama de engano e cria dois personagens interessantes, os irmãos Hand, usando uma linguagem coloquial para trazê-los à vida. Não há muito nas anotações de Jack sobre seu interesse em escrever histórias de detetive, exceto em "Canção do adeus, doce de minhas árvores"*, em que diz que ele e seus amigos eram bastante apaixonados por romances baratos, tais como* O Sombra *e* Masked Detective: *"Aqueles romances baratos... não era tanto o assassinato nessas histórias o que costumava nos alimentar, era antes o escuro e misterioso movimento labiríntico dos nossos heróis..."*

Jack aos 14 anos, em Lowell

---

* Também referido como F.S.S.F.M.T. ["Farewell Song, Sweet from My Trees"], publicado no livro *Em cima de uma Underwood*, ed. Paul Marion (1999). (N.E.)

Os irmãos
Por Jack Kerouac
Outono de 1939

Em todos os meus anos de associação com Henry Browne, nunca tive um par de semanas mais maçante do que aquelas que passamos em Pelham, durante nossas férias no inverno passado. A rotunda tia de Henry, com sua superlativa torta de abóbora, impediu-me de fugir correndo na direção de qualquer tipo de emoção.

Nos hospedamos na casa dela nos arredores da pequena cidade, a qual, como eu posso lembrar de modo vago, ficava situada em algum ponto de Warren County, Pensilvânia. A cidade, como você já deve suspeitar, tinha todos os aspectos de um ninho de vaca contentes, mastigando meditativamente suas respectivas ruminações.

Se não tivesse sido pelo estupendo caráter de Browne e seu poder de persuasão sobre mim, eu certamente teria tomado o primeiro trem possível de volta para Nova York. Browne e eu trabalhamos sob a bandeira da Agência de Detetives Particulares Gimble, e não nos esquivamos por muito tempo diante da sugestão de Gimble de que tirássemos umas pequenas férias. Eu não conseguia pensar em nenhum lugar para passar essas semanas, e quando Browne afirmou que visitaria sua graciosa tia em Pelham, e que eu poderia ir junto se quisesse, naturalmente o segui. Na verdade, venho seguindo Browne quase o tempo todo nos últimos cinco anos, no rastro de diferentes casos na grande cidade, e grudar mais um pouco nos calcanhares dele não seria nada fora do comum.

Browne é um homem magro e anguloso, com as feições generosas de um saxão. Acho que nasceu em algum lugar na Inglaterra, de acordo com o que guardo na lembrança, e que veio à América depois da guerra. Browne sempre me diz: "Por que você se agita tanto!?". Na verdade, ele já disse isso tantas vezes que estou começando a tratar o fato como puramente essencial. Browne é um homem de calma extrema, de imperturbabilidade pétrea. Ele faz lembrar a paciência oriental no zênite de sua fortitude. Sem dúvida, para um homem tão imóvel em espírito, deve parecer muito provável que o homem comum fique continuamente "se agitando".

Desnecessário dizer que as coisas se mostraram muito maçantes em Pelham por duas semanas, isto é, não incluindo o último dia da nossa estadia.

Como de costume, Browne me levara ao armazém do Velho Mike na Main Street, onde desfrutava da companhia de um círculo de cavalheiros ociosos que ali se reuniam todas as noites. O assunto no momento em que entramos dizia respeito, segundo me lembro, às diferentes moléstias de várias pessoas que eram integrantes da comunidade.

"George Hand sempre pareceu ser o [mais] saudável dos homens para mim", Trebinger estava dizendo. Trebinger ostentava uma jaqueta de lã, bem como um ar de completa segurança.

"Você pode dar crédito a ele por esconder seus males", falou um varapau que estava sentado no canto, esticado. "Meu irmão George tem vivido doente por muitos anos assim, e ultimamente ele não tem dormido o suficiente pra evitar que os círculos se cumulem embaixo dos olhos."

"Ainda assim, George Hand parece um doente pra mim", disse Trebinger, com um ar de firme decisão. Ele pontuou essa observação com um bem dirigido arremesso de suco no "inferno" dentro da fornalha, deixando o nítido chiado significar a verdade de sua afirmação.

O comprido varapau, que, como eu agora constatava, era um dos frequentemente mencionados irmãos Hand, levantou-se e esticou sua inacreditável figura em toda a sua extensão, lançando uma sombra enorme na parede caiada. Eu diria sem medo de errar que ele media alguma coisa perto de dois metros, e de fato dizem que seu irmão era, por outro lado, um homem muito baixinho, com cerca de 1,64 metro. Notei um telegrama despontando para fora de seu bolso traseiro e me perguntei que possível contato ele poderia ter com o mundo exterior, sendo um membro daquela colônia perdida, literalmente falando.

"Indo pra casa tão cedo, Elmo?", questionou um dos homens.

"Bem, acho que vou dar uma voltinha hoje à noite, primeiro. Preciso comprar alguns soníferos pro George, e me alcança também um rolo de feltro, pode ser, Mike? Tenho que tampar algumas rachaduras na porta ou George vai acabar morrendo de frio."

Enquanto o Velho Mike, um democrata pequeno e rijo, foi vasculhar na vastidão ilimitada de seus fundos em busca dos artigos, Trebinger mais uma vez afirmou que George Hand nunca ficava doente, mas que possivelmente era um hipocondríaco, ou, como disse, um "hipercondíaco".

Browne observava de perto o telegrama, do qual uma parte podia ser vista saindo do bolso do magricela Hand.

O Velho Mike voltou com os artigos, dizendo ao mesmo tempo: "As vidraças estavam ok, Elmo? Quem sabe você gostaria de um pouquinho de massa pra consertar aquele ventilador seu."

Hand acenou uma pata comprida. "Já consertei aquele ventilador, Mike. Preciso desse feltro pra tapar as janelas da nossa sala. Os espaços entre as janelas e os vãos são uma coisa bem terrível."

Enquanto Mike e Hand contavam o dinheiro para a compra, Trebinger opinou novamente. "Me parece que você esperou por todo um longo inverno frio antes que decidisse consertar esse ventilador e aquelas janelas, Elmo. Não vai fazer muito frio agora."

"Por que é que você não cala essa boca de vez em quando, Bill?", cuspiu Hand. Com isso, ele foi embora pisando duro, batendo a porta com um ruído retumbante. Um dos velhotes soltou uma risadinha. "O Elmo se queimou mesmo. Eu me pergunto se ele tá pensando naquela herança que ele não vai conseguir ganhar."

"O que você quer dizer?", indagou Browne, de repente. Era a primeira frase que ele proferia desde que chegara ali comigo.

"Ora, pois não sabe, sr. Browne?", perguntou o velhote. "Esses dois irmãos Hand são qualificados pra receber a herança, mas quase todo mundo na cidade sabe que o Elmo não era nem um pouco favorito da Lucilia Hand. Essa irmã dele nunca gostou nadinha dele, e o Hand nunca gostou dela. O George é que vai ficar com aquela propriedade toda, e pode anotar o que eu tô dizendo."

"Qual propriedade?", perguntou Browne, sentando-se mais à frente.

"Ora, a propriedade Ridgecliff, lá no estado de Nova York. Veja, o pai deles, Clem Hand, deixou tudo aquilo pra Lucilia, sua filha. Ele nunca na vida dele gostou dos dois filhos inúteis, por isso ele meio que deserdou os dois. Agora que a Lucilia está morta, a propriedade vai passar pro George Hand."

"Interessante", ponderou Browne.

Eu estava começando a notar que o meu colega tinha ficado absorto em alguma coisa. Observei Browne de perto.

Um cliente entrou, e o Velho Mike posicionou-se atrás do balcão a fim de servi-lo. Alguns momentos depois, Mike voltou.

"Ando vendendo um monte de tubulação ultimamente. Vou ter que encomendar mais amanhã, antes de qualquer outra coisa. Ora, justo essa manhã o Elmo Hand apareceu pra comprar um cano. Disse que tinha um ligeiro vazamento no fogão a gás, e que ele ia tentar consertar."

"Vamos indo, pode ser, Henry", eu interrompi. "Podemos também ir pra casa mais cedo esta noite."

"Hmm", disse Browne, meditativo.

Uma hora se passou, então Browne levantou e anunciou que estávamos indo para casa. Depois de algumas palavras já seguíamos o nosso rumo, no ar penetrante de uma noite de fevereiro. Eu caminhava ao lado dele, sentindo-me levemente vivaz e feliz com o pensamento de que estaríamos em Nova York àquela altura na noite seguinte. Henry caminhava em frente, mal consciente da minha presença. Parecia estar se dirigindo a um ponto definido na pequena cidade, e não me arrisquei a fazer nenhuma pergunta. Browne tinha sido sempre tão fechado dentro de si mesmo que eu sabia que nunca iria obter resultados com indagações.

Afinal paramos. Vindo em nossa direção estava o vulto enorme de Elmo Hand, caminhando com passos tremendos que devoravam o chão, parecendo um mamute na noite.

"Opa", ele cumprimentou.

"Indo até o Mike?", perguntou Browne, depois de um conciso aceno de cabeça.

"Acho que vou. Acabei de deixar o George em casa, dormindo bem. Acho que ele vai ficar bem até de manhã. Noite."

"Boa noite", disse Browne.

Enquanto Hand se afastava, Browne cutucou meu braço. Ele me puxou para perto de si e disse em voz baixa: "Temos que pegar George Hand, McNary. Alguma coisa terrível está acontecendo naquela casa agora."

"Não seja absurdo", exclamei. "O que é que você está dizendo?"

"Vamos lá", foi sua resposta.

Rápida e silenciosamente, viajamos pelas ruas escuras.

Logo chegamos à casa, e Browne, sem hesitar, começou a subir os degraus na entrada escura. Eu tropecei e praguejei. Que diabos, pensei, nós estávamos fazendo aqui? Comecei a me perguntar se Browne tinha finalmente perdido a cabeça.

Evidentemente, ele não tinha perdido, porque quando dei por mim fui arremessado para baixo das escadas por um violento impacto, vindo de Browne.

Tombamos, e afinal paramos. Então começou uma briga na minha esquerda, e a primeira coisa que eu fiz foi gritar "Browne!".

Minha recompensa foi um golpe terrível na boca, e eu caí para trás com uma miríade de milhões de estrelas nadando no meu cérebro. À medida que a minha mente se clareava outra vez, saltei na direção dos sons da luta.

As coisas estavam tumultuadas. Agarrei um casaco e dei um puxão hercúleo – e duvido que eu tenha movido o dono dessa peça de roupa mais de uma polegada. Estendi a mão para pegar o pescoço e percebi que alguém naquele caso era gigantesco. Elmo Hand!... Esse foi o meu primeiro pensamento.

A coisa se virou para mim, e logo fui envolvido por um par de braços de aço. Então ouvi um baque surdo, e os braços se soltaram.

Um feixe de luz disparou através da escuridão estígia, e houve outro baque surdo. A coisa desmoronou e se estendeu no chão.

Browne estava de pé, desgrenhado e sorrindo, com sua lanterna ligada, olhando para Elmo Hand.

"O amor fraterno", foi tudo que ele disse, e quando dei por mim ele já estava subindo os degraus de novo. Dessa vez eu não o segui tão de perto, e não sem antes dar mais uma olhada no titã caído. "Meu bom Deus", pensei, "o que quer dizer isso tudo?"

Subi as escadas e encontrei Browne usando sua chave mestra na fechadura de uma porta. Ele a empurrou e deu um passo para dentro. Aproximei-me da porta e um odor pungente, acre, ardeu nas minhas narinas. Gás!

Browne ligou o interruptor, que encontrou depois de alguns segundos tateando, e então, com o aposento banhado em luz e revelador, atravessou o cômodo e abriu a janela.

Na cama, do outro lado, havia um homem atarracado, dormindo calmamente, alheio às nossas lutas atrozes e à ameaça silenciosa que teria tomado sua vida, não tivesse Browne previsto os fatos.

Sem uma única palavra, Browne fechou a porta, deixando o aposento bem ventilado, e me fez sinal para descer a escada até onde jazia o nosso prêmio.

"Como é que você chegou a suspeitar?", perguntei, com óbvio espanto.

"McNary, um fogão a gás com vazamento, soníferos e feltro para tapar rachaduras numa sala, bem como um ventilador recentemente reforçado, essas coisas não soam muito saudáveis, não é?"

Concordei nesse ponto, com a maior veemência.

"Mas eu ainda não entendo como você poderia ter chegado a imaginar que alguma coisa estava errada."

"Eu sabia sobre essas coisas, e somente as via como estranhas coincidências, McNary. Mas quando ouvi sobre a propriedade, percebi que Elmo era um desses irmãos que acreditam no processo de eliminação. Você não consegue enxergar que isso teria parecido suicídio, com um motivo de estar cansado de viver, por causa das moléstias dele? E além disso, se não servisse de explicação, que isso poderia passar como um acidente por causa do fogão com vazamento? Elmo ficava sempre repisando esse assunto da doença de seu irmão, obviamente para levar a uma crença de que ele seria louco o suficiente para cometer suicídio. Eu diria que ele andou planejando isso durante meses, tendo até mesmo preparado o cano para que começasse a vazar."

Diante disso eu estremeci, e Browne disse: "Por que você se agita tanto!?".

"Ah, você que se exploda!", rebati. "Vamos deixar para trás esse vulcão ativo e comer uma última fatia da torta de abóbora da tia Hilary."

O começo de outra história de detetive com todos os ingredientes de uma novela completa encerra-se abruptamente. A ilustração acima do texto (p. 194) é de Jack; seu interesse precoce pelo desenho aparece nas ilustrações em cadernos e diários de sua juventude. Mais tarde, as artes visuais se tornarão uma paixão para Jack, à medida que ele começa a conviver com pintores como Dody Muller e Stanley Twardowicz, criando obras como "Old Angel Midnight" e "Blue Balloon", que às vezes se relacionam com seus trabalhos literários. O livro Departed Angels: Jack Kerouac, The Lost Paintings, *de Ed Adler, publicado pela Thunder's Mouth Press (2004), é uma excelente referência para as pinturas e os desenhos de Kerouac.*

The driving rain lashed the empty streets, thunder roared and lightning flashed angrily. The street lamp on the corner was barely discernable in the downpour. Ken Harris, a very capable employee of the Davis Agency Of Crime Detection, trudged along with mammoth strides, stopping only long enough to light a cigarette, pull his coat collar up tight around his neck, his wet hat brim lower over his face in an almost useless effort to escape the raging torrent.

While he strode on his mind was racing with thoughts, things for example like Frank Lascomb getting the Perrelli assignment. Not that Frank wasn't a good man. He was. But the thought of him getting most of the good assignments burned in Ken mind, as unjust. Lightning flashed again as Ken swung down Kerry street. Thunder boomed as if in angry protest, and Ken Harris quickened his pace. He wondered where Lascomb was now. Maybe he had caught Perrelli, maybe Perrelli had caught him. He might, at this very minute be lying at the bottom of the East River as far as Ken Harris was concerned.

Another flash of lightning, more thunder and the rain came down literally in sheets. As Ken neared the Atlantic Storage Co. Warehouse, lightning flashed again. Ken stopped immediately and flung himself back into the welcome shadows of a small doorway. He was certain he saw a figure moving along the side of the great warehouse. Was it just his imagination?

A primeira página da novela sem título de Jack sobre o detetive Ken Harris

[História de detetive]

Por Jack Kerouac

A chuva forte açoitava as ruas vazias, os trovões rugiam e os relâmpagos brilhavam com raiva. O poste de luz na esquina mal era discernível no aguaceiro. Ken Harris, um funcionário muito capacitado da Agência Davis de Detecção de Crimes, marchava em frente com passos de mamute, parando apenas o tempo suficiente para acender um cigarro, puxar a gola de seu casaco bem rente ao pescoço, a aba do chapéu molhado mais baixo sobre seu rosto, num esforço quase inútil para escapar da torrente furiosa.

Enquanto caminhava, sua mente disparava em pensamentos, em coisas como, por exemplo, Frank Lascomb ganhar a investigação Perrelli. Não que Frank não fosse um bom homem. Ele era. Mas a ideia de ele ficar com a maioria das boas investigações ardia na mente [de] Ken como algo injusto. Um relâmpago brilhou novamente enquanto Ken avançava gingando pela Kerry Street. Um trovão explodiu como que num protesto irado, e Ken Harris apressou o passo. Ele se perguntou onde Lascomb estaria agora. Talvez tivesse apanhado Perrelli, talvez Perrelli o tivesse apanhado. Ele poderia muito bem, naquele exato minuto, estar deitado no fundo do East River, Ken Harris pouco se importava.

Outro relâmpago, mais um trovão e a chuva caiu literalmente em lençóis d'água. Quando Ken se aproximou da Atlantic Storage Company Warehouse, relâmpagos brilharam novamente. Ken parou no mesmo instante e se atirou nas sombras bem-vindas de um pequeno vão de porta. Estava certo de que vira um vulto se deslocando ao longo da lateral do grande depósito. Seria apenas sua imaginação?

Aguardou sombriamente. Durante o clarão seguinte, manteve os olhos no mesmo local onde dois minutos antes tivera certeza de ter visto um vulto agachado. Não percebeu outros sinais indicando que houvesse qualquer coisa de errado, mas estava certo de que tinha visto alguém e decidiu investigar.

Ken Harris manteve-se nas sombras e em silêncio, mas com rapidez foi avançando até o outro lado da rua. Perscrutou a estígia escuridão a sua frente, mas não conseguiu ver nada. Quando chegou ao local onde pensara ter visto alguém, agachou-se, puxou sua arma do bolso da calça e seguiu avançando ao longo da lateral do depósito até a rampa.

De súbito, o coração de Ken disparou descontroladamente quando viu um vulto achatado contra o prédio, segundo todas as aparências vigiando alguém. O primeiro impulso de Ken foi gritar para o homem, ordenando-lhe que levantasse as mãos ou algo assim. Mas descartou a ideia imediatamente. Podia ser que houvesse outros. Não adiantava alertar os outros também. Arrastou-se em silêncio até o homem agachado. Pressionou a .45 nos ombros do homem. "Não faça nenhum ruído ou vai ser o último que você faz na vida", disse com brutalidade. Ken girou o homem.

"Frank", disse ele num tom bastante surpreso, "o que você está fazendo aqui?"

"Ken Harris, se alguma vez precisei de um bom homem, certamente é agora." Ele disse calorosamente. "Perrelli está lá dentro", continuou, "acho que há dois outros, não tenho certeza."

"Eles estão atrás do quê?", Ken perguntou.

"Peles", murmurou Frank. "Estou atrás desse cara faz horas. Sabia que não poderia pegá-los todos sozinho e estava agora mesmo desejando que você estivesse aqui."

"E aqui eu apareço do nada, como que respondendo à oração de uma donzela", brincou Ken.

Pegar Vince Perrelli seria uma importante medalha no peito da Agência Davis. Tanto Frank quanto Ken sabiam disso. Não podiam se dar ao luxo de jogar fora aquela oportunidade.

"Como é que eles vão se mandar com as peles?", perguntou Ken, um pouco perturbado com o pensamento. Não tinha visto caminhão algum e, por consequência, deduziu que devia haver algum meio de transporte para as peles roubadas.

"Eles têm uma lancha rápida no rio atrás do depósito", Frank respondeu, "terão que carregá-las nos braços para baixo dessa rampa, e depois para o barco. Essa vai ser a nossa chance de pegar a gangue toda. Siga o meu conselho, Ken, e atire primeiro, essa gangue é uma das mais mortíferas que eu já encontrei pela frente. Atire primeiro e descubra em quem você atirou depois."

"Ok, Frank. Não estou ouvindo nada, porém, tem certeza de que ainda estão lá dentro?"

"Só podem estar", devolveu o outro. Antes que seu sussurro tivesse desaparecido no ar, chegou a eles um som de pés se arrastando. Como se o dono dessas extremidades pedais carregasse um grande fardo, fazendo seu progresso ficar um pouco difícil.

Ken Harris e Frank Lascomb agarraram suas .45 mais forte, e ambos se agacharam com ansiedade para a frente, tensamente esperando que o homem dos pés arrastados aparecesse.

Ken Harris virou-se de repente, num impulso. Perscrutou a escuridão da noite. Relâmpagos brilharam novamente e, no clarão, Ken viu dois vultos correndo na direção deles. Ken apertou o gatilho de sua .45, e os dois bandidos se atiraram de rosto para baixo sobre o chão lamacento. Um trovão rugiu e, com ele, o troar de automáticas espocando. Frank mirou o homem que arrastava os pés, o qual a essa altura tinha deixado cair as peles para pegar sua arma. Ele mal tinha sacado a arma quando girou devido à força da bala de Frank e caiu no chão, contorcendo-se convulsivamente.

Vince Perrelli, lá dentro, no depósito, escondido atrás de uma grande caixa de acondicionamento com um de seus capangas, resmungou juramentos abafados. "Se são os detetives da Davis", ele rosnou, "vou fazê-los desejar que nunca tivessem ouvido falar de Vince Perrelli." Ele sacou sua arma e, mantendo-se colado às paredes, aproximou-se da abertura que levava até a rampa. Uma pequena chama espocante o saudou, e uma bala passou assobiando por sua cabeça. Ele saltou de volta para as sombras e praguejou violentamente.

Os dois homens nos quais Ken continuava atirando tentaram responder ao desafio de Ken devolvendo fogo de uma posição deitada, mas, percebendo de repente que eram alvos fáceis para a mira mortal de Ken, saltaram de pé e correram em diferentes direções. A .45 de Ken disparou, e um dos bandidos ergueu as mãos como se estivesse se rendendo e caiu no chão. Ken rodou e atirou de novo. O outro criminoso agarrou o braço e tropeçou. Ele cambaleou até firmar-se de pé e desferiu um tiro rápido na direção de Ken. A bala lascou um pedaço de madeira da rampa. O ladrãozinho uivou e caiu de cara no chão quando o projétil seguinte de Ken perfurou seu peito.

Frank, ainda esperando que Vince Perrelli se mostrasse, levantou sua arma. O que viu sobressaltou-o. A enorme caixa de acondicionamento que protegera Perrelli movia-se lentamente no rumo da rampa. Ken viu aquilo também. "Ken", Frank exclamou, "Perrelli está atrás dessa caixa. Temos que encontrar abrigo em algum lugar."

Um tiro repentino de Perrelli fez os garotos se moverem rápido. Frank abraçou a parede num lado da rampa, e Ken fez o mesmo no outro. Tão logo a grande caixa de acondicionamento chegou perto o suficiente, Ken e Frank, que haviam recarregado nesse meio-tempo, dispararam uma saraivada de tiros que atravessaram a caixa. Um urro de dor da parte de Perrelli respondeu aos esforços da dupla. A caixa parou. Eles ouviram passos de corrida. Perrelli estava correndo!

Ken gritou para Frank: "Fique de olho no lado de fora para ver se mais um da gangue aparece, estou indo atrás de Vince Perrelli."

"Não seja louco, Ken!", Frank gritou atrás dele. "Perrelli é um assassino." Mas Ken Harris já tinha pulado na rampa e entrado no espaço do grande edifício.

Ele rastejou devagar ao longo da parede, todos os seus nervos tensionados. Parou por um momento e ficou escutando, e rastejou em frente. Perrelli estava no outro extremo do recinto, agachado atrás de uma outra caixa enorme. A mão com que ele segurava sua arma se contraía nervosamente. Perrelli estava encurralado e sabia disso.

Ken olhou para todas as caixas empilhadas, com até três de altura, e fez uma careta ao pensar que Vince Perrelli podia estar por trás de qualquer uma delas. Decidiu-se por um plano desesperado. Subiu no topo de uma fileira de caixas e rastejou em frente. Perrelli avistou-o e mandou uma bala quente que passou chiando pela cabeça de Ken Harris. Ken rolou por sobre a borda e caiu em cima do arquicriminoso. Perrelli desferiu o primeiro golpe com a coronha do seu 38. Ken esparramou-se para trás e tentou ficar de pé. Vince Perrelli desferiu um chute com o pé, e a ponta de seu sapato pegou Ken em cheio no queixo e o jogou cambaleando para trás. Quando Ken levantou os olhos, estava encarando diretamente o cano do 38 de Vince Perrelli.

"Um polícia muito esperto", ele rosnou. "Eu o mataria na hora se não precisasse de você para me ajudar a sair daqui."

"Você nunca vai sair daqui vivo, Perrelli", grunhiu Ken, secretamente especulando se ele sairia ou não.

"Marche", ordenou Vince, "você vai sair pela entrada da rampa primeiro... e se o seu amigo lá fora tomar você por mim, bem, esse vai ser o seu azar."

"Ele vai pegar você, Perrelli, você não [vai] sair deste lugar vivo, isto é, a não ser que você se entregue." Harris estava lançando mão de um blefe, mas Vince Perrelli não era nenhum idiota.

"Você gostaria que eu me entregasse, não é? Eu sei que se a polícia me pegar eu vou levar chumbo, mas que diferença faz se eu matar um par de detetives a mais? Vou levar chumbo de qualquer jeito. Isto é, se eles me pegarem."

"Você é bastante seguro de si, não é mesmo, Perrelli?", falou Ken, com desgosto.

Subitamente, Ken virou-se e agarrou o pulso de Perrelli antes que este último soubesse o que havia acontecido. Ele torceu o braço do arquicriminoso para trás até que Vince Perrelli soltou a arma, que caiu de modo ruidoso no chão.

Ken desferiu um soco direto de seu ombro, com a potência de um bate-estacas. O soco pegou Perrelli em cheio no queixo e o jogou esparramado no chão. Ken tentou então pegar a arma, mas antes que pudesse alcançá-la Perrelli estava em suas costas. Ken abaixou-se e derrubou Vince direto por cima de sua cabeça. Vince Perrelli estava louco... tremia de raiva, seus olhos suínos se estreitaram e ele se pôs de pé. Ele pulou selvagemente em cima de Ken, com a fúria de um ciclone, e Ken desferiu um soco aberto que errou o alvo. Perrelli atacou com um direto no queixo que pegou Ken desprevenido. Ele cambaleou para trás. Perrelli tentou prosseguir, mas Ken balançou a cabeça para um lado e a mão de Vince quase atravessou uma caixa de acondicionamento. Ken correu e saltou no topo de algumas caixas enquanto Perrelli tratava de pegar a arma no chão. Ele levantou o revólver, mas foi tarde demais. Ken voou para baixo e jogou seus braços em volta do pescoço de Perrelli, e este último caiu com ele, batendo forte no chão.

Do lado de fora, Frank Lascomb esperava que Ken retornasse. Quando ouviu os tiros sendo disparados dentro do prédio, decidiu no mesmo instante sair em auxílio de Ken....

[texto datilografado termina]

Este trabalho seguinte é uma peça crucial apontando para a direção que Jack iria perseguir: o observador, testemunha do mundo a seu redor. Embora intitulado "O DIÁRIO DE UM EGOTISTA", não é tanto um diário de ideias quanto uma declaração de propósitos sobre como se tornar um escritor. Isso se manifesta com clareza na mente de Jack em setembro do seu primeiro ano na Universidade de Columbia (1940), e ele oferece mais tarde no diário dois outros títulos que pensava teriam sido melhores: "O RECEPTÁCULO DE UMA MENTE" *ou* "A ESCARRADEIRA DO CÉREBRO DE FACULDADE". *Embora não exista qualquer referência específica a nenhum dos títulos na carta de Sebastian de 1º de fevereiro de 1941, é ali que ele começa a chamar Jack de* "mestre louco de Columbia", *um motivo repetido neste diário de investigação.*

Há exemplos significativos do tipo de escritor que Jack se tornaria, à medida que ele experimentava com memórias de sua infância, aventuras com seus amigos, observações do mundo a seu redor e tenta levar o leitor com ele por esses monólogos internos e confissões sinceras. Ele começa a usar suas palavras inventadas, como "multiplosidade", *que através da mecânica do metro e do som se tornarão os ritmos do trabalho de Jack que fizeram de sua prosa única. O diário se desloca entre ele mesmo e seu leitor imaginário enquanto ele fala de sua necessidade de expressão e buscas intelectuais pessoais:* "DEIXEM-ME SOZINHO À NOITE, COM MEUS LIVROS, E TALVEZ TAMBÉM MEU AMOR, E DEIXEM-ME VIVER À NOITE". *A partir deste diário podemos ter um vislumbre da narrativa autobiográfica que se tornou a obra de sua vida.*

O DIÁRIO DE UM EGOTISTA

*****

Tratando de minhas atividades

e pensamentos durante os meus primeiros

anos na Universidade de Columbia..

*****

Por Jack Kerouac, Turma de 44

*****

Com uma breve introdução

*****

Cidade de Nova York, 1940

***

****

******** jlk* *******

****

---

* Jean Louis Kerouac. (N.E.)

Introdução

Sem dúvida, algumas pessoas serão céticas quanto a ler isto aqui, a julgar pelo título.

Antes de explicar minhas razões para a escolha de um título como esse, permita-me exibir a insignificância deste trabalho. Existem milhões e milhões de pessoas no mundo, e eu sou uma pessoa.

Mas eu sou um mundo em meu próprio ser, assim como você também é.

Nós somos todos pequenos mundos. Somos todos - - - - pequenos egotistas.

Ninguém que tivesse o menor senso de julgamento literário se importaria de ler isto aqui, e aqueles que não têm nenhum senso de julgamento literário.... não creio que eles tampouco se importariam. Mas esse não é o ponto; os pontos estão chegando.

Não transgridamos.

Eis aqui a história.

- - - - - Eu sou uma pessoa entre os milhões e milhões de seres humanos na Terra hoje e assumi o compromisso de registrar as minhas atividades no primeiro ano da faculdade.

Pode não ser prosa dickensiana, mas seu valor pode ser atestado pelo fato de que são palavras escritas.... todas as palavras escritas são sagradas. Cada palavra no idioma inglês é inviolável, mas palavras escritas acrescentam a isso uma compactação que desafiaria qualquer iconoclasta literário.

Em segundo lugar, acredito que o meu título é perfeito porque todos nós somos egotistas. O pior egotista na Terra é o egotista modesto. É o sujeito enrubescido e discreto que quebra o pescoço tentando parecer enrubescido e discreto.

Estou sendo claro?

Em terceiro lugar, acredito que somos todos um pequeno mundo em nós mesmos, porque sem dúvida é assim: Pense, quem é o cara mais importante na Terra? Você já encontrou uma resposta? Claro que encontrou..... você mesmo.

Não porque você é um egotista, mas porque você é humano.

O principal é o seguinte: Se eu tentar fazer deste um diário modesto, vou ser um egotista modesto, o que é uma coisa desprezível. Vou, portanto, fazer dele um diário liberal, e sem dúvida ele vai se tornar egotista.... humano.

Alguns dos nossos estimados professores de Filosofia aqui no campus poderão olhar com desconfiança para mim por atribuir o egotismo como uma peculiaridade a-humanística. E talvez não olhem. Como Saroyan disse: "Pense a partir de muito antes". Brooks Atkinson – aquele do New York Times - - - retorquiu que Deus era a palavra no início, Saroyan refere-se a pensar a partir do início, não que ele queira dizer que ele era a palavra "muito antes".

Se eu disser a palavra "radical", não existe a possibilidade de que você possa recuar muito no seu pensamento e julgar a palavra sem os valores que lhe são dados por nossa escala social moderna?

Isso já basta sobre egotistas e Saroyan. Todos eles são um só - - - e todos eles são muito felizes, Saroyan sendo ele próprio um dos egotistas mais generosos que jamais andaram por aí amando a si mesmos.

Ele diz que o faz.... nós mantemos em segredo.

Essa é a diferença. De acordo com a sociedade, estamos no lado correto; mas, de acordo com a natureza, somos todos iguais.

Portanto, todo mundo é um egotista - - - - e essa é a razão para o título deste diário sem importância.

Nasci numa cidade industrial em Massachusetts, chamada Lowell, em 1922. Minha juventude, como a de todos, foi uma longa série de medos, mortificações, alegrias, sonhos, orgulhos feridos e corações partidos. Não vou aborrecer você com ela.

Introdução

(Continuado quase dois meses mais tarde)

12 de novembro de 1940

Passaram-se agora dois meses. Olho para minha primeira parte da introdução a este "Diário de um egotista" e acabo franzindo a testa. Já não sou um crente tão fervoroso no egotismo agora. Acabei de ler um livro poderoso de Thomas Wolfe chamado "Você não pode voltar para casa"*, e nele ele diz que você realmente não pode ser uma espécie rara de pessoa a menos que tenha humildade, tolerância e compreensão humana.

(Mas querer ser uma espécie rara, com toda certeza, isso é egotismo.)

******

Passaram-se dois meses e estou muito mais sábio por isso. Embora uma Introdução a um Diário devesse ser curta, compacta e autobiográfica, a minha é dispersa e louca. É desordenada como a mente de um jovem universitário; é um jovem universitário quem está escrevendo este diário.

O que você espera?

---

* Thomas Wolfe (1900-1938), romancista e contista, conhecido por sua prosa poética e seu estilo autobiográfico. *Você não pode voltar para casa*, publicado em setembro de 1940, desenvolve-se num tema recorrente nas cartas de Jack e Sebastian conforme eles se afastam de Lowell e no entanto anseiam pelo passado. (N.E.)

Eu quero completar o ciclo da vida.

Eu quero viver a vida do "artista" excêntrico que se considera um tipo raro de sujeito.... uma forma elevada de esteta que nada tem a ver com este mundo alucinante de filisteus.

E então eu quero me transformar a partir disso num homem mais maduro em seus vinte anos, eficiente no mundo material.

A partir daí, eu deverei fluir para dentro do canal da vida até alcançar a burguesia de meia-idade, a culminação dos meus poderes mentais. Então, quando esse dia chegar, vou escrever um romance ponderoso sobre a América.

(Mas espere, tenho resmas de papel por vir a respeito desse romance iminente, e portanto agora, nesta introdução, não deixemos as coisas à mão.)

Eu disse dois meses atrás que não iria aborrecer você com a minha juventude? Bem, é aborrecido para você hoje, mas, ah! Como era então, naqueles felizes dias de cintilante brancura e nas grotescas noites de Halloween?

E aqueles medos inarticulados.... aqueles medos monstruosos, estupendos!

Mas é claro, eu preciso passar um registro prosaico dos meus eventos, tão superficialmente como possível. Nasci, como eu disse há dois meses, numa cidade industrial junto ao rio Merrimack, na Nova Inglaterra, em 1922. Isso é tudo. Quando eu tinha uns doze anos de idade, era talvez o melhor pequeno ballcarrier de terreno baldio em quilômetros ao redor. Hoje, graças a isso, estou recebendo assistência financeira através de uma grande Universidade..... uma Universidade tão grande que não quiseram me dar assistência financeira a menos que eu possuísse boas notas na escola [e] uma boa indicação de inteligência. Eu tinha ambas as coisas, pelo menos a primeira, e aqui estou eu, cantando como um galo para o mundo!

Mas mais do que isso precisa ser dito. Muito mais! A imaginação do escritor fica tão distante da realização dele!

Introdução

(Continuação)

É obviamente normal que um diário registre os acontecimentos diários que ocorrem na vida do autor. Mas neste caso haverá uma triste reversão da forma. Porque, como eu comecei meu Diário dois meses atrás e deixei de escrever até que dois meses tivessem decorrido, é evidente que o diário não será do tipo convencional.

Portanto, será meu propósito tentar, da melhor maneira possível, transmitir uma imagem da vida na Universidade. Vou escrever neste Diário em momentos esporádicos, tentando imbuir o trabalho com o frescor e a vitalidade da extemporaneidade.

***

Esta introdução tinha sido concebida como um início sistemático para uma trabalho sistemático, mas aparentemente não é nada senão uma orgia frenética de palavras que vai deixar o leitor freneticamente preparado para coisas mais frenéticas que virão. Então, caro leitor e mestre louco, vós tendes de aceitar vosso destino.

Minha juventude, para continuar, foi do tipo comum. Tive muita sorte em ter uma boa mãe, um bom pai, uma boa irmã e um bom lar. Não há nada mais que eu pudesse ter pedido. Recebi todo o amor necessário e os cuidados necessários para estabilizar a minha racionalidade. Cresci no mundo rosado e frágil e ignorante e tornei-me insensível e obstinadamente maltratado com os anos... e em tempos que virão eu deveria ficar completamente coberto com um tegumento das bolhas da experiência. Esse, é claro, é um bem conhecido conceito do futuro. É inevitável, como é a guerra, como são os impostos e o amor.

Uma coisa: eu tinha uma imaginação incrível. Primeiro, imaginava os mais paralisantes tipos de monstros e, com os anos, imaginei meu pequeno mundo próprio. Entre os cinco e os doze anos de idade, estive continuamente absorvido nas pantomimas do meu pequeno universo, sempre que pudesse ter um momento somente para mim mesmo. Mesmo mais tarde, a minha imaginação desenfreada construiu um mundo de faz de conta, na forma de ligas de beisebol, pistas de corrida e associações de futebol (tudo jogado com bolinhas de gude), as quais eu complementava com *vastas* pilhas de arquivos intrincados. Meu senso de estatísticas era impressionante. Eu tinha uma paixão quase louca por estatísticas... e hoje encontro-me irremediavelmente vitimizado para o estatístico mundo dos negócios. Do menininho ocupado que não parava nunca tornei-me um esteta inútil sem nenhuma capacidade no mundo, exceto a de ser capaz de me expressar em palavras, no papel. (Não muito bem oralmente.) Em Ciência, na Universidade, sou uma irremediável carcaça de preguiça e cegueira. Sento-me à mesa do laboratório e fico cismando sobre os textos técnicos. Babo em cima deles e sonho com a deliciosa delicadeza e imaginação dos meus livros... agora tão distantes. Prevejo, com extrema perturbação, meu desajeitado impraticalismo nos anos vindouros. Mas fico um pouco confortado por aquilo que o Reitor da Universidade disse no primeiro dia que passei aqui. Ele também, aparentemente, está perdido no mundo dos joules de energia térmica e bobinas de gerador. No entanto, está vivendo uma vida feliz. Tive oportunidade de jantar com ele e sua esposa e constatei que os dois são extremamente sensíveis ao toque do mundo. E assim eu saí da casa dele naquela noite consideravelmente aliviado. (Pelo menos consigo operar uma máquina de escrever e sei como consertá-la, com qualquer sentido pré-histórico de lógica mecânica que eu possa ter.)

Introdução

(Continuado doze dias depois, 24 de novembro)

"Por que", acabo de me perguntar, "você não escreve com mais frequência neste Diário?"

E o meu inarticulado ser interior, a mente criativa e subconsciente, respondeu em sua usual maneira tácita, despalavrada, em rugir silencioso, inarticulado: "Eu direi a você por quê..... RUGIDO RUGIDO RUGIDO RUGIDO", e assim por diante, e assim por diante etc.

Esse é o problema. Tenho o mundo todo para escrever a respeito, contudo há algo que está me restringindo. Não consigo colocar o dedo nisso. Tenho aos meus pés milhões e milhões de coisas para escrever a respeito, e contudo algo me diz: "Espere. Espere. Mais tarde. Não agora. Espere!". E eu espero. Com toda certeza, meu Diário será jogado no cesto de lixo do fracasso se eu não ao menos escrever nele! O que é que me faz esperar? Será que quero melhorar antes de começar a dizer as coisas importantes que tenho em mente? Acho que acertei nesse ponto.

Mas, por outro lado, eu poderia dizer que seria muito em favor do valor literário se escrevesse agora, na minha imaturidade aparente, a fim de preservar a minha juventude para futura referência e deleite. Jamais terei alcançado meu pico como escritor até o dia da minha morte, porque o Tempo é o melhor professor e avaliador, e o dia mais longo é o último dia. E, assim, devo esperar pela maturidade antes de expressar todos os pensamentos longos e escuros que anseio por derramar, ou devo libar estas páginas com eles agora, a fim de preservar a minha juventude.

Vou tomar este último caminho, [em] vista de provavelmente aprofundar o assunto mais tarde.

Agora que a minha batalha interior está travada e vencida e estou pronto para escrever, considero apropriado fechar esta introdução muito pouco ortodoxa com as seguintes afirmações, resumindo o que já disse, ou provavelmente não resumindo nada senão o que tenho em mente no momento:

a) Vou agora começar a escrever o meu Diário, meu primeiro diário sério, os outros diários tendo sido meros registros de atividades físicas diárias etc.

b) Me tomou pelo menos dois meses e meio ajustar-me para a redação deste complexo Diário, e agora que me ajustei, afinal, vou lançar-me a meu trabalho com verve... pelo menos quando eu me sentir energético.

c) O Diário deverá ser representativo da vida universitária e de todos os componentes que formam a vida universitária, a saber pensamentos, problemas, amores, estudos, desejos, mortificações, frustrações, medos etc. Se for ou não, faz pouca diferença. O que tenho a dizer é completamente desarticulado e disperso, mas para mim é de suma importância por causa de seu escopo e futuro uso em meus romances do mundo e da humanidade. Em outras palavras, eu deveria ter chamado este Diário de algo como isto: "O RECEPTÁCULO DE UMA MENTE" ou "A ESCARRADEIRA DO CÉREBRO DE FACULDADE". Entretanto, o título já tinha sido criado, e o estrago, causado. Vamos, portanto, prosseguir.... e fique tranquilo, a Introdução está mais do que terminada.

****

Jack Kerouac

O diário de um egotista

✶✶✶✶✶✶

Novembro de 1940

Na folha de rosto deste diário, anunciei ao mundo que este seria um registro "de minhas atividades e pensamentos durante o meu primeiro ano na Universidade de Columbia."
Certo. Certo. Veremos.
Primeiro quero dizer uma coisa. Volto para olhar o que escrevi e, no momento, acho que a primeira página da introdução de quatro páginas FEDE, para usar a linda língua americana. Sou bastante sincero sobre isso, senhores. Ela de fato cheira mal de tantos defeitos, e a ideia não presta nem um pouco, exceto pelo fato óbvio de que somos todos egotistas. Apenas quero salientar aqui que não gosto nem um pouco dessa primeira página, e que peço a Deus que os meus dias de escrever desse jeito estejam acabados.
Certo. Agora, vamos em frente.
Meus registros do passado não foram nada senão curtas, sucintas, concisas declarações desse tipo:
12 de agosto: Jogamos contra os Panthers hoje, ganhamos 7-5. Três de quatro, mais dois homers. À noite, fui à casa do Fred e brigamos na sala, tentando imitar filmes. Cama às duas da manhã, li "O Sombra", é por isso. Espero que o pai tenha vencido nas corridas hoje. Vou saber amanhã.
E assim por diante. Isso lhes dá uma ideia dos meus Diários do passado. Admito que eles vão ser muito divertidos de ler

algum dia, e talvez eu até mesmo chegue ao ponto de dizer que algum eminente professor barbudo poderá inclusive encarar os meus esforços pueris como tesouros valiosos e notáveis da juventude americana contemporânea... aparentemente tirando, a partir do exemplo que acabei de dar, suficientes anotações de comentário que exigiriam centenas de páginas. Bem, pode ser ou pode não ser. A questão é que eu gostaria de fazer deste Diário o meu primeiro esforço real maduro.

E por isso aqui vai um dos bilhões de fatos que notei nos últimos tempos. (Num de meus momentos mais trabalho-duro, vou lhes fornecer um relato detalhado de Jack Kerouac, o que ele está fazendo na Universidade de Columbia, por que é que ele está lá, para quê, o que ele come, o que ele vem fazendo desde que parou de falar sobre si mesmo na parte de 12 de novembro da Introdução, Deus Abençoe. Eu acredito que ele parou, naquele momento, quando falava de sua imaginação frenética quanto às estatísticas e os jogos, e suas babadas em cima de textos de Ciência. Bem, tempo ainda, tempo ainda.....)

- - -

Desejo ser um romancista, dramaturgo, contista... em suma, um homem de letras. Portanto eu vivo, em parte, para observar o mundo a meu redor, de modo que eu possa escrever sobre ele algum dia, puxando do fundo da minha memória. E, assim, um dia observei estas seguintes coisas:

"Você vai comer na minha casa no dia de Ação de Graças", meu amigo tinha anunciado, sabendo muitíssimo bem que eu mesmo não teria nenhum lugar para comer um jantar como aquele, exceto se fosse num restaurante. Isso porque eu era um jovem solitário numa Universidade de grande porte, a quatrocentos quilômetros de casa, e não iria voltar para casa até o Natal. E portanto eu disse, sentindo um certo calor por dentro:

"Obrigado."

No entanto, na noite anterior, muitas vezes eu havia parado de falar com as meninas que tínhamos conosco num encontro para dizer a mim mesmo: Você terá momentos difíceis amanhã, sentado a uma mesa com onze pessoas crescidas. Ora, mas vou ser tímido e reticente e ridículo e desajeitado!

E, assim, o dia seguinte chegou. Foi um dia maravilhoso para mim, porque vi muitas coisas que me abriram os olhos, e agradeço muito ao meu amigo por ter me dado a oportunidade de passar um dia como aquele.

Obrigado, ó amigo.

Acordamos às onze da manhã depois de termos dormido cerca de sete horas após o encontro. A casa do meu amigo estava cheia de parentes, e portanto nós tínhamos dormido na casa de sua tia. Na noite anterior, tínhamos entrado na ponta dos pés nessa casa entre os pequenos lares dessa vizinhança de Long Island. Fazia frio no brilho de cratera-fria do luar; fazia frio na agudeza estrelada; fazia frio no realismo cortante da noite; fazia frio na noite gelada de beliscar o nariz e arder o rosto... e, desse modo, o aconchego da casa de sua tia me impressionara duplamente. Enquanto passávamos nas pontas dos pés ao longo da sala, com a lareira apagada e as revistas espalhadas, senti-o novamente na medida em que pude ver as sombras das outras pequenas casas aconchegantes lá fora, através das janelas pequenas e aconchegantes; podia ver e sentir tudo na noite. E subimos na cama e me afundei na suavidade de tudo e suspirei, Ah, meu Deus, como é aconchegante o abrigo do homem.

Quando percebi o muito profundo céu azul da manhã, às onze, inclinei-me para trás como que para observar aquele céu lindo durante o resto do dia. Mas logo precisei levantar, o café da manhã estava pronto, preparado pela mulher que eu ainda não tinha visto. Então levantei-me e desci, vestido e lavado e carregado com o torpor da manhã. Eu a conheci, e conheci seu marido, então sentei-me com meu amigo e comemos o bacon com os ovos. A parte surpreendente do café da manhã estava [à] esquerda da mesa, onde havia uma pequena janela que dava para o quintal. O céu estava muito azul, lembro, e o ar flutuava em volta com a sugestão da primavera. E o tio do meu amigo estava arrumando umas coisas no quintal, sua cabeça nua brilhando na manhã de novembro. Estava fresco agora, não estava frio, e [um] homem vinha saindo de seu abrigo, onde tinha dormido durante toda a fria noite de lua com cratera, de rosto ardendo, de noite estrelada, de rosto beliscado.

E depois pegamos o carro e saímos, e fomos até a casa do meu amigo, onde almoçamos naquela tarde. Meu amigo, no entanto, precisou ir para um determinado lugar e eu lhe disse que me divertiria em seu quarto até que ele voltasse e até que chegasse a hora da refeição. E assim me acomodei para ler o "Philosopher's Holiday" de [Irwin] Edman e murmurei. Que inteligência e onisciência, enquanto eu debilmente deixava as minhas pálpebras adejarem, e então virei-me para dormir, me preocupando com o vinco nas minhas calças o tempo todo.

Quando acordei, desci e cumpri minhas obrigações sociais, tentando parecer sociável com os pais dele, e o fiz muito bem, pensei, enquanto caminhava pela sala de estar vazia depois e olhava o meu reflexo na janela. Não era nada, pensei, lidar com a mãe e o pai dele. Eram como velhos amigos para mim agora, mas o que dizer sobre todas aquelas pessoas numa mesa! E entrei na sala de jantar e observei a mesa, tudo pronto e resplandecente, e tive pavor daquilo. Então subi as escadas até o quarto, onde gostei de me sentar e sentir o desenvolvimento do meu amigo ao meu redor, revelado em cada livro em sua estante e em cada rachadura na parede e em cada papel na sua mesa, ocupada por sua lição de casa, agora havia muito esquecida.

Gostei de me sentar no quarto do meu amigo e olhar pela janela para a sólida força de cobre dos céus de outono. Eu gostei de sentar ali e sentir o calor da fornalha, lá embaixo no porão. Gostei de imaginar o frio lá fora e o calor ali dentro. Gostei de sentar ali e ouvir a mãe dele lá embaixo, arrumando coisas na cozinha, e seu pai ouvindo o jogo de futebol pelo rádio. Gostei de sentar ali e sentir o zumbido da conquista do homem frente à natureza, do pequeno ninho aconchegante do homem e do calor e da simpatia do homem. Como o vagabundo deve ansiar por isso, pensei. Mesmo eu, apenas parcialmente um vagabundo, anseio por isso com todo o meu coração! (Porque eu não aparecia em casa fazia meses.)

Depois, tivemos a refeição. Desci com meu amigo e todos nos sentamos para comer. Eles eram onze: os pais do meu amigo, seu tio e sua tia daquela manhã, seu cunhado de Detroit, sua pequenina sobrinha. Sua irmã, casada com o sujeito de Detroit, ficou no andar de cima e não quis comer, uma vez que não estava se sentindo bem. De modo que não cheguei a vê-la. Os outros dois, sua irmã e seu cunhado, ainda não tinham chegado. Então nós éramos na verdade oito.

Foi muito bom. A refeição habitual de Dia de Ação de Graças: peru, recheio, molho de cranberry, vagem, purê de batatas etc. etc. e assim por diante. Acho que não vou descrever a mesa. Se isto aqui fosse, eu acho, um romance - - então eu poderia descrever a mesa. Mas é apenas o meu Diário, e portanto vou passar ao que observei naquele dia.

O cunhado de Detroit ficou sentado lateralmente em sua cadeira, olhando para baixo e de soslaio para qualquer pessoa que falasse com ele. Era uma postura típica do homem de negócios, pensei. Era uma postura linda, e passei a maior parte da refeição admirando-a e, pela hora da sobremesa, até me sentei da mesma maneira, com o fim de apreciar plenamente a maravilhosa negociosidade daquele homem. E, quando ele falava, era em geral um comentário curto e conciso, enunciado num tom bastante baixo, e sempre significando muita coisa no tocante à conversação. E seu cabelo era prateado, e ele usava óculos cintilantes - - - por completo uma figura muito imponente.

27 de novembro de 1940

Não é preciso muito mais do que um pingo de decisão para chegar a uma conclusão. Acabo de me esforçar suficientemente e cheguei a uma conclusão de que os estados de espírito têm muito a ver com a vida!

Estados de espírito.

Lembro-me da ocasião em que os meus bons amigos me visitaram em Nova York.* Eu estava ansioso pela chegada deles, com uma sensação exultante de alegria. Aconteceu que peguei um resfriado um dia antes de eles chegarem. Mas isso foi apenas uma causa menor.

    Meus amigos estavam comigo sentados em volta de uma mesa, como tínhamos feito tantas vezes antes. Tantas vezes antes nós tínhamos rolado em orgias de alegria nessas sessões de mesa, discutindo tudo sob o sol com a facilidade exuberante das palavras que Sócrates certa vez empregara. (Não que a nossa retórica sequer chegasse perto da de Platão, mas simplesmente que a exercíamos da mesma maneira atômica com que os filósofos gregos o faziam.... Falando sobre coisas que eram aparentes, e continuamente dissecando-as até que elas já não sejam visíveis e simples, porém tornam-se bastante complicadas.)

    E assim nós ficamos sentados ali, e eu não senti o mesmo deleite frenético que normalmente sentia quando sentava em volta da mesma mesa com os meus dois companheiros, e me perguntei sobre a volubilidade do homem. Estados de espírito do homem, refleti.

    "Sim", Scotty estava dizendo. "Um dia, todos nós vamos ter bons empregos aqui mesmo em Nova York, e cada um de nós vai ter um carro."

    Cingapura e mergulhos e bebida e mulheres e vadiagem e vagabundagem na praia, pensei, ouvindo as palavras dele.

    "E então", ele continuou, "nós vamos arranjar umas amantes e sair à noite com elas. E teremos todas as bebidas que quisermos, em nosso apartamento na Park Avenue. Nós três, tendo bons empregos e carros e toda a comida boa de que precisamos..."

    E como fazer isso, e por quê? Pensei ainda mais.

    "Precisamos chegar a esse pico", continuou ele, falando com palavras que queriam dizer o que estou colocando por

---

* George Apostolos e Scotty Beaulieu: ver p. 277. (N.E.)

escrito aqui, "temos que começar a trabalhar e aprimorar a nós mesmos e algum dia seremos homens bons o suficiente para garantir um trabalho aqui em Nova York, para que possamos viver a vida de Riley!"

Que diabos, pensei, quem se importa? Cingapura e imundície e mulheres e um bar barulhento, e finalmente: Morte numa sarjeta, uma morte tão boa como uma morte num apartamento da Park Avenue...

E depois o meu outro amigo, que também estava fechado dentro de uma nuvem de estados de espírito, disse: "Olhem aquela garota lá. Rapaz!".

"E então", continuou Scotty, "Quando chegarmos a ser bons homens: eu um bom e confiável Homem de Ar-Condicionado, e Fouch aqui um bom Advogado ou Contador ou algo assim, e você, Zagg, um escritor de sucesso: Então, nós três poderemos viver a vida de Riley, carros, bons empregos, comida, mulheres e tudo mais. Zagg, você precisa chegar ao fim da faculdade, e se dar muito bem, e fazer conexões..."

Que diabos, Cingapura, pensei. Cingapura e imundície e lodo e enxames de orientais amarelos e mulheres e o rugido de quebras na praia e o ranger de veleiros na ondulação azul do mar - - - todas essas coisas invenções da minha imaginação, porém todas elas tão estranhamente adequadas ao meu estado de espírito de escapismo.

Mas esta noite não me sinto com o mesmo estado de espírito que tinha naquela noite. Esta noite estou de volta ao normal. Sinto a importância do sucesso mundano e da sabedoria mundana. Ontem à noite, fiquei acordado até três da manhã para desvendar o mal-estar da minha mente. Quando finalmente descobri o que era, e o que havia causado isso, e o que estava por baixo disso e tudo mais, finalmente fui capaz de dormir.

E, portanto, estados de espírito... estados de espírito... tudo nisso é tão inglês.

9 de dezembro de 1940
Aproximando-se da meia-noite

Prezados Senhores:
    Vocês se importam se eu abrir meu coração, respingando todas as suas essências delicadas em cima destas páginas seguintes?
    Bem, é melhor que não se importem, porque é isso o que vou fazer. Esse é o propósito do "Diário de um Egotista". Se vocês não acreditam, se vocês são descrentes na conformidade do meu título com o meu trabalho, então calem a boca e leiam. Está chegando.
    Acabo de dizer que o meu coração era composto de "essências delicadas". Isso é bem verdade. No caso de não acreditarem nisso também, gostaria que lessem o que segue:
    Eu me apaixonei, ou pelo menos estou em vias de me apaixonar, por uma garota. Não vou mencionar o nome dela, porque Deus me ajude se ela algum dia chegar a ler isto! Ela tem cabelos pretos compridos, olhos castanhos grandes e redondos, ombros pequenos e delicadamente arredondados, um corpo muito esguio que retém sua flexibilidade suave e um lindo rosto de alabastro, confeccionado com fogo negro e ébano resplandecente e sonhos frenéticos e amor e brancura e beleza reluzente, brilhante, pulsante, oscilante. Aah, meus mestres loucos, adoro seu jeito de caminhar, reverencio as feições dela, amo-a por sua feminilidade, estimo-a pela memória que ela me proporciona e anseio por ela com toda a paixão ardente da juventude! Mas chega, não é esse o ponto.....
    O ponto é o seguinte. Ela é jovem (dezesseis) e eu sou mais velho (dezoito), e eu me apaixonei por ela, enquanto ela não sabe ainda o significado do amor. (Como se eu soubesse, vão dizer os canalhas céticos de sempre. Ora, vou mostrar aos velhos estéreis arrombadores de cofres o que é o amor!) Eu grito ao mundo que estou apaixonado por ela, pelo menos agora, temporariamente. E daí, vocês dizem. E daí. Tudo se resume a isso, senhores e mestres loucos, uma noite dessas eu dei nela um beijo de boa noite e me

virei e disse, "Boa noite", e desci a rua e entrei num bar. Eu não conseguia suportar aquilo; não ficaria são por nem um minuto a mais, com ela na minha mente daquele jeito.

Como me falta autocontrole. Vou dizer a vocês. Eu estava entrando no bar e dizia para mim mesmo: "Que raio de homem é você, ficar bêbado por causa de uma garota. Você e toda a sua alta e poderosa filosofia! Você e o seu Aristóteles e o seu Platão e todo mundo. Temperança, sabedoria, verdade etc. Ó inferno, estou apaixonado e não consigo suportar isso. "Três cervejas", pedi. "Três copos de cerveja espumante, acre, cerveja amarela pungente, uma feiosa fermentação de espuma, desagradável ale dourada, amarga contrativa de nariz, uma cerveja de fermentar o estômago. Três cervejas."

E, dessa maneira, lá estavam elas na minha frente, três cervejas altas e imponentes, e trinta centavos pelo atendimento. Empurrei meu chapéu para trás na minha cabeça, soltei a minha gravata-borboleta e praguejei. "Ela que se dane."

E levantei o copo até os lábios e o inclinei e engoli o ranço azedo, deixando a sua acidez queimar a minha garganta e aquecer o meu estômago. Bebi os três copos em dois minutos e pedi mais dois. Não faço isso muitas vezes, senhores loucos, mas estava fazendo isso hoje à noite em grande estilo, de um jeito feio. Eu estava apaixonado, senhores loucos, e não conseguia suportar aquilo. Eu já lhes disse que o meu coração era feito de essências delicadas e que poderia se partir muito facilmente. E amei-a muito naquela noite, enquanto me lembrava do seu jeito de caminhar, do seu olhar, seu braço no meu, seu silêncio escuro, seus olhos russos, sua multiplosidade improferida. Ah, como a amei, e como quis esquecê-la, e como amaldiçoei-a. E assim bebi outras duas cervejas, e pedi uma sexta, ainda fazendo tudo no formalista e aceito modo de agir da universidade, ahã, bem assim. "Outra por favor, dona?" A polida inclinação da cabeça, uma interrogatividade delicada que ficaria horrorizada com a inflexibilidade, e uma sobriedade inteligente que traía a força de Columbia!

Amaldiçoei-me por não estar bêbado ainda. Levantei-me, engoli a última gota de espuma salgada e saí caminhando com firmeza, a minha cabeça um pouco pesada. Lá fora, pensei nela, e pensei nela, e depois de repente: comecei a cantar essa passagem poderosa da Malagueña*, essa torre agitante de força musical, que é assim: "TA TA TA TARA TARA + TAAA!!!!!!! TAAA --- RAAAAA!"

E gritei de alegria quando ouvi o eco da música vibrando no ar da noite, e gritei para mim mesmo: "Preciso ter sinfonia. Simplesmente preciso ter sinfonia. Tenho que ter música sinfônica. Norma toca piano clássico - - - - Meu Deus, preciso ir ao encontro dela neste exato momento e pedir-lhe pra tocar para mim". Visualizei-me na casa de Norma, estendido sobre o sofá dela, de olhos fechados, e ela ao piano tocando um poderoso movimento de alguma Sinfonia em D maior de Beethoven, de Brahms, de Sibelius, de Tschaikowsky, de qualquer um, de Thomas Wolfe, de Ernest Hemingway, de William Saroyan, de Jack Kerouac, de George Apostolos, de Sebastian o Príncipe, do Amor, da Terra, do Fogo, da Água, de Todo, Tudo, Amor você e eu, eu mim mesmo, egotista, Terra, Fogo, uma mistura louca e frenética de toda a Vida, e do todo-abrangente Todo. Eu podia sentir isso em mim, esse desejo louco por música, pela expressão da minha alma em música profunda, pulsante, agitante! E comecei a correr ao longo da rua, e quando cheguei ao campus tinha esquecido tudo a respeito de Norma, e disse a mim mesmo o seguinte:

"John, você é um escritor e um filósofo ainda por cima, e um erudito, mas um erudito muito preguiçoso. No entanto, você precisa contemplar isso com um olhar claro. Thomas Wolfe não teria se apaixonado por uma garota e se embebedado por causa dela." Tampouco ele teria ido pra casa para escrever a respeito. E assim, senhores loucos, isso foi o que eu fiz.

---

* Uma canção de Ernesto Lecuona (1895-1963), compositor cubano. (N.E.)

Corresponde a isto:
Estou apaixonado. Sou um escritor. Sou jovem. Sou um erudito, mas um erudito preguiçoso. Tenho ambição. Sou entusiasmado, egocêntrico, vaidoso, tolo, apaixonado, acovardado como um corço e preguiçoso. Sou um homem. Sou misturado da França e da Bretanha e do Canadá e da América e um toque da Inglaterra. Sou um bretão, dizem eles, e o meu nome é um raro nome bretão. Amo o meu nome, e amo o meu pai por seu julgamento maduro, por sua sábia simplicidade e por sua frouxidão e humanidade. Eu o amo por tudo isso, e também amo a minha mãe por seu amor, por sua solicitude, por ela mesma, por seus cuidados e sua preocupação, por seus cabelos pretos e olhos azuis, seus olhos azuis sempre úmidos, seu rosto sempre sorrindo, gentil como o rosto de um anjo, ela é um anjo, e eu a amo, e preciso voltar para casa. E estou apaixonado por essa garota, não como sou apaixonado por meus pais, mas de outra maneira. Então o que fazer!? Por que foi que fiz isso? Por que motivo saboreei a pungente cor castanha da cerveja e me enchi de fogo e conduzi a minha mente para longe na noite por conta dessa bela russa, dessa garota linda: Por que motivo choro agora. Por que quero ir para casa e sentar-me na sala com a minha mãe e olhar a árvore de Natal? Por que um homem sempre vai a lugar nenhum, e volta para lugar nenhum, e sempre está perdido? É claro, por que os abutres persistem, você perguntaria - - - pois os abutres são a causa de tudo isso, os Abutres da Tristeza Humana. Estou ansiando pelo quê? Estou ansiando por algo definitivo, corpóreo e preciso. Anseio por essa garota, anseio por ir para casa, anseio por ir para algum lugar onde o fim é alcançado, onde há um muro além do qual encontra-se uma terra de céus percorridos por nuvens e grama esmeralda e homens com mantos e suaves colinas e brisas zefíricas, e passeando com uma saia rosa, e contemplando-a do topo da colina. É isso. Ao meu lado, meus entes queridos, meus pais e meus amigos, e Vicky e Mary e Betty e Lucille e até mesmo Lena, pelo amor de Deus. Tudo vem numa única rubrica: Amor, e o fim de toda

a infelicidade (o que é impossível), mas, de uma forma geral, o Amor, e a Paz e o fim de tudo. Foi por isso que fiquei bêbado? Duvido muito. Não sei por que fiz isso, tanto quanto não sei do que estou falando agora. Registrar o trabalho desta noite no diário como um fracasso total, a menos que eu tenha ficado bêbado por conta do Todo, o todo-importante Todo, o todo-poderoso Todo. Se fiz isso pelo Todo, então o trabalho desta noite está justificado. Eu mesmo não sei. O amor deforma a minha mente hoje à noite, droga.

Querido Diário:
Acabo de terminar de escrever um arremedo de texto muito pobre, tudo sobre a minha tentativa de ficar bêbado por causa de uma bela garota russa por quem supostamente estou apaixonado. Estou muito desgostoso com isso, e agora é 1h30, segunda de manhã. Para todos os efeitos, eu deveria estar lendo Lucrécio para o teste de Humanidades de amanhã e fazendo as minhas sentenças francesas. Mas não posso fazer nenhuma das duas coisas. Ouça-me, meu velho amigo:
Sinto-me tão vazio, nem sei o que fazer. Não quero dormir, não quero comer, não quero sair e sentar num banco olhando para o rio Hudson na noite, não quero ler Lucrécio nem o meu francês, tudo está vazio. Não posso nem deitar na minha cama dura, com todas as luzes no meu quarto funcionando a todo vapor no brilho ofuscante, delineando todo o duro cubismo da realidade. Não posso nem deitar ali num torpor, olhando de modo vazio para a mortandade verde da minha parede. O ar fresco que está chegando através da minha janela, soprado a partir das paliçadas de Nova Jersey, lufado sobre as águas do rio Hudson pelas amplas asas púrpura da noite - - - a noite distante.... nem mesmo esse ar fresco pode me encher com vida. Estou morto.
Caro Diário, estou vazio, estou desesperado e não posso nem mesmo deitar num estupor encarando algo. Não sei o que fazer ou pensar. A única alternativa é escrever em você, Velho

Diário, até que os meus olhos caiam para fora de cansaço e os meus dedos se debulhem ineficazes sobre as teclas da máquina de escrever, não mais registrando os pensamentos fracos que me assaltam. Então tenha paciência comigo, Velho Diário, e escute a desgraça do homem.

    O que é, pelo filho de uma puta, que me faz sentir todo esse vazio? Ah, por favor me diga, Deus. Por favor, alguém me diga! O que é isso! Por que razão esses abutres nos atacam com tanta frequência e por que não podemos colocar o dedo neles, os malditos pássaros, batendo e adejando as asas monstruosas acima das nossas cabeças, acenando seus bicos predatórios com alegria macabra. Ah, Deus, esse vazio que tenho! Quantas vezes senti isso! Hoje à noite, eu tinha a poesia de Lucrécio para ler, mas não conseguia lê-la. Não sei por quê. Em algum lugar deste Diário proclamei bem alto: "Deixem-me sozinho à noite com meus livros. Não compliquem o mundo para mim. Quero o mundo sem complicações. E, acima de tudo, deixem-me sozinho com meus livros à noite". Pois bem, então, John; você está sozinho, e você tem a poesia de Lucrécio para ler, e no entanto aqui está você, mantendo todos no Livingston Hall acordados enquanto você bate nessa pequena máquina de escrever nas primeiras horas da manhã, tentando borrifar a página com lágrimas de tinta.

    Ah, eu tenho lembranças! Tenho as mais fantásticas lembranças da humanidade! Nesta hora de vazio, vejo-as desfilarem diante dos meus olhos mortos. Saroyan disse que teríamos que morrer muitas vezes antes de morrer fisicamente. Hoje à noite, morri quando arremessei Lucrécio contra a parede e me joguei na cama dura, esperando ser saudado por uma confortável sensação de conforto e sono, mas apenas caí na cama como se ela fosse um grande pedaço de granito colocado no meio da rua, com ar fétido me cercando enquanto eu deitava chorando sobre essa pedra. É isso o que os abutres estão fazendo comigo hoje à noite. Estou mantendo o sujeito embaixo acordado, tenho certeza. Mas não me importo. Tenho que falar ou vou enlouquecer.

Tenho que dizer ao Sr. Diário tudo sobre as desgraças do homem e sobre os abutres da Tristeza Humana. Ah, Deus, aí vêm essas memórias novamente, me atacando.

    Ah, que palavras vazias. Não tenho mais lembranças, não mais do que tenho lágrimas em meus olhos vazios que choram. Choro sem lágrimas, bem agora. Estou chorando, Sr. Diário, para quê? Não me pergunte. Não sei. Não me importo. Vamos em frente. Este vazio é feito de nada, e, portanto, é interminável. Por isso, prossigamos com o vazio do tempo, pelo vazio da infinidade, e jamais cheguemos ao fim do nada, ou ao

[fim da página]

Senhores:
    Agora eu estou usando a máquina de escrever de Horace Potter. Horace Potter é um companheiro do meu time de futebol e também joga pingue-pongue comigo muitas vezes. Além disso, levei-o para ver uns filmes franceses na Times Square e ele gostou deles um tanto consideravelmente. Mas não é isso o que quero escrever sobre essa bela tarde fria de novembro.
    Além do fato de que esta é uma máquina de escrever muito boa, e também que estou usando-a com uma sensação de novidade, também estou usando-a por uma razão mais importante:
    Tenho algo muito importante para dizer.
    É assim:
    Esta tarde cruzei as minhas pernas devagar enquanto um pesado silêncio de repente rugiu através da sala. O professor tinha acabado de interromper seu fluxo constante de discurso para dizer algo interrogativo, que foi seguido por um "Sr. Kerouac, o que acha disso?".
    E assim cruzei as minhas pernas em silêncio, estudando cuidadosamente os contornos da panturrilha que se projetavam através da calça de gabardine verde. Eu não tinha ouvido, é claro. Quase nunca ouço ninguém. Não vou dizer que sou um

individualista, vou apenas dizer que ouço quando sinto que é <u>importante</u> ouvir, e que em outras ocasiões nunca ouço.

E assim eu não estivera ouvindo, como de costume, e quando ele disse, "Sr. Kerouac?", cruzei as pernas devagar e ouvi o rugido do silêncio. O silêncio rugiu por alguns minutos e eu não conseguia dizer nada. Eu não tinha lido a tarefa, é claro. Nunca leio. Só leio o que acho que é importante, e as coisas que considero importantes são sempre as coisas que sei que vão melhorar ainda mais o meu desenvolvimento, minha expansão, perspectiva, maturidade etc. e assim por diante etc. Não pensem que estou tentando lhes dizer que estou em vias de desenvolver a mim mesmo. Vou apenas dizer que é isto: fico circulando em torno, ouvindo o que acho que é importante e lendo o que acho que é importante. Caso contrário, não ouço, mas observo outras coisas. E não leio, mas meramente olho.

E, assim, o silêncio rugiu - - - aparentemente por alguns minutos - - - - mas na verdade por alguns segundos. Em seguida, o professor, um homem muito inteligente que fala de forma muito inteligente o tempo todo enquanto estudo a sua inteligência e a maneira com que ele de forma inteligente escova para trás seu cabelo ou esfrega o olho esquerdo - - - então esse professor com muito tato me perguntou se eu conseguia me lembrar, e, se eu não conseguisse, então se eu conseguia me lembrar de qualquer outra coisa, e depois com muito tato ele casualmente chamou outro colega - - - - e BING!! Acabou! Bem assim. O drama terminou. E eu relaxei no meu lugar, deixando o sangue vermelho correr quente através do meu rosto. La drame est fini. Terminou. A grande cortina cai, e o show continua, nos bastidores da mente do "Sr. Kerouac".

O "Sr. Kerouac" sente vontade de pegar seu livro e arremessá-lo contra a parede, e ele visualizou os rostos surpresos e os rostos admirados, e ele se vê caminhando a passos largos para fora da sala, como Errol Flynn dos filmes e caminhando pelo corredor, ecos de um tumulto em seus ouvidos, deixando o prédio e caminhando pela estrada para aquilo que eternamente viria, onde o sol deita seus raios calorosamente sobre os homens com mantos que se sentam na grama o dia inteiro e olham para o céu percorrido por nuvens.

Ah, não pensem que o "Sr. Kerouac" está furioso porque ele não conseguiu responder. Essa é apenas a superfície. O "Sr. Kerouac" não arremessa seu livro contra a parede, tampouco ele banca um Errol Flynn. Ele apenas fica sentado ali e deixa o sangue vermelho quente inchar sua cabeça, as pernas cruzadas e o professor longe, retomando o fluxo constante de palavras palavras palavras e mais por vir sempre.

O "Sr. Kerouac" diz agora para si mesmo: "Vou ouvi-lo agora, e então vou aparecer do nada com uma observação brilhante, que vai equalizar as coisas".

Mas então o Sr. Kerouac olha pela sala e vê todos os rostos dos leitores do texto, os alunos que passaram a noite de ontem lendo sobre "A ascensão do poder parlamentar na Inglaterra" em vez de um romance poderoso sobre a Guerra Civil Espanhola e sobre Robert Jordan e Maria e Pilar e Pablo e Anselmo e Augstin e Fernando, e Golz, e o cavalo cinzento que caiu sobre Jordan e quebrou sua perna até ela projetar-se para fora de sua pele, e então Jordan com seu coração batendo contra o chão de agulhas de pinho da floresta espanhola enquanto ele fazia mira no Ten. Berrando.*

Ha ha ha ha.

Os leitores do texto estão sentados pela sala, agora, ahora, e estão ouvindo as palavras palavras palavras. O "Sr. Kerouac" está também sentado, com as pernas cruzadas, e está ouvindo os leitores do texto, que respiram enquanto ouvem as palavras. Estas palavras estão longe, pensa o Sr. K, e os que ficam sentados e as ouvem leram o texto e me parecem ser mais vitais do que as palavras distantes, e assim estudo os ouvintes das palavras, os leitores do texto.

Ha ha ha ha

---

* *Por quem os sinos dobram* (1940), de Ernest Hemingway. (N.E.)

"Por quem os sinos dobram." Eles dobram por ti, hein, John Donne, e eu e você e Oliver Cromwell, o seu corpo morto pendurado numa árvore, e o professor dizendo que bela figura histórica foi Cromwell, e no entanto o "Sr. K" vê apenas um corpo morto pendurado em uma árvore, e os Stuart parados ao redor, sorrindo com júbilo inarticulado.

Ha ha, devem ter rido os Stuart. Ha ha, deve ter rido Cromwell um dia na Inglaterra do século 17, provavelmente quando via uma comédia de Shakespeare. Ha ha, ele deve ter rido.

E agora, ha ha ha ha, ri o sr. K.

E algum dia, o sr. K XV: Ha ha ha ha.

E assim o Sr. K ficou sentado e estudou os ouvintes das palavras, e de vez em quando tentou ouvir as palavras ele mesmo, mas elas pareciam tão triviais, tão alheias e tão sem importância que ele sempre retornava para o estudo dos leitores do texto, que haviam lido o texto ontem à noite, páginas 425-460 de "Uma história política e cultural da Europa" de Hayes*, enquanto o sr. K tinha ficado acordado até as quatro da manhã terminando o livro de Ernest Hemingway sobre Robert Jordan e Maria, sob o céu espanhol, no campo, e a "terra em movimento".

Tão vitais são aquelas coisas, o Sr. K pensa sentado na aula e no entanto: tão desvitais são estas palavras aqui, agora, sendo faladas de modo que eu não as ouça. Jamais ouço e também jamais leio - - - - somente viro a cabeça de lado e estudo isso e aquilo e isso e aquilo, e então ouço meias-palavras; e quando leio, olho e por um tempo posso entender e ver tudo, mas, uma vez que obtive isso, a história fica toda desdobrada e não vou entrar em mais detalhes, e termino o texto apenas olhando para ele, empurrado em frente pelo "imperativo categórico" de Kant, ou talvez apenas outra coisa. Mas uma vez que a história se desdobra, e vejo-a refulgindo na luz do dia, como se uma claraboia estivesse brilhando em cima da questão toda, então vi e compreendi, e não continuo.

---

* J.H. Carlton Hayes, professor de História na Universidade de Columbia. (N.E.)

Tenho a imagem e não quero mais nada. O mundo não pode ser complicado, não para mim.

Eis aqui o mundo: A batalha da integridade e da honra individual contra o fascismo tirânico, o espartanismo, o poder marcial. Essa é a batalha: E o resto, o inimigo oculto, o que eu chamo de abutres da tristeza humana, constitui a outra fase do mundo. O mundo tem duas batalhas: A guerra física de tirania contra Athenia, e, em segundo lugar, a batalha interior de cada homem, derrotando os abutres com qualquer equipamento que ele possa ter desenvolvido para si mesmo por meio de seu próprio critério.

Essa é a história do mundo, numa escala superficial, e por isso não quero saber o que Carlos II pensava disso ou daquilo, e o que Cromwell disse à Câmara dos Lordes. Só quero entender os dois inimigos, os verdadeiros inimigos do homem, o pequeno homem, um que é corpóreo e o outro, espiritual. Mas ambos estão lá para ser combatidos, e eu não quero ouvir mais nada sobre o controle parlamentar na Inglaterra. O mundo está lá, o inimigo está lá, e eu quero conhecê-lo e senti-lo e me preparar para a batalha. E, portanto, toque o seu sino, e deixe este período terminar para que eu possa ir até meu quarto e arremessar o livro contra a parede.

Tenho o mundo completamente distribuído: Não sou seu conquistador, e tampouco sou um grande indivíduo. Mas sei que ferida o acossa, e não quero saber mais nada. Vai me machucar saber mais, pois sei como vai ser.

Me deixem sozinho com os meus livros importantes à noite; me deixem ganhar a vida durante o dia, um homem morto rodando pela cidade de Nova York e seus escritórios, conversando com outros homens mortos sobre assuntos mortos, mas exorto: ME DEIXEM SOZINHO À NOITE, COM MEUS LIVROS, E TALVEZ TAMBÉM O MEU AMOR, E ME DEIXEM VIVER À NOITE. NÃO QUERO OUVIR MAIS NADA SOBRE O MUNDO. CHEGUEI AO MEU ENTENDIMENTO COM O MUNDO, SEI O QUE ELE ESPERA DE MIM, E NÃO QUERO

SABER MAIS NADA SOBRE ISSO. ME DEIXEM SOZINHO À NOITE: VOU LIDAR FACILMENTE COM ESSES ABUTRES. E assim, para fora da aula de Civilização Contemporânea me fui, arrastando os meus pés em frente. Fui para o escritório do A.A. e me apresentei ao serviço. Deram-me alguma coisa para entregar, e o sr. Fursy veio e me deu um muito simpático e reforçado "Olá, Jack", e sorri para ele e retribuí uma saudação, e saí do prédio com o pacote e o "Olá, Jack" na minha cabeça e disse: "Suíno, porco preguiçoso que tu és. Tu estás no auge da tua vida, belos estudos para manusear, belas pessoas com as quais lidar, belo dinheiro para ganhar e grandes oportunidades que virão. E muitas garotas para amar, e ainda assim tu vais por aí não estudando e tampouco se importando em estudar e sempre imparcial e frio e ressentido e intolerante. QUAL É O MALDITO PROBLEMA CONTIGO, AFINAL DE CONTAS, TU ÉS APENAS UM VAGABUNDO?".

Então fui para o meu destino com o pacote, e notei o ar agudo e cortante de novembro e os céus de chumbo, caídos baixo e quase corpulentos, e disse: "Ha ha ha ha".

Então entreguei o pacote e fui até uma padaria onde comprei dez centavos em doces da garota que trabalhava lá. Ela era linda e toda sexual e pensei em Betty Field* no filme "Ratos e homens" enquanto olhava para ela com um olhar frio, não sexual mas curioso. Examinei suas ações e observei-a embrulhar os doces. Do lado de fora, disse para mim mesmo:

"Ha ha ha ha."

E um pouco mais tarde disse: "Vou comer estes doces no meu quarto enquanto escrevo sobre o drama desta tarde na sala de aula".

E assim, Senhores, ha ha ha ha.

Já escrevi sobre o drama. Durou apenas três segundos, mas lançou-me num discurso de palavras não ditas, rugindo pela minha cabeça, e decidi que deveria imprimir estas palavras não ditas num papel como este para que eu pudesse preservar estas etapas do meu desenvolvimento.

---

* Atriz americana de cinema e teatro. (N.E.)

Agora, para concluir, aonde o meu desenvolvimento está me levando! Claramente, a fase de desenvolvimento desta tarde com toda certeza não soaria muito promissora para um velho cavalheiro de óculos, impregnado de aprendizagem e sabedoria. Mas quanto a mim, jovem e quente e intolerante, estou muito feliz com o desenvolvimento e a decisão desta tarde e digo a mim mesmo: Ha ha ha ha. Na próxima vez que tiver o texto para ler, direi para mim mesmo: Acho que estou com vontade hoje à noite de ler um pouquinho de história, um certo período da Terra do homem que acho que devo estudar, a fim de desenvolver um pouco. Ha ha ha ha.

Eu agora encerro o meu trabalho de hoje no diário. Esta é a máquina de escrever de Horace Potter, e o que eu tinha para dizer me parece importante. E assim vou agora deitar e dormir na minha própria cama, e mais tarde esta noite vou ler o que Platão concebeu para seu Sócrates na "República" e também devo, provavelmente, jogar um pouco de pingue-pongue com Potter. Pingue-pongue é uma arte, e sou um escritor, o que é também uma espécie de arte. E assim, ha ha ha ha adios.

[texto datilografado termina]

Esta peça não publicada, "Eu recorro a outro bar", escrita em 1941, está diretamente ligada a um comentário de Jack feito numa carta. Jack usa uma frase da peça numa carta de 5 de março de 1941 para Sebastian dizendo que pegará carona para casa (Lowell) "casual e poeticamente" e lhe fala de uma peça em um ato que está trazendo consigo e que havia escrito às três da manhã.

"Eu recorro a outro bar" tem quase o mesmo elenco de personagens de "Os prazeres de um charuto"*, e alguns dos diálogos são reutilizados e reinventados. Mas nessa obra a "gangue" de

---

* Os amigos de Jack são personagens; publicada no livro *Em cima de uma Underwood*, parte II, p. 66. (N.E.)

personagens está sendo escrutinada por forças externas levando em conta sua capacidade de entreter, e a diferença em enredo e foco lhe permite valer por si própria em seu comentário social sobre as pretensões da classe média alta. Em "Eu recorro...", Jack e seus amigos estão na companhia de um Crítico da Broadway, que veio ao bar para examinar as "pessoas reais" das peças de Jack a fim de ver se há substância suficiente para a Broadway e que se torna a voz condescendente da burguesia observando a futilidade e a tristeza do homem comum. O crítico diz para Zagg, Jack interpretando a si mesmo, que o que ele testemunhou até agora não era material para a Broadway pois não há enredo ou suspense, apenas conversa. Jack responde: "Mas o que acontece aqui agora é apenas um pequeno pedaço quadrado da vida, eu acho, extraído do padrão principal com uma navalha e exibido para um público da Broadway dependente de enredo, e é claro que eles não vão gostar".

Jack faz uma referência em "O Pioneer Club" (ver Parte III, p. 273), onde escreveu sobre um bar da Nova Inglaterra no verão de 1940, quando ele já tinha começado a entender que isso, referindo-se aos seus amigos, era "O Maior Espetáculo da Terra".

A peça de William Saroyan The Time of Your Life, *de 1939, pode ter sido uma inspiração para Jack, pois retrata a vida partindo da perspectiva de um bar. Na carta de Sebastian de outubro de 1940, ele a menciona como uma das três peças de Saroyan que tinha acabado de ler, e é possível que Jack, um fã do trabalho de Saroyan, a tivesse lido também.*

Eu recorro a outro bar

por Jack Kerouac

Uma peça curta em um ato e uma cena. Nada pretensioso. Apenas um bar que realmente *é* um bar; ou seja, um edifício dedicado ao consumo de cerveja, e não para ficar olhando. Este é o típico bar de uma cidade industrial da Nova Inglaterra. É lançado para cima como um baralho de cartas seria lançado até formar um edifício. Você pode ver as tubulações do fogão e do encanamento percorrendo as paredes. Você pode sentir a exiguidade das paredes batendo nelas com o seu punho. Não vai ser uma produção cara. E acima de tudo, e mais importante (embora não mais delicioso), você pode sentir o cheiro de cerveja - - - e eu realmente quero dizer cheirar. Está infiltrado na madeira e foi absorvido no chão. O lugar recende a cerveja. É dedicado a beber cerveja, e não para ficar olhando, ou para cheirar. É um dos nossos velhos ruidosos bares de cidade industrial da Nova Inglaterra. Nele, todas as noites, é encenado um drama que faria cair o queixo da Broadway. Mas a Broadway é demasiado esnobe, demasiado enjoada de Saroyan (se for isso), ou não interessada em absoluto. Mas eu sou, casualmente. Certa noite, eu estava num desses lugares, e a música de rabeca estava tocando a toda velocidade; e a coisa mais magnífica sobre aquela noite foi o casal que vi na pista dançando ao som das roucas cordas. Ele era um velho fazendeiro - - - não o grande fazendeiro do Meio-Oeste - - - mas o fazendeiro de segunda categoria da Nova Inglaterra, as mãos todas calejadas e rosto todo bronzeado e o colarinho todo rígido e limpo. Ele tinha um brilho justo em seus olhos que me fez cair o queixo, e me fez derramar um pouco da minha cerveja nas minhas novas calças. Ela era sua esposa, robusta, austera e simples. Eles dançavam juntos depois do duro trabalho de uma semana na fazenda - - - ele nos campos e ela em volta da casa - - - e gastaram alguma grana e beberam um pouco de cerveja e dançavam com solene determinação. Eles dançavam, eu diria, em função da dança. Não em função de abraçar um ao outro, como nós jovens esquisitos fazemos. Eles estavam solenemente determinados a dançar, porque era sábado à noite e eles estavam ali se divertindo e tudo ia bem no mundo e Deus era generoso e bom, se permanecêssemos fiéis a ele. Então, agora, a cortina está subindo diante desta cena.

Um grupo de rapazes está sentado a uma mesa, bebendo cerveja. Três deles estão extasiados com a visão do velho casal de agricultores, que está solenemente dançando enquanto a peça segue seu curso. Temos alguns outros casais na pista, mas estes três rapazes têm os olhos colados no casal de velhos. Um deles, a boca aberta, derrama cerveja em sua nova calça. Outro, o rosto largo e expansivo contorcido num sorriso de prazer, encara com interesse energético. O terceiro olha para o casal de idosos com silêncio sombrio. O dedão do pé do quarto rapaz está batendo com a música, e sua cabeça balança delicadamente num pescoço de cisne. O quinto está fumando um charuto e ruminando com sua cerveja. Eles são, é claro, Zagg, Walter, Sebastian, Paul e Nick. Se você perguntar por que é que tenho sempre os mesmos personagens, eis aqui o começo, digo que eu os conheço tão bem e eles têm feito tantas coisas surpreendentes que seria tolice manter o público ignorante da tal bela humanidade. Assim que eu encontrar pessoas melhores vou colocá-las nessas peças. Mas chega de conversa fiada, e fiquemos com o diálogo.

SEBASTIAN: Dá só uma olhada neles! Não é maravilhoso? Uma semana de trabalho cumprida e agora é noite de sábado e é hora de se divertir, como um ser humano batalhador deve fazer.

ZAGG: (Bebendo cerveja e fazendo uma careta) Que maneira de superar a futilidade...
WALTER: (Sombrio) Eu o convido pra vir cervejar comigo, e você precisa acompanhar o meu ritmo. Manda essa bebida goela abaixo.
ZAGG: Certamente. Certamente. (Bebe) Meu Deus, que porcaria nojenta.
PAUL: Puxa, Zaggo, você não gosta de cerveja? Observe, esta é a maneira de apreciá-la. (Ele toma um gole, estala os lábios, toma mais um gole, depois um longo trago, e depois acaricia a barriga como um gourmand que ficou satisfeito por um tempo.) Viu, bebezão? Não há nada como uma boa cerveja gelada.
ZAGG: Num mundo de conflitos, existe paz na cerveja. Isso é uma citação que eu tenho na minha parede na faculdade, sabe Deus por quê. Eu desprezo o gosto da cerveja.
NICK: Calma, calma lá. Sem poemas hoje à noite. Sem poemas hoje à noite. Eu estabeleço a lei aqui. (Ele olha de forma significativa para Sebastian, o poeta.)
SEBASTIAN: (Encarando desafiadoramente o olho do impassível mundo desinteressado. Desinteressado por sua triste situação, seu idealismo fútil.) Tolo! Tolo! Eu hei de beber agora para Baco e Minerva e Afrodite. Tolos! Tolos do mundo. Coisas estúpidas, mortas.
NICK: Escuta o que eu digo! Sem poemas hoje à noite. Sem poemas. Ou você vai receber uma garrafa na cabeça. (Nick é, naturalmente, inofensivo, mas ele está um pouco alto e agora realmente fala sério.)
ZAGG: cai num ataque de riso por causa da excitação de Nick, porque Nick quase nunca fica excitado por nada. Walter observa por um tempo, em seguida também começa a rir.
CRÍTICO DA BROADWAY: entra na peça. Ele está vestido como um Crítico da Broadway. Conhece Zagg e leu algumas de suas peças. Viajou todo o caminho até a Nova Inglaterra para ver esta fabulosa gangue de Zagg, e sentir a vida da Rooney Street e seus bares. Ele caminha até a mesa e cumprimenta Zagg. Zagg

o cumprimenta e o convida para se sentar, distribui as apresentações, pede uma cerveja, e se senta. O crítico tira o chapéu. Ele está determinado a descobrir se as peças de Zagg eram mentiras ou se elas não têm importância de qualquer maneira. De modo que ele se senta e permanece atento.
ZAGG: Eu não esperava você hoje à noite.
CRÍTICO: Eu queria aparecer diante de você e sua famosa camarilha num momento dramático. Espero que a minha presença não vá impedir a conversa e o drama habituais.
ZAGG: Normalmente impediria, mas, como temos cerveja hoje à noite, não vamos tomar conhecimento de quaisquer inibições, e muito menos de você. Nick está a caminho agora.
CRÍTICO: Ah, o colorido garoto silencioso que cospe o tempo todo. O sagaz, que diz as coisas mais ridiculamente sem sentido que já ouvi.
ZAGG: (Com orgulho) Sim, elas são tão ridiculamente sem sentido que são ridiculamente engraçadas, e todos nós o amamos por isso. Ele não é um idiota: ele é uma maravilha, uma simples, orgulhosa e pequena maravilha. Um pequeno universo de delícia elétrica. Nick, fala aí.
NICK: Sobre o quê?
ZAGG: Qualquer coisa.
NICK: Que diabo você acha que eu sou, uma metralhadora? Não vou dizer uma única maldita palavra. Quem diabos sou eu pra falar, hein, Scotty?
PAUL: Certo, meu garoto. Fica quieto. Vou contar uma piada.
SEBASTIAN: (Bêbado e entediado) Outra piada do WPA?
PAUL: (Rindo saudavelmente e com uma rara boa disposição.) Certo.

    O Crítico recebe sua bebida e prova. Sebastian segura o bartender.

SEBASTIAN: Quem é você?
BARTENDER: Lionel Bourgette.

SEBASTIAN: Por quê?
BARTENDER: Por quê? Como é que eu vou saber?

    O Crítico estava esperando por alguma filosofia aqui e já estava todo pronto com seu caderno de anotações. Mas ele ganhou uma típica resposta de cidade industrial da Nova Inglaterra. Sebastian fica muito satisfeito com a resposta, e ri com poderosos pulmões. Zagg fica contente.
    O Crítico coça a cabeça. Está perturbado.

CRÍTICO: Zagg, não tem drama aqui.
ZAGG: Você acabou de ver um tremendo drama agora. Mas não esquente a cabeça, espere para ver. Seja paciente. Você vai ver alguns dos mais evidentes dramas dentro de um momento.
WALTER: (Engolindo copos grandes de cerveja em meio minuto e fazendo uma careta dolorosa.) Baaaah! Aqui estou eu, sentado num bar sujo na Rooney St., bebendo cerveja barata, enchendo-me com essa péssima porcaria amarela. Eu não deveria estar aqui. Eu deveria estar em outro lugar. (Levanta os olhos do copo, com quem estivera falando, e vê o Crítico.) Quem é o raio desse cara? De onde ele veio?
ZAGG: (O único sóbrio na famosa gangue. Sebastian tem sua cabeça desgrenhada na mesa, e Paul e Nick estão cantando, abraçados. O Crítico agora está desatando sua gravata.) Ele é de Nova York. Um amigo meu que leu as minhas peças. Ele veio até aqui pra ver o que eu estou escrevendo, e pra descobrir se vale a pena.
WALTER: Ouça você, qualquer coisa que Zagg escreva é boa, porque Zagg é Zagg.
CRÍTICO: Broadway não é você.
WALTER: Quem é Broadway? Eu digo que Zagg escreve as melhores coisas do mundo, e digo isso com convicção, porque Zaggo é Zaggo, e eu sou Mouse, o velho Mouse, o mais fiel amigo de Zaggo.

ZAGG: (Depois de um longo gole de cerveja) E Zaggo é o mais fiel amigo de Mouse.
WALTER: Viu, seu palhaço? É assim mesmo. Bem assim. Tudo que Zagg faz está bom pra mim. É tudo maravilhoso.
CRÍTICA: Mas e quanto à Broadway?
ZAGG: (rindo) Está tudo bem, Mouse. Você está bêbado. Não se incomode. Agora ouça, seu crítico da Broadway. Ouça Walter. Vá em frente, Walter.
WALTER: Que diabos eu estou fazendo aqui? Falando até estourar a minha cabeça, bêbado como uma porta - - - isso não se encaixa direito, mas quem está cagando pra isso? - - - De qualquer maneira, aqui estou eu falando, e bêbado, de forma que esse idiota bem-vestido, esse jipe de Nova York, possa ouvir e tomar notas. Ele é louco? Bem, nenhum dano causado. Você diga ao mundo isso, Jipe. Eu sou Mouse, e algum dia terei uma fortuna enorme, e terei poder. Poder! Essa é a minha palavra. PODER! E eu não me importo com como vou obtê-lo. Serei o homem mais rico do mundo. Claro, eu li as peças de Zagg. Li suas peças, não com avidez como Sebastian, mas o suficiente para ver o que ele diz. Eu sei o que Zagg quer. O que ele quer é o que eu quero, porque somos a mesma coisa. Nós sempre fomos. Zagg chama isso de poesia, um cara chamou de Shangri-la, e eu chamo de dinheiro. Mas a questão, com Zagg, é que ele quer a poesia - - - ele não se importa com dinheiro. Mas eu acho que sou um maníaco por dinheiro. Sou louco por dinheiro, então o que eu quero é o dinheiro. Depois eu posso ter o que Zagg chama de poesia.
CRÍTICO: Eu não acho que você saiba o que Zagg quer. VOCÊ é louco por dinheiro, meu rapaz.
WALTER: Escute, seu jipe. Zagg e eu fizemos um monte de coisas juntos. Ele vai escrever tudo a respeito. Tantas recordações me vêm à mente, mesmo agora. Memórias, tão insuficientes. Por que diabos nós temos que crescer, Zagg? Por que não podemos ficar crianças a nossa vida toda? Por que não podemos continuar vivendo uma existência que Zagg chama de "poesia

casual"? Por que não podemos voltar ao Pine Brook com os nossos pés descalços? Por que não podemos voltar aos dias de brincar de cowboy no terreno baldio, e apanhar o Homem da Lua no alto de uma árvore, e ter um clube do Mágico de Oz com um buraco no teto, e disputar vítreas corridas de bolinha de gude, ou girar bambolês, ou sair no Furacão de 1938 e ser soprados nas nossas bundas? Eu sei, seu jipe, que você não sabe do que eu estou falando, porque você não fez essas coisas com Zagg. Mas eu fiz. Para mim, elas são inesquecíveis e não têm preço. E para ele também.
ZAGG: (Bebendo pesadamente agora) Sim. Sim. Sim. Sim. Sim. Sim. Sim. Sempre sim.
WALTER: Ouça, seu pobre jipe. Crescer é apenas mais um exemplo deste Mundo Perverso. E não fique com merda na cabeça, *é* um mundo perverso. Não se pode viver do jeito que a gente quer. Quero dizer, nesta vida perversa. Eu não posso. Quero continuar rindo. Mas eles não me deixam. Você sabe o quanto gosto de rir, porque você já leu as peças de Zagg. Gosto de rir porque não sei por que motivo faço isso. Isso o surpreende? Bem, cale a boca. Ouça!! Eles não vão me deixar rir. Eu tenho que trabalhar, e meditar, e pensar. Ou isso ou continuar a ser um pobre escravo a minha vida toda. Um escravo casual, poético - - - mas ainda um escravo. Mas Mouse haverá de voltar. O dia virá em que tudo o que precisarei fazer será comer, dormir e rir. Brincar de caubói no terreno baldio. Chutar latas na Rooney St. Nadar no Pine Brook. Serei o maior idiota do mundo. Vou rir de tudo. Só estou feliz quando eu estou rindo. Vou RIR, RIR, RIR, RIR, RIR, e depois morrer. Ou devo dizer, chutar o balde. Cocô.

A música de rabeca toca em pleno vigor. O crítico se recosta em sua cadeira. Ele veio para ver se havia algum drama num bar de cidade industrial da Nova Inglaterra, e descobre que existe. Porém, ele fala.

CRÍTICO: Zagg, não acho que isso seja suficiente para a Broadway, no entanto. Não há escopo suficiente para isso. E quanto à ameaça Totalitária?
ZAGG: Bem, vamos ver o que tenho na mão. Podemos passar essa questão para Nick, e ele vai lidar com isso muitíssimo bem. Mas as pessoas chamariam isso de besteira e pura insanidade. Mas vamos tentar. Nick, o que é que você acha do Hitler?
NICK: (Sua canção com Paul é interrompida. Ele olha para Zagg concordando com a cabeça.) Tudo que tenho a dizer é: esqueça. Esqueça, garoto, esqueça.
CRÍTICO: Você quer dizer, assumir uma pose de pacifismo, ou mesmo de escapismo, em tempos como esses? Ora, isso seria suicídio!
NICK: (Apertando os olhos em cima do Crítico) De onde é que esse cara veio? Alguma vez ele se divertiu na vida? Ele está falando através de poemas também? Diga pra ele parar com isso. Alguma vez ele se divertiu?
ZAGG: Não, ele se preocupa demais. Ele toma uma resolução todos os dias, não é mesmo, Sebastian?

Sebastian está dormindo com a cabeça sobre a mesa. Walter medita diante de sua cerveja. Paul e Nick retomam seu dueto.

CRÍTICO: Ah, isso é tudo tão despropositado. Não chegamos a uma decisão conclusiva. Não há nenhuma mensagem no seu drama precioso. Continuo dizendo, e quanto ao totalitarismo?
ZAGG: (Para Nick) Nick, o que você fará se a guerra for declarada contra a Alemanha?
NICK: Me juntar ao exército e chutar o maldito balde.
ZAGG: Por quê?
NICK: Porque essa é a melhor coisa para se fazer. Se vamos à guerra, temos que vencer.
ZAGG: Quem somos nós?
NICK: Nós. Minha família, esta cidade, nós rapazes. Todos nós. Não sei muito, mas sei que estamos todos na mesma.

ZAGG: No quê?
NICK: Na mesma, seu banana. Bem no meio de tudo. Estou certo, Scotty?
PAUL: Totalmente!
NICK: Pode crer. Muito bem, vamos cantar "The Old Oaken Bucket", meu bebê.

    Ambos cantam.

ZAGG: Nick, você não vai discorrer sobre os seus manietados direitos democráticos? Quer dizer, você não vai discorrer sobre ser forçado a fazer coisas no exército?
NICK: Desde que eu possa me divertir um pouco, não me importo. Vou cuidar da minha família, vou ficar com a minha gangue e vou fazer o que o governo me diz porque deveria ser a coisa certa a essa altura.
ZAGG: (Virando-se para o Crítico) Você vê, cabe a nós garantir que *seja* a coisa certa a essa altura.
CRÍTICO: É claro. É claro. O governo. (Os olhos do crítico brilham diabolicamente)
ZAGG: Mas veja, o governo não nos incomoda. Deixamos isso para os senadores e presidentes e gente desse tipo. Nós todos temos o direito de ser o que desejamos. Nick quer dirigir um furgão de lavanderia. Portanto, o país para ele é um policial passivo que cuida de seus direitos. Ele não se importa, contanto que o deixem dirigir seu furgão de lavanderia em paz. Você vê?
CRÍTICO: E quanto ao idealista, o Sebastian?
ZAGG: Ele é um intelectual. Ele tem coisas a dizer sobre isso, no modo mais melodramático dele. Mas agora ele está dormindo, em algum lugar além de todas as sinfonias já escritas. Alguns quilômetros além de Sibelius Número um.
CRÍTICO: (Bebendo cerveja) Bem.
ZAGG: Dá licença enquanto fico bêbado. Não estou fugindo de nada. Só gosto de me sentir tonto e amigável e estranho.

A música prossegue, o casal de idosos dança com firme determinação, os rapazes bebem e o crítico enxuga sua testa.

CRÍTICO: Mas isso ainda é muito fraco para a Broadway. Não há nenhum enredo, não há nenhum suspense. Apenas um monte de conversa.
ZAGG: Nenhum enredo e nenhum suspense, pois é, mas houve enredo e suspense na vida de todos nós. Se você quiser, escreverei minha próxima peça com um enredo. Que tal sobre a vez em que Sebastian disse a uma garota na rua que amava ela, e depois foi até um canal e contemplou cometer suicídio porque ela não quis se casar com ele. Que tal sobre a vez em que Mouse voltou para casa depois de uma longa jornada para encontrar seu irmão morto e enterrado. Que tal sobre a vez em que Mouse e eu levamos um bêbado para casa uma noite e quase morremos de susto quando ele bateu a cabeça no fogão dele e pareceu estar morto - - - e o nevoeiro lá fora, e a noite e o mistério nisso. Que tal sobre a vez em que Nick era o único amigo na minha vida quando vim para casa certa vez, todos os meus amigos estando longe. Ah, eu poderia pensar em um milhão de enredos e um milhão de momentos de suspense. Mas o que acontece aqui agora é apenas um pequeno pedaço quadrado da vida, eu acho, extraído do padrão principal com uma navalha e exibido para um público da Broadway dependente de enredo, e é claro que eles não vão gostar. Ora, houve brigas aqui, grandes e enormes discussões, casos de amor tremendos, boa música, a escuridão e a luz, jovialidade e tristeza, nostalgia e insensibilidade, cerveja e uísque... tudo. É só um canto pequeno e insignificante do mundo em que você teve o privilégio de sentar-se hoje à noite. Você é um crítico da Broadway, eu sou um poeta casual. Nós não nos misturamos, mas eu gosto de você porque você está no mesmo barco. Como diz Nick, você está bem no meio de tudo com a gente.
CRÍTICO: Entendo. Certamente é assim que você escreveu a respeito. Mas estou querendo saber se vai passar na Broadway.

ZAGG: Realmente não me importo. O dinheiro e a fama evidentemente me encheriam de vaidade, mas sempre terei a satisfação de saber que libertei toda essa grande vida no papel e que a tornei imortal.

 Sebastian acorda com um sobressalto. Ele fica de pé, oscila, se desculpa e vai para o banheiro no recinto ao lado. Há música alta e dança. O Crítico observa tudo e estuda a estrutura frágil, dedicada à cerveja e à cerveja apenas. Sebastian logo retorna com uma velha prostituta e dança com ela. Zagg dá piscadelas para o Crítico e vai até o músico sussurrar em seu ouvido. Paul e Nick estão conversando um com o outro. Walter ainda está refletindo, mas começa a conversar com Paul e Nick.

PAUL: Ouça, Nick, meu bebê, lembra quando você era o nosso jogador da terceira base?
NICK: Ora, é claro que lembro. Claro que lembro. E o Mouse aqui era o nosso astro arremessador. Que jogo de braço que ele tinha.

 Walter recorda, em sua mente, o sol quente incidindo num diamante empoeirado, as jovens vozes gritando, o riso e o lampejo do verão e da juventude, e pensa em como tudo está acabado e esquecido. Mas também pensa em como era maravilhoso. De repente, entra numa de suas risadas incontroláveis. Paul, é claro, cai com ele na risada, como de costume. Nick dá um tapa na coxa com aprovação, e cospe no chão. Zagg retorna, vê aquele riso, coloca seu braço em torno de Walter e Paul e Nick, enfia a cara no círculo dos seus rostos e risos bem no meio deles, demorada e alta e alegremente. Eles não sabem mais por que razão estão rindo, estão bêbados e estão felizes. Agora, a orquestra começa a tocar "I'll see you again". Zagg aquieta seus amigos e pede que vejam o que o pedido dele vai fazer com o dançante Sebastian. O Crítico olha tudo com aprovação; é a sexta cerveja dele, é por isso.

Sebastian ouve sua música favorita, empurra a prostituta de lado, salta para uma cadeira, sobe nela e começa a cantar em voz alta. Ah, que tremenda voz ele tem! A gangue agora está explodindo com riso descontrolado na mesa. O Crítico esquece tudo sobre fechamento de edição, enredo, construção e diálogo e sua máquina de escrever. Ele toma sua sétima cerveja, e observa Sebastian e ri - - - ele não sabe o porquê, mas ele ri. As demais pessoas no bar caem na risada também. Sebastian, o idealista, não dá a mínima. Ele canta na maior alegria. O Crítico toma sua oitava cerveja, ri um pouco mais, e toma sua nona. Ele veio até a Nova Inglaterra para ver sobre que coisa Zagg estava falando; agora ele sabe. Não é nada pretensioso. É só uma mistura de verdadeira amizade, lealdade, coragem e humor e inteligência. Há um monte de outros rótulos, mas o Crítico não quer pensar sobre eles. Ele sente todo esse troço sobre Zagg agora. Não sabe nomear o que é, mas sente. Ele deseja com todo o coração que tivesse conhecido um monte de camaradas como aqueles, não porque eles fossem excepcionais, mas porque eles eram extraordinariamente humanos. Se Zagg tem algo para a Broadway ou não, ele ainda não pode dizer. Ainda está no escuro, e toma sua décima cerveja. A cortina desce. Ainda está tocando a canção "I'll see you again", o velho casal de agricultores ainda está dançando com solene retidão, os meninos ainda estão rolando de rir numa hilaridade completamente injustificada e o Crítico está bêbado com a vida e com a cerveja. E Sebastian ainda está cantando com seus poderosos pulmões, sem nenhuma razão em absoluto. Claro, ele vai ganhar a vida, mas não vai se deixar passar dos limites por causa disso, porque isso é o que fabrica Hitlers.

Em "Eu recorro a outro bar", Jack referiu-se a suas rondas noturnas pela cidade de Nova York, que se encaixam perfeitamente em sua noção de observação como combustível de um escritor. Ele evocou Thomas Wolfe muitas vezes como uma inspiração: "Ele simplesmente me fez abrir os olhos à América como um Poema, em vez da América como um lugar para ficar batalhando e passando dificuldade. Acima de tudo, o poeta de olhos escuros me fez querer rondar, e vagar, e ver a América real que estava lá e que 'jamais tinha sido proferida'." *(Vaidade de Duluoz (1967), Livro 4, parte IX, p. 75). Este trabalho descreve uma noite desse tipo.*

Oitenta e oito centavos de Nova York

por Jack Kerouac

O quarto não é muito maior do que um grande closet, mas tem uma plenitude e uma unidade que lhe dão certa espécie de grandeza espiritual. Há um catre, profusamente coberto por camisas, gravatas (destinadas à negligência), livros, panfletos e qualquer outra coisa que impeça alguém de se deitar no catre. Há uma escrivaninha mofada, com uma antiga máquina de escrever tão enorme como velha, e uma fileira de clássicos gregos e romanos virados para baixo sobre a confusão da mesa com dignidade ultrajada. O abajur está dobrado para baixo a fim de manter a luminosidade longe do resto do quarto - - - uma espécie de muda genuflexão perante a santidade de cadeiras, malas jogadas no canto, enormes retratos em papel de Wagner, originais em aquarela pequenos e emoldurados e uma foto de uma cidadezinha no inverno para lembrar o ocupante deste recinto turbulento de sua Nova Inglaterra.

 O próprio monarca está se lavando em sua minúscula pia, cantando liquidamente junto com o rádio, que fica ao lado da venerável máquina de escrever sobre a mesa. O programa é o Make-Believe-Ballroom, o preciso metal rasteja e para, as palhetas sonhadoras espiralam e giram lentamente ao redor do quarto, o baterista batuca sortidos tilintares; esquadras de trombone vibram o rádio com seu lamento instável, e, por fim, a voz de alguma mulher em vestido de gala, eletricamente transcrita, é claro, arrulha e acaricia os ouvidos do jovem, que com frequência interrompe sua ablução para dirigir um solene juramento à cantora.

Este é um jovem rapaz da América, em seu quarto na Universidade de Columbia, lavando-se logo depois do pôr do sol, e é sábado à noite.

Isto é o que ele veste: Uma capa de chuva (está chovendo lá fora, e a South Hall Library cintila e reluz e pisca para ele, a onisciência coruja de todas as bibliotecas do mundo); um par de velhos sapatos com solado de crepe; velhas calças de gabardine, não passadas, é claro; e um pesado suéter. Um cachimbo e uma bolsinha de tabaco são inseridos na capa de chuva, além de uma caixa de fósforos. O dólar jaz em cima da mesa, torcido e dobrado e enrugado e promissor. Este é alisado dentro da carteira, e o jovem escritor está pronto para uma noite em Nova York.

Você consegue imaginar um jovem mais feliz do que esse?

Claro que não. É impossível. Sozinho, dentro de si mesmo, o jovem sai de seu quarto, com a visão da South Hall Library através de sua janela [agora] prometendo-lhe grande alegria enquanto se projeta para dentro do quarto em que a luz acaba de ser extinta. É impossível ser mais feliz do que este jovem. Com um dólar, alguns trapos variados e uma confiança íntima que poderia muito bem deixar qualquer um de queixo caído, o jovem parte.

O primeiro investimento é o metrô, e quem sabe um jornal também. Ele espera na borda da plataforma e observa o trem se aproximando, vindo de sua toca subterrânea, como uma lagarta gigantesca com vários olhos cintilantes. As portas se abrem, o jovem se lança de modo alegre na panela escaldante de Nova York, joga-se num banco e distribui o seu olhar ávido por todas as fisionomias à vista. Há muitas fisionomias, algumas com a face cinzenta e doentia da depressão de Nova York. Algumas exibem o rosado frescor da chuva. Algumas são bonitas, algumas feias. Algumas são judias, algumas são irlandesas. Todas elas, no entanto, têm uma coisa em comum: Suspeita, Indiferença, Pose Sintética - - - nada da simpatia e da cordialidade dos passageiros de um ônibus de cidade pequena, nada senão expressões de fastio, um excessivo e excêntrico descaso de uns pelos outros.

Agora o trem opera uma parada brusca, as portas se abrem deslizando e novas fisionomias aparecem para suplantar as velhas que acabaram de sair. Mais fisionomias de fastio, mais daquela indiferença nem um pouco saudável, daquele perscrutar desconfiado. O jovem da América abre seu investimento de dois centavos, o Daily Mirror.

Winchell*, que fica quebrando a cabeça para imaginar um epigrama mais mordaz do que o último. No entanto, um bom jornalista e um símbolo da América.

Runyon** e sua espirituosidade tranquila, não a espalhafatosa rouquidão judia de Winchell.

Críticas de filmes; anúncios de espartilho, "Eu falei com Deus; este folheto vai ajudá-lo a falar com Deus!"; DiMag*** acerta um *homer* contra o [St. Louis] Browns; Hitler - - - grrrr; membros encantadores de donzelas em trajes de banho; processo de divórcio, casamento, nascimento, morte; assassinato, rapina; guerra; tragédia; Little Abner e Pato Donald; editoriais, francos e agradáveis, porque eles sempre objetam, suponho; Chesterfields; White Owl, o melhor charuto de cinco centavos; notícias de Wall St. e um monte de pequenos algarismos; Bangtail [cavalo de corrida] vence a sexta em Bowie, jóquei Shelhamer é o cara; Over

---

* Walter Winchell (1897-1972), cuja coluna de fofocas no *New York Evening Graphic* expunha a vida privada de figuras públicas, uma prática considerada fora dos limites na época por jornalistas. Ele também era conhecido por seus controversos comentários de rádio para a Blue Network da NBC. Winchell foi censurado pela rede em fevereiro de 1943 por suas propostas de transmissões criticando as ações dos senadores Burton K. Wheeler e Gerald Nye, que estavam tentando bloquear o julgamento de 33 supostos sediciosos, mas essa ordem de mordaça foi levantada na semana seguinte. O *P.M. Daily* acompanhou a história e até mesmo publicou declarações emitidas em defesa do comentarista. (N.E.)

** Alfred Damon Runyon (1880-1946), jornalista, escritor e humorista. (N.E.)

*** Joseph Paul DiMaggio (1914-1999) jogou beisebol pelo New York Yankees (1936-1942, 1946-1951) e foi eleito para o Hall of Fame em 1955. Muitos classificam sua série de 56 jogos consecutivos com rebatidas, em 1941, como a maior façanha do beisebol em todos os tempos. (N.E.)

the Bridge, no Brooklyn, com Nick Kenny*; Columbia aguarda com expectativa boa temporada, admite Little**; grande liquidação na Bloomingdales, na Saks Fifth Avenue e na Macy's; e, num pequeno canto obscuro deste tabloide, um novo item:

HOMEM MORTO NA RUA

Nova York, 7 de setembro: Charles Epps, 26, de
768 9th Avenue, foi morto instantaneamente
hoje enquanto estava atravessando a rua
na esquina da 39th Street com 7th
Avenue. Ele foi levado para o Medical Center,
mas foi declarado morto assim que chegou.
Epps deixou uma esposa e duas
crianças e um pai dependente. Ele
era empregado como porteiro do San
Quentino, prédio de apartamentos, no Central
Park West. O sr. Epps foi atingido por
um táxi guiado por Charley Epstein
de 808 Flatbush Avenue, Brooklyn.
Epstein foi indiciado sob fiança.

CHARLES EPPS ATRAVESSA A RUA, PENSANDO O TEMPO INTEIRO A RESPEITO DE SUA DISCUSSÃO COM TONY SOUSA SOBRE MILLIE A VADIA NO BAR. EPPS ABORRECIDO. ENFIA JORNAL EMBAIXO DO BRAÇO ENQUANTO

---

* Nicholas Kenny (1895-1975), cronista esportivo do *New York Daily Mirror*. (N.E.)

** Lou Little, treinador de futebol de Jack na Universidade de Columbia. (N.E.)

DESCE DA CALÇADA E SACODE A CABEÇA COM DESGOSTO. COGITA IR PARA CASA E DORMIR PARA DEIXAR AQUILO PASSAR, TRABALHO AMANHÃ NO TURNO DO DIA, ESPOSA VAI FICAR ABORRECIDA PORQUE VAI PERDER AQUELA VIAGEM ATÉ JERSEY PARA VER A SOGRA DELA. HÁ UM EMBOTADO MOMENTO DE DESESPERO QUANDO EPPS ANTEVÊ NADA SENÃO VIDA CINZENTA ESTÉRIL AMANHÃ SEM NENHUM MOMENTO DE PRAZER SENSUAL ATÉ SÁBADO SEGUINTE E ENTÃO DE REPENTE ALGUM FILHO DA MÃE DÁ NELE UM FORTE EMPURRÃO PELO LADO, QUEM SABE UM ATAQUE RASANTE PARA DERRUBÁ-LO NO CHÃO? MAS RAPAZ QUE MALDITO DESCARAMENTO DAR EM EPPS UM EMPURRÃO TERRÍVEL ASSIM COM AQUELA BIGORNA OU SEJA LÁ O QUE FOR AQUILO, E OLHA SÓ PEQUENO PETER PIPER PEPPER OLHA TODAS ESSAS LUZES E O SOM ALTO DE UM APITO DE NAVIO ENTOADO DE MANEIRA CONTÍNUA E PENETRANDO FUNDO E WHIIIIIIIIIIIII E QUEM FOI O MALDITO QUE ME DEU AQUELE FILHO DA MÃE DAQUELE EMPURRÃO É DURO DEMAIS FORTE DEMAIS *VIOLENTO* DEMAIS - - - AH UM MALDITO DE UM VIOLENTO GOLPE PELO LADO E O SOM DO APITO DO NAVIO E OLHA SÓ ESSE ROSTO OLHANDO DE CIMA PARA MIM, QUE DIABO QUE ELE TEM PARA ESTAR TÃO ASSUSTADO, E POR QUE É QUE EU ESTOU DEITADO DE COSTAS NÃO SENTINDO NADA EXCETO TORPOR, SÓ ISSO, NADA MAIS, MEU CORPO SIMPLESMENTE NÃO ESTÁ EM LUGAR NENHUM ESTÁ ENTORPECIDO E GROSSO E INCHADO DE COISA NENHUMA E TORPOR E QUE DIABO COMO ELE ESTÁ ASSUSTADO!! PARECE QUE ELE ESTÁ OLHANDO UM FANTASMA. EU SOU APENAS CHARLEY EPPS, EU TRABALHO LÁ NO SAN QUENTINO, QUE DIABO QUE VOCÊ TEM PARA ESTAR TÃO ATÔNITO? SERÁ QUE DIMAG REBATEU MAIS DE 56 EM SUA NOVA TEMPORADA? QUE DIABO ISSO É IMPOSSÍVEL. QUEM É O

MALDITO QUE ESTÁ TOCANDO ESSE APITO DE NAVIO? AH SÓ PODE SER AQUELE POLICIAL PUXANDO PARA LONGE AQUELE CARA ASSUSTADO. RAPAZ COMO EU ESTOU ENTORPECIDO E AGORA EU NÃO OUÇO NADA. TUDO QUE EU VEJO É O POLICIAL, O TOPO DAQUELE EDIFÍCIO, ESTOU ENTORPECIDO E OUÇO UM APITO - - - E MACACOS ME MORDAM ESTOU BÊBADO COMO UM GAMBÁ PORQUE AQUI VOU EU, O EDIFÍCIO ESTÁ DESABANDO EM CIMA DE MIM E EU ESTOU OSCILANDO PARA BAIXO E RODANDO NUM MOVIMENTO GIRATÓRIO QUE VAI ME LEVANDO MAIS E MAIS E MAIS PARA BAIXO? BEM LÁ NO FUNDO, MAIS E MAIS PARA BAIXO EU OSCILO E GIRO EM ESPIRAIS E AGORA FICOU ESCURO E OPA EU AGORA ESTOU CAINDO E VOU BATER EM ALGUMA MALDITA COISA LOGO LOGO...

Nova York, 7 de setembro: Charles Epps foi morto na rua ontem.

O trem para de novo, e a história absorvente de Charley Epps é tirada da mente meditativa do jovem por um número 42 que pode ser visto fora das janelas do metrô, os olhos da lagarta.

Times Square.

Emergir do trem, caminhar ao longo da plataforma de cimento sujo e evitar os atormentados nova-iorquinos que se apressam para pegar o trem, subir os degraus, três de cada vez, correndo, com o fim de deixá-los para trás, eles, os idiotas nem um pouco atléticos. Passar as tendas de doces, as tendas de sorvete, as tendas de flores, todas as quais estão acondicionadas dentro do foyer que leva para os degraus, que por sua vez levam para a rua.

Ah, aqui, aqui, aqui e em nenhum outro lugar em Nova York podemos sentir o cheiro da decadência de Nova York. Há um odor enjoativo que parece colar no corpo da gente, existe no ar uma qualidade sacarina que faz com que as narinas da gente se revoltem, existe misturado a isso um levemente doce cheiro de morte dos túneis do metrô em si, lufado degraus acima até o foyer fervilhante para se misturar com a feculenta sinfonia de doces e balas de caramelo e pipoca e melado gotejante e calda quente e fliperamas e barras de chocolate e milk shakes de morango e com isso a fina, fina poeira das ruas de Nova York e o ainda mais fino pó dos metrôs, e tudo isso tocando um acorde estrepitoso e longo de fina imundície. Imundície doce, fina e delicada, ainda não lavagem, mas destinada a ser.

Agora estamos fora na 42nd Street. As marquises dos cinemas brilham. Os olhos do jovem ardem em chamas na sua busca por uma boa sessão dupla. Ah! Eis ali uma boa. A sala de cinema francês, um filme de Jean Gabin-Louis Jouvet*, com um bom filme inglês, Robert Donat**, a sagacidade preguiçosa e eficiente dos britânicos. Um contraste continental, neste empório de vinte centavos. O humor gelatinoso e nervoso dos franceses, o humor dormente, sonolento e rápido dos ingleses. Tenha pressa, jovem. Pegue um assento. Deixe a doença da pressa, New Yorkia, tomar conta de você e levá-lo em frente. Esquive-se, e faça um zigue-zague, e tenha pressa, pois pode ser tarde demais para não perder nada. Compre o bilhete, se apresse no saguão, vá em frente - - - agora o som do filme, as ricas cadências gaulesas de uma mulher francesa rindo, a fala nasalada de um francês, que verbaliza seus erres com um gorgolejo espesso de porquinho. A mais bela das línguas.

O jovem encontra um assento e move-se pela fileira. Senta-se com um sorriso, sabendo que, pelas próximas três horas, seu investimento de vinte centavos irá lhe fornecer material absorvente e no mínimo um escape fascinante. Três horas deliciosas, deliciosamente sozinho dentro de si mesmo, testemunhando um documento cinematográfico, rindo de vez em

---

* O filme de 1936 *Les bas-fonds*, de Jean Renoir, era estrelado por ambos os atores e foi baseado na peça do russo Maksim Górki ["O submundo"], seguindo as atividades questionáveis de um grupo de personagens depauperados nas áreas pobres de Paris, cujas vidas são emaranhadas por muitos elementos, incluindo o crime e a pobreza. (N.E.)

** Robert Donat, ator inglês ganhador do Oscar, estrelou diversos filmes, 1932-1958. (N.E.)

quando, sorrindo de vez em quando, todas as almas, dentro da sala escura e silenciosa, quietas do modo mais atento, olhos grudados na tela bruxuleante.

    Isto, ver um filme na América, é uma coisa maravilhosa. Em primeiro lugar, é democrático. Em segundo lugar, é civilizado. Por fim, é pleno e rico e completamente agradável, contanto que as imagens sejam decentemente apresentadas. Qualquer um que seja alérgico a filmes é um chato, porque os filmes fazem exigências quanto à concentração, e qualquer um que tenha dificuldade de se concentrar é muito chato mesmo. Não passa de um egoísta insuportável que não consegue se concentrar em nada, exceto em seu próprio ser escasso.

A viagem solo de Jack para Washington é a viagem de um aventureiro desapontado. Ele se sai, no entanto, com algumas observações interessantes, embora tristes e perturbadoras também. Ele alegremente deixa Washington a fim de voltar para casa e fica outra vez num espírito mais animado enquanto viaja pelo campo em Maryland. Jack afirma neste retrospecto (1967) sobre essa viagem: "Eu queria ver as terras do sul e começar a minha carreira como itinerante americano.... eu estava na estrada pela primeira vez" (Vaidade de Duluoz, *Livro 4, parte III, p. 93, 94).*

Washington em 1941

Por Jack Kerouac

O leitor casual pode começar a ler esta história com o propósito de ver o que penso sobre o Capitólio da Nação, e suas implicações à luz de complicações internacionais etc.

Pois bem, obrigado pelo seu interesse.

Visitei Washington no verão passado, e a única coisa de que lembro bem são três negros parados na esquina no outro lado da rua do meu hotel, conversando e dando risada. Para cima e para baixo da rua eu não conseguia ver nada senão carros, fachadas de lojas, caixas de correio, placas, postos de abastecimento.... em suma, o mesmo padrão monótono de todas as cidades americanas. Eu realmente não achava que Washington fosse tão quente. Vi o Capitólio da Nação, entrei nele porque ali estava bem fresco e era como se fosse uma cripta, estudei as pinturas a óleo no National Museum, fiquei estupefato com alguns Rembrandt simplesmente porque ali diante de mim estava o trabalho original de um dos artistas verdadeiramente grandes do mundo, andei pelo National Archives e congelei quase até a morte, mas não vi nem Roosevelt nem Ickes, nem Knox, ou a sra. Perkins, Hull, Rayburn, Wallace*, ninguém. Dava na mesma, de qualquer maneira. Não dou a mínima para os políticos, não porque tenha ciúmes de seu sucesso bem como de seu

---

* Harold Ickes, William Franklin Knox, a sra. Frances Perkins, Cordell Hull e Henry Wallace eram todos membros do gabinete do presidente Franklin Roosevelt, e Sam Rayburn era o presidente da Câmara. (N.E.)

brilhantismo, mas porque acredito que eles usam seu sucesso e brilhantismo não de maneira vantajosa, mas ao contrário.

Então voltei para o meu quarto vagabundo naquela noite e sofri. Escrevi duas cartas para os meus dois melhores amigos. Contei a um deles que estava "cansado e destruído". Contei ao outro que estava de saco cheio. Foi um dos piores momentos da minha vida... é que eu estava em Washington por um motivo: eu tinha acabado de jogar tudo para o alto, completamente, e escapado de algo bom, apesar de árduo; disso eu escapei para nada, que não era nem bom nem árduo, mas era, por outro lado, destrutivo. Chorei consideravelmente, em meu íntimo, e vi a parede de tijolos encardidos fora da minha janela exibindo-se no sul sufocante, o sul de um calor que estrangulava na noite. Toda aquela noite eu fiquei me agitando na cama com o lençol pegajoso, praguejando e coçando por causa dos percevejos, e chorei e cheguei num ponto em que bem poderia ter morrido de uma morte horrível com tudo aquilo. Estava tudo vazio, trágico, esquálido, quente no máximo grau e úmido, cheio de lágrimas, tenebroso, desanimado, lamentável - - - - e tristemente engraçado, se bem que não pensei assim na ocasião. Estava tão arrasado que é [um] espanto que tenha conseguido sair bem daquilo. Mas saí. Na manhã seguinte, me levantei e descobri que fazia um dia mais fresco. Aquele era um bom começo. Então desci pela rua e parei numa livraria. Por uma hora debrucei-me sobre os livros baratos e afinal comprei um volume dos Ensaios de Emerson. O céu estava muito azul sobre Washington, e as coisas ficaram um pouco melhor. Decidi voltar para casa bem naquele momento.

Comprei uma passagem de ônibus no terminal e voltei até o quarto do hotel para pegar a minha mala. No quarto observei os lençóis da cama, amassados e tristes. Meu corpo estava coberto de picadas. Joguei minhas coisas na mala e bati a fechadura. Lancei um último olhar pela parede de tijolos gastos fora da minha janela, ali em Washington em 1941, e um último olhar na arvorezinha magrela que brotava por entre cercas e tonéis, e parti. Enquanto o ônibus saía de Washington, contemplei as ruas e percebi que não eram diferentes de quaisquer outras. Lancei um último olhar à cúpula do capitólio e encolhi os ombros. O ônibus saiu da cidade e dirigiu-se para Maryland, onde encontrei coisas muito mais aprazíveis: salgueiros, varandas ao nível do solo nas casas, pequenos vilarejos como Elkton e as cercas brancas nas campinas tão verdes, tão verdes.

Isso é tudo o que tenho a dizer sobre Washington, com base em observação pessoal. Qualquer outra coisa que eu saiba não é de primeira mão; fiquei sabendo nos jornais, e não sei qual é qual - - - - o que foi que vi, ou o que eles dizem a você nos jornais, nos filmes, nas histórias sobre Washington. Realmente não dou a mínima, de qualquer maneira; a Nova Inglaterra é a minha essência, não Washington D.C.

jk

PARTE III
Kerouac e os jovens prometeicos

Introdução

A amizade de Jack Kerouac com Sebastian Sampas se deu durante um período seminal do desenvolvimento de Jack como escritor. Os empreendimentos de meninice dos dois – a produção de peças de teatro, jornais e roteiros de rádio – eram muitas vezes o resultado colaborativo de suas experiências compartilhadas enquanto cresciam em Lowell, Massachusetts. Na época uma movimentada confluência de imigrantes trabalhadores de fábrica, o clima industrial de Lowell proporcionava uma fascinante variedade de experiências inspiradoras para esses jovens escritores que floresciam. Jack e Sebastian, assim como muitas das crianças em Lowell, naquele tempo, eram americanos de primeira geração, o que teve um profundo efeito em seus primeiros interesses intelectuais.

Jack e Sebastian, juntamente com vários outros amigos de Lowell – Cornelius Murphy, George Constantinides, Billy Chandler, George Apostolos, John MacDonald, Ed Tully e Jim O'Dea –, formaram um grupo que eles chamaram de Jovens Prometeicos (entre outros nomes). Eles reuniam-se informalmente para discutir vários temas, incluindo literatura e as artes, e queriam causar um impacto por meio da autoexpressão, de modo que formaram grupos de dramaturgia, como o Variety Players e o Pioneer Club, para produzir peças de teatro e roteiros de rádio, recitavam poesia, criavam tiras de desenho animado, escreviam contos e cantavam para quem quisesse ouvir.

Embora não existam referências específicas a respeito do motivo de o grupo ter sido nomeado a partir do Titã da mitologia grega Prometeu, conhecido como um dos Deuses Antigos antes de

Zeus chegar ao poder, existem algumas correlações relevantes entre ele e o objetivo dos Jovens Prometeicos de abraçar a irmandade da humanidade. Prometeu é muitas vezes chamado de salvador da humanidade, porque, para aliviá-los de seu sofrimento, deu-lhes arte e fogo, e esse gesto lhe trouxe muita dor nas mãos de Zeus. Crescendo durante o auge da Grande Depressão, os Jovens Prometeicos provavelmente viram essa história, cheia de esperança e desespero, de muitas maneiras como um reflexo do mundo ao redor deles. Portanto, a analogia de levar a arte para a humanidade, como um grande equalizador, foi a conexão mais provável. Outra experiência oportuna teria sido o altamente divulgado edifício do Rockefeller Plaza, e nele a estátua dourada de Paul Manship representando Prometeu no ato de trazer o fogo para o homem, que foi instalada em 1934. Jack e Sebastian teriam doze anos na época, e, coincidindo com os seus crescentes interesses intelectuais, isso poderia ter sido um farol de luz para tais jovens idealistas. Eles também estavam lendo Goethe e Byron e ouvindo Beethoven e Liszt, todos os quais haviam abordado o assunto de Prometeu em seu trabalho. O "Prometeu" de Byron (1816) questiona a injustiça de punir Prometeu:

> Teu crime Divino foi ser benevolente,
> Para com teus preceitos minorar
> A soma do humano pesar,
> E fortalecer o Homem com sua própria mente;...

A filosofia básica do grupo – a irmandade da humanidade – era debatida com frequência, como eram os sucessos e fracassos das tentativas do grupo de causar um impacto. Jack escreve para Sebastian, em meados de março de 1943, que o grupo era um "despertar da consciência social; jovens estão passando pelo mesmo processo em todos os lugares... A nossa foi a Sociedade Prometeica, com base na Irmandade do Homem, e nas energias em massa de vários participantes... Como Connie disse uma vez, ou Eddy, cinco jovens de vinte anos de idade reunidos equivalem a um sábio com cem anos de idade" *(ver p. 442).*

A década de 30 nos Estados Unidos foi uma época tumultuada, assolada pela Grande Depressão, pelo medo crescente de uma guerra e por um fosso cada vez maior entre o trabalhador e o intelectual. O interesse pela política alimentou muitos debates intelectuais e obras literárias. Jack e Sebastian e outros jovens intelectuais da época liam jornais, revistas e livros, tentando determinar por si mesmos de que forma essas ideologias encaixavam-se em suas próprias noções da América e da irmandade.

À medida que os prometeicos continuavam a absorver as suas experiências, lendo com voracidade os autores de seu tempo, eles começaram a expandir seu conceito da Irmandade da Humanidade para incluir a política, a guerra, a pobreza e a exploração. Acrescentaram às suas listas de leitura: Albert Halper*, William Saroyan, Thomas Wolfe e John Dos Passos. Em Union Square, Halper cria dois personagens que ficam emaranhados na teia da política radical. Jack e Sebastian citam Halper várias vezes, e este registro do diário de Jack conecta a expressão de Halper aos apuros de todos os americanos apanhados na mira da pobreza, da guerra e da turbulência política.

– BLUES AMERICANO –
Halper disse: "Meus braços estão pesados,
Eu estou na pior. Há uma locomotiva
no meu peito, e não há como negar...."

Jack e Sebastian oscilam entre as ideias políticas que dizem respeito à péssima situação do trabalhador e aquelas do Sonho Americano alimentado pelo capitalismo. Embora as várias

---

* Halper (1904-1984); sua primeira grande obra, *Union Square* (1933), foi selecionada pela coleção Literary Guild. Sebastian era apaixonado pela obra de Halper, e citava com frequência a frase da locomotiva. (N.E.)

doutrinas políticas da época exercessem certamente uma influência sobre as vidas e os interesses literários de Jack e Sebastian, eles não participaram de nenhum dos partidos políticos e mantiveram-se idealisticamente neutros. A luta para encontrar um significado na política e, por vezes, a resignação de que nem tudo é o que parece são manifestadas no texto de Jack "O nascimento de um socialista": "Esta história, eu admito, e tenho orgulho de admitir, é contra o Capitalista. Mas é também contra os Comunistas... É contra qualquer forma de escravidão, o conceito shaviano da escravidão".* *Muitos anos depois, ele escreveu:*

> Mais tarde eu e Sabby pegamos carona para Boston diversas vezes para ver filmes, relaxar no Boston Common e observar as pessoas passarem, com Sabby ocasionalmente saltando para fazer grandes discursos leninistas na área de palanque onde os pombos circulavam assistindo às calorosas argumentações. Lá está Sabby em sua flamejante camisa branca e com seu selvagem cabelo preto encaracolado discursando para todo mundo sobre a Irmandade do Homem...
> (Vaidade de Duluoz, *Livro 5, parte I, p. 84-5*)

Além da política e da péssima situação do trabalhador, o indivíduo era outro tema comum da literatura nos anos 30. Thomas Wolfe abriu o caminho com suas histórias vagamente autobiográficas, expondo a sua própria vida com grande zelo. Suas investigações internas inspiraram muitos escritores a examinar seu entorno imediato em busca de material. Esse tipo de prosa autoexaminadora muitas vezes assinala os primeiros trabalhos de Jack, tais como Cidade pequena, cidade grande, *e contos como "Canção do adeus, doce de minhas árvores", em que a própria vida torna-se a história. Depois de ser criticado por tentar imitar Wolfe, Jack mais tarde desenvolve o estilo num tema mais universal do observador,*

---

* Um conto publicado no volume *Em cima de uma Underwood*, ed. Paul Marion (1999). (N.E.)

utilizando ritmos e sons para criar a sua Odisseia americana On the Road, *que continuou a conectar-se a gerações de jovens que procuram pelo espírito da vida. Wolfe foi uma influência importante para tanto Jack quanto Sebastian, que discutem as obras dele em correspondências. Sebastian expressa para Jack o seu entusiasmo por Wolfe numa carta em 1940, enquanto cursava o Emerson College em Boston:* "Todos nós somos viciados em Wolfe. Estou começando a iniciar minha campanha para transformar Emerson num lugar mais interessado em Wolfe". *(William Saroyan também entrelaçava bocadinhos autobiográficos em suas obras, muitas vezes conduzindo conversas com si mesmo na condição de escritor/observador no meio da história, deslizando para dentro e para fora da obra com observações pessoais.)*

Essas cartas e primeiros escritos contêm evidências de um debate intelectualmente alimentado com a promessa de humanidade. A troca de ideias políticas, morais, humanísticas e literárias providenciou um impulso explosivo para os primeiros escritos de Jack. Jack e Sebastian escreviam em bares, parques, trens e quartos de hotel: botavam para fora suas ideias no estilo espontâneo que Jack, mais tarde, chamaria de "esboçar com palavras". Muitas vezes as cartas e histórias entre os dois eram ilustradas e continham notas de margem e interjeições, numa verdadeira livre associação com o meio. A Parte III fornece vislumbres esclarecedores sobre suas atividades intelectuais à medida que desenvolviam seus estilos de escrita individuais.

Apesar de suas apreensões no tocante à guerra, tanto Jack quanto Sebastian juntaram-se às forças armadas. Primeiro, Jack viaja num navio da Marinha Mercante, no verão de 1942, e retorna para Columbia naquele outono. Quando Jack volta para Lowell, em dezembro daquele ano, ele descobre que Sebastian já se ofereceu para o serviço no Exército. Jack então junta-se à Marinha por um breve tempo, na primavera de 1943, antes de ser dispensado com honras naquele verão. Eles continuaram a se corresponder durante o período, e essas cartas, muitas das quais ostentam insígnias militares, são ao mesmo tempo profundamente pessoais e verdadeiramente inspiradoras. Elas não apenas capturam a conexão entre esses dois jovens, mas também a vida dos soldados e marinheiros mercantes da Segunda Guerra Mundial que eles encontravam ao longo do caminho. Em suas correspondências, você sente um carinho e uma afinidade que ofereciam a ambos uma certa esperança num momento difícil. Esse lado de Jack Kerouac é raramente exposto nas diversas obras que tratam de sua vida. Muitas vezes ele aparece como o artista distante e perturbado que não permite que sua vulnerabilidade se mostre. Essas cartas representam o crescimento de Jack como homem e como escritor e oferecem iluminações no que diz respeito à fundação de seu estilo.

A vida de Sebastian como poeta e como jovem parou no meio do caminho; ele foi ferido na Batalha de Anzio, na Itália, e morreu alguns dias depois num hospital militar em Argel, em 2 março de 1944. Durante seu período no Emerson College e no Exército, ele escreveu muitos poemas: alguns foram publicados na Stars and Stripes *do Exército, alguns no* Anuário de Emerson de 1944, *e "Cote D'Or" e "Veneno da noite" aparecem numa antologia da* Poetas de barraca *(1956). Sem contar essas publicações e algumas cartas, seu trabalho até agora ainda é pouco conhecido. Jack sobreviveu aos anos de guerra, e sua busca pela irmandade, embora transformada no decorrer da maturidade, manteve-se como parte de suas conquistas literárias. Através de obras brilhantemente inspiradoras como* On the Road, Mexico City Blues *e* Doutor Sax, *Kerouac nos levou pela montanha-russa da aventura humana.*

Jack Kerouac e Sebastian Sampas nasceram ambos na primavera de 1922 em Lowell, Massachusetts: 12 de março e 22 de maio, respectivamente. Eles moraram no mesmo bairro em Lowell quando eram jovens, mas não se tornaram amigos até que cursaram a Bartlett Junior High School. Jack graduou-se um ano antes na Bartlett (1936), devido à sua promoção da 5ª para a 7ª série. (Nesse mesmo ano, Lowell sofreu inundações que levaram a família Sampas a se mudar para Highlands, um bairro no outro lado do rio a partir da casa de Jack em Pawtucketville.) Ambos os meninos cursaram a Lowell High School, *mas seus interesses eram bastante diferentes: Sebastian serviu na Brigada e Jack foi uma estrela de futebol e de pista.*

Jack conta muitas versões de seus primeiros encontros com Sebastian, ou, como se refere a ele em Vaidade de Duluoz, *Sabby ou Sabbas, mas a maioria delas é ficcional, no estilo de Jack. Sabemos de fato, no entanto, através dos relatos de sua amizade nesta coleção de cartas, que era uma amizade de profundo respeito e admiração um pelo outro, pelas individuais atividades intelectuais e artísticas do outro.*

Quando crianças, Jack e Sebastian interessaram-se por artes; Jack como um aspirante a escritor e Sebastian como um ator em formação. De acordo com Jack, aos doze anos de idade ele tinha escrito um romance sobre um fugitivo e criava histórias para os quadrinhos assim como para um jornal de clube.* O interesse de Jack por escrever foi inspirado por conviver com o pai na gráfica. Durante seus anos na Horace Mann, Jack escreveu uma variedade de obras, incluindo artigos sobre futebol, críticas de jazz e contos. Enquanto isso, o interesse de Sebastian por literatura era inspirado em parte por seu irmão mais velho, Charles, que era um jornalista do Lowell Sun. *Embora não fossem amigos próximos quando crianças, eles conheciam algumas das mesmas pessoas e se viram em companhia um do outro em várias ocasiões. Jack nos diz em "Canção do adeus, doce de minhas árvores" que*

> Uma vez editei um jornal, o Daily Owl. Eu o imprimia à mão com um lápis e colava as imagens nos locais apropriados, usando as minhas próprias deliciosas legendas forjadas à mão. Bill era o meu repórter principal.... Meu correspondente em Hollywood era um melancólico garotinho grego chamado Sebastian; ele vinha de outro bairro, mas tinha ouvido falar, de longe, da minha

---

* "Background", escrito em 1943 como uma breve autobiografia para potenciais empregadores, publicado no volume *Em cima de uma Underwood*, parte I, p. 3. (N.E.)

Leo e Gabrielle Kerouac em Ozone Park, 1945

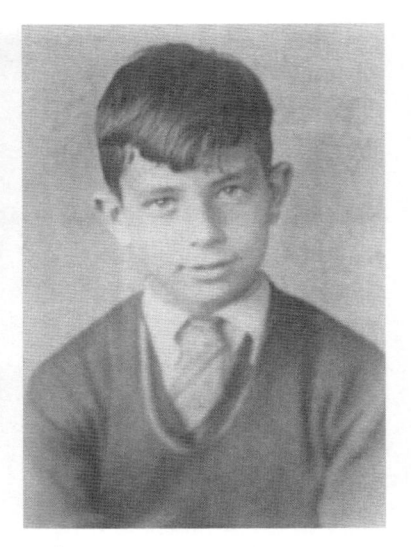

Jack c. 1930

Primeira comunhão de Jack, aos 13 anos

Turma de 1937 da Bartlett Junior High School, Sebastian na segunda fila de cima para baixo, terceiro a partir da esquerda

Jack, retrato de turma da Bartlett Junior High School, 1936

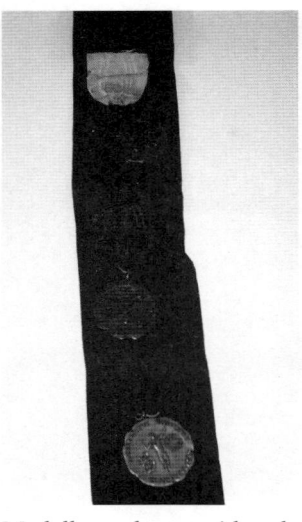

Medalhas de corrida de Jack, conquistadas na Lowell High School, 1938-1939

Jack no time de futebol da Lowell High School, c. 1938

Sebastian, Lowell High School, Capitão de Brigada, 1939-1940

Jack em seu uniforme da
Horace Mann Prep School,
1939

Jack jogando beisebol na Horace Mann, 1940

publicação. Ele costumava entregar a sua coluna diária com um sorriso triste, e eu a imprimia laboriosamente no meu jornal.
    (Em cima de uma Underwood, *parte II, p. 104*)

Um dos primeiros poemas conhecidos de Sebastian foi inspirado pela visão da Bartlett Junior High School queimando num incêndio arrasador e foi escrito no início de 1940. É o único de seus primeiros trabalhos sérios que temos, e nele Sebastian faz uso da "irmandade", termo que se transformou no foco de suas investigações intelectuais pelo resto de sua vida.

A Ti, Oh!, Bartlett School
Por Sebastian Sampas

I
Chamas tolas açoitavam
Por cada canto da minha
Alma Mater
A pesada neve abanada por
Um vento invernal
Manteve a sua terrível
Queda
A fria neve derretida
Da minha cabeça
Juntou regatos
Com as lágrimas
Em todo meu semblante

II

Bartlett School não foi uma
"Escola"
Foi mais do que isso
Foi um lugar de Irmandade
Nós todos havíamos saído
Para voltar
E contemplar sua canção eterna

III

O fogo varre tudo
O auditório se foi
Foi onde recitei certa vez
Um poema de Edgar A. Guest
Eu tinha terminado as primeiras
Duas estrofes
E então olhei para
Os olhos de Mary
E tudo se perdeu
Procurei palavras
Como eu faço agora
Para expressar corretamente
Minha alma tola e melancólica
Enquanto eu observo
O incêndio da Bartlett School

IV

Frias figuras arabescas de neve
Chicoteavam e rechicoteavam
Contra o meu rosto
Mas se recusavam a cegar

Jack estava frequentando a Horace Mann Preparatory School, em Nova York, mas foi para casa durante as férias do semestre. Ele se lembra de Sebastian na noite do incêndio em Vaidade de Duluoz:

> Exceto, suponho, aquela vez quando a Bartlett Junior High School estava queimando e o meu trem me levava de volta pra escola preparatória em Nova York, e você [Sebastian] foi correndo ao lado, lembra? Na tempestade de neve, cantando "I'll see you again"... hein?
> (Livro 9, parte V, p. 160)

Quando Jack descreveu a publicação para teatro de seu pai, "Spotlight Print", em seu "Background", ele disse que "essa associação precoce com o negócio da impressão e da publicação em breve manchou não apenas o meu sangue, mas também as minhas mãos e o meu rosto com tinta...", *e as histórias que ele me contou de seus dias* "como homem de publicidade para a RKO Keith Circuit na Nova Inglaterra me encheram de um sonho precoce do teatro" (Em cima de uma Underwood, *parte I, p. 3). Tal exposição precoce ao mundo do teatro e da escrita foi uma inspiração para Jack, e ele produziu suas obras de maneira diligente. Juntos num grupo, ele e outros amigos, como Billy, G.J., Sebastian e outros, puseram-se a criar um mercado para suas atividades intelectuais e artísticas.*

Uma das primeiras produções da equipe foi escrita em 1940, antes de Jack começar em Columbia: o sonho artístico e a ideia são fundidos numa campanha de vendas viável para o grupo, então denominado Pioneer Club. Jack fará uma referência mais tarde a esse trabalho, em seu Livro dos sonhos, *quando G.J. e Scotty (Joseph Beaulieu) vêm fazer uma visita em 1940, e ele descreve os três se movimentando através de uma pista de dança lotada enquanto* "nós nos enfileiramos rumo à porta vindo da sala dos fundos (como Pioneer Club)".*

---

* *Livro dos sonhos*, p. 207, sob o título "VELHOS ARTIFÍCIOS PARA NOS ENTRETER". (N.E.)

O Pioneer Club

Por: Jack Kerouac

A coisa mais fantástica sobre o Pioneer Club é que ele nos esconde do escrutínio nu dos céus.
Por algum bem ou por mal? Por alguma sutileza intelectual, por alguma teoria metafísica tremenda?
Não.
Por um telhado. Vocês estão muito bem informados. Por um telhado. Isto, meus amigos, é o Pioneer Club. Seu nome nascido da América. Seu projeto destinado à América.
O seu significado... seu significado é tudo.
Willie.
Ei, meus vigorosos rapazes, vocês já [ouviram] Sebastian proferir "As Ilhas da Grécia?", "O Realejo?". Vocês já ouviram Jim tocar a canção de ninar de Brahms? Vocês já ouviram O'Dea fazer um discurso? Gente, venham à América, venham à Nova Inglaterra, venham a Lowell, venham para o Pioneer Club, e vocês vão ouvir tudo isso. O Maior Espetáculo da Terra.
Escrutínio nu dos céus.
Sim, vocês me ouviram. O homem está pelado. Nu, também. Também místico. Também bruto. Também ansiando, muito especialmente ansiando. E todos nós estamos na superfície fria e exposta da Terra, nus para os céus. Pelados como a bunda do pássaro.
E assim o Pioneer Club nos esconde debaixo de seus telhados. Telhados.
No Pioneer Club existem mais telhados do que você pensa. Aqui, no mofo rançoso de um bar tumultuado da Nova Inglaterra*, paredes finas, lugar dedicado a beber cerveja, só que existem mais telhados do que você pensa. Mais telhados do que você pensa, meu irmão, mais telhados do que você pensa.

---

* Essa referência pode ser ligada a uma peça que Kerouac escreve no verão seguinte, "Eu recorro a outro bar", publicado na Parte II. (N.E.)

Outra versão do clube era chamada de Variety Players Group e estava ocupada, no verão de 1940, em escrever peças e roteiros de rádio. Jack se lembra da experiência enquanto o grupo planejava montar uma peça em três atos:

> Eu escrevi o roteiro, o outro [Sebastian] ia pegar o papel principal, e o terceiro [William] se comprometeu com as tarefas do produtor. No final, a nossa mútua falta de dinheiro rendeu pouca vida para nossas tentativas, mas conseguimos colocar uma peça de quinze minutos na estação de rádio local.
> *("Background"*, Em cima de uma Underwood,
> parte I, p. 5*)*

Havia vários textos escritos por Jack Kerouac com essa finalidade, e eles podem ser encontrados em Em cima de uma Underwood, *editado por Paul Marion. Um roteiro de rádio intitulado "O Espírito de '14" mostra não apenas o desejo que Jack tinha de escrever para o meio, mas também sua capacidade de integrar os acontecimentos ao seu redor, tais como a guerra que grassa na Europa, com os seus interesses pela literatura e pelo cinema. Nesse roteiro, seus personagens Jack e Legionário discutem as sociedades utópicas de H.G. Wells.**

Um trabalho em andamento de Sebastian revela seus esforços iniciais para também escrever uma peça de teatro. Estas descrições de personagens são de Jack e Michael (Sebastian). A peça começa com esta nota no topo:

> Esses certos ideais que ele veio a amar –
> A amar e acreditar com férvido entusiasmo.

---

* H.G. Wells (1866-1946), autor inglês cujos romances mais populares eram fantasias de ficção científica, algumas das quais se passavam em sociedades utópicas. (N.E.)

Dramatis Personae
por Sebastian Sampas

Jack - Um jovem de peito largo mas bonito, com um poderoso porte físico gaulês, feições duras e grossas que se suavizam em torno das articulações. Ele tem uma certa qualidade intelectual que reage soberbamente frente a suas ações pesadas porém graciosas. Parece ser um tantinho lento, mas é rápido em captar toda e qualquer palavra falada durante a peça inteira. Decerto escorre de tanta virilidade inconsciente. É escritor.

Michael - Alto e moreno, vibrante em seu modo de falar, desajeitado, mas deve haver um certo charme sofisticado para se correlacionar com seu desleixo, a princípio é essencial que ele pareça estranho – é bonito, mas sua roupa não lhe cai bem – Sua voz precisa ser sempre triste e bem-modulada. Seus pais vieram ambos da mesma cidade e do mesmo estado da Grécia. Suas ações são sempre superiores. Está constantemente na defensiva, tem um hábito de constantemente franzir a testa.

A missão coletiva do grupo eles referiam como prometeísmo. Jack conta para sua esposa Stella Sampas, em Vaidade de Duluoz, *que o verão de 1940 foi o período no qual:*

> Finalmente comecei a conversar com o seu irmão Sabbas... um grande sujeito de cabelos encaracolados, pensei que era um poeta, e ele era, e quando chegamos a ser amigos começou a me instruir nas artes de estar interessado (como dizem no México, interesa), na literatura e nas artes da bondade. Eu o coloquei neste capítulo (afirmo maliciosamente) sobre Columbia porque ele realmente pertence a esse período que se seguiu à adolescência da escola preparatória e introduz o negócio

sério. Entre meus suvenires, por Deus, tenho a amizade
de Sabbas Savakis.

(Livro 4, parte II, p. 61)

Sebastian faz referência a uma carta ausente de Jack em suas notas pessoais, com data de 26 de setembro de 1940.

Quinta-feira cerca de 11 e estou escrevendo no meu diário e estou pensando em Jack Kerouac e sua carta maravilhosa. Quanta sorte ele tem. Esta manhã visitei o Boston Common e pensei na nossa experiência idílica conjunta. Lágrimas nublaram meus olhos mas eram lágrimas de alegria –
Troquei de Francês II para Alemão Elementar.
Cenografia é grandioso com o sr. Wade. A professora Wilie [sic]*, eu ouço dizer, também é boa e muito mente aberta – que maravilha –
Foi uma manhã de setembro clara e nítida, fresca, comum.
Meu irmão, Nick, ficou no exército por 3 anos – espero que ele perceba que é um grande erro isso que ele fez –
Mamãe aprendeu a aceitar essas coisas agora. Ela sofreu tanto! Só estou esperando o dia em que vou poder vê-la numa luxuosa mansão dando ordens para criados ao redor. Au' voir
Sebastian

Entre notas rabiscadas e outras linhas editadas há este poema na página seguinte de suas notas pessoais.

---

* A dra. Margaret Wiley, professora de inglês do Emerson College, transmitiu a Jack alguns comentários positivos sobre os primeiros escritos dele via Sebastian. (N.E.)

Cidade amaldiçoada
por Sebastian Sampas

Ah! cidade amaldiçoada de molhada esqualidez
Que acaba com a vontade dos homens
E canta os louvores do
Todo-poderoso dólar
Oh! amaldiçoada cidade

O "negócio sério" – as atividades intelectuais de Jack em Vaidade de Duluoz *– começou durante seu primeiro semestre na Universidade de Columbia, quando ele começou a procurar por Jack, o escritor, Jack sendo ainda o jogador de futebol. Este cartão postal foi enviado para Sebastian no Emerson College, enquanto Jack estava viajando com o time de futebol de Columbia.*

Para Sebastian Sampas
De Jack Kerouac
New Brunswick, NJ
12 de outubro de 1940

Olá Emerson,
Lamento não ter respondido mais depressa e que vocês não tenham conseguido vir a Nova York. Tenho certeza de que vão fazer isso em alguma data futura, no entanto. Enquanto isso, aguarde por um documento meu que não vai tardar.

Jean Louis de Kerouac
P.S. Passei o tempo no caminho até aqui lendo Saroyan.

Sebastian não tivera condições de fazer a viagem até Nova York com G.J. e Scotty para ver Jack, mas começa a planejar uma viagem para lá, a ser realizada antes do dia de Ação de Graças. Aqui,

Sebastian adota a "Irmandade da Humanidade", um termo usado por muitos escritores durante a Grande Depressão para invocar um objetivo humanitário comum. O apelido Zagg aparece pela primeira vez aqui, e foi usado pelo grupo inteiro, incluindo Jack. Suas origens, Jack nos diz, estavam em "uma noite quente de gritaria na Moody Street, estávamos todos tão felizes da vida que ficamos agarrando todo mundo na rua e lhes dizendo que eles eram Deus... Isso foi quando eu estava começando a ganhar a minha reputação como 'Zagg', que era o nome do bêbado da cidade em Pawtucketville, o qual ficava levantando suas mãos para o alto como Hugh Herbert e dizendo 'Wuu Wuu.'" (Vaidade de Duluoz, Livro 4, parte III, p. 63).

A seguinte carta narra os acontecimentos com início em 18 de outubro no baile do Emerson College. Sebastian informa Jack sobre seu mais novo poema, "Outubro sangrento", o qual ele diz que perdeu mas, evidentemente, encontrou mais tarde ou reescreveu como "Estação sangrenta". Ele discute "My Heart's in the Highlands", de Saroyan, que ironicamente é a peça que o treinador Francis Fahey levou Jack para ver quando estava tentando persuadi-lo a ir para o Boston College.

Para Jack Kerouac
De Sebastian Sampas
[Final de outubro, 1940]

Não vou colocar a data, porque uma
pessoa errática nunca conta o tempo
(Você entende?)
Mon Chér Baron!

    É domingo cerca de sete horas e estou sentado à minha mesa escrevendo para Jack Kerouac. É estranho esse nome? Se assim for, assim é a pessoa.

    Jack – hã – quero dizer – Sua Senhoria, Baron Jean Louis le Brice de Kerouac é um idealista. Não vou mergulhar em suas crenças idealistas porque coincidem quase que perfeitamente com as minhas. Ele é de estatura mediana, um rosto maltratado pelo tempo que esconde seus poderes mentais está colocado na parte frontal da cabeça. Isso não é estranho. Falei com Jack e descobri que sua vida, como a minha, haverá de estar cheia. Infelizmente, contudo, ele não descobriu a beleza das flores na vida. A verdadeira beleza dos ásteres e das dálias no outono; coloque Sebastian numa posição para gritar, para chorar, para rir, para viver. Jack vai ser um dramaturgo. Sebastian sabe que Jack não deseja, no entanto, ser preenchido por uma ambição ardente, como a de Sebastian, de se tornar bem-sucedido. Jack gosta de escrever. Ele *vive* para escrever. Ele *nasceu* para escrever e o maldito idiota não tem a ambição ardente por sucesso e os desejos de Sebastian por impressionar Jack com os talentos maravilhosos de que ele foi dotado por Deus para escrever peças de teatro, livros, romances, histórias e filosofias.

De volta ao normal, Jack, estou com péssima saúde física e mental (não tão péssima assim). Hei de escrever na última parte da minha aborrecida epístola sobre o covil de demônios dramáticos:

(continuez ici s'il vous plait)

Estou esperando que possa ir vê-lo alguns dias antes de Ação de Graças e que viremos a Lowell juntos para celebrar Ação de Graças. Eu quero muitíssimo fazer isso e estou bem certo, quase positivo de que teremos quatro dias livres durante Ação de Graças. Quero terrivelmente ver você. Tenho inúmeras coisas interessantes para dizer sobre Emerson, o amor, a vida, "A Irmandade da Humanidade" e Saroyan.

Acabo de terminar a leitura de três peças de Saroyan: "My Heart's in the Highlands", "Love's Old Sweet Song" e "The Time of Your Life". Jack, quando Scotty e George me disseram que tinham ido para N.Y.C. sem mim, tornei-me a pessoa mais enfurecida que se possa imaginar, meu temperamento latino simplesmente cedeu.

George me explicou que na ocasião em que eles foram para Nova York, e nas circunstâncias relativas à gloriosa viagem, era impossível que eu fosse. Quando ele pediu àquele motorista de caminhão uma carona, Scotty estava com ele e, portanto, ele tinha que levá-lo.

Jack, eu gostaria mesmo de enfatizar o fato de que estou quase certo de que estarei com você em Nova York antes de Ação de Graças e seria maravilhoso se George pudesse vir e nós três poderíamos voltar para casa juntos no Dia de Ação de Graças.

Eu acho que você merece uma salva de elogios pelo excelente estilo literário de suas epístolas. Não entrarei em mais detalhes, Zagg, tenho tanto dever de casa que não posso entrar em longos detalhes sobre as tantas coisas que descobri.

Recentemente, sexta-feira 18 outubro, fui ao baile aqui da Emerson Intern-Class com Lois Allard. Eu poderia, naturalmente, ter pegado uma menina mas abastada, mas teria que tratá-la de acordo. O baile foi realizado no Sheraton Riviera, um ambiente muito exclusivo e pitoresco para um baile da faculdade. Havia herdeiras, orquídeas (quilos e quilos delas) semeando seus seios, seus cabelos e seus pulsos, bêbadas, alegres, hilárias e despreocupadas!

Uma socialite sussurrando no ouvido de Hope Duval, "Quero você sexualmente". Falando sério, Jean, Emerson é muito mais do que eu tinha antecipado – passo a enumerar algumas das meninas que já conheci! Blanche Faye, que excursionou pela Europa, por pouco não me deixou maluco descrevendo Paris (eternamente chamando, acenando, Oh! Paris, Sebastian e Paris), a Riviera, Monte Carlo, Atenas, Ladz, Dunzio, Sofia e Bucareste. Blanche é uma cantora e dançarina e excursionou pela Europa cantando e dançando em clubes noturnos de primeira categoria. Ela agora arranjou um emprego no Mayfair, em Boston, e está fazendo cursos no Emerson durante o dia.

Keara Kono, uma estudante havaiana, descreveu para mim a magia dos Mares do Sul – a praia de Waikiki – a ilha de Oahu – Pearl Harbor. Keara tem um toque bastante oriental para o vestuário, uma pele bronzeada e olhos expressivos. Seus olhos parecem dançar, cantar e disputar com a vida pela vida.

Jean Cooper – eu saí, saí com ela cerca de uma semana atrás. Procurei por ela no dormitório e depois caminhei com ela até o cinema. A friabilidade do outono nos estimulou enquanto andávamos pelos jardins públicos e pelo Boston Common. Jean é alta, loira, uma figura maravilhosa e abastada. Ela, no entanto, não é tão intelectual como eu gosto nas minhas mulheres, portanto automaticamente está descartada.

Zagg, eu de fato creio e sou perfeitamente sincero quando digo que fui o assunto principal do Emerson depois do baile. Multidões de meninas no dia seguinte me disseram que eu danço graciosamente, com senso de ritmo e com facilidade. Eu estava vestido imaculadamente no meu smoking com uma flor de lapela vermelha e assumi uma compostura Noel Cowardiana durante a noite inteira. Abandonei completamente a minha atitude Saroyana por apenas aquela noite. Ah, mas eu amo Saroyan. Eu vivo por Saroyan. Recentemente, conheci duas pessoas que já encontraram Saroyan, e ele é tudo o que eu esperava que ele fosse. Cada dia tantas coisas ocorrem. Eu poderia continuar escrevendo infinitamente sobre tantas coisas!

Os cadetes de West Point marchando em uníssono perfeito pelo Emerson.

Minha última composição musical – "Call of the Wild Naves".

Ter sido escalado em duas peças, "Personal Appearance" é uma delas. Zagg – eu impressionei bastante os meus professores do Emerson e eles acreditam que eu posso ter sucesso. O professor Kenney me deu uma salva de elogios no que diz respeito à minha voz. Você me conhece bem demais para pensar que sou presunçoso. Tive um glorioso verão. Ah! Naqueles dias eu me sentia simplesmente preenchido com a plenitude de viver, Vermont, Moody Street, Dracut e o Boston Common.

Zagg, sinto a sua falta terrivelmente – sua réplica inteligente, suas maneiras donairosas, seus momentos de êxtase, e não vejo razão pela qual não possamos ser sempre amigos. Claro, claro, somos obrigados a ter muitas combinações de amigos, mas como você disse sempre existiremos nós dois.

Também andei ocupado de uma forma tão anormal! Zagg, gostaria que você escrevesse com mais frequência e em detalhes mais demorados. Fiz muitos novos amigos, no entanto não me esqueci dos velhos. George e eu ainda estamos juntos. Esta tarde por exemplo nós fomos até a casa do Scotty – cantamos no máximo dos nossos pulmões. Scotty ficou tocando a concertina, George o órgão e eu fiquei cantando. Ah, nos divertimos muito. Conversamos sobre você e sobre como todos nós sentimos a sua falta e como todos nós de fato sentimos a sua falta terrivelmente. Zagg, estou terminando a minha autobiografia que tínhamos que escrever para a aula de Composição de Inglês. É muito concisa, precisa ser concisa, porque tenho tantas coisas para fazer; aprender versos, poesia para recitação etc.

Jack, mais uma vez gostaria de lhe dizer que estarei com você perto de Ação de Graças e gostaria que você voltasse comigo e (provavelmente George) para Lowell para passar Ação de Graças. Tenho tantas coisas que quero lhe dizer.

Recentemente, deparei-me com isto num dos prólogos de uma das peças de Saroyan. Não estou citando textualmente:

A juventude é selvagem, imaginativa, inocente:
Os adultos são depravados, sem imaginação, culpados!

Como isso é verdade! É claro que isso não se aplica às pessoas que através de seus contatos juvenis foram capazes de se manter eternamente jovens; tais pessoas como professores etc. Escrevi um poema, o qual perdi, intitulado "Outubro sangrento", descrevendo o sangue humano que está sendo derramado no além-mar e dizendo que ele foi transportado para dentro das folhas do outono.

Estou realmente feliz por saber que você causou boa impressão entre os diretores atléticos e está "firmemente" arraigado entre os luminares dos círculos atléticos da Columbia contemporânea. Zagg – você precisa perdoar os erros tanto gramaticais quanto ortográficos mas não estou num humor muito inspirador – estou com um resfriado terrível que vai me colocando pra baixo.

P.S. Retornando às 2:45 da manhã. Pensei em nosso retorno de Boston depois da nossa experiência idílica.
P.P.S. Eu clamo a você, imploro a você, por favor responda em breve. Sei o quanto é difícil, mas não posso de modo algum lhe dizer o quanto aprecio suas cartas.
Au Voir
Sebastian
Príncipe de Creta

Eis aqui um poema de Sebastian, de suas anotações pessoais, que expressa um sentimento semelhante a sua referência na carta anterior, em que ele descreve sangue "transportado para dentro das folhas".

ESTAÇÃO SANGRENTA

Por Sebastian Sampas

I
É outubro – estação sangrenta
Sangrando estão salgueiros & infantes
E em meio às sombrias tristezas da vida, suavizantes
Temos tão poucos amanhãs restantes

II
Estação sangrenta, estação sangrenta
Tenta responder ao menos à razão, tenta
Estação sangrenta! Estação sangrenta!
É outubro, estação sangrenta

III
Conchas rebentando & flores em bramido
Rosas sangrando & horas de coração partido
Pecado louco & Miolo mole
E uma garota chamada "Pecadora Molly"

Embora não existam outras cartas de Jack para Sebastian durante o outono de 1940, há indícios de que Jack está trabalhando "sério" para se tornar um escritor. Ele estava bastante ocupado, não necessariamente focando seus estudos na Universidade de Columbia, mas mais suas habilidades de observação enquanto escrevia constantemente em seu diário.

Para John Kerouac
Livingston Hall
Universidade de Columbia
Cidade de Nova York, Nova York
De Sebastian Sampas
23 de novembro de 1940

Jack,
Vou chegar no terminal de ônibus de Midtown, 143 West 43rd St., 8 ou 9 horas, quarta-feira à noite. Vou chegar pela Silver Dart Lines, Incorporated. Vou sair de Boston às 10 horas quarta de manhã e vou chegar aí por volta de 8 ou 9 nessa mesma noite. Estou indo sozinho & imagino que terei cerca de 5 ou seis dólares para gastar – por favor

venha me receber porque como você sabe eu serei o proverbial menino da cidade pequena numa grande cidade.
Sebastian

Devido à referência de Natal, isto foi, provavelmente, enviado depois da viagem de Sebastian para Nova York.

Para Jack Kerouac
De Sebastian Sampas
[Final de novembro de 1940]

        Manhã de domingo uma da manhã

Querido Jackie;
 Estou sentado e escrevendo para você da casa de um amigo na Beacon St. Diante de mim disponho de um pacote de cigarros Lucky Strike e a orquestra que vem despejando sua música suave no rádio está encerrando sua apresentação com uma versão swing de "Carry Me Back to Old Virginy [*sic*]".
 Meu amigo colocou seu pijama e me pediu para acordá-lo às 8h30 com o fim de assistir à missa, em seguida iremos juntos para Lowell! Tive um dia bastante prazeroso. Na parte da tarde fomos até o Museu de Belas Artes. Ah! Zagg não posso nem começar a descrever a beleza daquilo tudo. Havia pinturas de El Greco, Rubens e Tintoretto. Esculturas de Praxíteles. O Colossal, o Sugestivo, o Impressionista, o Realista e o Grotesco eram soberbamente combinados. Sua beleza e poder me deixaram sem palavras. Fiquei tão abalado pela pintura de Rubens que realmente senti vontade de roubá-la. Precisamos muito ver tudo isso quando você vier para cá no Natal. Dali seguimos até a casa dele onde jantamos e acabamos falando sobre sexo, amor, religião e preconceitos raciais. Leonard é bastante prático com uma tendência no entanto para seguir os meus idealismos.

Quando voltei de minha aventura gloriosa eu estava moderado e prático no nono grau. Mas agora o meu verdadeiro eu mais uma vez dominou, e os meus idealismos estão ainda mais fortalecidos. Você pode pensar que é um paradoxo, pois bem, é mesmo. Eu vi o realismo Zagg realismo que me fez chorar na cama até dormir todas as noites na semana passada. Bem agora eu estava respirando o ar saudável da Beacon Street e as lágrimas ficavam correndo pelo meu rosto. Então de repente elas se tornaram frias como pingentes de gelo da véspera dos telhados num dia claro e ensolarado de inverno. Agora eu estou cansativo e vou continuar isto sem mais demora.

A bebida e a cerveja que fiquei despejando nas entranhas do meu corpo está reagindo em algo [horrível]. Preciso visitar o banheiro e dispensar tudo para fora. Pode ser que eu acabe morando com esse amigo aqui em Boston depois do Natal. Isto é, se eu conseguir convencer os meus pais quanto a essa ideia – Ah! Mas estou cansado – ou antes num estupor.

Continuez après
Sebastian

Domingo de manhã

Agora é domingo de manhã oito e quinze e estou novamente sentado diante da mesma mesa. Enquanto olho para baixo na Beacon Street uma sensação de paz e tranquilidade prevalece. Pois nada é tão silencioso como a Beacon Street em uma manhã de domingo.

Beacon Street Zagg é para Boston o que a Riverside Drive e a Park Avenue são para N.Y.C. Esta é a rua onde os Cabot, os Lowell e os Lodge residem. Esta é a rua onde fica o exclusivo Fox and Hounds Club (Lembra do Quatro de Julho?) (Memórias! Memórias!) Zagg, estou aguardando ansiosamente para que você possa descer pra cá [no] Natal, de modo que você possa conhecer o meu amigo e ver o Emerson em pleno funcionamento.

Estou esperando pelo café para começar a percolação. Daí vou até uma Igreja Católica com Leonard e daí para Lowell. Estou indo à igreja simplesmente para provar como posso ser tolerante quando a ocasião exige. Você precisa escrever e me falar sobre as suas reações a Vicki. Sucesso ou Fracasso?

Estou corroborando com Vida e circunstância e estou começando a perceber que um idealista precisa fazer algum tipo de sacrifício em nome da vida se deseja ter bom sucesso. Agora isso não significa que eu não seja um idealista tão grande como já fui, mas simplesmente que vim a reconhecer que algum acordo com a circunstância e a vida precisa ser feito.

[carta termina]

Os prometeicos começaram a concentrar-se na ideia da irmandade da humanidade, e esta citação da obra "Setenta mil assírios", de Saroyan, é um exemplo perfeito de como ela penetrara na consciência dos intelectuais da década de 30: "Quero que você saiba que sou profundamente interessado naquilo de que as pessoas se lembram. Um jovem escritor anda pelos lugares e fala com as pessoas.... Se eu tiver mesmo algum desejo, é o de exibir a irmandade do homem". Sebastian descreve abaixo a paixão que experimenta em conhecer um marinheiro mercante que também afirma estar buscando essa irmandade da humanidade. Aqui temos a primeira vez em que Sebastian chama Jack de "mestre louco de Columbia", denominação que é usada pelo próprio Jack em seu "Diário de um egotista."

Para Jack Kerouac
De Sebastian Sampas
1 de fevereiro de 1941

De: Sebastian, o tolo dos tolos, O Príncipe de Creta, o Grão--Duque de Candia, Marquês de Kana –

Para: Jean Louis de Kerouac, o Grão-Duque de Bretanny, Marquês da Normandia

Jack, Perdoe-me, por favor, perdoe-me – mas sou selvagem e louco – louco de pedra – não consigo suportar a vida e os truques que o destino escolheu para jogar em cima de mim.

Eu estava voltando para casa, Jack, para casa com o fim de derramar a minha mente e o meu cérebro (se não a minha alma) em alemão gutural. Eu era normal, um tanto normal, garanto, até que o destino decidiu que eu deveria conhecer essa pessoa ou será que tenho eu o direito de chamá-lo de uma pessoa. Suponho que ele e eu podíamos ambos ter continuado vivendo nossas vidas e nunca nos encontrar.

Nós nos conhecemos como dois navios que passam na noite assobiando saudações um para o outro. Bem, voltando agora – eu estava no trem cinco-quatorze para Lowell e fiquei sentado bastante satisfeito comigo mesmo lendo um jornal. Esse indivíduo sentou-se ao meu lado e uma conversa se seguiu. Ele tinha cerca de 22 anos de idade, sujeito de personalidade distinta, um idealista que aproveitara seu idealismo para servir a seu propósito. Era um marujo na Marinha Mercante trabalhando para a Standard Oil Company de Nova Jersey.

Imagine o meu completo assombro e perplexidade quando ele começou a discutir Khayyum.* Ele recitou passagem após passagem desse gênio persa – Omar Khayyum. Ele me contou de suas experiências – de Leningrado e do rio Neva. Rússia, Glamourosa, Gloriosa Rússia. Rússia, onde a Cruz Bizantina se ergue em desafio ao ateísmo.

De Leningrado e do Palácio de Inverno do Czar (agora é um museu) – Ah! Os sinos de Leningrado batendo, batendo, Sinos, Sinos. Estou ficando louco – Não consigo suportar isso. Ele me contou dos Russos Brancos Czarísticos de Xangai.

---

* Omar Khayyam (1048-1122), matemático, astrônomo e filósofo persa que não foi conhecido como poeta em vida. Esses versos permaneceram na obscuridade até 1859, quando Edward Fitzgerald publicou uma livre adaptação intitulada *O Rubaiyat*. (N.E)

De Nova Orleans e dos bayous (lembra Yvette?) As alegres ruas Montmartre de Nova Orleans – e preciso prosseguir morrendo neste buraco. Eu, como Albert Halper*, tenho uma locomotiva no meu peito.

Eu quero ver Paris – Ele me contou de Paris e dos palpitantes (essa palavra é usada corretamente) amantes de Paris. As Grandezas de Versalhes – o Sul da França – A Riviera – da América do Sul, de Cuba, Havaí – dos suaves Mares do Sul.

Discutimos Nietzsche num bar, Schopenhauer numa casa noturna, Spinoza no Blue Room (em Lowell) – puxa vida, cara, nós até discutimos Tiffany Thuzer.

Agora estou triste – o mais feliz infeliz homem vivo.

Rússia, Leningrado, Paris – ah, Paris (a Paris que eu amo) Sinos, Sinos! Repiquem, malditos sinos, repiquem e deixem este filho da puta maldito enferrujar em seu buraco de merda.

No trem começamos a conversar em francês e caímos em "Alors! Enfants de la Partir" (Le Marseilles.) Esta carta, eu creio, é incompreensível, mas estou louco, louco de pedra.

Senti meu corpo estremecer quando ele me disse que estava perseguindo a "Irmandade da Humanidade". Bebemos cerveja e gim e rum e nos transformamos em dois idealistas embriagados perambulando pelas ruas de Lowell – Neve e frio em tudo que era lugar, mas os nossos corações estavam queimando – queimando.

(Eles não recuar[am] – aqueles que precisam agir ou morrer – aqueles que não têm para onde recuar.)

E mesmo assim preciso ser normal e sossegado e tentar descartar essa incidência como se nada tivesse ocorrido.

Estou berrando Jack, sim estou berrando, mas não estou me lixando nem um pouco. Não posso suportar a vida e o redemoinho estonteante que o destino aplica na minha alma.

Estou retorcido e atormentado e perdido – perdido – em um mundo de realidade.

---

* Ver p. 261. (N.E.)

A sociedade construiu um conjunto de avaliações e eles esperam que cada indivíduo as ature. Pois bem, eu me recuso!

Jack, este não é apenas o calouro menor de idade bobalhão que acredita em ser radical e que continuamente advoga mudanças. Prefiro morrer do que ser hipócrita comigo mesmo – preferiria enfrentar a vergonha aos olhos do mundo inteiro do que ser falso para comigo mesmo e meus ideais – (Deus amaldiçoe essa *palavra* idealismo – estou começando a odiá-la.) Estou andando agora nas asas de Hermes – Muito acima, bem acima, meus pensamentos são bonitos e limpos.

Summertime, Gloomy Sunday, Begin the Beguine, I'll see you again. Sou selvagem e louco – louco, louco de pedra.

"Morrer, dormir, pois nesse sono da morte que sonhos poderão vir quando tivermos descartado esta carcaça mortal."*

Jack, ele me falou de suas aventuras; limpas, convencionais, roucas amantes da Rússia chamadas Sascha e Olga, grandes, gordas, alegres mulatas da África, do Cairo e Egito. Concubinas tentadoras do Japão e da China e complacentes e sensuais prostitutas francesas de Paris.

Acabei de receber a sua carta e não posso expressar de nenhuma maneira o quanto ela me afetou. Sim, Jack, pessoas como você e eu somos loucas a ponto de falar de porcarias idiotas como amizade no tocante a onde vão as relações entre nós. Nós somos a Voz da Juventude – você – eu – Wolfe e Saroyan.

Jack – eu disse uma vez que um dia você seria um grande escritor. Quero dizer, Jack, você será. Qualquer crítica que eu possa ter feito, por vezes, pode muito facilmente ser desconsiderada, e a expressão "lamentando maravilhosamente pelos resíduos de alabastro" sem a menor das dúvidas não é muito clichê – porque sei disso tão bem como você – essa é exatamente a ilustração.

---

* Shakespeare, em *Hamlet*, ato 3, cena 1, 63-6: "To die, to sleep; To sleep? Perchance to dream! aye, there's the rub; For in that sleep of death what dreams may come, When we have shuffled off this mortal coil…" (N.E.) [Sebastian cita "To die, to sleep, for in that sleep of death what dreams may come when we have shuffled off this mortal coil".]

Esse poema também é a prova definitiva de que você terá sucesso. Tente obter um ritmo mais definido, (Crítica puramente construtiva, seu filho da mãe sensível.)

Jack, pretendo me esforçar para explorar os meu idealismos – por que você acha que trabalhei naqueles dias sufocantes de verão no Emerson, se não para ver os meus idealismos se tornarem realidade.

Sou jovem e saudável Jack e pretendo viajar e descobrir e desvendar a vida antes que a maturidade me faça moderado.

Quero tanto ver os pináculos de Santo Estêvão (Hungria e Budapeste), as mesquitas de Constantinopla, e Cingapura. Não pretendo seguir apodrecendo neste buraco com uma sociedade tacanha continuamente arquejando frente a minhas ações.

Vou tentar seguir o seu conselho, no entanto, e praticar idealismos no local e no tempo adequados.

Jack, talvez eu tenha sido muito egocêntrico. Mas lembre-se do que Platão disse uma vez – conhece a ti mesmo – como posso fingir que conheço os outros, quando às vezes eu nem sequer conheço a mim mesmo?

Jack, esse poema seu tem um ritmo. Só tente torná-lo mais definido. A ideia que ele expressa é soberba.

Tenho muitos trabalhos para você ler, mas terão eles de esperar até você voltar para casa? – para Lowell.

Joe (aquele marinheiro M.M.)* também me disse que estava em casa pela primeira vez em três anos. Ele me disse que sabia que não podia voltar para casa novamente.

E agora vou ter que fechar antes de eu ficar completamente insano.

Au 'Voir
Meu mestre louco de Columbia
Au 'Voir
Sebastian
O Príncipe de Creta
Au 'Voir

---

* Marinha Mercante. (N.E.)

P.S. Comprei pra mim um terno justo verde listrado com acessórios. Veja, eu preciso ser convencional até um certo ponto – (Falso comigo mesmo?)

    Jack, conhecer Joe (o marinheiro M.M.) realmente me afetou muito. Quero viajar e não fique nada surpreso se eu acabar vendo mesmo Cingapura e a Argentina neste verão.

    Eu sou selvagem, selvagem, selvagem e irremediavelmente insano.
Au 'Voir
Sebastian
Jack, Responda imediatamente
s'il vous plaît
Para que possamos manter a nossa correspondência prosseguindo num ritmo rápido

Para John Kerouac
413 Livingston Hall
Universidade de Columbia.
Nova York, N.Y.

De Sebastian Sampas
2 Stevens St.
Lowell, Mass
1 de fevereiro de 1941

Este cartão foi enviado especificamente para ter certeza de que você vai colocar o seu juízo no lugar e inundar-me com correspondência – meus exames estão terminados, Graças a Deus! Tive uma semana infernal – acho que passei em todos com louvor. Não sei ainda. Agora são três da tarde de sábado, estou prestes a embarcar no ônibus e ver Fouch [*G.J.*] –
Como sempre
Au 'Voir
Sebastian

Príncipe de Creta
[*escrito na margem lateral:*] Constato que minhas cartas não foram obras-primas – apenas pensamentos e ideias

Nesta carta, Sebastian pergunta para Jack: "Lembra os Sinos de Boston?". Essa referência é à peça de Jack "Os prazeres de um charuto", em que o personagem Sebastian salta e fica de pé, gritando no máximo de seus pulmões "Sinos". A capacidade inata de Sebastian em enxergar através da retórica de Jack e chegar ao assunto em questão é manifestada aqui.

Para Jack Kerouac
De Sebastian Sampas
20, 21, 23 de fevereiro de 1941

Jack,
    Pela primeira vez na minha vida estou com medo – com medo de mim mesmo e com medo do que o Destino pretende fazer comigo... Deus! *Estou* com medo – Com um medo desgraçado; meu coração é um espaço de águas vazias que se recusam a destilar – Jack, você não tem ideia do quão horrível e assombroso esse sentimento de angústia pode ser – estou com medo – com medo de mim mesmo – ainda tenho confiança. (Uma grande quantidade disso.)
    Jack, você me pediu conselhos no que diz respeito a saber se deve ou não permanecer em Columbia e, por isso, vou tentar lhe dar alguns. Isto ainda é o Sebastian falando calmo, frio e coletivo. A primeira coisa que eu faria Jack é tentar indicar ao Lou Little por algum tipo de sutileza ou por alguma outra ação o que Notre Dame lhe ofereceu. Você deve ser muito sutil e cheio de tato em contar para ele. Então, veja se ele não pode tornar as coisas ainda mais fáceis para você em Columbia.

Jack, não tenho direito de dar conselhos a qualquer indivíduo comum. Você seria um idiota total em ir para Notre Dame – sei do prestígio etc. que acompanha essa escola em particular Jack, mas você quer se formar em jornalismo, e você não pretende treinar. (ou você pretende?) Notre Dame significaria só isso e mais nada – Você provavelmente teria que gastar a maior parte do seu tempo com futebol e somente futebol...

Por que deixar Columbia e Nova York? Você sabe das oportunidades que abundam em N.Y. – Jack, *por favor, por favor*, seja sensato.

Eu li "Meu nome é Aram"* cerca de três semanas atrás; o merceeiro de Yale para qualquer indivíduo comum representaria um idiota – Mas para você e para mim e Wolfe e Saroyan ele representa muito mais do que isso. Vemos a *honestidade*, a *tolerância* e a sinceridade em todas as coisas que ele faz – Meu entusiasmo em torno disso morreu quase que completamente. Estou muito entusiasmado a respeito mas as coisas foram acontecendo tão rapidamente que eu não tive tempo para ficar num estado histérico (como costumo fazer).

O que devo lhe contar, Jack? Devo lhe contar sobre a minha Galateia (Uma garota franco-canadense chamada Therésa Parée que estou moldando em qualquer padrão particular que eu bem desejar. Ela tem um corpo bonito e um riso melodioso. Tenho a intenção de fazer dela minha primeira vítima. Saí com ela várias vezes e aparentemente a pobre coitada me considera um Deus. Ela me dá uma sensação de segurança –) Você deveria ter visto a segunda vez em que saímos de carro e quando os outros dois casais saíram para jogar boliche, ela insistiu em ficar no carro comigo – eu apenas acendi o meu fósforo, ofereci um cigarro para ela, peguei um eu mesmo e contemplei seus seios *arfantes* – continuei mantendo meu jeito tranquilão, acanhado e distante – Ela se aconchegou até mim e começou a me denunciar por ser tranquilão. Ela entregou a frase corriqueira de afeto

---

* O volume de contos de Saroyan *Meu nome é Aram* (1940), um best-
-seller internacional. (N.E.)

– "Ah! Querido etc!" mas continuei a manter o meu jeito tranquilão. E finalmente dei vazão às minhas emoções!! Minha mão ardente deslizou entre os seios dela enquanto eu a beijava com violência – Jack estou sendo perfeitamente sincero – não estou "contando vantagem" – Claro, você sabe muito bem que ela não significa nada para mim – Apenas um casinho apaixonante – Ela está temporariamente satisfazendo os meus impulsos sexuais –

Eu tenho um encontro com ela amanhã – Sábado à noite – (quem sabe?) Jack, você sabe como eu sou tolerante – tão tolerante que muitas vezes as pessoas cometem o erro de pensar que posso ser muito facilmente tratado de modo ofensivo – Mas eu estava furioso por não receber notícias suas – Você poderia ter, pelo menos, me mandado uma cartinha dizendo que estava confuso –

Sexta-feira, 21 de fevereiro de 1941

A bordo do trem das 6:35 para Lowell

Para romper esse opressivo sentimento de insegurança fui com Leonard De Rosso e Cornelius Murphy ver "O milagre do frei Malaquias".* Essa produção foi patrocinada pelo Boston College e foi muito bem distribuída com humor e toques de mentalidade estreita do catolicismo irlandês. Mais tarde na noite nós três caímos sob o feitiço de Baco e saímos fora do quadro completamente – por isso fiquei em Boston durante a noite –

Em momentos como esses eu me sinto tão inseguro, retorcido, solitário (Sempre esses abutres negros!!).** Não obstante o meu coração está encantado em êxtase sinistro, e a minha alma cambaleia em redemoinhos de desespero –

Eu amo Emerson, Jack (Você sabe disso) Minha alma entretanto tem um anseio constante pela vida em Cingapura – suja e imunda e através de tudo isso um sentimento de integridade

---

* O romance (1931) de Bruce Marshall (1899-1987); a história de um monge beneditino na Escócia foi adaptada para o palco por Brian Doherty em 1937. (N.E.)

** Sebastian ecoa o "abutres" usado no "Diário de um egotista" de Jack, p. 221. (N.E.)

e requinte – Os sinos estão tocando constantemente, aqueles sinos de merda – Eles nunca vão me deixar em paz – Paris! Paris!
Você lembra aquela viagem para Boston e a forma como observamos uma cidade despertar e continuar a sua marcha em frente? Lembra os Sinos de Boston? Ah! Aqueles Sinos, Sinos, Sinos. Jack, por um tempo tentei capturar a mesma sensação que você teve quando deixou Lowell. Agora eu contemplo com os lábios cerrados os poços da vaga escuridão.
Wilmington 7h
Jack, Jack, eu me sinto tão miserável
Au 'Voir
Sebastian
Príncipe de Creta

Sebastian escreve poesia, prosa e cartas na viagem de trem de ida e volta entre Lowell e o Emerson College, e registra o horário, paradas do trem e paisagens como parte de seu fluxo espontâneo do pensamento.

Para Jack Kerouac
De Sebastian Sampas
23 de fevereiro de 1941

Mais uma vez – Tempo, Tempo, Tempo, Tempo –
Tempo Desgraçado
A bordo do trem das 06:35 para Lowell
Segunda-feira 23 fevereiro de 1941
Tardinha, tempo de bem-aventurança, repouso e descanso –
Tardinha – Sim, tardinha, mas estou pensando naqueles indivíduos atormentados cujas mentes sofrem em constante confusão – Jack, sinto-me seguro novamente – A sra. Shaw me disse que se eu conseguisse aguentar o tranco poderia me tornar [um]

ator de sucesso. A dra. Wiley me disse para continuar a escrever – mas que se dane tudo – eu odeio segurança
Silver Lake – Horário 7:20 –
    Odeio condições normais – Tenho que estar lutando por alguma coisa – É incrível Jack, como um homem pode ser duro e realista – Como pode ser intolerante, tendencioso e tolamente preconceituoso – As pessoas que estão seguras e que fazem cara feia para "lutadores" – Eles não são nada mais do que iconoclastas – Que se danem – eu suponho que sou esotérico – mas então todos nós somos esotéricos por vezes –
NO. Bellirica – Horário 7:28
Fábricas – e eu penso em George [Apostolos] agora no covil de algum maldito capitalista. Suas mãos trabalhando para lá e para cá – tentando parecer ativo – A infinidade monótona de veludo – Seu nariz recheado com algodão. Tentando roubar um cigarro nesse trabalho de homem morto – As gotas do suor obtido com facilidade, o cheiro nauseabundo de cabelo, transpiração, água e tecido – Mas através de tudo isso – Através de sua amargura e de seu suor tenho certeza de que George percebe que não é a vida o que conta e sim a coragem que *você* traz para ela – Lowell

Página 2
Jack, o nome do jovem sujeito era Joseph Zusin (de ascendência russa). Eu juro pela minha honra que nenhuma de suas histórias era tingida de ficção.
Jack, por favor perdoe meus erros gramaticais e o desleixo que continuamente arruína minhas cartas –
Repondez toute de suite
Sebastian
Príncipe de Creta
Boa noite – meu mestre louco – mestre de Columbia
Escreva imediatamente
Responda & me diga se você chegou a qualquer decisão sobre o seu estado
Sebastian

A última página inclui um dos maravilhosos desenhos de Sebastian de sua coroa como "Príncipe de Creta". Quase todas as suas cartas continham isso, com muitas variações da coroa para diferentes tópicos etc.

O foco no tempo é significativo para Sebastian enquanto ele viaja no trem, e este poema ecoa o sentimento na carta anterior.

TEMPO

por Sebastian Sampas

Quando o mundo atingiu seu crescendo
E os seus maiores homens passaram
Então saberão eles que o maior inimigo
Era o tempo; mas tarde demais dirão eles

Esses primeiros poemas revelam grande compaixão nas observações sobre Lowell. O seguinte foi publicado em homenagem a Sebastian, como parte do Anuário do Emerson College *para 1943-1944.*

JOVEM POETA LEMBRANDO LOWELL

Por Sebastian Sampas

Tardinha...
Poentes prismáticos,
Aquela mais doce melancolia
E a Localidade Total,
　Vermelha, como o vermelho-carmim de sumagres no outono.

Jack please pardon my grammatical
errors and the sloppiness which
routinerally mars my letters –

Repondez toute de suite

Sebastian

Prince of
Cute

Good night my
mad master –
master of Columbia
Write immediately
Answer & tell
me if you've come into
any decision regarding your
status Sebastian

Página manuscrita da carta de Sebastian para Jack, 23 de fevereiro de 1941

Hei de lembrar,
Não devido à mera lembrança
Mas por nossa luta fervorosa que resta
Integrada com eternidade na impaciente
Batalha pelo melhor

Gritos, perdidos agora
No mundo inferior não encontram refúgio
Na fria catástrofe de lágrimas.

O próximo poema revela os sentimentos de Sebastian em relação àquilo que as fábricas representavam, referindo-se ao Merrimack como um "Rio de exploração", e toca na raiva e na tristeza da carta anterior, quando ele pensa em George no "covil de algum maldito capitalista".

Verão numa cidade industrial

Por Sebastian Sampas

Verão!
A enorme onda – o calor do meio-dia
Levanta-se da estrada de asfalto
Escoa para o primeiro andar de uma fábrica
E sobe
Sucessivamente
Para o
Segundo e terceiro –
Num instante o prédio vermelho

É um forno
Os trabalhadores,
Os franceses
Os gregos
Os poloneses
Praguejam onde estão
E puxam o pano molhado
Das tinas de corante
As cores são raras
Veludos verdejantes
Veludos violeta

Elas irão adornar
Uma caixa de joias
Um caixão
O pano será cortado
Em forma de vestido
E usado
Por uma mulher com cabelo vermelho
....
Os trabalhadores praguejam –
Os gregos
Os poloneses
Os franceses
Verão
E amantes caminham
Junto à margem do rio
Junto ao rio Merrimack
(Rio de exploração – mas não importa)

Eles são amantes felizes
Que podem caminhar
Na margem do rio à noite
E observar
As árvores balançando e
Ouvir o suave farfalhar
De folhas de árvores
A lua lança seus raios
No rio e eles podem
Esquecer a vazante gasosa
Que eles têm alma
Enquanto gritam em vão!
E agora eles se aproximam da ponte
Por um momento eles param
E olham as azuis
E amarelas luzes
De janelas de fábrica

O envio de cartões postais tornou-se uma prática regular na correspondência de Jack e Sebastian em 1941, com ocasionais longas cartas, muitas vezes escritas num estilo de fluxo de consciência. As anotações às vezes diárias fornecem imediatismo ao rápido intercâmbio de ideias entre os dois.

Para Sebastian Sampas
De Jack Kerouac
[Cidade de Nova York
26 de fevereiro de 1941]

Sebastean –
    Eu gostaria que você me mandasse um cartão como esse diariamente, e vou fazer o mesmo – é claro, continuando com os

nossos documentos regulares. Boa ideia? Fouch e eu vamos fazer isso também. Este é para informar você sobre a minha sugestão. O segundo cartão é o meu primeiro Bate-papo Diário oficial.
Jean, BARON DE BRETAGNE
P.S.: Enviarei esses cartões à sua faculdade porque a sua irmã pode lê-los em casa. Estou sendo infantil...

Para Sebastian Sampas
De Jack Kerouac
Cidade de Nova York
26 de fevereiro de 1941

CARTA A CAMINHO

Sebastean –
    J'ai vu "Mayerling"* l'autre soir. C'est tout ce que vous avez dit – très triste, magnifique, et noble. Charles Boyer est une homme quie est extrêmement irrestistible. (O suicídio é PERFEITO!)
    Eu li Wolfe às 4 da manhã, hoje – "Four Lost Men" – ele utiliza linguagem demais, mas acerta o tiro bem na mosca, o que faz toda a diferença. Estou lendo "Out of the Night"** de Jan Valtin. Levantem-se, massas!
    J B de B

As reflexões de Sebastian durante seu primeiro ano no Emerson sobre o vazio do jovem que ele está observando e as lágrimas que ele verte pela irmandade da humanidade são aquilo que o torna único como indivíduo e incrivelmente compassivo como poeta. Parte

---

* *Mayerling* (1936), filme francês estrelado por Charles Boyer, baseado em romance de Claude Anet sobre os fatos reais da tragédia que envolveu o príncipe herdeiro Rodolfo de Habsburgo e sua amante, a baronesa Maria Vetsera. (N.E.)

** Jan Valtin (1905-1951), pseudônimo de Richard Julius Hermann Krebs, comunista alemão e agente soviético durante o período entreguerras, que desertou para os Estados Unidos em 1938. Sua autobiografia, *Out of the Night* (1941), descreve sua tortura pela Gestapo. (N.E.)

nostalgia e parte memória, ele grita: "Não chore por poetas! Pois eles / Carregam as lágrimas de um milhão de anos". *Jack descreve esta parte do caráter de Sebastian com muita precisão em* Cidade pequena, cidade grande: *Peter (baseado em Jack)* "sempre era espantosamente ciente da fúria essencial do coração demasiado sensível de Alex *[de Sebastian]*" *(parte II, seção 11).*

Para Jack Kerouac
De Sebastian Sampas
[Início de 1941]

SENTIMENTOS DE UM ALUNO VOLTANDO PARA CASA

Por: Sebastian Sampas

A bordo do 6:35

(Local para Lowell)

Jean –

À minha direita um soldado,
Olhos risonhos e limpos dentes brancos,
Puro e limpo e 100 por cento americano –
Uniforme imaculado –
Com anel da graduação de ensino médio
No quarto dedo da mão direita.
Couro marrom russo amarrado
Por cima do ombro –
À minha direita, um soldado, Jean
O que pensa ele Jack?
Enquanto contempla as cores malva-rosa do pôr do sol?
Ele enxerga o pôr do sol? Ou enxerga mais além?
Será que pensa em sua juventude Jean?
Ou estará pensando no
Melhor Lugar de Má Reputação

Na próxima parada!
Ah! Soldado – Perdido! Perdido!
E não tenho pena de você –
Não consigo sentir um fulgor de
Irmandade –
Tudo foi longe demais
além de mim –
e não consigo sentir o que você sente –
Posso ver você em seu
Uniforme e não consigo ter pena de você –
Eu olho Jean o
Pôr do sol do outono –
E as árvores, o vermelho,
O púrpura & o verde
Assumirem formas mais escuras –
As águas pretas refletirem
O preto do branco
Jean, Jean,
    Onde está aquela noite que nós sabíamos
    Quando sentados na entrada da sua casa
    No meio de uma noite de verão
    Poderíamos ter encostado um dedo
    Em uma estrela?
Jean, Jean,
    A lua crescente aparece –
    Ria! Lua! Ria! Ria!
    Em seus fósseis lunares!
    As árvores agora são pretas
    Contra a última luz do dia
    Um pássaro voa solitário –
    Em breve todas as aves irão embora
    Eles voam em formações V
    E deslizam para uma Trilha Sulina –
Jean, Jean,
    Chore por Sebastian – Ele está morto
    Chore não por muito tempo – eu me pergunto!

Jean, Não chore por ele!!
Não chore por poetas! Pois eles
Carregam as lágrimas de um milhão de anos
Não chore por poetas! Pois eles
berram e gritam –
Sabendo muito bem – Pro inferno com o inferno!
O que você está esperando?
o trem para – e ele sai
O motor arranca e o trem
reverbera com o movimento –
O maquinismo é fascinante e
as enormes barras de ferro bombeando
para frente para trás
Como uma gigantesca relação sexual
O maquinismo é fascinante –
Fascinante pra burro
Finis

Bem, Jack, outra carta para informá-lo de que as coisas estão começando a entrar numa boa rotina – Mike Smith estava perguntando sobre você – Helen está mais solitária do que nunca, e hoje à tarde Freddie (mulher), Seymour, Doris Miller, Bobbie Levine e eu tivemos uma discussão fabulosa & estimulante desenvolvida em torno de Wolfe – Todos nós somos viciados em Wolfe. Estou começando a iniciar minha campanha para transformar Emerson num lugar mais interessado em Wolfe. Por favor responda o quanto antes –
    Au' Revoir
    Sebastian
P.S. Sinto muita saudade de você e tenho tanta coisa para lhe dizer –
Jean, Jean, Esqueça! Esqueça!
Jack, sei que as minhas duas últimas cartas eram quase ilegíveis, mas tente entender – não tenho a pretensão de ter descoberto qualquer filosofia nova & maravilhosa porém simplesmente a de descrever os meus sentimentos no presente momento.

Outro poema sem data e sem título de autoria de Sebastian, escrito por volta da mesma época, reflete sobre as forças externas que, segundo ele sente, estão desmoronando em cima dele.

Por Sebastian Sampas

I
Por que tombam elas
Sobre a minha alma
Apenas para ruir
A última luz
Deixada dentro de mim

II
Por que matam elas
Todo, Todo o meu amor
E certamente enchem elas
Uma alma despedaçada
Com mais desespero

III
Eu olho na noite o esplendor
E olho de novo
E Choro! Mas onde está o fulgor
E o amor morre rápido
E não há nada mais

Para Sebastian Sampas
De Jack Kerouac
Cidade de Nova York
5 de março de 1941

NÃO CONTE PARA FOUCH

Sebastean –

    Muito triste sobre a demora – inevitável – máquina de escrever quebrou – impotente sem ela. De qualquer forma, tenho algo melhor do que uma carta para você – espero que fique contente em saber que vou pegar carona para casa quinta-feira (dia 6), casual e poeticamente. Fico até domingo ou segunda-feira. De maneira que possamos estar juntos e discutir diante de uma banana split no Marion's*, estou trazendo uma peça de um ato que escrevi hoje de manhã às 3h.
    ZAGG

Para Jack Kerouac
De Sebastian Sampas
[Emerson
14 de março de 1941]

8:15 da noite sexta-feira
Duc,

    Obrigado muito mesmo por sua carta, de verdade você não tem ideia do quanto eu estimo você escrever – Mas agora chega dessa Efeminação Idiota.

    A sua peça foi muito bem recebida pela dra. Wiley (minha professora de inglês). Ela gostou bastante da peça. Ela argumentou que você tem mais coisas a dizer do que Saroyan e ficou dizendo isso de uma maneira única, irresistível. A dra. Wiley também sentiu (no que diz respeito a palavras como puta, filho de uma cadela e foda-se) que faz muito bem para um homem poder extravasar essas palavras.

    A peça agora está nas mãos de um amigo meu de Tufts (que por falar nisso já leu mais de 600 peças). Vou enviar a opinião dele mais adiante junto com a peça e com o livro "Meu nome é Aram".

---

* Um popular estabelecimento comercial com uma sorveteria em Pawtucketville. (N.E.)

Ontem à noite eu li uma condensação do livro de Jan Valtin na Reader's Digest. É quase incompreensível para mim como uma pessoa que enfrentou tais provações terríveis como ele consegue sair delas de uma maneira tão nobre, com tanta bravura. Não consegui deixar de berrar, sentado lá na biblioteca lendo, enquanto ele falava de Ferelei e de seu filho. Ali estava um homem Zagg que simplesmente queria aliviar as condições das classes mais baixas – uma pessoa desiludida com uma Alemanha economicamente instável – inspirado com o (fogo de destruição na Escola Comunista de Moscou) – parece um pouco patético que o governo agora queira deportá-lo.

Que aventuras abundavam em sua vida!

Zagg, mais uma vez quero enfatizar o fato de que sou jovem, saudável e livre e leve e solto, e se eu considerar correto viajar (e como considero!) – eu hei de – longe – longe – longe desta monotonia blasé – deste tédio avassalador.

Mas agora sinto-me tão retorcido por dentro – para provar o quão retorcido eu me sinto – aqui vão alguns dos milhões de pensamentos que estão girando pela minha mente – (não é literatura, eu garanto a você), sob o título "Homens mortos não contam histórias".

Dez mortos de pé numa estrada de ferro
Caminhando devagar e um atrás do outro
O trem verde-preto que passou então zunindo
Cortou a cabeça de cada homem e a coxa de cada homem

[*escrito na margem direita:*] Escrito sob o feitiço de música sinfônica.
[*escrito na margem esquerda:*] Hoje à noite vou encontrar o George e levá-lo até o Marions!

"O avião"

Pássaro prata com pardo arrulhar
Segue as aves que acabaram de voar
O sol frustrado dá um sorriso de pipilo
E segue o avião ao longo do Nilo

Eu andei com Nubar até a ACM. Descendo a Beacon Street (Covil Capitalista) nós alardeamos as nossas teorias do comunismo mas Nubar transcendeu até mesmo a mim na ostentação de seus ideais!

Zaggus, Jan Valtin fez com que eu me desse conta mais ainda da Irmandade da Humanidade – e não do ponto de vista dos comunistas mas de um viés literalista.
Como Sempre
Sebastian
P.S. Vou continuar remetendo para você um cartão por dia – et vous arui si'l vous plait!
P.P.S. Mais carta sem demora – Jack por favor me mande uma outra carta com a maior rapidez possível.
P.S.S.S. Tente rabiscar-me uma carta durante o fim de semana.

Para Sebastian Sampas
De Jack Kerouac
Cidade de Nova York
18 de Março de 1941

Sebastean –
  Me desculpe por não ter começado a enviar postais mais cedo... mas eu tinha que comprar um punhado – e aqui estamos.
  Fico contente que você tenha lido Valtin. No entanto, leia partes do original para injetar no seu sangue a sede de correr o mundo! Lembre-se das nossas datas – 18 de novembro de 1950

'Frisco casa de má reputação – 12 de março de 1946 domingo cinzento em Moscou com vodca e um quarto que dê vista para os telhados (Sam, por favor, vá visitar a biblioteca em Boston & dê uma olhada em "Guerra & Paz" Capítulo 3 ou 4 tratando de uma noite em Moscou – por favor – o longo "Guerra & Paz") – eu proponho que a Casbá tenha uma data também....
P. S.

Howie Marton* está em NY por duas semanas. Uma noite dessas nos sentamos no gabinete luxuoso de seu pai capitalista e ficamos batendo papo até as 5 da manhã – eu fumando charutos Bourgeois de 50 centavos. Ele gostaria muito de conhecer você. Por que é que você não desce pra cá neste fim de semana? Logo vou ter que começar a ir me deitar cedo por causa do futebol. Howie & eu demos um passeio no Central Park naquela manhã para observar o nascer do sol & o horizonte róseo – e os afamados pássaros do parque...
J.

Para Sebastian Sampas
De Jack Kerouac
Cidade de Nova York
25 março de 1941

Sebastean –

Minha remessa diária vos chegou finalmente. Você recebeu o meu documento? É singular que nós dois tenhamos pensado na primavera ao mesmo tempo. Ontem à noite, quando eu estava saindo de "Núpcias de escândalo", ouvi "I'll see you again", que estava tocando num fliperama barato – e senti lágrimas brotando nos meus olhos. É a mais bela de todas as canções, junto com "The Man I Love" e "You Go to My Head" e outras. Lembra da noite em que fui embora? Praticamente não

---

* Um antigo colega de escola da Horace Mann. (N.E.)

estudei neste semestre, mas estou recebendo boas notas. Perambulo pela teia vasta e rica da cidade quase que todas as noites.

Para Sebastian Sampas
Emerson College
Beacon St.
Boston, MA
De Jack Kerouac
15 de abril de 1941

Sebastean –
Passei a tarde lendo Saroyan junto ao rio Hudson. Ainda ontem eu estava sentado nesse mesmo banco com Fouch, desfrutando do humor que ele tem. George vê o mundo como algo completamente idiota, e ri perante tudo do fundo de seu coração.
Andei lendo "3 Times 3", que é o novo livro de Bill. Achei maravilhoso. Trate de ler. Ele diz um monte de coisas no livro. "O homem é a salvação. O homem é Deus. Não há esperança para as massas. Há esperança para um homem de cada vez." As massas são gananciosas demais e essencialmente insensíveis. Saroyan vocifera contra o comunismo e os oradores judeus espalhafatosos.
J

As seguintes três obras de Sebastian mostram suas tentativas variadas em conseguir dar sentido a suas ideias da irmandade da humanidade tanto para ele quanto para Jack. Cada uma cobre um aspecto particular de suas ideias e, portanto, todas as três são apresentadas em conjunto. A primeira é um poema de seus documentos pessoais, as versões segunda e terceira estão incluídas em cartas.

RELIGIÃO

A Irmandade

Por Sebastian Sampas

PRÓLOGO

No próximo mês, quando maio mergulhar em floração
Quando amantes contemplarem perdidos desejos
E os enxergarem subindo em voltejos
Quando as águas derretidas se moldarem nas bolhas dos
   riachos profundos
Quando o coração for alegre, e o cérebro, meditabundo
Terei dezenove, direi ao mundo!

I
Dimitri veio e falou comigo
   E disse: "Sebastian me conte aqui,
   Me conte, Sebastian, imploro a ti!
   Me conte qual é a sua nova verdade
   Me conte, Sebastian, sobre essa Irmandade."

II
Com olhos selvagens e radiantes eu disse
   "Dimitri, você não pode imaginar a força pungente,
     fascinante
   Que me faz procurar, tatear, orar;
   Essa força capaz de acalmar a melancolia de um milhão
     de
momentos infelizes.

III
Eu a chamo de Deus! E enfrento sem temor
   Tudo que este mundo selvagem criou, este horror.

Eu a chamo de Deus! E fico sozinho
    E clamo à humanidade toda, com todo meu ser,
Vocês estão tão cegos que não conseguem ver?
Gente triste, gente triste!
Ah! Se vocês apenas pudessem ver;
Se acima do fanatismo pudessem se erguer...."

Para Jack Kerouac
De Sebastian Sampas
15 de abril de 1941

11:00 Noite de Segunda-feira
Zaggers;
    Esta noite minha mistura perfeita e incongruente de atmosfera.
    Uma versão em jazz do humoresque de Dvorak*, o lamento do apito de Wolfe e o lápis cambaleante.
    Só que hoje à noite eu me sinto selvagem – não desejo temperar coisa nenhuma – meus idealismos com um mundo triste e solitário! Porque eu sou louco! louco! selvagem! Bastante selvagem eu assumo a você – e portanto tente interpretar esta miserável composição literária da melhor maneira possível.

---

* Antonín Dvořák (1841-1904), compositor tchecoslovaco que trabalhou no estilo romântico. Ele foi diretor do Conservatório Nacional em Nova York (1892-1895), período durante o qual escreveu e produziu a Nona Sinfonia *Do Novo Mundo*. (N.E.)

Jack Kerouac

A Irmandade da Humanidade!

ESTROFE I
Eu o vi pela última vez no semblante patético de um aleijado
com dezessete anos de idade
Eu o senti quando apertei a mão do meu amigo doente
Então, enquanto Keats esbarrava no Homero de Chapman eu soube
O que toda essa melancolia de um milhão de momentos infelizes procurava

II
Como um poeta persegue o sol ressequido
Eu persegui e capturei ligeiramente este vago
Este ideal maravilhoso – Eu o chamo de Deus! Eu o chamo de vida!
É tão bom e tão sagrado e divino!
E de que outra maneira os jovens poderão chamar qualquer coisa que acalme
e arrebate suas almas tristes
E os embale através de um êxtase

III
Ternura e Tolerância em arrebatamento
Gentileza e simpatia em harmonia
Vida por vida e realidade!
Evasivo, concreto, abstrato,
tudo moldado neste intrincado padrão de irmandade

IV
Eu o chamo de Deus! E enfrento sem temor
Tudo que este mundo selvagem criou, este horror
Eu o chamo de Deus! E fico sozinho
E clamo à humanidade toda, com todo meu ser –

Vocês estão tão cegos que não conseguem ver
Tristes tolos, tristes tolos! Vocês sorvem vida e vomitam morte

V
E durante a vida toda vocês procuram por algo!
Procuram! Procuram! Nada!
Ah! Se vocês apenas pudessem ver!
Se acima do fanatismo pudessem se erguer
E parassem para tentar analisar esta potência
Mas por que deveria eu querer lhes demonstrar a minha procedência
Quando até mesmo ELE fracassou!!!

Au 'Voir
Sebastian
P.S. Zaggus,
Sinceramente eu gostaria muitíssimo de receber uma carta sua – por que não escrever uma hoje à noite. Estarei esperando por uma carta quarta-feira!

Esta é a carta em que Sebastian concentra-se em tentar criar uma doutrina para suas crenças na irmandade e inclui a terceira versão de sua ideologia. Ele começa a carta com um tom de aceitação, reconhecendo as mudanças em sua vida e comentando sobre como os prometeicos estão se separando, depois utiliza o título de Thomas Wolfe Você não pode voltar para casa *como uma metáfora para o que está acontecendo com eles. O título se torna um motivo repetido à medida que os jovens prometeicos começam a crescer e encontrar o seu caminho no mundo. O protagonista, George Webber, é um escritor que retorna para casa depois de usar os personagens de sua cidade natal em seu primeiro livro, e ele é visto tanto como um herói quanto como um traidor. O estilo autobiográfico de Wolfe e o* seu exame das vidas de pessoas comuns repercutiu na visão de Jack e Sebastian como artistas.

Esta carta também registra alguns dos interesses políticos aos quais Sebastian é exposto no clima mais intelectual do Emerson College. Os comícios, discursos e jornais em Boston começam a influenciá-lo, como farão com Jack na Universidade de Columbia em Nova York. Sebastian utiliza a frase da peça de Jack que se passa no bar (e da carta de 5 de março) segundo a qual ele poderá aparecer para uma visita "poética e casualmente". O roteiro de rádio que foi ao ar em transmissão local se perdeu, mas a ideia do escritor que resolve cometer suicídio pode ter sido inspirada pela obra Os sofrimentos do jovem Werther, de Goethe, com sua história de amor não correspondido (ver p. 463).

Para Jack Kerouac
De Sebastian Sampas
A bordo do trem das 8:45 para Lowell
[Abril de 1941]

Duc,

Repouso, a tardinha passou – e depois repouso – Sonhar ideais e esperanças – Essa teia mutilada de humanidade poderia tão facilmente ser afrouxada – Tudo é tão pesado – Tudo poderia ser cadenciado e alegre – e agora enquanto a gente viaja de volta para casa – enquanto passa em alta velocidade através da paisagem de nossa amada N.I. a gente fica tão gloriosamente idealista.

Eu me sinto tão claro, fresco e sozinho a tal ponto vivo – vivo – vivo com a primavera – a gente respira júbilo no ar e o [respira] em tudo que a gente toca. As pessoas ao nosso redor querem tomar parte na nossa alegria, mas elas não (quão tolos tais mortais!) fizeram!

E mesmo assim sei que vou sempre continuar lutando pela compreensão do homem pelo homem, por simpatia e bondade, tolerância e honestidade –

Jack, existe uma camarilha que precisa ser abolida. Uma camarilha que precisa vir a perceber a pobreza e a miséria e a *VIDA* – estou me referindo à camarilha aristocrática que abunda e é mercenária e cínica. O que finalmente me transformou do modo mais completo e me fez perceber que essa aristocracia precisa ser eliminada de uma vez por todas foi uma conversa que entabulou-se entre mim e alguns sofisticados de N.Y. – eu me dou notoriamente bem com esse grupo – mas não consegui fazer com que eles se dessem conta da sujeira e da sordidez que abunda.

Essa aristocracia (isso não inclui a aristocracia como um todo –) é mercenária, presunçosa e muito autocentrada. Eles estão completamente satisfeitos consigo mesmos e com as vidas idiotas que levam –

Eu olho para eles com fria simpatia!! Tenho pena deles – Eles são tão patéticos – Para mim as duas pessoas mais felizes são um francês sem nada de excepcional e a esposa dele – Sr. e Sra. Armand Gugnon – Eu vejo a bela vida que eles levam!!

Fico maravilhado com a simplicidade e com a crueza do humor deles –
Eu os amo porque eles são bondosos e comuns e tolerantes –
Mas agora o trem alcança seu destino e portanto au 'voir
P.S. Eu apreciei e estimei muitíssimo a sua carta –

Como Sempre
Sebastian

10:15 Sexta-feira, 1941
Jean,

Cornelius estava em Lowell na noite passada e por isso demos uma caminhada até que nos encontramos no topo do banco de areia de Pat Cogger –

Dali nós contemplamos a panorâmica Lowell – As luzes da cidade piscavam em harmonia gloriosa com o Tempo com o Espaço com tudo. O ar agudo e revigorante da primavera prestou-se ao nosso humor com uma perfeição tão extraordinária.

Um estado de espírito que englobava todas as mentes, emoções, melancolia, tristeza, alegria e êxtase.

Da beira do banco o colossal ciclorama das colinas da Nova Inglaterra — Aquelas luzes azuis e amarelas das fábricas de tecido e o Merrimack próximo dali e ao longo da Riverside St. o Alegre Rendezvous e continuando por esse glorioso contorno — A lua, a assombrosa lua da Primavera, brincando no distante cemitério e além de tudo isso o Pine Brook.* Shangri-La, Utopia —

Tudo se mostrava numa beleza tão pungente na noite passada. Olhando na direção das luzes distantes — e por baixo delas a subcorrente de vida de Wolfe —

Eu estava caminhando hoje pela Beacon Street e vi uma flor no auge do viço. Imagine uma coisa dessas, Zagg — uma flor — uma tulipa púrpura, cravejada de branco, em plena Beacon Street —

Primavera — Primavera — A primavera definitivamente chegou e através de mim pulsa um sentimento que eu jamais consigo expressar contudo não posso esconder de todo! Tampouco pretendo escondê-lo Zagg — Tudo há de ser tão maravilhoso —

Acho que você falou a mais pura verdade na sua declaração sobre os dois M.C.'s — Como é estranho! Como é estranho, de fato, porque vi o mesmo pôr do sol que você viu, com os mesmos matizes — só que ele se punha no Merrimack — e também pensei em "When the Deep Purple Falls" — vou tentar dar um jeito para estar com você e Marton [*sic*] em maio (eu quero *tanto* conhecê-lo.) Estou organizando a minha agenda de atividades na faculdade, de forma que não haja qualquer conflito.

Aquele sujeito de Tufts também considerou o seu roteiro muito interessante e único portanto dê prosseguimento ao excelente trabalho!

Quanto ao meu roteiro de rádio, vai passar no dia de Páscoa — O enredo, como eu já tinha contado antes a você, gira em torno de um jovem escritor passando por dificuldades no Brooklyn que resolve cometer suicídio — gostaria de ler esses dois contos que você escreveu.

---

* Beaver Brook em Pawtucketville. (N.E.)

Jack, estou tão feliz em saber que você está feliz e que você está vivendo – porque assim sou eu, vivendo com a Primavera e a Vida –

Suas cartas são apreciadas cada vez mais – li e reli todas –

Eu estava tendo umas recordações outro dia e pensei sobre a nossa brincadeira naquela manhã no Pine Brook – Para comprovar o argumento de Wolfe – Você não pode voltar para casa – Bill Chandler está nas Filipinas se aventurando em pântanos de selva e você em N.Y. e eu em Boston – Então veja só, Você não pode voltar para casa – Você *não pode você não pode* você não pode – Tampouco posso eu –

Coisas certamente estão acontecendo em Boston. Dorothy Thompson* iria falar no Symphony Hall e Mulheres que representam o Comitê "América em Primeiro Lugar" perambulavam pela calçada vestindo cartazes como –

O Seu Filho Está Pronto para Morrer Dottie?
Você e Winchell e Loção Jergens
Tio Sam é o Papai Noel para o Resto do Mundo?

Era tudo tão incrível –

E no entanto eu não consigo de maneira nenhuma transmitir com precisão todas as emoções que sinto por meio de palavras escritas. Eu deveria deixar essas coisas para John "Wolfe" Kerouac (Isto não tem por intenção afagar o seu ego) –

Agora estamos em férias de duas semanas –

Se Howie estivesse na cidade eu apareceria para uma visita no próximo fim de semana – poética e casualmente –

Zagg, tente dar um jeito de ouvir a canção "My Sister and I" – ela é maravilhosa – Hoje à noite, no trem, acabei indo até Lowell com Pallie (um sofisticado de N.Y.) Reandon que estava rumando para N.H. (esquiar e coisas do tipo) no mesmo trem tínhamos jornalistas se apressando para cobrir a estreia do mais recente filme de Bette Davis em Littleton, N.H.

---

* (1893-1961), jornalista e locutora de rádio. (N.E.)

Zagg, eu me sinto tão feliz – tão feliz em ver que você está levando uma vida bela – eu acho que você está finalmente chegando e eu fico *tão tão tão* feliz por você – Como sempre fico por qualquer pessoa que leve uma vida bela – uma vida plena –

No rádio, Shep Fields está tocando de N.Y. e sei que a uma pequena distância você está lá – meditando, olhando para o Hudson além – e eu sei que, acima da virilidade de Columbia, você e os seus ideais buscam por nuvens frescas para banhar o seu cérebro cansado – Apegue-se, Zagg – porque essa, como você mesmo disse, é a única maneira pela qual você pode se tornar um grande escritor. Os Deuses o presentearam com uma sensorialidade aguçada que é imperativa para todos os escritores de sucesso –

E Zagg, veja se você não consegue me responder em breve, muito, muito em breve – eu apreciei essas 3 cartas que recebi de você muitíssimo, como sempre –

Coloquei para fora não mais do que uma parcela menor dos meus pensamentos e emoções – aprendi a controlar as minhas emoções Zagg – e isso para mim é muito importante – eu sei *quando* dar *vazão* aos meus idealismos – ainda tenho comigo a sua peça – E agora adeus – ou melhor, boa noite.

>
> Eu verei você novamente
> Quando quer que a Primavera
> irrompa novamente
>
> Boa noite &
> Au 'Voir
> Sebastian

Escrito Quinta-feira

A IRMANDADE DA HUMANIDADE

Eu o vi pela última vez no semblante patético de um garoto aleijado com dezessete anos de idade. Eu sei que está ali – ali em seu

semblante. O meu ideal – o ideal pelo qual todos nós estamos procurando, a irmandade da humanidade. Hoje sei que isso é o que sempre estive procurando. A meu ver, isso recende a limpidez. Os principais requisitos dos meus ideais são a sinceridade, a honestidade, a tolerância e a bondade. É tudo tão santo e sagrado lá no alto, bem no alto acima, e além de qualquer reação física. A vida é uma sinfonia gigantesca e complicada mas sob o olhar de um companheiro humano ela torna-se um acorde limpo e vívido e vibrante. Lembro-me [de ir] a uma cidade [em] Vermont com alguns dos meus amigos. Lembro-me de como no caminho de volta David passou mal e recordo distintamente que quando ele pediu a minha ajuda pressionei a minha mão na dele e naquele mesmo instante percebi o meu ideal. Uma pessoa tendenciosa com os calos no mesmo instante gritaria homo! Não pode o imbecil tateante se elevar acima de si mesmo e de seus preconceitos perversos. Será que ele não consegue sentir esse ideal arrebatador, que abrange o mundo todo? Esse ideal que atravessa desastre, pobreza e miséria e chega finalmente no topo de uma montanha – É sempre no topo de uma montanha. O ideal só pode chegar a um determinado grupo. Um grupo que abre os seus corações e fala bem-vindo estranho.
Esse grupo pode incluir qualquer um, um trabalhador de fábrica ou um médico. Contanto que a faísca esteja lá – A centelha divina. Ah! Eu vejo esse ideal com tanta frequência – com tanta frequência. No rosto de um soldado, de um marinheiro, de um milionário, de um mendigo. É Deus para mim – mas porque é a única coisa boa neste mundo. É abstrato e contudo em sua análise final tanto mais concreto. É dar! dar! dar!
Em nome da felicidade de outras pessoas

Zaggus por favor mande este documento de volta porque vou fazer o meu trabalho de pesquisa neste semestre sobre a Irmandade da Humanidade – Faça o que fizer, Zagg – Não interprete mal "A Irmandade da Humanidade"

JACK KEROUAC

E assim no impulso desta carta
Responda –
Depressa – cada vez mais
depressa

Um solo de violino está vindo pelo rádio –
Green Carnations de Noel Coward
Noel esteve em N. Y. recentemente –
Segundo eu vejo pelos jornais

Este período da amizade entre Jack e Sebastian marca um aumento de correspondência com foco em seus interesses intelectuais. Reminiscências melancólicas de outubro permeiam esses escritos, simbolizando uma juventude perdida, e se tornam inspiração para diversos poemas e a peça de Jack Oktober. *Eles começam a sair em busca de aventura: Jack se arrisca por Washington D.C., e Sebastian, por Nova York. Incentivados por suas ambições avassaladoras de ler e experimentar tudo o que podem, o mestre louco e o príncipe iniciam uma nova fase de sua amizade, evidente em seus diálogos honestos sobre o equilíbrio intrincado da vida entre as bonitas alegrias e tristeza feia e vazia.*

Para Sebastian Sampas
De Jack Kerouac
Cidade de Nova York
5 de maio de 1941

Príncipe –
    Desculpe se decepcionei você nesta última viagem. Com aqueles caras em volta, eu desprezo conversa intelectual. Não é educado, tampouco atencioso. Eu me refiro a Scott e Salvey.* E

---

* Joseph Beaulieu e Roland Salvas, de Lowell. (N.E.)

às vezes George não está no estado de espírito adequado. Estou esperando recrudescer o meu prestígio perdido como intelectual neste fim de semana: – Howie ficou de vir no sábado, e, se você vier pra cá, vamos continuar com o nosso interlúdio de Manhattan.
Zaggo

Sebastian escreve sobre crescer e sobre o seu trabalho de faculdade na noite que antecede seu aniversário de dezenove anos, e sobre o seu desejo de "chorar por uma juventude perdida".

Para Jack Kerouac
De Sebastian Sampas
21 de maio de 1941

Zaggus,

    Bem, eu simplesmente tinha que escrever e lhe dizer que esta noite eu deixarei de ser uma criança. Depois desta noite eu terei dezenove anos – amanhã é o meu aniversário. O êxtase dos dezoito – acabado – depois desta noite, desta noite, minhas últimas horas de adolescência – esta noite eu jogo para longe todas as coisas infantis. Amanhã eu haverei de acordar cedo e ver o sol nascer e afirmar que eu sou um homem – que eu tenho dezenove anos. Você decerto entende como é Zagg – tanto da vida decepado – tanto descoberto – contudo Zaggus – eu não me arrependo de nada do que já fiz, não antes de mais nada porque eu seja um egotista, mas porque vivo para as minhas sensações e não para os meus pensamentos – portanto tenho a felicidade de viver pelas sensações.

    Jack, muitíssimo obrigado como sempre pela sua carta. Não, não recebi a primeira carta que você mencionou (gostaria de saber mais sobre ela). A sua última carta valeu por um excelente presente de aniversário – sinceramente espero que você passe em química com louvor.

Os nossos exames começam semana que vem e eu haverei de ser apanhado do mesmo jeito que você foi. Precisarei estudar como um condenado – a única matéria que me deixa preocupado é o alemão, consigo entender o maldito troço, mas não consigo escrevê-lo (gramática).

Mas esta noite me recuso a ficar preocupado com o alemão. Hoje é a última noite em que tenho dezoito anos – esta noite preciso [parar] ligeiramente e dar um tempo – esta noite por um momento antes que a minha alma mais uma vez seja abalada pelo constante tumulto e redemoinho da humanidade.

Esta noite, eu haverei de chorar – haverei de chorar por uma juventude perdida, uma juventude que não consegue lidar com as realidades da humanidade – uma juventude que descobriu a malignidade de viver e mesmo assim se saiu com sua alma tão fresca como as gotas de orvalho na ensolarada relva em maio.

A sua carta, mais uma vez, foi uma enorme inspiração – eu pulava como um idiota ao longo da Esplanade, depois sentei-me para ler junto às águas lambe-lambe-lambentes do Charles.

Zaggus, não posso de modo algum ir até você neste fim de semana porque vou estar preso com lição de casa. Asseguro-lhe que sou financeiramente capaz de fazê-lo.

Se eu conseguir colocar tudo em ordem tanto quanto eu conseguir, vou estar por aí em uma semana a partir de hoje. Ou seja, na próxima quinta-feira (mas eu duvido.)
Perdoe a minha escrita
Perdoe a minha gramática!
Alemães desembarcam em Creta!!!
Por favor, responda esta noite!
Au 'Voir
Sebastian
Príncipe de Creta

Uma carta com conteúdo semelhante nos documentos pessoais de Sebastian parece não ter sido enviada. Ela inclui um importante acréscimo à discussão em andamento, com o conselho de Sebastian no que diz respeito à ideia de Jack para um romance.

Para Jack Kerouac
De Sebastian Sampas
22 de maio de 1941

Isto – o meu aniversário de dezenove anos – Dezenove – dezenove – Creta capturada pelos alemães em meu (O aniversário do Príncipe de Creta) Será este o presente que recebo. A perda da minha ilha?

Jack são 3 da manhã (Qui) Sexta-feira – Acabo de terminar mais lição de casa e de alguma forma – não sei por que motivo – eu tinha que escrever para você.

Essa definição sua do Entusiasmo é tão verdadeira – Quanto mais você escreve para mim, tanto mais você parece estar se aprimorando.

No tocante ao seu livro no próximo verão, não sei o que dizer – eu não arriscaria, no entanto, uma autobiografia como um meio de partida. Caso esse livro se torne famoso (como se tornará, sem a menor dúvida) os desgraçados críticos de um mundo blasé continuamente o farão "pular as barreiras".

Reflexões 3:20 da manhã

A fumaça do cigarro vai acariciando a tinta – a verde – preta – amarela paisagem assoma com uma palidez de mau agouro –

O cantar-miado dos odiosos gatos noturnos –

Ah! criança – doente – cansada – esperançosa com o matiz de uma nova era

Jack – (Em Seu Entusiasmo)
Fés quebradas
    Marcas prateadas
Ipomeias
    Atadas em filas
Brasas prateadas
    Tantas vezes repetindo
A alma é você
    da Vida pedindo
Maior Chama em
    Fogo e Chama
Suavemente tudo
    se desfaz no panorama

Encontrei esse poema entre as minhas memórias – (Ele é original, é claro!)
    Sinto-me bastante peculiar agora –
    Realista, idealista –
3:25
    É melhor eu me atirar na cama –
    Estou enviando esta carta por correio aéreo – para que eu possa receber uma de você
    Sábado à noite –
    Espero que você possa estar lendo isso amanhã à noite (Sexta-feira) e espero estar lendo a sua mensagem no Sábado à Noite.
    Não vou fazer festa de aniversário agora – Vou esperar até junho – quando você nos honrará com a sua presença –
    Não tenho visto George faz um bom tempo – estive tão ocupado com as infernais lições de casa –

Au 'Voir
Sebastian
Príncipe de Creta
Repondez ce soir

Na carta seguinte Sebastian discute sua leitura de Byron para um trabalho do Emerson College que é diretamente referido no estudo de personagem de Jack para Christopher (Sebastian) de Galloway na p. 368. Em Cidade pequena, cidade grande, *o personagem relacionado a Sebastian, Alexander Panos, parafraseia Sebastian: "Ontem eu li e escrevi por dezoito horas [fazendo uma pesquisa sobre Byron] direto e nesse tempo bebi dezesseis xícaras de café e fumei três maços de cigarro. Meu quarto é literalmente um campo de batalha de papel espalhado pela cama toda, nas cadeiras, no chão!" (parte II, seção 11).*

Para Jack Kerouac
De Sebastian Sampas
24 de maio de 1941

Meditações

Zagg:

8:00 da noite

Ah! Zagg, se você somente pudesse ver um pôr do sol como esse que está se desenrolando agora. A oeste um milhão de tons de rosa, púrpura e azul misturando-se todos em perfeita harmonia. As cores – chegando por entre as árvores – cada espaço pontilhado de folhas (uma câmara de beleza!)

Domingo – meio-dia e dez –

Bem, aqui estou, mergulhado profundamente em literatura sobre Byron – Deus! Que grande egotista que ele era – mas mesmo assim consigo sentir a sua personalidade brilhante ondulando através das páginas – O leste está lançando um vento –

2:00

Uma canção de amor grega toca no rádio – Como a música grega é romântica – Ela possui um fundo oriental!

4:30

Andre Kostelanitz toca o *Andante Cantabile* de Tchaikovsky – sombras das montanhas azuis-enevoadas de Vermont.

05:20
Uma canção folclórica da França, tocada num piano solitário –
Claire de La Lune
7:20
The Man I Love – Lembra daquela morena alta que você levou para o baile de gala – Os espelhos e a 5th Avenue lá embaixo – De volta para Byron –
10:45
Finalmente consegui terminar o meu trabalho de pesquisa sobre Byron. Fiquei trabalhando em ritmo constante desde as 10:40 desta manhã – já bebi 18 xícaras de café e fumei uns 3 pacotes de cigarros – Se você apenas pudesse ver a minha mesa – papéis esparramados – livros abertos. Deus! Que incrível a personalidade que Byron tinha. Vou lhe contar mais sobre ele quando eu vir você. Até mesmo me considero uma autoridade sobre esse poeta agora. Mas agora, Jack, mais trabalho. –
8:00 da noite segunda-feira
Jack, – Duas linhas de Byron

"É tempo deste coração se fazer imóvel uma vez que outros já cessou de mover."*

Você percebe o comentário arrebatador. É por esse motivo, provavelmente, que nós dois escolhemos uma profissão na qual desejamos mover o nosso público.
[carta termina]

Esta carta não datada de Jack está escrita em papel timbrado do Hotel Normandie, na Filadélfia, PA, enquanto ele viajava para Washington D.C.

---

* De "Neste dia eu completo o meu trigésimo sexto ano" (1824). (N.E.)

Para Sebastian Sampas
De Jack Kerouac
[Filadélfia, PA
Outono de 1941]

Sebastian –
 Esta é apenas uma nota escrita daqui da Filadélfia – uma vez que nós dois temos esse deleite mútuo com "endroits", ou pontos variegados do mapa. Somente me sento sob o céu Pensilvânia e digo para mim mesmo: – "isso é cascalho da Pensilvânia ali, e o céu paira sobre Philly – e velha e Quaker Philly! E este é um banco da Pensilvânia!"
 E assim por diante. Você sabe o que quero dizer. Você terá a mesma sensação em Nova York.

 Jean Louis Le Baron
  de Kerouac

Este fragmento de carta foi escrito durante a viagem de Jack para Washington e é provavelmente a "longa carta do Sul, escrita à mão, desesperada", referida na carta seguinte. Jack não relata apenas a miséria de ficar sentado naquele quarto de hotel, mas expõe uma vulnerabilidade raramente vista enquanto revela alguns de seus temores. O endereço de retorno do envelope tinha impresso nele (DEPOIS DE 5 DIAS, RETORNAR PARA) ao que Jack acrescenta: "O Departamento de Energia Fútil."

Para Sebastian Sampas
[Lowell, MA]
De Jack Kerouac
Washington, D.C.
11 de setembro de 1941

II

Isso, Sam, eu preciso. E depois? E então?... Eu não sei, Sam. Eu não sei! Fico sentado neste quarto de hotel barato em uma noite muito quente – o som do bonde, o pulso crescente da cidade de Washington, a brisa da noite, e nada de árvores, sem árvores, sim, sem árvores que cantem para mim.... Ah, Sam! Estou acabado e exausto. Estou louco, desesperado. Sim – "Meus braços estão pesados, estou na pior: Há uma locomotiva no meu peito, e não há como negar...." Não sei o que foi que eu fiz – medo de ir para casa, orgulhoso demais e enojado demais para voltar ao time de futebol, acabado e exausto, sem nenhum lugar para ir, não conheço ninguém, vi o Capitólio da Nação, o edifício do F.B.I., a National Gallery of Art, o edifício do Departamento de Justiça, "Dive Bomber" e um espetáculo teatral, e eu estava solitário, enojado, e chorei....

Para Sebastian Sampas
De Jack Kerouac
[Outono de 1941]
                    Quinta-feira de manhã

Sam...
    Acabei de ler a sua carta e estou magoado com a sua inferência de que escrevi uma carta para você, e para George três. Você não recebeu a longa carta do Sul, escrita à mão, desesperada? Tanto quanto me lembro, enviei essa carta. Parece que George recebeu minha mensagem do Sul.... escrevi para ele na mesma noite que pra você. A do George foi uma coisinha levinha de nada.... a sua era a carta que ardia no meu coração.... o desespero amargo de um jovem-sozinho em voo para Hégira; e Hégira ainda está por mandar notícias no momento. (Não se preocupe com meus crípticos esotéricos.)
    Sam, a verdade é que você recebeu duas cartas minhas e George três, o que é ligeiramente mais digerível do que a recente

acusação. Eu acho que a carta longa que eu escrevi do Sul não chegou até você...... uma grande lástima..... foi provavelmente a melhor coisa que já escrevi, porque eu era o jovem-sozinho do Sul, cansado, acabado, louco, solitário, desesperançado, começava com: "Falo a você direto do coração de todos os jovens escritores solitários que já viveram na Terra. Falo a você direto dos corações deles porque agora eu sou um deles.... de repente, com grande rapidez, sem um único aviso: eu sou um deles...." "Estou acabado e cansado, acabado e cansado".... etc. Fato é que escrevi para você uma carta dessas na minha situação de padecimento, e uma carta longa, e a circunstância de que escrevi para George algumas jovialidades acaba provando a minha mais profunda amizade, não é mesmo? Sam, você me dá uma encheção de saco.

Escrevo isso tendo acabado de levantar da cama, tendo acabado de ler a minha correspondência, vou pegar carona pra Hartford esta manhã para ver Mike e para ver qual é a de um trabalho que [um] velho camarada tem pra mim lá em cima.

Sam, não deixe que a sua amizade se torne egotista... pior coisa. Você fala mais sobre eu ter escrito uma carta para você e para GJ três, e nada sobre a minha viagem ao Sul - - - - se você tivesse feito uma viagem dessas, eu iria infernizar você com questionamentos a respeito, exigiria minuciosa descrição de tudo, etc. A amizade não deveria ser egotista.... deveria ser ardorosa, interessada, altruísta. Falando coisas que não sei direito, porque você disse que estava preocupado. Bem, acho que tudo isso brota da minha carta-do-Sul não ter chegado a você.... uma grande lástima, era uma boa carta...... ardorosa, interessada, altruísta.... duas cartas para você e para GJ três, e uma das do GJ não valia porcaria nenhuma... duas contra duas, na verdade. Sam, você me dá encheção de saco....

Jack-hammer! Jack-hammer!*
Perfure pelo bom e velho Sam!
Perfure pelo bom e velho Sam!

---

* *Jackhammer* = "britadeira"; *hammer* = "martelo", "martelar". (N.T.)

Jack-hammer! Jack-hammer!
Bata e destrua e lavre
Vocifere, pragueje, arrebente!
Martele pelo bom e velho Jack!
...e perfure pelo bom e velho Sam...!

Na noite passada eu estava lendo Whitman, e ele disse:
"Meu mérito final eu recuso a você, eu recuso tirar de mim o que eu realmente sou, Abarque mundos, mas nunca tente abarcar a mim, eu aglomero o que você tem de mais macio e de melhor simplesmente olhando em sua direção."*

Sam, você me dá uma encheção de saco. Diga-me se você não recebeu essa carta do jovem-sozinho no Sul. Uma grande lástima... era boa; boa. Minhas lembranças a Emerson. Continue lhes falando sobre mim - - - minha estreia está chegando, e quero que seja uma boa entrada.

Vivo junto ao mar agora, e um vapor de ostra ancorou faz quatro dias bem diante da minha janela. Consigo imaginar os homens a bordo, trabalhando o dia inteiro e jogando cartas no porão mofado à noite, e talvez um deles, jovem, esteja escrevendo....

Adieu, Sebastean. Que le soleil ne descendrais jamais par dessus votre grandeur.... c'est la dernier chose qu'un homme peux garder, sa grandeur.... gardez la
     Jean Louis le Brice
      de Kerouac de
       Gaoz

---

* Walt Whitman, "Canção de mim mesmo", verso 25, em *Folhas de Relva* (1900). (N.E.)

O "As árvores estão cantando para mim" de Sebastian refere-se ao conto de Jack "Canção do adeus, doce de minhas árvores". Esta é uma resposta à carta precedente e um ótimo exemplo do fluxo de consciência em ação à medida que Sebastian entrelaça memória com seus presentes pensamentos sobre o esquilo e os sons imaginativos da máquina de escrever de Thomas Wolfe.

Para Jack Kerouac
De Sebastian Sampas
[Emerson
Setembro 1941]

Jean,

Estou agora escrevendo para você do alto do Boston Common onde você e eu passamos aquela manhã e vimos a cidade se levantar.

Lá está aquele mesmo homem resoluto inspecionando aquele mesmo canhão. A escultura congelada é incubada na glória vespertina de setembro.

Jean, matei uma aula com o objetivo de vir aqui e me sentar no mesmo banco e olhar essas mesmas coisas que olhamos faz muito tempo. As árvores estão cantando para mim! Ah! Árvores cantam para Jean, Jean, um esquilo feio se aproxima e implora pelo meu lanche.

"Logo estas horas douradas vão ficar para trás – Você talvez algum dia se lembrará de tais horas em Boston Mass."

Poesia boba, tola – mas eu gosto, Zagg – pois não me deixa esquecer de ser o que sempre quis ser – sincero, carinhoso, gentil, simples, altruísta, e se o covil de dragões dramáticos me torna durão e sangue-frio, sofisticado – Tenha em mente, Jean, que estou sendo forçado a isso – mas vou lutar com unhas e dentes até o fim.

2:00 da manhã (apartamento de Cornelius) Bem, Connie está dormindo profundamente no quarto ao lado e eu estou aqui olhando na distância e para baixo. Vejo um marinheiro sentado na escadaria, cigarro na boca e ele está perdido. Bem, Jean, estou cansado e vou terminar esta epístola. Sei que esta, como a última, é abominável tanto em palavreado quanto em ortografia.

Fraternalmente
Sebastian
P.S. Por favor responda esta carta como você fez com a última e *por favor, por favor* me mande aquele conto.
P.P.S. Por favor, não use essa expressão "Você me dá uma encheção de saco!" (Lembre-se da sensível alma de Sebastian) Ha! Ha! Au Voir Mon Cher Ami – Do outro lado da rua se manifestam as vorazes vozes cantantes de estudantes – Connie e eu caminhamos com a irmã de Connie até o hospital e voltamos para o dormitório da Harvard e eu ouvi o tec-teclar de uma máquina de escrever de um jovem escritor – T.W.

Na seguinte carta, escrita em algum momento no final de setembro de 1941, Jack refere-se a ajudar os seus familiares numa mudança para New Haven, Connecticut, e retornar à faculdade no outono subsequente: ver Vaidade de Duluoz, *Livro 6, parte I, p. 106. A página 1 da carta desapareceu; páginas 2 e 6 foram publicadas; páginas 3-5 contêm um conto não publicado anteriormente.*

Para Sebastian Sampas
De Jack Kerouac
[Final de setembro, 1941]

[página 2]

Bem, Sam, o que há para dizer?
    Estou em casa, vou trabalhar por um ano e ajudar o meu pessoal a ficar de pé de novo, e vou voltar à faculdade,

possivelmente Notre Dame. Vou ler um monte, estudar um monte (tenho diversos projetos em vista), terei música, vou escrever de modo torrencial, darei um pulo em Nova York com enorme frequência. No outono de 1942, retornarei ao cabresto. Nesse meio-tempo, vou ver se não consigo escrever um romance, uma peça de teatro, um livro de contos, um roteiro de rádio, e pelo menos uma linha imortal. De qualquer forma, escreva para mim imediatamente. Preciso ainda ter notícias suas. Estou fazendo extensos planos para ir a Lowell várias vezes, e espero que você possa vir para Nova York comigo algumas vezes. Vi Howie, e ele ainda deseja manter aquele compromisso. Na noite em que o vi, ele disse que estava se sentindo superior a todos naquela noite. Eu disse que era superior a ele em qualquer momento. Ele disse que iria passar uma noite inteira, até o amanhecer, pensando sobre esse assunto muito em breve. Também lhe contei que o invejava por sua riqueza, e ele disse que eu nunca tinha feito isso antes, mas eu disse a ele que agora eu fazia, e ele disse isso irá demandar uma noite inteira, até o amanhecer, para discutir. Então sentou-se ao piano e começou a tocar "Deep Purple" muito belamente, e me ofereceu um cigarro - - - filtro de cortiça da Inglaterra - - - e eu recusei, e ele disse que era um sinal da minha inferioridade. Ele disse que as pessoas de seu grupo nunca foram inferiores.... ele disse que eu era inferior porque não pertencia ao grupo dele, e que, provavelmente, algum dia ele poderia vir a permitir que eu participasse de seu grupo. Eu disse a ele que as pessoas do meu grupo eram superiores a todas as criaturas, eu disse os poetas. Ele riu e disse que as pessoas de seu grupo estavam acima disso, naquela altura.
Eu ri.
Ele disse que aquilo demandaria mais uma noite ainda, até o amanhecer, para discutir.

[página 3]

Conversa numa esquina
Por Zagguth

"Por que você não cala essa boca, seu nazista. Você deveria ser preso..."
    O jovem se virou para olhar o tranquilo falante. Era um homem pequeno com feições gordurosas, uma boca bicuda e de queixo duplo e enormes óculos de aros grossos. O jovem arreganhou os dentes.
    "Pois espere um minuto, meu hebraico cavalheiro. Vamos ver qual é o problema aqui."
    "Não me venha com injúrias. Eu não tenho medo de você."
    O jovem sacou um charuto e o passou para dentro e para fora da boca.
    "Tudo bem então, Sr. Judeu. Mas eu repito, vamos ver qual é o problema..."
    "Pare de me fazer essa injúria, seu nazista. Não se preocupe... Eu não tenho medo de você." O homenzinho estava duro e eriçado, com os pés firmemente plantados e em postura divergente no sólido solo americano da Union Square.
    O jovem acendeu seu charuto, olhos pacientes cintilando no brilho do fósforo.
    A multidão acercou-se em volta com avidez para distinguir as palavras. Havia irlandeses de rosto largo, parando no caminho do trabalho; italianos silenciosos, escuros e ameaçadores; vagabundos com calças largas que não tinham onde cair mortos; rapazes encantados que haviam se aproximado para ouvir os argumentos em nome do romance da situação; jovens magros com cabelos brilhantes e ondulados e gravatas coloridas, chegando invulgarmente perto no meio da multidão; jovens mulheres com saltos baixos e óculos de aros grossos, empertigadas e intelectuais e assexuadas, sempre prontas com uma rejeição afiada; homens

velhos com bengalas, balbuciando e silenciosamente contentes com aquele espetáculo da loucura do mundo.

O jovem falou:

"Eu estava pensando que talvez seria melhor sermos um pouco cautelosos em relação a esse cara, o Hitler. Sabe como é, ele anda planejando nos dar uma boa recepção, e talvez nós não devamos arriscar os nossos pescoços demais nessa questão. Sabe como é... ele deve ter algo realmente bombástico aguardando por nós!"

O homenzinho ergueu as mãos em súplica, virou a cabeça com o fim de obter atenção da plateia, balançou o corpo num giro e apontou para o jovem com arrogante desprezo e sarcasmo:

"OLHEM para ele! OLHEM para ele! Esse cara está com medo.... sim, minha gente, vocês me ouviram da primeira vez.... esse cara tem medo do... do... do... do HITLER! HITLER! Será que isso é possível? Agora eu lhes pergunto, será que isso é possível?" Ele estava se aquecendo, ele tinha a multidão sob seu domínio, e agora seu tom tornou-se ronronante, baixo, confiante. "Escute aqui, seu nazista, eu não tenho medo de você, e eu não tenho medo do Hitler. Eu não tenho nem um pouco de medo. Nem um pouco." Agora ele falava como se de repente tivesse se apercebido do fato. "NÃO! Eu não tenho nem um pouco de medo!!!!"

O jovem dava baforadas em seu charuto com profunda satisfação, e coçou sua nádega esquerda.

"Não tenho medo. Sou um americano, e quero lutar pela liberdade... pela democracia. Não há espaço para nazistas como você neste país. Não há espaço para Hitler neste mundo! Ele precisa ser destruído! Ele e a população alemã por inteiro! DES-TRUÍDO!"

O jovem olhou para o homenzinho e disse com uma voz muito suave:

"Caçador de alemão."

"Como é que é?", gritou o judeu.

O jovem sorriu. Com grande eficiência, num gesto perfeito, ele brandiu um caderno de aspecto importante e uma caneta-tinteiro.

"Nada... nada." O judeu tirou seu lenço e enxugou sua virtuosa testa. O jovem exibiu um sorriso radiante.

"Nome e endereço, por favor?"

"Vou lhe dar meu nome, seu nazista, porque não tenho medo de você. Eu, Milt Sternberger, não tenho medo do Hitler, e vou lutar contra ele, destruí-lo, até o amargo fim..."

"Ótimo!", sorriu o jovem. Em seguida, acrescentou: "Endereço?".

O homenzinho perscrutou através de suas enormes janelas:

"Endereço? Por quê?"

"Ora, Sr. Sternberger, por acaso não sabe quem eu sou? Sou o recrutador local do exército. O Tio Sam me mandou vir aqui para encontrar pessoas que pensam como o senhor. Pessoas como o senhor, ótimos cidadãos honrados da América, prontos para destruir Hitler, prontos para defender seus direitos. Eu sou o Nolan do Posto de Recrutamento do Exército. Ora, Mac, por acaso o senhor não sabe? O senhor está no Exército agora!"

"O quê?!!!", gaguejou o homenzinho.

O jovem sorriu calorosamente:

"O senhor está no Exército.... idade, por favor?"

"Idade?"

"Idade..."

"Mas.... mas... m.."

"Qual é o problema, Sr. Sternberger? O senhor não acabou dizer que queria combater Hitler? Bem, o senhor irá combatê-lo. Eu lhe disse um tempinho atrás, precisamos ver qual é o problema. O problema é a guerra, meu caro Sr. Sternberger. Guerra. Ocupação?"

"Mas... mas... Eu não sou.... Eu sou só..."

"Nada de mas, Sr. Sternberger. Eu lhe perguntei: Ocupação?"

"Ocupação?"

"Sim. Ocupação."

O homenzinho ficou vermelho. Ele falou, cuspindo saliva:

"Mas... mas... eu.... não... eu não... mas.."

O jovem colocou a caderneta de volta no bolso do casaco, dobrou bastante o corpo numa mesura para sua plateia e desejou boa tarde a todos, seguido por um grupo de fervorosos rapazes que queriam ouvir um pouco mais.

O homenzinho riu.

"Eis *aí* um cara que deveria estar no hospício. Macacos me mordam, que maluco!!"

O italiano moreno e silencioso na multidão grunhiu em alto e bom som, seus olhos negros refulgiram por um cintilante segundo, e então ele seguiu seu caminho com sua lancheira. O homenzinho sacudiu a cabeça tristemente:

"Uau. Que maluco."

[página 6]

Com a mais terna das desculpas à Helen de olhos tristes...

Sebastian, preciso deixá-lo agora. Amanhã eu vou dar uma olhada num emprego de escritório aqui em West Haven. Nesse meio-tempo, escreva!!!

Eu vi *Cidadão Kane* - - - e foi realmente *ótimo*, não foi? Aquele Joseph Cotton é bom.... e Dorothy Comingore.... no entanto, nenhum chega aos pés do próprio Welles, que é tão meticuloso a respeito de sua atuação que, quando ele está quebrando o quarto de sua esposa no Xanadu, atira as malas para fora do quarto *como um homem velho*... e isso, Sam, embora não tenha importância, é algo, segundo eu me dei conta, que foi realmente fantástico. Vou ver o filme mais uma vez. Uma noite dessas, Welles voltou ao ar, e ele tinha um conto chamado "Schrednivastar", sobre um garotinho cujo filhote de leão escondido mata a severa preceptora responsável por ele.... foi uma apresentação lindíssima. E essa não é uma palavra magnífica? Schrednivastar...... diga lentamente, com amplitude russa......... S.C.H.R.E.D.N.I.V.A.S.T.A.R......

Ecrives!!!
E diga ao George que se ele não escrever em breve eu vou ficar realmente magoado. Afinal de contas, tudo tem um limite... se passaram semanas, e eu já recebi quatro cartas de Scotty, que não faz nenhuma tentativa de ser descomprometido.
A la vue...
Jean

Este cartão com o brado "Oktober está chegando" poderia ter um duplo significado: a época do ano e a peça (ver cartas de 5 e 14 de março de 1941).

Para: Sebastian Sampas
Hartford, CT
De Jack Kerouac
29 de setembro de 1941

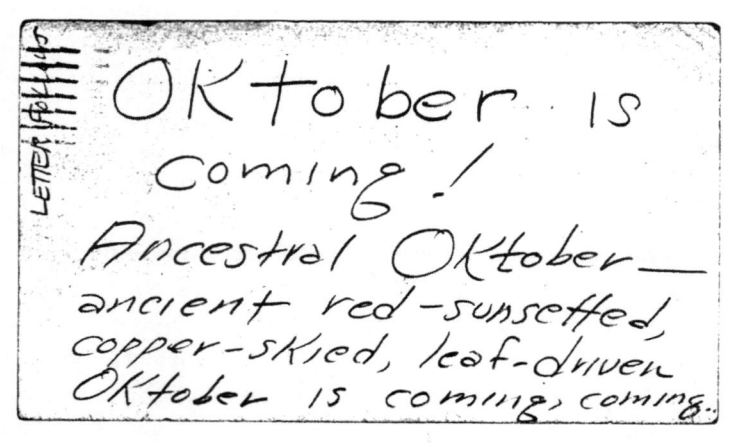

Manuscrito do cartão postal de Jack para Sebastian, 29 de setembro de 1941

A carta a seguir tem a primeira referência de Sebastian à peça Oktober.

Para Jack Kerouac
De Sebastian Sampas
4-5 de outubro de 1941

Jean,
    Vim para Lowell tão tarde porque acabo de chegar da noite dos segundanistas e calouros do Emerson. Foi um desses negócios de algazarra pura.
    Havia uma garota lá Jean, Eleanor Aiken, uma garota linda – sensual, sensorial e sensível.
    Os calouros todos deveriam comparecer em trajes adequados. Pois bem ela veio num traje francês decotado, e as outras cadelas aqui – as malditas garotas segundanistas – ficaram extremamente ciumentas. Ah!, Jack, não tenho condições de descrevê-la – ela estava linda! Linda! Bem, não obstante enquanto ela levava gozação, observei seu rosto e soube que ela estava prestes a começar a chorar – por isso corri e num piscar de olhos arrastei-a para um canto, e ela chorou no meu peito enquanto eu sussurrava palavras de consolo em seus ouvidos.
    Jack, Jack, o que foi esse sentimento que se apoderou de mim? Que me fez esquecer o tempo?
    Bem, a noite se passou, dancei com ela e ela disse, para citar suas palavras – "Você tem olhos como Charles Boyer e uma voz como a dele – aqui, olhe nos meus olhos e me diga o que você vê?"
    Retruquei: "Eu vejo apenas o silêncio e o vazio."
    Ela retrucou: "Os seus olhos choram por amor."
    O bartender acabou de vir aqui e me pediu para terminar a minha bebida, já que o café estava fechando, e portanto "bon jour".
S –

E agora estou em casa e são 2 da manhã e toca música: Que força é essa Jack, que me arrebata? Eu sei, eu sei que por baixo de tudo, Jean, nós somos irmãos, cada um crucificado e apedrejado. A chuva goteja sobre as folhas caídas – o velho e melancólico Oktober – (Outubro).

Jack, gostei bastante daquele "conto"*, mas você sabe que o que eu quero ler é aquela história que você escreveu no verão passado. Eu contei à dra. Wiley sobre a história e como é maravilhosa e quero mesmo tanto que ela leia.

A chuva
Oktober
Música suave
Memórias

E portanto bom dia. Escreva o quanto antes e pelo amor de Deus coloque junto essa história.
(No bar em frente à estação ferroviária)
Horário uma da manhã

Eu falo a você, Jack, eu falo a você
direto do coração de um poeta humilde
Eu falo a você direto de um bar
Eu falo a você acima do riso estridente de uma puta
Eu falo a você em meio à enérgica gargalhada francesa dela
Eu falo a você por entre a minha cerveja e a inalação da
  fumaça
do meu cigarro.
Eu falo a você porque aqui, agora, sentado neste bar na
  cidade de
Lowell, Mass, eu consigo sentir sentimentos estranhos.
Sentimentos que tento capturar, mas que continuamente
  fogem do meu alcance
Eu falo a você enquanto observo um soldado que olha
  inexpressivamente para o espaço.

---
* Provavelmente se refere a "Conversa numa esquina" (p. 336-339). (N.E.)

Eu falo para lhe contar da mansidão e da irmandade da
   humanidade
que é a tônica do bar à uma da manhã no sábado
4 de outubro de 1941
Eu me pergunto o que todos eles pensam de mim enquanto escrevo (mas eu não me importo e
eles não se importam)
Que seja sempre assim

Domingo à noite após a transmissão do Walter Winchell.
   Jack, reli aquele pequeno, pequeno conto seu. Você realmente acertou em alguma coisa ali. Vou guardá-lo. Com apenas um pouco mais de desenvolvimento você poderá vendê-lo quando as iniciais J.K. se mostrarem sob a luz da estridente verdade perante o mundo. Também estou enviando a você um grupo de cartões – arranjei um emprego lidando com isso depois da faculdade. Tenho que voltar para as minhas lições por enquanto.
   [nota acrescida em tinta:]
   No correio – Mt. Vernon St. (Boston)
   Bem, acabei de deixar Michael Smith e estou no meu caminho rumo à North Station para pegar o 5:14. Jack, acabei de receber o seu conto e o entreguei à dra. Wiley. Ela o levou para lê-lo durante a noite.
Au Voir
Ecrivez Toute de Suite
P.S. Em duas semanas a partir de hoje temos Dia de Colombo e isso poderá conduzir a um fim de semana prolongado com você e Nova York.
Sebastian
   Eu* estou falando a você direto da espelunca de cerveja junto ao lago. O lugar onde: George, você, Scotty e eu juramos

---

* Embora esta parte da carta, escrita nos versos de onze cartões de visita da Wolff, Fording & Co., esteja arquivada com um envelope datado de 23 de outubro de 1942, por Stella Sampas e Jack Kerouac, ela foi escrita no outono de 1941, como referido aqui e na p. 345. Ver também p. 347. (N.E.)

amizade eterna. Estou sentado aqui sozinho – sozinho. Como você vê, Jack, eu sempre retorno. Todos ficam olhando para mim! Estou sozinho.

O nickelodeon toca! Alegre, animador – uma polca. Quatro jovens franceses declaram sua virilidade numa bebedeira desenfreada. Vou citar algumas frases que consigo ouvir nesta Babel do fraternal.

"Trabalhei duas horas a mais e tenho duas pratas a mais."
"Não tenho nada de troco."

Ah! Jack, estou sozinho, sozinho. Vim até aqui sozinho porque não queria contaminar este lugar trazendo um amigo.

Lá fora se pode ver o lago e penso na primeira vez em que vim aqui com você e o resto dos companheiros.

Você se lembra daquelas duas garotas gregas e de como levamos uma delas lá embaixo no lago – e eu recitei – e como nós três fizemos a maior festança? Onde ficou aquela noite em junho? Você se lembra daquele poema que você escreveu no bar?

"A cerveja sobre a mesa e as mulheres também
Eu não tenho condições de enxergar muito bem."

O nickelodeon novamente – "Quando você [está] se sentindo triste, e você não tem nenhum lugar pra ir..."

Tempus fugit e memórias, memórias ternas permanecem.

O nickelodeon novamente – "A gente devia fazer isso mais vezes."
Droga –
E o bosta de um velho fanfarrão fica olhando para mim
Charuto na mão – e eu suponho que ele se sente viril
Pare de olhar para mim – sei que estou sozinho, mas há momentos em que todos nós queremos estar sozinhos – Você me entende? Seu idiota de uma figa, pare de olhar para mim.
E tudo é feio e eu quero fugir daqui.

Isto em cima da mesa
Gargalhadas e prostitutas
Fumaça e caras feias
Preciso correr para o lago

E agora estou na margem do lago. Há uma alta lua nebulosa e uma vasta paisagem de margem de lago da Nova Inglaterra. Quero correr em disparada até lá, para dentro das águas – correr e sentir as águas frias correndo dentro dos meus ouvidos e do meu nariz. Além, ao lado, o muco da umidade, e miríades de meninos e meninas dançando.
Boa noite!
　　　　　　　[carta termina]

Para: John Kerouac
De Sebastian Sampas
Emerson College
Boston Common
[8 de outubro de 1941]

1:45 da tarde Quarta

Triste, melancólico Outubro –
　　Os ventos farfalhando –
Um milhão de folhas estão cantando sua canção para mim –
　　Daqui de onde estou, consigo ver os falantes discutindo – O tráfego rápido de Boston assoma na distância – Um avião passa zunindo no alto e em toda parte as folhas cadentes – as folhas cadentes do melancólico Outubro.
Ecrivez –
Sebastian

Para Jack Kerouac
De Sebastian Sampas
Emerson College
Boston, Mass

8 de outubro de 1941
A bordo do trem das 5:35 para Lowell
Jack,

    A sua história foi recebida com entusiasmo, mas vou lhe dar os detalhes na minha próxima carta. Acabo de reler a sua última carta – c'est en obra-prima – eu reli a história F.S.S.F.M.T. inúmeras vezes – Jack, esse trabalho depois das aulas que tenho na Wolff Fording Co.* é fascinante. Fico lidando com trajes antigos durante o dia inteiro. Experimento diferentes chapéus, Luís XVI e me olho num espelho (faço isso às escondidas, é claro) – As diferentes cores dos trajes, sedas sarapintadas, jaquetas de veludo púrpura etc. – Fiz uma viagem para N.H. no fim de semana – Falando sério, Jack, tem alguma coisa em outubro que pega você! Todas as coisas apontam o caminho de casa no velho outubro; marinheiros para o mar, os viajantes para muros & cercas, o amante ao amor que ele desamparou: Todas as coisas que vivem sobre esta Terra retornam, retornam – mas nós não podemos retornar para casa novamente.
    [carta termina]

Jack ainda está pensando em um retorno à faculdade com Notre Dame como uma possibilidade.

---

* Wolff, Fording & Co., uma loja de departamentos teatral, 46 Stuart Street, Boston. (N.E.)

Para Sebastian Sampas
De Jack Kerouac
Hartford, CT
8 de outubro de 1941

Sam –
    (Profundamente grato por sua carta....)
    Peguei seguintes escritores na Hartford Library – Wolfe, Saroyan, Halper, Dos Passos, William James* (Psicologia). Que homens! E Wolfe, o Gigante – você deve ler "Do tempo e do rio" – tudo sobre Boston – Bib. Pública, Esplanade, Docas, etc. Talvez vá para Indiana em breve a fim de acertar com Notre Dame. Se assim for, alugarei quarto de hotel em Chicago e escreverei "Jovem escritor se recordando de Nova York." Vou aperfeiçoar "Oktober" e enviá-la para Orson Wells. "FSSFMT" ainda na Harper's....
    Jean
    SUA CARTA FORMIDÁVEL

Para Sebastian Sampas
Emerson College
Boston, MA
De Jack Kerouac
106 Webster St.
Hartford, CT
11 de outubro de 1941

[*escrito na margem superior direita:*] Outra carta dentro de pouco tempo
Sebastian –
    Uma pequena nota para exprimir o meu pesar – julguei o George muito mal, horrivelmente, e estou bastante infeliz por causa disso. Ele ainda é o mesmo idiota irresponsável de quem

---

* William James (1842-1910), filósofo e psicólogo cujas obras influenciaram o pragmatismo. (N.E.)

eu tanto gosto, e sinto muito que eu não tenha pensado nisso na semana passada, quando então meu complexo de conclusão enveredou pelo caminho errado. Ele não está envaidecido em função de coisa nenhuma – ainda o mesmo velho G.J., só que agora um G.J. mais maduro, mais amável e mais consciente da piedade, da irmandade da vida, e um pouco mais reconciliado consigo mesmo, (você vai ver por si mesmo quando falar com ele em breve – você ficará satisfeito & surpreso). Ele quer ir para casa [com] uma ânsia imensa e quer dar um mergulho em [sic] lá no Pine Brook....

LEMBRE-SE DO BILL, LÁ NO RIO,
E DO CLARIM COM SEU ASSOBIO...

Ele quer ser transferido pro... Alasca! O mesmo Fouch de sempre. Tenho um milhão de coisas para contar a você – preciso esperar até arranjar uma máquina de escrever. E depois a torrente!

Entre algumas – não preciso de um emprego aqui, porque uma garçonete bonita instalou-me como dono do pedaço em seu apartamento, onde as bebidas são abundantes. Minha visita até agora tem sido uma devassidão enorme – por exemplo, eu cometi fornicação 9 vezes nos últimos 7 dias, 4 delas na noite de sábado, quando tivemos uma festa enlouquecida com muita bebida lá na Jean. (Minha amante.) Ela quer me comprar [um] traje novo, me deu um dólar para comida hoje de manhã. Durmo com ela todas as noites e a amo.... e nunca me permita ouvir falar sobre sexo novamente.

[carta termina]

Estas primeiras cartas mostram muitas vezes que Jack já estava experimentando com o seu estilo, e, frequentemente, as correspondências entre ele e Sebastian deixavam de lado as formalidades *e se movimentavam através do tempo e da realidade, omitindo pontuação – e às vezes usando tantos travessões que a carta se transformava num longo e contínuo pensamento.*]

Para Sebastian Sampas
De Jack Kerouac
Nova York, NY
[Outono de 1941]

[*escrito no topo:*] Exemplo representativo do Público Americano – Welles
[*escrito à direita do "Menu" impresso:*] MAIS, OUI!

Sam –
   Guilherme Tell num bar!
   Tem um nickelodeon de pedidos aqui, onde acabei de terminar o meu jantar – (bife gigantesco, garçonete prostituta com olhos bondosos [Comida! Comida! Amor!], eu mesmo vestindo camisa de lenhador.) Coloquei uma moeda e pedi "Rhapsody in Blue". Um soldado colocou Guilherme Tell! Ele está no balcão, ouvindo e bebendo. *Espantoso*!
   E agora coloquei WAGNER – "Cavalgada das Valquírias" – (Eu pedi uma cerveja) – Ah, Sam! Cerveja e Wagner! Wagner! Wagner! *Fúria! Fúria!* Cavalguem, Valquírias, cavalguem! RUJAM, metais, RUJAM!!! Tu, ó grande mestre meu – Richard! Richard & Wolfe & Goethe! Wagner! Tempestades enormes rugem, os ventos gritam, e em algum lugar em meio ao ruído vasto dos elementos pode ser ouvido, Ah meu amigo Sam, o protesto do Homem, Wagner; do Homem; de Goethe; de Wolfe; da alma alemã, de todos os poetas desde Homero; o protesto, o desafio, a fúria do Homem!!!! Ruja, Wagner, CONTINUE RUGINDO!!
   [*escrito na parte inferior, perto de um anúncio da cerveja Pabst Blue Ribbon:*] Sucumbi ao seu comercial [*com duas setas apontando na direção da garrafa:*] BACCHUS.

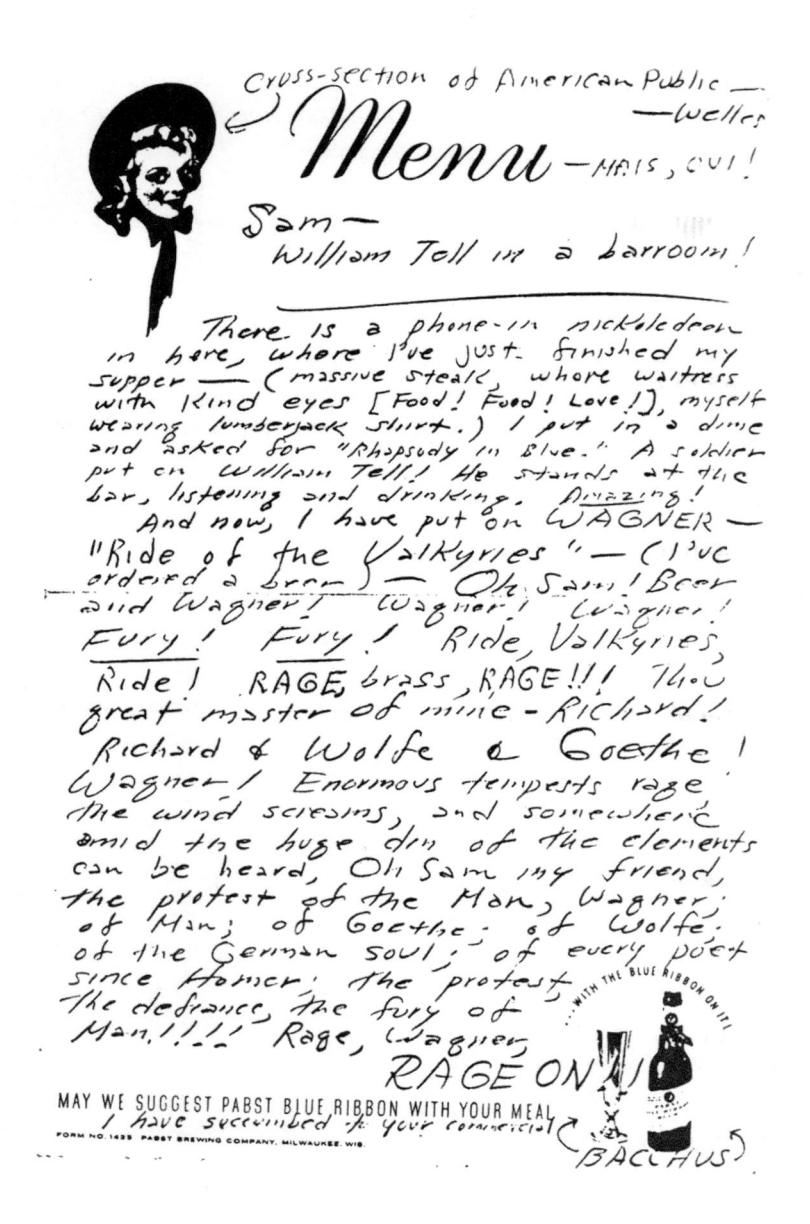

> Cross-section of American Public —
> — Welles
>
> Menu — Mais, oui!
>
> Sam —
> William Tell in a barroom!
>
> There is a phone-in nickelodeon in here, where I've just finished my supper —— (massive steak, whore waitress with kind eyes [Food! Food! Love!], myself wearing lumberjack shirt.) I put in a dime and asked for "Rhapsody in Blue." A soldier put on William Tell! He stands at the bar, listening and drinking. Amazing!
>
> And now, I have put on WAGNER — "Ride of the Valkyries" — (I've ordered a beer) — Oh, Sam! Beer and Wagner! Wagner! Wagner! Fury! Fury! Ride, Valkyries, Ride! RAGE, brass, RAGE!!! Thou great master of mine — Richard! Richard & Wolfe & Goethe! Wagner! Enormous tempests rage, the wind screams, and somewhere amid the huge din of the elements can be heard, Oh Sam my friend, the protest of the Man, Wagner; of Man; of Goethe; of Wolfe; of the German soul; of every poet since Homer; the protest, the defiance, the fury of Man!!!! Rage, Wagner, RAGE ON!
>
> MAY WE SUGGEST PABST BLUE RIBBON WITH YOUR MEAL
> I have succumbed to your commercial
> FORM NO. 1435 PABST BREWING COMPANY, MILWAUKEE, WIS.
> — BACCHUS

Manuscrito da primeira e segunda páginas da carta de Jack para Sebastian [outono de 1941]

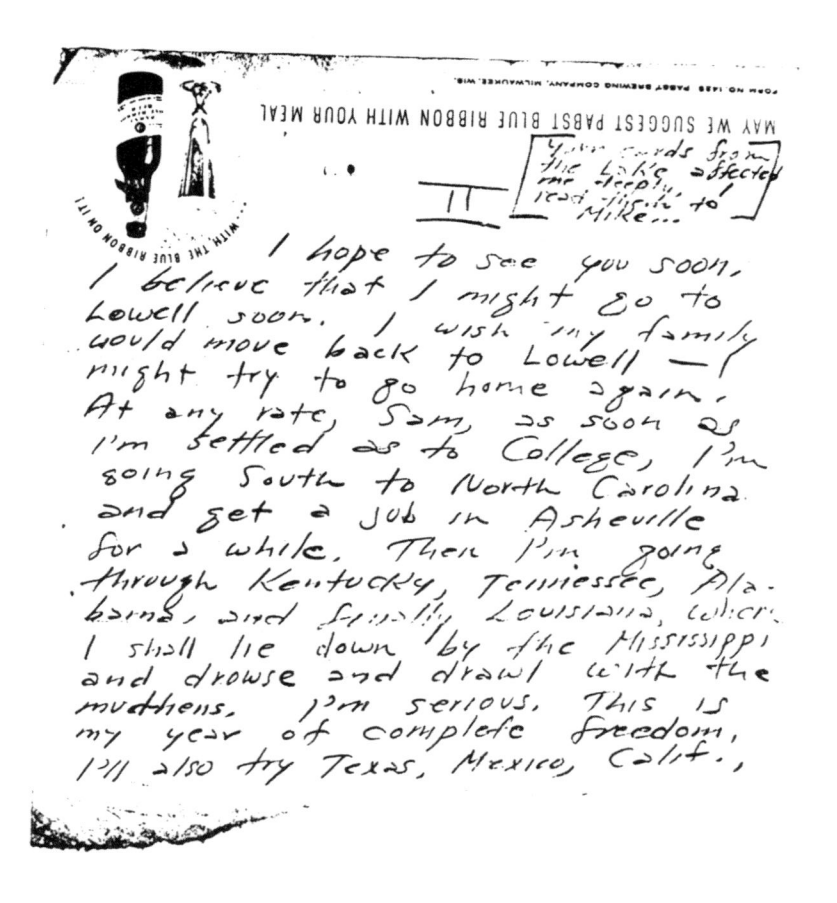

> MAY WE SUGGEST PABST BLUE RIBBON WITH YOUR MEAL
>
> I hope to see you soon. I believe that I might go to Lowell soon. I wish my family would move back to Lowell — I might try to go home again. At any rate, Sam, as soon as I'm settled as to College, I'm going South to North Carolina and get a job in Asheville for a while. Then I'm going through Kentucky, Tenniessee, Alabama, and finally Louisiana, where I shall lie down by the Mississippi and drowse and drawl with the mudhens. I'm serious. This is my year of complete freedom. I'll also try Texas, Mexico, Calif.,

Continuação na parte de trás da página 1:

Recebi os seus cartões. Me diga qual é a resposta da dra. Wiley. Sam, por acaso você percebe que ela é a única pessoa que estampou uma madura marca de aprovação no meu trabalho!? Sinto-me profundamente, profundamente grato. Talvez eu nunca venha a ser reconhecido, mas pelo menos terei sido reconhecido pela dra. Wiley, e isso tem importância quase que na mesma medida, a julgar pela sua opinião sobre ela.

—

Eu hei de trabalhar em "Oktober" e vou enviá-la para Orson Welles. Um homem num trem, conversando sobre o jogo de futebol com um outro companheiro de viagem, de súbito toma consciência da voz de Oktober. Efeitos de som e tudo mais. Mas eu acho que "não vai vender."

—

Aquele maldito soldado deu uma de militar pra cima de mim – nada mais de Rossini ou de Wagner. Será que ele não ouve seu quinhão suficiente de ego-música de soldadinho de chumbo durante a semana toda?

—

Um velho muito pitoresco na minha frente. Baixinho, gordo, muleta velha & chapéu-coco velho, pequeno cachimbo, bigode de morsa, roupa desgastada – "passe de Govenali vai compensar a deficiência da defesa de Columbia" – isso vindo do rádio – e o Velho Bing na vitrola automática. Hartford, cante com Bing, Mantenha os Ânimos em Alta, e Esqueça o Baixo-Astral, esqueça a voz de Halper, a negação e o desafio de Wolfe, a música cigana de Saroyan, as caneluras estranhas e profundas de Joyce, a fúria de Wagner.... Esqueça todos eles – cante com Bing, beba e beba, e Mantenha os Ânimos em Alta pelos seus confrades fraudulentos, seus mentirosos públicos, seus charlatães insuportáveis, seus líderes que esfaqueiam pelas costas – Mantenha os Ânimos em Alta pelo velho e precioso Pecado, Mantenha os Ânimos em Alta pela velha e preciosa Corrupção, Wolfe [proclama]: A América Está Doente – sim, Hartford, Sim Senhor, Mantenha os Ânimos em Alta, Sempre haverá uma Inglaterra, e Barnum era um Conservador, Sim, Se-nhor!

II

[*escrito no canto superior direito:*]
   Seus cartões enviados do lago me afetaram profundamente!
   Eu os li para o Mike...

Espero ver você em breve, acredito que eu possa ir para Lowell em breve. Gostaria que a minha família se mudasse de volta para Lowell – eu poderia tentar voltar para casa de novo. De qualquer forma, Sam, assim que eu tiver tudo resolvido quanto à faculdade, vou partir no rumo Sul, até a Carolina do Norte, e vou conseguir um emprego em Asheville por algum tempo. Depois vou atravessar Kentucky, Tennessee, Alabama, e finalmente Louisiana, onde me deitarei junto ao Mississippi e dormitarei e conversarei na maior tranquilidade com os frangos d'água. Eu estou falando sério. Este é o meu ano de completa liberdade. Eu também vou tentar Texas, México, Calif.,
[carta termina, página rasgada]

Para Jack Kerouac
De Sebastian Sampas
15 de outubro de 1941
(A bordo do expresso das 4:40)

Jean,
 Acabo de receber sua carta e seu cartão postal – Ambos esplêndidos. Jack, você provavelmente não percebe o quanto sinto a sua falta e Deus do céu! Sinto uma saudade infernal de você. Lembre-se; a forma como nós ambos dissemos au revoir e eu ainda consigo vê-lo ali no campo de jogo (o pôr do sol estava nos meus olhos e era agosto e eu não chorei).

Meditações
 Adeus terra verde (Ferelei)
Jean, a dra. Wiley ficou realmente entusiasmada com seu conto – Ela disse "ele estabeleceu uma certa atmosfera, fez questionamentos filosóficos, apenas o suficiente, foi extremamente bem-sucedido em seu efeito". Ela disse que você definitivamente é capaz de escrever, que é o que eu venho martelando na sua

cabeça. Ah! Zagg, Zagg, como foram verdadeiras aquelas frases na sua carta dizendo respeito às suas enganosas conferências.

Esquecer, esquecer, qualquer faísca de decência que houver – esquecer, esquecer – cantar com Bing, Rir com Bing, ser alegre com Bing.

A bordo do 6:35 local – Terça-feira – Jack, se há um filme que você precisa ver de qualquer jeito é "Pérfida" da Bette Davis, é soberbo.

Jack, se você puder esperar até janeiro estou pensando em terminar o meu primeiro semestre e depois cair fora, porque estou entediado! Entediado! Entediado! Aí, então, poderemos percorrer o país; ir para Hollywood, para Frisco (Saroyan). Por favor não pense que eu estou sendo idealista porque estou falando sério.

Provavelmente eu deveria ficar na faculdade mas não consigo ver para onde estou indo. Sei o que quero fazer e vou mover os céus e a terra até que tenha atingido o meu objetivo.

Olha só, se você tivesse me falado uma semana antes que não estava retornando para Columbia eu teria ficado fora um ano. Mas a sua carta chegou mais ou menos uma semana tarde demais. Eu ia enviar um telegrama para você mas simplesmente não o fiz.

Por favor desculpe a ilegibilidade da minha escrita.

Sebastian

Para Jack Kerouac
106 Webster Street, Hartford, Conn
De Sebastian Sampas
Emerson College, Boston, Mass
17 de outubro de 1941

Jack,

Outubro está morrendo no resplendor da tarde – Doris* e eu viemos até o Correio juntos via Charles St. – Ouvimos um

---

* Ver p. 364. (N.E.)

realejo tocando e começamos a dançar rumba na Charles St. (É uma área bastante tranquila de Boston e Além Disso nós não estamos nos lixando nem um pouco.) Répondre S

A página 3 da peça "Oktober" é tudo o que sobreviveu. Um poema precoce de Jack intitulado "Eu vou te dizer que é Outubro!" reitera diversas frases: "Fim de alguma coisa, velha, velha, velha... Sempre perdendo, triste, triste, triste..." (Em cima de uma Underwood, parte II, p.129). Para ambos os jovens, o mês de outubro era de muitas maneiras mágico, transcendente ao cotidiano.

[OKTOBER]

Fã: (Impetuosamente) Pode apostar! (Pausa) Quer fumar outro cigarro?
Menino: Obrigado, acho que eu quero[.]
Fã: Toma aqui, pega um fogo.
Menino: Muito obrigado.
Fã: De nada, não precisa agradecer. Num dia como este, não posso agir errado com ninguém. Ha ha ha ha ha.
Menino: (com fã) Ha ha ha ha ha.
(Música retorna com suavidade, magicamente)
Menino: Ó meu Oktober estranho e belo, como afetou você este homem! Que magia tem você, que magia tem você?
Oktober: É a mais antiga magia de todas elas.
Menino: O que é, Ó Antigo Oktober, o que é?
Oktober: É a magia do amor.
Menino: Amor?
Oktober: Amor.
Menino: Não consigo entender, meu velho e dourado pai.

Oktober: Ouça.... Fim de alguma coisa... velha, velha, velha. Perdendo alguma coisa... triste, triste, triste.
Menino: Fim de alguma coisa...?
Oktober: O fim da juventude. A chegada da sabedoria e a chegada do amor. A saída do verde e a chegada do ouro. Você já viu a minha terra lustrosa? Você já reparou o delicado chamuscar nos meus céus? Você já observou o foicear melancólico das minhas medas de colheita? Você já venerou os meus tremendos céus desgrenhados?
Menino: Ó grande e amoroso Oktober, você sabe que eu venerei.
Oktober: Então você saberá que eu sou a palpitante e verde Primavera que envelheceu e definhou. Eu vivi; e você saberá que viver é sofrer. Então você saberá que sofrer é conhecer a piedade, que é o amor. Veja minhas velhas cores, velha luz, velha terra. A juventude sumiu; eu vim tristemente caminhando através das minhas campinas. Eu me fundi na alma de todas as coisas vivas. Eu coloro a floresta com luz velha, e eu coloro com o meu velho e terno amor o coração do homem. Você conhecerá essas coisas, as conhecerá com clareza, se você olhar mais de perto. Me veja! Me veja! Fim de alguma coisa... velha, velha, velha. Perdendo alguma coisa... triste, triste, triste.

[página termina]

Esta carta bastante extensa de Sebastian inclui dois poemas que fervilham de sentimento e de pesar. Ele sugere visitar Jack no dia de Ação de Graças e o surpreende em seu apartamento em Hartford. Em Vaidade de Duluoz, *Jack descreve esse momento:* "Então chega o dia de Ação de Graças e estou solitário querendo casa, peru, mesa da cozinha, mas tenho que trabalhar cinco horas naquele dia, mas eis que aqui surge uma batida na minha porta de barata com a vista da parede de pedra: eu abro: é o grande idealista de cabelos encaracolados Sabbas Savakis." *(Livro 5, parte VI, p. 97).*

Para Jack Kerouac
Hartford, CT
De Sebastian Sampas
Emerson College, Boston, MA
6-8 de novembro de 1941

Jack,
    E agora você nunca escreve; não, você nunca escreve! Você nunca escreve! Por quê? Pelo amor de Deus – o que foi que eu fiz? O que foi que eu dei a entender? Ou por acaso você sente que você, de alguma forma, caiu na minha opinião. Lembre-se Jack, você é o meu melhor amigo. Eu não posso dizer mais nada. Lembre-se disso Jack – eu sei que você está enfrentando circunstâncias esmagadoras mas eu também sei que você é capaz de elevar-se acima delas. Jack, você não sabe como eu me sinto magoado por não ter recebido notícias suas. Depois de todas as aulas eu corro até a minha caixa de correio e fecho os olhos e rezo para que haja uma carta sua e não, não, que droga, não há. Estou magoado, Jack. Você não consegue encontrar tempo para escrever pra mim? Eu odeio mais do que tudo ficar falando esse tipo de conversa fiada proletária – mas Jack essa é a verdade.
    Bem, a peça foi encenada hoje e foi recebida com entusiasmo. Eu estava em duas peças de um ato e acredite em mim elas eram um lixo. Não estou querendo dizer que a atuação não fosse boa – não longe disso – Primeiro irei descrever o personagem que eu devia representar. Eu tinha 35 anos, inglês, efeminado e um covarde – para falar a verdade, eu morro no final. Era um papel muito melodramático e seleto ao qual eu realmente sinto que fiz justiça – contido, porém eficaz, inglês – mas não inglês demais – A peça, como eu disse antes foi recebida bom [sic] mas eu sei que eu tenho muitíssimo mais para aprender, ok, sim muito mais. A peça no entanto, quero dizer o enredo, diálogo etc., era horrível até onde posso dizer. Recebi elogios

etc. – A propósito, Erich Von Stroheim e Alan Dinehart* estavam na plateia. O chefe do Departamento de Dramaturgia está pensando em fazer com que ela excursione neste inverno por escolas exclusivas, escolas preparatórias secundárias etc.
Mas agora para continuar com você, Jack, eu tenho que ir ver você e ter uma *longa, longa* conversa com você. Não me entenda mal – ou seja Jack, eu sinto que existem alguns fatores da vida pelos quais temos que passar – discutir o futuro etc. Ah!, Jack, você nunca vai saber o quanto sinto a sua falta. Não, Jack, nunca – a maneira com que você gagueja e faz uma pausa quando você se encontra numa posição embaraçosa, estou rindo com lágrimas nos meus olhos – não sei como descrever essa qualidade "infantil" que você possui não, Jack, nunca.
E naquela noite no dormitório de Columbia dizendo respeito a quem deveria dormir no chão – Jack, tenho que ir ver você – Deus, sinto a sua falta, sinto a sua falta Jack, acredite em mim.
Sei que George será sempre o seu melhor amigo, sei disso Jack, mas veja só Jack, você acha que não gosto do George, mas eu gosto, realmente gosto dele muito mais do que você pensa. A única coisa é que ele e eu não vemos da mesma maneira – e é disso que tenho medo Jack, que a maneira como ele pensa vai influenciar a maneira como você pensa.
Jack, estou *determinado* e mesmo que isso me mate Jack, vou ser um grande ator – o *maior* que este mundo jamais conheceu e sei que isso significa *trabalho, trabalho, trabalho* – Você não faz ideia Jack, de como a gente ensaia com o maior empenho.
Domingo cheguei em casa e os meus nervos estavam todos destruídos. Comecei a pensar no meu pai e então afundei num completo colapso nervoso – mas estou O.K. agora.
Ainda não consigo entender por que motivo você não respondeu as minhas cartas e os postais que enviei. Jack você precisa escrever e eu odeio mais do que tudo lhe pedir para escrever.

---

* Erich von Stroheim (1885-1957), diretor, ator e roteirista de cinema austríaco-americano; Alan Dinehart (1889-1944), ator que apareceu em diversos filmes, 1931-1944. (N.E.)

Por falar nisso como estão a sua mãe e o seu pai? Por favor, você transmite a eles as minhas lembranças?

Jack espero descer para ir ver você no futuro próximo – não posso ser mais preciso do que isso. Espero descer em algum momento no final de novembro. Que tal no dia de Ação de Graças? Jack aqui vão dois poemas que escrevi.

I
Outubro de 1941
Beleza gritante solitária
De Zínias
Infiltra-se em minha alma
Sumagres baixos derramando sangue
E pálpebras se fecham
O mundo gira
E sangrentos córregos vermelhos
Fluem mais concretamente então
Quando o mundo redemoinha

II
Market Street*
Ele nasceu na Market Street
E recorda-se apenas
De um homem perdendo equilíbrio
Um caminhão lavrando
Cérebro e sangue esparramados
Sobre o pavimento encardido cinzento
Da Market Street
Sebastian

E lembre-se, Jack, lembre-se de Sebastian

---

* Sebastian criou esta parte do poema usando um pouco de sua autobiografia. (N.E.)

I
Lembre-se, Jack, para que não percamos
Lembre-se, Jack, dos entardeceres
Que tremeluziam
Dois jovens rindo, nadando
Ah! Tanto tempo atrás

II
Lembre-se das brumas da
Primitiva Nova Inglaterra
O sol cintilando através
Das árvores e câmaras
De beleza
Lembre-se de como nós
Saltávamos de rio em rio
E lá estava Bill no primeiro rio

III
O amanhecer, as flores que você
Trouxe pra casa para sua
Mãe e depois de volta
De volta ao realismo
Você só sabia
Que precisava dormir
E Bill e eu fomos
Rastejando pra casa, pois
Estávamos cansados
Mas os nossos olhos brilhavam
Os seus olhos brilhavam também?
Às vezes eles brilham
Sabe, às vezes eu
Ainda fecho os meus olhos e
Os abro e os fecho
Mas eu sei que eles já não brilham
Ah!, Jack, de onde nós

Estávamos poderíamos ter
Colocado as palmas das mãos no
Sol e o moldado
Até que ele nos conviesse
Mas agora você se
Foi e eu estou sozinho
Sozinho com memórias
Sozinho com o tempo
Tempo, ("e o tempo persiste") – com desculpas a J.K.
("O tempo persiste") – todas as coisas
Desaparecem, decaem, são perdidas,
E "o Tempo persiste"
Eu nunca mais vou voltar
Em meio às primeiras brumas da manhã
Para que eu não descubra
Que as brumas são fumaça
Saídas das brasas de
Algo que era
E nunca poderá ser
Novamente
E eu estou mais
Certo, Ah, sim, eu
Sei, de que perdi
Alguma coisa desde
Aqueles dias refestelados
Sim, eu sei agora
Foi-se o alegre Sebastian
Foi-se aquele garoto imbuído
Com joi de vivre
Ah! Deixe-me morrer
Pois minha alma está morta
Ela morreu muito muito tempo atrás
Entre as charnecas e
Brumas de uma manhã da Nova Inglaterra
Morreu com os vapores abundantes

E agora eu sou um corpo
Me xingue, me bata
E eu não sou nada
Tente me divertir
E eu não consigo rir
Pensa você que eu sou amargo
Ou seco – ou velho
Não, eu estou bêbado
Já vi coisas demais
Mais do que demais
Luas nascentes e sóis nascentes
Por acaso eu disse sóis nascentes
Mais uma vez, ah, não, deixe o
Sol se pôr – nunca, jamais
Deixe o sol nascer, não, o
Sol deve sempre se pôr
Veja, quando o sol
Nasce eu vejo as brumas
E as charnecas – e então
Eu vejo o meu amigo e então
Há mais agonia, também
Muita – Assim eu preciso ficar
Sempre, sozinho com memórias

Sebastian
Jack, isso, é claro, foi escrito enquanto eu seguia mas acho que para obter o efeito que quero passar pra você é preciso ler em voz alta. E por favor, por favor leia numa voz baixinha e triste na maneira como Sebastian leria...
E agora
Boa noite,
Jack,
Boa noite
E por favor escreva
Por favor, escreva

O tempo persiste
Au 'voir,
Seu amigo,
Afetuosamente,
Sebastian
Príncipe de Creta
[*escrito na margem esquerda:*] n'oubliez pas votre ami Sebastian
[*escrito na margem direita:*] Eu acabei faz pouco de ler *As colinas distantes* – T.W.

Quinta-feira
    Sentado na espreita – ouvindo o Nickelodeon – as últimas folhas amarelas caíram e a chuva de novembro cai em minhas folhas de novembro açúcar-amarelas. As vozes dos meus colegas de aula – e agora sei que os odeio – ou odeio mesmo? Deus – odeio esse bando de filisteus sem emoções – Mais [*sic*] disso eu me sinto entediado, além de qualquer resistência, além do que se pode acreditar. Jack, recebi a sua carta e foi maravilhoso ter notícias suas. Você poderia sugerir quando eu deveria descer até aí para ver você. Eu poderia aparecer por aí durante Ação de Graças e, provavelmente, poderíamos ir para N.Y.C. por alguns dias – Se for possível, me fale as datas e então eu irei. –

    E o crepúsculo está caindo sobre o rio Charles
    Crepúsculo e castanhas folhas nuas de outubro,
    folhas sentimentais que não querem se separar
    das árvores

    Um sujeito acabou de vir até aqui e me disse que estava indo pra Virgínia para ver sua namorada – e que diabos eu tenho a ver com isso?
    Jack, decidi não ir para Emerson no próximo ano – não, vou me mandar pra Nova York e vou tentar arranjar alguma coisa nos palcos – vou ficar lá por um mês e se não conseguir me dar muito bem sigo pra Califórnia. Por favor acredite em mim,

estou falando sério e pretendo levar esse plano em frente. Estou entediado – *Entediado* – *Entediado*
Deus, Jack, estou *Entediado*
Em casa –
Bem, li a sua carta, e a li de novo e de novo e de novo e de novo. Li também a carta que você enviou para Doris* e por esse fato (perdão) eu lamento mas a tentação foi grande demais pra mim – você precisa me desculpar.

Pois é, Doris é uma garota legal – para sentar e discutir com ela – Apesar do fato de que Doris é sensível, vital, viva e tremendamente fascinante, tenho certeza (como se eu fosse uma autoridade) de que você não iria querer ficar íntimo demais dela. (Não me interprete mal, Doris é uma garota legal, muito legal, mas tenha cuidado.) Sim, responda às cartas dela, mas por favor tenha cuidado, não saia dando a sua alma para todo mundo.

Recuse isso a eles –
Ah!, Jack, não sei – Estou perdido agora mais do que jamais estive antes. Andei passando por incríveis torturas de autoanálise. Impressões e visões e cheiros e sabores e o tempo todo *solidão, solidão*. Onde foi parar aquele padrão de vida que eu tinha? Onde a alegria? Não, Jack, tudo se foi – sou muito reservado hoje em dia – muito mais reservado e desinteressado do que jamais fui. Mas isto eu sei que simplesmente tenho que ver você – para explicar – (se posso de alguma maneira explicar) por qual fase da vida estou passando. Garanto a você que esta carta não recende a pérolas literárias – mas lembre-se de que são verdades que vi e experimentei e que expresso de uma forma simples e honesta.

Jack, você sabe que não venho me sentindo feliz faz um tempo infernalmente longo – não venho me sentindo feliz – ah,

---

* Doris (Dvari) Miller, de Lowell, que frequentou o Emerson College ao mesmo tempo que Sebastian. Tanto ele como Jack haviam namorado com ela em diferentes momentos, e eles correspondiam-se com ela ocasionalmente. (Sebastian tinha uma foto de Doris e um cartão de dia dos namorados dela em seus documentos pessoais.) (N.E.)

Jack, sofri tanto mas não, não devo ficar me fazendo de mártir isso nunca funcionaria – Ah, Jack, Jack – estou perdido, infeliz e entediado.

No que diz respeito aos afazeres de faculdade estou me saindo muito bem – entregando trabalhos antes da data devida. Conversas com a dra. Wiley, etc., mas ao longo de tudo estou entediado e aborrecido. Agora sei que tenho uma "locomotiva no meu peito".

Eu gostaria de viajar através deste país – através de seus pequenos vilarejos e enormes cidades e observar a vida. Estou cansado de todo este plano de fundo teatral pois não vejo em nenhum lugar todos os passos definidos que me levem à Broadway – Preciso fazer contatos etc. Escrevi uma longa carta, caótica e frenética e em "passagens apaixonadas" e agora devo lhe dizer que você precisa ler *As colinas distantes* de Thomas Wolfe. *Você precisa, você precisa*. Não li ainda *Do tempo e do rio*, mas vou ler, assim que colocar as mãos nele. No que diz respeito a Doris mais uma vez, ela é uma menina legal – A única coisa errada é a praticidade judaica dela, que eu abomino em qualquer pessoa. Conheci um jovem norueguês muito interessante no Boston Common. Ele era casado e tinha três filhos. Ficou me contando a respeito de seu irmão que havia morrido deixando enormes manuscritos não publicados. Nós nos sentamos naquele mesmo banco imortal [no qual] você e eu nos sentamos naquela manhã em Boston.

Ele era um homem perfeitamente normal, que falava sinceramente e compreensivamente. Ficou todo arrebatado descrevendo sua esposa e filhos – Apenas um homem comum mas em sua banalidade havia um toque de grandeza.

Escreva e me diga quando é que eu deveria descer até aí. Como todo o meu afeto,
Sebastian

Sábado à noite –
    Jack, mais uma vez estamos em desacordo no que diz respeito à vida. Pois bem, eis aqui o que sinto sobre a vida. Então posso humildemente me expressar? Você disse na sua carta para Doris – que você vive para desfrutar ao máximo da paixão, do gosto, da sensação sensual – Tudo muito bom e ótimo Jack, então você vive assim. Agora eis aqui o ponto do meu argumento. Eis aqui onde nós dois diferimos desde o começo. Você não percebe Jack, que devemos aprender a discriminar. É claro, existem coisas maiores e coisas melhores para fazermos do que ter relações sexuais com meretrizes.

    O mundo está se abrindo com novas esperanças e novos e maiores ideais e você quer desfrutar ao máximo de sensações menores e baratas. Isso não é uma coisa idiota? Ah, Jack, odeio como o diabo dizer isso – seria muito mais fácil louvar em vez de discordar de você. Não estou tentando defender a minha posição Jack – O que você prefere ser, uma imitação barata de Thomas Wolfe ou William Saroyan – ou você gostaria de ser o Jack Kerouac. Quando você é você mesmo Jack você é grande. Mas quando você tenta, (sem se dar conta disso) ser outra pessoa você não é grande. Mesmo se W. Saroyan e T.W. frequentassem prostíbulos por acaso isso significa que temos que ser iguais. (Não que eu não acredite em sexo – mas a moderação, uma boa dose disso!) Você recorda Carl Sandburg, Whitman, Dante, Virgílio e Homero? Se nós de fato nos perdermos totalmente em algum bordel ou em saraus de bebedeira, lembre que afundamos ao mesmo nível. A experiência só é valiosa em seu significado.

    Por que você acha que conseguiu criar obras-primas como "Canção do adeus, doce de minhas árvores"? Por que você acha que eu louvo aquela carta sobre a sessão de futebol? Porque você era você mesmo, será que você não vê Jack que você pode realizar algo em você mesmo. É claro que admiro T.W. e W.S. mas eu nunca iria querer ser T.W. ou W.S.

    Jack, mais uma vez, discriminação. Deus, Jack, eu odeio como o diabo escrever essas coisas que escrevi. Quase sinto vontade de berrar, mas inceramente sinto que essa é a verdade. Lembre-se e eu cito você – "Existe o bom em tudo, mas devemos aprender a discriminar". Me desculpe outra vez se feri os seus sentimentos. Realmente me desculpe, Jack, porque não quero parecer uma autoridade, mas sinto que falei a verdade.

Jack, mais uma vez sinto vontade de berrar porque sei que feri os seus sentimentos. Sei que feri mas por favor queira perdoar um velho amigo. Se você se lembrar daquela vez em N.Y.C; eu tinha em meu poder algo que era realmente bom – por isso eu não podia deixar nada prejudicar aquilo.

Minha fé e minha crença em você nunca serão destruídas porque sei que você tem a essência da grandeza e um dia sei que o mundo verá isso. Sei disso tão certo como o meu nome é Sebastian, juro por T.W.

E agora tratemos de questões práticas, você vai para Notre Dame no próximo ano? Eu simplesmente preciso ver você para ter todos esses problemas resolvidos.

Por favor escreva-me logo e me diga como você se sente sobre essas questões. Mais uma vez, me desculpe, realmente sinto muito, se magoei você.

Como sempre,
Seu amigo
Sinceramente
Sebastian

O ano de 1942 foi de grande transformação pessoal, tanto para Jack quanto para Sebastian. Enquanto ainda estão procurando pela irmandade da humanidade, eles vão se tornando mais interessados na escalada da guerra e nas políticas de seu tempo, lendo vorazmente sobre os eventos em andamento e contemplando formas de servir seu país. O hiato do futebol e do estudo acadêmico começava a deixar Jack sem motivação, mas a terrível notícia de Pearl Harbor e a declaração de guerra dos EUA foram suficientes para estabelecer uma direção em sua vida mais uma vez. Ele é um foca escrevendo sobre esportes para o Lowell Sun durante janeiro-fevereiro de 1942 enquanto contempla seu próximo passo, e começa a escrever um romance que acabaria por se tornar Vaidade de Duluoz: "Foi a maior diversão que já tive 'escrevendo' na minha vida porque tinha acabado de descobrir James Joyce e estava imitando Ulisses, eu pensava... Eu tinha descoberto James Joyce, o fluxo de consciência...". Os textos seguintes são estudos de personagem de Jack para sua história de Galloway, que mais tarde se tornou a história de Duluoz. Christopher, que se tornou Alexander Panos em Vaidade de Duluoz, é baseado em Sebastian. Jack utilizou material de várias cartas de Sebastian e em alguns trechos ele quase o cita palavra por palavra (ver págs. 377-386). As notas oferecem iluminações para o processo de composição de Jack; várias vezes ele permite que seus personagens apenas sejam eles mesmos. Infelizmente, "Notas sobre Christopher de Galloway" está em péssimo estado: as páginas estão rasgadas na parte inferior, deixando ilegíveis algumas palavras que foram indicadas com colchetes.

Notas sobre Christopher de Galloway
Por: Jack Kerouac

Ele diz para Mike: "Por favor tenha cuidado; não saia dando a sua alma para todo mundo... *recuse* isso a eles." (Isso pode decorrer de ciúme.) (Ele é muito ciumento de Mike, especialmente nas relações de Mike com "não intelectuais".)
Sobre sua vida e emoções: (de Christopher): Ah, Mike, não sei... estou perdido agora mais do que jamais estive antes. Venho passando por exaustivas torturas de autoanálise; impressões e visões e cheiros e gostos, e o tempo todo Solidão, Solidão. Onde foi parar aquele padrão de vida que eu tive uma vez? Onde a

alegria anterior? Não, Mike, tudo se foi. No entanto, sou muito reservado hoje em dia, muito mais reservado e desinteressado do que jamais fui. Por qual fase da vida estou passando? Mike você sabe que não venho me sentindo feliz faz um tempo infernalmente longo (em uma carta durante a ausência de Mike). Eu tenho sofrido. (Allan Mackenzie* considera Christopher Santos o "tipo eu-sofro original".) Eu tenho sofrido tanto... mas não, não devo ficar me fazendo de mártir; isso nunca funcionaria. (Ele frequentemente faz alusão ao *tédio* excessivo, que é também uma forte característica de Fouch.) Ele usa bastante a frase de Halper, "há uma locomotiva no meu peito e não há como negar." Sua ambição é tornar-se um grande ator, no que ele encontraria escape emocional não apenas apreciado mas também lucrativo. Seus planos, no "Galloway", dizem respeito principalmente a trabalho e poupar dinheiro para uma aventura desesperada na Broadway ou em Hollywood.

Christopher relata para Mike, em "Galloway", sobre ter encontrado um marinheiro norueguês no Boston Common que lhe conta de seu irmão na Noruega que morreu deixando para trás enormes pilhas não publicadas de escritos. O norueguês é simples, simpático; casado com três filhos em Kristiansund. Chris diz: "Ele era um homem perfeitamente normal, que falava sinceira e compreensivamente. Ficou todo arrebatado descrevendo sua esposa e filhos.... Apenas um homem comum – mas em sua banalidade havia um toque de grandeza".

Uma das discussões que Chris e Mike levam adiante diz respeito a uma distinção entre viver por ideais e viver por sensações: "Você não percebe Mike que devemos aprender a discriminar – É claro, existem coisas maiores e coisas melhores do que termos relações sexuais com meretrizes. O mundo está se abrindo com novas esperanças e novos e maiores ideais e você quer desfrutar ao máximo de sensações menores e baratas. Isso não é uma coisa idiota? Ah Mike, odeio como o diabo dizer isso – seria tão

---

* Esse personagem parece ser baseado em G.J. (N.E.)

mais fácil louvá-lo do que discordar de você – não estou tentando defender a minha posição. Você não é você mesmo quando se joga, como você faz, nos braços de vagabundas; você está tentando ser uma imitação barata de Jack London ou algo assim. Quando você é você mesmo, Mike, você é grande. A experiência só é valiosa em seu significado. Mas será que magoei você falando assim? Ah, se eu magoei, eu poderia berrar..."

Christopher é um devoto do grande Barbellion. Ele muitas vezes compara o espírito de Dalouas* ao de Barbellion. Ele fala: Barbellion é tão parecido com você, ou vice-versa. Posso citar? "Todas as coisas me atraem igualmente. Não consigo me concentrar. Estou pronto para fazer qualquer coisa, ir a qualquer lugar, pensar tudo, ler qualquer coisa. Onde quer que eu acalente altas expectativas terei certeza de uma viagem aventurosa. Alguém diz, "Venha e ouça um pouco de Wagner". Estou pronto para ir. Outro, "olha só, eles estão indo jogar argolas no pub" e quem vai querer completar a sua obra-prima ou contar o seu dinheiro quando eles estão indo jogar argolas no pub? Eu irei com você para Noruega, Suíça, Jericó, Timbuktu. Me fale sobre os rosacrucianos, ou sobre o estômago da pulga, e eu vou ouvir você. Me diga que a usina de Chelsea é tão bonita como o Partenon em Atenas e vou acreditar em você." Isso demonstra que Chris é devotado a Mike, muito mesmo.

Christopher tem um nome bastante adequado. Ele é um Jesus na cidade industrial. Lágrimas salvarão o mundo com Christopher. Ele tem uma intensidade saroyana que baseia o progresso no amor. (Ele ama o poema de Mike "Lágrimas".) Todas as coisas são tristes,

Todas as coisas são tristes, [ ] e crueldade ambos, e lindo. Ele é o poeta [ ] byroniano e amarelo e enchedor de saco. Ele tem uma ânsia eslava por autoflagelação, autotortura, e [ ] ternas emoções. Ele tem uma tendência de citar sem parar, cartas mancha-

---

* Uma grafia alternativa para Duluoz, utilizada nos primeiros rascunhos. Quanto a Barbellion, ver p. 385. (N.E.)

das de lágrimas [ ] um comportamento principesco e arrogante. Ele é possuído da "tristeza de [ ] compartilha da tribulação do poeta." A amizade com Mike é repleta "de [ ]" "A sinfonia de camaradagem e irmandade." Embora [ ] seja forçado a experimentar "seus êxtases secretos" [ ] capaz de se comunicar. Ele acredita que ele e Mike [ ] e gama de emoções. A mente de Artemis [ ] a mente de Ready é demasiado "absorvida com técnico [ ] e [ ] assim chamado: [ ].

[Página 2]

sentir-se particularmente antagônico contra eles – de Walter Berlot eu gosto muito e estou tentando ajudar intelectualmente, tanto quanto eu puder. Mas ele tem a Irmandade."

Christopher divide o mundo em dois, aqueles que têm a "irmandade" e aqueles que não têm. Ele afirma que pode deduzir pelos olhos na maioria dos casos. Aqueles que têm a irmandade são amáveis, gentis, de alma simpática; são, para resumir, os homens de bom coração. Eles são mais propensos a entrar na "causa". A "causa", para Christopher, é a "batalha delicada contra a cegueira, a estupidez, a crueldade, o fanatismo etc.". Politicamente, é aliada com o "Grande Movimento Liberal", até mesmo com a Rússia. (Allan Mackenzie diz: "A apoteose da Nova Rússia de Christopher não é nem um pouco convincente. Ele se agarra a ela como uma pessoa se agarra a um modismo".)

Chris sobre Artemis: "ele é a favor de qualquer coisa que lhe favoreça... o New Deal porque obteve sua bolsa de estudos através dele. Ele não é a favor do pensamento liberal porque tem medo das massas. Odeia os judeus. É a favor da Rússia porque tem esperança de ser um físico lá depois da guerra".

Chris é um marxista típico. Ele se refere muitas vezes às "massas", se compadece delas pela ignorância das mesmas, ama-as pela honestidade simples delas. Em "Galloway" ele está lendo Nietzsche e interpreta o super-homem como o clamor de N por "massas" aprimoradas distanciando-se em desenvolvimento. Infelizmente, Chris admite que a coisa toda pode ser somente evoluída, não revolucionada da noite para o dia. (Pode haver uma grande dose de sabedoria nisso.) Ele sente com frequência que pode ser maior dramaturgo do que ator. Cita continuamente livros para Dalouas em uma tentativa de se manter na árdua labuta intelectual, e isso tudo irrita Dalouas. Chris também fica preocupado com a atitude desinteressada de Dalouas em relação à política; teme que ele possa se posicionar no lado errado da barricada doutrinária. (Dalouas e o Pater* compartilham o mesmo ódio por políticos e governantes de qualquer matiz.)

Chris gosta da maioria das pessoas inerentemente e contempla seduzi-las a entrar na causa. É mais intenso, no âmbito intelectual, do que qualquer outra pessoa no livro. Dalouas pensa muitas vezes nele como o "glorioso chorão feliz". Chris considera que suas emoções são extremamente delicadas; ele tem um senso de "sensibilidade" com o qual Allan não se identifica em nada depois de uma visita ao quarto dilapidado de Chris.

Durante "Galloway", Chris, entre outras coisas, embarcou num estudo intensivo de Byron, um trabalho de pesquisa. Ele trabalha por turnos ininterruptos de 12 horas, fuma 3 maços de Luckies nesse tempo e consome (ele as conta) cerca de 18 ou 20 xícaras de café. Ele tende a citar: "É tempo deste coração se fazer imóvel uma vez que outros já cessou de mover". "Você percebe o quanto esse comentário arrebata? É provavelmente por isso que nós dois escolhemos uma profissão em que desejamos mover o nosso público." Ele é louco por Saroyan principalmente porque Saroyan enxerga beleza na tristeza, sente as mesmas calorosas emoções mediterrâneas, as loucas fraquezas armênias (Chris é grego). Uma das principais ambições de Chris é dar um jeito de conhecer Saroyan.

Ele tem apreço por Alice Meyer, uma ex-colega sua de Whittier em Boston. Ele lê a carta dela na lanchonete em "Galloway": "Salve, Príncipe de Creta, etc."

---

* O pai de Jack, Leo Kerouac. (N.E.)

Tanto Chris quanto Mike ficam enlutados por Tommy Campbell* de Bataan, que com eles numa manhã de junho de 1940 foi ver o nascer do sol. (Carta de TC, para D.C. "Galloway" é fevereiro e março de 1942. (ou 1941?) [)] (S. de C. de seu irmão na carta verde.) (Existe um juramento). Chris espera encontrar a irmandade na guerra vindoura. Dalouas espera romance e glória.

Então, depois de uma briga com seu pai, Jack se demite do jornal e vai para Washington D.C. mais uma vez, para trabalhar numa equipe de construção no Pentágono com seu amigo de Lowell G.J.

Para Jack Kerouac
[Washington D.C.]
De Sebastian Sampas
[Abril de 1942]

Jack,
    Lamento muito deixar minhas emoções levarem a melhor sobre mim, mas não consigo evitar. Durante o dia todo no trabalho penso em Bill. Ah!, Jack, o que é que posso fazer se choro até caírem os meus olhos! Aquele pobre coitado! Você percebe que ele não tivera uma chance na vida ainda? Você percebe que ele estava apenas começando a ficar maduro – para testar as coisas! Para descobrir do que se trata essa coisa toda.
    Quanto a mim, a minha situação não é assim tão patética quanto possa parecer na superfície – Jack, não me arrependo de abandonar Emerson – acho que descobri um mundo mais amplo saindo de lá. Isso exige mesmo uma enorme quantidade de elucidação, eu sei.
    Para falar a verdade, acho que você também vai ficar um tanto espantado consigo mesmo quando voltar para Columbia.

* Billy Chandler morreu na Batalha de Bataan, nas Filipinas (final de 1941 – início de 1942). (N.E.)

Você vai notar o quão infinitamente maduro (odeio usar essa palavra, mas preciso) você se tornou no ano passado. Eu não quero dizer exatamente maduro – quero dizer antes que você terá uma compreensão mais sólida e clara da vida do que os outros estudantes terão. Quanto a mim novamente, espero fazer uma de duas coisas – estou planejando economizar $200 e fazer uma viagem para Hollywood em setembro próximo, ou posso ir para Nova York e embarcar num navio da Marinha Mercante rumo à Rússia e lutar pela U.R.S.S. Jack, agora eu sei que a menos que eu sofra algum grande golpe físico haverei de ter sucesso. Eu sei disso. Estou certo disso – tenho mais fé em mim do que jamais tive em qualquer momento, e agora pela primeira vez sinto que sou capaz de fazer qualquer coisa. Posso trabalhar numa usina siderúrgica e posso lidar com qualquer situação, seja misturar-me com a "turba" ou trocar sutis observações com a "elite".

Amanhã de manhã vou acordar cedo, pois estou indo para o Pine Brook pela última vez. Minha carta seguinte haverá de ser do Pine Brook. Estou realmente muito cansado Zagg.

Você não sabe como é bom ter notícias suas na velha forma familiar (por cartas).

Au Voir
Sebastian
Longa vida para Creta
Nunca antes quis tanto viver
Jack, por favor, responda o mais rápido possível – uma daquelas longas, longas cartas que são tipicamente você. Ah! Tenho tanto por dizer – e sempre, sempre a vasta glória da vida.
Diga ao G.J. para escrever
Au Voir

Jack pegou carona para Boston em junho de 1942 com o objetivo de se juntar aos fuzileiros navais, mas em vez disso inscreveu-se como ajudante de cozinha no SS Dorchester e zarpou para Murmansk. Lembrou-se de como Sebastian quisera vir com ele e, em retrospecto, escreveu: "se Sabby tivesse conseguido sua papelada da Guarda Costeira em tempo e embarcado naquele navio comigo, poderia ter sobrevivido à guerra". *(Vaidade de Duluoz, Livro 7, parte I, p. 119).*

Para Sebastian Sampas
Lowell MA
De Jack Kerouac
Sydney, Nova Escócia
26 de setembro de 1942

Sebastian –
    Olá meu camarada e cher ami! Vou estar em casa logo – não fui capaz de escrever antes – e da Nova Escócia, aqui no excelente Clube dos Marinheiros, escrevo. Estarei em casa por uma semana imediatamente após me desincumbir do navio. Então deverei seguir até Washington pelas memórias da última primavera, Jeanie, G.J., Paul Myerson, Ed Dutton. Depois disso, com uma possível corrida até Asheville, estou retornando a N.Y. para um apartamento no Village – altura em que eu espero que você se junte a mim (10 dias de vida) e entre na Marinha Mercante também. Ao término da minha liberdade costeira, podemos pegar um navio-tanque rumo ao Texas (estar em casa para o Natal), ou um carvão para Newport News, VA (várias viagens), ou Algo Assim. América, Índias Ocidentais, Extremo Oriente, Rússia, etc. O que você acha?
    Você está no Estaleiro Naval ainda? Tenho outras sugestões – poderemos discuti-las na minha primeira semana em casa, incluindo tudo sob o sol, desde Picasso, Corot, Dança

Jack num uniforme da Marinha Mercante com sua mãe, Gabrielle, e sua irmã, Nin (Carolyn), num uniforme do Corpo de Exército Feminino, 1942

Jack e Nin fardados

Interpretativa e prometeísmo até a sutileza de Johnny Koumantzelis* e o caso Doris Miller, etc.
Vejo você então. Punho pra cima!
Seu irmão,
Jean
P.S. – Minhas mais calorosas lembranças para Connie [Murphy], Eddie [Tully], etc.
P.P.S.S. – Eu estava bêbado ontem à noite! Fui até as Minas de Carvão perto de Sydney e conversei biologicamente com uma mulher três vezes, ao som de tristes apitos de mina. Como Era Verde a Minha Carteira então –

---

* Johnnie Koumantzelis, um amigo de Sebastian de Lowell, morreu num acidente de avião no Novo México em 1944. (N.E.)

Jack chega de volta a Boston no Dorchester e recebe um telegrama de Columbia pedindo-lhe para retornar em função da temporada de outono de futebol, que começaria na semana seguinte – de acordo com Vaidade de Duluoz: *"quatro dias depois, eis que aparece Sabbas de Lowell com seus grandes olhos idealistas e desalentados perguntando por que é que eu não posso sair com ele para estudar a Brooklyn Bridge, o que fazemos de qualquer maneira..." (Livro 8). Jack e seu pai ficam ambos chocados quando o treinador não deixa Jack jogar de jeito nenhum. Depois de um certo exame de consciência, Jack decide abandonar Columbia para fazer o que sente que está destinado a fazer: escrever.*

Enquanto isso, Sebastian saiu de Emerson e está trabalhando em Lowell. Ele vai ficando cada vez mais desiludido e em seu diário pessoal anota que está "exausto de trabalhar no turno da noite, ensacando bombas de profundidade para matar meu companheiro humano. Estou exausto de lutar por todas as causas nobres e descobrir que elas são causas perdidas", *e diz a Jack que* "de todos os meus amigos você é o único cuja inteligência e gama de emoções é bastante semelhante à minha". *Sebastian entra no Exército como voluntário em 17 de dezembro de 1942.*

Para Jack Kerouac
Universidade de Columbia
De Sebastian Sampas
[Outubro de 1942]

Jack,

    Existe só chuva, neblina, névoa e folhagem amarelada...
    Existe a tristeza de quem sabe do pacto horrendo
    Existe a beleza que a terra recebe como uma facada...
    E na noite gélida de outubro... todos estão morrendo...

Como você está por esses dias? Não ingressei na Guarda Costeira – não pretendo ingressar – vou esperar até que o Alistamento me chame ou vou me juntar aos Marinheiros Mercantes. Ainda estou aguardando por notícias de Washington em relação ao meu pedido. Que droga Jack, por que será que a gente não consegue capturar a beleza que reside dentro de nossas almas? Antes que eu começasse a escrever esta carta, meu cérebro estava fervilhando com a riqueza sutil da nossa amizade – Para embaraçar tudo... todas as simpatias de camaradagem e irmandade, a tristeza e o tatear, antes que o grande nivelador desça para nos silenciar dentro de nossos ossos pulverizados.

Jack, eu me sinto bastante feliz por esses dias, embora deva compartilhar para sempre sozinho o meu êxtase secreto e os meus pensamentos profundos...

Talvez isso de fato necessite de esclarecimento, você vê Jack, de todos os meus amigos você é o único cuja inteligência e gama de emoções é bastante semelhante à minha e sempre que isso se mostra temporariamente ausente eu fico propenso demais a me sentir fútil e frustrado.

A alma e mente de Cornelius, desafortunadamente, é compartimentada demais, enquanto que a mente de Eddie é absorvida pelas tecnicalidades que envolvem e coordenam o comportamento humano. Eddie, entretanto, tem caráter e camaradagem num grau notável.

E quanto a mim, bem, eu vivo os meus dias nas trevas e na dor, ó? Toque eu a minha lira e não vivo em vão.

Eu estava com G.J. e Scotty e George Dastous* tendo uma noite festiva – uma noite positivamente festiva! Se você consegue se resignar com a crença de que Sebastian pode ser festivo com as supracitadas personalidades.

Não que eu os culpe ou me sinta particularmente antagônico contra eles – de George Dastous eu gosto, e estou tentando ajudá-lo intelectualmente, tanto quanto eu posso. Scotty, bem, Scotty será sempre Scotty, eu acho.

---

* Um amigo de Lowell. (N.E.)

No entanto, depois que Scotty e George D. saíram, G.J. começou a questionar-me no tocante a um – "Zagguth" – Para citá-lo –

G.J. "Eu não entendo Jack – nós somos ambos ajustados de maneira diferente, eu acho."
Sebastian "Acho que não estou entendendo você, George."
G.J. "Eu não sei Sam, ocorre apenas que nós não significamos tanto um para o outro. Na última vez em que conversamos notei a diferença." (Lembre-se do meu comentário sobre a "rachadura" na voz de G.J.)
Sebastian "Bem, não acho que a culpa seja do Zagguth, George, mas lembre-se, nós não somos sempre os mesmos. Nós crescemos e as nossas próprias ideias, se não as nossas almas, mudam."
G.J. "O tempo, o tempo criou toda essa diferença."
Sebastian "Você gostaria de voltar ao ano pretérito?"
G.J. (Silêncio)

Jack,
    Posso respeitar a sua amizade com G.J. Posso até mesmo respeitar G.J. Acho que ele é um sujeito bacana – acho que a sua amizade com G.J. é uma das coisas ricas na sua vida.
    No entanto, Jack, lembre-se disto, enquanto G.J. ficava exibindo o que nós dois denominamos como sua "pseudovirilidade" Jack era o poeta triste, meditando e invocando os recessos de seu cérebro e alma para ajudá-lo a encontrar uma fundação sólida – um modo de vida. Jack meditava tentando esclarecer seus ideais, ao passo que G.J. tentava desenvolver a arte de seduzir Layo.* Enquanto Jack ficava estudando H.G. Wells, George estava bastante ocupado dando risada com Scotty.
    Jack, espero que você não vá considerar isso como uma diatribe contra George J. Espero também que você não vá considerar-se "um mártir", como é costume com todos os poetas.

---

* Uma garota de Lowell que Jack namorou. (N.E.)

É simplesmente a reação de duas personalidades – uma infelizmente fraca, a outra forte – É uma análise dos estímulos da juventude e a reação de duas personalidades bastante semelhantes – pois G.J. é também um poeta de coração. Tentei colocar a culpa no ambiente e nas circunstâncias de G.J., mas decerto ele teve tanto de oportunidade ou de inteligência para lutar pela verdade quanto qualquer um de nós – na verdade, talvez mais... não acho que seja tarde demais para que G.J. altere seus ideais – (Francamente, não acho que ele tenha algum.) Por que você não começa a persuadi-lo e a fazê-lo perceber a grandeza da nossa causa?

Droga, Jack, Droga, em todos os lugares ao meu redor eu vejo cegueira, estupidez, frustração, desilusão; que diabo está acontecendo com a humanidade? Eu sei! Eu sei! Há tantas coisas para fazer e tão pouco tempo para fazê-las – até mesmo Cornelius, e posso respeitar a lógica dele, apesar de ele não respeitar a minha alma poética, não tem – não tem – não tem – lamentavelmente a essência da grandeza.

Infelizmente a B[oston] C[ollege] o entupiu demais com ciência, lógica e epistemologia – O maldito idiota não percebe a falácia de seu pensamento – em seu curso de epistemologia, ele está usando um livro escrito por algum jesuíta. Nunca em toda a minha carreira intelectual encontrei erros de cálculo mais estúpidos em relação à religião. Cornelius, certa noite, passou cinco horas tentando me provar que existe um Deus através do método de causa e efeito – concordei que, na medida daquilo que a humanidade poderia deduzir, tudo quanto sabemos foi efetuado por meio de uma causa – (Tudo quantitativo). Nós finalmente chegamos ao primeiro átomo – a partir daí prosseguimos e decidimos que não sabíamos o que causou o primeiro átomo; portanto ele disse que visto que conhecíamos a qualidade de tudo que foi causado anteriormente ao primeiro átomo nós deviamos assentir que o primeiro átomo foi causado por algo maior – Deus! Um raciocínio mais estúpido, ilógico, ridículo e dogmático eu nunca vi – veja, desde a nossa última discussão eu venho estudando "lógica".

E eis aqui algo um tanto egrégio "Nenhuma causa exata jamais produzirá um efeito exato."
Outra noite nós discutimos durante cinco horas e meia porque Cornelius contestou as afirmações de Bertrand Russell, famoso filósofo e matemático.

"Aquele homem é o produto de causas que não tinham previsão do fim que estavam alcançando; que sua origem, seu crescimento, suas esperanças e medos, seus amores e suas crenças não são nada mais do que o resultado de colocações acidentais..." Ele se opôs ao termo "acidental" e outra vez voltou para seu método de causa e efeito. Não é uma causa um acidente? Deus! Quantas coisas foram efetuadas através de acidentes. Aparentemente, Cornelius foi e ainda é exposto apenas a um lado das crenças.

Ora, inclusive Eddy, que "estudou religião"; inclusive Mansfield* e inclusive John MacDonald discordam dele em cada motivo maior. Admiro o pensamento em linha reta de Cornelius, mas digo novamente, é compartimentado demais. Ele não consegue apreender ou compreender ideias em seus significados universais.

Esse é o resultado de Aquino e do escolasticismo. Mansfield se formou num curso de filosofia e ela disse "A ciência não consegue comprovar e ainda não comprovou a existência de Deus. Deus é algo qualitativo e não quantitativo". Deus é uma coisa *espiritual* que é o ponto egrégio na invalidade da argumentação dele.

Tudo isso é secundário, é claro, no que diz respeito à personalidade de Cornelius. Ele é a favor de qualquer coisa que o favoreça. Ele é a favor do New Deal porque obteve sua bolsa de estudos através dele. Ele não é a favor do pensamento "liberal" porque tem medo das massas. Ele aprova e reafirma continuamente a necessidade do dogma.

No entanto, ainda existe uma esperança para ele. Tentarei fazer dele um liberal, mesmo à custa da nossa amizade. Que

---
* Estudou em Emerson com Sebastian. (N.E.)

droga, um dia ele comparou a política editorial do P.M.* e a de W.R. Hearst** como se fossem igualmente prejudiciais – (Ele odeia os judeus.) Mas acho que ele está começando aos poucos a ser um tantinho mais tolerante. Ele é a favor da Rússia porque tem esperança de ser um físico lá depois da guerra. Eh bein! C'est Cornelius.

Estou tendo muitas noites estimulantes relendo *Assim falou Zaratustra*. Uma noite dessas passei quatro das minhas preciosas horas lendo e analisando uma página. Nietzsche é fantástico. Embora a lógica seja uma das categorias supremas da filosofia, desafio qualquer um a provar Nietzsche através da lógica. Deus: a coisa toda é escrita num período de êxtase criativo de trinta dias. O raciocínio por trás de *Assim falou Zaratustra* é bastante falho, mas é uma ótima leitura pois é "espiritual" e tenta ser um lógico [*sic*]. Posso citar para você algumas frases?

"Quando Zaratustra estava sozinho, no entanto, ele disse ao seu coração: 'Seria possível? Este velho santo disso ainda não ouviu falar, que Deus está morto... E Zaratustra assim falou ao povo: eu ensino-vos o super-homem. O homem é algo que deve ser superado. O que fizestes vós para superar o homem? Todos os seres até aqui criaram algo além de si mesmos; e vós quereis ser o refluxo dessa grande maré, e preferis voltar ao coração do que superar o homem. O que é o macaco para o homem? Um alvo de chacota, uma coisa vergonhosa. E o mesmo exato há de ser o homem para o super-homem: alvo de chacota, uma coisa vergonhosa." O homem evoluiu do macaco! Embora eu admire o super-homem, Nietzsche está pregando a revolução. E vai ser a revolução mais uma vez o que irá criá-lo.

---

* *P.M. Daily*, um tabloide de Nova York (1940-1948), oferecia uma cobertura detalhada da guerra, charges políticas e editoriais, e fazia revelações sobre figuras políticas. Apresentava um ponto de vista imparcial e não se sustentava por meio de publicidade. (N.E.)

** William Randolph Hearst (1863-1951), magnata do jornalismo impresso, controlava uma cadeia de dezessete jornais que expressavam suas opiniões pessoais. (N.E.)

Tente usar a lógica nisso! Tente! Aqui está um dos nossos maiores filósofos apresentando o seu super-homem inteiramente a partir de um ângulo estético e espiritual. Estou no meio de *Um experimento em autobiografia*, de H.G. Wells, grande livro! Andei lendo algumas peças – a saber *The Women, The Children's Hour* – Hellman (excelente), *Idiot's Delights* – Sherwood (excelente), *High Tor* – Anderson* (razoável) com uma passagem excelente.

"Viver – Ficamos tanto tempo – tanto tempo; Aser, primeiro os dias eram anos mas agora os anos são dias; o navio que nos enviou para ver as paliçadas do rio torna-se semelhante a histórias de ceia em volta de uma lareira quando éramos crianças. Houve mesmo esse navio, houve uma cidade-do-marinheiro, Amsterdã, onde a água salgada lavava os embarcadouros rasos e o vento saía para o mar? Será que tal navio irá retornar, e hei de ver os Países Baixos mais uma vez, com tamancos ruidosos no caminho da escola para casa nas noites de inverno?"

Dead End – Sidney Kingsley (razoável), *Golden Boy* – Odets (bom!), *Stage Door* – Ferber e Kaufman** (fraco!) Sendo que tudo me leva à conclusão da nossa peça não escrita "Ó! Eu os amei a todos!" Acredito que a dramaturgia pode ser o meu forte, afinal de contas! Tive grandiosos momentos em N.Y.C.

E Henri [Cru] é uma grande personalidade – un gentelhomme – Donnez mon abraços a Howie. Como é que vai o velho garoto, a propósito? Tenho certeza de que não conseguiríamos interessá-lo na causa – Ó! Bem, ele sem dúvida é mais um desses novos-ricos americanos, mas Sebastian mantém a superioridade triste e a sua tribulação egoísta.

---

* Todos os três eram dramaturgos: Lillian Hellman (1905-1984), Robert E. Sherwood (1896-1955) e Maxwell Anderson (1888-1959). (N.E.)

** Todos os quatro eram dramaturgos: Sidney Kingsley (1906-1995), Clifford Odets (1906-1963), Edna Ferber (1887-1968) e George S. Kaufman (1889-1961). (N.E.)

Como estão indo os seus estudos? Você está gostando do Van Doren?* Futebol?
   Uma vez que esta foi uma carta tão científica e analítica, a minha próxima fará lágrimas copiosas correrem pelo rosto de Kerouac!
   Por que não mandar uma cartinha para C. Murphy, 85 Hall St., Eddie Tully, 64 Jay St., Mansfield, 13 White St., John MacDonald 43 Weker St. e Michael Largay 321 Summer St. Malden Mass. Não quer mandar pra eles pelo menos um cartão postal?
Minha dor está na folha amarela!
Responda depressa!
Fraternalmente
Sebastian
Príncipe de Creta
[escrito no topo:] P.S. Eu havia escrito para você uma outra carta mas eu a perdi.

Sebastian conta a Jack sobre escrever para William Saroyan nesta carta comovente, em que ele expressa tremenda tristeza por tudo que estará deixando para trás. A carta foi enviada para Saroyan em outubro de 1942, e uma cópia foi doada para o arquivo Sampas pelo espólio de Saroyan, confirmando seu recebimento.

Para Jack Kerouac
De Sebastian Sampas
[Outubro de 1942]

Jack,
   Fiquei acordado a noite toda na cama lendo e acabei de escrever uma carta para William Saroyan, muito concisa e entusiasmada.

---
* Mark Van Doren (1894-1972), poeta, crítico e editor, foi agraciado com o prêmio Pulitzer em 1940. (N.E.)

De qualquer forma, eu estava lendo *Barbellion** e ele é tão parecido com você... Posso citar? "Todas as coisas me atraem igualmente. Não consigo me concentrar. Estou pronto para fazer qualquer coisa, ir a qualquer lugar, pensar tudo, ler qualquer coisa. Onde quer que eu acalente altas expectativas terei certeza de uma viagem aventurosa. Alguém diz, "Venha e ouça um pouco de Wagner". Estou pronto para ir. Outro, "Olha só, eles estão indo jogar argolas no pub" e quem vai querer completar a sua obra-prima ou contar o seu dinheiro quando eles estão indo jogar argolas no pub? Irei com você para Noruega, Suíça, Jericó, Timbuctu. Me fale sobre os rosacrucianos, ou sobre o estômago da pulga, e eu vou ouvir você. Me diga que a usina de Chelsea é tão bonita como o Partenon em Atenas e eu vou acreditar em você."

Outra citação (parcial)

"aqueles vislumbres silenciosos e instantâneos de colusão com a beleza, dos quais até mesmo a memória tanto eletrifica as emoções que nenhuma análise mental dos mesmos jamais é feita. O intelecto é nocauteado no primeiro round." –

Vislumbres de beleza – lembra daquela vez em que viajamos pelas matas de Dracut, com os planetas elevando-se na distância e as lâminas verdes de gramíneas emergindo em tons de azul e os pequenos lariços, com seus firmes cones, e a encosta da Nova Inglaterra. O riacho, se espreguiçando e as bétulas retorcidas através das quais o riacho corria – e você perplexo e triste. "O que é que significa isso, Sebastian?" Vislumbres de beleza – Aquele dia de Ação de Graças em Hartford e você atravessando a rua com o seu uniforme da garagem. E Hartford, a crua e agitada cidade – o industrialismo em evolução, a cerveja e o garoto alto e triste que veio com aquele sujeito que se parecia com Ronald Colman –

Vislumbres de beleza – As ondas negras do Charles, um céu pontilhado por um milhão de estrelas, e as luzes do MIT no outro lado do rio.

---

* Wilhelm Nero Pilate Barbellion (1889-1919), pseudônimo de Bruce Frederick Cummings, diarista inglês. (N.E.)

Vislumbres de beleza – As janelas geladas do inverno, tecidas em um milhão de padrões intrincados, e a tristeza – a poética e tranquila serenidade do Natal. "Ó! Pequena cidade de Belém! Com quanta mansidão te vemos jazer." E também, a tristeza da despedida na estação –

Ó! Pois bem, eis aqui outubro, sou 1-A no alistamento, os meus amigos se foram e eu disse "Adeus à Arte". E estou construindo a minha fundação da Verdade, construindo-a com lágrimas de dúvida. Estou construindo um altar, construindo-o aqui no meio da noite, estou moldando-o fazendo uso de frustração, humildade e desafio, e ele está se transformando num jardim onde as rosas não são sufocadas por ervas daninhas.

No meu rádio uma negra de garganta rouca está clamando "Stormy Weather", interpretando-a com toda a infelicidade, amargura e futilidade do negro –

Mon Dieu, Jack, eu estou alegre! Positivamente alegre. De repente um desses humores de lua tomou conta de mim – Tommy Wolfe está espiando por cima do meu ombro e Billy Saroyan está sentado gargalhando no canto do meu quarto...

"Mas nem sempre é possível estar vivendo nas alturas."

Então eu lhe desejo au 'voir
Enquanto ainda estou me sentindo alegre
Fraternalmente,
Sebastian
Príncipe de Creta
P. S. Por que você não escreveu?

Para William Saroyan
De Sebastian Sampas
2 Stevens St.
Lowell, Mass.
[Outubro de 1942]

Meu Caro Sr. Saroyan,
 Esta é uma carta que eu não iria escrever nunca mas de alguma forma refletindo aqui no meio da noite me encontro perplexo com muitas coisas. Também constato que há tantas coisas que devo dizer a você. Veja, eis aqui outubro. Acabei de abandonar a faculdade. Eu sou 1-A no alistamento... os meus amigos se foram. Mas permita-me falar sobre o meu amigo Bill, porque foi o entusiasmo das suas obras e os seus ideais, sr. Saroyan, o que nos uniu em camaradagem.
 Três anos atrás Bill Chandler, um amigo meu, veio até a minha casa e me pediu para ler *O jovem audaz no trapézio voador* e eu me recordo.
 "Despertar horizontal....["] (Ah! Isso não está citado corretamente, mas você entende o que eu quero dizer.)
 Naquela noite, Billy Chandler e Jack Kerouac, um outro jovem nutrido no humanismo saroyano e eu fomos ver o nascer do sol. Nós ficamos acordados a noite toda Bill, discutindo os nossos ideais, a vida e todas as questões humanas.
 Jack Kerouac, Billy Chandler e eu tivemos um verão maravilhoso lá em '39. Ah! Não estou dizendo o que quero dizer. Não sou capaz de projetar o entusiasmo, o fogo, o zelo ardente pela verdade. De qualquer forma, Billy juntou-se ao Exército Americano naquele verão e foi enviado em navio rumo às Filipinas. Onde está Billy agora? Jackie foi para Columbia e eu dou prosseguimento à minha própria instrução.
 Bill, você vê para onde estou me dirigindo? Não é culpa minha que eu acorde no meio da noite com meio milhão de sonhos desfeitos.
 Bem, nós lemos todas as suas peças e todas as suas histórias e ficamos enternecidos com felicidade no verão seguinte quando você fez aquela declaração a respeito de Thomas Wolfe.
 Na última primavera, Jack juntou-se à Marinha Mercante e depois de uma viagem voltou para Columbia. Ele está jogando futebol por lá. Eu tenho resmas e resmas de cartas que Jackie me mandou e um conto no qual ele conhece Billy Saroyan. Esse garoto é realmente um grande escritor.

De qualquer maneira, nós temos seguido a sua carreira muito de perto e o admiramos muitíssimo. É tão difícil fazer esta declaração. Acho que é a tradição americana do cenho franzido diante de emoções.

Desci para encontrar Jack faz três semanas e fomos ver a sua peça, *Olá, vocês aí*, e ficamos bem apertados com duas fêmeas e descemos para o Village exortando a humanidade a buscar a verdade com as palavras Olá, vocês aí.

Mais tarde naquela semana, enquanto Jack e eu estávamos discutindo – bem aqui vai o que Jack falou.

"Eu gostaria que pudéssemos conversar com Billy Saroyan e lhe dizer o quanto ele significa para nós." Mas havia um olhar tão triste no rosto dele quando falou aquilo, Bill.

Deus! Se apenas você pudesse ler os manuscritos dele para todas [sic] as coisas que ele tem. Olhe, minha principal razão para escrever esta carta foi somente dizer tudo isso – dizer como fomos às lágrimas quando as suas peças foram mal na Broadway e como você deve ter se sentido péssimo porque nós dois sabíamos que era uma derrota difícil para você aceitar.

Faça-me um favor, Bill. Isso tem enorme importância. Mande um cartão postal ou uma carta (eu sei como você está sempre apertado de tempo) para John Kerouac, 209 Livingston Hall, Universidade de Columbia, Nova York, e escreva algumas linhas – qualquer coisa. Isso teria enorme importância para ele. Vou terminar esta carta com um dos parágrafos de Jack.

"Se somente as lágrimas hão de lavar a crueldade dos anos, e nutrir a flor branca que cresce em nossos negros e partidos corações e nos ensinar que a vida não é longa e tola e sim passageira e solitária, se somente as lágrimas servirão, então que seja com lágrimas."

Fraternalmente,
Sebastian Sampas

Jack ainda está em Columbia, mas inquieto; ele explica seu desejo de sair navegando novamente e tenta convencer Sebastian a fazer o mesmo.

Para Sebastian Sampas
De Jack Kerouac
[Cidade de Nova York]
Madrugada de sexta-feira
[Novembro de 1942]

Uma relíquia de passados combalidos e projetos enterrados Sebastian... Esta será uma carta curta e que vai direto ao ponto. Estou pedindo o seu conselho, e não só isso, estou supondo que você mesmo vai tomar uma decisão importante. Pessoalmente, vi o suficiente da arregimentação da Marinha aqui em Columbia.... Não acredito que eu vá ingressar na Reserva Naval. Meu dinheiro está terminando, e a minha família está uma vez mais passando por dificuldades financeiras. E sendo verdadeiramente eu mesmo, não estou lá muito convencido sobre as perspectivas de um uniforme de oficial da Marinha. Em resumo, acredito que deverei voltar à Marinha Mercante durante o período da guerra como marinheiro de segunda classe. Estou jogando fora o meu dinheiro e a minha saúde aqui em Columbia... tem sido uma depravação enorme. Fico sabendo de vitórias americanas e russas e insisto em comemorar. Em outras palavras, estou mais interessado no âmago dos nossos momentos incríveis do que em dissecar "Romeu e Julieta".... no presente, entenda. Estes são tempos emocionantes, magníficos. Eu me sinto como um idiota cada vez que penso em Pat Reel.* E não estou triste por ter voltado para Columbia, porque tive um mês de experiências fantásticas aqui. Passei um tempo alegre, louco, magnífico aqui. Mas acredito que quero voltar para o mar... pelo dinheiro, pelo lazer e pelo estudo, pelo romance de cortar o coração e pelo âmago do momento.

* Um companheiro de bordo de Jack no *Dorchester*. (N.E.)

Sebastian, venha comigo, venha comigo! Seu negócio de Cadete Marítimo vai durar 22 meses... ora, homem, a guerra vai acabar até lá. Você quer perder 22 meses da sua vida de poeta nessa arregimentação militarista rigorosa, com $65 por mês? Eu certamente não quero, pois também considerei esse ramo. Você não quer viajar para os portos do Mediterrâneo, talvez Argel, para Marrocos, Fez, o Golfo Pérsico, Calcutá, Alexandria, talvez os antigos portos da Espanha; e Belfast, Glasgow, Manchester, Sidney, Nova Zelândia; e Rio e Trinidad e Barbados e o Cabo; e Panamá e Honolulu e as vastíssimas Polinésias... Não quero ir sozinho dessa vez. Quero o meu amigo comigo... meu louco irmão poeta.

Se você não quer abrir mão da sua posição de treinamento atual, que está talvez próxima, então é claro que irei sozinho, mas sozinho, Sam, e palidamente me tardando.*

Pense bem sobre isso. Esta não é uma oferta... é uma sugestão para meditar, e para transmitir conselhos com ela.

Escreva imediatamente!... e me diga o que você pensa. Estarei em casa para o dia de Ação de Graças. Assim que você finalizar os seus papéis, iremos para Nova York ou Baltimore e pegaremos um bom e limpo navio-tanque ou cargueiro, não uma banheira fervilhante de água podre como o Dorchester. Poderemos topar com George Murray, Jo Souzin, Hank Cru (saiu recentemente para o Mediterrâneo, porque ele me contou sobre o segundo front na África antes de sair, o que foi uma semana antes de acontecer), entre outros. Você poderá escrever o romance "A Seaman's Semen".**

Poderemos nos abastecer com enormes quantidades de livros e preparar um vasto plano de estudos, discussões e debates. E eu hei de ensinar xadrez para você. Se acabarmos mortos, será somente em homenagem a Bill Chandler.

O seu camarada,
Jean

---

* Cf. John Keats (1795-1821), "Sozinho e palidamente me tardando" em "La Belle Dame Sans Merci" (1819). (N.E.)
** "O sêmen de um marujo". (N.T.)

Quando Jack retorna para Lowell a fim de esperar que as Forças Navais o chamem, Sebastian já está no campo de treinamento. Em Cidade pequena, cidade grande, Peter (alter ego de Jack) recorda--se de caminhar pelas ruas de Galloway pensando:

...seus amigos todos se foram, algo sombrio e terminado em casa, e a guerra suspirando bem longe. Tudo ia chegando ao fim em Galloway e mais alguma coisa ia se aproximando. Ele estava pronto para coisas novas e doente na alma com os velhos fantasmas assombrados e desaparecidos da vida.

É dezembro de 1942 e Jack começa a escrever à mão seu primeiro romance, O mar é meu irmão. Estas próximas cartas retratam os sentimentos conflitantes de Sebastian, suas alegrias, tristezas e medos das semanas seguintes no exército. Uma enxurrada de correspondência de Sebastian inunda Jack, mas ele está consumido pela escrita e não responde até fevereiro de 1943.

Para Jack Kerouac
De Sebastian Sampas
Segunda-feira, 14 de dezembro de 1942

Jackie,
    Estou saindo sábado para Devens.* Estou numa licença de sete dias. Você consegue de alguma maneira vir a Lowell antes disso?
Escreva imediatamente via Correio Aéreo
Com todo o meu afeto,
Sebastian

---

* Fort Devens, base militar dos EUA perto de Ayer, MA. (N.E.)

Sebastian em uniforme do
Exército dos EUA, 1943

Para Jack Kerouac
De Sebastian Sampas
21-22 de dezembro de 1942

Segunda-feira
Jack,
    Bem, três dias de vida do exército terminaram e o Sebastian que entrou como um "Príncipe Russo" logo aprendeu a glória do homem comum e o Príncipe Russo tornou-se um Soldado Americano. –
    Eu gosto daqui, Jack, mas talvez eu esteja falando prematuramente – gosto de tudo – os jovens tristes, com a morte em seus olhos – vida coletiva, que às vezes parece ser dura mas é incrivelmente benéfica para todos – Esperamos ser transferidos em breve – alguns para um acampamento e outros para outro –
    Terça-feira de manhã 11:30
    Bem, um grupo de companheiros foi transferido nesta manhã – Praticamente todo o contingente com o qual eu vim, e quanto ao resto de nós, bem, não sabemos –

Nós já vimos a vida um tanto "pesada" do exército mas ela não nos afeta muito –
Nós trabalhamos duro, comemos e dormimos bem, jogamos cartas, lemos e encaramos com tristeza as paredes nuas da caserna – Se ficarmos aqui até sexta-feira (Natal) pode ser que ganhemos uma liberação de fim de semana – Isso parece bastante duvidoso visto que esperamos ser transferidos com o chegar da manhã –
Sinceramente –
Sebastian
P.S. Por que não escreve?

Para Jack Kerouac
De Sebastian Sampas
Dia de Natal [1942]

Jack,
Bem, aqui estamos bem aqui embaixo no Acampamento Lee, na Virgínia. O clima aqui é um pouquinho mais ameno do que o clima que tínhamos em Mass. Meu Deus, quase congelamos até a morte esperando as refeições lá fora com o termômetro registrando 10° abaixo de zero –
O exército obviamente é rigoroso – rigoroso até demais – mas nada que eu não esperasse. Dia de Natal na Virgínia – quellè ironèe! Nada de neve, nada de neve! Ó! Estou indisposto e triste – Fui designado ao Corpo de Intendência & sábado o nosso treinamento básico começa – Este consiste de difíceis manobras físicas – como escalar paredes, saltar valas, escalar por cordas, atirar com rifle e dar longas caminhadas durante a noite. É claro, isso vai me ajudar um pouco mas, companheiro, eu sou um poeta – Eh! bien, c'est la vie.
Conheci um camarada muito interessante, que passou os últimos seis anos na Europa, ele é um liberal e viveu na Alemanha, na França, na Holanda – Ele serviu por dois anos com o Exército Francês –

Deus! Que homem estranho que ele é neste grupo – Ele não tem medo de nada nem de ninguém porque tem a iniciativa de enfrentar quase qualquer coisa – (dentro de certos limites)
 Quase morreu de fome uma vez e descreveu para mim todas as reações físicas e psicológicas – Como não fomos definitivamente designados às nossas companhias, vou escrever de novo em breve. Lembranças para G.J. e Scotty –
Com todo o meu afeto,
Sebastian
P.S. Qui' est
Le Prince de la Crete?

A "safira" de Sebastian aparece em algumas cartas e pode ser rastreada em retrospecto até um primeiro rascunho da autobiografia de Sebastian, que contém iluminações interessantes sobre sua autopercepção. Ele diz aos vinte anos de idade em relação a sua safira: "Eu lhe digo que não é culpa minha que eu acorde no meio da noite com meio milhão de sonhos desfeitos – eu lhe digo que estou entristecido porque sei que perdi a minha safira e estou cansado de ter dito Adeus à Arte."

Para Jack Kerouac
De Sebastian Sampas
27 de dezembro de 1942

Domingo
Jack,
 Afinal eles definitivamente nos designaram para as nossas respectivas companhias – e estamos começando a colocar a mão na massa. O trabalho duro começa amanhã e não posso dizer que estou muito ansioso em função disso.
 A mudança da vida civil para a vida do exército é tão completa e esmagadora que você acorda no meio da noite

perguntando-se se algum dia você já teve uma alma e tentando com todas as suas forças descobrir se você tem uma –
Infelizmente, camarada, não há tanto de camaradagem no exército quanto eu esperava – você fica tão infernalmente ocupado, tentando seguir as diferentes instruções, que não encontra tempo para nada que não seja trabalho –
Isto é, afinal de contas, o treinamento básico e suponho que tudo mude depois que esse período termina. Mas bem agora está sendo difícil – odeio como o diabo reclamar e não tenho arrependimentos –
O sujeito que dorme no beliche ao lado é um parisiense, um comunista que também lutou na guerra civil na Espanha. Ele é sensacional – Reclama continuamente e continuamente se mete em confusão – Não dá a mínima para ninguém e não tem medo de dizer nada para qualquer um –
Ele sabe o que sabe, e isso é tudo – É tão sensível como uma mulher e simpático que nem um diabo –
Estamos dormindo em uma barraca e, meu irmão, é frio, frio. Dormiremos aqui até que o nosso treinamento termine. (Cinco sujeitos para uma barraca) Esta carta de necessidade é caótica e apressada –
Ontem à noite, Philippe cantou para mim a Canção do Comintern Alemão – também uma canção da guerra civil na Espanha. Ele fala com sotaque e é realmente um grande sujeito, um cara encantador –
Vou escrever de novo em breve, quando tiver mais tempo. Na caserna, as baratas escoam por todos os cantos no alto das paredes – A gente se mexe para urinar e uma barata diz "olá" e agora meu amigo escrevo para você do Sul – o sólido Sul – passados o James e o rio Appomattox e a minha safira ainda está na Moody St. – Safira de uma alma exausta –

Seu até que a vitória seja nossa,
Afetuosamente,
Sebastian

P.S. Escreva para mim, meu endereço agora é definitivo.
P.P.S. Você me mandaria por favor o endereço de George Dastous?

Para Jack Kerouac
De Sebastian Sampas
Acampamento Lee, Virgínia
Véspera de Ano Novo, 1942

Jack –
"Você se lembra da maldita última Véspera de Ano Novo?"
Realmente estamos avançando pra valer com o nosso treinamento básico – De pé às 6:00 – Calistenia, Treino de Infantaria Fechada, Manual de Armas, Treinamento de Bivaque, Primeiros Socorros, Inspeções Contínuas de Armas, Higiene Pessoal, Treinamento de Aeronaves –
Fui inoculado mais duas vezes ontem – Uma para tétano e uma para febre tifoide –
Philip, o francês, é espetacular –
Aqui no U.S.O.* em Petersburg Philip & eu estamos ouvindo Marcha Eslava & está chovendo na Virgínia – Está chovendo, meu velho amigo, e os olhos sonham com a Nova Inglaterra e a neve – *Rhapsody in Blue* & o staccato & a brevidade da alegria –
Não nos será permitida uma licença por pelo menos 6 meses & quanto a mim eu tenho as minhas memórias –

Escreva
Sebastian

---

* *United Services Organization*, organização que oferece serviços e entretenimento às tropas norte-americanas. (N.T.)

Para Jack Kerouac
De Sebastian Sampas
6 de janeiro de 1943

[*escrito no alto à esquerda:*] P.S. Philip é interessante – Algum dia vou lhe contar todas as experiências dele
Segunda-feira 6 de janeiro de 1943

Jack,
    São dez horas passadas, meu trabalho para o dia ainda não concluído e as luzes podem se apagar a qualquer momento, então me perdoe por quaisquer consequências que poderão resultar – Fizemos uma caminhada de vinte quilômetros hoje à tarde com mochilas de campo repletas – Quando finalmente tivemos o nosso "descanso" entrei na mata, encostei o meu rifle contra um pinheiro & acendi um cigarro – Ah!, Jack, você deveria ter estado comigo quando o vento farfalhou entre os pinheiros esbeltos, enquanto os cones dançavam na distância – enquanto a parede cerúlea pairava cinzenta e azul e o sempre sonhador Sebastian, provando o sal das lágrimas sentimentais, pensava na Nova Inglaterra –
    Jack, eu vi as "carrancas melancólicas dos montes de feno outono [*sic*]", velhos traseiros pretos & combalidos de negros – cortei a verde vegetação rasteira, mas a minha alma estava sobrecarregada de exaustão.
    Velho amigo! Amigo da minha juventude, o que foi que aconteceu com Sebastian três anos atrás, aquele amanhecer de estrelas iluminadas pelo sol como safiras prateando a terra, com feixes luminescentes?
    Velho amigo! Velho amigo! Eles estão nos enganando – falei com o meu primeiro-tenente e perguntei sobre a paz "après la guerre[.]" Ele disse –
    "Eles estarão noutra guerra em 20 anos. Temos que tomar cuidado com pacifistas."
Velho Amigo –

As luzes estão apagadas
Vou escrever mais tarde –

Sebastian
Enlagrimado

Chore,
Príncipe,
Chore!

Para Jack Kerouac
De Sebastian Sampas
Quinta-feira, 7 de janeiro de 1943

Camarada –
    Onde está você agora? Você ainda é o sonhador meditativo? Você ainda faz longas caminhadas solitárias e descansa em cima de um rochedo, e pondera sobre o evento ciclorâmico da alvorada na Nova Inglaterra – se assim for – então você ainda é Jean – meu camarada e companheiro de toda a humanidade.
    Ah!, Jack, você nunca saberá o quão solitário estou; como anseio pelas brilhantes e en-piscantes [sic] conversas e todos os nossos entendimentos sutis, que tornavam a vida um evento e aumentavam a sua cor por você perceber a importância vital de todas as circunstâncias. Aqui na minha caserna, entre a conversa feia e as linhas rompidas, o meu coração está sempre fixado em beleza.
    Você não estava comigo quando caminhamos pela velha terra azul? Quando os planetas se elevavam descontroladamente no céu de fogo, e tudo girava e regirava de uma noite de primavera.
    Coração de meus corações – Você está sozinho agora. Sebastian como homem estava sozinho desde o início. Se o meu coração estava em chamas então, se a minha alma estava em chamas com o vinho escarlate da juventude, onde está ela agora?

Tristemente eu falo, tristemente sempre falei, tristemente haverei de sempre falar, pois a vida não é senão um vale de lágrimas amargas e nada compensa – nada compensa – Quando haverei de dançar a conga de novo? E de deixar o meu corpo se perder em apaixonada música selvagem? Haverei jamais de ver o Cruzeiro do Sul, as estrelas en-prateando um céu tropical nu, e selvagens árvores verdes balançando na brisa sólida do Atlântico.
Quando haverei de andar pelas ruas de Paris, os franceses alegres como todos os perfumes inebriantes jamais podem ser?

Ó!, camaradas – Ó!, camaradas
Vamos acreditar
Que o homem pode governar o mundo com amor
Ó!, camaradas, camaradas
Vamos percorrer o cansativo
Caminho de todos homem sábios [sic]
E depois de toda essa chuva
A luz do sul vai nos deixar atônitos

Vou escrever sem demora
Sinceramente,
Sebastian

Para John Kerouac
125 Crawford Street, Lowell, Mass
De Sebastian Sampas
3817 W. Broad Street, Richmond, Virgínia
Cartão postal: carimbado 11 de janeiro de 1943

"Nas profundezas do sólido Sul" –

Sebastian

Para Jack Kerouac
De Sebastian Sampas
[Meados de janeiro de 1943]
Noite de segunda-feira

(De uma cadeia de soldados no Acampamento Lee, Virgínia)
Jack,
Aqui estou designado para ficar de guarda mais uma vez, e como você sabe tenho duas horas em serviço e quatro horas de folga. A cadeia de soldados é dividida em duas por uma tela de arame. Os guardas dormem de um lado e os prisioneiros do outro – O sol se põe meu amigo, aqui na Virgínia, e o dia do prisioneiro se acabou –
Homem, irmão de irmãos, cegado por seu próprio ego desmiolado –
O segundo-tenente da guarda apareceu aqui com o cabo e eles ficaram empenhados em alguma conversa imbecil sobre como é impossível para os prisioneiros escapar, quando muito espantosamente um barulho irrompeu – Um dos presos falou & citou Thoreau –
"Vocês são os prisioneiros, e não eu" – Magnífico, estúpido homem – rastejando pela lama de seu próprio egoísmo, orgulho e vaidade – O que posso dizer quando vejo aqueles homens reprimidos? Seus sonhos tornados mais negros, suas almas cambaleando no esterco e nos recessos dos nascedouros de imundície da humanidade – É errado ver que eles dispõem de um espaço diminuto de chão – Ver que eles passam as mãos selvagens por esses semblantes de coração partido – O arame separa os homens bons dos maus. O arame separa e despedaça no inferno qualquer salvação que essas almas estéreis possam ter recebido –

"Não sei se as leis são certas
Ou se as leis são erradas

Tudo o que sabemos jaz no cárcere
Que as paredes são fortificadas
E que cada dia é como um ano
Um ano de dias que são longas jornadas
Mas isto eu sei que toda lei
Que o homem para o homem fez
Desde que o primeiro homem tirou a vida de seu irmão
E o triste mundo começou de vez
Mas palha é trigo e o chicote debulha
No mais maligno jaez

Isto também eu sei – e arame era
Se todos possuíssem o mesmo conhecimento
Que todas as prisões que os homens constroem
São construídas com o mais vergonhoso cimento
E fechadas com barras para que Cristo não possa ver
Que o homem é mutilado por seu irmão violento

Eles não falam uns aos outros, "Est ist Verbiten"
Um guarda, rifle na mão, permanece fora da tela de arame
Para guardar essas horríveis criaturas a quem Deus com
    dedo acusador
Disse ao homem que trancafiasse["]

Eles não são nossos irmãos, Jack? Por acaso não dormem, não comem, não respiram o mesmo ar imundo que nós? Não têm esperanças, aspirações, ideais? Não gostam de jazz, sinfonia, swing e o blues – Ó! Tranquem a todos! Tranquem a todos – Ocultem toda essa dor vergonhosa – (Seus malditos desgraçados, seus usuários de caneta que estão apodrecendo dentro de almas doentes – Espero com todas as minhas forças que exista um Deus – Espero com todas as minhas forças que exista um Deus –

Afetuosamente,
Sam

Este poema de Sebastian foi impresso em 1944 no Anuário do Emerson College *em homenagem a ele, refinando o tema da carta precedente.*

DESTACAMENTO DA GUARDA

Por Sebastian Sampas

I
Eles observam o sol se pôr
   Afundando em glória laranja
Além das areias amarelas do deserto
Outro pôr do sol mais perto da hora
   Observando o sol descer, chorando amiúde
   Sabendo que tudo acaba, inclusive o orgulho da juventude

II
Solitário, o sentinela caminha pelas estrelas
Pouco importa agora a baioneta
Quando a beleza passa no meio da noite
E as ondas gastas quebram na praia
   As estrelas tão brilhantes no céu sem fim
   Olham pra baixo e riem de você e de mim

III
O coração se exaure
Com a lua distorcida
E sonhos de casa pressionam
O cérebro flutuante
   Será que a Liberdade mais uma vez será nossa?
   Será que o nascer do sol nos verá mais perto do nosso objetivo?

Observando o sol subir, sabendo amiúde
Que nada importa, nem mesmo o orgulho da juventude

Para Jack Kerouac
De Sebastian Sampas
[17 de janeiro de 1943]

Sábado à noite 3:00 da madrugada
Jack,
    Estou na pior.
    Fico aqui sentado na latrina, a torneira pingando suas águas e com cada gota a minha alma se converte nostálgica.
    É um inferno, Jack, ter que ficar encarando estas paredes, o seu corpo encostado nas paredes, observando a juventude embriagada colocar para fora suas entranhas de comida e trago.
    Jack, se apenas você soubesse o quão nobre a juventude americana é – ou melhor zuventude.
    Eu não tinha conhecido ainda um grupo tão esplêndido de companheiros honestamente, Jack, eles podem fazer você se comover até as lágrimas enquanto você os escuta falar sobre suas experiências trágicas e nobres.
    Eu tinha noções profundamente errôneas, em particular sobre a juventude do Sul. Jack, eles são camaradas esplêndidos, de coração aberto, sinceros e generosos e respeitosos com a inteligência e as emoções. Para falar a verdade, eles são mais sensíveis se não tão entusiasmados como eu.
    Eu ando em torno da latrina, olho para o meu semblante no espelho e digo "Sebastian para quê?"
    Jack, você não tem ideia de como fiquei magoado por saber que as relações entre você e Cornelius estão tensas.
    Ian* me mandou uma carta, a última parte da qual estou mandando para você. Sob circunstância alguma você há de permitir que Ian saiba que você viu essa carta.

---

* John MacDonald. (N.E.)

Será que você não percebe a importância de manter o relacionamento entre Cornelius e você mesmo num máximo apesar da personalidade dominadora dele. Cornelius tem um monte de coisas a oferecer. O talento dele de organização e de obter trabalho realizado é inquestionável.

(Dois dias mais tarde)
Acabei de receber uma carta de Scotty – (bom menino!) Ele parece estar bastante decepcionado com G.J., para não dizer coisa pior.

Jack – você sabe que o trabalho que faço é muito científico e mecânico (e você sabe que não tenho esse tipo de inclinação) mesmo assim, tirei as maiores notas nos nossos dois primeiros exames.

Mais um exame oral faltando (em quatro semanas) e vou saber definitivamente se conseguirei a minha classificação de primeiro-sargento!

Os colegas da minha turma são muito interessantes – um jovem canadense cruzou o oceano dez vezes desde que a guerra eclodiu. Ele esteve em Murmansk duas vezes e é um outro grande liberal. Eles são todos um bando eficiente, inteligente, e as notas que tirei parecem espantosas até para mim mesmo.

Não tenho recebido notícias suas – Eu estou perdido!

Pourquoi? Pourquoi?
Sebastian
Príncipe de Creta
Filmes recentes que eu vi

<u>Nós Servimos</u>
<u>Chetniks</u>
<u>Os Filhos de Hitler</u>
<u>O Sargento Imortal</u>
<u>Guardião da Chama</u>
<u>Ritmo Estrelado</u>

Oito sulistas estavam tentando me provar que a raça de cor era uma raça inferior, o que havia sido cientificamente comprovado. Usando as palavras dos sulistas – "Não entra muita coisa na cabeça deles". Eu disse a todos eles para onde podiam ir na minha maneira muito educada. Eles ainda me consideram como um "grande" garoto, mas certamente descobriram que não vou dar nenhuma abertura para fanatismo ou intolerância. Afinal de contas, Zagg, não estou interessado em ser um cara "legal". Estou interessado somente na justiça e na verdade – tolerante, sim, mas não a ponto de concordar com eles em suas profundas descobertas de que a próxima guerra vai se dar entre os judeus, a raça de cor e a raça branca.

Esse sujeito de quem eu estava falando faz pouco – Meu Deus, fiquei sem chão com o sujeito. Ele me disse que me ouviu falar no outro dia e aí pensou que eu era um membro do partido. Até me perguntou qual era o meu distrito e insistiu que eu pertencia ao partido.

Nem preciso dizer a você quais são os ideais dele – a única palavra que ele falava era camaradagem e isso foi suficiente para mim. Portanto você vê, meu amigo – nós não estamos sozinhos.

Ele vem da cidade de Nova York, é casado, tem filhos, jovem e aquele semblante de irmandade, que a essa altura já assumiu uma benevolência angélica aos meus olhos. (Está nos olhos!)

Ele está sendo transferido na terça-feira, uma pena que não nos encontramos mais cedo.

Agora tenho mais cinco semanas aqui no Lee e então serei transferido – destino desconhecido. Eu certamente gostaria de ver você – você consegue arranjar isso? Richmond seria o lugar ideal e como não poderei obter uma licença de três dias até que termine o meu técnico – mas eu poderia arranjar um final de semana em Richmond.

Se eu acabar jamais voltando da guerra (vítimas de intendência 67% do total até agora morto) meu único arrependimento não seria morrer, seria não ter tempo para uma realização pessoal, mesmo que parcial.

Fico feliz que as relações entre Cornelius e você não tenham sido nem tensionadas e nem cortadas. Quanto ao seu

resumo de Ian, bem, estou igualmente entusiasmado com ele, tanto quanto você.
    Recebi uma excelente carta de George Constantinides e ele está entendendo as questões muito bem.
    É para eu enviar a ele o seu endereço, já que ele deseja escrever para você. A dra. Wiley abandonou Emerson e está fazendo um curso de engenharia na Universidade do Oregon. Ela se sentiu bastante impotente no que diz respeito ao esforço de guerra e decidiu aceitar um trabalho no Serviço Civil após suas dez semanas de treinamento.
    Doris Miller ainda está em Emerson. Por que não ir visitar a nossa garota um dia desses?
    Lembranças para a sua mãe, pai e para Caroline.*

Com todo o meu afeto,
Sebastian
P.S. Vou escrever de novo no meio da semana. Mande-me uma cartinha na primeira oportunidade que você tiver.

Para Jack Kerouac
De Sebastian Sampas
21 de janeiro de 1943

Querido Jack,
    Estou em Petersburg com Philip, o cara, o louco, o amargo, o impossível francês – ele realmente é um grande companheiro e certamente está me ajudando a melhorar meu francês!
    Terminamos há pouco uma linda refeição repleta de café e vinho borgonha. Papeamos sobre Boston, relembrando com lágrimas nos olhos – Tanto o rio Charles quanto Paris e todos os momentos comoventes de que a juventude é herdeira.
    Estamos aqui no clube do U.S.O., Philip insistindo que sem ouvir Beethoven a nossa noite seria vazia.

---

* Carolyn (Nin), irmã de Jack, dois anos mais velha. (N.E.)

Ele me disse que a música significava tanto para sua alma torturada quanto a poesia significava para mim, Philip e Sebastian, os dois soldados mais tristes nas Forças Armadas. Vou dizer a você, Jack, é claro, pretendo ser um oficial e já fiz a minha inscrição na O.C.S.* Mas essa arregimentação tende a destruir ou espera destruir completamente a individualidade do artista. Ela é propositalmente cega para quaisquer sensibilidades que a pessoa possa ter – portanto, você percebe, foi só o meu idealismo e entusiasmo o que me levou em frente durante esses últimos dias amargos de Vida no Exército – Minha crença no prometeísmo e na eventual aceitação pela humanidade das teorias da irmandade. Philip, apesar das minhas críticas severas, tem sido quase como um irmão. Puxa, ontem à noite ele me "colocou" na cama – e no entanto o pauvre Philip, mesmo ele tem que ser egoísta. Você precisa cuidar de si mesmo, caso contrário você estará perdido como um grão de poeira e vai afundar no oceano.
Eles me enganaram! Eles me enganaram!
Minhas experiências aqui têm sido incríveis e estou compilando notas para escrever um livro après la guerre. Mas agora, ah! Você nunca escreve – Ah! Você nunca escreve.
Sebastian
Príncipe de Creta

Para Jack Kerouac
De Sebastian Sampas
28 de janeiro de 1943
(De uma cama de hospital no Acampamento Lee, Virgínia)

Jack,
    Peguei um resfriado dos piores aqui, minha garganta queima e minha cabeça está girando. Meu corpo inteiro é uma enorme massa de dor agonizante.

---

* Officers Candidate School [Escola de Candidatos a Oficiais]. (N.E.)

Philip também está no hospital, mas ele foi designado para outra ala do hospital. Cinco dos seis companheiros na barraca pegaram resfriados. Vinte e quatro de cinquenta companheiros em meu pelotão estão no hospital. Eu deveria fazer 200 disparos de munição no domingo, mas receio que isso será adiado para mais tarde. Este é o primeiro dia ameno que tivemos em algum tempo. O sol faísca no velho céu azul da Virgínia.

Coragem, Sebastian,
Coragem
Adeus! Ah!
Artimedorus

Au 'Voir
Sebastian
A Coroa de Creta

Para Jack Kerouac
De Sebastian Sampas
Domingo – [31 de janeiro de 1943]

Jack,
    Minha saúde melhorou definitivamente, e de uma temperatura de 39 fui descendo até o normal. Estive no hospital durante os últimos três dias e foi a primeira trégua do trabalho que tive.
    Domingo na Virgínia –
    Estou sentado dentro de uma varanda fechada com tela, o sol pressionando sua quente restauração de vida contra o meu corpo. Converso com o meu camarada de cor. Brinco, converso e partilho dos bons votos deles – atrevo-me a conversar com eles –
    Meu velho amigo – como é azul o céu da Virgínia – como Vermont em pleno verão. Lá fora os pássaros tristes cantam, agachados em meio aos pinheiros verde-azulados. As nuvens se movem com lentidão, num cinza-prata contra o sol.

Como é bom este hospital. Aqui tudo é dor e compreensão e suaves palavras sussurradas de consolação. É o oposto completo da brutal rotina do Exército. Aqui, temos jovens de praticamente todos os Estados da União: Ohio, Pensilvânia, Califórnia, Maine, Massachusetts, Nova Jersey, Indiana, Texas, Mississippi, Maryland, Oregon e todos eles jovens excelentes. De alguma forma tudo isso restaura a fé de uma pessoa nos Estados Unidos e na humanidade.

Os EUA estão finalmente despertando para as glórias da liberdade internacional e as necessidades de segurança e liberdade para todos os membros da humanidade. Estas são as coisas importantes – Jack, eu vejo um mundo novo emergindo um novo um glorioso mundo e de alguma maneira isso me faz sentir que toda essa luta não é em vão. Sim, um novo mundo – onde o homem afinal é livre, livre da pobreza cega e corrosiva, do desespero, da desilusão – nunca mais os jovens irão fazer sacrifícios inúteis que conduzem somente a tragédias mais profundas.

De arregimentação – sim, existe muito disso no exército, mas infelizmente é a única forma saliente em que uma luta pode ser levada em frente. É verdade que aos olhos de um artista sensível tudo isso a princípio oprime e tende a torná-lo amargo.

Mas onde está o poeta que não suportou tudo, quando percebeu as implicações maiores e mais refinadas que vão fortalecer a humanidade?

Velho amigo, o sol brilha na Virgínia, o negro contempla o seu céu mais azul, a enfermeira sussurra suas meladas palavras sulinas e Sebastian observa a brisa se arrastando por entre os altos pinheiros, enquanto sonha com seu amado e estranho inverno chorando [sic] Pine Brook.

Ouvi dizer que você está trabalhando para uma garagem. Você nunca escreve! Você nunca escreve – e agora você nunca escreve – velho amigo – velho amigo. Pourquoi? Pourquoi?

Sebastian
Príncipe de Creta

Para Jack Kerouac
De Sebastian Sampas
[2 de fevereiro de 1943]

Sábado à noite
Jack,
 Os dias são todos iguais, cada um contribuindo de modo esplêndido para o horrível, para este interminável fastio da vida militar – a arregimentação e o medo disseminados no homem alistado e nem mesmo lágrimas (essas grandes consoladoras) seriam suficientes para curar aquelas vidas quebradas.
 Primeiro o cabo –
 O cabo, trabalhando na cozinha, escravizando o seu próprio traseiro combalido para lidar com a situação do refeitório – Um coronel entra. O cabo não toma conhecimento disso e deixa de gritar "atenção" para os soldados na cozinha – o 16 se vira, o coronel, furioso, fora de si, louco nos olhos e se vira descontrolado para o cabo –
 "Você não me viu? – Você estará fora desta cozinha em 24 horas." O cabo vai mais tarde se refugiar na latrina onde o encontrei. Ele soluça, Jack, soluça e nunca vi um homem soluçar tão miseravelmente, de maneira tão enjoativa, em todos os meus dias negros e entristecidos.
 O coronel o "quebrou" e amanhã ele deverá ser transferido para outro acampamento, de acordo com o que o coronel, velho e culpado, ordenou.
 Você percebe, Jack, por que razão eu me recuso a frequentar a O.C.S. Fui convidado para comparecer três vezes mas preferia estar morto do que concordar com os comportamentos nefastos e medonhos deles. Se o companheiro médio nunca me entende, bem, isso nem chega a ser culpa dele, um produto que ele é do ambiente e da hereditariedade. Sei que ele é a esperança do admirável mundo novo, e que ele não deve se deixar seduzir pelos motivos sôfregos que a sociedade capitalista está tentando incutir em sua vida já enganada.

Escrevi vários poemas que contam com vários bons versos, fora isso não aprimorei a minha produção literária nem um pouquinho.

Em mais três semanas haverei de ser transferido para algum outro acampamento, com toda a probabilidade um porto de embarque, mas não me importo. Apenas espero até o dia em que o fascismo tinha sido destruído e haverei de andar pelas ruas perfumadas de vinho de Paris.
E os seus escritos? Você anda fazendo muito? Você está amando o seu entusiasmo abençoado e talentoso?

Com todo o meu afeto,
Sebastian
Ècrivez, sèl [sic] vous plait
Príncipe de Creta

Para John Kerouac
125 Crawford St.
Lowell, Mass
Do soldado S.G. Sampatacus*
Co. G. 8º Q BKT. 760
Pelotão, Acampamento Lee, VA
Cartão: Carimbado 3 de fevereiro de 1943

>Ah!, Deus, você precisa acreditar em mim
> quando digo isso a você, meu irmão.
>Um soldado precisa conhecer ao
> menos um momento de satisfação
>Precisa suportar sua tristeza que sangra
> melhor do que o tolo entristecido
>Mas por favor, a glória
> do beijo amoroso da enlevação.

>Sam

---

* Sobrenome da família antes de ter sido abreviado. (N.E.)

Existem referências na carta seguinte indicando que Jack escrevera, mas infelizmente essa carta dele não sobreviveu. No entanto, algo da carta de Sebastian aparece em Cidade pequena, cidade grande. *Aqui, Peter (Jack) se mistura com o fictício irmão mais velho Francis, que está tentando encontrar alguma maneira de sair da Marinha. Francis diz sobre essa carta:* "era um dos documentos mais impressionantes que ele já lera... Ele foi enganado... mas eu não vou lhes dar uma chance de me enganar" *(parte III, seção 10).*

Para Jack Kerouac
De Sebastian Sampas
[Início de fevereiro de 1943]

Sexta-feira

Espero que você consiga esse emprego – Escreva & me conte tudo – Faça com que Murray escreva para mim

Jack –
 Douradas as palavras que você fala! Elas saltaram com a clareza de uma seta como desdobramento do arco & encontra [*sic*] a carne, o cruel e repugnante do egoísta –
 Ó!, amigo, amigo, você precisa acreditar em mim quando digo que teria derramado o meu espírito sem restrição –
 Minha carta fria? A carta de Sebastian é fria? Sebastian, que correu nu por névoas & vapores do amanhecer dourado-laranja da N. Inglaterra – Sebastian, que chorou secretamente na noite – Ó!, amigo, amigo! Você precisa acreditar em mim quando digo que você & Ian & Connie & Michael & George & eu somos os maiores homens na face da Terra – Maiores, porque nós descobrindo a folha caída!
 Velho amigo, fique longe das Forças Armadas, junte-se à Marinha Mercante – Jantar & Vinho, beba o sangue vermelho e doce da juventude –
 Arregimentação, disciplina, abjeto, violento, praguejar é necessário para uma Máquina-de-guerra eficiente – o que dizer do poeta; do poeta!

Eles me enganaram, eles me enganaram
Mas você conhece Sebastian – Eu tenho a força para enfrentar todas as condições adversas – a força de um milhão de touros –
Sinta-se alegre, Jean, sinta-se alegre! (Recordar uma sina intelectual é o maior desfrute possível) Ou uma relação sexual altamente espiritual[.] Ah!, me desculpe – Não me entenda mal.
Jack, fico mais do que espantado por você estar mostrando uma visão tão notável em enxergar a natureza do inimigo –
Você precisa acreditar em mim quando eu digo, o meu sargento não é um homem – as sensibilidades dele são nulas – Lembro-me de ter tido um sonho uma vez, quando morava na Market Street, de um homem me chicoteando – um homem com um rosto vermelho – esse homem é o meu sargento –
Não tive nenhum problema ainda & espero não ter nenhum – porém Jack – Dessa vez a nossa paz estará garantida, e juro por Creta, por Wolfe, por aquela dourada manhã de névoas da Nova Inglaterra que nenhum homem nunca mais terá que passar por isso que estou passando –
Jack, eles nem sequer sabem que um homem tem uma alma, um espírito –
O capelão é uma cadela que fica praguejando e fala para você –
"Acredite em Deus! Você tem que acreditar em Deus – Ele está do nosso lado. Obedeça aos seus sargentos & tenentes. Lembre-se de que você é um americano – e lembre-se, apenas porque você está longe de casa isso não significa que você não deve ir à igreja aos domingos." –
Ele é um católico, é claro, o filho da mãe –
O nosso médico, Um [sic] patife judeu do Brooklyn, que se especializou em trazer à tona todas as bestialidades secretas de sua natureza, porque ele tinha que ser "bom" na vida civil para ter uma boa clientela –
Meu único oficial decente é o meu primeiro-tenente, que conhecia Thomas Wolfe – Ele é um grande sujeito mas de alcance limitado & "americano" –

Philip acabou de sair para Richmond & antes de sair ele olhou para o companheiro na barraca & falou, "Eu fico pensando o tempo inteiro que esqueci a minha carteira ou algo importante" ele olhou tristemente para mim & saiu –
Veja Jack, eu tenho que fazer K.P.* (todos nós fazemos K.P. quando a nossa vez chega) amanhã & não posso ir com Philip – Ah! Que sujeito, Jack – Ele quer conhecer você – Ele é uma mistura de você, Lucien, Ian & Connie. Não sou capaz de dizer a você o quanto sinto a sua falta & de todos os meus amigos –
[*escrito na margem direita:*] Toque fora o velho, Toque o novo pra dentro, Toque os sinos felizes, ao longo da neve.
Fiquei tão feliz – tão feliz em saber que todos vocês estão se reunindo – Nada me agrada mais – porque acredite em mim é tão importante todos ficarem juntos quando o resto do mundo perdeu o controle de si mesmo – A sua carta soberba – A minha caótica, mas trabalho contra o Tempo – Tempo –
Depois da Guerra! Quando for Paz – Ah! Meu amigo! Meu amigo perdido há muito tempo, nós haveremos de andar pelas ruas de madrugada lágrimas de alegria escorrendo pelas nossas bochechas! Emergindo com a irmandade do homem –
Você & eu & Ian, & Connie & Eddie & Michael & Steve & George & Billy Chandler & Philip & Howie – Sim –
O poema era soberbo! Não lembro quem o escreveu – Escreva para mim, meu velho amigo, porque a solidão assola minha alma ferida –
Mande minhas lembranças a G.J. & Scotty. Vou escrever para eles na primeira chance que eu tiver – Vou responder à carta de Howie – Qual é o endereço dele – Vou fazer ele se sentir tão desprezível como os vermes que infestam uma lata de lixo – Há tantas coisas sobre as quais escrever para você, mas não tenho tempo – Por favor, Jack, se as minhas cartas soarem frias isso se deve apenas ao rude "despertar"?

---

* "Kitchen Police", trabalhos variados de limpeza e organização de cozinha. (N.T.)

Meu sargento diz
"Que porcaria["]
Dez mil vezes
por dia
Espero que os insuportáveis
chatos
No cacete dele façam
noturna zombaria!
P.S. Pardonez-moi por minha grosseria –
Escreva! Escreva!
Escreva
      Com grande fervor
      Sebastian

Sebastian começa a ver que seus idealismos permitiram-lhe deixar-se influenciar pelo fervor da guerra e que a realidade de sua situação não somente é calamitosa como não é adequada para sua natureza poética e delicada. Sua alma começa a murchar sob a rotina do dia a dia extenuante da vida no Exército, que dá bem pouca importância para o seu interesse intelectual. Essa percepção de que ele foi "enganado" está claramente expressa no seguinte poema de seus documentos pessoais, escrito em papel timbrado do U.S.O., e se torna o seu mantra de desencanto.

QUERIDO JACK –

I
Posso agora contar os trocados
 Quando penso na desolação
E como algum rio desolado
 Devo eu seguir em vão?

II
Posso esquecer as lágrimas cadentes
    O júbilo do verão pequenino
Ah!, eu por um ano somente
    Deus!, deixe-me ser *esse* menino

III
Eu conheci dor
    Eu conheci desgraça
E sempre deixei fugir –
    O momento que passa –

IV
E eu, Sebastian, irei sempre cantar –
Irei cantar
Sempre
Gavinhas de uma primavera esquecida
Ah!, raízes da terra faminta!
E à noite
Com o céu escurecendo
E as estrelas, de um brilhante amarelo-ouro,
Tremeluzindo – tremeluzindo!
Você é o meu cérebro,
Quando a beleza se derrama nas profundezas
De cada faminta e saudável célula sanguínea!

V
Deus! Estar sozinho é tão difícil
    E viver esta vida horrenda
Ah! Se eu fosse um grande – grande míssil
    Para matar você com minha força tremenda –

VI
    Eles me enganaram
    Eles me enganaram

E eu caí como bobo
Meus pseudopatrióticos
Sentidos se arrebataram!

VII
Philip ouve a música
Sebastian chora suas centelhas
Mas alguém, alguém,
Escuta as aves vermelhas-vermelhas

VIII
E eu, Sebastian,
Mais terno no sentimento do que sentimental
Mulher –
Eu Sebastian,
Sozinho, perdido
Dentro do coração do
Cruel-negro e presunçoso Sul –
Ah! Sebastian –
Alma! das minhas almas
A fome há de ser eternamente
Seu destino comovente

IX
Eles jamais terão conhecimento
A neve da Nova Inglaterra é o meu segredo turbulento
Eu jamais direi, não –
Até que queimem no inferno meu coração!

X
Negra é a noite
  Mórbidas minhas meditações
Sozinho eu me sento
  Pensando em catres de barracões –

XI
Eu sonho com Gershwin e Gacho[sic]! –

XII
Coração de meus corações escurecidos
    Sonhos de minhas horas enlutadas
    Embora eu contemple os momentos rompidos
        Espero por Primavera & Chuvaradas –

Escreva, meu velho amigo, escreva!
Escreva meu velho amigo, escreva!
    Príncipe de Creta
    Com todo o meu afeto,
    Sebastian

Ainda referindo-se à irmandade e à missão deles, Jack escreve uma carta apaixonada sobre o assunto apenas para reverter seu pensamento num período de poucas semanas.

Para Sebastian Sampas
De Jack Kerouac
[Lowell, MA
Fevereiro de 1943]

Manhã de segunda-feira
2:00

Querido Sebastian,
    Acabo de regressar do trabalho e esta é a primeira vez que uso minha máquina de escrever em mais de uma semana – um momento de êxtase! (Parece para mim agora que a minha vida é escrever, mesmo que sejam apenas palavras sem sentido: no início, Logos).

Meu trabalho é no Hotel Garage na Middlesex Street; ele me proporciona tempo de sobra para ler, apesar do fato de que estou sempre às ordens de cada cliente que entre, no meio de uma intrincada teoria para me fazer estacionar o carro dele. Mas estacionar carros sustenta uma certa satisfação estética, a sutileza de dar a graça de uma polegada para um para-lama lustroso e a euforia de afundar o pé no freio a meio caminho de um desastre certo. (Hoje, G.J. o Marinheiro Bêbado estava comigo e, como sempre, tentei superá-lo em virilidade – acabei conseguindo somente amassar um para-lama contra um poste da garagem, no ato de recuar a 50 por hora no pequeno espaço que eu tinha para operar; no entanto, ele gostou imensamente dessa loucura, e devemos admitir que existe um certo elemento de virilidade em arruinar carros). Preciso confessar agora que tive pouco tempo para escrever a você uma carta de casa, se é que tive algum, mas tive muito tempo para escrever a você do escritório da garagem. O problema é que quero escrever para você cartas boas, impecavelmente datilografadas e longas, e esperei até que pudesse encontrar tempo livre em casa para empreender um "documento". Sim, vou delinear a nossa experiência e o nosso estágio de desenvolvimento, mas primeiro preciso papear sobre outras coisas; no entanto, acredito com grande segurança que nós nos encontramos num estado de maior sucesso do que qualquer um dos prometeicos, o que inclui Yann [Ian], Connie, Eddie, e a cambada toda: Mais c'est seulement mon opinion. (Só que a minha opinião é minha, e é sua para refletir a respeito.)

Papo: – (Fluxo de Consciência em Prol da Informalidade): – Quanto ao GJ, acho que ele é o filho da puta mais presunçoso que jamais viveu, mas sou humilde e tolerante como você e o deixo delirar à vontade.... mas ele não é meu amigo, apenas um "parceiro".... Estive lendo a sua carta repetidas vezes: era hemofilia? Sangue pela cama toda escorrendo do seu queixo? Que diabos é isso? Sério? Honestamente, Sam, você me assusta com as suas histórias sobre o hospital: não tenho medo da dor física (ainda não), mas não quero que você morra, porque se você morrer como é que eu poderei fazer tudo sozinho?... Cuide bem de si mesmo, e lembre-se de uma coisa: Você é grande e forte e robusto e um grego durão e um guerreiro cretense e um jovem moreno e vigoroso e nada pode matá-lo. (É assim que eu acho que você é e eu também... Acho que nós dois somos resistentes o bastante para suportar qualquer coisa... cerre o punho para o céu, como Beethoven.) (Porque há uma quantidade infernal de coisas para fazer, e não há muito tempo para fazê-las, o tempo flui como um rio e um vento está ganhando força.)... Estou lendo a "Teoria da classe ociosa" de Thorstein Veblen*, o maior liberal do seu tempo (morreu 1929); eis aqui como Dos Passos fala sobre ele nos EUA no livro: "Veblen, um homem trôpego de rosto cinza e olhar ressentido na sua mesa com sua bochecha na mão, num murmúrio baixo e sarcástico de frases intrincadas sutilmente ajustando as contas do manto de lógica inescapável do prosaico para que uma sociedade se apegue nele, dissecando o século com um bisturi tão afiado, tão cômico, tão exato..." Veblen escreve sobre a classe ociosa como o grupo perspicaz e explorador na sociedade que segura os fios e ostenta para ser chamado de superior, que não toma parte nenhuma na produção, apenas no papel de empreendedor, que fica fumando charutos e sendo superior e presunçoso e negligente, para resumir, o inimigo. Mas o bisturi dele, de que possível maneira posso falar a você sobre sua mente magnetizante sem citá-lo? Mas não o farei. Você precisa tentar lê-lo se sente a necessidade de compreender as implicações sociológicas do movimento coletivo – a marcha exaustiva e incessante do homem comum, um mundo para irmãos. Você conhece o espiritual, Veblen vai lhe dar o sociológico e o psicológico.... Jim O'Dea esteve em casa por duas semanas, e andei com ele e Billy Ryan**, um estudante de engenharia do B.C. que abandonou o curso para começar a escrever

---

* Thorstein Bunde Veblen (1857-1929), economista e cientista social, célebre por sua análise do sistema econômico americano, cunhou a expressão, em *Teoria da classe ociosa* (1899), "consumo conspícuo". (N.E.)
** Um amigo de Lowell que estava frequentando o Boston College. (N.E.)

(ele topou com Tom Wolfe, e bingo! presto!, um novo escritor – ele é bom também, mas um pouco desapaixonado demais e até agora não iniciado nos caminhos difíceis do mundo do escritor) Eu vejo Yann e Connie um monte....Yann, perdido quando sai de um bar à Meia-noite porque não há mais nada para beber, perdido quando desliga um disco dos quartetos lentos de Beethoven, perdido quando é incapaz de escrever, perdido em um labirinto de limpeza doméstica e cuidar da caldeira e lavar louça, pauvre, pauvre Ian.... Em virtude da minha juventude e do meu entusiasmo e do meu fogo, Yann me diz à noite, loiramente taciturno, triste como Byron, ele renasceu: quem sabe! Mas em virtude de seu conhecimento cansado, sua sabedoria calma e sua força passiva e reprimida, eu também renasci: vejo dentro dos domínios de sua mente verdadeiramente grandiosa o diamante sarcástico do semblante de Shakespeare, o peso queixudo do rosto de Beethoven, os pálidos panoramas púrpuras da poesia de muito-tempo-atrás, do amor de muito-tempo-atrás, árvores contra o horizonte, todo o significado clássico da vida, reprimido em sua testa pálida como um rouxinol submisso: Brahms, Schubert, Milton, o Bardo, Donne, Beethoven (a carranca pesada, o descaimento desdenhoso da papada, os olhos de trovão), Housman, Dante, Wagner, Wolfe, Elgar, Debussy.... Eu os vejo todos, os Sumos Sacerdotes da Beleza; e Ian, repleto de beleza, bêbado e exausto com ela, sobrecarregado com ela, pondera antiquadamente em sua Câmara de Beleza (os livros, a música, os banquetes, as discussões) e está perdido. Está perdido! Por quê? É porque ele vive em uma Era Industrial, uma era beirando o coletivismo, o valor de uso e o proletariado e outros termos marxistas, a dissecação tranquila de Veblen, a fúria de Wolfe, a organização mortal de Dos Passos, a ira de seis milhões de russos na neve, a risada iconoclasta de um Pat Reel – em suma, Sebastian, aprendi com Ian, de maneira inconsciente, que a minha missão é apresentar a beleza aos coletivistas, e, por outro lado, apresentar aos homens de beleza o coletivismo.... eu sou embaixador, mediador, tranquilizador, anfitrião.

E Ian está perdido e não acredita que eu possa fazer isso, mas você sabe que posso.... devo salvar Yann? Devemos *nós* salvar Yann? Acho que devemos.... Billy Ryan é um bom garoto e gostaria de conhecer você agora que ele soube de você através de mim. Ele é louco por Wolfe, absolutamente o atordoou para fora da engenharia. Por falar nisso, sei de outro garoto de Columbia que decidiu se tornar um escritor depois de ler Wolfe! Pode haver prova maior de sua grandeza? Ele está começando um outro Renascimento.... Estou me correspondendo com Norma*, e uma manhã dessas recebi uma carta dela que quase me fez correr até a janela, abri-la e gritar ao mundo: "Eu amo Norma!"... pois ela é Helena; vou anexar a próxima carta dela em uma das cartas futuras que escrever para você; já enviei para ela a folha e a nota que você me enviou ("a folha não virada") na minha última carta. (Foi lindo da parte de você fazer isso... uma folha da Virgínia da velha terra.) Sim, Norma é bela e um dia eu vou me casar com ela e produzir uma ninhada de pirralhos, todos os quais serão ilustres escritores, humanistas, humoristas, satíricos, ensaístas, críticos, dramaturgos, poetas, e todos eles comunistas. (Haverei de me casar com Norma quando eu tiver 35, quem sabe 40, quem sabe 45, quem pode saber? Se ela concordar em se casar com um revolucionário errante, então talvez eu acabe me casando com ela mais cedo; mas certamente não antes dos 32 no mínimo; existe um limite para as demandas das leis da sociedade.)

Quando eu tiver 33 haverei de meter uma bala através do meu corpo.

Escrevi uma carta para George Dastous esta noite.... Estou memorizando o P.M.**, dia após dia.... Não tive notícias da

---

* Jack namorou Norma Blickfelt em 1942, enquanto estava morando na cidade de Nova York. (N.E.)

** Algumas das matérias principais no *P.M.* em fevereiro de 1943 foram: "Racionamento de carne em 60 dias", "Russos perseguindo nazistas muito além de Kharkov", "Blue Network afrouxa mordaça de Winchell", "Quarto mandato para FDR" e "Deveria o Japão ser destruído?". (N.E.)

Marinha, e se não tiver em um mês irei ver você na Virgínia antes que eu saia para o mar novamente.... outra noite vi umas árvores pequenas na Princeton Boulevard em meio aos pinheiros altos, resistentes e justos: as pequenas árvores se debruçavam no ermo do inverno; elas estavam invernando em miséria torta e amarga.... Escrevi um poema: "Pinheiros altos imponentes como a justiça, o frio olhar das estrelas entre eles; eu caminho pela estrada, segurando meus ouvidos, abrigos para rajadas secas do frio quebradiço. 'Quem conheceu a Fúria?' Wolfe gritara, e o olhar invernal do crítico (como essas estrelas entre os pinheiros) fitara, divertidamente. Vem, é quente na minha casa; iremos até lá; o clarão do sol subirá logo para esmagar as petulantes estrelas." (O crítico em questão: Alfred Kazin*, "On Native Grounds", insultador de Wolfe — "ingênuo, um menino crescido olhando para o mundo através de seu próprio olho." Kazin não olha para o mundo através de seu próprio olho aparentemente porque havia lama jogada lá no momento em que ele possivelmente experimentou a escrita criativa e falhou de maneira miserável.) Abomino críticos. Vi Michael Largay outra noite, bebemos cerveja com Ian, conversamos e marcamos de encontrá-lo em seu apartamento em Boston nesta quinta-feira com Billy Ryan — faremos um banquete num bom restaurante, vamos pegar um concerto, nos embriagar e discutir a noite toda... decerto vai ser uma noite memorável. Veja você, eles não me enganaram direito ainda, e estou me segurando enquanto posso!

Sam! Fiquei sem cigarros, seu desgraçado! Como poderei continuar?

Agora preciso terminar a carta em resposta ao seu pedido que agora graciosamente atendo. A nossa experiência? Tem sido maravilhosa... você viu um monte de coisas que eu não vi e vice--versa. Porém, no final, como dois jovens normais, nós vimos o errado, a raiz da doença, e a cura. Nós não podemos viver em um mundo de riqueza investida, propriedade, privilégio

---

* Alfred Kazin (1915-1998), um dos muitos críticos literários que abraçaram o movimento Nova Crítica. (N.E.)

e ganância egoísta... em resposta à réplica obsoleta e rasa do catolicismo, eu afirmo, como Shaw, que você não pode salvar um estômago vazio. Você pode encontrar a sua alma na solidão, mas por que morrer de fome quando o mundo está gemendo nas caixas? Existem muitos irmãos ao nosso redor. Você lembra o discurso sobre a NMU de Joe Curran* no Manhattan Center? Henri [Cru] estava conosco, e nós vimos a menina de cor com as duas judias, aplaudimos com os marinheiros, vimos o secretário do sindicato em sua jaqueta de couro. Conhecemos também os assassinos-da-arte entre eles, como Louise Levitas** do P.M. que faz piadas sobre Orson Welles porque ela tem inveja da genialidade dele, uma Cadela recalcada, lasciva. Eu me recordo de Reel chamando Wolfe de carreirista porque ele queria fama. Eu olho tudo em volta dos meus irmãos e reflito sobre o que precisa ser feito. E você também. A nossa experiência foi que descobrimos a Alegria da Vida, a exemplo de Beethoven, que nos sopra sua Nona Sinfonia com um coro de 200 pessoas cantando juntas as palavras da "Ode ao Homem" de Schiller... um juramento poderoso em canção de irmandade comunal e alegria imortal. Wolfe nunca soube disso, ele era um homem solitário, ele não sabia que o homem foi feito para conhecer o homem e para amá-lo como seu irmão. É a última coisa, e nós poderemos não testemunhar sua realização, mas haveremos de efetuá-la... ignorância, estupidez, fanatismo, brutalidade: tudo precisa ser tolerado, tratado como terapia, suportado em silêncio, reprimido com verdade lenta, carrancuda, invencível! Seu camarada Jean
 Escreva! Escreva! Escreva!

---

* Joseph Curran (1906-1981), marinheiro mercante, líder sindical trabalhista e presidente fundador da União Nacional Marítima. (N.E.)
** Louise Levitas-Henriksen (1912-1997), jornalista freelancer de revista e jornal, filha da romancista e feminista de primeira hora Anzia Yezierska. (N.E.)

Para Jack Kerouac
De Sebastian Sampas
[Fevereiro de 1943]
	Quinta-feira à noite
Camarada,
	Acabo de retornar do Campo de Tiro depois de passar cinco dias lá fora, no meio da lama, da chuva, do granizo e da neve. Dormi num catre sob o qual dois pequenos córregos corriam a noite inteira. Comi lá fora numa marmita, a comida inundada de água. Velho amigo, disparei 80 tiros de um rifle Remington. A bala pode atravessar os corpos de 32 homens e acaba repousando no 33º homem.

Estou designado para ir ao Campo de Tiro mais uma vez amanhã para disparar os meus tiros de qualificação (mais 40). Espero me sair melhor do que me saí no treino, mas me saí bastante bem mesmo no treino.

As árvores estão todas incrustadas com gemas de neve prateada; os pinheiros sobrecarregados e vergados com beleza, formando um semicírculo (como na Nova Inglaterra).

O meu período de treinamento básico deverá terminar por este sábado e eu poderei ser transferido para outro acampamento. Velho amigo, recebi sua requintada carta, uma carta magnífica, e não posso deixar de me sentir irremediavelmente fraco respondendo desta forma horrível e semiarticulada. Sim, você está correto, Cornelius e Ian estão perdidos – irremediavelmente perdidos –

No caso de Ian, existe esperança. Ele não se perdeu em seu pacto com a juventude – Mesmo com a "batalha de Dolores" ele permaneceu nobre, nobre – idealista e na verdade até mesmo destemido. Jack, cabe a nós salvar Ian e Cornelius – Ian pode ser salvo através do prometeísmo. É verdade que ele tenta encontrar saída com música "mais louca" e com doce vinho mas inatamente ele será sempre tão verdadeiro como a beleza.

Nunca encontrei uma falha significativa em Ian. Suas qualidades – bondoso sem ser solícito – gentil sem ser dominador

– sensível sem ser demonstrativo, ingênuo sem ser tolo e sofisticado sem um poro de superioridade.

Jack, quisera que você estivesse aqui ao meu lado, estou explodindo com palavras de compreensão e humores de tolerância e crença.

Cornelius, pauvre, pauvre Cornelius também pode ser salvo, só que isso será realizado de maneira gradual, e com suave procissão de Ian, Eddie, eu, você e a irmã dele Katrinka. Cornelius é o tempo inteiro esse menininho que não permite que você brinque com ele a menos que você faça dele o líder. Mesmo assim eu o admiro de muitas maneiras.

Quanto a Philip, o tolo francês, bem, Jack, não sei – ele fica continuamente se contradizendo. É amargo contra o capitalismo porque não se refestela na riqueza, e todas as idiossincrasias idiotas permitidas aos poucos "privilegiados". Ele clama continuamente "camarada" e mesmo assim só se preocupa consigo mesmo. Não há um único ideal em sua alma inteira – Estou terrivelmente decepcionado com ele, e descobrir todas as suas pseudoqualidades me tomou quase que cinco semanas. Ele clama coletivismo e é constantemente o individualista irritante repreendendo o resto dos meus companheiros soldados.

E também odeia os poetas porque eles procuram a beleza – Ele é um intelectual, usando todos os seus poderes intelectuais para melhorar a si mesmo – É por demais o "nouveau riche" e causou uma má impressão aos olhos de todos aqui. Tenho receio de não sentir falta dele quando nos separarmos – Sábado na hora do jantar ele devora a comida toda "como um porco", grita com todo mundo e desempenha o papel de mártir perpétuo e eterno. Ele tem uma personalidade interessante, mas uma personalidade pela qual tenho pouco ou nenhum respeito.

Jack, velho amigo, não me "resolvi" muito bem com a rotina do exército para me dar conta de todas as tangentes ligadas aos meus ideais. Eu estava bem agora lendo esse trecho na sua carta sobre a nossa viagem para N.Y.C. com Henri Cru e num lampejo pensei no nosso grande movimento e em como N.Y.C.

está lenta mas seguramente se tornando comunista. Preciso parar e "encontrar" a mim mesmo. Preciso amarrar tudo. Eu *não devo* permitir que a rotina do exército me transforme. *Não devo, não devo* e isso *não ocorrerá*. Se você apenas soubesse e percebesse a que ponto a arregimentação é completa aqui. Nós não temos tempo para pensar na justiça e na verdade e na crença.

Depois do meu básico, tenho que ler e ler e ler, tenho que encontrar a mim mesmo. O meu irmão mais novo Jim me enviou meu livro *Exemplos de vida** e isso é uma grande bênção para mim – espero apenas que me concedam tempo para lê-lo.

Você está correto em sua declaração no tocante a Louise Levitas e todos esses outros velhos filhos da mãe iludidos e intolerantes que estão preocupados não com a construção, e sim com a destruição.

Fico contente por saber que você está se correspondendo com Norma. Um dia desses você precisa enviar violetas para ela, porque o nome Norma teve uma conotação púrpura e delicada para mim.

Jack, suas cartas são todas importantes para mim. Li a passagem em particular à qual você se referiu em relação a Veblen no Livro de Dos Passos. Foi, é claro, uma ótima leitura. Dos Passos tem um timing magnífico na justiça objetiva só que ele é um pouco propenso a ser influenciado por fatores materialistas. Precisamos manter os nossos amigos bem-intencionados imbuídos de beleza, poesia e verdade. (como você disse)

Uma coisa, Jack, eu admito agora! Eu grito agora! Ainda tenho a minha safira, tudo dela, cada minúsculo lampejo reluzente! Juro por Apolo e todos os meus camaradas, hei de guardá-la sempre, aqui dentro.

Você também acertou na mosca sobre o Jimmy O'Dea, embora eu temesse um tanto que ele tivesse certas qualidades não idealistas eu esperava pelo melhor. Qual é o problema, Jack, será que essas pessoas não conseguem ver que sua glória e sua salvação se encontram no prometeísmo?

---

* De Oscar James Campbell. (N.E.)

Jack, velho amigo, você não deve jamais, jamais perder as verdades que nós descobrimos. Veja o caso de Philip; o tolo francês, vendendo as suas filosofias e os seus ideais! E tudo isso para quê? Para saciar a alma egoísta dele. Mas eu preciso ser tolerante! Ah sim, então eles me deram uma arma. Depois da guerra, precisamos garantir que La Legion Americans, Hearts e todos os reacionários não assumam o controle. Esta é a nossa vez! Nós conhecemos o inimigo!

Jack, a minha saúde melhorou! E *tenho* que viver pelos próximos 10 anos. Isso não é pedir demais da vida. Minhas reações físicas e mentais estão aprendendo a se tornar mais perfeitamente coordenadas, embora eu tenha que receber todas as minhas "picadas" de novo. (7) devido à estúpida ineficiência de alguns membros do exército que perderam o meu registro. (Isto é para febre tifoide, tétano, etc.)

Também tenho ainda dois molares que precisam ser extraídos e você sabe como são os dentistas do Exército; eles ficam mais preocupados com quantos dentes arrancam do que com a maneira de arrancá-los!

Preciso cuidar da minha saúde. Ora, nunca senti mais intensamente a dose qualquer de virilidade que possuo; os meus músculos estão todos rígidos, e todos os membros mais ágeis – um corpo perfeitamente simétrico transportando por aí uma alma turbulenta!

Desculpe-me por fazer tantas referências a mim mesmo mas sou o egoísta – (Jamais o egotista!)

No catre, deitado ali, ouvindo o lamento choroso do trem e sonhando com todos os seus camaradas perdidos, lágrimas encheram os olhos de Sebastian, e na tristeza de um segundo de prata ele conheceu a glória e a verdade atordoante, e cada [ ] subiu num momento de angustiante dor e comovente crença em seu semelhante humano.

Kerouac e os jovens prometeicos

Para Jack Kerouac
De Sebastian Sampas
[Final de fevereiro de 1943]

Querido Jack,

Estou no Exército faz dois meses agora e mantive com boa consistência os meus ideais e as minhas crenças. Se houve alguma coisa, o Exército me fortaleceu como homem e como poeta, e não tenho arrependimento algum.

Fico aqui sentado no meu beliche tentando ajustar e reajustar todas as várias experiências que tive – penso nos meus dias civis com o tema recorrente. "Tanto era prata o que podia ter sido ouro" – (original) Na minha caserna temos principalmente homens do Corpo Aéreo vindos do Texas. Eles gritam, dão risada, são tristes e todos, todos têm a expressão da morte nos olhos.

Durante a chamada da correspondência, ficam tensos, prestam atenção para ouvir seus nomes e, quando os seus nomes não são chamados, caem desconcertados em seus beliches, fumam seus cigarros, com lágrimas retidas. Um sujeito da Carolina do Norte dorme no beliche ao lado do meu e entre trocas recíprocas de "Ianque maldito" e "Rebelde" nós falamos sobre as nossas vidas, e sobre todas as nossas esperanças não realizadas.

O vento sopra, o ar está úmido, o sol afunda na velha terra vermelha da Virgínia.

O jovem italiano do Brooklyn se orgulha da sofisticação e do gangsterismo de sua cidade natal e soluça Il Pagliacci. (dê uma olhada, pode ser interessante)

Osborne, um texano maluco, caminha em passadas enormes através da sala – As paredes lamentam enquanto as baratas com costas marrons descem pelas paredes. Burks, outro texano, loiro e triste, fuma o seu cigarro e nos conta sobre enormes proezas sexuais em Amarillo, Brownsville e Houston.

Um jogo de pôquer grassa no outro canto, e o sol que vai morrendo, infiltrado de púrpura, lança sua última luz em

cima dos pinheiros. "Sam, quando é que a guerra vai terminar?" O sujeito da Carolina, Bevin, me pergunta. "Dois anos mais – a Alemanha vai demorar pelo menos 9 meses para entrar em colapso e o Japão outros 10. A limpeza vai demorar mais ou menos uns cinco meses.["]
Ganhei uma medalha de boa pontaria com rifle de alta potência 30-30 e lágrimas vieram aos meus olhos. A equipe do treinamento básico foi toda embora.
Jack, a gente vê tantos rostos, a gente conhece tantas pessoas, a gente vive intimamente por um tempo e de repente os ventos sopram.
Gosto da vida no Exército? Não sei, não sei. Como estou agora no treinamento técnico e a severidade não é tão dominante como era no treinamento básico, me vejo entediado.
Quero estar no meio da coisa. No meio da lama e da sujeira e do inferno! Odeio contemplar que atuarei por trás das linhas de frente. Descobri que quanto mais a vida é difícil, tanto mais você ganha.
Recusei a O.C.S. porque quero estar com as "pessoas pequenas", pois os mansos herdarão a terra.
Se me sair bem nas minhas oito semanas de treinamento haverei de obter classificação de sargento. O trabalho é muito científico e mecânico – mais razões ainda para que eu esteja resolvido a dominá-lo.
Philip foi embora, o espanhol Francesco foi embora, um por um nós nos encontramos, bebemos, brindamos ao amanhã e aos dias condenados.
Jack, tenho uma suspeita de que acabarei indo para o Norte da África tão logo termine meu trabalho aqui, porque eles precisam terrivelmente de homens para esterilização.
Não mencione isso para ninguém, porque pode chegar aos ouvidos da minha mãe e isso iria causar nela uma desnecessária preocupação.
Jack, Deus. Não gosto de ficar reclamando mas estou ocupado das 6 às 6 e às vezes até as 10 e mesmo assim tenho

escrito para você de forma consistente. O que foi que aconteceu, Jack. Sei que você não está feliz em Lowell mas certamente você pode se lembrar de Sebastian.

Li esta carta até aqui e percebo como fui inarticulado e contudo não consigo focar o meu cérebro para todas as descobertas salientes que fiz.

Isto eu sei. Eu me sinto mais forte e mais cheio de safira do que jamais me senti na minha existência.

Por favor, escreva, Jack!

Com todo o meu afeto,
Sebastian
Príncipe de Creta
Jack me magoa que você nunca escreva

Sebastian escreveu para sua irmã Stella, enquanto estava no Acampamento Lee: "Stella Querida, Aqui vai um poema que escrevi outro dia – espero que você goste."

CASERNA!

Eles estão dormindo
Somente aqui e ali
Surge um súbito gemido
Enquanto sonhos ferozes bloqueiam suas mentes
Com cadência enegrecida
A noite toda – a noite toda
(Norte sul e oeste os ventos vão soprando
Eles queimam o passado e tudo o que há de brando)

2.
Dois soldados que sussurram
Entram agora na latrina quente

Meio altos, eles imitam nos espelhos
Da parede
Eles ficam relaxando
Fumam um cigarro ou dois
E logo eles desabam
Sob o grande peso
de cobertores marrons
– Os trens estão soprando um vapor medonho
Um soldado não tem nenhum sonho

Para Sebastian Sampas
De Jack Kerouac
[Lowell, MA
Início de março de 1943]

Carta Embriagada
Sebastian!
    Seu desgraçado magnífico! Eu estava bem agora pensando em você, e, de repente, sinto-me bastante Sebastiânico, bastante Boêmio!
bastante Barroco!
bastante ALEGRE!
    Eu estava pensando, num lampejo de glória, sobre todas as coisas que nós fizemos!!! – e todas as outras que nós vamos fazer!
    DEPOIS DA GUERRA, PRECISAMOS IR PARA A FRANÇA E GARANTIR QUE A REVOLUÇÃO SIGA BEM! E ALEMANHA TAMBÉM! E ITÁLIA TAMBÉM! E *RÚSSIA*!
    Por   1. Vodca
            2. Amor
            3. Glória.
Precisamos encontrar Pat Reel e nos embriagar com ele; temos que ficar de porre com Phillipe: como Paxton Hibben,

precisamos colocar uma coroa de flores no túmulo de Jack
Reed* em Moscou –
Garoto de Harvard – morreu em MOSCOU!
Sebastian seu filho da pusta!
COMO VOCÊ ESTÁ?
Você está me ouvindo? Não morra, *viva*! Nós precisamos
ir para Paris e garantir que a revolução siga bem! E a contrarre-
volução na ALEMANHA, ESPANHA, ITÁLIA, IUGOSLÁVIA,
POLÔNIA, ETC. ETC. ETC.
Nós precisamos ir para Bataan e pegar uma flor....

SEBASTIAN!
SIMPATIA!

Que vá pro inferno
  La Bourgeoisie!
Não, *La Bourgueosie*! [sic]
Que vá pro inferno
  Hearst
Que vá pro inferno
  Tudo aquilo
Que não acrescenta nada
PARA
Irmãos vivendo juntos e rindo seus trabalhos a bom termo!

SOBE A BORDO *AGORA* COM EXCELÊNCIA E MA-
JESTADE: DERRUBA OS ÍMPIOS EM SEUS LUGARES.....

Au diable
  AVEC

---

* John Reed (1887-1920), jornalista que se tornou um herói para os intelectuais radicais americanos. Sua obra mais conhecida, *Dez dias que abala-
ram o mundo* (1919), é um relato testemunhal da Revolução Bolchevique.
Em seu retorno aos EUA Reed seria indiciado por sedição, mas ele fugiu
para a Rússia, onde morreu e foi enterrado no Kremlin. (N.E.)

les cochons capitalistes,
y los cabrones
cientificos!

STRUMBOUTSOMOUGAVALA

com os Salops Riches! [*sic*]
SYMPATHIE!
C'est le bon mot...
C'est le bon mot...
La Sympathie et l'humeur –

J'AIME MES FRÉRES:
ILS SONT TRAGIQUES,
BEAUX, BONS, Beaucoup de noblesse –
A l'avant!

Sebastian: –
    Vinho Tinto, acabei de escrever para Norma, minha Gretchen, minha Humanista – Socialista – Psicóloga – Amor amoroso!
    Isso não é loucura, isso sou eu! Estou doido de ardor por todas as coisas E Sebastian!
    A FOLHA NÃO VIRADA

Em um mês mais ou menos, se eu não tiver notícias da Marinha, haverei de sair para o mar, haverei de ir para o Acampamento Lee e ver você, haverei de infundi-lo com uma nova esperança. Você não foi enganado! Você é magnífico!
JEAN Louis le Brise de Kerouac, Baron de Bretagne, aposentado. AU REVOIR

Sebastian também estava lidando com uma dose de dura realidade enquanto assomava cada vez mais perto uma transferência por mar para o Exterior. Em seu diário militar pessoal, sob "COISAS QUE EU GOSTARIA DE APRENDER", ele lista como número 9: "Não temer a morte ou a tragédia", e 11: "Lembrar constantemente os versos imortais de Thomas Wolfe sobre a morte 'Abandonar a terra que você conhece para conhecer mais, abandonar os amigos que você ama por um amor maior, encontrar um chão mais rico do que a terra, mais bondoso do que o lar, no qual estão fundados os pilares da terra, ao qual a consciência do mundo está tendendo, um vento está subindo e os rios correm'".

Para Jack Kerouac
De Sebastian Sampas
[Março de 1943]

Sábado à noite
Velho amigo,
Recebi a sua carta apenas dez minutos antes de sair do Acampamento Lee para Hopewell. Para dizer o mínimo a carta estava fantástica e a análise de G.J. é material apresentável para futuras pesquisas.
Jack, você não percebe que em G.J. você tem um dos personagens importantes para o seu trabalho futuro – a única coisa que me surpreende é que, com a sua compreensão do comportamento humano, você levou tempo demais para compreender as potencialidades malignas da mentalidade inferior e completo desrespeito dele por algo nobre (que ele confunde com fraqueza e propositadamente.)
No entanto, chega disso. Foi uma descoberta completamente repugnante, e não muito satisfatória.
Deus sabe que nós tivemos nossas discussões e argumentações, sem nunca perder o respeito pela inteligência um do outro – Exceto por uma vez quando você seguiu a rotina de

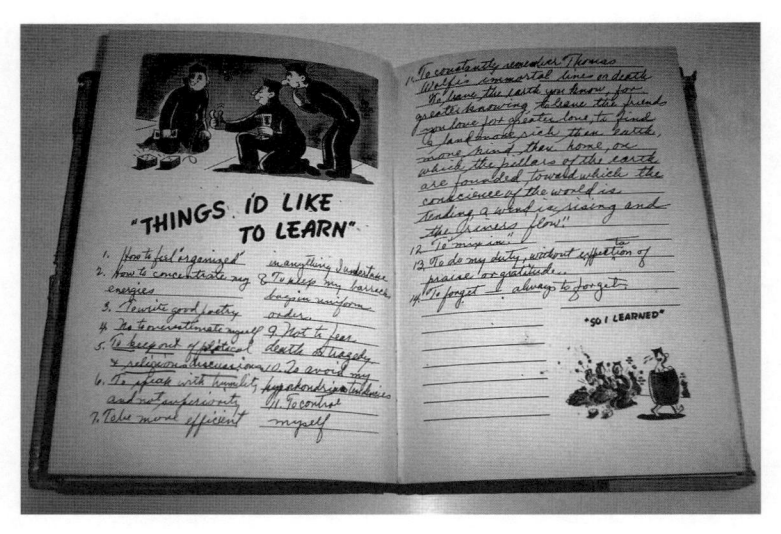

Diário militar de Sebastian, que lhe foi dado por sua mãe, Maria, e seu irmão mais velho, Charles, antes de ele partir para o treinamento básico. Ele o usa para algumas anotações, endereços e retratos, mas sua correspondência é mais franca e introspectiva, com exceção de alguns itens nas páginas intituladas "COISAS QUE EU GOSTARIA DE APRENDER"

Connie e me deu uma satisfação interior perceber como tudo nunca é harmonioso e a vida é uma série de eventos, modelados ao longo de linhas evolutivas, e o processo evolutivo, embora amargo, nos torna maiores pensadores e personagens mais profundos são amoldados para nossas almas.

Sinto muito por saber que você foi abatido por um ataque de sarampo. Você deveria ser grato por não ter as minhas tendências hipocondríacas. Você consegue manter um ponto de vista objetivo na vida e um equilíbrio esplêndido. Fiquei mais do que interessado na sua discussão da minha fraqueza por coisas tristes. Receio que você nunca tenha compreendido direito isso, Jack, e francamente não sei se alguma vez você compreenderá.

Outro dia, durante a aula, pensei sobre os meus últimos dias em Lowell e sobre a minha atitude na época. Tentei atribuir

um tanto de significado (que tinha), mas o que no entanto não foi apreciado em sua plenitude – "A despedida é dor tão doce" – inferno – Despedida (como disse Rossetti) é um inferno e um pouco de morte (Não citado exatamente). Você sabe (muito melhor do que eu) que o maior tema da vida é a morte – Nada é tão certo como a morte. Até agora, a minha posição tem sido "fraca" por várias razões – A minha própria consciência por não querer mal a ninguém (pois os mansos herdarão a terra).
Você já leu alguma vez Morely Calligan? "É aquele sentimento de melancolia e verdade morrendo na noite e sabendo que tem que morrer, reconhecendo que isso é justo e nobre, mas torcido e esfaqueado pela sequência de acontecimentos inexoráveis." (original)
(Escrito em uma espelunca sulina, algumas horas depois) Cáqui, adornado por seres humanos se derramando contra o chão, capturado no redemoinho de nostalgia e afogado com vinho e cerveja.
Será que devo olhar ao meu redor, Zagg? Para ver estas figuras cambaleantes, as prostitutas bêbadas, as bocas retorcidas, as almas exauridas, as vidas vazias e cinzentas? As prostitutas, bêbadas e jovens, levantam seus cigarros enquanto soldados passam suas mãos ao longo dos corpos delas. A "escória branca" do Sul aparece aqui em feia e completa disposição. Aqui, Jack, existe apenas o instinto primitivo – vozes, sotaques de um milhão de raças variadas, o nickelodeon rascante, os alimentos comidos num modo pré-civilização, o chocalhar de pratos – as vozes tristes e cansadas da garçonete de ônix.
Os cachorros-quentes e os sanduíches de presunto, mostarda lambuzada nos pratos de aço.
(No final dessa noite na latrina)
Jack, acabei de terminar uma excelente discussão com um membro do Partido Comunista. Outro dia na caserna as portas do inferno se abriram –

[*carta termina*]

Para Jack Kerouac
De Sebastian Sampas
Depósito de Substituição Shenango
Greenville, Pensilvânia
[Março de 1943]

Jack,

 Uma breve nota aqui do Centro de Substituição, onde ficarei postado pelas próximas duas semanas — Aqui todos os meus registros estão sendo colocados em ordem, antes da minha saída para um Porto de Embarque.
 É realmente um buraco infernal aqui, com cerca de um terço dos soldados na detenção incluindo 22 tenentes, dois capelães e um major — Praticamente um terço dos soldados se ausentou sem permissão e dificilmente se pode culpá-los.
 Tem ocorrido uma média de dois suicídios a cada três dias e na manhã de ontem outro corpo foi encontrado balançando na latrina, um garoto de dezenove anos.
 Os soldados já fizeram duas greves por causa da comida e do tratamento horríveis. Minha caserna é um Grupo de Infantaria, composto por atiradores antitanque e "fracassados dos paraquedistas".
 Todos eles rasparam seus cabelos e eles têm um penteado deslumbrante igual ao de Geronimo, o índio feroz.
Escreva assim que você puder,
Extremamente desgostoso,
Sebastian

Jack está terminando O mar é meu irmão *e, ao final do romance, a sua filosofia completa a transição para a nova forma de escrever que ele adota. No final de seu diário "Viagem à Groenlândia", Jack anota a ideia básica de um romance que é uma fundação para* On the Road:

18-19 de agosto
BÔNUS DO MAR

"Tenho uma coisa em mente, um romance para os meus companheiros de alojamento..." ["]Johnny Dreamer", uma saga de um poeta irresponsável, casual e inconsciente que perambula pela América, fazendo maluquices e procurando por pessoas boas. Qualquer coisa – por exemplo. "Vou te dizer como conheci a Jan[e] Blatt... eu estava certa noite de primavera num carrinho de lanches em Maryland, comendo seis hambúrgueres. Jane entrou e não prestou atenção em mim, então peguei o meu berimbau de boca e comecei a fazer uma serenata para ela com olhos tristes. Ela riu. A partir daí, eu fiquei num...", etc. Vagabundeando pelos 48 Estados. Poderia desenvolver isso em alguma coisa um dia desses.

Evidências da transformação filosófica de Jack podem ser encontradas em anotações para um final alternativo de O mar é meu irmão, *onde ele começa o Capítulo Oito mas digressiona por sua nova doutrina de "Suprema Realidade":*

Aqui vamos nós
Aqui vamos nós
Suprema Realidade
Filosofia Artística

Esta Filosofia do Realismo Supremo
Por John Kerouac

Capítulo Um

A Estrutura Fundamental e o Movimento do Cosmo
A Noção Shakespeariana do Livre Arbítrio: Ironismo

Jack Kerouac

O Conceito Wolfeano de Tempo e Destino
A Crescente Sutileza: Spenceriana
A Reforma Pragmática: Ciência
O Realismo de James Joyce
Supremo Realismo, a Doutrina da Fé na Realidade

Enquanto Sebastian fica esperando por sua transferência, ele envia uma gravação fonográfica que fez como uma carta viva para Jack. Infelizmente, o disco está em péssimo estado, e não há transcrição dele, mas na carta seguinte Jack descreve as reações dele e de sua mãe ao som da voz de Sebastian.

Isso marca o início do reconhecimento de Jack quanto a uma ruptura no entendimento entre Sebastian e ele. Jack está começando a questionar se a irmandade pode existir no mundo em que eles vivem e, embora ele ainda seja um devotado amigo de Sebastian e aprecie seus gracejos intelectuais, ele também valoriza os outros membros do grupo cuja existência não gira em torno de questionamentos intelectuais. Esse conflito é confessado a G.J. numa carta de 7 de abril de 1943, na qual Jack, usando a analogia de uma corda, sugere que G.J. está em uma extremidade e Sebastian, na outra, e que "além de vocês dois estão situados os mundos divergentes da minha mente dual, e vocês dois os mais claros símbolos que eu podia ver". Jack diz a G.J. que a única maneira com que ele jamais conseguiu puxar seus dois amigos mais para perto foi em O mar é meu irmão; *"onde criei dois símbolos desses mundos e os soldei irrevogavelmente juntos".*

Esta próxima carta enfatiza as mudanças que estão ocorrendo na filosofia de Jack.

Disco feito por Sebastian e enviado para Jack, gravado no Clube do U.S.O. A inscrição é "A Voz de Sebastian Sampas ('Alexander Panos')"

Para Sebastian Sampas
De Jack Kerouac
[Meados de março de 1943]

Caro Sam,
    Apenas uma pequena nota para confirmar que recebi sua emocionante gravação. Minha mãe tocou-a quando eu ainda estava na cama dormindo, e acordei ouvindo a sua voz. Minha mãe estava chorando, Sam. Quando você citou Wolfe, ela pensou que você estava soando o seu próprio dobre fúnebre; ela falou "O pobre garotinho. Ah!, esta é uma guerra terrível". E ela chorou por você. Espero que isso possa convencê-lo de que a minha mãe é essencialmente uma grande mulher, e que qualquer rancor que ela possa ter guardado contra você não era rancor, e sim algo refletido das profundas teorias do meu pai sobre Sebastian Sampas.
    A sua performance foi soberba. Uma coisa, porém, você não entendeu bem o que eu disse sobre Ed Tully. Eu disse a você que não considerava "importante" vê-lo o tempo inteiro. Com isso quis dizer que não precisava depender de ninguém, incluindo Eddy, para minha própria sobrevivência espiritual; posso me

virar por minha própria conta, como tenho certeza de que Ed pode se virar por sua própria conta. Você pensou que eu havia rejeitado Eddy; tudo que fiz foi delinear suas fraquezas – todos nós as temos – e desse modo apontar por que não devemos depender dos outros, mas antes deveríamos tentar trabalhar melhor as nossas próprias fraquezas. Veja, Sam, você tem uma dependência forte demais do grupo – sim, nós devemos ficar juntos; mas não, nós não devemos depender um do outro! Quando você diz na gravação que talvez "nós fôssemos imaturos demais para perceber a importância das nossas descobertas" você não está dizendo nada; as nossas "descobertas" não eram nada mais do que o despertar da consciência social; jovens estão passando pelo mesmo processo em todos os lugares, e tem sido assim desde a época de Homero. Houve "movimentos juvenis" aos milhões, e nenhum foi "importante" ou uma "grande descoberta" essencialmente porque eram todos iguais – o despertar na mente de jovens homens sinceros e inteligentes de uma consciência social, como eu já disse, e a necessidade de propósito numa sociedade ostensivamente sem. A nossa foi a Sociedade Prometeica, com base na Irmandade do Homem, e nas energias em massa de vários participantes... Como Connie disse uma vez, ou Eddy, cinco jovens de vinte anos de idade reunidos equivalem a um sábio com cem anos de idade. Verdade. Mas isso não equivale a um artista de cem anos, ou a um cientista de cem anos; as artes e as ciências exigem trabalho, integridade individual e, como no caso da arte, um singular amor e entendimento da humanidade e das forças da sociedade. Sua compreensão de sociedade e a minha são diferentes; nos coloque juntos e, em vez de dois artistas originais, você terá uma vaga confusão de artista. Isso, creio eu, é tão tolo como a coisa toda era. Ainda não consigo entender o que pensávamos que estávamos fazendo; entendo, sim, o fato de que estávamos nos unindo em um movimento progressivo que era nosso, e quanto a isso não sou adverso a uma ideia assim. Tudo bem; isso já foi feito antes e forjou bons resultados. Mas não essa fusão imutável de muitos em Um.

Quanto a Connie, digo mais uma vez, eu estava delineando suas fraquezas e não o rejeitando nem um pouco. Eu o vi na noite passada. Quando digo que ele é um tirano sem salvação, estou falando sério; mas não o rejeito; aprendo as fraquezas dele; e as tolero. Por favor, tente não choramingar diante da ilusão pseudotrágica que você está desenvolvendo a respeito de mim e dos outros [ ]
Ah, sim, você também lastima o fato de eu não estar escrevendo mais. Bem, isso não é bem verdade; estou escrevendo 14 horas por dia, 7 dias por semana, antes de ir para a Marinha. Você poderá muito bem ler o meu livro no próximo verão, se você estiver nos Estados Unidos, na forma publicada... "O mar é meu irmão"*, sobre a Marinha Mercante. Connie e Ian estão entusiasmados com ele: Connie: "Soberbo", Ian: "Obra rara para a sua idade; poderoso, vigoroso, com retratos vívidos da vida americana; Wesley Martin é uma figura solitária e trágica". Eles são os meus únicos críticos até aqui. Sei que você vai gostar, Sam; o livro tem compaixão, tem um certo elemento que vai agradar a você (irmandade, talvez). De qualquer forma, escrevi 35.000 palavras nele, trabalhando noite e dia e arruinando a minha saúde, mas preciso terminá-lo antes que a Marinha me pegue.

Não consegui passar no teste do Corpo Aéreo, como você sabe. Estou feliz agora que vou ser um marujo, depois de ler sobre os oficiais no seu acampamento. Pois bem, disse Dos Passos em *U.S.A.*, nós somos duas nações.

Jack

Sebastian sente-se profundamente confuso e ofendido pela carta de Jack.

---

* O registro do diário de Jack em 4 de março de 1943 faz comentários apaixonados sobre suas expectativas quanto ao romance: "Terminarei este livro, esta obra de arte, a despeito de todas as adversidades que o mundo puder me apresentar – Trabalharei! trabalharei!". (N.E.)

JACK KEROUAC

Para Jack Kerouac
De Sebastian Sampas
[Meados de março de 1943]

Jack,
    Você pode ou não perdoar esta carta já que estou escrevendo isto no negro calor da exasperação você pode avaliá-la como tal. A sua carta me causou um aborrecimento sem fim, seja na defesa do seu ego ou na do meu. Pedi para você olhar as coisas de forma lógica e em vez disso você fez exatamente o contrário.
    Claro, o prometeísmo não chegou ainda, mas pelo menos trabalhando na direção certa nenhum mal pode vir dele. Você afirma que indivíduos como nós mesmos forjaram grupos iguais ao nosso e ajudaram a humanidade e você descarta a questão toda. O grande John Kerouac diverge e a questão toda é esquecida.
    Se você estava insatisfeito com o procedimento do prometeísmo por que foi que não gritou antes – por que razão esperar até agora, quando todos nós estaremos desmanchados em pouco tempo?
    Se os nossos pontos de vista sobre a sociedade não se correlacionam, Deus, cara, você sabe o duro que eu dei, pesando tudo com o maior cuidado para fazer tudo coincidir.
    Meus sentimentos estão feridos, Jack, feridos pra valer – você me imagina como um cômico chafurdando num drama pseudotrágico em que vejo a desintegração das minhas amizades. Não sei se isso ocorre através de uma propositada incompreensão a meu respeito ou se algum propósito mais maligno está motivando as suas ações.
    Ninguém tentou fundir muitos em um – enfatizamos uma e outra vez nossas próprias individualidades, mas simplesmente para que tivéssemos mais força em avaliar as questões.
    Você sabe e soube desde o início – se quiser retirar isso no [sic] seu privilégio. Eu irei sempre valorizar a sua amizade, mas não vou levar uma vida cega – quero que a minha tenha um

propósito na elevação da humanidade e você sabe tão bem como eu que cinco cabeças pensam melhor que uma. Ao fazer isso, eu não abdico da minha prerrogativa para o grande talento artístico.

Tentei ajudá-lo e você se volta contra mim, temendo que o fato de eu ajudar você automaticamente me coloque numa posição superior.

Pelo amor de Deus, Jack, justamente quando todos nós estamos chegando a uma certa coesão, você escreve uma carta mostrando que entendeu mal a coisa por inteiro.

Eu, pessoalmente, não sei se vou ser ativo no Lar Prometeico, pelo que sei depois da guerra poderei ser um marinheiro em algum navio mundo afora. Poderei estar em Hollywood ou no Village. Você não viu homens que vivem suas vidas em vão.

Talvez a imagem de ser incompreendido e solitário, desafiando a humanidade toda, atraia você – a mim não atrai.

Wolfe vivia em desacordo com o mundo – então John Kerouac vai viver em desacordo com o mundo. Não escolha, qualquer caminho é mais fácil. Suas cartas têm sido excepcionalmente boas – mas não vejo mais nenhuma poesia!

Você delineou as fraquezas de Ed para provar suas próprias superioridades. Ninguém disse ou sequer deixou implícito, ao menos, que qualquer um de nós não é autossuficiente – se você quiser pensar dessa forma não culpe ninguém além de você mesmo. Eu nunca disse que Eddie era um super-homem, mas ao mesmo tempo precisamos dar crédito onde é devido.

Se você não deseja encontrar nada senão o lado mais fraco de tudo e depois escrever Hinos de Ódio a la Westbrook Pegler* – vá em frente – de minha parte eu estou farto disso – farto de tudo isso.

Você está entendendo errado a mim e a todos ao seu redor – completamente. Eu nunca alego ter encontrado um método positivo – Eu nunca fui positivo – mas você desconta todos

---

* Francis James Westbrook Pegler (1894-1969), jornalista, escritor e ganhador do prêmio Pulitzer (1941), conhecido por sua retórica de ódio. (N.E.)

ao seu redor, rasteja de volta para dentro de si mesmo e continua esse processo até que a calma completa seja alcançada.

Você me magoou! Você me magoou! Em todas as minhas cartas para você fui humilde e tentei alcançar harmonia – mas você confunde a minha humildade com fraqueza – não irei lidar com esse fundamento.

Prefiro antes ficar sozinho & forte do que comunicar aceitação de maldade a fim de agradar a quem quer que seja.

Esta carta é caótica, mas estou estupefato demais com a sua carta para escrever como eu gostaria.

Se você deseja seguir o seu caminho pela vida temporariamente agarrando um ideal e o abandonando como lhe convier, isso é problema seu.

Esta carta eu sei que vai magoá-lo e você [vai] responder com um enorme documento de defesa seja de si mesmo ou uma ofensa contra mim.

Como foi quando falei pela primeira vez sobre o movimento liberal. Como foi quando falei pela primeira vez sobre o Eddie. Como foi quando falei a você sobre G.J. Como foi quando falei pela primeira vez sobre Mansfield. Como foi quando falei pela primeira vez sobre a importância do espiritual acima do material.

Não fui justo nesta carta, Jack, somente atentei para certas tendências que você tem – tive que falar com franqueza e isso magoou você, mas não tanto quanto magoou a mim.

Sinceramente,
Sebastian
P.S. Johnnie K. e D.B. ficaram noivos hoje (Domingo.)
P.P.S. Escreva imediatamente e vamos resolver essa coisa.

CAMARADA

Amaldiçoadas sejam as estrelas sofridas
E que a noite passe como um longo trovão
Você já ganhou as cicatrizes devidas
Camarada! Não perderemos o chão

Sebastian
[*escrito no verso do poema:*] uma carta longa mais tarde –
P.S. Charlie está lendo o seu romance – vou enviá-lo para você em breve (segurado) –

Para Jack Kerouac
De Sebastian Sampas
[Meados de março de 1943]

Jack,
    Sinto muito pelo meu hino de ódio, mas preciso colocar as questões em ordem de uma vez por todas.

Sinceramente,
Sebastian

P.S.
    Aquela carta minha foi escrita num espírito de raiva, mas é uma carta necessária – e uma resposta é igualmente necessária – tanto um estudo mais aprofundado quanto uma análise imparcial são imprescindíveis de sua parte ou você é muito mais egotista do que eu pensava. Deixe claramente manifestado se você está no rebanho prometeico ou não está.
    Os seus pensamentos me incomodam profundamente e não há fim para o meu tormento – sinto-me bastante da mesma maneira como me senti quando G.J. ganhou uma tremenda vitória naquela noite. Foi uma coisa tão desgraçada e repugnante

testemunhar a mente maligna dele conquistando todas as questões com ajuda de você.
Não estou interessado e não estou nem um pouco me lixando se estou certo ou errado. Só estou interessado em saber onde você realmente se posiciona.

Para Sebastian Sampas
De Jack Kerouac
21 de março de 1943

[*escrito no alto:*] Eu me contradigo muitas vezes, como você, Sam. É a nossa *busca, busca*!

Querido Amigo Sebastian –
21 de março de 1943
Estou bêbado –
portanto, verdadeiro

Estou sozinho nisto, a minha casa... a minha família se foi, minha irmã no WAAC [*sic*]*, pai em Conn., e mãe rumo a Nova York para ver a oferta da minha avó de ceder sua casa de pensão no Brooklyn.

São quatro da manhã enquanto escrevo – manhã de domingo. Irei à igreja às oito da manhã e me ajoelharei com os fiéis, não por causa da igreja, mas por causa da humanidade. Estou sozinho nesta casa silenciosa, nesta noite. Os fantasmas das pessoas que amo me assombram na quietude tristonha, não fantasmas maliciosos, caprichosos, mas os fantasmas amorosos que tocam a minha fronte solitária com terno cuidado....

Ah, Sam, que lugar solitário [é] a minha casa hoje à noite! Lembro-me de seu fervilhante cenário de alegria, o período do

---

* Nin estava no WAC (Women's Army Corps [Corpo de Exército Feminino]); mais de 150 mil mulheres serviram durante a Segunda Guerra Mundial. (N.E.)

Natal, do verão, o tempo todo que veio, se demorou e correu em frente com o Merrimack lá no vale. (Abro a porta, escuto o rio no degelo noturno de março... ele sussurra! ele sussurra!) Onde [está] toda a vida que esta casa conhecia... hoje à noite? Sam, vou confessar uma coisa para você – pela primeira vez desde a minha infância hoje à noite eu chorei. Quem teria acreditado numa coisa dessas? Mas é *verdade*. Margaret estava aqui – ela teve que sair. Quando ela saiu, fechei a porta. Era sábado à noite. Acendi um cigarro e fiquei andando pela casa. Vazia! Eu estava deitado na cama. De repente, pensei na minha mãe e em todas as outras mães e de repente *entendi* a humanidade. Vi a humanidade em luz clara, HUMANIDADE!... Toda essa lenda pungente dos jovens amantes que se casam, suas famílias, todas as tristeza e alegrias, etc. Eu vi a Humanidade como aquilo que nada pode destruir, uma família de amantes.

(Penso agora em equipes de busca para aviadores perdidos)
(Penso agora em famílias destroçadas na Europa.)
(Vejo capitalistas como membros da Humanidade que *traem* por suas famílias.)
(Penso em toda a raça humana, sofrendo e estendendo braços amorosos em meio ao sofrimento.)

É tão simples. É tão comovente, imortal.... Eu estava sozinho. Não sei por quê, Sam, mas diga-me: comecei a chorar por quê? Estou dizendo a você que chorei... minha garganta apertada, eu soluçava, e as lágrimas desceram pelo meu rosto.
Acho que foi a solidão e o pensamento na humanidade. Estou dizendo a você, tive tamanha visão da humanidade, esta noite, uma visão tão clara e poderosa (amarrados comigo, meus entes queridos e a raça humana), uma visão tamanha, estou dizendo a você, como eu nunca tinha esperado ver, que partiu o meu coração e eu chorei.

Não é estranho? Eu pensava que Sebastian fosse o responsável pelo choro todo nesse time! Sim, o meu coração está partido agora.
[*escrito na margem esquerda:*] Sam, acredite em mim, o meu coração está partido hoje à noite... será que vai ficar desse jeito? Precisa?
Seu querido amigo,
Seu camarada fiel
Jack

P.S. Escreva para Seymour... Sam, Seymour é um dos melhores jovens que você jamais vai encontrar. Eu penso muito nele, quero que você e ele se tornem *grandes* e *perpétuos* amigos. Você poderia tentar efetuar um relacionamento assim com ele, Sam? Por favor, faça isso por mim. Seymour é o *mais doce dos jovens*, o temperamento de um cordeiro, a lealdade de um santo, inteligência, e o idealismo que todos nós defendemos.
[*escrito na margem direita:*] Acho que você e Seymour podem obter mais resultados do que os prometeicos. É por isso que não gosto do prometeísmo.
[*escrito na margem esquerda:*] Seymour pensa bastante em você... ele leu as suas cartas. Ele vai para a França com a gente.
Au Revoir

A carta seguinte refere-se a uma carta de Jack que está desaparecida, e que desencadeou esta resposta de Sebastian.

Para Jack Kerouac
De Sebastian Sampas
[Depois de 21 de março de 1943]

Jack,
　　Estou na melhor das saúdes e desejo-lhe o mesmo. Acabei de ler sua última carta e ela está ajudando a esclarecer os nossos

respectivos papéis na grande sublevação vindoura. Antes de eu continuar a discutir a sua carta, permita-me dizer que os próximos poucos parágrafos serão escritos por um Sebastian calmo. No encerramento você escreveu – "Adeus, importante". Devo entender a partir disso que a nossa amizade está terminada? Você também escreveu na primeira página "Eu quero que você leia isto sob a luz do argumento amistoso, se você não fizer isso, nós vamos nos separar". Com isso você infere que nós vamos nos separar porque eu decerto vou ficar com raiva ou você está usando isso como uma ameaça? Se você quiser terminar a nossa amizade, ora isso está fora do meu alcance, e você sabe que não há nenhum ódio em mim contra você – apenas a maior das lástimas que nós não pudéssemos ter resolvido os nossos problemas de forma amigável, e sem perder o respeito pela integridade ou dignidade um do outro.

Com a minha definição na minha última carta do "poeta" como sendo o "artista", o "amante", o "tolo", quis dizer apenas que ele era mal compreendido por todos ao seu redor, mas ainda assim continuava com suas crenças sobre a beleza, o amor, a nobreza, etc. Que o poeta sempre encontrava a sua maior coragem na superação das mais difíceis adversidades e ainda era capaz de gritar "liberdade, camarada, amor". Com um poeta puro está implícito qualquer um que ajudou diretamente na "elevação" (Ó!, eu amo essa palavra!) da humanidade.

Sem dúvida, essas são as pessoas que são "grandes" poetas, mas que são miseráveis filhos da mãe. Para citar alguns – Ezra Pound, Maquiavel, ora até mesmo W.B. Yeats em seus últimos dias começou a desenvolver interesse pelo fascismo. Minha crença não é dogmática nem é instilada com quaisquer lastimáveis superstições e crenças em certo e errado. Sempre tentei primeiro estudar as circunstâncias e julgar em conformidade. (Se alguém com 20 anos de idade é capaz de qualquer grande julgamento.) Você sabe que nunca desfrutei da bem-aventurada crença de ser infalível mas bem pelo contrário uma das frases constantemente em meus lábios tem sido "Sinto muito".

Você me pergunta – "O que *você* estava fazendo antes de entrar para o Exército, afora presidir debates e moralizar?". Fiz tudo que possivelmente poderia fazer. Estava moralmente obrigado a ajudar minha família financeiramente e fiz isso trabalhando no Estaleiro Naval de Charleston. Eu queria ampliar minha educação – fiz isso através da leitura, tanto quanto eu podia. Também escrevi tanto quanto eu podia. Sinto muito por você sentir que presidi as discussões prometeicas, mas essa jamais foi a minha intenção; eu estava, e ainda estou, disposto a "ajudar" a nós mesmos na expansão do nosso conhecimento e encontrar um meio-termo, pelo qual possamos realizar alguns dos nossos "ideais". Eu teria ficado mais do que contente em aceitar um lugar nos fundos desde que algum progresso estivesse acontecendo.

Que eu obtive prazer das nossas discussões nunca poderá ser negado – talvez seja um complexo de "mártir" mas realmente não penso assim – Que diabo cara, você não acha que teria sido fácil para qualquer um de nós aceitar o "status quo" e viver da "fartura da terra" projetando os nossos talentos e as nossas ideias "conservadoras" nos lugares corretos?

Se digo "Eles me enganaram", com isso quero dizer que a guerra está longe de ser gloriosa e existem quase tantos oficiais no Exército que têm as ideias de Hitler e poderiam muito facilmente ser Hitlers eles mesmos.

(Você leu a matéria reveladora do P.M. sobre o general Somervell*, que é o chefão do Corpo de Intendência?)

Senti que aqui eu encontraria camaradagem, mas é a velha história de cada um cuidando somente de si mesmo. Não vacilei em sequer uma polegada de coragem para enfrentar o fogo de batalha e o inimigo, contanto que a destruição deles fosse assegurada. Sempre tento usar as minhas palavras com o maior

---

* O tenente-general Brehon Burke Somervell havia sido encarregado dos novos serviços de abastecimento do Exército no verão de 1942. Ele apareceu na capa da *Time* em 15 de junho de 1942 com a legenda "Front nº 2 é seu problema nº 1". (N.E.)

cuidado, mas isso, mais uma vez, depende das circunstâncias. Até onde sei o prometeísmo nunca teve quaisquer ideias autoritárias. Nunca tentei vigiar o meu sistema nervoso, tampouco jamais tentei construir ou desenvolver o meu físico.

Não sofro de esquisitas peculiaridades psicológicas como aquelas de que Raskalnikov sofreu em *Crime e castigo*, mas isso não é culpa minha.

Estou ansioso por tomar conhecimento das suas reações à minha carta – Escrevi quatro poemas "Caserna!", "Refugiado", "Destacamento da Latrina" e "Corpo Sozinho" –

Estou quase pronto com um conto "Canção Negra" que vai se prestar a tratamento para uma peça –

Com todo o meu afeto,
seu amigo
Sebastian

P.S. Um amigo meu me prometeu a túnica de um fuzileiro naval russo que ele obteve em Murmansk.

P.P.S. O grande fotógrafo De Merjuan, um grande amigo de Saroyan e Van Heflin, está na minha turma e saímos para uma grande bebedeira na quarta à noite. Ele me mostrou algumas cartas de Saroyan, Gable, Heflen, Mamonlian* e Robert Cummings.

Ah! Acabei de compreender o que foi que você quis dizer com Adeus, Importante –
Votre ami
Como prova da minha infalibilidade

Dois poemas de Sebastian mencionados na carta anterior sobrevivem: "Caserna!" (ver p. 431) e esta versão de "Corpo sozinho!" em seus documentos pessoais.

---

* Rouben Mamoulian (1897-1987), diretor de cinema e teatro. (N.E.)

JACK KEROUAC

CORPO SOZINHO!

Força bruta se apoderou de mim quinhentas vezes
E queimou com paixão, quando vi o ódio triunfar e
Retriunfar e homens bons desabaram sem
Nenhuma palavra desafiadora –
Corpo sozinho, quantas noites nervosas, quantas
vezes você não se ajoelhou sobre o
altar da irmandade, do amor –
Corpo sozinho, desesperado, meio faminto de amor,
neste mundo tão comovente –

Jack chegou a Newport, Rhode Island, para o campo de treinamento no final de março de 1943, com 21 anos de idade.

Para Sebastian Sampas
De Jack Kerouac
[Newport, RI]
25 março de 1943

Querido Sebastian –
    Vejo agora com a sua carta (que acabo de receber) que uma discussão de proporções deliciosamente grandes está pegando fogo. Muito bem, então vou lhe dar uma surra para variar; eu também irei moralizar.
    (Moralmente, é claro, somos da mesma opinião... odiamos a crueldade, a feiura, o fanatismo...) Nada restou que me sirva para moralizar. Existem, no entanto, muitos motivos pelos quais castigar você. Também quero corrigir o meu camarada.
    Você ainda não definiu o poeta como um *artista*, mas nós vamos esquecer isso por enquanto – o suficiente para dizer que o poeta não é um *tolo*, a não ser que seja na mente dos indiferentes "filisteus"... que não o compreendem, como você diz. ele

[*sic*] é um amante... ele ama a beleza, e por esta razão seus ideais apontam para a beleza como ele a vê... e qualquer artista entretém uma noção de beleza que tanto eu quanto você poderíamos aceitar fervorosamente. E assim, Sebastian, quero que você seja mais sério a respeito da sua posição de poeta, mais diligente, investigador e erudito – esqueça as noções românticas de "proscrito" e continue a observar os fenômenos da vida, com a paciência e o escrutínio de um cientista em seu laboratório e não com um emaranhado de meias-percepções introvertidas e subjetivas. (Não vou dar uma de "objetivo" pra cima de você – não sou um empertigado devoto de W. Somerset Maugham.) Mas se eu retiver a visão em mim mesmo, removendo a minha própria identidade única na experiência – isto é, destilar-me para fora, até que apenas o artista permaneça – e observar tudo com um olho imparcial, estudioso e discriminante, farei mais coisas boas, tanto quanto a criação pode fazer, do que o jovem byroniano, como Joseph Kusaila, que se identifica com o sentido do mundo ou, se não isso, coloca-se no centro da órbita do mundo e professa saber tudo sobre a humanidade quando ele somente fez algum esforço para estudar a si mesmo. Isso é pura adolescência! "Guerra e Paz" foi grande porque Tolstói olhou ao redor em vez de ficar ali sentado observando seu próprio nariz em um sótão. Dostoiévski entendeu a humanidade porque ela era mais interessante e "poética" para ele do que a porra da sua própria "alma". E assim por diante. Quem, então, é o tolo? Kusaila ou Tolstói? Kusaila não é um artista, e isso é tudo. (Kusaila é um segundanista em Columbia que anunciou no Spec ser o "porta--voz da humanidade" – e a dois quarteirões de distância está um Harlem com 2 milhões de negros que ele nunca irá conhecer, e muito menos ver.)

    Chega de falar das nossas vidas como artistas. Como homens, você e eu fomos generosos o bastante para abraçar espiritualmente o Socialismo ou o Progresso. Sou tão raivoso a respeito de tudo isso como você é, não se equivoque... e Seymour é bem o cara, também. Mas estou olhando para o movimento da classetrabalhadora [*sic*] de soslaio, não porque é justo isso, mas porque pode não estar em boas mãos. Pat Reel provou ser uma pessoa muito intolerante. Os comunistas americanos, além do mais, parecem não confiar tanto em sua própria iniciativa e ideias nativas quanto na simples política moscovita. Dos Passos delineou a vida árida dos membros do partido, pessoas que são iconoclastas bem lá do fundo, que julgam a maior parte da literatura como "inanidade burguesa", e que têm pouca ou nenhuma crença na essencial "dignidade e integridade" (palavras suas) dos homens – apenas um desejo louco de melhorar o lado material da vida, e quem sabe, como Eugene Lyons afirmou certa vez, "com as narinas farejando pelo poder". (Mesmo as suas farejaram, Sam, quando você se refere à sua posição na mesa prometeica – você disse que "com a mesma prontidão tomaria um assento nos fundos", o que indica que você já tinha concebido o elemento de "liderança" no nosso grupo.)

Não!... isso não é para mim. Se isso significasse a fruição completa dos meus presentes medos, eu preferiria me ramificar como um partido comunista de um-homem-só, ou como um solitário radical trabalhando em plataforma alguma exceto a mais simples... cessação de exploração! (Mesmo no Exército & Marinha, Sam, eles exploram as massas... você não percebe que todos esses destacamentos de K.P. não são nada senão trabalho gratuito? Os prisioneiros de guerra não passam por tanta merda e trabalho escravo como passam os pobres garotos treinando para morrer uma morte ordenada e disciplinada. Por que é que os serviços não contratam a sua própria força de trabalho em vez de disfarçar suas políticas de trabalho bastante nazistas sob um título de disciplina militar?) (P.S. – Tudo bem, em tempo de guerra, o trabalho é escasso; mas não em tempo de paz. No entanto, não sou ninguém para julgar o militarismo – eu o detesto demais para enxergá-lo por inteiro até agora.)

Para voltar à minha linha de pensamento (interrupções na caserna), embora eu seja cético sobre a administração do movimento progressista, haverei de suspender todos os julgamentos até que eu entre em contato direto com essas pessoas – outros comunistas, russos, políticos, etc., os artistas de esquerda, líderes, trabalhadores, e assim por diante.

Nesta altura, preciso fazer valer a sua declaração... foi o seguinte: "A sua carta está ajudando a esclarecer os nossos respectivos papéis na grande sublevação vindoura". Por acaso isso significa que você suspeita de que eu esteja me tornando reacionário? Se você fosse dizer isso depois de ler esta carta, isso significaria que você estava destinado a se tornar mais um comunista americano cego, em vez de um comunista *discriminante*, na tradição do grande liberal, Debs. Comunas gostam de usar esse termo "Grande Liberal" para se referir a falsos líderes trabalhistas e gente desse tipo, ou um Woodrow Wilson com maleta e nenhuma organização, ou um falso liberal como Max Hirsch em "Você não pode voltar para casa". O seu papel eu [sic] o futuro depende tanto do seu zelo quanto do seu entendimento e da sua visão. Você já insinuou a minha possível troca de lado... isso é mais típico de moscófilos do que qualquer outra coisa. Sou um esquerdista... eu não poderia deixar de ser, posso não ser um seguidor estrito do partido.... eles não fizeram nenhuma ação boa e a maioria deles é um tanto quanto intolerante... e a menos que o partido melhore aqui, não ingressarei nele jamais. O partido também precisa passar por "mudança".

Quando eu disse – "ler sob a luz do argumento amistoso" – não estava ameaçando, estava apenas expressando o desejo de que você não ficasse com raiva de mim. Odeio atritos; amo de fato a controvérsia sincera e acalorada. Você & as suas conclusões...

Quando eu perguntei sobre as suas atividades pré-Exército, estava perguntando o que você andara fazendo enquanto *prometeico*, o que deveria representar uma espécie de realização no seu campo. (O seu trabalho no Estaleiro Naval não tem nada a ver com isso, embora seja mais do que aquilo que eu teria feito.) Tudo o que você fez de concreto foi produzir bem pouca poesia... e durante todo esse tempo, Eddy, Con, Ian, George C. estavam todos labutando em seus campos. Eu não estava... eu estava vagabundeando por N.Y.... mas não digo, também, que eu seja um prometeico. De qualquer forma, não me leve a sério demais; estou encontrando defeitos em você muito animadamente, mas ao mesmo tempo isso pode ajudá-lo a enxergar. Você abraçaria um rigoroso programa prometeico, fazenda e tudo mais – com Murphy na execução das funções – e com a regulamentação provendo manutenção ordeira, sustento, etc., etc., enquanto que bem lá no fundo a única maneira na qual você quer escrever é sair rondando pelo cais do Brooklyn comigo e escrever a respeito às cinco da manhã (como nós fizemos).

No entanto, a Fazenda Prometeica seria boa para tirar umas férias... mas uma pessoa não pode realmente trabalhar, viver, estudar ali. Se nós tivéssemos dinheiro, ela poderia funcionar, mas mesmo assim o enfado seria tenebroso – um artista necessita de *vida*. Mais quanto a isso mais tarde.

Sam, [eu poderia] ler os seus poemas? Se você quiser ler o inacabado "Mar é meu irmão", eu mando o livro para você.

Bem, estou indo fazer o meu turno agora. Dou meus passeios pela caserna vestindo casaco de marinheiro azul, calças, perneiras e boné, carregando um cassetete e usando um cinto branco etc. Preciso garantir que todo mundo esteja bem abotoado etc. Você sabe o que faço na verdade, Sam? Cuido da porra da minha própria pele – eles podem ter seus pintos saindo para fora e pouco me importa.

Au Revoir –
Amigão Jack

Depois de alguns dias, Jack já estava descontente com o regimento e a disciplina: "Bem, não me importava muito com os garotos de dezoito anos, mas me importava sim com a ideia de que deveria ser disciplinado até a morte, não fumar antes do café da manhã, não fazer isso, não fazer aquilo ou coisíssima nenhuma" *(Vaidade de Duluoz, Livro 9, parte I, p. 153). Em última instância, isso acabaria por levá-lo a jogar sua arma por terra, e a se recusar a participar dali por diante, então ele é enviado para avaliação psiquiátrica. Olhando para seu romance escrito à mão e seu teste de QI, as autoridades começam a questionar Jack sobre sua falta de disciplina militar, entre outras coisas. Ele escreve para sua mãe em 30 de março de 1943, dizendo que está na enfermaria devido a suas dores de cabeça.*

Não há qualquer outra menção sobre Jack enviar a versão em rascunho de O mar é meu irmão *ou até mesmo uma parte do livro para Sebastian, mas ele deve ter enviado, porque na carta seguinte Sebastian se refere ao romance como um grande feito para um jovem com 21 anos de idade.*

Para Jack Kerouac
De Sebastian Sampas
[Abril de 1943]

Sábado

Jack meu garoto,
 Afinal, depois de tanto tempo, acho que encontrei o meu meio, com o qual posso projetar as minhas ideias. Como não sei se o correio de chegada é censurado preciso informar ao censor que o "ávido amor" como usado em minha poesia anexa se refere puramente ao amor e somente em sua aplicação universal. Jack, quero a sua crítica franca; se você ainda acha que a minha poesia é fraca e ineficaz, por favor não hesite em dizer isso.

É uma das muitas passagens que vão abranger o meu romance *Na manhã irmão, simpatia.** Nesse romance estarão os sentimentos sinceros de um jovem envolvido na busca por *verdade, beleza, justiça* e a *"irmandade da humanidade"*. As minhas reações sobre a Espanha, a U.R.S.S., e todas as questões humanas contemporâneas serão incluídas.

Fico satisfeito em ver que você coloca mais embelezamentos no seu romance – achei que se tratava de algo bom pra valer e falo sinceramente quando digo que superou as minhas melhores expectativas. Senti, de fato, que a transição de Everhart** foi um pouco abrupta demais. No entanto, isso é apenas uma fraqueza menor e bastante superficial. *O importante é que a história está lá* e aos 21, esse feito em si é algo extraordinário. Vou mandar mais comentários mais tarde – assim como a minha poesia do Exército –

> "tardinha... não esqueça... camarada
> camarada... aqueles trágicos crepúsculos...
> aquela mais doce melancolia["]

e a localidade total, mais total do que o vermelho-carmim de sumagres no outono

Eu me lembrarei
camarada, não por uma mera questão de memória,
mas por nosso ávido amor que permanece
integrado com eternidade e luta impaciente
pelo coração...

---

* Jack refere-se ao título provisório de Sebastian para um romance no dia 31 de julho, em seu diário "Viagem à Groenlândia": "Ah, onde o príncipe, e o seu clamor familiar: 'Na manhã, irmãos, simpatia!' – cerca de 1.800 milhas à popa.... mas apenas dois pés d'alma." (N.E.)

** Bill Everhart é um personagem de *O mar é meu irmão*. (N.E.)

Pôr do sol na Nova Inglaterra!
salpicos de prata, fiados de ouro, travados e intertravados no aperto solitário do crepúsculo – e alabardas verdes fixadas no horizonte... gritos, perdidos agora e nenhum deles encontrava refúgio nem mesmo na catástrofe de lágrimas."

Escreve logo, vai –
Com todo o meu afeto,
Sebastian

Estou lendo *Declínio do Ocidente*
De Spengler
Fantástico!

Para Jack Kerouac
De Sebastian Sampas
[Abril de 1943]

Segunda-feira
Jack,
    Você já leu *Somente nesse dia* de Pierre Van Pearson?
    "Na fantástica tensão e sublevação do nosso tempo, todo homem deveria ficar com sua própria tarefa. Pois quem quer que desempenhe bem o trabalho diário, como afirmou certa vez o escultor Rodin, pode esperar ver o molde se quebrar em pedaços um dia e a estátua aparecer. Nenhuma energia é perdida no universo; as lágrimas de uma criança na China podem acender a chama no coração da América, a oração de um santo hindu pode abençoar os prisioneiros da Europa. Lágrimas se tornarão rochas e orações serão transformadas em armamentos de guerra.
    Lentamente, as esperanças e as aspirações da humanidade se transformam em conquistas concretas. Existe algo de

absolutamente patético em todos os esforços individuais do homem. Mas não na marcha coletiva da humanidade rumo ao seu ideal.

Um dia certamente surgirá quando o homem, tendo se cansado de caminhar sozinho, vai virar-se para o seu irmão. No dia em que tivermos aprendido a sentir as dores e a esperança dos outros, como se fossem nossas, isso seria [sic] ordem de amor e de justiça pela qual o universo anseia e da qual os planetas na mais silenciosa noite são o símbolo esplêndido mas imperfeito, haverá de ter chegado mais perto.

Somente nesse dia a irmandade do homem terá se tornado uma realidade."

Pierre Van Pearson, com a possível exceção de Vincent Sheean*, testemunhou e entendeu a situação mundial tão bem como qualquer pessoa. Um opositor consciencioso na última guerra, a histeria patriótica forçou-o a ingressar nas trincheiras da França, de onde emergiu mais amargurado do que nunca.

Existe dúvida em mim – bastante dúvida. Eu me pergunto se Spengler estava certo. Eu me pergunto se isso não passa de uma série de guerras sucessivas conduzindo a um mundo caótico.

Eddie e Ian pareciam estar ambos altamente desanimados. Eddie sentia que essa era a melhor coisa que já acontecera à humanidade, e, embora sentisse que nem tudo estaria bem depois da guerra, ele ainda queria chegar a ela.

As luzes estão apagadas – vou escrever mais tarde – Por que foi que você não escreveu para mim nos últimos tempos

Sinceramente
Votre Comrade
Sebastian

---

* Vincent Sheean (1899-1975), jornalista e romancista, mais famoso por *História pessoal* (1935). (N.E.)

Houve, ao que parece, uma resposta de Jack entre essas cartas discutindo Van Pearson.

Para Jack Kerouac
De Sebastian Sampas
[Abril de 1943]

Terça-feira

Querido Jack
Mais uma vez estamos em desacordo. Na sua última carta você deixa implícito que Van Pearson está errado quando afirma; "Existe algo de patético nos esforços individuais de todos-os-homens".

Para refutar isso você menciona Goethe, e Goethe seria o primeiro a concordar com Van Pearson, se ele estivesse vivo hoje. Pois Goethe percebeu a futilidade do "indivíduo" e introduziu a filosofia de "morrer jovem e bonito", como no que se refere ao livro *O sofrimento de Werther*.

Você depois disso menciona Dostoiévski – podemos chamar Dostoiévski de individualista? E no longo prazo, como é que Dostoiévski influenciou a humanidade? Nem um pouco. Posso admirar D. como um artista, como um grande escritor compassivo e posso concordar com ele que o indivíduo já sofre o bastante por seu crime sem o devido processo legal.

Me diga quem se importa hoje com quem escreveu a *Ilíada*? Nós não sabemos ao certo quem escreveu as peças de Shakespeare, mas qual é a relevância isso?

Nós constatamos que, no auge da cultura grega, o artista trabalhava em nome da "alegria-na-alma" do trabalho e da arte – era uma cultura espontânea, nascida de um entusiasmo como resultado de um sentimento "comunal".

Acredite em mim quando digo a você que ainda precisamos alcançar a civilização dos gregos – não estou falando a partir de um ponto de vista nacionalista, mas foi a *democracia ateniense* o que concedeu ao mundo algo inteiramente novo – uma profunda fé na dignidade do homem. Essa dignidade para o homem só poderá vir através do coletivismo como no caso dos gregos antigos e dos russos modernos.

É verdade, você pode apontar a parte em que os gregos possuíam escravos: isso foi desafortunado, mas muitos dos intelectuais deles manifestavam-se contra isso.

Se isso é verdade, o que dizer da posição perigosa e desconfortável dos peões de fábrica, dos trabalhadores de usina, dos trabalhadores dos estaleiros, dos pescadores de alto mar? De fato nós precisamos de casas, chapéus, carvão, não precisamos? Precisamos de alimento. Tentamos satisfazer as nossas consciências com um bocado inteligente de racionalização sobre como essas pessoas realmente amam seus empregos e como elas são realmente mais felizes numa fazenda, numa fábrica ou num barracão de pesca ao largo da Terra Nova nos Grandes Bancos do que jamais seriam num escritório ou numa sala de recreação.

Hoje, sem dúvida, nós estamos passando por um período de mudança – a fábrica sem peões de fábrica está rapidamente se tornando uma realidade, e já não é um sonho utópico. A humanidade está ganhando mais e mais lazer ao longo desse tempo.

O dia do individualista, graças a Deus, acabou – mas o individualista, eu me refiro apenas a esse "individualismo inflexível", que fez com que a nação americana se tornasse tão odiada mundo afora.

Até mesmo os "intelectuais" venderam as "massas" em seus últimos dias: Bertrand Russell, Durant e Wells tornaram-se apologistas dos capitalistas. Eles se fatigaram da luta da vida e agora querem se regozijar com os benefícios do capitalismo. Ora, nós até mesmo encontramos Wells jantando com o Grupo de Cliveden de um lado e louvando o New Deal de outro –

Foram somente os jornalistas, os ministros, os poetas – e somente eles, com uma crença de alta religiosidade nas massas, uma crença compreensivamente compassiva, os que não traíram a

Verdade – Vincent Sheean, Dusantz, Shaw, Reed, Strong, Laski, Os Webb, Miller, Hemingway, Caldwell, Steinbeck, Saroyan e Wolfe.

Mais uma vez, você poderá me questionar; por acaso Wolfe não era um individualista? E face a isso deverei retaliar com um estrondoso "NÃO" – Para falar a verdade, Wolfe foi mais bem-sucedido do que qualquer outro escritor em fazer a juventude tomar consciência da desumanidade do homem para com o homem e deu à juventude um novo conjunto de princípios – não acredito que o próprio Wolfe estivesse ciente disso –
Não acredito que ele estivesse ciente do fato de que deu início a uma nova civilização americana semelhante a uma democracia ateniense.

Nós temos duas novas civilizações que se erguem alto no mundo de hoje. A civilização da U.R.S.S. e a Nova Civilização Americana, que parece ter tido suas raízes em algum lugar na Virgínia Ocidental, como Wolfe previu.

Jack, conheço você e sei que esses "ideais precisam ser implementados com ação" – Mesmo que tenha de ser ação sob arregimentação. Lembra o que aconteceu na Espanha, quando tínhamos os grandes crentes na democracia relutantes em desistir de uma liberdade provisória e se unir em liderança para combater a França e o fascismo?

Eu sei que esta carta é extremamente caótica mas talvez eu tenha sido capaz de projetar alguns dos meus argumentos.

Você dispõe de uma imensa felicidade em ser capaz de obter alguns livros. Não existe absolutamente nenhum livro por aqui, mas eu venho escrevendo mais e concluí outro ato na minha luxuriante peça.

Por favor não me interprete mal – não estou tentando projetar essas ideias para satisfazer o meu ego – não há nada que eu deteste tanto quanto isso. E garanto a você que não estou sofrendo de um complexo messiânico mas visto que sou jovem e amo a verdade, preciso escrever sobre as coisas no modo como as vejo.
Responda depressa –
Sebastian

Eu tenho escrito três cartas para cada uma das suas – não vejo por que razão a censura deveria afetar o que você tem para dizer. Nós temos liberdade de expressão na América.
Escreva Depressa!
"O 'bruto' não é o único Lúcifer em nosso meio." Elucide isso? O bruto é representativo para mim de preconceito, intolerância, egoísmo individual, nacionalismo, ambições cesarianas, etc., etc. É Platão em oposição a Maquiavel.

Este último ano da vida de Sebastian começa com uma curta licença do exército em abril de 1943. Ele volta para casa na Páscoa e visita o seu amado Pine Brook, suas "câmaras de beleza", e aprecia as memórias de sua juventude perdida. (Ele agora está designado à seção de evacuações médicas do Corpo de Intendência).

Sebastian escreve esta carta para Jack no Hospital Naval de Rhode Island, deixando-o saber que ele havia tentado visitá-lo

Charles, Stella e Sebastian Sampas, em frente à casa da família em Lowell, 1943

mas tivera sua admissão recusada. Jack, no entanto, converte em ficção essa visita em Vaidade de Duluoz*:*
Eis que entra de repente Sabby num Uniforme do Exército Americano, triste idealista, cabelo escovinha agora, mas com mente sonhadora, tentando falar comigo, "Eu me lembrei, Jack, eu mantive a fé", mas o maluco maníaco depressivo da Virgínia Ocidental o empurra num canto e o agarra pelas mangas de soldado e grita "Wabash Cannonball" e os olhos do pobre Sabby ficam numa bruma e olhando para mim, dizendo, "Eu vim aqui para falar com você, eu tenho apenas vinte minutos, que tremenda casa de sofrimento, e agora?"

(Livro 9, parte V, p. 159)

Para Jack Kerouac,
De Sebastian Sampas
[25 de abril – 5 de maio de 1943]

Camarada,
    Retornei para este desamparado Vale do Shenagngo após oito dias de doce vida civil.
    Embora eu tenha conseguido ajustar-me temporariamente à rotina do Exército, eu me vejo afirmando e reafirmando as nossas convicções e filosofias pessoais. Temos muita riqueza para colher até das nossas situações presentes.
    De qualquer forma, para continuar com a minha viagem – Deus! Foi maravilhoso. Nova Inglaterra florescendo ternamente com a primavera e a turbulenta e louca terra verde dos montes rochosos e súbitos riachos intercalados inundando águas doces!
    No domingo de Páscoa pela manhã fui até o Pine Brook, sagrada memória de beleza! Momento de momentos para ser envolvido nos braços da Verdade, da Beleza e do Amor! Romper! Romper! Ó: [*sic*] Romper do Sol! Púrpura e Rosa! Câmaras de Beleza! O Vento-Norte [*sic*] sopra varrendo o Atlântico selvagem num frenesi, ao longo da costa do Maine.

Perdido! Perdido! Onde agora o grande, o maravilhoso amor dos dezoito? Onde os três jovens, que enlouqueciam com a grande promessa? O que era isso naquele tempo? Apenas um fragmento, isolado de todas as dimensões, para ser vivido uma centena de vezes apenas na memória. Eles se foram! Se foram! Condenados a tristezas e Guerras! Os sinos das igrejas agora rompem bong! Bong! Vindo da Igreja ortodoxa grega e da casa do camponês acesa no alvorecer.
Domingo de Páscoa!
Ressurreição!
"Eu sou a glória e a luz. Aquele que em mim crê, este ainda viverá."

Jack,
O meu capelão, um metodista, tem provado ser uma personalidade muitíssimo interessante, repleto de todos os vícios liberais, amigo íntimo de Gandhi-Nehru.* Ele foi parar nas manchetes do Boston Daily Record de Hearst. Eles o acusaram de promover o comunismo – É um simpatizante, conhece Richard Wright, Langston Hughes, Henry Wadsworth Longfellow[,] Dana (homo!) de Cambridge e Harvard, depois pediu demissão de Columbia e foi para a Rússia, onde não foi muito agradavelmente recebido.
Eu fui ver você na noite do domingo de Páscoa, mas os guardas não permitiram que eu entrasse.

Escreva depressa
Seu amigão
Sebastian

---

* Mohandas Karamchand (Mahatma) Gandhi e Jawaharlal Nehru, líderes políticos da Índia. (N.E.)

Para John Kerouac
Hospital Naval P-13 EUA
Newport, R.I.

De Sebastian Sampatacus
Co. A. 8º Bat. T-1403
S.P.R.D. Greenville, Pensilvânia
Cartão Postal: carimbado quarta-feira, 5 de maio de 1943 – Greenville, PA

Jack,
"Você veio até nós com música, poesia e alegria selvagem quando tínhamos vinte anos, quando cambaleávamos para casa de noite pelas antigas ruas de Boston esbranquiçadas pela lua e ouvíamos o nosso amigo, nosso camarada e nosso companheiro morto gritar por entre o silêncio da praça branca de luar:
"Você é um poeta e o mundo é seu." E a vitória, a alegria, a esperança selvagem e a tumescente certeza e a ternura avolumada pelos condutos do nosso sangue conforme ouvíamos aquele grito bêbado e o triunfo, a glória, a orgulhosa crença repousavam como uma crisma em torno de nós. Conforme ouvíamos aquele grito, e voltávamos os olhos então para os céus bêbados de lua de Boston, sabendo apenas que nós éramos jovens, e bêbados, e que tínhamos vinte anos, e que o poder da possante poesia estava dentro de nós, e que a glória da grande Terra se estendia diante de nós – porque nós éramos jovens e bêbados e tínhamos vinte anos e jamais poderíamos morrer –
Sebastian

Para Jack Kerouac
De Sebastian Sampas
Terça-feira [11 de maio de 1943]

Jack,
    Você sabe como me sinto? Como aquele judeu patético em *O sol também se levanta* de Hemingway – você se lembra dele? – Ou da minha referência a ele?
Ele tinha sido completamente repreendido e insultado por aquela "camarilha perdida" e foi para seu quarto e chorou lágrimas quentes em seu travesseiro – porque na minha ânsia de agradar você escrevendo para o seu amigo, fui feito de bobo do modo mais completo – e preciso reunir todas as minhas forças e nem mesmo isso eu consigo fazer.

"Não é a vida o que importa, e sim a coragem que você traz para ela" – Walpole*

"Na garra feroz da circunstância não chorei ou alto lastimei
No esmigalhar do acaso minha cabeça sangra, porém firme a manterei**

Quando em desgraça com a fortuna, aos olhos dos homens, eu sozinho lastimo meu estado de pária
E grito ao céu surdo com meus gritos inúteis." Shakespeare***

---

* Sir Hugh Walpole (1884-1941), primeiros versos de "Fortitude". (N.E.)
** William Ernest Henley (1849-1903), "Invictus": "... I have not winced nor cried aloud...". (N.E.) [Sebastian cita "I have not cried or wept aloud".]
*** Soneto 29: "When in disgrace with fortune and men's eyes, I all alone beweep my outcast state, And trouble deaf heaven with my bootless cries..." (N.E.) [Sebastian cita "When in disgrace with fortune, in men's eyes, I alone beweep my outcast state, And cry deaf heaven with my bootless cries."]

"Ó mundo, tu não escolhes a melhor parte"*

"Fica quieto, meu coração, fica quieto."** –

Será que não existe confiança neste mundo? Será que é tudo tão patético como me parece agora?

A minha única justificativa para viver parece ser a de que posso partilhar ativamente dos meus ideais – com isso quero dizer que estou mais do que contente por estar no Exército.

"Nada... Nada Resta"
Eu quero voltar – mas não posso, não posso –
Escreva depressa pra mim, Jack – e me diga que há esperança.
Sebastian

Este poema é reflexivo e melancólico e foi escrito em vários rascunhos como a "Rosa Negra", mas por fim uma versão acabada que Sebastian intitulou "Rapsódia em Vermelho" foi concluída em 1943.

UM POEMA DA FRENTE DE BATALHA...
RAPSÓDIA EM VERMELHO

Ontem à noite foi um inferno
Embrulhado em inferno
E amigos explodiram no negro.

---

* George Santayana (1863-1952), "O world, thou choosest not the better part!" (1894). (N.E.)
** Alfred Edward Housman (1859-1936); citação é provavelmente adaptada de *Um rapaz de Shropshire*, XLVIII, que começa com "Fica quieta, minha alma, fica quieta". (N.E.)

Enquanto Stukas* bombardeavam nossos postos
   novamente
Ah! Marte estava em glória pomposa
Enaltecendo-nos.
Enaltecendo-os
Alegremente ele correu em volta e em volta de mim
Ontem à noite ele usou uma coroa carmim!

Ontem à noite ele chamejou com glória escarlate.
Você conhece esse tipo de vermelho
Como quando você corta sua mão no inverno
E você vê as gotas como pequenos corações
   de sangue quente
Caindo lentamente na fofa neve acetinada
Ah! Todos os tons de vermelho se mostravam
Ora bem quando a luta estava para começar
O sol ia pingando vermelho-alaranjado
Como as mulheres usam em suas unhas
Nos cafés elegantes.
Meu cérebro rodopiou de volta até a Ilha de
   Manhattan
Até o Café Rouge – Rouge Bouquet
   Vin Rouge........
"Rouge Bouquet"...
"No Campo de Flandres...... papoulas"
"Eu teria derramado o meu espírito sem restrição"
"Se vós rompêsseis fé"
... "à meia-noite em certa cidade flamejante."
... "água de doces poços"
Nós tateamos na lama
E a chuva como torrentes caiu:
Alguns gotejavam vermelho –

---

* A aeronave de dois assentos da Segunda Guerra Mundial, projetada para ataques ao solo, tornou-se uma imagem simbólica na propaganda militar dos alemães. (N.E.)

Vermelho, vermelho tírio
Eu vi, eu vi: com meus próprios olhos eu vi
Ah!, um vermelho tão violento e desenfreado
O coração humano é do mais rico vermelho
Eu me lembro do primeiro cardeal que jamais vi
Ele voou em minha direção e desviou à direita,
Mas era lindo.
Eu me lembro de um arbusto estimado por minha Mãe.
Ele atraía todos os tipos de borboletas.
Houve uma ali
Que tinha três cores.
O branco mais branco que jamais vi,
O azul mais azul que jamais vi,
O mais vermelho que jamais vi,
Eu nunca pegava essas borboletas
Eu era apenas uma criança sacudindo as mãos
Como todas as crianças fazem em júbilo!
Ontem à noite, Marte estava em glória pomposa,
Enaltecendo-nos, enaltecendo-os...
Alegremente ele correu em volta e em volta de mim
Ontem à noite ele usou uma coroa carmim.
Hoje eu pensei em flores que minha Mãe plantou

Em outras terras, agora douradas de encanto
Perdoe-me, Mãe, se uma rosa tornou-se negra
Eu queria tanto voltar, uma rosa vermelha, vermelha.

Para Jack Kerouac
De Sebastian Sampas
Quarta-feira [19 de maio de 1943]

Jack,
    Algumas das suas críticas à minha carta eram sólidas, mas me vejo obrigado a voltar à maioria dos meus pontos. Talvez,

por ter escrito às pressas nos poucos minutos de que podia dispor, eu não tenha me expressado com muita clareza. Você cita um russo.

"Dostoiévski era um de nós."
Por isso você errou completamente em seu julgamento do homem e de seu objetivo. Você não é um eslavo. Entendê-lo está fora da capacidade da sua alma bretã. Já sei faz muito tempo que os russos são filhos de uma outra terra, não desta velha terra, mas sementes num solo novo, crianças-da-terra de uma cultura que ainda está por nascer, grandes almas jovens – sem fundamento e sem forma – a música deles, a literatura deles, a profunda melancolia de um destino ainda por cumprir e não o anseio infinito do homem ocidental através de esforço individual por fama, intelecto e riqueza para uma alma que já está morta, o dinamismo inacreditável deles, as dores do parto de um novo mundo, não os espasmos de morte desse seu significado ainda sobrevivente.

Spengler teve um pressentimento disso. Ele reconheceu o símbolo principal da Rússia como a "planície sem limite". Eu expressei a mesma ideia no parágrafo acima no que chamo de "A Diretiva Determinante da Atualização Potencial", que eu compreendo perfeitamente mas uma vez que estou escrevendo numa língua estrangeira (inglês) não posso torná-la mais clara.

O seu principal símbolo, é claro, assim como toda a humanidade ocidental, é o espaço infinito. Você teve sonhos sobre o espaço como toda a humanidade ocidental já teve. Seja em grandes catedrais góticas, túneis de estação ferroviária, na cúpula do céu – seja ele recebido de uma montanha ou de um abismo, ou seja o espaço infinito puro. Por isso todo o resto é condicionado. Todas as individualidades, diferenças, originalidades são realmente muito parecidas. E entre o mundo ocidental e a alma russa existe um fosso intransponível.

Você entendeu mal "Crime e Castigo" – completamente. Não é do sofrimento da humanidade, não meramente uma investigação das fontes de miséria da humanidade. Leia as últimas páginas. No início do livro Raskolnikov é o produto ultrarrefinado, acabado e polido do nosso mundo ocidental. É somente através de grande sofrimento que ele se esquece de si mesmo – dele mesmo, de Ruzumakin (que era um produto da terra russa, um amigo, um irmão, e que nunca conheceu o mundo ocidental) e de Sônia. Nesse grande sofrimento, ele se esquece de si mesmo. O "eu" é jovem novamente e perdeu-se no "nós" o [sic] "todos" e ele é um com todos os seus irmãos no principal símbolo em planície [sic] russa. Esse é o épico. Para citar Dostoiévski: "A história da renovação gradual de um homem, a história da sua regeneração gradual, da sua passagem de *um mundo para outro*, da sua iniciação numa vida desconhecida..." Isso não é um homem ocidental – para ele existem apenas os dias sem futuro. Amanhã é pedra e aço e luzes brilhantes. O homem ocidental aprecia Dostoiévski mas não pode ver, não pode animadamente experimentar o seu mundo. Toda a profundidade de sentimento que ele desperta no homem ocidental está dentro do homem ocidental – uma parte dele. O sofrimento e a compaixão ele (o homem ocidental) pode projetar, mas não são de D., são do homem ocidental. O homem ocidental entende Tolstói, Levin – mas não D. Ele é uma alma alienígena.

É por isso que eu minimizo D. Para o homem ocidental ele não pode transmitir nada que já não esteja dentro dele. Os russos ele não influenciou; todos os russos verdadeiros são Dostoiévski. Em Dostoiévski a alma deles fala. Spengler* Chamar a *Cultura Faustiana* de Cultura-da-Vontade é apenas uma outra maneira de expressar a disposição eminentemente histórica de sua alma. Nosso idioma em primeira pessoa, o nosso "Ego habeo factum", a nossa sintaxe dinâmica, isto é – finalmente processa o "modo de fazer as coisas" que resulta dessa disposição e, com a sua positiva energia direcional, domina não somente a nossa imagem do Mundo-como-História mas também a nossa

---

* Oswald Spengler (1880-1936), *Declínio do Ocidente*, Volumes I e II (1918, 1920). Sebastian está parafraseando ambos os volumes ao longo desta carta. (N.E.)

própria história ainda por cima. Essa primeira pessoa se eleva alto na arquitetura gótica: o pináculo é um trabalho ético do "eu" sobre uma justificação do "eu" de um "eu" por fé e obras: o "Tu" do respeito ao próximo pelo bem um [*sic*] "eu" e a sua felicidade: e por último e supremamente, a imortalidade do "eu".

Pois isso, precisamente isso, o russo genuíno encara como desprezível glória-vã. A alma russa, sem vontade, tendo a planície ilimitada como seu principal símbolo, tem um desejo de crescer – servindo, anônima, autoesquecida no mundo irmão da planície. Tomar o "eu" como o ponto de partida das relações com o próximo, elevar o amor do "eu" às pessoas que são mais importantes, arrepender-se em nome do "eu", são para ele traços de vaidade ocidental tão presunçosos como é o desafio dirigido ao céu das nossas catedrais, que ele compara com o seu plano telhado de igreja e com um pequeno punhado de cúpulas. O herói de Tolstói Nekhludov cuida de seu "eu" moral como cuida de suas unhas; isso é exatamente o que trai Tolstói como pertencente à pseudomorfose do petrinismo.*

Por que será que o esforço individual é patético para mim? É porque não reconheço a existência de algo que se assemelhe ao "esforço individual". O ego, o "eu" não apenas existe, ele domina. Nós justificamos, expressamos o "eu" – é o ponto de referência do homem ocidental, como fica exemplificado nesse sonho sobre o espaço. Quando vem esse "eu"? ele vem do todo.

As crianças e os povos primitivos são parte da paisagem. Eles são um só com o vento e o tempo, sol e estrelas, solo, semente e razão. Mas a eles chega uma experiência de nascimento cósmico e morte e desaparecimento.

O ocidental sente um "outro". O outro ele concebe simbolicamente em seu sonho sobre o espaço. Os impulsos das nossas culturas se resolvem numa tentativa de expressar o "outro" estrangeiro em termos de um "eu".

Em todos nós, Jack, existe uma grande espiritualidade; que floresce em nossa juventude e deveria dar frutos em nossa

---

* Conceitos teológicos ensinados por ou atribuídos a São Pedro. (N.E.)

maturidade. Que não dê é que há uma dissonância entre os ideais e a vida, entre a civilização e a "paisagem" em que ela foi enraizada. Retire a beleza em qualquer forma se for somente um meio. O homem ocidental busca somente conclusão é arte. O "eu" frente ao "outro" sente-se parcial, incompleto. Ele procura incluir o "outro", para conquistá-lo, falhando nisso para se perder.

Todo homem ocidental procura: se a eles não concerne o mesmo significado não é porque eles não se sintam como você se sente, mas para que a forma não possa alcançá-los.

O esforço individual existe apenas como um exemplo representativo de todos os impulsos incansáveis de povos inteiros. É supremo apenas quando pode expressar a corrente-de-alma comum a toda a humanidade (ocidental). Que a Alma-toda se manifeste através deste ou daquele indivíduo é uma questão de acaso, não de intelecto. Na verdade, teria sido melhor se todos os nossos grandes marcos da nossa cultura tivessem permanecido no anonimato. Nós poderíamos tê-los compreendido melhor e tê-los creditado mais justamente. Receio que haveria menos "apreciação". Algumas das pessoas (e eu sem dúvida não quero dizer você) cultivam um gosto por Beethoven, Bach, Wagner, Goethe, Shakespeare, Dostoiévski, Tolstói, Steinbeck, Dos Passos, Wolfe, etc. não se importariam com eles anonimamente.

Não há mais mundos para conquistar na civilização ocidental. Resta aos intelectuais do mundo ocidental reorganizar, comentar, imitar, mas não criar, atualizar as máximas possibilidades da Alma-toda. A forma está configurada com demasiada espessura – suas raízes da terra se secaram, a alma está morta. Sua expressão sem vida para alguém um "ofício" para outro um "gosto". O prometeísmo deveria ajudar ao longo desse objetivo. (Não me entenda mal, não estou dizendo que você não é um grande artista criativo, mas mais sobre isso daqui a pouco.)

A arte não é mais animadamente criada ou experimentada. As pessoas deixam de se preocupar com o seu grande simbolismo. Elas estão fora de conformidade com a pulsação do nosso devir. Para elas "é a dura realidade da vida, da vida que é essencial, não o conceito de vida, que o avestruz – filosofia do idealismo postula". (Spengler) Em breve a civilização ocidental será como a egípcia e a chinesa têm sido por milênios. Na Europa Oriental há pouca esperança, mas na América "um vento está ganhando força". Wolfe sentiu isso. Nas "colinas distantes", nos grandes espaços abertos (lembre-se da viagem dele pelo Noroeste do Pacífico, os lugares despovoados, uma alma nova está em concepção. A terra é fecunda. Um homem primitivo, coalho cru[,] inacabado – soberbo – está se moldando no coração da nossa terra. Ele não procura pelo "outro". O significado que ele conhece é a vida. Ele e toda a sua humanidade companheira são irmãos em espírito. Nele grosseiro, tosco, encontram-se todas as nossas esperanças – a dele vai ser a civilização maior do que tudo – toda a arte será uma parte integrante dele.

Se você escolher o mundo ocidental, é bom lembrar que o esforço individual só pode alcançar distinção em harmonia com o seu povo – e o seu povo não tem alma, que eles têm uma verdade própria que não é a verdade que você tem, mas não obstante verdadeira para eles e imutável.

"O mundo é um palco e todos os homens atores."* Escolha o último ato de uma peça, ou o primeiro de uma outra. Resta para você desempenhar o seu papel, o show vai continuar, com você ou contra você.

Lembre-se desta citação final – "Os destinos levam aquele que vai de boa vontade e arrastam aquele que vai de má vontade."

Terminei de reler esta carta e me dou conta de seus pontos desarticulados, mas meu tempo, Jack, é tão infernalmente limitado. Fui um idiota perfeito por deixar que a incompreensão de Joe May em relação à minha carta me afetasse.

Fico sinceramente pesaroso se estamos em desacordo – deverei ser transferido para um P.O.E.** dentro de bem pouco tempo. Preciso abandonar todas as ocupações intelectuais no

---

* Shakespeare, *Como gostais*, Ato 2, Cena 7, 139-40: "All the world's a stage, / And all the men and women merely players...". (N.E.)
** *Port of Embarkation*, "porto de embarque". (N.T.)

presente momento. Escreva depressa. Espero que essa discussão não esteja se configurando num choque de "egos", portanto será melhor que a deixemos de lado até que conheçamos o nosso destino ao longo do próximo mês.

Boa noite
Fraternalmente,
Sebastian

Spengler me influenciou em certa medida, mas as ideias em sua maioria são minhas mesmo. Não que isso tenha alguma maldita importância. Provavelmente o meu lugar é o lugar onde você está e vice-versa.

Para John Kerouac
De Sebastian Sampas
Sexta-feira, 21 de maio de 1943

Jack,
    Carta de Marcus para Ulysses*
    "Não me sinto como um herói. Não reconheço nenhum inimigo que seja humano, pois nenhum ser humano pode ser meu inimigo. Seja ele quem for, seja qual for a cor que ele tiver, por mais que ele possa estar equivocado naquilo em que acredita, ele é meu amigo, não meu inimigo, pois ele não é diferente de mim. A minha briga não é com ele, é com aquilo nele que eu procuro destruir em mim primeiro."
    "Não me sinto como um herói. Não tenho talento nenhum para tais sentimentos. Não odeio ninguém. Não me sinto patriótico tampouco, porque sempre amei o meu país, seu povo, suas cidades, a minha casa e a minha família. Eu preferiria

---

* *A comédia humana*, de William Saroyan (1943), citada com algumas pequenas variações da carta de Marcus no livro, das linhas de frente da Segunda Guerra Mundial. (N.E.)

que não houvesse guerra. Eu preferiria não estar no exército, mas como existe uma guerra e como estou no exército, faz muito tempo defini na minha cabeça que serei o melhor soldado que me seja possível ser. Não faço a menor ideia daquilo que está por vir, mas o que quer que venha eu estou humildemente preparado para tudo – estou sentindo um medo terrível – preciso dizer isso a você – mas sei que quando chegar a hora irei fazer o que é esperado de mim e talvez ainda mais do que aquilo que é esperado de mim, mas quero que você saiba que não irei obedecer a nenhum outro comando que não o comando do meu próprio coração. Comigo estarão garotos de todos os cantos da América, de milhares de cidades como Ithaca. Pode ser que eu acabe sendo morto nesta guerra. Preciso falar sem rodeios e dizer isso a você. Não gosto da ideia nem um pouco. Mais do que qualquer outra coisa no mundo quero voltar para Ithaca, e passar muitos longos anos com você e com a minha mãe, minha irmã e meu irmão. Quero voltar para Mary e uma família e um lar que sejam meus. É muito provável que acabemos saindo em breve – para a ação. Ninguém sabe onde teremos a ação, mas entende-se que em breve estaremos indo embora. Portanto, esta pode ser a minha última carta para você por algum tempo."

Jack,
    Você não deve interpretar mal a minha última carta e a multiplicidade de questões contingentes envolvidas, aparentemente não relacionadas e desarmônicas, mas projetando um número das minhas (assim como de Spengler) ideias, não obstante. O idioma inglês, um instrumento de expressão sem vida, não pode senão continuar a ser uma língua estrangeira para os meus esforços psicológicos e socialistas. Os fatos tais como referidos na minha última carta podem parecer incipientes na superfície, mas são a personificação de algo "que eu sinto ainda não poder expressar, tampouco revelar de todo".
    Lembre-se, mantendo uma posição individualista, você não vai desafiar a mim nem ao meu conhecimento, mas apenas

provar que você não estudou cuidadosamente o zeitgeist – o espírito do nosso tempo. Lembre-se, ele venera deuses, aquele que pretende ser um – os intelectuais, poetas, artistas etc. (com exceção de uma pequena minoria) estão tão envolvidos em provar a sua própria integridade que esqueceram a integridade devida a toda a humanidade.

A sua crítica dos meus esforços poéticos foi uma obra-prima e, para alguém que não se encharcou meramente com poesia, isso revela uma percepção rara e insuperável.

Uma vez que a poesia foi uma explosão espontânea da integrada natureza artística da minha alma desleixada, foi amável para mais do que suficientes correções (meu maldito ego faz sua tenebrosa aparição – pretendo continuar remetendo poesia para você até que o meu romance seja completado).

É com a "forma" da poesia que a minha luta se envolve. O que foi que você achou disso?

Meus gritos se perdem no espaço do mundo "éter" – nos vastos vazios ilimitados deste universo, é por isso que eles não encontram refúgio na catástrofe de lágrimas. O poema não tem nenhum clímax – é uma série após série culminando para uma melhor compreensão. A minha correspondência está sendo aberta? Até que eu tenha notícias de você.

Sinceramente, Fraternalmente,
Sebastian

Não dê todo o crédito a Spengler – quero dizer, embora a minha última carta tenha sido influenciada em certa medida por Spengler, ele discordaria de mim totalmente porque Spengler é um fascista.
Escreva para mim! Escrevi para Ian; ele não respondeu porque entrei numa "querela" com ele quando eu estava em casa, portanto sou um patético caso perdido.

Para Jack Kerouac
Hospital Naval P-13 EUA
Bethesda, Maryland

Do soldado S. G. Sampatacacus #31256892
Correio do Exército 8961, Aos cuidados do agente do correio, N.Y., N.Y.
Censor: A. Sullivan, Bethesda
Cartão postal: carimbado Newport, RI, sábado, 12 de junho de 1943

Jack,
    Tenho saudades das minhas velhas discussões acaloradas com você e Eddy & Connie.
    Aqui debaixo da velha terra outra vez, as estrelas são brilhantes em seu esplendor e eu rememoro – eu rememoro.
    Estou lendo *Um esboço dos princípios de sociologia*, um livro sobre *Matemática*, e acabei de ler um livro sobre a Rússia de Bernard Parras.
    Com os melhores cumprimentos e sinceros votos de uma rápida recuperação.
Sinceramente,
S.

A carta de Jack à qual Sebastian se refere abaixo não se encontra nos arquivos.

Para Jack Kerouac
De Sebastian Sampas
7 de julho de 1943
[*escrito no canto superior direito:*] Em algum lugar no norte da África

Jack,

    A sua propícia carta de 27 de maio chegou a mim somente anteontem, de modo que se esta resposta parecer estranhamente tardia, você irá entender que não é devido ao meu relaxamento. Esta terra cisatlântica* já gerou uma rica colheita de ideias que acabarão, eu espero, auxiliando o nosso aspecto prometeico em esforço e comportamento humano. Prefiro considerar o fiasco de Joe May como um incidente encerrado. As minhas horas são de uma natureza tão esmagadoramente limitada que não tenho tempo para satisfazer os caprichos de uma personalidade imatura, que avançou para uma posição vantajosa tão irracional, com o propósito de satisfazer o seu ego insaciável. Na primeira vez escrevi para ele com completa sinceridade, por respeito à opinião elevada que você tem dele. Já passei por muita coisa até agora para permitir que ridículos estranhos fiquem tocando loucos scherzos no meu temperamento sensível. Já enfrentei tudo isso no meu segundo ano na faculdade e asseguro a você que positivamente não tenho nenhum desejo por uma continuação de discussões e sutilezas. Se Joe não considerou adequado respeitar a sinceridade e a prova disso foi a resposta dele à minha primeira carta, ora então eu não tinha escolha e ele já sofreu a ferroada do meu veneno e posso ser m[ ] venenoso quando a ocasião assim o exige. A resposta dele à minha segunda carta ficou no mesmo plano da primeira. Não sinto nenhuma necessidade de respondê-la. Até agora sou o vencedor, o que até mesmo ele admitirá se você pressioná-lo.

    As garras do mundo oriental me prendem em fascinação duradoura e eu iria encontrar a mais profunda raiz dele se apenas o tempo e a atmosfera fossem favoráveis a uma tarefa tão delicada. Espero que você não vá considerar as declarações supracitadas como se fossem vaidosos resmungos de um asno fátuo. Existe alguma esperança para os meus esforços artísticos (e eles são artísticos, acima de tudo e de todos!). Você decerto vai se lembrar que no meu último documento o ponto de vista do cientista sofreu à mercê de um artista que estava inclinado não

---

* No lado do Oceano Atlântico em que está o falante. (N.E.)

meramente com um estudo estético do homem oriental como um meio de expressão mas apenas na medida em que a arte é integrada com os aspectos sociológicos do oriente. (Muito mais sobre isso na minha próxima carta.)

    Se as nações do mundo devem se aproximar de algum tipo de entendimento após a guerra, isso só pode ser atingido através de esforços sinceros por parte de um para descobrir as nuances e as características do outro. Tudo isso não vai me dissuadir da minha crença original, como expressei na minha última carta.

    É claro, é claro, você entendeu perfeitamente o *Crime e castigo* de Dostoiévski. Sônia, Razumahin, Raskalnikov – estes três representam muito do que é vitalmente importante hoje.

    As suas palavras em relação a Ian demonstram uma compreensão mais profunda do que as minhas obtiveram, em uma carta anterior para você. Por falar nisso, Ian e Cornelius "saíram" na *Comédia humana* de Saroyan! Sem dúvida, Ian, aquele divino profeta e Cornelius, aquele excepcional crítico, jamais poderiam ter a compaixão necessária para ver a simples história de Saroyan – ela era humana demais, e certamente não existe crime maior do que isso. Ambos escarnecem da mediocridade de um John Doe qualquer, já que eles se refestelam imperturbáveis nos luxos que são a América. Não me entenda mal, Jack, não estou falando por causa de uma amargura qualquer em meu coração, mas se você tivesse tido ocasião de observar as diferentes atitudes deles, como eu pude fazer na última Páscoa, você ficaria comovido ad nauseum.

    Externamente, eles expressam e escrevem sobre dificuldades extremas fomentadas por uma comunidade ciente da guerra. Eles se ressentem do termo "folgado" assim como eu, mas ao mesmo tempo eles estão desempenhando esse papel do modo mais perfeito. Mas você vai ver, você vai ver com que maestria eles sorvem sua cerveja e seu vinho, a sofreguidão que têm por sacudir seus quadris superalimentados numa ligação com alguma meretriz rechonchuda.

    Não entenda mal a atitude deles ou a minha, gosto dos dois, mas houve um tempo em que eu os respeitava, respeitava suas sinceridades. Agora constato que eles são aquilo de que eu sempre suspeitei – contínuos contemporizadores.

Conrad está em trajes civis ainda e eu não vou me ressentir dele por isso nem um pouco, mas Conrad é bem consciente de suas responsabilidades e não tentou de forma alguma se esquivar do serviço de alistamento. Que ele tenha sido autorizado a continuar seus esforços médicos num momento em que a força de cada homem é solicitada, essa não é de todo uma posição lá muito confortável para ele. Para falar a verdade, eu o encontrei se contorcendo em agonia na minha última visita em casa. Estas foram as palavras dele. "Aqui está, a maior batalha que a humanidade civilizada jamais defrontou e eu preciso me curvar aos caprichos e às extravagâncias das minhas tias." Eu imagino que ele já tenha se alistado porque, em sua última carta para mim, ele já fez planos para o exército.

Jack, se você apenas pudesse ver os tremendos sacrifícios que os nossos jovens estão fazendo, você se daria conta do heroísmo pessoal de todo e qualquer soldado. Sei que isso pode soar como beijação de bandeira, mas você sabe que nunca me deixei afetar por pseudopatriotismo.

Sobrevivendo com alimentos desidratados, água racionada, o calor que faz na África em julho, o aborrecimento sem fim de mosquitos e das moscas e sempre a necessária pressão dos combates de guerra, você veria que as suas palavras anteriores sobre o heroísmo da juventude americana eram verdadeiras. E o que é impressionante sobre a coisa toda é isto: a moral é maior aqui do que era nos Estados Unidos.

Recebi uma fotografia deslumbrante de Dvari, nós tivemos momentos maravilhosos na última Páscoa. Tenho mais para dizer, mas até minha próxima carta, Dvari está fazendo um curso de engenharia e ela está com tudo na ponta da língua.

Sincera e fraternalmente,
Sebastian
Écrivez, mais, toute de suite!

Jack Kerouac

Este poema, escrito por volta da última parte de 1943, expressa com maior profundidade a decepção com os ideais russos que Sebastian abraçara no passado.

RÚSSIA

Prelúdio

Traído por um homem com um vasto bigode
Traído por suas próprias ações intransigentes
Traído por lemas cuja falsidade você não conseguia
    entender
Traído pelo próprio tempo

I
É você que eu vou amaldiçoar esta noite, Rússia
Você já foi a esperança e a salvação do homem
Eu amaldiçoo você, Rússia, pois você não podia ver
E aceitou segurança em vez de liberdade
Eu amaldiçoo você

II
Eu recordo, Rússia, eu recordo
Como você foi o único salvador dos liberalistas
Eu praguejo, Rússia, eu praguejo
Contra você e o seu traidor.

III
O trabalho, curvado pela ganância voraz do homem,
Olhou para você, Rússia, e um fulgor de vida
    Propagou-se por entre a maquinaria enferrujada.
Mas você falhou, Rússia, naquele momento
    quando tudo parecia ganho.

IV
Trabalhadores do mundo, uni-vos, você gritou.
E nós vimos homens sinceros se propagarem por entre
   Suomi*
Abaixo os capitalistas, você ganiu.
Enquanto isso, você tinha os seus militaristas
   vivendo como reis, Rússia.

V
Você falhou com a humanidade – Rússia
e os oceanos jorraram com as lágrimas de 10.000.000
   de escravos.
Mas os escravos podem chorar e esquecer, Rússia
Eles podem olhar em frente com cabeças baixas
   mas com os espíritos afluindo
   que se recusam a recuar.

Para Jack Kerouac
De Sebastian Sampas
Domingo de manhã, 29 de agosto de 1943
[*escrito no canto superior direito:*] Em algum lugar no norte da África

Jack,
   Visitei Argel..... e vi o sol se pondo a oeste além da Casbá e desaparecer lentamente no Mediterrâneo.
   Tive um pouco da minha poesia publicada na Stars & Stripes em várias de suas edições, incluindo as publicações de Palermo, Orã, Alexandria, Argel e Casablanca. É um lixo.
   Conheci um poeta inglês, que tem um volume de poemas muito fracos em seu crédito. Nós tomamos champanhe e jantamos juntos. Ocorre que ele tem um título de nobreza e é um lorde (Lord Langly), um fato do qual eu não tomei conhecimento até depois de ter faltado a um encontro com ele.

---

* Refere-se à Finlândia, à língua finlandesa, ou à metralhadora finlandesa (submetralhadora Suomi M-31). (N.E.)

Ele é um diletante & esse fato fica óbvio quando ele se refere a Keats como "o poeta dos mares gregos".

Dois dos melhores camaradas que conheci são dois soldados britânicos, perto do nosso acampamento.

Jack é um escocês, um graduado da Universidade de Glasgow, uma personalidade muito vívida e colorida, e ele fala a nossa língua como fala Fred Brazier.

Passamos várias noites juntos em discussões, selvagens, cantando, e sempre vinho, vinho, vinho.

Perambulamos pelas ruas de Argel e pela primeira vez em eras senti um pouco do idealismo, e compaixão por toda a humanidade, e mais uma vez levantei a minha voz em canção.

Recebi várias cartas de Cornelius. George C. está frequentando aulas em Georgetown, sob o patrocínio do Exército Americano & Steve S. é um cadete de engenharia em Bloomington, Ind[iana]:

Seria uma loucura para mim pensar demais na minha casa & em todos os dias tristefelizes.

Nenhuma necessidade de me desculpar por esta breve carta, pois sei que você compreende que uma atmosfera militar é bem pouco propícia para uma carta decente.

Não recebo notícias da Doris faz séculos. Queria que você estivesse comigo.

Sincera & fraternalmente
Sebastian

Para Jack Kerouac
Crossbay Boulevard
Ozone Park, Long Island – Nova York
De Sebastian Sampas
Itália
8 de novembro de 1943

Você se lembra das discussões sobre os *Sofrimentos de Werther*, de Goethe, no Rialto?

Fraternalmente,
Sebastian

Para Jack Kerouac
De Sebastian Sampas
Quinta-feira, 11 de novembro de 1943
[*escrito no canto superior direito:*] Em algum lugar na Itália

Jack meu velho amigo,
    Não escrevi para você por meses e não há desculpa para isso. Tenho escrito muitas cartas, mas depois de analisá-las em busca de mérito literário e nada encontrando nelas, eu as destruí e até mesmo nesta carta, a gradual estagnação mental que é uma parte de um, depois que ele foi reduzido a fundamental, [*sic*] deverá ficar evidente.
    De qualquer forma, segue aqui uma breve recapitulação tratando do último verão e início do outono! Quando desembarquei em Casablanca, minha primeira impressão foi de seus nativos, maltrapilhos e entusiasmados, as criancinhas árabes correndo para saudar cada soldado americano que se aproximava com palavras de "bombom, chocolate, goma de mascar, cigarro?".
    Casablanca é uma terra de mistério e intriga, ainda agarrada ao Oriente, parando apenas por uma fração de segundo na maravilhosa avalanche do tempo, para inundar os refugiados com memórias mais alegres de Paris.
    Casablanca tem orgulho de sua herança moura, descuidando-se por um momento para dar lugar ao Ocidente, mas com um olhar desconfiado, que tudo sabe. A cidade fica na beira do deserto, um repique cru com reluzente arquitetura árabe, seus edifícios adornados com azulejos coloridos.

A cidade fica na beira do Atlântico também, orgulhosa e cruel como Chicago e onde a região nativa da Medina olha com um escárnio de encanto na direção da seção nova europeia.

À noite há um mudo silêncio agourento interrompido apenas pelo zurrar dos burros. As estrelas eram imensas, uma pessoa quase poderia esticar as mãos para encostar numa delas e as suas palmas transbordariam de poeira estelar.

Pois agora você está no mar novamente – em casa está o marinheiro – o seu navio lavrando as águas de safira rumo ao Atlântico mais uma vez e Ian está em seu eremitério fitando com grande tristeza os desolados céus de novembro.

Por que será que a única força pulsante, a vida, é um evento tão trágico e amargo? Saímos da umidade obscura de um útero para ingressar na terra seca e árida, da qual não há retorno. A única posse vital que permanece é o amor eterno.

Estou escrevendo esta carta às três horas da manhã enquanto a lamparina acesa na minha ala cintila sua luz amarela, fazendo brilhar cada vez menos a carbonizada mecha do tempo. Estou tentando coordenar o passado com o presente e o futuro e de alguma forma desdobrar as inter-relações com uma objetividade bem nítida, mas isso é impossível.

Os últimos meses têm sido meses solitários, abjetamente solitários, monotonamente solitários, infernalmente solitários. A minha própria vida parece ter sido roubada de sua beleza, cada momento feliz me vem com grande lentidão, cada dia é um outro estudo em estagnação e outra vez uma redução aos princípios básicos com nenhuma esperança de uma pessoa elevar a si mesma e de um amadurecimento rápido demais, quem sabe?

Pouco tempo atrás eu estava temporariamente num serviço destacado com outra unidade de evacuação. Trabalhava numa ala de choque cirúrgico. Os pacientes internados nessa ala alguns diretamente de frente de batalha. Vi algumas coisas desagradáveis mas também vi com quanta coragem o soldado americano reage quando é ferido. É uma fortitude serena, uma aceitação silenciosa e triste. É uma fortitude nascida da liberdade, que é o núcleo de qualquer civilização.

É uma nota trágica vê-los chegando da frente de batalha com ligamentos estraçalhados por estilhaços, lesões cerebrais e lesões internas. Há uma sensação de contentamento e realização quando a gente os vê voltando da sala de operações, bem a caminho da recuperação.

Também, Jack, vi os heróis caídos soltando seus últimos suspiros. Os médicos estão fazendo um trabalho soberbo, sua excelente autossuficiência organizacional, seus esforços incansáveis e contínuo entusiasmo são espantosos. Os médicos são supostamente frios e impessoais, desprovidos de sentimento. Se não há nenhuma exibição de sentimento é porque o trabalho deles exige uma objetividade, mas eles são ótimos rapazes. Vi um coronel com um paciente até as três horas da madrugada e depois vi o mesmo coronel de pé às sete horas na manhã seguinte.

Os meus últimos dias na África foram dias felizes. O nosso período de descanso lá, onde estávamos acampados nas margens do Mediterrâneo restaurou as nossas energias e deu à equipe do hospital um descanso mais do que necessário. O sol bronzeou os nossos corpos e lá eu enfrentei a minha primeira incursão aérea. Meu dia mais feliz no além-mar foi passado na companhia de "Jock" Lawson (graduado na Universidade de Glasgow), Fred Brazier (um executivo de publicidade em Londres) e Larry Chartiers de Mass e um membro da nossa turma de trabalho. Numa gloriosa tarde argelina consumimos doze garrafas de champanhe e três refeições. Jock havia experimentado o desastre de Dunquerque*, bem como toda a campanha africana. Ele manteve as suas convicções e ideais ao longo de três de amarga retirada e tragédia e agora um ano para colher a glória da brilhante vitória.

Outra tarde Larry e eu aceitamos um convite para tomar chá, mas como costuma ocorrer com essas questões tudo acabou

---

* A retirada das tropas britânicas e aliadas de Dunquerque, França, 26 de maio a 4 de junho de 1940. (N.E.)

dando em vinho e brindes à amizade, ao entendimento e à vitória, seguidos por um mundo pós-guerra com as quatro liberdades.

Jock remexeu várias memórias quando ele cantou alguns desses números semiclássicos com os quais nós já nos divertimos tanto no passado. Canções como *Begin the Beguine, Smoke Gets in Your Eyes, I've Got You Under My Skin, One Fine Day* e *I'll See You Again*. E o pensamento me retorna, Jack está no mar de novo, com memórias de OKTOBER.

"Você viu os meus céus lustrosos? Você viu os meus céus acobreados... Eu sou Maio envelhecido."

No mar novamente, Jack? Suspeito que seja uma longa viagem para "baixar a cortina na viela de paralelepípedos e lá vai ficar Sebastian, sozinho e solitário, palidamente se tardando, encostado numa porta dos fundos e fumando com ar triste".

Sim, velho amigo, em novembro "a junça ressecou do lago e nenhum pássaro canta". Há uma carência de material de leitura e eu sinto falta disso, acho que mais do que qualquer outra coisa.

E agora, Adeus, Artimdorus Adeus!
Fraternalmente,
Sebastian
Eu me mantive fiel a você. Eu me lembrei.

Sebastian foi profundamente afetado pelo fluxo constante de feridos, e este poema captura os horrores e a insensibilidade da guerra. O poema também demonstra a rapidez com que ele estava desenvolvendo um estilo próprio.

Meditação...
Por Sebastian Sampas

Braços partidos	Pernas partidas	Corações partidos
Braços explodidos,	Pernas Explodidas,	Órbitas Cauterizadas
Sangue!		
"Meu braço direito!"	"Minha perna esquerda!"	"Eu não consigo enxergar!"
"Deus!"		
Sempre dor,	Sangue com soluço,	Ah! Meu Deus!
"Enfermeiro!"		
Terra sacudida por bomba,	Fogo de Artilharia,	Campo Minado,
"Deus!"		
Rajadas de metralhadora	"Ah! Minhas tripas!["]	"Maqueiros!"
Vida		
Sangue com dor,	Sangue com noite,	Sangue com relva........!
Braços partidos	Pernas partidas	Corações partidos
Chega!		

Para John Kerouac
133-01 Cross Bay Blvd.
Ozone Park, Long Island, NY
De Sebastian Sampas
8º Hospital de Evacuação
12 de dezembro de 1943
[*escrito no canto superior direito:*] Itália

Jack,
    Tenho ficado na espera por receber notícias suas já faz um longo tempo agora. Não recebi notícias de Eddie desde que estou no exterior – de Ian não mais do que uma vez. Não gosto

de reclamar, velho amigo, mas sem dúvida – ah tudo bem, eu estou na melhor das saúdes.

Há uma carência de literatura aqui e sinto falta dos escritos de Thomas Wolfe – que tão pungentemente suscita os sentimentos de todos nós – das frustrações, da solidão, da beleza, da passagem do tempo –

Às vezes me pergunto se o meu tipo de autossuficiência era de um tempo que iria perdurar não mais do que um ano e em seguida me deixaria todo amargo com o sentimento da traição – sou agora um paciente num outro hospital. Andei pegando uma pequena enfermidade na garganta e deverei me juntar de novo à minha equipe de trabalho dentro de uma semana. Estou enviando outro poema fedendo de mediocridade.

Tive notícias de Doris de maneira bastante consistente. Por acaso ela já entrou na Marinha?

Minhas lembranças a todo mundo em casa – não vá esquecer a sua mãe.

Eu me mantive fiel.... Eu me lembrei,
Sebastian

Jack e Sebastian não trocaram nenhuma carta depois de dezembro de 1943 e em fevereiro de 1944 Sebastian foi fatalmente ferido em Anzio e morreu pouco depois. Jack escreveu uma última vez expressando sua tristeza pela perda de seu amigo.

Para Sebastian Sampas
De Jack Kerouac
Março de 1944

Sebastian –
Está chovendo – e a canção apareceu – I'll see you again. Onde? Quando, Sammy?

Mon pauvre, pauvre ami – ayez des pensees de moi, hein? Tu m'as tant fait mal au coeur –
Estou escrevendo sobre Michael e Jeanne, Sam... me ajude.... Ah, vã é a minha ilusão da sua presença, vã, vã, como quando você cantou as palavras em Lakeview...
Jadis! Jadis! Jadis, on etait ensemble, non? *Ensemble!* Ce grand mot d'amour...
C'est tout parti. Transmito a ti este espectro de lágrimas desenfreadas.
Sebastian, realmente, a sua morte jamais cessou de fazer de mim um maldito sentimentalista como você... Você, seu desgraçado, não o perdoarei nunca!

Fraternalmente,
Jean

Os seguintes dois poemas de Sebastian foram publicados no jornal The Stars and Stripes *e reimpressos em* Poetas de barraca, *uma antologia de poesia militar.*

VENENO DA NOITE

Nas horas torturadas como estas, quando tudo assoma
   funéreo,
(Exceto a estranha chama do nosso fogo antiaéreo).
Eu não teço cenas estranhas que jamais viverei para ver;
Pois Madame Sina, com cruz branca, fiou o destino que
   hei de ter.
Não sonho como sonha o poeta, num sonho comovente;
Já esqueci a poeira estelar e a safira refulgente.
Só me lembro do seu rosto de olhos molhados
Quando você me beijou num último abraço apertado.

COTE D'OR

Depois dos silenciosos temores do nosso século violento,
Outro jovem haverá de andar por este litoral afamado,
Outro jovem deverá sentir do mar o entornar do vento,
E maravilhar-se com a suave investida de seu brado.
Mas ele será filho de homem livre, inteligente, varão
Alimentado pela fé, e digno de heroica canção.

PACIENTE Nº 12

Ele está dormindo. Somente de quando em quando
    Surge um soluço espasmódico
Enquanto sonhos ferozes bloqueiam sua mente

Anuário do Emerson College *de 1944, em homenagem a Sebastian. O Anuário deveria ter tido a foto de formatura do jovem, mas em vez disso incluiu sua foto do Exército junto com outros de sua classe servindo na guerra. A foto de Sebastian está no alto à direita. Quatro dos poemas de Sebastian foram incluídos no* Anuário Emerson de 1944: *"Veneno da noite", "Jovem poeta recordando Lowell", "Destacamento da guarda" (p. 495, 298 e 402), e o poema a seguir.*

> Com enegrecida cadência.
> Nordeste e oeste o siroco vai soprando
> Ele queima o passado, e tudo o que há de brando.
>
> A lamparina queima certa em sua noite interrompida,
> Jogando azuladas sombras sobre os lençóis esbranquiçados,
> Apenas as mãos... aflitamente rejeitando o peso coberto
>
>> Condenado à tristeza está um soldado,
>> Querido Deus! caritativo com Teu toque
>> bem-aventurado.

Jack certamente imortalizou Sebastian como Alexander Panos em Cidade pequena, cidade grande, bem como os pontificares e as memórias de Sabby em Vaidade de Duluoz. Referências a Sebastian aparecem em anotações do diário de Jack e em lugares inesperados. No trigésimo refrão de San Francisco Blues, escrito em 1954 e publicado em 1991, ele escreve:

> Conheci um anjo
> Na Cidade do México
> Chamado La Negra
> Que tinha os mesmos olhos
> Os olhos que Sebastian ostentava
> E foi reencarnado
> Para sofrer no pôquer
> Na chuva que desabava
> Que tinha olhos iguais
> Aos de Sebastian
> Quando seu Nirvana despontava
> Sambati ele se chamava
> Deve ter tido uma perna certa vez

E caríssimas bengalas de axila
E na chuva viajava
Com dor juvenil, oculta, brava

Jack responde a uma carta da irmã de Sebastian, Stella, no início do outono de 1955, e inicia uma correspondência regular com ela. Em sua primeira carta, ele discute a possibilidade de se mudar para São Francisco e tenta responder à pergunta dela: "Para onde nós vamos?". Ele diz para Stella que a família dela: "Vocês, Sampas, seus românticos... façam alguma coisa, escrevam, escrevam poemas e romances, façam qualquer coisa. Acho que vocês são todos maravilhosos e do mesmo tecido nobre como o seu nobre irmão, meu amigo". *A seguinte carta de Jack para Stella, estando ele em São Francisco, tem por data 12 de outubro de 1955:*

Fui até a biblioteca para pegar livros sobre filosofia oriental e topei, como quem não quer nada, com a Carreira de Buda de Asvhaghosha, ou Buda-Carita, que li com coração pesado ficando mais leve a cada hora, correndo de volta até a biblioteca em busca de mais budismo, terminando com uma noite, completa realização iluminada de que a vida é como um grande sonho estranho decorrendo em alguma coisa (aquele céu azul todo) tão infinita quanto a infinidade e de repente onde vi as palavras "Se um discípulo simplesmente praticar a bondade ele atingirá imediatamente a Mais Alta Perfeita Sabedoria" e vi e percebi e me lembrei e tudo num lampejo os olhos tristes de Sebastian e por que motivo ele havia nascido no mundo para chorar e saber (instintivamente, intuitivamente) tudo aquilo que os grandes sábios da antiguidade propuseram e mantiveram em nome da salvação de todas as criaturas vivas.

Escrivaninha de Jack em sua casa em St. Petersburg, Flórida, tal como estava quando ele morreu em 1969

Ele continua na carta informando a Stella que manteve guardados os poemas de Sebastian.

Então na minha escrivaninha na casa da minha irmã a 5.000 quilômetros daqui estão todos os grandes poemas compassivos de Sammy (tanta semelhança com Rupert Brooke, mas também como outros mais recentes, o grande coração romântico no sentido literário porém o eterno coração verdadeiro no sentido da verdade) e eu irei datilografar todos eles, dentro de um ano (nas minhas maltrapilhas viagens em trens de carga, etc.) e enviar uma cópia para você, ou melhor, levar uma cópia para você, à mão, para a doce Lowell junto ao rio, Ó escura Lowell, Ó minha Lowell.

Jack escreve para Stella novamente em novembro de 1955 e comenta sobre a carta dela: "Nem nos últimos anos vi uma carta tão idealista como a sua - - - Desde as cartas de Sammy - - - Sammy que agora sem dúvida renasceu como um jovem santo budista no Oriente - - - (eu sonhei com isso em 1943)". *Dr. Sax saiu em 1959, e em maio Jack escreve perguntando o que "os habitantes de Lowell pensam sobre Sax" e mais uma vez menciona os poemas de Sebastian, dizendo que vai* "publicá-los em uma antologia e fazer com que o cheque seja pago para você. Apenas para ressuscitar um santo. Como Joyce Kilmer foi ressuscitado. A menos que você se importe". *Stella aparentemente pediu a Jack que não os publicasse, porque mais tarde naquele ano ele escreve:* "Ok, não vou imprimir os poemas de Sammy... Mais tarde". *Jack e Stella continuam a se corresponder, discutindo suas famílias, o trabalho de Jack e Sebastian. Em uma página de diário do inverno de 1961, Jack escreve:* "Fernand Gravet era idêntico a Sambati Sampatacacus, o maior homem que jamais conheci (de certa forma) (um monte de homens ao redor)". *Na seguinte carta de Stella ela responde ao pedido de Jack sobre algumas informações básicas quanto ao nome de Sebastian.*

Para Jack Kerouac
De Stella Sampas
[Lowell MA]
1962 – Terça-feira

Querido Jack –
    Espero que você tenha passado bons momentos em Lowell, o lugar nunca mais será o mesmo. Para responder a sua pergunta sobre o nome Sebastian que o meu irmão Sampatis usava.
    Enquanto Sam ainda estava na escola secundária nós pensamos em americanizar seu nome, embora ele usasse Samuel lá. Eu sabia de um ator inglês de cinema que tinha o nome Sebastian & o sugeri para ele. Quando na faculdade ele sempre foi tomado por judeu (nenhuma reflexão quanto ao povo judeu), mas ele queria ser conhecido como tendo ascendência grega.

Daí o nome Sebastian. A propósito, o festejo do santo dele é no dia 5 de dezembro, São Sava – o santo padroeiro da Sérvia.

E como a minha mãe sempre conta (e ela conta com frequência, assim como fazia o meu falecido pai), Santa Bárbara entrou em trabalho de parto no dia 4, São Sava nasceu no dia 5 e São Nicolau batizou São Sava no dia 6 (esta informação está em qualquer calendário religioso grego). Todos esses dias festivos de santos são celebrados nessa ordem – 4-5-6 - de dezembro –

Stella

Jack escreve para Stella em 1963 sobre seu novo livro Visões de Gerard. "Observe o novo nome de Sammy no parágrafo de baixo da página 13 (Savas Savakis, sugestão sua). No meu próximo livro, que vou escrever neste inverno na Alemanha, realmente vou me aprofundar em detalhes sobre Savas Savakis, vai ser a história da segunda guerra mundial, a marinha mercante, faculdade, futebol etc. e o meu pai e o seu irmão os heróis principais."*

As cartas de Jack e Sebastian revelaram o melhor de ambos os homens, compartilhando seus medos, planos, experiências e visões. Esta última obra não datada de Jack reflete sobre sua juventude, de um tempo passado, uma espécie de introdução para um livro, talvez a Lenda de Duluoz.

Por Jack Kerouac

Um sonho já terminado. Tudo o que você vê diante dos seus olhos não vai mais estar aqui em sete milhões, milhões de

---

* Muito provavelmente *Vaidade de Duluoz* (1968), que contém as histórias mais pessoais sobre o pai de Jack, Sebastian e esse período de sua vida. (N.E.)

éons. Já desaparecido, portanto. Como você consegue acreditar em tudo isso? Houve aventuras que vivi quando eu tinha dezenove que eu pensava que nunca iria esquecer; mas agora as vejo através do borrão molhado, do prisma sombrio da memória perdida, memória enganada, morrendo, memória decadente, sem importância. Manhãs quando com Sebastian eu me mandava para Boston em traseiras de caminhões, as pernas cruzadas por cima dos sacos de gesso, fumando cigarros saroyanianos da nossa antiga crença idealista juntos, observando as estradas de piche negro da Nova Inglaterra serpentearem na distância atrás de nós, e Sebastian ainda com sono em seus olhos dizendo solenemente em sua grande voz profunda, "Zagg, a vida é tremendamente, real, tremendamente séria, realmente", e dando uma grande tragada. O sol vermelho da minha meninice na Nova Inglaterra elevando-se acima da paisagem verde, as melodias aflautadas de passarinhos na névoa, o roçar dos meus sapatos pela grama molhada em direção ao centro[.] Taciturno no amanhecer enquanto os apitos de fábrica sopram junto ao rio do meu nascimento e destino. Pois eu preciso dizer "eu", e eu preciso dizer "meu", ao longo deste livro, em prol da identificação, a qual, caro leitor, é uma ideia discriminada, arbitrária, certo, uma ideia arbitrária, que encontrará o seu fim é claro no outro lado desta eternidade desprovida de lado, sem-outro-lado, atemporal, não cronológica, sem lógica, louca, imersa em sonho. Ó esse mar defeituoso-azedo de pesaroso sofrimento samsara*; nesta Terra globo bola, as nossas mórbidas autocrenças, olhos selvagens; vejo advogados disputando sobre nadas em suas manhãs, os cabelos deles estão penteados, suas maletas impecáveis, seus olhos inchados do trabalho noite adentro, suas quididades pesam com força em seus ombros; suas peles que um dia foram brilhantes novidades para fora da janela, agora, como tabernas roubadas, defuntas e esvaziadas de lustro, pastosas, as velas acesas e reunidos em ambas as extremidades eles

---

* No hinduísmo e no budismo, esse é o eterno ciclo de nascimento, sofrimento, morte e renascimento. (N.E.)

comiam; os alqueires de cereais esvaziados no celeiro da crença deles neste mundo; este mundo cinzento, chuviscante. Quando eu tinha dezenove, Ó Deus América, a crença que eu trazia para o mundo! Os sins negros que escrevi na página; os olhos negros nos bares que vou; as ruas principais recebiam a tristeza impressa dos meus pés crentes.

Do centro da minha morte em vida trago a você estas mensagens de emancipação e de um despertar do sonho de viver.

Ouça com atenção.

Jack se casa com Stella Sampas em 1966 e se fixa novamente em sua velha cidade natal de Lowell. Entre Lowell e St. Petersburg, na Flórida, ele escreve Vaidade de Duluoz *e alguma poesia antes de sua morte em 1969. Depois de uma vida na estrada viajando pelo mundo, ele se vê de volta em Lowell. Talvez Thomas Wolfe estivesse errado, e você possa voltar para casa.*

Jack e Stella depois de se casarem, em 1966

Agradecimentos

Não existem palavras que possam realmente expressar a minha gratidão pela inspiração que Jack Kerouac me proporcionou como escritor e como artista. Seu gênio poético e autoanalista me mostrou que o processo criativo é o espírito da arte.

Meus mais profundos agradecimentos a John Sampas, cunhado de Jack e irmão mais novo de Sebastian, que honrou Jack em seu papel como o testamenteiro literário do espólio Kerouac por muitos anos. Quando conheci John Sampas, em 1994, enquanto trabalhava na conferência da Geração Beat na Universidade de Nova York, eu ainda era uma aluna de doutorado. Ele me passou a impressão de alguém que era profundamente empenhado em preservar a obra da Geração Beat e, em particular, de Jack Kerouac. No ano seguinte, a NYU honrou Jack com a sua própria conferência, "Os escritos de Jack Kerouac", e tive a sorte de dispor de uma outra oportunidade para passar mais tempo com John.

Nos anos seguintes, enquanto terminava a minha dissertação sobre os métodos de trabalho dos escritores da Geração Beat e os pintores expressionistas abstratos, encontrei na pessoa de John um ávido apoiador de jovens estudiosos como eu, que faziam a peregrinação para Lowell todo mês de outubro com o fim de celebrar a obra de Jack. John nos acolheu e compartilhou conosco tantas coisas da cidade natal de Jack e de seu espírito conforme nós visitávamos as várias casas em que Jack morou, as vizinhanças que inspiraram tais obras como Doutor Sax, o lindo monumento comemorativo para Jack, a gruta e seu túmulo. Quero expressar o

Agradecimentos

meu profundo apreço pela oportunidade de editar uma obra tão importante e seminal, O mar é meu irmão. *Os diligentes esforços de John na organização do arquivo de Jack são uma das razões pelas quais nós somos abençoados com tanta informação sobre sua vida e obras literárias.*

Muitíssimos agradecimentos ao dr. Ed Adler, cuja aula na NYU "Arte e Ideias: Os Anos Cinquenta" me apresentou à Literatura Beat. Ed tem sido uma inspiração para mim, com seu vasto leque de talentos como pintor, poeta, escritor, professor e músico, mas principalmente em seu verdadeiro entusiasmo pela vida.

Também quero estender a minha gratidão a David Amram, cujos incansáveis esforços para inspirar os jovens a ler a obra de Jack merecem reconhecimento. Seu dom da musicalidade e seu amor pela obra de Jack já inspiraram muitos.

Quero agradecer a Sterling Lord por sua ajuda em tornar este livro uma realidade, pois ele é e sempre foi um defensor de Jack. Suas intuições e experiências são inestimáveis para o processo. Agradeço à NYU, especialmente Helen Kelly e Ron Janoff, pelo apoio às conferências que se tornaram o centro de um ressurgimento intelectual para os estudos Beat. Aos escritores e poetas sem os quais não haveria discussão nenhuma. William Saroyan, Albert Halper e Thomas Wolfe, entre tantos outros, que foram as forças inspiradoras que revelaram o melhor em Jack e Sebastian.

Quero agradecer à minha muito apoiadora família, David e seus filhos Cassandra e Jonathan. David Orr, um nativo de Lowell e um fã de Kerouac, compartilhou dos meus interesses literários e acadêmicos ao longo dos anos. Suas intuições foram bastante úteis na compilação deste volume. Ao meu pai, que me deu uma grande quantidade de força e perseverança, e à minha mãe, que compartilhou comigo sua paixão pelas artes e seu amor pelo jazz; o apoio incondicional deles foi um tremendo presente de amor. Por fim, aos muitos amigos que conheci ao longo do caminho: vocês são o combustível que alimenta o fogo criativo.

D.M.W.

Bibliografia

Adler, Ed. *Departed Angels: Jack Kerouac, The Lost Paintings.* Nova York: Thunder's Mouth Press, 2004.

Baseball Hall of Fame, Cooperstown, NY, acesso em 7 de outubro de 2006 em http://www.baseballhalloffame.org/hofers/detail.jsp?playerId=113376.

Biographical Directory of the United States Congress (2006), acesso em 5 de maio de 2005 em http://bioguide.congress.gov/scripts/biodisplay.pl?index=W000077.

Charters, Ann, ed. *Jack Kerouac: Selected Letters 1940-1956.* Nova York: Viking Penguin, 1995.

Clurman, Harold, ed. *Famous American Plays of the 1930's.* Nova York: Dell Publishing Company, 1985.

Columbia University, *Columbia 250*, periódico de referência online, acesso em 20 de junho de 2008 em http://c250.columbia.edu/c250_celebrates/remarkable_columbians/mark_van_doren.html.

Dos Passos, John R., Biblioteca da Universidade da Virgínia, Documentos de John Dos Passos, coleções especiais, acesso em 14 de janeiro de 2005 em http://www.lib.virginia.edu/small/collections/dospassos/

Filler, Louis, ed. *The Anxious Years: America in the Nineteen Thirties, A Collection of Contemporary Writings.* Nova York: G.P. Putnam and Sons, 1963.

Grove, Sir George e Stanley Sadie, ed. *The Grove Concise Dictionary of Music*, edição revisada. Nova York: Macmillan Publishers Ltd, 1988.

Halper, Albert. *Union Square*. Nova York: Viking Press, 1933.
Hamilton, Edith. *Mythology*. Boston: Little Brown & Company, 1980.
Hartnoll, P., ed. *The Concise Oxford Companion to the Theatre*. Nova York: Oxford University Press, 1992.
Hogan, Cabo Charles A., Cabo John Welsh III, e tenente John Hill, ed. *Puptent Poets of the Stars and Stripes Mediterranean: Anthology of G.I. Poetry*. Itália, 1945.
Howard, James, T. "Blue Network Relaxes Winchell Gag". *P.M. Daily* (Nova York), segunda-feira, 15 de fevereiro de 1943, p. 9.
Kerouac, Jack, Biblioteca Pública de Nova York, Coleção Henry W. e Albert A. Berg.
Kerouac, Jack. *The Town and the City*. Nova York: Grosset & Dunlap, 1950.
Kerouac, Jack. *Vanity of Duluoz; An Adventurous Education, 1935-46*. Nova York: Penguin Books, 1994.
Kerouac, Jack. *San Francisco Blues*. Nova York: Penguin, 1995.
Kerouac, Jack. *Book of Dreams*. São Francisco: City Lights Books, 2001.
Lerner, Max. "Freedom is off the Air". *P.M. Daily* (Nova York), sexta-feira, 12 de fevereiro de 1943, p. 18.
Leuchtenburg, William E. *Franklin D. Roosevelt and the New Deal 1932 & 1940*. Nova York: Harper & Row, 1963.
McGann, Jerome J., ed. *Lord Byron: The Major Works*. Londres: Oxford University Press, 2000.
Marion, Paul, ed. *Atop an Underwood*. Nova York: Viking Penguin, 1999.
Marshall, Bruce, Biblioteca Georgetown, coleção especial, Documentos de Bruce Marshall, acesso em 2 de novembro 2006 em http://library.georgetown.edu/dept/speccoll/marshbio.htm
Matthiessen, F.O. *American Renaissance: Art and Expression in the Age of Emerson and Whitman*. Nova York: Oxford University Press, 1941.
New York Times, Resenhas de Livros e Artigos, Arquivo de Internet, Nova York.

Bibliografia

Outline of American Literature, "The Romantic Period, 1820-1860: Essayists and Poets", acesso em março de 2008 em http://usinfo.state.gov/products/pubs/oal/lit3.htm.

P.M. Daily, Biblioteca da Universidade de Massachusetts, Arquivo de Jornais, Amherst, MA.

Price, Kenneth M. e Ed Folsom, ed., Arquivo Walt Whitman, em http://www.whitmanarchive.org/biography/index.html.

Radio Hall of Fame, Museum of Broadcast Communications, Chicago, acesso em junho de 2005 em http://www.radiohof.org/news/walterwinchell.html.

Rand, Harry. *Paul Manship*. Washington, D.C.: Smithsonian Institution Press, 1989.

Sampas, Sebastian, Arquivo John Sampas, Lowell, MA.

Sampas, Sebastian, in *Emerson College Yearbook*, Boston, 1943-44.

Sampas, Sebastian. "Taste the Nightbane". *Stars and Stripes, Mediterranean Edition*, sábado, 13 de novembro de 1943.

Sampas, Sebastian. "Cote D'Or" e "Taste the Nightbane". *Puptent Poets*, ed. Hogan, Welsh e Hill.

Saroyan, William. *The Daring Young Man on the Flying Trapeze*. Nova York: New Directions, 1997.

Saroyan, William. "The Time of Your Life", in *Famous American Plays of the 1930's*, Nova York: Dell Publishing Company, 1985.

Songwriters Hall of Fame, Arquivo de Internet, Nova York, acesso em agosto de 2006 em http://www.songwritershalloffame.org/artists/C4068.

Stars and Stripes, Arquivo de Jornais Militares dos EUA, Biblioteca do Congresso, World War II Editions; Mediterranean, Washington, D.C., 1943.

Stimely, Keith. "Oswald Spengler: An Introduction to his Life and Ideas". *Journal for Historical Review* (Newport Beach), 17:2 (Março/Abril de 1988), p. 2.

Strong, Douglas H. *Dreamers and Defenders: American Conservationists*. Lincoln: University of Nebraska Press, 1988.

Tharoor, Shashi. "Gandhi and Nehru". *Time Magazine*, 168:21 (13 de novembro de 2006).

Time Magazine, Matéria de capa de 15 de junho de 1942, acesso em 14 de maio de 2006 em http://www.time.com/time/covers/0,16641,19420615,00.html.

Time Magazine, "Out of the Night", segunda-feira, 20 de janeiro de 1941, acesso em 2 de fevereiro de 2006 em http://www.time.com/time/magazine/article/0,9171,772654,00.html?promoid=goglep.

Time Magazine, "New Plays in Manhattan", 29 de novembro de 1937, acesso em 25 de janeiro de 2006 em http://www.time.com/time/magazine/article/0,9171,758474,00.html.

UCLA, Arquivo de Cinema & Televisão – Los Angeles, CA, acesso em 4 de março de 2007 em http://www.cinema.ucla.edu.

Udell, Dr. John G. *The Economics of the American Newspaper*. Nova York: Hastings House, 1978.

United States Army Center of Military History, Corpo de Exército Feminino, acesso em 22 de março de 2007 em http://www.history.army.mil/brochures/wac/wac.html.

Van Cleve, Ruth. "A Most Improbable Secretary". *People, Land & Water*, Março/Abril de 1999, p. 40–43.

Wolfe, Thomas. *You Can't Go Home Again*. Nova York: Grosset & Dunlap, 1940.

Yale, Biblioteca da Universidade, Coleções Eslavas e do Leste Europeu; Arquivos do Comintern, acesso em 18 de outubro de 2005 em http://www.library.yale.edu/slavic/comintern.html.

Yglesias, Helen. "Cinderella of the Tenements". *New York Times*, 3 de abril de 1988.

Impressão e acabamento
Imprensa da Fé